HEYNE <

Das Buch

Die estoreanische Konkordanz steht kurz vor ihrem Untergang. Auch zehn Jahre nach dem verlustreichen Krieg gegen das Nachbarreich Tsard hat sich das Land kaum erholt. Die drei außergewöhnlichen Kinder aus Westfallen, deren magische Fähigkeiten Estorea damals zum Sieg verholfen hatten, sind nun erwachsen. Immer noch müssen sie um Anerkennung kämpfen, während der fanatische Orden des Allwissenden ihnen nach dem Leben trachtet. Auch Advokatin Herine Del Aglios, Herrscherin der Konkordanz und einer der wenigen Befürworter der Aufgestiegenen, verliert zusehends an Einfluss. An den Grenzen zu Tsard jedoch mehren sich die Unruhen. Eines Tages wird der Sohn von Mirron, einer der drei Aufgestiegenen, mitten aus der Hauptstadt Estorr entführt, und das Grauen bricht über die Konkordanz herein: Gorian Westfallen, der Abtrünnige Vierte, hat ein Heer von Toten beschworen, um zusammen mit den Tsardoniern Estorea anzugreifen. Erneut herrscht Krieg, doch keiner ahnt, wie dunkel und böse Gorians Pläne tatsächlich sind ...

James Barclays großes Fantasy-Epos DIE KINDER VON ESTOREA in vier Bänden:

Das verlorene Reich
Der magische Bann
Die dunkle Armee
Die letzte Schlacht

Der Autor

James Barclay wurde 1965 in Suffolk geboren. Er begeisterte sich früh für Fantasy-Literatur und begann bereits mit dreizehn Jahren, die ersten eigenen Geschichten zu schreiben. Nach seinem Abschluss in Kommunikationswissenschaften besuchte Barclay eine Schauspielschule in London, entschied sich dann aber gegen eine Bühnenkarriere. Seit dem sensationellen Erfolg seiner Serien »Die Chroniken des Raben« und »Die Legenden des Raben« konzentriert er sich ganz auf das Schreiben. James Barclay ist verheiratet, hat einen Sohn und lebt und arbeitet in Teddington bei London.

Mehr zu Autor und Werk unter:
www.jamesbarclay.com

JAMES BARCLAY

Die dunkle Armee

Die Kinder von Estorea

Dritter Roman

Deutsche Erstausgabe

WILHELM HEYNE VERLAG
MÜNCHEN

Titel der englischen Originalausgabe
SHOUT FOR THE DEAD (Part 1)
Deutsche Übersetzung von Jürgen Langowski

FSC
Mix
Produktgruppe aus vorbildlich bewirtschafteten Wäldern und anderen kontrollierten Herkünften
Zert.-Nr. SGS-COC-1940
www.fsc.org
© 1996 Forest Stewardship Council

Verlagsgruppe Random House FSC-DEU-0100
Das für dieses Buch verwendete
FSC-zertifizierte Papier *Super Snowbright*
liefert Hellefos AS, Hokksund, Norwegen.

Deutsche Erstausgabe 11/2008
Redaktion: Rainer Michael Rahn

Printed in Germany 2008
Titelillustration: Paul Young
Umschlaggestaltung: Nele Schütz Design, München
Karte: Iris Daub
Satz: Christine Roithner Verlagsservice, Breitenaich
Druck und Bindung: GGP Media GmbH, Pößneck

ISBN: 978-3-453-52403-3

www.heyne.de

Dieses Buch widme ich dem Gedenken an

DAVID GEMMELL,

meinem guten Freund und unvergleichlichen Mentor.
Ohne dich ist die Welt ärmer.

GROSSES NORDMEER
Tangaredberge
Cabrianwald
GORNEON-BUCHT
MARIUK
OMARI
Bergblick
CABRIUS
Königsberge
GANEER
Das Hufeisen
DURALLE
Eberrenberge
DORNOS
Parbaniiwald
Otunmah
Halbinsel Tundar
Eberrenwald
LESSINI
GALLENI
Arkess
PHASKAR
Loreskai
Drachenschweifberge
Reethpass
Ödland von Phareen
CORBASS
Niederungen von Jathina
TUNDARRA
GENSKAL
NEVENMAI
Juiniwald
Brunmah
Solastropalast
Solastro
Solas
Gens
Heldenpass
Yoakum
Rasmustor
Brunhöhe
BAHKIR
Syrtain
AVARN
Scarossümpfe
Agliossee
Senius
AVAROS
Karthackschlucht
SUNGMAI
BUCHT VON SUNGMAI
Schwarzer See
ADVOCIUM
Havelssee
Liungebirge
Morgensee
Maronlack
Herz der Konkoranz
Untersee
Wolkenbucht
Hannobucht
Liuntain
ESTOREA
Karalberge
Bucht von Hannos
Hannonwald
Ebene des Allwissenden
KARALIUM
Bahkische Landzunge
URASISCHES MEER
Urasische Berge
GATURA
Morsbackhöhen
Okiro
Tesper
Havessells Narbe
Gespus
MORASIA
Große Südsenke
INEPKA
Heolwald
Hevasiawald
MORASISCHES MEER
HEOLIUS
OSTMEER
EARENOR
Drachenzahn
EASTHALE
Luthiusberge
Meerruh

SIRRANE
Lohran
GOSLAND
GOSCAPITA
Alaneberge
Fariansee
Nordfurt
Große Ebene
ATRESKA
Halorianberge
Halorfälle
Taritebene
Scintarit-Ebene
Tarit
Schlucht der Könige
TSARD
KHURAN
Östliche Steppe
Gullford
HAROQ
Toursanische Seenplatte
Teel
Lyresee
THARUBY
Gull
Gawberge
BYSCAR
Atreskanischer Königswald
Südliche Steppe
BUCHT VON HARRYN
Lubjekschlucht
Bucht von Kirriev
KIRRIEV
Ceskas
KARK
Geswald
SKIONA
Portbrial
GILDENEASEE
WYSTRIAL
GESTERN
Tirrolsee
Das Rückgrat
Hafen von Kester
Die Lanzen des Ocetarus
Carao
PORT ROULENT
SUTJIONA
Insel Kester
CIRANDON
Glenhale
Maßstab
ca. 500 Meilen
DIE ESTOREANISCHE KONKORDANZ

Personenliste

WÜRDENTRÄGER DER AKADEMIE DES AUFSTIEGS	HESTHER NARAVNY: *Mutter des Aufstiegs, Landhüterin* ANDREAS KOLL: *Autorität des Aufstiegs, Landhüter* MEERA NARAVNY: *Autorität des Aufstiegs, Feuerläuferin* HARKOV: *General der Garde des Aufstiegs* ARDUCIUS: *Aufgestiegener der 9. Linie* MIRRON: *Aufgestiegene der 9. Linie* OSSACER: *Aufgestiegener der 9. Linie* CYGALIUS: *Aufgestiegener der 10. Linie* KESSIAN: *Aufgestiegener, Mirrons Sohn*
WÜRDENTRÄGER DER ESTOREANISCHEN KONKORDANZ	HERINE DEL AGLIOS: *Advokatin der Estoreanischen Konkordanz* PAUL JHERED: *Schatzkanzler der Einnehmer*

Felice Koroyan:
Kanzlerin des Ordens des Allwissenden
Roberto Del Aglios:
Botschafter in Sirrane
Arvan Vasselis:
Marschallverteidiger von Caraduk
Katrin Mardov:
Marschallverteidigerin von Gestern
Megan Hanev:
Marschallverteidigerin von Atreska
Orin D'Allinnius:
Leitender Wissenschaftler der Advokatin
Marcus Gesteris:
Senator
Tuline Del Aglios:
Sekretärin des Generalkonsuls
Yuri Lianov:
Hafenmeister von Wystrial, Gestern
Fleet Corvanov:
Botin der Konkordanz, Wystrial, Gestern

SOLDATEN UND SEELEUTE DER KONKORDANZ

Karl Iliev:
Oberster Seeherr der Ocetanas
Elise Kastenas:
Marschallgeneral der Heere
Pavel Nunan:
General, Zweite Legion
Dina Kell:
General, Zweite Legion
Adranis Del Aglios:
Rittmeister, Zweite Legion

DAVAROV:
General der atreskanischen Legionen
CARTOGANEV:
Rittmeister, atreskanische Legionen

BÜRGER UND ANDERE PERSONEN

DAHNISHEV:
Leitender Wundarzt, Zweite Legion
JULIUS BARIAS:
Ordenssprecher, Zweite Legion
HARBAN-QVIST:
Führer der Karku
KHURAN:
König von Tsard
RHYN-KHUR:
Prinz von Tsard
GORIAN WESTFALLEN:
Aufgestiegener der 9. Linie
THOMAL YURAN:
König von Atreska

1

859. Zyklus Gottes, 15. Tag des Dusasab

Es war das zweite Mal, dass er Icenga sterben sah.

Beim ersten Mal war es ein Sturz gewesen. Durch sein Spähglas hatte Harban weit unten den zerschmetterten Körper und den Blutfleck im Schnee betrachtet.

Dies war eine ungewöhnliche Todesart für einen Karku. Doch als Harban den Abstieg beendet hatte, war der Leichnam verschwunden gewesen, und er hatte eine tiefe Freude empfunden. Kein Tier hatte Icenga geholt. Keine Schleifspuren weit und breit, sondern nur eine Reihe von Fußabdrücken, die sich zwischen den Felsen verloren hatten. Neue Hoffnung war in ihm erwacht.

Gleich darauf aber hatte er sich überlegt, dass dies eigentlich unmöglich war. So einen Sturz hatte Icenga nicht überleben können. Darauf hatte ihn wieder die Angst gepackt, und schließlich hatte er zwischen den umliegenden Bergen das Glitzern eines Spähglases entdeckt, das jemand auf ihn gerichtet hatte. Dort waren auch Kies und Geröll heruntergerutscht. Dann hatte er das Scharren von Schuhen auf Eis vernommen und Icenga bemerkt, der sich ihm genähert hatte. Wie immer war der Alte trittsicher gegangen, hatte aber alle paar Schritte taumelnd innegehalten, als würden Schmerzen durch seinen Kopf schießen. Dabei hatte er die Orientierung verloren und die Hände an die Schläfen gepresst.

Harban hatte stumm zugeschaut und weder helfen noch fliehen können. Icenga war offensichtlich auch nicht von selbst abgestürzt. Dicht über dem Herzen steckte der abgebrochene Schaft eines Pfeils in seinen Rippen. Schließlich brach Icenga in Harbans Armen zusammen, und sie sanken auf den gefrorenen Boden. Harban strich über die Haare des Mannes, der nun endgültig sein Leben aushauchte. Als er Icengas verwirrten Blick einfing, verwandelte sich Harbans Furcht in Mitleid. Flüsternd suchte er den Alten zu trösten, aber keines seiner Worte schien ihm wirklich angemessen. Er war nicht einmal sicher, ob Icenga ihn überhaupt noch verstehen konnte.

Schließlich entspannte sich Icengas Miene, und der Alte sprach noch einige Worte, getragen vom stinkenden Hauch des Todes.

»Du weißt, was das bedeutet«, sagte er mit trockener, rasselnder Stimme. »Wir wissen es alle.«

Undeutlich hörte Harban Hufschläge auf Stein und Eis. Die Furcht vertiefte sich, sein Atem ging schneller. Dennoch blieb er hocken und hielt Icenga in seinen Armen, bis er alle Gebete gesprochen hatte und sein Körper vor Kälte taub war.

Erst dann setzten seine Gedanken wieder ein, und Harban schaute sich um. Der aus Marmor gemeißelte Gedenkstein für die Toten der Konkordanz im Gemetzel vor zehn Jahren stand rissig und von Ranken überwuchert vor ihm. Einst war es ein prächtiger Obelisk mit der stolzen Büste von Jorganesh, dem gefallenen General gewesen. Doch zwischen den Ranken konnte man gekritzelte tsardonische Schmähungen und Drohungen für den Fall erkennen, dass sich die Konkordanz jemals wieder hier blicken ließe. Außerdem war der Stein mit längst getrocknetem Ziegenblut beschmiert, und die steinerne Nase des Generals war abgeschlagen.

Die tiefe Kälte des Dusas ließ nicht nach. Ein Sturm, der Eisregen brachte, heulte durch die Lubjekschlucht und raschelte im Efeu auf dem Gedenkstein. Nichts sonst war noch da, das an die schlimmste Niederlage der Konkordanz im Krieg gegen Tsard erinnert hätte.

Keine Knochen waren übrig geblieben, im Laub waren keine Steine von Onagern mehr verborgen. Nicht einmal eine Pfeilspitze war noch zu entdecken. Die verarmte Bevölkerung im Süden von Atreska hatte längst alles Brauchbare geborgen.

Harban hatte die unmittelbaren Folgen der Schlacht gesehen, die Bilder suchten immer noch seine Träume heim, und immer noch schloss er die Toten in seine Gebete an das Herz des Berges ein. Dies war kein Ort, den irgendein Karku, Harban eingeschlossen, gern aufsuchte. Auch wenn die versengten Bäume nachgewachsen waren und Blumen den Boden bedeckten, sobald der Genastro die Erde wärmte, diese Schlucht war für immer besudelt.

Harban war im Norden von Kark an der Grenze zu Atreska mit Icenga unterwegs gewesen, um den Gerüchten auf den Grund zu gehen, die sich jetzt als wahr erwiesen hatten. Icenga war nicht der Erste, der auf diese Weise gestorben war. Andere hatten schon vorher die Gegend erkundet, um eine Kraft zu erforschen, die die Karku seit Jahrhunderten fürchteten, von der sie aber nie wirklich geglaubt hatten, dass sie Fleisch werden könnte. Nun hatte Harban unwiderlegbare Beweise dafür gefunden, dass jemand diese Kraft hier erprobte. Die schlimmsten Ängste der Karku wurden wahr.

Icengas schlaffen Körper auf den Armen tragend, stand Harban auf. Nun sollte der Alte den Frieden finden, den er verdient hatte. Zielstrebig stieg er den Hang hinauf bis zum Durchgang unter den Bergen. Über ihm ertönte das dumpfe Grollen einer Lawine. Er hielt inne und starrte zu den Gipfeln hinauf, deren weiße Kappen hinter dichten Wolken verborgen blieben. Ein weiteres Vorzeichen, das Icengas Worte nach dessen Tod noch einmal bekräftigte?

»Vielleicht kommen wir schon zu spät«, sagte er und ging weiter.

Es gab so viel zu tun. Icenga musste in den Felshöhlen des Dorfs Yllin-Qvist, in dem er sein ganzes Leben verbracht hatte, begraben werden. Weit unten, wo niemand ihn wiedererwecken konnte. Harban musste auch mit den Hütern von Inthen-Gor sprechen, dem

Herz des Berges. Sie mussten erfahren, was er gesehen hatte, und entscheiden, ob sich die Prophezeiung tatsächlich erfüllte. Wenn dem so war, dann musste Harban sich auf die Reise begeben und die Einzigen aufsuchen, die sie retten konnten.

Tief im Innern des Berges wurden bereits die Prophezeiungen und Schriften der Alten genau geprüft. Am heiligsten Ort von Kark, wo das Ewige Wasser ans Ufer der Insel schwappte, auf der sich der Herzensschrein befand, wo die Priester und Hüter unermüdlich wachten, hatte es einen Diebstahl gegeben. Die Wahrheit war gestohlen worden. Darauf würde gewiss die Katastrophe folgen. Er lebte, und Er würde sie heimsuchen.

König Thomal Yuran von Atreska nahm das Pergament entgegen, öffnete es jedoch nicht, weil er ohnehin schon wusste, dass es sein Schicksal als Herrscher des Landes besiegeln würde. Vor ihm standen ein Mann und eine Frau in respektvoller Entfernung. Flankiert wurden sie von Wächtern, auf deren polierten Rüstungen sich das Kaminfeuer des Thronsaales spiegelte. Ihre Gesichter blieben ausdruckslos. In allen Gängen der Burg waren weitere Wächter unterwegs, und viele Tausende besetzten unter dem Wappen der Del Aglios jeden Winkel seines Landes. Die Übernahme war so gut wie reibungslos verlaufen.

»Ist es das, was ich vermute?«, fragte er.

Der Thron war nun ein ungemütlicher Platz, und der schon vor langer Zeit seines konkordantischen Schmucks beraubte Saal wirkte öd und leer. Draußen vor dem alten Stein wütete ein Dusassturm und heulte um die Türme und durch die Bogengänge. Er hatte gehofft, es würde nicht auf diese Weise enden. Beim Herrn des Himmels und der Sterne, wenn er die Frau, die jetzt vor ihm stand, im Traum gesehen hatte, dann hatten ihn Licht und Liebe erfüllt.

Nicht so, nicht dieser elende Untergang. Sie würden nie verstehen, dass er im Grunde keine Wahl gehabt hatte. Jede andere Entscheidung, die er während dieser schicksalhaften Tage getroffen hätte, wäre für die gewöhnlichen Atreskaner verhängnisvoll gewesen. Für sein Volk. Für die Menschen, die seinen Namen gesungen hatten und jetzt seine Absetzung forderten.

»Ich erfülle meine Aufgabe als Dienerin der Konkordanz«, erwiderte sie leise.

Große Kraft schlummerte in ihr, das hatte er schon vor zehn Jahren erkannt.

»Es ist nicht das Schicksal, das ich mir für dich vorgestellt hatte, Megan«, erwiderte Yuran.

»Das war, bevor du dich von der Konkordanz losgesagt hast«, entgegnete sie.

»Und dann hast du dich von mir abgewandt.«

Es gelang Yuran nicht, die Schärfe aus seinen Worten zu verbannen. Die Jahre in Estorr hatten Megan Hanev gutgetan. Ihre herrische Haltung unterstrich nur noch ihre Schönheit. Sie war elegant, trug eine Toga und eine Stola von feinster tundarranischer Machart, dazu einen goldenen Reif mit einem Blattmotiv auf dem Kopf. Ihr langes schwarzes Haar war makellos gebürstet. Die tiefen braunen Augen bargen noch viel von ihrer jugendlichen Energie.

Sie blickte nach rechts, ihr Begleiter nickte, dann trat sie vor. Yurans gespielte Tapferkeit schwand dahin. Megan streckte eine Hand aus und berührte sein Gesicht.

»Hast du die Welt außerhalb dieser Burg gesehen? Die Tsardonier haben sie vergewaltigt, nichts ist mehr übrig. Du musst gewusst haben, dass sie alles nehmen würden, wie es ihnen beliebte.« Sie seufzte. »Was ist nur geschehen, Thomal? Warum hast du das getan?«

»Ich konnte doch nicht untätig zusehen, wie mein Volk abgeschlachtet wurde.«

»Stattdessen ist es zu Tausenden an Eurer Grenze zu Neratharn und Gestern gefallen«, knurrte Megans Begleiter. »All das nur, weil Ihr im Angesicht des Feindes den Mut verloren habt.«

»Ihr wart nicht da, Schatzkanzler Jhered. Sie hätten Haroq in Schutt und Asche gelegt, ohne auch nur ins Schwitzen zu geraten.«

Jhered betrachtete ihn beinahe mitleidig. Obwohl seine Haare überwiegend grau und infolgedessen äußerst kurz geschnitten waren, wirkte er immer noch stark und tatkräftig. Er musste inzwischen an die sechzig Jahre alt sein. In seinem Gesicht zeichneten sich Falten ab, die man aber keinesfalls als Beweis nachlassender Kräfte auffassen durfte. Nicht bei diesem Mann.

»Ihr habt es immer noch nicht verstanden, was?«, sagte Jhered. »Wir waren damals und sind heute noch eine geeinte Konkordanz. Es kommt vor, dass jemand sterben muss, um die anderen zu retten. Ihr habt allerdings die Welt außerhalb von Atreska keines Blickes gewürdigt.«

»Sprecht nicht so herablassend mit mir, Jhered.«

»Ihr und Euer Volk hätten für die Konkordanz sterben müssen, als die Tsardonier vor Euren Toren standen. Stattdessen seid Ihr eingeknickt und habt ihren Lügen über Befreiung Gehör geschenkt. Wenn das, was ich sah, als ich durch Euer schönes Land ritt, eine Befreiung ist, dann wäre ich lieber ein Sklave. Jede Stunde, die Ihr sie aufgehalten hättet, hätte dem Rest der Konkordanz Zeit gegeben, die Verteidigung besser zu organisieren. Nach dem Sieg hätten wir dann auch die Kraft gehabt, Atreska an Ort und Stelle zurückzugewinnen.«

»Sie hätten uns in Stücke gerissen«, erwiderte Yuran und war sich bewusst, dass es beinahe weinerlich klang. »Wir waren zehn zu eins unterlegen.«

Jhered nickte. »Und Euer Opfer hätte fünfmal so vielen Menschen, wie in diesen Mauern gestorben wären, das Leben gerettet. Atreska wäre eine heldenhafte Nation gewesen, gesegnet von der Advokatin und gepriesen in der ganzen Konkordanz. Ihr wärt als der größte Sohn des Landes geehrt worden. Stattdessen habt Ihr Euch für den Weg des Feiglings und Verräters entschieden. Glaubtet Ihr wirklich, wir würden nicht zurückkehren? Glaubtet Ihr wirklich, die Tsardonier würden Euch verteidigen, als wir unsere Legionen an Eurer Grenze zusammenzogen? Atreska gehört zur Konkordanz.«

»Ich habe mich für das Leben meines Volks entschieden«, flüsterte Yuran.

»Wir hören die Dankesworte aus jedem Fenster schallen«, entgegnete Jhered. »Es steht an allen Wänden geschrieben.«

Yuran ließ den Kopf hängen. Seine Gedanken rasten. Verflucht sei der Mann. Wie immer klangen seine Worte so einfach und so einleuchtend. Doch er war nicht dabei gewesen. Er hatte nicht die Angst der Menschen gesehen, die Yuran zu beschützen geschworen hatte. Megan legte ihm die Hand unters Kinn. Ihr Gesicht war nahe vor seinem, in ihren Augen schimmerte tiefes Bedauern.

»Ich habe so lange von unserem gemeinsamen Leben geträumt«, sagte sie leise.

»Ich auch.«

»Selbst nachdem ich erfahren hatte, dass Atreska abgefallen war, wollte ich nicht glauben, dass es dein Werk war. Doch du hast dich nie an mich gewandt, um mir zu beweisen, dass du es nicht warst. Du hast mir keine Wahl gelassen, als meine Treue zur Konkordanz über das Wohl Atreskas zu stellen.«

Yuran lächelte und streckte eine Hand aus, um noch ein letztes Mal ihre Berührung zu spüren. Doch sie wich vor ihm zurück, und eine Träne rollte über ihre Wange.

»Du bist mein größter Triumph und mein stolzester Augenblick«, sagte Yuran. »Begehe nicht die Fehler, die ich begangen habe.«

»Zweifellos wird sie sehr genau auf ihre Lehrer hören«, erwiderte Jhered. »Megan.«

Yuran runzelte die Stirn, als er den Tonfall des Schatzkanzlers hörte, und sah Megan fragend an. Sie richtete sich auf und zog sich zurück.

»Du musst den Befehl lesen«, sagte sie mit erstickter Stimme. »Es tut mir leid.«

Yuran schüttelte den Kopf. »Es muss dir nicht leidtun. In gewisser Weise ist es sogar eine Erleichterung. Ich fühle mich in meiner eigenen Burg nicht mehr sicher.«

Er betrachtete das Pergament und erbrach das Siegel der Konkordanz, rollte das Blatt auf und las die Deklaration der konkordantischen Herrschaft über Atreska und die Ernennung des neuen Marschallverteidigers. Weiter unten war sein Name als der des abgesetzten Herrschers aufgeführt, der entsprechend den von der Advokatin erlassenen Gesetzen behandelt werden musste. Er lächelte leicht. Es entsprach fast Wort für Wort dem Dokument, das er vor zwanzig Jahren dem damaligen König von Atreska überreicht hatte.

»Dann ist es wahr, und einige Dinge in der Konkordanz ändern sich nie«, sagte er. Er rollte das Dokument weiter auf, und die nächsten Worte wollten ihm nicht über die Lippen.

»Nicht alles ist gleich geblieben«, widersprach Jhered.

Yuran schüttelte den Kopf und starrte die Zeilen an, die er gerade gelesen hatte. Eiskalt lief es ihm über den Rücken, und in seinem Bauch tat sich ein Abgrund auf, dass ihm übel wurde. Die Worte verschwammen ihm vor den Augen, und er klammerte sich verzweifelt an seine allerletzte Hoffnung.

»Das ist falsch«, sagte er. »Es muss falsch sein. Dies ist nicht die Art der Konkordanz. Ich weiß, wie es abläuft, wir wissen es alle. Der abgesetzte Herrscher hat die Wahl. Er kann ins Exil gehen oder seine Treue schwören, aber nicht …«

»Ihr seid nicht der abgesetzte Herrscher eines früher unabhängigen Staates«, erklärte Jhered. »Ihr habt die Konkordanz verraten und seid ein selbst ernannter König auf dem Gebiet der Konkordanz. Die Regeln gelten nicht für Euch.«

Yurans Herz schlug so laut, dass er Jhereds Worten kaum noch folgen konnte. Ihm war bewusst, dass er zitterte, aber er konnte nichts dagegen tun. Noch einmal starrte er das Pergament an, dann wandte er sich an Megan, die seinen Blick mit bebenden Lippen erwiderte.

»Und du hast dies hier unterschrieben?«, fragte er, obwohl er den Beweis unter dem Befehl für seine Hinrichtung sah.

»Ich erfülle mein Schicksal«, sagte sie noch einmal. »Wachen, führt König Yuran in seine Zelle.«

Die Männer stellten sich links und rechts neben ihm auf. Er wollte würdevoll bleiben, aber als einer der Wächter seinen Arm berührte, verließ ihn vollends der Mut. Furcht übermannte ihn, verzweifelt suchte er nach etwas, nach irgendetwas, das ihn retten konnte.

Tatsächlich hatte er noch einen Trumpf in der Hand. Eigentlich hatte er ihn benutzen wollen, um seine Freiheit zu erkaufen. Jetzt konnte er damit vielleicht sogar sein Leben gewinnen.

»Ihr könnt das nicht mit mir machen, ihr braucht mich lebend. Ihr wisst nicht, warum die Tsardonier abgezogen sind.«

Die Wächter schoben ihn zur Tür. Er konnte Megan und Jhered nicht mehr sehen, wusste aber, dass sie ihm nachblickten.

»Nur ich kann euch helfen. Sie werden zurückkehren, um die Sache zu beenden, und ihr werdet nicht stark genug sein, um sie zu besiegen. Keine Macht ist stark genug. Nicht einmal eure kostbaren Aufgestiegenen werden verhindern können, was er entfesseln wird. Bitte …«

Jhered rief ein einziges Wort, und sofort blieben die Wächter stehen und drehten Yuran herum. Der Schatzkanzler eilte zu ihm und packte ihn mit starken Fingern am Kinn. Jhered wollte etwas sagen, aber Yuran kam ihm zuvor.

»Garantiert mir die Aufhebung meines Urteils, sonst verrate ich euch überhaupt nichts. Verschont mich, und ich helfe euch, ebenfalls am Leben zu bleiben.«

Jhered dachte einen Augenblick darüber nach, dann nickte er leicht.

»Wen meint Ihr mit ›er‹«?, fragte er.

Im Raum wimmelte es vor Toten.

Khuran wich einen Schritt zurück. Jeder wäre vor diesem Anblick zurückgewichen. Dabei war dies erst die Keimzelle seiner Armee. Diese Streitmacht würde eines Tages über die Trümmer der Konkordanz marschieren und jeden noch lebenden Verteidiger in Angst und Schrecken versetzen. So hieß es.

Es hieß auch, diese Streitmacht sollte den Truppen vorangehen, die unter seinem Banner marschieren und seinen Namen mit unerschütterlicher Hingabe singen würden. Es war eine Streitmacht, die eine neue Stimme gefunden hatte. Klein noch, aber er konnte ihre Möglichkeiten bereits jetzt erkennen. Man musste schon sehr einfältig sein, um es nicht zu begreifen.

Allerdings blieb die Tatsache, dass sie nicht ihm gehörte. Nicht wirklich. Der Mann, der sie kontrollierte, der sie befreite, ihnen ein neues Leben einflößte und neue Aufgaben übertrug, besaß eine unvorstellbare Macht. Yuran hatte ihn als Geschenk mitgebracht und dann Tsard wieder verlassen, von einer Bürde befreit.

»Ist es nicht schön?«, sagte Gorian.

»Was denn? Dieser Tanz der Toten?«, fragte Khuran.

Unerschrocken stand Gorian neben ihm.

»Eine unbezwingbare Armee kann man durchaus als etwas Schönes empfinden. Ein Heer ohne Furcht, das sich von der Erde unter seinen Füßen nähren und Tag und Nacht kämpfen kann. Es ist eine Vollkommenheit, die keine Legion der Konkordanz je erreichen wird. Selbstlos und hingegeben kämpfen sie und fürchten nicht um ihre Angehörigen. Die vollkommene Streitmacht. Wenn es erst genug von ihnen gibt, kann nichts und niemand sie aufhalten.«

»Aber sie sind auch ohne Liebe und Ehre. Ohne Antrieb und

Glauben. Ohne einen Grund, im Dienst für ihren König zu sterben. Ohne Loyalität ist eine Armee überhaupt nichts.«

Gorian kicherte. »Ihr lasst Euch von alten Werten verwirren, mein König. Nichts ist schöner als eine zweite Gelegenheit. Nichts ist schrecklicher als die Angst, diese Gelegenheit zu versäumen. Wir haben diese Macht über jeden Einzelnen dieser Toten. Es gibt nichts, was sie nicht für uns tun würden. Ist das nicht wahre Loyalität?«

Khuran schauderte. Draußen war ein warmer Tag, im Herzen seiner Burg hielt sich jedoch die Kälte. Er unterdrückte seinen Widerwillen und betrachtete die Toten. Das Gefühl, dies sei ein Verbrechen wider die Natur, ließ sich nicht verbannen, und seine Abscheu wuchs noch, wenn er sah, wie entzückt Gorian über sein Werk war.

Die Toten waren verwirrt. Ein Dutzend von ihnen standen oder liefen in der Grabkammer umher und sahen sich um. Sie konnten denken und verstehen, befanden sich aber unter einem Bann, der ihnen Schweigen gebot. Sie waren verwirrt. Ein paar kleine Kinder, die am Vortag an den Pocken gestorben waren. Ein Mann, dessen Herz versagt hatte. Der Kopf eines anderen, der wegen Viehdiebstahl gehängt worden war, hing auf der Brust, und die Letzte war eine Frau, die im Wochenbett gestorben war.

Ihre letzten Gedanken waren verzweifelt, gepeinigt und voller Angst gewesen. Nun waren sie zu einem neuen Leben erwacht, und Khuran fragte sich, ob sie dies für das Leben nach dem Tode hielten. Denn genau das war es, wenngleich nicht das Nachleben, das in den Schriften irgendeiner Religion geschildert worden war. In diesem Tod lag kein Ruhm und ganz gewiss kein Frieden. Belebt von Gorian, erhalten dank ihrer Gemeinschaft und der grollenden Kraft der Erde unter ihren Füßen. Ein Kreislauf, so hatte Gorian es genannt. Khuran verstand es nicht, aber es spielte keine große Rolle. Der Beweis stand vor ihm. Menschen mit trüben Augen, die noch die Kleidung trugen, in der sie gestorben waren.

Khuran schob die Idee fort, es sei nur ein Trick, denn er hatte sie alle leblos am Boden liegen sehen und nach einem Puls oder der Wärme des Bluts unter der Haut getastet. Sie waren alle tot gewesen, und jetzt atmeten sie wieder.

Im nächsten Augenblick sanken sie zu Boden und rührten sich nicht mehr. Khuran wandte sich an Gorian, der Aufgestiegene runzelte die Stirn.

»Was ist geschehen?«, fragte Khuran, von einer Furcht befreit, die er nicht hatte zeigen wollen.

»Es ist eine neue Fähigkeit«, erklärte Gorian. »Nur selten erprobt und noch nie an so vielen zugleich. Aber es funktioniert, und ich weiß, wie ich es verbessern kann. Um sie in eine überwältigende Macht zu verwandeln, brauche ich allerdings Hilfe.«

»Hilfe? Woher soll die kommen?«

Gorian lächelte. »Bereitet Ihr nur Euer Land auf den Krieg vor, stellt Eure Truppen an den vorbestimmten Plätzen auf, und überlasst es mir. Ich werde wieder hier sein, bevor Ihr überhaupt bemerkt habt, dass ich fort war.«

Khuran betrachtete Gorian. Der Bursche war erst Mitte zwanzig, aber schon so befehlsgewohnt und selbstbewusst. Die Augen strahlten in einem Gesicht, das viele Frauen bei Hofe anbeteten. Das Gesicht eines großen Helden der Konkordanz, eingerahmt von prächtigem blondem Lockenhaar. Er war groß, kräftig und trug eine der Togen, die er sich eigens hatte weben lassen, obwohl Khuran sie lächerlich gefunden hatte. Gorian liebte Spielchen, und dies war ein besonders albernes. Die meisten Menschen wagten nicht, Gorian Westfallen zu widersprechen, wenn er etwas wünschte. Aber Khuran war nicht jedermann.

»Oh nein, Gorian. Du wirst dich nicht davonstehlen. Ich werde mein Volk anführen, und du wirst mir folgen.«

»Wie Ihr wünscht, mein König.«

2

859. Zyklus Gottes, 20. Tag des Dusasab

Die Energiestruktur war krank. Graue Flecken strömten durch die Adern und schädigten die inneren Organe. Ossacer empfand die starke Infektion wie eine Hitzewelle, die ihm ins Gesicht schlug. Der Junge, den er behandelte, lag im Fieberwahn und war fast ohnmächtig. Sein Körper war in Schweiß gebadet, obwohl ein kalter Wind um das kleine Haus wehte. Ossacer schob die Hände auf den Bauch des Jungen und zuckte zusammen, als sich vor seinem geistigen Auge ein genaues Abbild der Energiebahnen entfaltete. Die Leber und die Nieren waren überlastet und standen kurz davor zu versagen. Der Junge hatte nicht mehr lange zu leben.

Er und Arducius hatten die morasische Hafenstadt Okiro aufgesucht, weil es Gerüchte gab, dass hier und in den umliegenden Dörfern ein starkes Potenzial an Aufstiegskandidaten existierte. Sie hatten jedoch eine Seuche vorgefunden, die das Armenviertel der Stadt direkt hinter dem Hafen heimsuchte. Es hatte mit dem Trinkwasser zu tun, wie Arducius inzwischen wusste. Während er zusammen mit einem Landhüter, den sie am Vortag kennengelernt hatten, die genaue Ursache erforschte, kümmerte Ossacer sich um die Einheimischen. Die Starken konnten gegen die Krankheit ankämpfen. Die Alten, Jungen und Schwachen kehrten zu Hunderten in die Umarmung Gottes zurück.

»Kannst du ihn retten?«

Ossacer wandte sich zur Tür um, wo die Mutter des Jungen stand. Sie war selbst noch jung, doch die Sorge hatte ihre Schönheit überlagert. Ihre Stimme zitterte, und jede Lebenslinie zeigte, welche Sorgen sie sich machte. Es war fast körperlich spürbar. In ihre Furcht um ihren Sohn mischte sich die Angst vor Ossacer. Die Verzweiflung hatte über ihr Misstrauen gesiegt, und so war sie schließlich bereit gewesen, es ihn versuchen zu lassen. Die Geschichte des Aufstiegs wiederholte sich immer wieder.

Unter seinem Blick wurde sie nervös. Auch daran war er gewöhnt. Seine Augen, die nichts sahen, aber alles spürten und durch Haut und Knochen bis ins Herz blickten, machten den Menschen Angst.

»Wenn du mich lässt, dann kann ich es.«

Hoffnung und Erleichterung ließen ihre Lebensenergien schneller pulsieren.

»Ja doch«, flehte sie. »Bitte.«

Sie wollte Ossacer berühren, hielt aber mitten in der Bewegung inne. Er wusste, was sie sah. In vielerlei Hinsicht war er ganz normal – sauber geschnittenes kurzes Haar, ein freundliches Gesicht, das vielleicht etwas vor der Zeit Falten bekommen hatte, und ein kleines Lächeln. Doch die irisierenden Farben seiner blinden Augen und das Wissen, wer er war – sie konnte es nicht einfach beiseiteschieben. Ossacer nickte.

»Schon gut«, sagte er. »Ich verstehe das. Vertrau mir. Und hab keine Angst vor dem, was du vielleicht siehst. Ich werde ihm nicht wehtun.«

Damit wandte er sich wieder dem Jungen zu und legte ihm eine Hand auf die schweißnasse Stirn. Die Hitze traf ihn wie ein Schock.

»Bleib bei mir«, flüsterte er. »Gib nicht auf.«

Ossacer konzentrierte sich auf den kranken, sterbenden Körper, bis die aufgewühlten Energien draußen im Hafen und in der ganzen Umgebung verblassten. Er suchte nach Kräften, die ihm näher waren. Obwohl er ausgeruht war, durfte er sich nicht zu sehr verausgaben. In den Elendsvierteln gab es noch so viel mehr zu tun, nachdem er dieses eine Kind gerettet hatte. Draußen vor dem Fenster stand ein alter Olivenbaum mit tief reichenden Wurzeln und verdrehten, knorrigen Ästen. Drinnen brannten Kerzen und Laternen, und in der winzigen Küche nebenan loderte ein Feuer. Das musste reichen.

Ossacer hob eine Hand mit nach oben gerichteter Handfläche wie eine Schale über den Kopf. Dann öffnete er sich für die Energien des Baums und des Feuers und vereinte ihre Strukturen vor seinem inneren Auge. Der Baum, stark und langsam in Braun und Dunkelgrün pulsierend, durchsetzt mit den blassen Schatten der Jugend, wo neue Triebe auf die Wärme des Genastro warteten. Das chaotische Feuer, eine wabernde Masse aus roten und gelben Zungen, dunkler an den Spitzen, wo die Energie aus dem Kreis entfloh und sich in der umgebenden Luft verlor.

Er erinnerte sich noch genau, wie fremdartig und schwierig er dies in seiner Jugend gefunden hatte, als er und die anderen erwacht waren und die wahren Farben des Lebens und die Pracht auf dieser Erde Gottes erkannt hatten. Damals war es ihnen fast unmöglich erschienen, sich mit einer anderen Energiequelle zu verbinden – und sie gar zu steuern, war eine lächerliche Vorstellung und eine unglaublich ermüdende Erfahrung gewesen.

Jetzt war es anders, es ging fast wie von selbst, war aber auf lange Sicht immer noch anstrengend. Ossacer erweiterte seine eigene Energiestruktur, bis sie mit den Quellen, die er brauchte, Verbindung aufnehmen konnte. Dann öffnete er die Kreisläufe der äußeren Energien, bis sie durch ihn fließen konnten. Er spürte das heftige Zucken des Feuers und die träge Kraft des Olivenbaums. In seinem Körper konzentrierte und verstärkte er diese Energien und formte sie, bis sie seinen Vorstellungen entsprachen.

Schließlich projizierte er die Struktur auf den Jungen und schickte die Energien durch dessen Adern und Organe. Es war ein Bild der

Gesundheit, eine reine Konstruktion, die nun die Infektion überlagerte. Flackernd hellten sich die grauen Stellen auf und verschwanden schließlich ganz. Ossacer hielt den Strom der Gesundheit aufrecht, bis keine Spur der Krankheit mehr vorhanden war. Erst dann entspannte er sich, löste sich von den Energien und ließ die Geräusche des Tages wieder auf sich einströmen.

Endlich hockte er sich hin und atmete schwer aus. Nach der Anstrengung schüttelte er den Kopf und wischte sich mit der Hand die Stirn ab. Der Junge lag ruhig im Bett, sein Fieber war gefallen, und er schlief. Lächelnd wandte Ossacer sich wieder an die Mutter. Sie stand noch in der Tür, eine Hand an den Rahmen gestützt. In der Kammer waren die Laterne und die Kerzen erloschen, und in der Küche rauchten und glühten die letzten Reste des Feuers. Draußen hatte der Olivenbaum trotz der Kälte des Dusasab ausgeschlagen.

»Lass ihn schlafen«, sagte Ossacer. »Und koche all dein Wasser ab, bis wir den Zufluss gereinigt haben.«

Sie nickte stumm und kam ihm nicht nahe, obwohl sie zu ihrem Sohn eilen wollte. Ossacer stand auf.

»Ich verstehe deine Ängste. Ich sehe es jeden Tag. Aber du musst vergessen, was man dir gesagt hat. Dies ist, was der Aufstieg dir und der ganzen Konkordanz bieten kann. Wir sind nicht gegen Gott, sondern wir handeln im Einklang mit Gott und verrichten seine Werke. Wir wollen nur helfen, und ich wurde geboren, um zu heilen.«

»Danke«, quetschte sie heraus. Offenbar war sie von verwirrenden Gefühlen erschüttert. »Es ist nur …«

»Schon gut«, unterbrach Ossacer sie. »Ich bitte dich nur darum, über das nachzudenken, was du heute gesehen hast. Was wirst du deinem Sohn und deinen Freunden sagen? Dass dein Sohn von einem bösen Mann geheilt wurde, der ausgelöscht werden muss, oder dass er dank Gottes Willen die Hoffnung hat, das Leben zu führen, das er verdient hat? Denk nach. Wir bitten nicht um Dank, wir wollen nur akzeptiert werden.«

Damit verneigte er sich und schritt an ihr vorbei zum Eingang. Harkov, der General der Garde des Aufstiegs, fing ihn draußen ab. Eine tröstliche Gestalt voll starker Lebenslinien, die ihn als befehlsgewohnten Mann auswiesen. Harkov war ein ehemaliger Palastwächter, den Paul Jhered sehr achtete, und daher genau der richtige Anführer für die Garde des Aufstiegs.

»Es gibt Ärger am Brunnen«, sagte er.

»Ist es schlimm?«, fragte Ossacer und legte eine Hand auf Harkovs Arm. Jetzt konnte er sich entspannen, und sofort verblasste die Welt vor ihm. Harkov führte ihn in den kalten Tag hinaus.

»Ziemlich übel. Es ist Koroyan.«

Ossacer seufzte mutlos, auf einmal war er sehr müde. »Wird diese Frau uns denn ewig hetzen?«

»Solange sie keinen hässlichen Unfall erleidet«, stimmte Harkov zu.

»Das ist doch nicht Euer Ernst«, antwortete Ossacer.

»Nicht immer.«

»Wo ist Arducius?«

»Dreimal dürft Ihr raten«, sagte Harkov.

»Dann sollten wir uns beeilen«, drängte Ossacer.

Sechs weitere Gardisten des Aufstiegs gesellten sich zu den beiden Männern, alle bewaffnet mit Gladius und Schild und einem über den Rücken geschlungenen Bogen. Ihre roten Uniformen mit der Sonnenkrone über dem Baum in zwei geöffneten Händen waren inzwischen in der ganzen Konkordanz bekannt und anerkannt. Die aus ehemaligen Leviumkriegern und Palastwächtern rekrutierte Garde verschaffte sich rasch Respekt. Zugleich machte sie sich mächtige Feinde.

Der kurze Weg zum Brunnen führte durch Elendsviertel, die nach Tod stanken. Die Straßen waren schmal, die Menschen voller Angst. Auf dem schmutzigen Pflaster lag Unrat, es stank nach Abwässern. Ossacer war ein wenig besorgt. So weit vom Herzen der Konkordanz entfernt waren noch nicht alle Fortschritte, die sie bieten konnte, zu den Ärmsten vorgedrungen. So würde es wohl auch noch lange bleiben.

Die Aufregung lief in Wellen durch alle Menschen, die schlummernde Kräfte in sich trugen. Nach einigen Schritten konnte er es auch hören. Der Wind trug einen lauten, scharfen Wortwechsel herüber.

»Am Brunnen sind sehr viele Leute«, sagte Ossacer. »Ich erkenne die Störungen in den Energiefeldern. Sie sind aufgebracht und erregt.«

»Weicht nicht von meiner Seite«, ermahnte Harkov ihn. »Es könnte unangenehm werden.«

»Falls Koroyan dort ist, dann ist dies längst der Fall«, erwiderte Ossacer.

Eilig folgten sie einer Abzweigung nach rechts. Der Brunnen lag am Ende der Gasse. Ossacer erkannte die Lebenslinien vieler verwirrter Menschen, hinter ihnen das lebhafte Blau des Wassers im Brunnen. Harkov winkte zweien seiner Männer, vorauszugehen, während er selbst langsamer wurde. Ossacer suchte in den lodernden menschlichen Energien nach einem Zeichen von Arducius. Er war schwer zu finden.

»Wo ist er?«

»Es wird ihm schon nichts passieren«, beruhigte Harkov ihn.

Ossacers Herz raste. Er bemühte sich sehr, ruhig zu bleiben. Das Flackern der Energien ließ etwas nach, und er konnte wieder Einzelheiten erkennen. Nur Arducius war nirgends zu entdecken. Einige Leute riefen, es gab ein kurzes Handgemenge, und in der darauf folgenden Stille traten Ossacer und Harkov vor. Der General schilderte ihm die Einzelheiten.

»Koroyan ist mit Vennegoor und ungefähr zwanzig Ordensrittern gekommen. Arducius steht ihnen hinter einer Reihe unserer eigenen Männer gegenüber. Bisher hat noch niemand ein Schwert gezogen, aber die Leute werden nervös. Das Problem ist, dass die Bürger von allen Seiten herbeiströmen. Wenn etwas schiefgeht, haben wir keine Fluchtmöglichkeit mehr.«

»Es wird schon nichts passieren«, sagte Ossacer. »Bringt mich nur in Ardus Nähe.«

Harkovs Männer zogen die Köpfe ein und drängten sich bis zum Brunnen durch. Die vielfachen Bilder in Ossacers Kopf klärten sich, bis er schließlich auch Arducius erkennen konnte. Seine Aura war ruhig, die Energien seines Körpers strömten gleichmäßig. Doch in seinem Körper erkannte Ossacer auch die grauen Striche seiner brüchigen Knochen. Diese Krankheit konnte nicht einmal er heilen.

Die Gardisten waren recht nervös, und auf Ossacers Sinne stürmte nun der Zorn der Ordensmitglieder ein, die nur wenige Schritte vor ihnen standen. Die Gespräche brachen ab.

»Kann man dich denn keinen Moment allein lassen, ohne dass es Ärger gibt?«, sagte Ossacer.

»Damit komme ich schon zurecht«, entgegnete Arducius. »Aber es ist trotzdem gut, dass ihr kommt.«

Sie stellten sich vor die Reihe der Gardisten. Kanzlerin Koroyan hatte sich hochmütig und voller Verachtung in Positur geworfen.

»Ah«, sagte sie. »Da ist ja auch der Blinde. Zweifellos habt Ihr gerade wieder einmal Eure perversen Heilungen vollzogen?«

Es wurde still in der Menge, die auf dem kleinen Platz mit dem Brunnen inzwischen mehrere Hundert Köpfe zählte. Ossacer spürte die Bewegung der Menschen. Die Kanzlerin war eine herrische Gestalt, und trotz der Arbeit, die er und Arducius hier geleistet hatten, war ihre Sicherheit keineswegs garantiert. Alle, die jetzt lauschten und zuschauten, waren Anhänger des Ordens.

»Ihr könnt mich gern begleiten und mit einigen reden, denen ich geholfen habe«, schaltete Ossacer sich mit lauter Stimme ein. »Fragt sie, wie sie über meine Arbeit denken.«

»Es gibt da etwas, das mich interessiert und das wir alle hier sicher gern wissen würden«, fragte Arducius, »was habt Ihr eigentlich hier zu suchen?«

Ossacer atmete scharf ein.

»Das ist gefährlich, Ardu. Sehr gefährlich«, flüsterte er.

»Wir klären das lieber sofort.«

Koroyan schien tatsächlich ein wenig zurückzuschrecken, aber sie fasste sich rasch wieder und trat vor.

»Trägt sie immer noch dieselben alten Staatsroben?«, fragte Ossacer.

»Ja. Aber ihr Haar hat seit dem letzten Mal ein paar graue Strähnen bekommen.«

»Liebe Einwohner von Okiro, von Morasia und der Konkordanz«, hub Koroyan mit hoheitsvollem Lächeln an, »treue Diener des Allwissenden. Ich bin froh, dass ihr die Gelegenheit hattet, mit eigenen Augen zu beobachten, was die sogenannten Aufgestiegenen tun können. Sie können Kranke heilen, aber was benutzen sie dazu? Und was können sie sonst noch tun, das sie uns nicht ganz so freimütig vorführen? Ich habe gesehen, wozu sie fähig sind, und mir gefriert heute noch das Blut in den Adern, wenn ich sehe, dass sie immer noch frei herumlaufen dürfen. Sie können Berge aus Wasser auftürmen, die euch alle in euren Betten ertränken würden. Sie können Stürme heraufbeschwören, die eure Häuser dem Erdboden gleichmachen. Sie spielen mit den Elementen, als seien sie ihr Eigentum. Das sind sie aber nicht. Diese Erde ist das Reich Gottes, des Allwissenden. Kein Sterblicher hat das Recht, sich göttlicher Kräfte zu bedienen und sie zu benutzen, als wären es seine eigenen. Könnt ihr euch sicher fühlen, wenn so jemand unter euch wandelt?

Der Allwissende sorgt für euch, und nachdem diese tragische Krankheit euer Dorf getroffen hat, schließe ich euch an erster Stelle in meine Gebete und meine Gedanken ein. Ist es nicht seltsam, dass die Aufgestiegenen just in dem Augenblick hier auftauchen, in dem eine Krankheit ausbricht? Fast, als hätten sie schon vorher gewusst, was geschehen würde.« Koroyan zuckte mit den Achseln. »Wer weiß, vielleicht sind sie sogar so mächtig, dass sie den Ausbruch der Seuche vorhersagen konnten. Vielleicht sind sie aber auch die Ursache. Denn was wäre überzeugender als eine Vorführung ihrer Kräfte in einer echten Notlage? Wenn es nichts zu verbessern gäbe, dann könnten sie auch nicht eure Aufmerksamkeit erregen, nicht wahr?

Ich klage sie an. Sie sind Verbrecher, die unter dem fehlgeleiteten Schutz der Konkordanz stehen. Sie sind Ketzer vor dem Allwissenden. Diesen Leuten müssen wir Einhalt gebieten. Alle, die den Allwissenden anbeten, wissen dies und kennen auch die Strafe. Ketzer müssen brennen.«

Jetzt kam Bewegung in die Menge. Zorn regte sich, und einige hoben die Stimmen. Die Mehrheit war auf der Seite der Kanzlerin, aber nicht alle folgten ihr. Niemand riskierte es, die Hand zu heben, solange beide Seiten von Wächtern beschützt wurden.

»Das artet zu einem Tribunal aus«, sagte Harkov leise. »Ich möchte Euch raten, Eure nächsten Worte mit Bedacht zu wählen.«

Arducius sprang auf den Rand des Brunnens, von wo aus er die Menge überragte, die rasch verstummte. Ossacer nahm sein Selbstvertrauen als warmen grünen Schimmer in seiner Aura wahr.

»Wir sind jetzt seit fünf Tagen hier. Fünf Tage, in denen wir bei euch gesessen, mit euch gegessen und gebetet haben. Ja, wir haben unsere Fähigkeiten eingesetzt, um die Kranken zu heilen. Wenn ich mich umsehe, erkenne ich viele Gesichter wieder. Einige unter euch sahen einer vorzeitigen Rückkehr in die Erde entgegen, können jetzt aber umherlaufen, nachdem sie wieder zu Kräften gekommen sind.

Die Kanzlerin hat recht. Der Allwissende sorgt für euch, und wir verrichten das Werk des Allwissenden, indem wir die retten, die gerettet werden können. Wir helfen denen, die uns um Hilfe bitten, so gut wir es vermögen.

Die Kanzlerin hat recht. Wir können den Wind heraufbeschwören und das Wasser und das Feuer aufsteigen lassen. Aber nur im Namen des Allwissenden. Nur um unser Volk zu schützen. Euch. Dies beweist unseren Wert. Wir sind hier, um euch zu dienen. Haben wir auch nur einen Einzigen unter euch verletzt?«

Arducius wandte sich an die Kanzlerin. »Es ist eine unendliche Tragödie, dass wir nichts mehr wollen, als am Busen des Ordens Geborgenheit zu finden. Wir wären froh, wenn wir der Kanzlerin unsere Treue schwören könnten. Sie aber verweigert uns diesen Weg, und deshalb sind wir gezwungen, ohne ihren Segen zu arbeiten.

Ich stehe nun vor euch und sage euch, dass ihr von den Aufgestiegenen nichts zu befürchten habt. Wenn ihr uns nicht glauben wollt, dann lasst uns eben verbrennen. Aber ihr könnt den Weg der Konkordanz nicht ändern. Der Aufstieg ist hier und wird immer hier bleiben. Er genießt die Unterstützung der Advokatin. Im Laufe der Generationen werden mehr und mehr eurer Kinder ähnliche Fähigkeiten entwickeln.

Einige werden uns heute nach Estorr begleiten, andere werden folgen. Seht das Gute in uns, denn nur darauf kommt es an. Die Kanzlerin irrt sich. Wir sind keine Ketzer. Sie allein ist diejenige, die vom Tod spricht.

Wir geben dem Leben den Vorzug. Ich kann mir keine größere Freude vorstellen, als den Allwissenden anzubeten, und ich bitte euch alle, im Glauben stark zu bleiben und andere dazu anzuhalten. Wir bitten euch nur um Verständnis, da wir im Glauben an den Allwissenden und niemals gegen ihn handeln.«

In der Menge war es mucksmäuschenstill geworden, während Arducius gesprochen hatte. Er sprang vom Brunnenrand herunter und durchquerte den freien Raum, bis er vor der Kanzlerin stand.

»Eure Auftritte haben sich überlebt, Felice. Im letzten Jahrzehnt haben wir Hunderte von Menschen gerettet und Tausende befreit, aber niemanden verletzt. Wir werden diejenigen, die mit uns nach

Estorr gehen wollen, mitnehmen, und Ihr werdet uns nicht daran hindern, noch wird Euer Schoßhündchen sein Schwert ziehen.«

Horst Vennegoor, das Erste Schwert der Gottesritter, zuckte zusammen und knurrte.

»Spart es Euch, Vennegoor«, sagte Arducius. »Als Ihr uns vor einem Jahrzehnt in Westfallen überfallen habt, wart Ihr schon über Eure beste Zeit hinaus. Jetzt seid Ihr einfach nur alt.«

Felice Koroyan unterband Vennegoors Antwort mit einer Geste und machte einen weiteren Schritt, bis sie dicht vor Arducius stand.

»Ihr wart von Anfang an eine Abscheulichkeit und werdet es immer sein«, sagte sie leise. »Eines Tages wird einer von Euch, einer Eurer widerwärtigen Brüder und Schwestern, die Grenze überschreiten. Dann wird die Advokatin mir wieder Gehör schenken, und Ihr werdet keine Freunde mehr haben. Ich muss nur abwarten.«

Arducius lächelte, und Ossacer erkannte, dass sein Zorn verflog. »Diese Genugtuung werden wir Euch nicht geben, Felice. Ich weiß, warum Ihr uns bekämpfen müsst. Ihr tut es, weil Ihr fürchtet, dass eines Tages Eure Verbrechen gegen uns auf Euch zurückfallen. Nur dank der Gnade der Advokatin und der nachsichtigen Gesetze unserer Konkordanz seid Ihr noch am Leben und dürft Euch Kanzlerin nennen. Die Advokatin mag vergeben und vergessen, aber das werden wir Aufgestiegenen nicht tun. Eines Tages werdet Ihr fort sein, und der Aufstieg und der Orden werden eins sein, wie es dem Willen des Allwissenden entsprechen mag.«

Die Kanzlerin starrte ihn mit grauem Gesicht und zorniger Miene an.

»Eure Worte verraten Euch«, sagte sie. »Eines Tages werde ich Euch brennen sehen.«

»Ich an Eurer Stelle würde nicht mein Leben darauf verwetten«, erwiderte Arducius. Er wandte sich wieder an Ossacer und Harkov. »Kommt mit. Wir haben noch viel zu tun.«

3

859. Zyklus Gottes,
1. Tag des Genasauf

So, jetzt kannst du reinkommen.«

Die Stimme ihres Sohnes erfüllte Mirrons Herz mit Freude, seit sie seinen ersten Schrei als Neugeborener gehört hatte. Sie wandte sich vom Fenster ihres Schlafzimmers ab, das einen wundervollen Blick auf Estorr bot, und ging ins große Empfangszimmer. Durch die halb offene Tür hörte sie Füßescharren und ein leises Murmeln, sie roch die Grünpflanzen und den Duft frisch geschnittener Blumen und hörte das Wasser im Zierbrunnen tröpfeln.

Ihr Sohn war an ihrer Seite.

»Sieh zuerst nach links, aber nicht nach rechts«, sagte der Junge und hob eine Hand, um den Rest des Raumes vor ihren Augen abzuschirmen.

»Na gut«, willigte sie ein.

Links stand der Springbrunnen. Im Becken fuhr ein geschnitztes Boot mit einem Segel aus Tuch gemächlich im Kreis herum. Das Segel wurde von einer kleinen Brise gebläht, die das Boot antrieb.

»Oh, mein Lieber, so etwas kannst du tun?« Sie kniete nieder und nahm ihn in die Arme.

Das Boot wurde langsamer und blieb stehen, weil sie seine Konzentration gestört hatte.

»Ach je, Mutter!«

»Kessian, ich bin ja so stolz auf dich. Ich wusste, dass du es schaffen würdest.«

»Herzlichen Glückwunsch zum Geburtstag, Mutter.«

Sie küsste ihn auf die Wange und ließ ihn los. »Wie hat du das gemacht?«

»Er brauchte ein wenig Hilfe, aber es war eigentlich schon in ihm, genau wie du gesagt hast.«

Mirron fuhr in der Hocke herum und musste sich am marmornen Springbrunnen festhalten. Sie hatte ganz vergessen, dass noch andere Gäste im Raum waren. Eigentlich war er sogar mit Freunden überfüllt, doch die Stimme gehörte einem Mann, den sie seit einem Jahr nicht mehr gesehen hatte. Sie sprang auf und umarmte ihn.

»Ardu! Wann bist du zurückgekommen? Warum hast du mir nichts gesagt?«

»Weil dein Sohn zuerst bei mir war und dich überraschen wollte«, erklärte Arducius. Seine Augen wechselten von Grün zu einem sanften, warmen Blau.

»Außerdem dachten wir, dass wir vielleicht gemeinsam Geburtstag feiern.«

Eine weitere Stimme, die Mirron fast in Tränen ausbrechen ließ. Sie schob Arducius sanft zur Seite, um zu Ossacer vorzudringen. Dann umarmten sie sich zu dritt, und die anderen Gäste applaudierten.

»Herzlichen Glückwunsch zum Geburtstag für uns alle«, sagte Mirron.

Die anderen im Raum wiederholten den Glückwunsch und hoben die Weinkelche.

»Vierundzwanzig sind wir jetzt«, sagte Ossacer. »Wir werden alt ...«

»Manchmal fühle ich mich, als wäre ich zwanzig Jahre älter«, gab Mirron zu.

»Aber du sieht aus, als wärst du zehn Jahre jünger«, meinte Arducius.

»Lügner.« Sie schüttelte den Kopf und trat einen Schritt zurück, damit sie beide anschauen konnte. Sie waren müde, sahen aber mit den weißen Togen und den dunkelroten Schärpen des Aufstiegs wundervoll aus. Ossacer hatte sich die Haare kurz schneiden lassen, während Arducius sein Haar lang und leicht gewellt trug. »Eigentlich hättet ihr erst im Solastro wieder hier sein sollen. Es war einsam ohne euch.«

»Unseren Geburtstag dürfen wir doch nicht verpassen«, sagte Ossacer.

Mirron lächelte ihn an. Er betrachtete sie genau; seine blinden Augen tasteten sie von oben bis unten ab, nahmen ein Chaos verschiedener Farben wahr. Wer daran nicht gewöhnt war, fand es beunruhigend. Mirron, Ossacer und Arducius hatten jedoch die ersten zwanzig Jahre ihres Lebens fast ständig zusammen verbracht. Ossacer betrachtete ihre Energiestruktur und die Lebenslinien, wie nur er es vermochte, und versuchte, die Gefühle hinter ihren Worten zu erkennen. Mirron dagegen musste nicht in Ossacers Inneres schauen, um seine Stimmung zu erfassen. Er war unglücklich und besorgt. Es stand ihm ins Gesicht geschrieben und war an seiner Haltung abzulesen. Er war ein wenig gebeugt und ließ die Schultern hängen, als müsste er eine schwere Last tragen.

»Komm schon, Ossie, du kannst mir nichts vormachen.«

Ossacer zuckte mit den Achseln. »Also, weißt du, wir waren gerade zufällig in der Nähe ...«

»Jemand, der in Morasia ist, kommt nicht zufällig auf dem Weg nach Westfallen hier vorbei«, widersprach Mirron. »Trotzdem freue ich mich, dass ihr gerade heute gekommen seid. Hast du verfolgt, was mein Sohn tun kann?«

»Ich habe die Energiebahnen bemerkt«, sagte Ossacer. »Sehr beeindruckend für einen Zehnjährigen. Es freut mich, dass sein

Potenzial so früh erwacht. Aber das ist ja nicht erstaunlich bei einem Nachkommen von Mirron und ... na ja, du weißt schon.«

Mirron nickte und suchte Kessian. Er spielte gerade mit seinem Boot und ließ es mit dem Wind, den er erschuf, Achten fahren. Hesther Naravny, die Mutter des Aufstiegs, sah ihm über die Schulter und ermunterte ihn. Einige andere beobachteten ihn, darunter auch zwei jugendliche Aufgestiegene. Allmählich zerfiel die Versammlung in kleine Grüppchen, die redeten und tranken und Häppchen von den Serviertellern nahmen, die überall bereitstanden. Ein großer Teil des Aufstiegs war zugegen, ein Beweis für die Verehrung, die nicht nur Mirron, sondern alle drei ursprünglichen Aufgestiegenen genossen.

Kessian spürte ihren Blick auf sich ruhen, drehte sich um und schenkte ihr ein strahlendes Lächeln. Mirron erwiderte das Lächeln, aber dahinter lauerte ein Schmerz, der niemals vergehen würde. Diese wundervollen blauen Augen, dieses blonde Lockenhaar. Er war Gorian wie aus dem Gesicht geschnitten.

»Wenigstens sind die Ähnlichkeiten damit auch erschöpft«, flüsterte Ossacer ihr ins Ohr.

Mirron war gar nicht bewusst gewesen, dass sie den Atem angehalten hatte.

»Ich werde nie verstehen, wie du das machst«, schnaufte sie.

»Es ist ganz einfach, liebe Mirron. Du musst nur den größten Teil deines Lebens blind sein. Damit bekommst du einen unverstellten Eindruck von allen Nuancen der Energie.«

Selbst wenn er einen Scherz machte, sprach Ossacer ernst und analytisch.

Mirron drehte sich zu ihm um. »Was ist denn nun eigentlich los, Ossie?«

»Was meinst du damit?« Er schlug die Augen nieder.

»Glaubst du, ich spüre nicht, dass etwas nicht stimmt? Du bist mit Ardu unangekündigt aus dem Westen zurückgekehrt. Ich weiß ja, dass es auch euer Geburtstag ist, aber ich kann mir nicht vorstellen, dass die Advokatin bereit war, euch nur wegen einer Geburtstagsfeier die Rundreise abbrechen zu lassen.«

»Genieße es einfach«, riet Arducius ihr. »Es ist ein schöner Genastrotag in Estorr, die Advokatin bezahlt den Wein, und wir haben ein paar vielversprechende Anwärter mitgebracht, die wir dir und Hesther vorstellen möchten. Wir haben sie direkt unter den Augen der Kanzlerin mitgenommen, die so ein hübsches böses Gesicht schneidet, wenn sie eine Niederlage einstecken muss.«

»War sie etwa dort?«

»Sie ist immer da, wo wir sind«, erwiderte Arducius.

»Können wir nicht etwas dagegen tun?«, fragte Mirron.

Arducius schüttelte den Kopf. »Die Advokatin will das Gesetz nicht ändern. Außerdem ist nicht der Orden das Problem, sondern nur Koroyan mit ihren Lakaien. Wir müssen das Volk von unserem Glauben überzeugen, indem wir unsere Fähigkeiten beweisen und Verständnis zeigen. Wir wollen akzeptiert werden und können keinen religiösen Konflikt gebrauchen.«

Mirron nagte an der Unterlippe. Sie war sichtlich besorgt. »Eines Tages wirst du dich nicht mehr herausreden können. Was wird dann geschehen? Wir wissen, dass die Kanzlerin Gewalt anwenden würde, sobald sich die leiseste Gelegenheit bietet. Ich kann den Gedanken nicht ertragen, dass ihr eines Tages in einen weit entfernten Winkel des Landes verbrannt werdet, nur weil ihr ein falsches Wort gesagt habt.«

Arducius spreizte die Finger. »Was sonst könnten wir tun? Dies ist die einzige Möglichkeit, die Menschen mit uns vertraut zu machen. Und sieh nur, wie viele wir aus ihrer selbst auferlegten Unterdrückung befreit haben. Hunderte von Menschen, die sich für Missgeburten hielten und in Angst vor dem Orden lebten, können jetzt zuversichtlich und bei Tageslicht auf die Straße gehen.«

»Das ist aber eine sehr naive Vorstellung, Ardu«, widersprach

Mirron. »Vielleicht können sie das hier auf dem Hügel tun, aber es gibt selbst in Estorr noch Viertel, in denen sie sich ohne Begleitschutz nicht blicken lassen dürfen, und dies ist immerhin die Hauptstadt. Es spielt keine Rolle, was die Advokatin sagt und was sie beschließt. Im besten Falle begegnen uns die Menschen mit Vorsicht. Draußen in der Wildnis hassen uns die meisten. Der Orden ist und bleibt eine Macht, und ganz egal, was wir tun, wir sind der Stachel im Fleisch des Ordens.«

»Das ändert nichts«, wehrte Arducius ab. »Wir müssen unsere Botschaft unter die Leute bringen, genau wie es der Orden vor Jahrhunderten getan hat. Das ist mit Gefahren verbunden, aber wenn wir es nicht jetzt tun, können die folgenden Generationen keine Fortschritte erzielen. Gibt es denn eine andere Möglichkeit?«

Mirron schüttelte den Kopf. »Vielleicht nicht. Seid nur vorsichtig und provoziert die Kanzlerin nicht. Streite nicht ab, dass du gerade das sehr gern tust. Ich habe dich dabei gesehen.«

Arducius lachte und küsste sie auf die Wange. »Komm schon, wir mischen uns unters Volk. Entspann dich doch mal. Du machst dir zu viele Sorgen.«

»Aus gutem Grund.« Sie nahm den Weinkelch an, den Arducius ihr von einem Tablett geholt hatte, und trank. »Glaube nicht, es sei mir unmöglich, den wahren Grund dafür herauszufinden, weshalb ihr heute hier aufgetaucht seid.«

»Das wird dir sicher gelingen«, gab Arducius zu, und seine gute Laune verflog für einen Augenblick. »Aber das muss noch eine Weile warten.«

Darauf nickte Mirron, wandte sich wieder zu ihrem Sohn und Hesther um und bemühte sich sehr, nicht weiter darüber nachzudenken.

Roberto Del Aglios, der älteste Sohn der Advokatin und der erste Botschafter der Konkordanz in der unzugänglichen Nation von

Sirrane, fühlte sich belebt und weitaus jünger, als es seinen achtundvierzig Jahren entsprochen hätte. Jahreszeit auf Jahreszeit und Jahr auf Jahr hatten die schwierigen, heiklen und frustrierenden Verhandlungen gedauert, bis er endlich ein von der sirranischen Regierung unterzeichnetes Dokument in Händen halten konnte.

Es handelte sich keineswegs um ein vollständiges Bündnis, der Vertrag besiegelte aber immerhin die Übereinkunft, die Beziehungen zu verbessern, technische Entwicklungen auszutauschen und mit einer breiten Auswahl von Gebrauchsgütern Handel zu treiben, was vielen Gebieten der Konkordanz zum Vorteil gereichen würde. Noch wichtiger war, dass es außerdem eine Absprache gab, einander über Tsard im Süden, Omari im Westen und das riesige Wüstenkönigreich Garrath im Norden von Sirrane auf dem Laufenden zu halten. Die einst Blinden hatten jetzt überall Augen.

Roberto wartete, bis sie den Sirrankjor, den Regierungssitz dieses außerordentlichen Landes, verlassen hatten, ehe er sich gestattete, Gesteris zu umarmen. Die beiden Männer klopften sich gegenseitig auf den Rücken.

»Das wird die Konkordanz wieder groß machen«, sagte Roberto, als er sich aus der Umarmung löste. »Wenn ich mir vorstelle, was dies für Gosland und Dornos bedeutet …«

»Es stärkt die Regentschaft deiner Mutter in jedem Winkel der Konkordanz.«

Roberto betrachtete seinen Begleiter. Senator Marcus Gesteris, der Held der Konkordanz. Der Mann, der an der Grenze von Neratharn die Tsardonier in Schach gehalten hatte, bis Roberto ihm im 848. Zyklus in der entscheidenden Schlacht gegen Tsard zu Hilfe kommen konnte. Ein großer Soldat und ein kluger Diplomat. Es gab nur wenige, die den einäugigen General mit der auffälligen Narbe auf der rechten Gesichtshälfte nicht kannten und achteten. Bei kaltem Wetter flammte die Narbe manchmal rot auf, und die Augenhöhle war ständig gereizt.

»Ich kann dir nicht genug danken. So lange hast du deine Familie nicht gesehen.«

»Es ist mir eine Ehre und Freude, der Konkordanz zu dienen«, erwiderte Gesteris. »Aber es gibt noch mehr zu tun. Unsere Spione melden, dass Tsard sich erneut bewaffnet. Es könnte eine Reaktion darauf sein, dass wir Atreska wieder in Besitz genommen haben und in den Grenzgebieten Legionen aufstellen, aber das glaube ich eigentlich nicht. Wir brauchen Sirranes militärische Hilfe. Sie sind stark, falls sie sich entschließen, ihre Truppen einzusetzen.«

»Ist es nicht interessant?«, überlegte Roberto. »In der ganzen Geschichte der Konkordanz findet sich kein Hinweis, dass sie in irgendein anderes Land eingedrungen wären. Sie haben nicht den Wunsch zu expandieren.«

Gesteris kicherte. »Ein Bürger der Konkordanz kann so etwas kaum glauben, was? Aber denk doch darüber nach. Wie viele Leute haben wir gesehen? Wie viel von ihrem Land haben sie uns sehen lassen? Es könnte weitgehend menschenleer sein. Vielleicht entsprechen ihre Angaben über ihre eigene Stärke nicht ganz und gar der Wahrheit.«

»Das wage ich zu bezweifeln. Worauf willst du denn hinaus?«

»Nun, zweifellos spielt ihre Gemütslage eine große Rolle. Sie sind kein geeintes Volk, was jeden Gedanken an eine Invasion zunichte macht. Das Land wird durch Konsens und nicht durch Erlass regiert. Noch wichtiger ist, und meinetwegen kannst du darüber lachen, dass sie durchweg Angst vor Fremden haben. Sie verlassen den Schatten der Bäume nicht gern. Sieh dir die Stadt an – keine Parks, keine großen offenen Plätze.«

»Du könntest recht haben«, meinte Roberto, »wenn da nicht die Türme wären.«

»Nein. Die Türme fügen sich ins Bild ein, weil sie besonders geschützt sind. Sie sind von Mauern umgeben und gelten als heilig, wie ich hörte.«

Roberto betrachtete die erstaunliche, außerordentliche Hauptstadt Mytarinos, deren Name sich grob als »Treffpunkt« übersetzen ließ. Hier überwogen niedrige Kuppeln und hohe Türme, die Straßen waren von Bäumen und eingefriedeten Hainen gesäumt, die Märkte waren überdacht, die Wiesen vor Blicken verborgen. Die vorherrschenden Farben waren die des Waldes – grün, braun und rot.

Die Bäume, so sagten die Sirraner, waren das Dach der Welt. Wenn man das Dach aufbrach, spielte man mit den Mächten des Himmels. Nicht, dass die Einwohner dieses Landes sich vor dem Himmel fürchteten, denn ihre Türme überragten die höchsten Bäume um ein Vielfaches und waren beeindruckende Monumente ihrer Baukunst. Es waren Orte der Einsamkeit und Innenschau, denn dort oben konnte man sich in der Pracht der Welt über den Dächern sonnen. Sie sollten dem Betrachter Achtung einflößen und ihn dazu anhalten, die unzähligen Götter anzubeten, an welche die Sirraner glaubten. Wie es der praktischen Art der Sirraner entsprach, dienten die Bauwerke zugleich auch der Wetterbeobachtung.

Roberto hatte bisher nicht weiter darüber nachgedacht. Die Sirraner waren ein bunt gemischtes Volk und lebten teils in weitläufigen Häusern, die selten mehr als zwei Stockwerke besaßen, ebenso behaglich aber auch in den leise schwankenden Türmen oder den oberen Ästen der Bäume. Solche Kletterkünste hatte er noch nie gesehen, ebenso wenig eine so geschickte Tarnung. Dann die atemberaubende Akrobatik, mit der sie von einem Baum zum anderen gelangten. Völlig furchtlos. Es war leicht einzusehen, warum sie nie von einer Invasion bedroht gewesen waren. Eine konventionelle Armee konnte nicht hoffen, sie zu besiegen, sofern sie nicht dazu überging, sämtliche Bäume zu fällen und zu verbrennen. Dabei wäre es jedoch schon äußerst schwierig gewesen, überhaupt nahe genug heranzukommen, um eine Axt zu schwingen.

Gesteris hatte allerdings den Nagel auf den Kopf getroffen. Auf ihrer Reise durch die riesigen Wälder mit ihren großen Seen, den unüberwindlichen Tälern und Schluchten und den atemberaubenden Gebirgsketten hatten die Sirraner sich stets unwohl gefühlt, sobald sie ein Stück offenes Land hatten durchqueren müssen.

»Ich bin ganz sicher, dass ich richtig liege. Schau nur«, sagte Gesteris.

Ihre Dolmetscherin Tarenaq verließ gerade zusammen mit Huatl, einem älteren Angehörigen ihrer Delegation, das Gebäude. Als sie ins Sonnenlicht traten, hielten sie die Hände einen Moment lang vor die Augen und über den Kopf.

»Der Allwissende errette mich, ich hatte angenommen, sie wollten nur die Fliegen verscheuchen.«

Gesteris kicherte. »Manchmal trifft das vielleicht sogar zu. Ich möchte wetten, dass einige Stiche, die wir abbekommen haben, dauerhafte Narben hinterlassen.«

»Marcus, deine genaue Beobachtungsgabe bringt mich nicht zum ersten Mal in Verlegenheit.«

»Mach dich nicht schlechter, als du bist. Sie zeigen diese Geste nur selten.«

»Aberglaube?«

»Ich würde eher an Religion denken. Tarenaq gab sich allerdings ein wenig ausweichend, als ich mich erkundigen wollte«, antwortete Gesteris.

»Du überraschst mich immer wieder«, sagte Roberto mit hochgezogenen Augenbrauen.

Tarenaq und Huatl eilten zu ihnen. Wie fast alle Sirraner waren sie hochgewachsen, schlank und geschmeidig und hatten große, kräftige Hände. Ursprünglich hatten die Sirraner ausschließlich auf Bäumen gelebt. Sie hatten heute noch Knochenwülste im Nacken, die über den ganzen Rücken und an den Innenseiten ihrer Arme entlangliefen. Dort war einst eine Flughaut gewachsen, die ihnen einen beschränkten Gleitflug ermöglicht und es ihnen erlaubt hatte, bei ihren Sprüngen zwischen den Ästen das Gleichgewicht zu halten und die Flugrichtung zu steuern. Einige hatten sogar noch ein verlängertes Steißbein. Eine Erinnerung an ihre ferne Vergangenheit war auch der grünliche Schimmer ihrer sonst eher dunkelbraunen Haut. Die Geschichte war ihnen wichtig, und sie legten großen Wert auf Mythologie, Religion und Zeremonie.

»Habt Ihr eine wichtige Vertragsklausel vergessen?«, fragte Roberto, als die beiden Sirraner eilig die kurze Steintreppe herunterkamen. Beide trugen eng anliegende Hosen und Hemden. Um die Schultern hatten sie sich leichte Umhänge gelegt, die in der Brise flatterten.

Tarenaq lächelte nicht, obwohl sie sich inzwischen an Robertos Humor gewöhnt hatte. Sie sah ihn mit großen braunen Augen an und legte die Stirn in Falten.

»Wir haben Informationen«, sagte sie.

Ihre Stimme war kräftig und kehlig – typisch für ihr Volk, das sich durch dichtes Blattwerk über weite Entfernungen verständigen musste. Roberto lächelte unwillkürlich.

»Wie gut, dass wir das Abkommen schon unterzeichnet haben.«

»Ja.« Immer noch kein Lächeln.

Roberto wurde ernst. Tarenaqs Augen verrieten tiefe Enttäuschung und Trauer.

»Was ist denn los?«

Sie wandte sich an Huatl und forderte ihn mit einer Geste zum Sprechen auf. Es ging langsam, und Tarenaq musste beim Übersetzen oft innehalten, um nach den richtigen estoreanischen Worten zu suchen, aber sie gab ihr Bestes.

»König Khurans Heere sind wieder in Bewegung. Sie stoßen rasch nach Westen vor wie ein wütendes Tier, das über Berg und

Ebene trampelt. Sehr zahlreich sind sie nicht, aber grausam und zielstrebig. Blutdurst schimmert in ihren Augen, mehr sehen sie nicht. Hinter ihnen kommt etwas Böses, aber sie wagen nicht, vom Weg abzuweichen, obwohl die Furcht ihnen sagt, sie sollten sich zerstreuen. Sie werden über Eure Freunde herfallen. Ihr seid nicht bereit.«

Roberto starrte Gesteris fassungslos an. Ihre Freude war im Nu dahin. Beide hatten genug Zeit mit Tarenaq verbracht, um ihre Worte richtig aufzufassen, und diese Botschaft war recht einfach.

»Wo sind sie?«, fragte Roberto. »Wie weit sind sie schon vorgestoßen?«

»Sie stehen jetzt, von hier aus gesehen, im Süden und Osten. Am Gor von Halor. Sie ziehen an unserer Südgrenze entlang. Vermutlich ist Goscapita ihr Ziel.«

»Die Halorberge? Warum habt Ihr uns nichts gesagt, obwohl sie schon so nahe sind?«

Tarenaq gab die Frage weiter, und Huatl runzelte die Stirn, als liege die Antwort klar auf der Hand.

»Nur unsere Freunde erfahren, was wir sehen. Gestern war noch nicht aufgeschrieben, dass Ihr Freunde seid. Heute seid Ihr es.«

Roberto verkniff sich eine scharfe Antwort und nickte nur. Dann wandte er sich abrupt an Gesteris.

»Meine Mutter muss es sofort erfahren. Nimm deine Gruppe und die Proben mit. Neristus und D'Allinnius werden sie eher brauchen, als wir dachten. Schicke Brieftauben und schnelle Reiter. Wir müssen mobilmachen und haben keine Zeit mehr.«

Gesteris presste die rechte Faust an die Brust. »Mein Arm und mein Herz gehören dir, Roberto. Was wirst du tun?«

»Ich muss mich mit eigenen Augen überzeugen und ihre Zahl und die Bewaffnung einschätzen. Dann reise ich nach Gosland, um die Verteidigung zu organisieren. Gib auch ihnen Bescheid, dass ich komme.« Roberto klatschte die flache Hand aufs steinerne Geländer, neben dem er stand. »Der verdammte Khuran. Sollen die Windteufel seine Asche verstreuen. Wie konnte er nur so schnell seine Stärke zurückgewinnen?«

Im Grunde glaubte er nicht daran. Vielleicht war es nur eine Finte, und die Sirraner hatten das Manöver falsch eingeschätzt. Es geschah jedoch höchst selten, dass sie so unumwunden und detailliert zur Sache kamen, und das bereitete Roberto größere Sorgen, als er zugeben wollte. Eine Invasion der Tsardonier. Die Konkordanz war einfach noch nicht bereit.

4

859. Zyklus Gottes, 1. Tag des Genasauf

Mirron schlenderte mit Arducius und Ossacer über den großen Hof mit seinen Springbrunnen, den Rasenflächen und den mit Marmor ausgelegten Wegen. Sie kamen an der Basilika vorbei und betraten den Palast, vor dem die Flaggen aller Mitglieder der Konkordanz wehten, auch wenn die Bündnistreue einiger Länder höchst zweifelhaft war.

Sie wurden in ein kleines, luxuriös ausgestattetes Empfangszimmer geführt. Es war ein kühler Tag, aber das Hypokaustum wärmte unter ihren Füßen den Boden.

Zwischen all der Pracht, den Büsten, den Wandbehängen und den Möbeln, an die Mirron sich wohl nie würde gewöhnen können, wartete an diesem Tag voller Überraschungen noch eine weitere auf sie.

»Paul!«, rief sie und stürmte ihm entgegen.

Sie verschwand fast in den Armen des großen Mannes. Er war der Vater, den sie nie gekannt hatte, und der Mann, der ihr öfter das Leben gerettet hatte, als sie zählen konnte. Paul Jhered, der Schatzkanzler der Konkordanz.

»Herzlichen Glückwunsch zum Geburtstag«, sagte er.

»Warum warst du nicht bei der Feier?«

»Staatsangelegenheiten, könnte man sagen.« Er gab sie frei, trat einen Schritt zurück und deutete auf eine Liege. »Setz dich doch, Mirron. Ihr anderen auch.«

»Was ist denn los?«, wandte Mirron sich besorgt an ihre Brüder. »Nun?«

»Wir wissen nur, dass der Schatzkanzler mit uns allen sprechen wollte. Deshalb wurden wir aus Morasia zurückgerufen«, erklärte Ossacer.

»Der ehemalige Schatzkanzler«, widersprach Jhered. »Ich bin in den Ruhestand getreten, sobald ich wieder den Fuß auf estoreanischen Boden gesetzt hatte. Jetzt bin ich einfach nur noch der Leiter der Palastwache, der sich auf sein Altenteil freut.«

»Nur, dass ...«, drängte Mirron ihn, während sie sich von einem Diener einen Weinkelch geben ließ.

Jhered saß den Aufgestiegenen gegenüber. Trotz seiner siebenundfünfzig Jahre sah er gut aus, wenngleich ein wenig müde nach der Rückreise aus Atreska. Seine Autorität hatte er jedoch nicht verloren, und die Falten um seine Augen verliehen ihm etwas Väterliches, wenn er, wie jetzt gerade, lächelte.

»Wir hatten eine beunruhigende Unterhaltung mit dem ehemaligen König von Atreska«, erklärte Jhered. »Hört mal, es fällt mir nicht leicht, es auszusprechen, aber wenn man Yuran glauben kann, dann ist Gorian noch am Leben.«

Mirron wurde es beinahe schwarz vor Augen; sie war einer Ohnmacht nahe. Sie ließ ihr Wasserglas fallen, errötete heftig und spürte nicht einmal mehr die Energiestrukturen Jhereds und ihrer Brüder. Als säße sie auf einmal in Dunkelhaft. Irgendwie bemerkte sie noch, dass ihr Herz raste, aber sie war nicht mehr konzentriert genug, um daran etwas zu ändern.

So schloss sie die Augen und schwankte hin und her, während sie im Geiste immer wieder Gorians Namen hörte. Bilder erwachten. Seine Schönheit, sein Zorn. Erinnerungen aus einer längst vergangenen Zeit, die sie immer vor sich sehen würde, als wäre es erst gestern gewesen. Ein Jahrzehnt war es her, aber sie konnte es nur wegschieben und niemals vergessen.

Irgendjemand umarmte sie und versuchte, sie zu beruhigen, doch in ihr herrschte Aufruhr. Sie wusste nicht, ob sie vor Erleichterung lachen oder verzweifelt weinen sollte. Denn obwohl sie alle gelernt hatten, ihn zu hassen, wünschten sie ihm doch nicht den Tod. Nun warf allerdings die Gewissheit, dass er überlebt hatte, ganz neue Probleme auf. Ein Felsblock war in den ruhigen Teich ihres Alltagslebens gestürzt.

»Was tun wir jetzt?« Sie selbst hatte gesprochen und hörte ihre Stimme, als stünde sie draußen vor der Tür. »Was sollen wir nur tun?«

Im Bauch spürte sie noch die gleiche Hitze, die sie schon als kleines Mädchen empfunden hatte, als ihr seine Schönheit bewusst geworden war. Sie verfluchte sich dafür und für die Verwirrung, die sie nicht unterdrücken konnte.

»Schon gut.« Arducius drang durch das Chaos zu ihr vor. »Immer mit der Ruhe. Komm und trink etwas.«

Mirron öffnete die Augen, in denen die Tränen standen. Zornig wischte sie sie trocken.

»Entschuldigung«, sagte sie und nahm von Arducius den Kelch mit verdünntem Wein entgegen. »Danke, Ardu.«

»Nein, eigentlich sollte ich mich bei dir entschuldigen«, sagte Jhered.

Mirron trank einen Schluck und betrachtete ihre Brüder. Ossacers Gesicht war eingefallen, und er hielt mühsam die Tränen zurück. Arducius wirkte einfach nur unendlich traurig.

»Ich glaube, uns war allen klar, dass er eines Tages wieder auftauchen würde«, sagte Ossacer leise. »Wir haben seit Jahren nicht mehr darüber gesprochen, aber ich glaube nicht, dass auch nur einer von uns dachte, er sei irgendwo da draußen gestorben.«

Jhered runzelte die Stirn. »Wenn ihr das dachtet, dann hätten wir ihn die ganze Zeit suchen sollen.«

»Wo denn?«, erwiderte Arducius. »Die Konkordanz ist riesig, Tsard ist eine unbekannte Einöde. Wir hätten ihn nie gefunden. Er war schon immer klug.«

»Wir haben ihn unversehrt ziehen lassen«, sagte Jhered. »Roberto Del Aglios wollte ihn töten, als wir die Gelegenheit dazu hatten. Wir beschlossen, ihn freizulassen. Müssen wir diese Entscheidung jetzt bereuen?«

»Er war damals doch erst vierzehn«, rief Mirron. Endlich fand sie ein Ventil für ihren Ärger. »Wir waren alle erst vierzehn, und trotz allem, was er getan hat, haben wir uns seinetwegen noch jahrelang Sorgen gemacht. Wir können es uns nicht erlauben, über die Vergangenheit zu lamentieren. Was wollen wir jetzt tun? Und wie ist er überhaupt wieder aufgetaucht?«

Die Aufgestiegenen wandten sich wieder an Jhered.

»Was hat Yuran gesagt?«, fragte Arducius.

Jhered beugte sich vor und holte tief Luft. Mirron entging nicht, dass auch in ihm unschöne Erinnerungen erwachten.

»Könnt ihr euch vorstellen, dass Yuran sogar erleichtert war, als wir ihn abgesetzt haben?« Jhered schüttelte den Kopf. »Als er zu sprechen begann, dachte ich, er hätte Angst und wollte sich vor seiner Hinrichtung retten. Das traf zwar zu, aber das war noch nicht alles, das war nicht der Kern der Sache. Er hatte Angst vor Gorian. Gorian hat ihn benutzt, um Zugang zu König Khuran zu finden, und ließ ihn im Stich, sobald die Konkordanz ihre Truppen aufbaute, um Atreska wieder einzunehmen. Yuran sagt, Gorian sei in Tsard schnell recht bekannt geworden, und er sei jetzt schon der wichtigste Ratgeber und die wahre Macht hinter dem Thron. Jedenfalls, wenn man ihm glauben kann.«

»Aber das allein würde Yuran doch noch nicht solche Angst machen, oder?«, fragte Ossacer. »Gorian hat noch irgendetwas getan, oder? Was war es?«

»Ich weiß, dass es absolut lächerlich klingt, aber Yuran behauptet,

Gorian hätte damit experimentiert, Tote wiederzuerwecken, und damit sogar Erfolg gehabt. Yuran glaubt, Gorian habe sich Khuran mit dieser Fähigkeit angedient und wolle ihn dazu bringen, erneut Krieg gegen die Konkordanz zu führen und dabei seine neue Waffe einzusetzen.«

Mirron hörte die Worte und erkannte mit entsetzlicher Gewissheit, dass sie der Wahrheit entsprachen. Sie konnte sich daran erinnern, als sei es erst gestern gewesen.

»Ihr erinnert euch auch, nicht wahr?«, sagte Ossacer. Auch seine Lebenslinien verrieten seine Angst.

Mirron nickte. »Er hat in der Lubjekschlucht darüber gesprochen. Ich frage mich nur, was er dort gesehen hat.«

»Wartet mal«, unterbrach Jhered. »Was hat er da gesagt?«

»Es war damals, als wir in der Lubjekschlucht all die Toten nach dem Krieg gegen Tsard gesehen haben«, erklärte Arducius. »Uns war übel, aber Gorian war fasziniert. Er sagte etwas in der Art, dass die Toten eine ganz eigene Energie besäßen. Ich hielt ihm entgegen, das seien nur die Ratten unter den aufgetürmten Knochen. Das glaubte er aber nicht. Mirron hat recht. Er hat damals etwas erkannt und es weiterentwickelt.«

»Dann glaubt ihr Yuran? Es könnten dennoch die Worte eines verzweifelten Mannes sein, der alles behaupten würde, nur um seinen Hals zu retten.«

»Du sagtest doch selbst, es hätte nichts mit seiner drohenden Hinrichtung zu tun gehabt. Was denkst du?«, wollte Ossacer wissen.

»Es ist wohl das Schrecklichste, was ich je gehört habe. Nur zu gern hätte ich geglaubt, dass er es lediglich vorbrachte, um sein elendes Leben zu verlängern. Aber Megan war dabei, wir haben ihn beide befragt und sind zu der gleichen Schlussfolgerung gekommen. Er glaubt fest an das, was er angeblich gesehen hat. Ich weiß nicht, ob er einen falschen Schluss gezogen hat, aber sicher ist, dass wir seine Worte nicht länger ignorieren dürfen. Ihr müsst selbst mit ihm sprechen, und ihr drei müsst euch mit der Autorität beraten, um herauszufinden, ob es wirklich möglich ist, die Toten wiederzuerwecken, oder ob es ... ich weiß auch nicht, eine Illusion, eine optische Täuschung oder so etwas ist.«

Mirron starrte Jhered an. Während ihrer langjährigen Freundschaft hatte sie ihn als realistischen Mann mit klarem Verstand kennengelernt, der hinter seiner rauen Schale viel nachsichtiger und freundlicher war, als man vermuten konnte. Zum ersten Mal aber bemerkte sie auch etwas wie Unsicherheit.

»Das können wir nicht beurteilen«, sagte Mirron. »Wenn es wahr ist, dann haben wir jedenfalls noch nie darüber nachgedacht und erst recht nicht in diese Richtung geforscht.«

»Wo ist Yuran jetzt?«, fragte Arducius.

»In einer Zelle unter dem Palast«, sagte Jhered. »Hört mal, es fällt mir wirklich schwer, mir so etwas vorzustellen.«

»Das überrascht mich nicht«, meinte Ossacer.

»Falls es aber eine Gefahr gibt, dann müssen wir ihr Ausmaß genau einschätzen. Ich werde jetzt die Advokatin aufsuchen und über das informieren, was wir bisher wissen. Sie wird möglichst schnell handeln wollen, deshalb müssen wir herausfinden, ob es wahr ist, und welche Möglichkeiten diese Fähigkeit bietet, falls sie wirklich existiert. Wir können es uns nicht leisten, unsere Grenztruppen zu alarmieren, wenn wir nicht genau wissen, dass Khuran erneut die Konkordanz angreifen will. Ihr wisst, wie schwierig die Beziehungen zu manchen Provinzen sind.«

»Uns ist klar, wie heikel unsere Lage ist«, sagte Arducius.

Jhered nickte. »Darauf wollte ich noch zu sprechen kommen. Wenn dies durchsickert, wird der Aufstieg mehr Feinde haben denn je, und ihr werdet eine Menge Fragen beantworten müssen. Ob es euch gefällt oder nicht, man wird euch die Schuld daran geben. Seid vorsichtig, ihr alle.«

Er stand auf und lächelte wenig überzeugend.

»Sprecht mit Yuran. Verschafft euch selbst einen Eindruck. Die Autorität soll sich damit befassen. Das Problem ist, dass ich noch nicht einmal genau weiß, was das überhaupt zu bedeuten hat. Ist es eine Theorie, die man praktisch nicht anwenden kann? Yuran war sicher, dass es ein Potenzial für eine echte Waffe gibt. Ich muss wissen, ob er recht hat, ob wir uns auf einen Krieg vorbereiten müssen, den wir nicht wollen und den wir vielleicht nicht einmal gewinnen können. Ich muss wissen, womit es die Legionen vielleicht zu tun bekommen.«

Nachdem Jhered gegangen war, herrschte ein drückendes Schweigen. Mirron fühlte sich leer und sehr bekümmert. Dies konnte alles zum Einsturz bringen, was sie aufgebaut hatten.

»Dann lebt er also noch«, sagte Ossacer.

»Wir müssen stark sein«, ermahnte Arducius die anderen. »Wir dürfen nicht von ihm besessen sein und uns nicht durch ihn verändern lassen.«

»Wie sollen wir das schaffen?«, fragte Mirron. »Er hat sogar den Schatzkanzler verunsichert.«

»Ich meine, die Arbeit der Akademie muss weitergehen. Wir müssen an die Leitsätze des Aufstiegs glauben und die Ausbildung unserer neuen Aufgestiegenen und die Unterrichtung der Öffentlichkeit fortsetzen wie bisher. Allerdings lastet nun ein Makel auf uns, mit dem wir uns beschäftigen müssen.«

»Das klingt ja ganz nett, Ardu, und ich bin gespannt, wie du das der Advokatin und der Autorität erklärst. Aber was wollen wir nun tun?«, fragte Mirron.

»Ganz einfach«, sagte Ossacer. »Ich halte es nicht für sinnvoll herauszufinden, ob Gorian tun kann, was behauptet wird. Wir müssen ihn aufspüren, wo auch immer er sich versteckt, und ihn töten.«

»Das ist doch nichts weiter als Opportunismus, und Ihr werdet es bereuen.«

Herine Del Aglios, die Advokatin der Estoreanischen Konkordanz, stand von ihrer Liege auf und trat an die offene Balkontür. Estorr erstrahlte im Sonnenlicht, obwohl es ein kühler Tag war. Frische Luft, die nach Regen und dem Beginn der neuen Jahreszeit roch, wehte herein.

In Herines Herz aber hielt sich das Eis des Dusas.

»Wir bedauern die Notwendigkeit, nicht aber die Entscheidung selbst.«

Herine wandte sich wieder um und starrte Botschafter Tharin aus Dornos hart an. Er war in den Jahren, seit die Tsardonier die Konkordanz fast niedergerungen hatten, sehr gealtert. Seine Augenbrauen waren inzwischen völlig weiß, und sein Gesicht war erschreckend eingesunken. Er wirkte jetzt wie ein alternder Bluthund. Seine Hände waren mit Leberflecken bedeckt, und sein Gang war nicht mehr sicher. Seine Toga mit der fliederfarbenen Schärpe von Dornos bedeckte einen Körper, der rasch verfiel.

Dennoch war er stolz und herrisch in seinem Gebaren. Seine Haltung gegenüber der Konkordanz hatte sich im Laufe der Zeit immer weiter verhärtet. Herine hatte dies in einer ganzen Reihe von Provinzen beobachtet. Tharin jedoch wusste seine Karten meisterhaft im richtigen Augenblick zu spielen. Bahkir, das seit vier Jahren unter Kriegsrecht stand und von einem estoreanischen Konsul regiert wurde, der im Palast von Sungmai residierte, hätte sich an ihm ein Beispiel nehmen sollen.

»Eure Einlassung ist mir völlig unverständlich, Tharin.« Herine seufzte. »Ihr habt gewartet, solange wir mit der Befriedung Atreskas beschäftigt waren, um Euren verhängnisvollen Weg einzuschlagen. Anscheinend glaubt Ihr, wir wären jetzt nicht und nie wieder in der Lage, Dornos unseren Willen aufzuzwingen. Ihr werdet jedoch feststellen, dass Ihr Euch im Irrtum befindet. Allerdings werdet Ihr zu diesem Zeitpunkt möglicherweise schon in die Umarmung Gottes zurückgekehrt sein.«

Herine konnte es sich gerade noch verkneifen, über den verletzten Gesichtsausdruck des Mannes zu spotten.

»Herine, bitte. Wir sind doch Freunde.«

»Wir waren es. Seid froh, dass ich Euch nicht wegen Hochverrats aburteilen lasse. Diplomaten genießen viele Rechte, die gewöhnlichen Bürgern vorenthalten bleiben. Manchmal bedaure ich, dass ich gewisse großzügige Gesetze erlassen habe.«

»Ich versuche Euch schon seit Jahren zu erklären, wie schlecht es uns geht. Und doch kommen regelmäßig Jhered und seine Lakaien und verlangen verbrecherisch hohe Tribute an Männern und Geld. Wir können und werden dies nicht länger hinnehmen.« Tharin hustete, dass sein ganzer Körper erbebte. Etwas Blut färbte seine Lippen.

Er wischte sich den Mund mit einem Tuch sauber, und Herine winkte einem Diener, ihrem Gast Wasser einzuschenken. Abermals wandte sie sich vom Botschafter ab und versuchte, die Fassung wiederzugewinnen. Im Spiegel über dem mit gemeißeltem Blattwerk geschmückten Kamin betrachtete sie ihr Spiegelbild.

Die Schminke hatte die meisten Falten überdeckt, aber sie achtete sehr darauf, wie eine Herrscherin auszusehen, und machte die Mode, immer so jung wie möglich zu erscheinen, nicht mit. Das hätte auch kaum zu einer zweiundachtzig Jahre alten Advokatin gepasst. Sie war stolz auf ihre grauen Haare. Sie waren ein Symbol für das Leben, das sie dem Dienst für ihre Bürger gewidmet hatte. Dennoch fühlte Herine sich immer noch sehr lebendig und war nicht bereit, sich als alt zu bezeichnen. Sie rückte den Reif mit dem goldenen Laub im Haar zurecht und fuhr mit dem Finger über ihre Nase. Nicht zum ersten Mal wünschte sie sich, sie wäre etwas ausgeprägter. Dann lächelte sie noch einmal, ehe sie sich zu Tharin umdrehte. Erstaunlich, dass sie in ihrem Alter noch zur Eitelkeit neigte.

»Keine zweihundert Schritte entfernt gibt es einen Mann, der

Euch von allem heilen könnte, das Euch befallen hat. Es wird noch weitere geben wie ihn. Sie sind fähig, Bürger zu retten, für die es bisher keine Hoffnung gab.«

»Sie sind Eure größte Schwäche, Herine«, erwiderte Tharin. »Lieber würde ich sterben, als mich von einem Eurer Aufgestiegenen berühren zu lassen.«

»Dieser Wunsch wird Euch sicher bald erfüllt werden«, fauchte Herine.

»Erkennt Ihr denn nicht, dass sie der wirkliche Grund für die Schwierigkeiten der Konkordanz nach dem Krieg sind?«

»Ich weiß natürlich, dass die Aufklärung der Bürger noch nicht abgeschlossen ist.« Herine nahm wieder Platz und starrte über den Tisch hinweg Tharin an. Sie fragte sich, wie sie sich so sehr in diesem Mann hatte täuschen können.

»Haben sie Euch das gesagt? Eure Ratgeber und die Aufgestiegenen? Die reizende Geschichte, dass nichts vorgefallen sei, was man nicht mit ein wenig Aufklärung wieder ins Lot bringen könnte?«

»Glaubt Ihr denn, ich wüsste nicht, welches Gift der Orden verspritzt?«

»Damit fasst Ihr das Problem zusammen, vor dem Ihr steht«, stimmte Tharin zu.

Herine hielt inne und dachte mit gerunzelter Stirn nach. »So sprecht.«

Tharin holte tief Luft, sammelte sich und tupfte seinen Mund und die Stirn ab, auf der die Schweißtropfen standen.

»Ihr seid die Vertreterin des Allwissenden auf dieser Erde. Eure Geringschätzung für Eure eigene Kanzlerin ist allgemein bekannt. Ihr unterstützt Eure Aufgestiegenen und kehrt Eurer eigenen Religion den Rücken.«

»Oh!« Herine hob entnervt die Hände. »Ein Jahrzehnt ist vergangen, und Ihr habt es immer noch nicht begriffen? Die Aufgestiegenen sind ein Geschenk des Allwissenden, sie verrichten sein Werk.

Sie ersetzen ihn aber nicht. Ihr wisst, was wir entdeckt haben. Ihr wisst, dass dieser Zweig unserer Religion früher existierte und von denen für gesetzlos erklärt wurde, die fürchteten, er könne ihre Autorität untergraben. Genau diese Furcht treibt Felice Koroyan heute noch an. So sei es. Ich erkenne die Religion, der die Kanzlerin angeblich anhängt, nicht mehr an. Sie ist nicht die meine. Ich bedaure nur die Weigerung des Senats, mich sie aus dem Amt entfernen zu lassen.«

»Ich verstehe genau, was Ihr zu tun glaubt, Herine. Aber die gewöhnlichen Bürger haben nicht gesehen, was Ihr sehen konntet, und so darf es Euch nicht überraschen, wenn sie weiterhin Angst vor der neuen Macht haben, die Ihr unterstützt. Die Bürger sind verwirrt. Sie wissen nicht mehr, ob der seit Generationen überlieferte Glaube an den Allwissenden, der bisher ihr Herz erfüllte, noch gültig ist. Sie fühlen sich von Euch, der Advokatin, hintergangen, und sie fürchten den gewalttätigen Einfluss der Kanzlerin. Die Bürger können dem, was sie immer für wahr hielten, nicht mehr trauen. Ihr solltet mit Felice reden. Sie wird es Euch erklären. Für jeden Bürger, der an ihre Doktrin glaubt oder sich für die Linien des Aufstiegs entscheidet, gibt es zehn weitere, die zu den alten Religionen zurückkehren, die vor dem Auftreten der Konkordanz bevorzugt wurden. Ihr zerbrecht die Konkordanz viel nachhaltiger, als es jede in Dornos getroffene Entscheidung jemals könnte.«

»Wollt Ihr nun mich für den Verrat von Dornos verantwortlich machen? Das ist lächerlich. Die Weigerung, Abgaben zu entrichten, hat nichts mit Religion zu tun.«

»Nein, nein«, widersprach Tharin. »Eure Weigerung, die Berichte zu lesen, hat dies alles angerichtet. Eure verwirrenden Entscheidungen sind nur der Zement, der die Fugen füllt. Meine Bürger sind arm und hungern. Sie wollen nicht mehr zahlen, damit Ihr Wein kaufen, Estorr aufputzen und Eure Legionen ausstatten könnt, um einen Krieg zu führen. Diese Zeiten sind vorbei. Jetzt müssen Frieden und Stabilität herrschen. Wir können die Fremdherrschaft nicht länger hinnehmen, sie zerstört uns.«

Herine lachte schallend, sie konnte nicht anders.

»Glaubt Ihr etwa, die Konkordanz schwebte nicht mehr in Gefahr? Gott umfange mich, schaut Ihr denn nie über Eure Grenzen hinaus? Die Omari haben ihre Aggressionen nicht eingestellt, und die Legionen der Konkordanz bewachen die Grenzen und halten sie zurück. Auch die Tsardonier sind nicht einfach verschwunden. Wie wir warten sie ab, bis sie ihre volle Stärke wiedererlangt haben. Mein Sohn ist in Sirrane und versucht, ein Bündnis zu schmieden, das uns vielleicht retten könnte, wenn sie das nächste Mal mit einer Invasion drohen. Glaubt Ihr denn, Ihr seid sicher, wenn meine Flagge nicht mehr über dem Palast von Cabrius weht? Ihr und Euer Marschallverteidiger irrt Euch, wenn Ihr das glaubt. Wenn Ihr Euch aus der Konkordanz zurückzieht, schwächt Ihr Euch selbst.«

»Keineswegs, Herine. Wir sind nur bedroht, weil wir ein Teil der Konkordanz sind. Die Omari stellen keine Bedrohung für jene dar, die nicht umgekehrt sie bedrohen. Unsere Bündnisse reichten Generationen zurück und wurden erst gebrochen, als Eure Flagge über unserem Land wehte. Es gibt für Dornos keinen anderen Weg. Ihr könnt uns nicht länger Euren Willen aufzwingen. Wenn ich nach Cabrius zurückkehre, werden der estoreanische Konsul und alle fremden Legionen des Landes verwiesen. Unsere Vereinbarung mit Omari ist bereits unterzeichnet.«

Herine stand auf. »Dann geht«, sagte sie. »Und wendet Euch nicht an uns, wenn Ihr Hilfe braucht, weil Ihr Eure Dummheit einseht und Euer Volk vor Euren Augen stirbt. Ihr haltet Euch für klug und kommt damit zu mir, während wir in Atreska und Bahkir abgelenkt sind. Das ist zwar in der Tat raffiniert ausgedacht, aber dennoch ein Fehler. Denn wie Atreska genau weiß und wie auch Ihr noch erfahren werdet, holen wir uns stets zurück, was uns gehört. Beim zweiten Mal werden wir allerdings nicht mehr so nachsichtig regieren.

Geht heim und sichert im Norden, Süden und Osten Eure Grenzen. Feinde werden kommen, und am Ende werdet Ihr mich um Verzeihung bitten. Sie wird Euch nicht gewährt werden. Ich kenne Euch nicht mehr, Botschafter Tharin.«

»Wir sollten dennoch als unabhängige Nationen zusammenarbeiten«, sagte Tharin.

»Das werden wir nicht tun. Dornos gehört zur Konkordanz. Jeder, der glaubt, unsere Schwäche sei dauerhaft, begeht einen schweren Fehler. Ich erkenne meine Freunde und weiß, wer an meine Visionen glaubt. In diesem Raum sehe ich keinen davon.«

5

859. Zyklus Gottes, 4. Tag des Genasauf

Herine schritt neben Jhered zur Akademie des Aufstiegs. Sie hatte die Probleme schon viel zu lange ignoriert und gehofft, die Bürger würden das Gute im Herzen der Aufgestiegenen erkennen. Doch das Misstrauen hatte sich gehalten, und die Kanzlerin mit ihrem großen Heer von treuen Lesern und Sprechern und natürlich den Gottesrittern schürte es weiter.

Felice Koroyan hatte sich als unerbittliche Feindin gezeigt. Herine hatte angenommen, mit der Zeit würden sich ihre Ängste ganz von selbst als unbegründet erweisen, da überall in der Konkordanz Aufgestiegene heranwuchsen. Ein unumkehrbarer Prozess hatte begonnen, der jedoch noch sehr lange andauern würde. In der Zwischenzeit aber würden immer mehr unsichere Provinzen ihre Bündnistreue aufkündigen. Etwas musste geschehen.

Herine fürchtete, die Schlacht um die Herzen ihrer Bürger zu verlieren.

Sie betraten die Akademie, deren Hypokaustum die Räume wärmte, nachdem die Genastrosonne ihre Kraft verloren hatte. Die ehemaligen Räume der Kanzlerin des Allwissenden waren rasch in ein Zentrum umgewandelt worden, in dem alles gepflegt wurde, was Felice verachtete. Herine konnte sich noch gut an diesen Augenblick erinnern. Es war ein süßer Triumph gewesen, aber sie hatte die Beharrlichkeit der Kanzlerin unterschätzt und nicht damit gerechnet, dass Koroyan über ein ganzes Jahrzehnt hinweg so viel Unterstützung finden könnte.

Nicht nur Dornos und Bahkir waren betroffen. Überall gab es Unzufriedenheit, sogar in Estorr, der Hauptstadt der Konkordanz. Gerade jetzt brauchte sie Stärke und Solidarität, denn ihre Herrschaft war gefährdet.

Jhered führte sie durch einen marmornen Flur, in dessen Nischen Büsten früherer Kanzler und religiöser Helden im Dienst des Allwissenden aufgestellt waren. Am westlichen Ende stand allerdings auch eine Büste von Ardol Kessian und begrüßte die Besucher der Akademie. Die Kanzlerin hatte den berühmten Vater des Aufstiegs getötet, obwohl er unbeirrt dem Glauben gefolgt war. Herine hatte ihn nie selbst kennengelernt, aber Jhered hatte große Achtung für ihn empfunden.

»Was meinst du, war es dumm, den Aufstieg hierherzubringen?«, fragte Herine.

»Es war der einzig mögliche Ort«, erwiderte Jhered. »Nicht nur, weil sie die Sicherheit des Palasts brauchten. Du musstest deutlich machen, welchen Rang sie in den Augen des Allwissenden genießen. Das hast du getan. Es ist nur eine Schande, dass so wenige dir zugehört und dir geglaubt haben.«

»Nicht einmal mein ältester Sohn«, sagte Herine. »Dabei wird er meine Nachfolge antreten.«

Jhered kicherte. Er überragte Herine, und sie musste sich beeilen, um mit seinen langen Beinen Schritt zu halten. Wenigstens er würde nie ihre Autorität infrage stellen, auch wenn er manchmal nicht mit ihren Methoden übereinstimmte.

»Ich würde mir wegen Roberto keine Sorgen machen. Im Grunde seines Herzens wird er immer ein Soldat bleiben und fürchten, welche Kräfte die Aufgestiegenen auf dem Schlachtfeld entwickeln könnten, wenn sie in die falschen Hände geraten. Er kennt sie nicht wie wir und war lange fort. Er hat sie nicht aufwachsen sehen wie wir.«

»Dann wird er sehr unglücklich sein, wenn er hört, dass Gorian noch lebt«, sagte Herine.

Jhered neigte den Kopf. »Das wird seine Befürchtungen nähren. Aber er ist nicht dumm. Das macht den Aufstieg sogar noch wichtiger.«

»Nun ja, es kommt auf den Standpunkt an. Je nachdem, ob man die Reinheit oder das Böse sucht.«

»Verliere nicht den Mut, Herine. Du bist das Oberhaupt dieser Religion. Die Leute werden schon damit zurechtkommen.«

»Aber wie lange wird es dauern? Noch ein Jahrzehnt, zwanzig Jahre? Vierzig? Wir können uns diese Spaltung nicht erlauben. Gott umfange mich, sie sollte längst beigelegt sein, aber in Wirklichkeit vertieft sich die Kluft sogar noch. Kannst du mir verraten, woran das liegt?«

»Ach, ja«, sagte Jhered. »Ich glaube, das kann ich beantworten.«

»Und?«

»Der Orden unterhält in jedem Dorf der Konkordanz ein Haus der Masken. Leser und Sprecher, die nach Tausenden zählen, legen Tag für Tag die Schriften aus. Sie berufen sich auf eine fast neunhundertjährige Geschichte. Noch länger, wenn du auch die Wurzeln aus der Zeit vor der Konkordanz einbeziehst. Der Aufstieg ist trotz deiner Unterstützung eine Art Partisanenbewegung. Sie kommen mit deinem Siegel in die Städte, suchen Leute auf, die sich bisher versteckt haben, und nehmen sie mit. Diejenigen, die dort bleiben, haben nur noch den Orden, der ihnen erklären kann, was da gerade geschehen ist. Denk darüber nach, Herine. Es gibt nur drei erwachsene Aufgestiegene.«

»Vier.«

»Den Abtrünnigen zählen wir nicht mit. Sie sind nicht genug, um mehr zu tun, als Gerüchte in Umlauf zu bringen. Noch glauben die Leute nicht an sie. Vielleicht werden sie es niemals tun.«

Sie kamen an der Bibliothek vorbei, in der das gesammelte Wissen des Aufstiegs lagerte. Ein Raum, der förmlich vor Geheimnissen knisterte. Herine wurde schon nervös, wenn sie nur über die Schwelle trat. Rechts gab es ein Empfangszimmer, in dem diejenigen, die Anzeichen aktiver oder passiver Begabungen zeigten, in den Aufstieg eingeführt wurden. Weiter hinten dienten Schreibstuben und Archive der Verbreiterung der Wissensbasis. Im Laufe der Generationen würde dieses Zentrum die Entwicklung des Aufstiegs weitertreiben, bis er irgendwann in ferner Zukunft, wenn alle Bürger diese Begabungen zeigten, selbst zur historischen Kuriosität werden würde.

Das, so musste Herine annehmen, war eben der Fortschritt. Doch es gab Tage, an denen sie voller Angst aufwachte und sich fragte, was sie da förderte. Es war ein Gefühl, das sie einfach nicht abschütteln konnte.

»War es also falsch, an sie zu glauben?«

»Nein«, widersprach Jhered voller Nachdruck. »Du hast eine Entscheidung getroffen, die in späteren Zeiten als tapfer und weitblickend gewürdigt werden wird. Das Ergebnis sind allerdings zunächst diese unruhigen Zeiten.«

Herine nickte, und ihre Stimmung besserte sich ein wenig, bis sie sogar lächeln konnte. »Na schön. Du weißt ja, ich hatte mir vorgestellt, man würde mich schon zu Lebzeiten verehren. Die Vergötterung nach dem Tod nützt mir leider nichts mehr.«

Darüber musste Jhered so laut lachen, dass es durch die Flure hallte.

»Damit hast du noch Glück. Ich werde vor der Geschichte als der Mann dastehen, der allen Bürgern ein Stachel im Fleische war. Was du unbefriedigend findest, wäre für mich schon eine wundervolle Wendung.«

»Ich weiß, was du wert bist.«

Jhered verneigte sich. »Im Grunde reicht mir das auch.«

Sie blieben vor einem kleinen Unterrichtsraum stehen. Unter den wachsamen Augen von Hesther Naravny, der Mutter des Aufstiegs, unterrichtete Mirron fünf erwachte Aufgestiegene. Alle Schüler waren siebzehn Jahre alt, gehörten der zehnten Linie an und entwickelten sich prächtig. Auch anderswo wurden kleine Gruppen von Bürgern, ob jung oder alt, aus der ganzen Konkordanz im alten Wissen unterrichtet, das bis vor Kurzem noch unter einem Wust von Vorurteilen verschüttet gewesen war. Die meisten würden ihre Begabungen wieder verlieren. Einige würde man bitten, die Väter und Mütter zukünftiger Linien zu werden. Einige würden sich weigern. Das Rad würde sich nur langsam drehen.

Jhered öffnete die Tür und ließ Herine eintreten, die mit einer Handbewegung allen zu verstehen gab, sie sollten sich wieder setzen. Es wurde schlagartig still im Klassenzimmer.

»Entschuldigt die Störung, Mirron. Dürfen wir uns setzen und zuhören?«

Mirron lächelte. »Aber natürlich, meine Advokatin. Es ist mir eine Ehre.« Dann wandte sie sich wieder an ihre Schüler. »Jetzt steht ihr mächtig unter Druck, die richtigen Antworten zu finden, was?«

Nervöses Gelächter antwortete ihr.

»Also gut, zurück zur Lektion. Wir haben es fast geschafft. Cygalius, du warst gerade dabei, uns theoretisch zu erklären, wie man eine langsame Energieform in eine schnelle Energiestruktur, etwa die eines Feuers, umwandelt. Du hast ganz richtig vorgeschlagen, dass ein Baum hierfür ein gutes Beispiel wäre. Fahre fort.«

»Ähm ...« Der Bursche mit den hellroten Haaren sah sich nervös zu Herine um und lief auch im Gesicht knallrot an. »Also, äh ... ich wollte sagen, dass sie ... ähm ...«

»Oh, es tut mir leid.« Herine unterdrückte ihr Lachen. »Ich habe dich aus dem Konzept gebracht. Mach dir bitte keine Sorgen. Du kannst sagen, was du willst, ich könnte sowieso nicht unterscheiden, ob es richtig oder falsch ist.«

Wieder war im Klassenzimmer nervöses Kichern zu hören. Cygalius rang sich ein Lächeln ab, holte tief Luft und begann zu sprechen. Herine lehnte sich zurück und hörte zu. Neben ihr rutschte Jhered unbehaglich auf einem Stuhl herum, der viel zu klein für ihn war, und knurrte leise. Cygalius aber gewann unter dem aufmunternden Nicken von Mirron seinen Mut zurück, und am Ende hatte er ganz vergessen, wer hinter ihm saß.

»Gut«, lobte Mirron ihn. »Sehr gut.«

Jhered beugte sich zu Herine. »Wie in alten Zeiten. Ein Aufgestiegener spricht, und ich habe keine Ahnung, wovon die Rede ist.«

»Ruhe da hinten«, sagte Mirron.

»Entschuldigung, Frau Lehrerin. Es wird nicht wieder vorkommen«, sagte Jhered.

Die Schüler lachten laut, und Mirron klatschte in die Hände.

»Also gut, Leute. Wie ihr seht, habe ich gleich eine Besprechung, deshalb dürft ihr jetzt gehen. Ich möchte, dass ihr alle Arducius' Texte über das Verstärken von Regenwolken lest und euch auf eine praktische Übung mit ihm selbst vorbereitet, die in zwei Tagen stattfinden wird. Heute habt ihr eure Sache gut gemacht, und bevor ihr fragt: Ihr werdet bald nach draußen gehen und für andere arbeiten können. Sehr bald schon. Nun geht.«

Herine blieb neben Jhered stehen, während die Schüler den Raum verließen und salutierten. Jhered erwiderte den Gruß, und schließlich verlor sich ihr Geplapper draußen auf dem Flur.

»War das Euer Ernst, dass sie bald draußen arbeiten sollen?«, fragte Herine.

»Wir beobachten sie seit einer Jahreszeit«, erwiderte Hester. »Sie haben binnen eines Jahres außerordentliche Fortschritte gemacht. In psychologischer Hinsicht sind sie bereit, allerdings fehlt es ihnen noch ein wenig an Genauigkeit.«

»Gut, gut«, sagte Herine. »Darüber sprechen wir im Laufe der Konferenz. Wo sind die anderen?«

»Im Kanzleramt«, sagte Mirron. »Nach Euch, meine Advokatin.«

Das Kanzleramt hatte nichts von seiner Pracht verloren. Wandbehänge und Gemälde hingen an gemaserten Marmorwänden und zeigten die Ruhmestaten des Allwissenden. Statuen und Büsten standen in großen Galerien rings um prächtige Gärten, in denen plätschernde Springbrunnen eine idyllische Atmosphäre schufen. Alle Möbelstücke waren mit tundarranischen Stoffen und morasischem Leder gepolstert, und auf jeden Sims waren Zitate aus den Schriften gemeißelt. Die Tische, Schreibtische und Bettgestelle bestanden aus sirranischem Holz. Felice Koroyan hatte zweifellos die schönen Dinge des Lebens zu würdigen gewusst. Keine der Inschriften, die sie für das Kanzleramt ausgewählt hatte, verlangte Abstinenz. Jedenfalls nicht von den Würdenträgern des Ordens.

Sie wurden in ein kleines Esszimmer geführt, dessen Fenster einen offenen, mit Netzen überspannten Steingarten überblickte, wo Dutzende kleiner Vögel flatterten und ein Wasserlauf anmutig über schön behauenen Stein plätscherte. In einem tiefen Teich dösten Karpfen.

Auf dem mittleren Tisch standen Essen und Wein bereit. Ossacer und Arducius saßen schon dort und redeten miteinander. Mirron gesellte sich aus alter Gewohnheit zu ihnen. Herine nahm auf einem einfachen Stuhl Platz, während Jhered lieber stehen blieb und zum Steingarten hinausblickte. Hesther verabschiedete sich, da die Unterrichtszeit noch nicht vorüber war.

»Ihr habt hier überhaupt nichts verändert«, bemerkte Herine, während sie die Statuen, die Möblierung und die Wandbehänge betrachtete.

»Wir sind hier nur Mieter«, erklärte Ossacer. »Eines Tages wird hier wieder ein Kanzler leben, und wir werden mit ihm zusammen unter dem Antlitz des Allwissenden hier sitzen und speisen.«

»Das wird aber noch eine Weile dauern«, wandte Herine ein.

»Wir können dafür beten«, sagte Arducius.

»Ich fürchte, das wird vielleicht nicht ausreichen, aber wir müssen unsere theologischen Debatten wohl auf einen anderen Zeitpunkt verschieben.«

Herine hielt inne und betrachtete die Aufgestiegenen. Alle hatten Mühe, sich auf die Neuigkeiten einzustellen, was Herine durchaus nachfühlen konnte.

»Ich weiß nicht recht, wo ich beginnen soll«, sagte sie. Dann lächelte sie. »Vielleicht beginnen wir einfach daheim.«

»Was wollt Ihr wissen?«, fragte Arducius.

Herine winkte in Richtung des Palasts. »Vorhin eröffnete mir der dornosianische Botschafter, dass Dornos die Konkordanz verlassen will. Er gibt natürlich den Steuern die Schuld, aber ich glaube, in Wahrheit beschuldigt er Euch und Eure Wirkung auf die gewöhnlichen Bürger, die verwirrt zuschauen, in welche Richtung sich unsere Religion entwickelt. Sagt mir, hat er recht damit? Ich habe gehört, was mein Schatzkanzler zu sagen hatte. Aber was sagt Ihr dazu? Zerreißt der Aufstieg die Konkordanz? Verliere ich mein Volk, weil ich mich entschieden habe, Euch zu unterstützen?«

Arducius blies die Wangen auf und kratzte sich am Ohr, während er überlegte. Mirron schaute ein wenig erzürnt drein, Ossacers Gesicht war versteinert.

»Das war nicht ganz die Frage, mit der ich gerechnet hatte«, gab Arducius schließlich zu.

»Offensichtlich«, sagte Herine. »Aber es ist doch sicher eine Frage, die Ihr beantworten könnt.«

»Die Akten …«

»Zum Teufel mit den Akten, Mirron«, fauchte Herine. »Dort ist jeder notiert, den Ihr gerettet habt, jeder, der in die Akademie aufgenommen wurde, und jeder, der sich von Euren Argumenten überzeugen ließ. Sie sagen aber nichts über diejenigen, die sich völlig vom Allwissenden abgewandt haben und jetzt für mich, für Euch und die Kanzlerin verloren sind. Ich kann es mir nicht leisten, dass die religiöse Autorität auf dem Hügel zersplittert. Ganz gewiss nicht im Lichte der neuen Informationen. Nun sagt mir – wie sieht es da draußen wirklich aus? Wie lange müssen meine Diener noch die Schmierereien von meinen Mauern abwaschen?« Sie deutete in Richtung des Siegestors. »Und von den Statuen unserer großen Generäle dort draußen außerhalb unserer kleinen Zuflucht?«

»Es wird noch Generationen dauern«, sagte Ossacer leise.

Herine nickte. »Das ist wenigstens eine ehrliche Antwort. Warum?«

»Wir versuchen, Jahrhunderte der Lehre zu verändern. Wir versuchen, den Menschen eine Wahrheit zu verkünden, obwohl die meisten uns nicht zuhören wollen. Immer, wenn wir uns zu Wort melden, ist auch die Kanzlerin zur Stelle und nennt uns Lügner und Ketzer. Wenn wir wirkungsvoller und schneller vorankommen sollen, dann müsst Ihr sie aus dem Amt entfernen oder zum Schweigen bringen.«

Jhered, der an der Tür zum Steingarten stand, holte tief Luft und fing Herines Blick ein. Er schüttelte leicht den Kopf, und Herine entspannte sich ein wenig.

»Wie ich schon zu mehr Leuten gesagt habe, als Ihr Morgendämmerungen erlebt habt, gibt es nichts, was ich tun *muss*. Das Amt der Advokatin bringt immerhin einige Privilegien mit sich.«

»Ich wollte doch nicht …«

Herine hob eine Hand. »Jetzt rede ich, Arducius.«

Sie hielt inne und sah am Tisch in die Runde, nahm sich einen Teller und legte etwas Obst und Dörrfleisch darauf. Dann schenkte sie sich eigenhändig einen Becher Wein ein, nachdem sie den Diener entlassen hatte. Schließlich lehnte sie sich zurück.

»Vor langer Zeit, lange bevor die Advokatur überhaupt von eurer Existenz wusste, pflegte Felice Koroyan mich zu bedrängen, ihr mehr Macht zu verleihen. Sie wollte andere Religionen verbieten, mehr Legionen aufstellen und widerspenstige Menschen beseitigen. So gehen die Del Aglios jedoch nicht vor. Felice ist mit meiner Unterstützung des Aufstiegs nicht einverstanden und hat sich vom Hügel zurückgezogen, um ihre Version des Ordens zu predigen. Das ist für sich genommen noch kein Verbrechen. Dass sie sich als Kanzlerin bezeichnet, ist ein kleines Vergehen, aber das ist schließlich nur der Name, unter dem sie sowieso schon jeder kennt. Darf ich jemanden in Ketten legen, nur weil er einen Namen benutzt, den alle kennen? Nun ja, in diesem Fall könnte ich es tun, aber es gibt noch ein weiteres Problem.«

Herine trank einen kleinen Schluck Wein und bemerkte Jhereds Lächeln, das zunehmend breiter wurde. Sie beugte sich vor.

»Sagt mir, was würde Eurer Ansicht nach geschehen, wenn ich Felice Koroyan von ihrem Amt als Ordenskanzlerin entbinde? Ein Amt, in dem sie, vorsichtig geschätzt, fünfundneunzig Prozent der Bürger meiner Konkordanz verehren?«

Arducius spreizte die Finger. »Nun, das Volk würde doch sicher Eure Botschaft erkennen, dass der Orden den Aufstieg anerkennen muss, weil Ihr als seine Vertreterin auf Erden es wollt.«

»Dankt dem Allwissenden, dass Ihr niemals der Advokat sein werdet. ›Müssen‹ und ›wollen‹ reichen mir nicht. Ihr seid noch jung, Arducius, aber diese Naivität bei einem, dem ich so sehr vertraut habe, finde ich denn doch erschütternd. In dem Augenblick, in dem ich die Kanzlerin absetze, mache ich mir den größten Teil meines Volks zum Feind. Sie werden keine Botschaft erkennen, sondern die Saat der Tyrannei. Sie werden Unterdrückung wittern. Wie könnte ich den Orden unterdrücken? Felice weiß dies, und ich weiß es auch. Deshalb werde ich Euch sagen, was ich ihr schon immer sagte. Ihr müsst den Streit auf der theologischen Ebene für Euch entscheiden. Ich glaube an Euch. Sorgt dafür, dass auch andere an Euch glauben.«

»Ganz so einfach ist das nicht«, widersprach Ossacer. »Aber es wird mit der Zeit leichter werden. Die nächste Linie ist fast bereit, an Eurer Seite zu stehen. Die Zahl der Bürger mit passiven Fähigkeiten wächst. Die Waagschalen sind in Bewegung. Ihr müsst darauf vertrauen, dass wir das Volk umstimmen können, wie lange es auch dauern mag.«

»Das sagt Paul auch immer«, antwortete Herine. »Leider ist Zeit ein Luxus, den ich nicht habe. Das gilt auch für Euch. Ich werde nicht mehr lange im Amt bleiben, Ossacer, und wenn ich ausscheide, wird Roberto der Advokat sein. Falls ich aber spüren sollte, dass ich die Unterstützung der Bürger verliere, bin ich möglicherweise zum Handeln gezwungen.«

»Aber Ihr könnt doch nicht alles wieder umstoßen«, wandte Mirron ein. »So eine Schwäche dürft Ihr doch nicht zeigen.«

»Oh meine Liebe, glaubt mir, es würde nicht als Schwäche wahrgenommen werden«, sagte Herine.

»Haltet Ihr denn unser Vorgehen für falsch?«, fragte Arducius.

»Nicht ganz und gar«, erklärte Herine. »Es ist sicher notwendig, die Aufgestiegenen hierher zum Hügel zu bringen, wo immer sie gefunden werden. Allerdings glaube ich, dass Ihr in der letzten Zeit Probleme übersehen habt, die sehr nahe der Heimat entstanden sind. Selbst in meiner Hauptstadt erkenne ich noch viele Vorbehalte gegen Euch, und dabei sind schon zehn Jahre vergangen. Ich weiß, dass Ihr erst seit fünf Jahren aktiv seid, aber trotzdem ... wir haben alle die Proteste gesehen und gelesen, was an die Wände geschmiert wird. Ihr solltet doch keinen Leibwächter brauchen, wenn Ihr die Taverna Alcarin aufsucht, oder?«

Arducius kratzte sich am Kopf. »Man könnte durchaus einwenden, dass gerade die Hauptstadt der Ort ist, der am schwersten zu überzeugen ist.«

»Das könnte man sagen, aber das ist mir egal«, erwiderte Herine. »Felice Koroyan kommt nicht mehr hierher, weil sie sich in einer sehr starken Position glaubt. Damit liegt sie gar nicht so falsch, nicht wahr? Die Sprecher der Winde, der Meere und der Erde haben großen Einfluss auf weite Teile der Bevölkerung, aber Ihr wart seit – wie lange ist es her? – seit drei Jahren nicht mehr dort draußen, um ihnen ernsthaft entgegenzutreten.«

Mirron runzelte die Stirn. »Da wir nur drei sind, dachten wir, wir sollten vor allem die entlegenen Gebiete der Konkordanz erreichen und bekannt machen, dass Begabungen wie die unseren nicht böse sind und nicht verborgen werden sollten. Wir haben entschieden, dass Estorr warten könne.«

»Das hat sich nun als Fehler erwiesen, den Ihr hoffentlich zusammen mit mir beheben werdet.« Herine aß ein Viertel einer Orange. »Ich bin nicht hier, um Euch Vorwürfe zu machen. Es gibt jetzt neue Begabte, die unsere Botschaft verbreiten können, und das sollen sie bei der ersten sich bietenden Gelegenheit tun. Damit seid Ihr drei frei und könnt Euch mit dem befassen, was Yuran uns mitgeteilt hat, als die Fackel schon fast seinen Scheiterhaufen berührte. Der Grund dafür, dass Felice die Schlacht um die Herzen meiner Bürger nicht gewinnen kann, ist, dass nichts, was der Aufstieg je getan hat, nichts, was Ihr je getan habt, irgendetwas anderes als überwältigend gut war. Wird das, was nun aus Tsard kommt, all das ändern?«

Ein energisches Klopfen kündigte General Harkov an.

»Ich bitte um Verzeihung für die Störung, meine Advokatin, aber diese Angelegenheit kann nicht warten.«

»Habt Ihr von Paul Jhered die Neigung geerbt, mich auf möglichst dramatische Weise zu stören?«, fragte Herine etwas schmallippig. »Ist es wirklich wichtiger als die Zukunft des Aufstiegs und möglicherweise meine Advokatur?«

Harkov hielt inne und warf einen raschen Blick zu Jhered.

»Ich glaube, es hängt mit diesem Thema zusammen«, sagte er vorsichtig.

»Dann bin ich ganz Ohr.«

Harkov winkte mit einer Hand, worauf ein Mann hinter ihm eintrat. Er trug leichte Kleidung für einen so kühlen Abend, graue Wollsachen mit gestickten Bergmotiven auf der Brust. Doch er war ein Karku und empfand diesen Genastroabend vermutlich als ungemütlich warm. Er hatte dichtes lockiges Haar und einen Bart und lief barfuß. Seine langen Gliedmaßen und der gedrungene Körperbau wirkten in Herines Augen unschön und wenig schmeichelhaft.

Offensichtlich war er von der langen Reise müde, aber Harkov hatte wenigstens dafür gesorgt, dass er sich den Straßenstaub abwaschen konnte. Endlich bemerkte Herine seine Augen. Der Besucher musterte sie mit tief in Falten gelegter Stirn und einem Blick, der beinahe freundlich schien, aber dahinter lag noch etwas anderes. Herine hatte es schon oft gesehen. Er fürchtete sich.

»Wer ...«, doch das Klirren von Jhereds mit Eisen beschlagenen Stiefeln auf dem Marmor unterbrach sie.

»Harban?«, sagte er. »Bist du es?«

»Schatzkanzler Jhered«, antwortete der Mann mit einem starken, fast unverständlichen Akzent. »Bitte, ihr müsst uns helfen. Die Aufgestiegenen müssen kommen.«

6

859. Zyklus Gottes,
4. Tag des Genasauf

Harban wollte sich nicht setzen, doch die Advokatin beharrte darauf, erst mit ihm zu sprechen, wenn er Platz genommen hatte. Jhered wechselte einige leise Worte mit ihm, und schließlich lenkte der Karku ein.

Allmählich beruhigte Harban sich auch wieder und nahm sogar den angebotenen Wein an. Dabei zitterte er so stark, dass er beide Hände brauchte, um den Kelch zu den Lippen zu führen. Sein Atem ging stoßweise, als hätte er Schmerzen, aber die Furcht, die sie alle in seinen Augen bemerkt hatten, war vorübergehend verschwunden und einer Traurigkeit gewichen, die seine ganze Energiestruktur erfasste. Das Gefühl war so stark, dass Arducius die Tränen niederkämpfen musste. Ossacer und Mirron gelang es nicht.

»Was hat das zu bedeuten?«, wollte Jhered von Harkov wissen.

»Er wollte mir nicht viel verraten. Nur, dass er mit den Aufgestiegenen reden müsse, und dass es mit Gorian und den Toten zu tun habe.«

»Sie kommen. Der Berg wird erbeben«, sagte Harban. »Er wird fallen.«

Ossacer legte ihm eine Hand auf den Arm, worauf sich der Karku sofort entspannte. Seine Wangen bekamen ein wenig Farbe, und das Zittern ließ nach.

»Beim Herzen des Bergs, wenn nur jeder Aufgestiegene so wäre wie du«, sagte Harban.

»Nur einer von uns hat …«, sagte Arducius.

»Einer ist genug.«

Die Advokatin räusperte sich vernehmlich.

»Ja. Das ist alles sehr dramatisch. Jetzt möchte ich Einzelheiten hören. Ich habe heute noch weitere Termine.«

Harban schwieg eine Weile und ordnete seine Gedanken. Arducius konnte beobachten, wie die Advokatin ihn einzuschätzen versuchte. Die Tatsache, dass Jhered ihn kannte und achtete, verlieh ihm erheblich mehr Glaubwürdigkeit.

»Viele Angehörige meines Volks besitzen das, was Ihr passive Fähigkeiten des Aufstiegs nennen würdet. So war es schon immer. Es steht auf den Steinen von Inthen-Gor geschrieben.«

»Was ist das denn?«, fragte die Advokatin.

»Unser heiligster Schrein. Das Herz von Kark im Berg.«

»Es freut mich, dass Ihr den Aufstieg akzeptiert, aber führt diese Geschichtsstunde noch zu irgendwelchen wichtigen Mitteilungen?«

Harban warf ihr einen scharfen Blick zu. »Wärt Ihr unserem Weg gefolgt, dann würdet Ihr jetzt nicht vor diesen Schwierigkeiten stehen. Die Gemiedenen fliehen das Licht.«

Jhered kam der scharfen Erwiderung zuvor, die Herine schon auf der Zunge lag. »Worauf müssen wir uns denn nun einstellen, Harban?«, fragte er.

»Als Inthen-Gor entstand, wurde eine Prophezeiung aufgeschrieben. Ihre Wurzeln sind uralt, und bis zum Erscheinen Eurer vier Aufgestiegenen achteten die meisten kaum auf diese Botschaft und hielten die Inschrift für eine Absonderlichkeit, eine Erzählung vom Untergang, der doch nie stattfinden würde. Jetzt scheint es, als stünde er uns bevor.«

»Hört mir zu, Harban«, schaltete sich die Advokatin ein. »Ich achte Eure Lebensart und Euren Glauben, aber in dieser Welt, in meiner Welt, lachen wir aus vielen guten Gründen über alte Prophezeiungen. Vor allem, weil sie ein großer Unfug sind, den man sich für gegenwärtige Ereignisse zurechtbiegen kann, wenn man sich nur etwas Mühe gibt. Außerdem bieten sie niemals eine Lösung an. Sie beschreiben lediglich, was wir schon wissen und sehen. Oder vielleicht einen unausweichlichen Untergang, der aber niemals eintritt. Verschwendet nicht meine Zeit.«

Arducius spürte aus nächster Nähe, wie sich Harbans Stimmung veränderte. Seine Energiestruktur färbte sich hellblau und bekam pulsierende weiße Flecken.

»Dann müsst Ihr in Eurer Unwissenheit sterben.« Er stand auf, warf den Kelch auf den Boden und zeigte mit dem Finger auf sie. »Ihr beleidigt die Karku. Eure klugen Worte werden Euch wie Säure in der Kehle stecken, wenn Ihr überrannt werdet. Ich brauche Eure Konkordanz nicht, nur die Aufgestiegenen. Ich verschwende meine Zeit, wenn ich mit Euch rede.«

»Wie könnt Ihr es wagen ...«

»Herine!« Jhered stand schon hinter Harban und schob ihn energisch auf den Stuhl zurück. »Bitte. Und auch du, Harban. Setz dich. So kommen wir doch nicht weiter. Niemand verschwendet hier jemandes Zeit. Harban, du wirst deine Zunge hüten, wenn du mit meiner Advokatin sprichst. Herine, er ist aus eigenem Antrieb über tausend Meilen weit gereist. Wir sollten ihm wenigstens zuhören.«

Es gab ein kurzes Schweigen, als keiner seinen Zorn vergessen wollte. Die Energien ihrer Körper loderten so hell, dass Arducius sich abschirmen musste. Der arme Ossacer konnte nicht anders als blicklos starren.

Harban nickte. Herine kniff die Augen zusammen, setzte sich aber ebenfalls wieder hin und strich über den Beinen ihre Toga glatt.

»Vielleicht sollte ich die Prophezeiung wiederholen«, sagte Harban leise.

»Vielleicht solltet Ihr Euch entschuldigen«, sagte Herine.

»Wofür?«

»Ich bin die Advokatin.«

»Und ich möchte dafür sorgen, dass Ihr es bleibt.«

Jhered hüstelte und starrte ihn an.

»Also gut.« Herine machte eine geringschätzige Geste. »Dann fahrt fort. Ich kann die Spannung fast nicht mehr ertragen.«

Harban schüttelte den Kopf. Arducius' Herz raste, er fühlte sich äußerst unwohl, und in seinem Kopf schienen all die unfreundlichen Energien der Anwesenden aufeinanderzuprallen.

»Die Verlorenen werden von bösen Händen aus ihrer Ruhe gerissen. Ihre Schritte lassen den Berg erzittern. Sie haben ein Ziel und doch keinen Grund. Triumph ohne Ruhm. Wenn der Berg fällt, fallen auch die Aufgestiegenen. Auf dem neuen Gipfel werden er und seine Brut über der strauchelnden Welt thronen.«

Harban hatte inbrünstig und voll innerer Bewegung gesprochen. Es war einer dieser Momente, die Vater Kessian »bedeutungsschwer« genannt hätte. Das Unbehagen im Raum verschwand, und obwohl die Prophezeiung sich mit den Gedanken der Advokatin deckte, runzelte sie die Stirn und beugte sich vor.

»Fast poetisch«, bemerkte sie. »Ich nehme an, das war eine wörtliche Übersetzung?«

Harban nickte. »So gut, wie wir es ins Estoreanische übertragen können.«

»Aber wie kommt Ihr darauf, dass die Prophezeiung sich jetzt erfüllt?«

Ossacer zuckte zusammen, als er Harbans starke Gefühlsreaktion auffing. Der Karku ließ den Kopf hängen und rang die Hände im Schoß. Als er wieder aufschaute, standen ihm die Tränen in den Augen.

»Weil ich es gesehen habe«, sagte er, und seine Stimme brach, als die Erinnerungen erwachten. »Mein Lehrer, mein Führer, mein ältester Freund.«

»Icenga«, keuchte Mirron.

»Tot. Ich sah ihn stürzen. Auf dem Berg abgeschossen wie ein Tier. Dann aber sah ich ihn wandeln, obwohl das Leben ihn verlassen hatte.« Harban schauderte und musste abbrechen.

Die Advokatin war verblüfft. »Vielleicht hat er den Sturz überlebt?«

»Glaubt Ihr, ich erkenne den Tod nicht, wenn ich ihn sehe?« Harbans Speichel spritzte auf den Tisch. »Er stürzte mehr als zweitausend Fuß tief auf Fels. Sein Körper war zerschmettert, sein Blut ins Eis gesickert. Ich stieg zu ihm hinab, aber er war fort. Eine einzige Spur erkannte ich im Schnee, und dann kam er zu mir. Ein Pfeil steckte in seiner Brust ... wie kann ich den Gang eines toten Mannes beschreiben? Wie soll ich das nur tun?«

Seine Tränen rollten herab, und Ossacer bemühte sich, ihn zu beruhigen.

»Das muss schrecklich gewesen sein«, sagte die Advokatin. »Aber damit ich es richtig verstehe – Ihr habt Euch keinesfalls geirrt? Es war Euer Freund und niemand anders? Wir reden darüber, dass Ihr einen Toten gesehen habt, der sich bewegt hat und gelaufen ist und vermutlich sehen und hören konnte? Der sich in keiner Weise von einem Lebenden unterschied?«

Harban nickte. »Allerdings war mir klar, dass er tot sein musste, und in seinen Augen sah ich die Angst, weil er wusste, was aus ihm geworden war.«

»Was ist denn aus ihm geworden?«, fragte Arducius.

»Selbst im Tod hat der Geist der Karku noch einen Willen. Als er jenseits des Todes wandelte, besaß Icenga keinen freien Willen mehr. Kein Mensch sollte je einen Karku beherrschen dürfen. Nicht im Leben, und auch nicht im Tod.«

»Ich weiß nicht ...«, hub Ossacer an.

»Er wurde nicht nur dazu gezwungen, herumzulaufen und dann freigelassen«, sagte Jhered. »Etwas ... jemand ... kontrollierte ihn.«

»Was ist mit Icenga geschehen, nachdem er wieder herumlief?«, fragte die Advokatin. »Wohin ist er gegangen?«

»Er starb noch einmal, dieses Mal in meinen Armen. Erst als er freigegeben wurde, konnte er mir sagen, was er gefürchtet hatte.«

»Dann konnte er sogar sprechen?«, sagte Jhered.

»Und atmen wie ein lebender Mann. Aber er lebte nicht.«

»Das entspricht fast genau dem, was Yuran berichtet hat«, erklärte Jhered.

Harban fuhr auf. »Wir haben von Sichtungen und Gerüchten an den Grenzen von Kark erfahren, aber nirgends sonst. Dieser Yuran, was weiß er?«

»Gorian war fast zehn Jahre bei ihm«, sagte Jhered. »Falls Gorian dahintersteckt.«

»Wer sonst könnte es sein? Ihr anderen seid hier. Wo ist Yuran? Wohin ist Gorian gegangen?« Harbans Augen waren wieder wild und voller Angst, und dieses Mal konnte Ossacer ihm keine beruhigende Energie mehr schicken.

»Yuran sitzt in der Zelle. Gorian hat ihn in Tsard verlassen, wo er den König traf«, berichtete Jhered. »Aber du musst jetzt erst einmal tief durchatmen, Harban.«

»Ich kann nicht ausruhen. Ich muss wissen, was Yuran gesehen hat. Wir müssen herausfinden, wie groß Gorians Kräfte sind.«

»Ich bin ganz Eurer Meinung«, sagte die Advokatin. »Im Augenblick bin ich freilich nicht der Ansicht, dass wir uns große Sorgen machen müssen, abgesehen davon, dass wir die theologische Auseinandersetzung verlieren, was schwierig ist, aber weder die Konkordanz noch Kark gefährdet.«

Harban riss die Augen auf. »Gorian kann die Toten beherrschen.«

»Wie es scheint, und falls wir es glauben wollen, kann er immer nur einen Toten kontrollieren. Mir ist klar, welche Angst das auslöst, aber ein Mann ist noch lange keine Legion.«

»Das ist erst der Anfang«, warnte Harban.

Die Advokatin zog die Augenbrauen hoch. »Nun gut, dann wollen wir spekulieren. Beginnen wir damit, dass wir nur deshalb über etwa so Lächerliches wie wandelnde Tote reden, weil die Dinge, die ich erlebt habe, seit ich das erste Mal das Wort ›Aufgestiegener‹ hörte, mir nahelegen, fast alles für möglich zu halten.«

Arducius musste wider Willen lächeln. Manchmal war die Advokatin eine wahrhaft erschreckende Erscheinung. Zu anderen Zeiten, wie heute, wurde es ihm lediglich etwas ungemütlich in ihrer Nähe. Aber immer wieder schlug ein wenig Humor bei ihr durch, ganz egal, wie ernst der Anlass auch war. Dadurch war sie manchmal schwer einzuschätzen, und Arducius vermutete, dass ihr dies ganz gelegen kam.

»Nun, ihr drei«, sagte die Advokatin. »Wie tut er es, und wie viele kann er heute, morgen oder nächstes Jahr kontrollieren?«

Sie wechselten einen Blick. Arducius verdrehte die Augen und deutete auf sich. Mirron zuckte mit den Achseln.

»Du sprichst doch immer für uns«, sagte sie.

»So ist es wohl«, stimmte Arducius zu. »Um es kurz zu machen, wir können im Augenblick noch nicht viel sagen. Wir haben keine Ahnung, wie er es macht. Unsere gesamte Arbeit beruht auf der Lebensenergie. Wir können das Leben nicht erschaffen, sondern nur verstärken. Wenn etwas tot ist, dann ist es tot.«

»Anscheinend nicht«, warf Jhered ein.

Arducius zuckte mit den Achseln. »Ich kann dir nur sagen, was wir wissen. Angenommen, alles, was wir erfahren haben, entspricht der Wahrheit, dann hat Gorian uns gegenüber einen Vorsprung von zehn Jahren. Er war schon immer davon fasziniert, die Tiere zu kontrollieren, er wollte nicht nur heilen. Aber ich habe nie gesehen, dass er mehr kontrollieren konnte als damals die drei Gorthocks.«

Die Advokatin lehnte sich zurück. »Ich höre nichts, was mir Anlass zur Sorge gibt. Gewiss nicht irgendetwas, das Berge einstürzen und die Welt straucheln lässt, was dies auch bedeuten mag.«

»Ihr könnt das doch nicht einfach so abtun«, sagte Harban. »Wenn wir jetzt handeln, können wir ihn aufhalten, bevor es zu spät ist.«

»Zu spät wozu?« Die Advokatin lächelte. »Abgesehen davon, dass es Felice Koroyan in die Hände spielt, glaube ich nicht, dass wir vor einem großen Problem stehen. Ich meine, mal abgesehen von dem dringenden Bedürfnis, den kleinen Bastard zu schnappen und zu verbrennen.«

»Ihr habt keine Ahnung, wozu er fähig sein wird«, sagte Harban. »Er muss aufgehalten und vernichtet werden.«

»Darin stimmen wir überein«, sagte Ossacer.

»Ossie!«, rief Mirron.

»Er wird alles zunichte machen, was wir aufgebaut haben«, entgegnete Ossacer. »Ich sagte es im Palast, und ich sage es noch einmal. Wir müssen ihn finden und töten.«

Mirron lehnte sich zurück und sah ihn schief an. »Das ist nicht dein Ernst, das kannst du nicht tun, Ossie.«

»Du kannst ihn nicht einsperren«, sagte Ossacer leise. »Es gibt keinen anderen Weg.«

Jhered war hinter Mirron getreten und legte ihr eine Hand auf die Schulter.

»Ihr stimmt ihm alle zu, was?«

Früher hätte sie geweint, jetzt empfand sie vor allem Enttäuschung. Arducius erkannte es in ihren Energien.

»Siehst du denn eine andere Möglichkeit?«, fragte er.

»Ja«, sagte sie. »Wir können ihn fangen und vor Gericht stellen, wie es in der Konkordanz üblich ist. Wenn er schuldig ist, muss er sterben. Wenn nicht, ist er frei.«

»Wir wissen bereits, dass er schuldig ist«, wandte Ossacer ein.

»Wirklich?«, sagte Mirron. »Wie klug bist du doch, dass du seine Schuld allein nach dem Hörensagen und einem einzigen Zeugen bemessen kannst.«

»Er hat Appros Menas ermordet und dich vergewaltigt«, fauchte Ossacer. »Was brauchen wir noch?«

»Das war vor zehn Jahren.« Mirrons Stimme wurde etwas schrill.

»Das ändert nichts«, entgegnete Ossacer. »Nur dank unserer fehlgeleiteten Loyalität blieb er am Leben. Diesen Fehler dürfen wir nicht noch einmal begehen.«

»Und was sage ich meinem Sohn, wenn er nach seinem Vater fragt? Dass wir Gorian gefunden und getötet haben, und dass eines der Verbrechen, für die wir ihn verurteilt haben, zu Kessians Geburt führte?«

»Mirron, wir lieben deinen Sohn«, sagte Arducius. »Aber wir haben lange keinen Gedanken mehr daran verschwendet, dass Gorian sein Vater ist. Im Übrigen ist Kessian den Regeln des Aufstiegs unterworfen. Du wirst ihm nie sagen, wer sein Vater ist. So war es schon immer.«

»Das habe ich nie verstanden«, sagte Mirron. »Was kann es schon schaden?«

»Ach, komm schon, Mirron. Die Frühgeschichte des Aufstiegs ist voller junger Begabter, die durch die Hände ihrer Väter starben. Deshalb trafen wir die Entscheidung, die Väter nicht wissen zu lassen, wer ihre Kinder sind.«

»Mirron«, sagte Herine, »viele Männer fürchten das, was sie erschaffen. Bedenkt, dass diese Männer ansehen müssen, wie ihre Kinder erreichen, was ihnen selbst verwehrt blieb.«

»Es spielt keine Rolle, ob es gerecht ist oder nicht«, sagte Arducius. »Wir müssen nur wissen, dass es keine Todesfälle mehr gab, nachdem die Regel eingeführt wurde. Die Väter müssen sich damit abfinden, die Kinder müssen es verstehen. Wir haben es alle verstanden. Ossie und ich wissen auch nicht, wer unsere Kinder sind. Es tut weh, aber wir verstehen es. Deshalb lehren wir auch nicht in der Linie, der unsere Kinder möglicherweise angehören. Wir wissen nicht, ob sie eine Begabung haben und im Klassenzimmer sitzen, oder ob sie keine Talente haben und nach Westfallen zurückkehren. Kessian darf nicht anders behandelt werden.«

»Schon gut, schon gut.« Mirron hob beide Hände. »Es ändert nichts daran, dass wir etwas planen, das grundfalsch ist.«

»Zeigt uns eine Lösung auf, die nicht damit einhergeht, diese Bedrohung in meine Stadt zu bringen, und ich denke darüber nach«, sagte Herine. »Bis dahin schließe ich mich der Mehrheit an. Paul, es tut mir leid, aber ich glaube, ich kann dich noch nicht in den Ruhestand entlassen. Ich brauche bei dieser Jagd die Augen und Ohren aller Leviumkrieger. Es gibt für diese Aufgabe niemanden, dem ich mehr vertraue als dir.«

Jhered hörte nicht mehr zu.

»Was ist los, Harban?«, fragte er.

Arducius drehte sich zu dem Karku um, der seinerseits Mirron anstarrte. Er hatte die Augen aufgerissen, und das Zittern war wieder da, erfasste jetzt aber mehr als nur seine Hände.

»Hat Gorian wirklich einen Sohn? Deinen Sohn?«, quetschte er heraus.

Mirron nickte.

»Dann muss auch er vernichtet werden«, sagte Harban.

Eisige Stille folgte darauf.

»Wenn du ihm auch nur ein Härchen krümmst, werde ich deinen Schädel schmelzen«, sagte Mirron.

Arducius zuckte zusammen, und Ossacer keuchte, als er die Wucht ihrer Wut in den Energiebahnen spürte.

»Er darf nicht mit Gorian zusammenkommen. Er darf nicht erwachsen werden«, sagte Harban. Die Verzweiflung angesichts der schrecklichen Gewissheit trieb ihm den Schweiß auf die Stirn. »Die Prophezeiung ...«

Inzwischen schrien alle wild durcheinander. Die Aufgestiegenen waren aufgesprungen. Harban beharrte darauf, die Wahrheit zu sagen. Nur Herine war sitzen geblieben.

»Ruhe!«

Jhereds Stimme donnerte zwischen den Wänden und ließ jeden im Raum innehalten.

»Ich fühle mich, als wäre ich zehn Jahre zurückgesprungen«, fuhr er fort. »Und das in Gegenwart meiner Advokatin. Ihr müsst euch besser beherrschen. Habt ihr das verstanden?«

Schweigen. Nicken.

»Mirron, niemand wird deinen Sohn töten. Er ist am sichersten Ort in der ganzen Konkordanz. Er ist unberührbar. Harban, ich bin sprachlos. Was sollte diese Forderung? Wir wissen, dass du Angst hast, aber so ein Ausbruch ist unverzeihlich.«

Harban wollte nicht einlenken. Als er aufstand, winkte Jhered zwei Wachen herbei.

»Bringt ihn in seine Gemächer und achtet darauf, dass er sie ohne euch nicht verlässt.«

»Ja, mein Herr.«

»Ich werde ihn nicht töten«, sagte Harban. »Das bleibt euch überlassen. Aber ihr versteht nicht, womit ihr es zu tun habt, und mit jedem Tag, den ihr zögert, wird er stärker. Denkt darüber nach. Wir haben die Prophezeiung seit Jahrhunderten missverstanden. Unsere besten Gelehrten haben immer angenommen, die ›Brut‹ des Aufgestiegenen beziehe sich auf die Toten, die er kontrolliert. Aber die sind nicht gemeint.«

7

859. Zyklus Gottes,
5. Tag des Genasauf

Am Abend stand Mirron in Kessians Tür. Ihr wunderschöner Sohn schlief friedlich. Sie hatte gleich nach Harban das Kanzleramt verlassen, und jetzt standen Posten vor ihren Gemächern und bewachten unter ihrem Balkon den Garten.

»Niemand wird dir etwas tun, solange ich lebe«, raunte sie. »Ich werde nie von deiner Seite weichen.«

Arducius und Ossacer hatten ihr angeboten, über Nacht mit ihr zu wachen, aber sie hatte sich zurückgezogen und war entschlossen, sich der Angst allein zu stellen und ihren Sohn so gut wie möglich abzuschirmen. Ein Glück nur, dass er noch nicht gut genug eingestimmt war, um die wahren Emotionen in ihrer Energiestruktur abzulesen.

Am Nachmittag hatte er sie jedoch aufmerksam beobachtet und mehr als einmal eine Hand auf ihre Schulter gelegt, um sie zu beruhigen. Er hatte nichts gesagt und keine Fragen gestellt, aber das würde nicht immer so bleiben.

»Was kann ich dir nur erzählen, wenn ich dir nicht die ganze Wahrheit verraten darf?«

Mirron ging zu Kessians Fensterläden und überprüfte sie ein letztes Mal. Sie waren kräftig und dick und hielten die Dusaskälte ab, die jedes Jahr kam; und sie bedeckten schöne Buntglasscheiben, die sicherlich ein kleines Vermögen gekostet hatten. Dann beugte sie sich über Kessian und küsste ihn auf die Stirn.

»Schlaf gut, mein Lieber«, sagte sie.

Sie verließ sein Zimmer und schloss die Tür. Gegenüber standen die Türen ihres Empfangszimmers und Schlafzimmers offen. Dorthin ging sie jedoch nicht. Im Flur, gegenüber von Kessians Tür, gab es eine mit Kissen und Decken ausgestattete Liege. Weiter wollte sie in dieser Nacht nicht von ihm entfernt sein. Die Liege sah bequem aus, aber das spielte wohl keine Rolle. Mirron konnte sich nicht vorstellen, überhaupt Schlaf zu finden.

So setzte sie sich hin und nahm einige Papiere in die Hand, an denen sie gearbeitet hatte. Wenigstens würde sie in dieser Nacht nicht über der ermüdenden Aufgabe einschlafen.

Als sie eine Weile danach erwachte, brannten die Lampen noch. Sie hatte keine Ahnung, wie spät es war, fühlte sich aber ruhiger und ein wenig ausgeruht. Die Papiere waren auf dem weißen Marmorboden verstreut, eines oder zwei waren auf der glatten Fläche fast bis zu Kessians Tür gerutscht. Aus ihrem Schlafzimmer wehte ein Luftzug herüber. Sie schüttelte den Kopf.

»So etwas Dummes«, sagte sie.

Dann richtete sie sich ganz auf und massierte sich den Nacken: Offenbar hatte sie eine Weile mit verdrehtem Kopf geschlafen. Es war still im Palast. Barfuß tappte Mirron auf dem kalten Marmor zu Kessians Tür, öffnete sie einen Spalt weit und spähte hinein. Das schwache Licht vom Flur erfasste seinen Oberkörper. Er lag in tiefem Schlaf mit ausgebreiteten Armen und zur Seite gedrehtem Kopf.

Lächelnd schloss sie die Tür wieder und dachte, sie sollte sich wohl doch in ihr eigenes Bett legen. Vor den Türen und im Garten standen Wächter, die Läden waren verriegelt. Der Allmächtige schützte sie, sogar die Ocenii würden Schwierigkeiten haben, hier einzudringen, von einem verängstigten Mann aus Kark ganz zu schweigen.

»Genau.«

So ging Mirron in ihr eigenes Schlafzimmer. Die Kälte drang durch ihre Stola. Sie schloss das Fenster und verriegelte die Läden. Das Bett sah sehr einladend aus. Säckchen mit Lavendel dufteten im Kissen, und die Bettlaken waren frisch und sauber. Andererseits hatte sie hier wieder das Gefühl, zu weit von ihrem Kind entfernt zu sein.

Die Tür ihres Schlafzimmers fiel zu, und aus der dunklen Ecke tauchte eine Gestalt auf. Mirrons Herz verkrampfte sich, sie wich zum Fenster zurück. Es musste eine Sinnestäuschung sein.

»Wer ist da?«, fragte sie.

Es war keine Täuschung. Sie konzentrierte sich und erkannte vor sich die Energiebahnen eines Menschen.

»Noch einen Schritt, und ich verbrenne Euch, wo Ihr steht.«

»Das sind aber harte Worte, meine liebe Mirron. Und leere Drohungen. Woher willst du denn in einem kalten, dunklen Raum wie diesem die Energien nehmen? Und was soll es nützen? Kein Aufgestiegener kann durch deine Flammen verbrennen.«

Mirron schoss das Blut so heftig in den Kopf, dass ihr schwindlig wurde. Jegliche Kraft verließ ihren Körper, und sie sank auf den Steinboden und musste sich am Bettrahmen festhalten, um nicht ganz umzufallen.

Er kam langsam und mit ausgestreckter Hand näher. In seiner Energiestruktur konnte sie die kaum gezügelte Kraft erkennen, vor ihrem inneren Auge schien er in Flammen gehüllt zu sein. Ja, er war es. Diese Signatur würde sie nie vergessen. Sie wich vor seiner Hand zurück und öffnete den Mund, brachte aber kein Wort heraus.

»Weiche mir nicht aus, ich bin nicht dein Feind«, sagte Gorian.

Ihr Blick klärte sich wieder, und nun schälte sich sein Umriss aus dem Halbdunkel heraus und legte sich über die Energiestruktur. Erinnerungen rasten durch ihren Kopf. Schönheit und Macht. Das

Lächeln, das sie dahinschmelzen ließ. Die Berührung unter den Genastrofällen. Der Zorn in diesen Augen.

»Du kannst nicht hier sein«, sagte sie. »Das ist unmöglich. Geh weg.«

Er kam näher. Sie richtete sich mühsam wieder auf und zog sich tastend rückwärts bis zu den Fensterläden zurück. Weiter konnte sie nicht ausweichen. Ihr Herz hämmerte so laut in ihrer Brust, dass ihr beinahe übel wurde. Sie bekam einen Schweißausbruch, ihre Beine zitterten unkontrolliert, sie rang um Atem.

»Warum hast du Angst?« Gorian runzelte die Stirn. »Ich könnte dir niemals etwas tun. Dir noch nicht, Mirron. Der einzigen Frau, die ich je geliebt habe. Der Mutter meines Kindes.«

Mirron keuchte, sie wollte um Hilfe schreien, aber in ihr war nichts außer einer nackten Angst, die sich wie ein dickes Tuch über sie legte und alles andere ausblendete.

»Wie konntest du ...«

»Oh Mirron, glaubst du denn, König Khuran habe in Estorr keine Augen? Ich weiß, was hier vor sich geht. Ich kenne die Arbeit, die du mit meinen Brüdern in der Konkordanz tust. Endlich nimmt der Aufstieg den ihm gebührenden Platz ein. Ich bin auf euch alle stolz, aber besonders auf dich. Du hast unseren Sohn allein erzogen. Er wird große Gaben besitzen. Nein, er besitzt sie sogar jetzt schon.«

»Du darfst ihn niemals sehen und nie Verbindung mit ihm haben.« Endlich fand sie ein wenig Mut in sich.

»Sei nicht so dumm. Was glaubst du wohl, warum ich hier bin?«, fragte Gorian lächelnd.

»Dann war die Prophezeiung richtig«, flüsterte sie. »Du willst meinen Sohn holen.«

»Und dich.«

»Lieber würde ich sterben, als ...« Mirron schüttelte den Kopf. »Was hast du gesagt?«

»Du musst doch gewusst haben, dass ich zu dir zurückkommen würde, Mirron. Ich liebe dich, ich habe dich immer geliebt. Und du hast immer mich geliebt.«

In Mirron wuchs etwas heran, das stärker war als jede Angst. Sie stürmte los und stieß ihn so kräftig fort, dass er taumelte und sich am Bettgestell festhalten musste.

»Ich habe gehofft, du wärst tot«, fauchte sie. »Du hast mich vergewaltigt und bist weggelaufen, du Bastard. Du hattest Angst, dich zu stellen. Zehn Jahre lang hatte ich Zeit, mit dem zu leben, was du mir angetan hast. Ich habe jetzt ein neues Leben, die Akademie und meinen Sohn. Von dem Augenblick an, als du weggelaufen bist, hattest du nichts mehr mit meinem Leben zu tun. Nie wieder wirst du damit zu tun haben. Ich bin erwachsen geworden, Gorian. Warum nicht auch du?«

Gorians Miene verhärtete sich, und seine Energiebahnen färbten sich zu einem bösen Dunkelrot.

»Ich kenne dich Mirron. Ich weiß, dass es nicht wahr ist.«

»Ich war *vierzehn*«, fauchte sie mühsam beherrscht. »Du wusstest nichts über mich. Wie kannst du es wagen, hierherzukommen und zu erwarten, dass ich deinen kindlichen Fantasien nachgebe? Du machst mir keine Angst, Gorian. Trotz deiner Klugheit hast du keinen Mut. Der Mut ist es, der die Kunde über den Aufstieg trotz aller Narben des Hasses verbreiten hilft. Er bringt denen die Wahrheit, die nicht sehen können und fürchten, was sie nicht verstehen.«

Sie starrte ihn an und stellte auf einmal fest, dass sie ihn beinahe bemitleidete. »Was du auch für Kräfte entwickelt hast, sie dienen nur dazu, uns alle zu zerstören.«

»Ah, was für Kräfte es sein mögen«, sagte Gorian leise, aber mit voller Stimme. Sein Zorn war verflogen. »Ich kann dir viel zeigen. Es wird deinen Horizont erweitern. Ich kenne die ganze Wahrheit.«

»Verschwinde, ich kann dich nicht ertragen. Nur ein Schrei, und du bist morgen zu Asche verbrannt.«

»Das wirst du nicht tun.« Gorian kam ihr einen weiteren Schritt entgegen.

Sie hielt seinem Blick stand. »Lasse es nicht darauf ankommen.«

Er lachte nur, und als er die Hand ausstreckte und seine Energie zu ihr strömte, fand sie nicht mehr die Kraft, ihre Drohung wahrzumachen.

Die Morgensonne, die durch die Läden fiel, weckte sie. Sie lag ordentlich zugedeckt im Bett. Die Erleichterung nach einem verblassenden schlechten Traum wärmte sie, und ihre Ängste schienen jetzt, bei Licht, nur noch lächerlich.

Dann drehte sie den Kopf herum. Neben ihr lag etwas auf dem Kopfkissen. Sie runzelte die Stirn. Einer der Fensterläden klapperte leise im Wind.

»Ich ...«

Dann sprang sie aus dem Bett und rief Kessians Namen, riss die Schlafzimmertür auf, stürmte durch die auf dem Marmor verstreuten Papiere und zwischen den Leuten hindurch, die auf dem Flur standen. Kessians Tür stand offen, sein Bett war leer und kalt.

Mirron fuhr herum. Arducius und Ossacer waren schon dort. Wächter von der Garde des Aufstiegs. Warum waren sie alle hier? Und warum schauten sie alle so bekümmert drein?

»Wo ist er? Wo ist Kessian?«

Ihr war bewusst, dass sie kreischte. Niemand sprach ein Wort, alle starrten sie an.

»Helft mir doch«, sagte sie, während es in ihrem Kopf rauschte. »Ihr müsst mir helfen.«

Mirron keuchte und rannte in ihr Schlafzimmer zurück, schnappte sich den Ring, der auf dem Kissen lag. Jeder von ihnen, jeder

der ersten Aufgestiegenen, hatte so einen Ring. Bryn Marr, der Schmied von Westfallen, hatte sie hergestellt. Damals waren sie zu groß gewesen, und er hatte nicht lange genug gelebt, um zu sehen, wie die jugendlichen Aufgestiegenen heranwuchsen, bis sie die Ringe tragen konnten. Sie besaß ihren noch, und sie war sicher, dass auch Ossie und Ardu ihre Ringe gut verwahrt hatten.

Sie öffnete die Faust und betrachtete das schön gravierte Symbol des Aufstiegs rings um einen einzigen Buchstaben. Auch Gorian hatte seinen Ring behalten. Sie setzte sich aufs Bett und ließ die Tränen strömen, wie sie wollten. Jetzt standen alle in der Tür. »Er hat ihn mitgenommen. Gorian hat meinen Sohn verschleppt.«

Mirron saß auf Kessians Bett, wiegte sein Segelboot in den Armen und nahm den Geruch seines Zimmers in sich auf. Erinnerungen an schönere Zeiten, die rasch verflogen, flüchtige Reste seiner Energie. Viel zu früh aus ihrem Leben gerissen, genau wie der alte Kessian.

Es war unwirklich. Die Neuigkeit hatte sich wie ein Lauffeuer verbreitet, und der ganze Palast war in Aufruhr. Man hatte drei vor der Zeit gealterte Leichen gefunden. Einst junge Palastwächter, die das Pech gehabt hatten, in der letzten Nacht Gorian zu begegnen.

Die Untersuchung hatte bereits begonnen. Die Advokatin wollte Antworten hören, die Akademie war in Angst und Schrecken versetzt, und die Botschaften nach Westfallen, dass man auch dort aufpassen solle, waren bereits unterwegs. Harban hatte sein Mitgefühl ausgedrückt, hatte aber offensichtlich nichts mit der Entführung zu tun. Er hatte sich schon auf den Rückweg nach Kark gemacht, weil er fürchtete, bald würden Konflikte ausbrechen.

Mirron war inzwischen wieder etwas ruhiger und hatte das eigenartige Gefühl, etwas Wichtiges übersehen zu haben. Sie dachte, sie müsste mehr Verzweiflung empfinden und voller Panik sein, aber nach den ersten schrecklichen Augenblicken, als Hesther Naravny sie in die Arme genommen hatte, war sie wieder halbwegs zu sich gekommen. Sie wusste, dass es ein vorübergehender Zustand war. Wie die Ruhe im Auge des Zyklons.

»Wenigstens wissen wir, dass er dem Jungen nichts tun wird«, sagte Jhered.

»Das ist kein Trost«, widersprach Mirron.

»Dennoch müssen wir dies berücksichtigen«, beharrte Jhered. »Auch wenn es dir erst einmal nur hilft, bei Verstand zu bleiben, und dich nicht tröstet. Es ist keine Entführung wegen Lösegeld, es geht nicht darum, aus Zorn oder Rachsucht einer liebenden Mutter das Kind zu entreißen. Er braucht Kessian, und Kessian macht ihn langsamer.«

»Aber wir wissen überhaupt nichts. Niemand, der ihn kommen sah, ist noch am Leben, und niemand sah ihn gehen. Wie ist das möglich?« Mirron löste ihre verkrampften Finger und stellte das Boot weg, ehe sie es zerbrach. »Dies ist der Palast der Advokatin.«

Ossacer zuckte mit den Achseln. »Zehn Jahre lang waren wir Lehrer und Botschafter. Gorian hat sicher neue Fähigkeiten entwickelt. Abgesehen von der Wiedererweckung der Toten, oder was es auch ist, vermag er offensichtlich noch andere Dinge zu tun, von denen wir nichts wissen. Stell dir das vor und sei nicht überrascht, wenn er es tatsächlich kann.«

»Auch für ihn muss es doch Grenzen geben, Ossie«, widersprach Arducius.

»Ich sage nur, dass man nichts ausschließen darf«, antwortete Ossacer.

»Wir werden ihn finden«, versprach Jhered. »Aber zuerst müssen wir herausfinden, wie er in den Palast herein- und wieder hinausgekommen ist und in welche Richtung er sich gewandt hat. Du musst uns sagen, wozu er Kessian braucht, falls es nicht einfach nur der Wunsch eines Vaters ist, seinen Sohn bei sich zu haben.«

Mirron schnaubte. »Mein Sohn hat keinen Vater.«

»Du weißt, was ich meine«, drängte Jhered sie. »Erst wenn wir genau nachgedacht haben, können wir einen Plan entwickeln und ihn schnappen.«

»Es darf nicht zu lange dauern«, sagte Mirron. »Ich möchte nicht, dass Gorian mein Kind verändert, bis es sich gegen mich wendet.«

»Keine Sorge, du wirst ihn wieder in die Arme schließen, ehe du dichs versiehst«, beruhigte Jhered sie.

»Sogar noch eher, als du denkst«, antwortete Mirron. »Denn ich werde mitkommen.«

»Und wir werden sie begleiten«, sagte Arducius.

»Das glaube ich nicht«, widersprach Jhered.

»Glaube, was du willst«, sagte Mirron, »aber nichts und niemand wird mich davon abhalten, meinen Sohn zu suchen.«

»Und den zu töten, der ihn verschleppt hat«, fügte Ossacer hinzu.

Mirron biss sich auf die Lippe und wünschte, es könnte eine andere Lösung geben.

»Auch das«, flüsterte sie.

Yuri Lianov, Hafenmeister des gesternischen Hafens Wystrial, setzte das Spähglas an die Augen und betrachtete abermals das Schiff, das von Rudern getrieben zielstrebig seinen Tiefwasserliegeplatz ansteuerte. Er war nervös, konnte aber den Grund nicht genau benennen. Seit der Ankunft der tsardonischen Invasionsflotte vor zehn Jahren hatte er in seiner tristen Hafenstadt an Gesterns Ostküste große Vorsicht walten lassen. Jedes einlaufende Schiff wurde von den Befestigungen an der Hafeneinfahrt genau beobachtet und von Hafenbeamten in schnellen Booten empfangen. Lianov war es egal, welche Flagge die Schiffe führten; er wollte sich weder von einem, noch von Hunderten von Schiffen überrumpeln lassen.

Seine Leute hatten mit Flaggen signalisiert, dass alles in Ordnung sei. Es war nur ein unabhängiges tsardonisches Handelsschiff aus einem Hafen in der Bucht von Harryn, an dessen einzigem Mast stolz die Flagge des Königreichs wehte. Es war beklemmend, solche Schiffe in den Hafen zu lassen, aber Gestern war auf den Handel angewiesen, und die Marschallverteidigerin Mardov hatte eindeutige Befehle erlassen. Immerhin wirkte das Schiff völlig normal. Der Kapitän stand auf Deck an der Ruderpinne, seine Matrosen waren an der Reling, die Trommelschläge gaben das Tempo vor.

Lianov blickte am Schiff vorbei zur Mole, wo wie an jedem Morgen ein emsiges Treiben herrschte. An sechs von zehn Liegeplätzen wurden Ladungen gelöscht oder aufgenommen. Rufe hallten übers ruhige Wasser, es roch angenehm nach Meer, frischem Fisch und Tang. Lianov reichte sein Spähglas dem Hauptmann, der die Festung kommandierte.

»Beobachtet das Schiff. Schlagt Alarm, wenn es auch nur um ein Grad vom Kurs abweicht. Ich kann förmlich riechen, dass dort etwas faul ist.«

»Ja, Meister Lianov.«

»Ich weiß, was Ihr denkt, Hauptmann. So ein Gefühl habe ich viel zu oft, nicht wahr?« Der Hauptmann erwiderte seinen Blick und bestritt es nicht. »Aber dieses Mal ...«

Lianov eilte den Hang vor der weiten Fläche herunter, auf der die Onager und Ballisten der Festung standen, rannte durch dunkle und kalte Gänge und kam auf dem geschwungenen Dammweg, der zur Mole führte, wieder heraus. Er ließ das tsardonische Schiff nicht aus den Augen. Drei Reihen von Rudern, die eintauchten und gehoben wurden. Es sah ungeschickt aus, als bestünde die Mannschaft aus Neulingen. Rasch schloss Lianov zum Schiff auf, das sich mit kleiner Bugwelle dem Liegeplatz näherte.

Er beschleunigte seine Schritte. Die Bemalung des Schiffs war primitiv. Die Farbe blätterte ab, und die aggressiven Bilder der tsardonischen Meeresgötter, die er auf fast allen Schiffen gesehen hatte, fehlten hier. Jetzt wurde ihm auch klar, warum ihn der Anblick des Schiffs schon durchs Spähglas aus der Ferne beunruhigt hatte. Ihn störte nicht, dass die Bilder nicht da waren. Sie waren vielmehr übermalt. Es war ein Zeichen, das er nur zu gut verstand. Was dieses Schiff hier auch vorhatte, die Götter sollten es nicht sehen.

Hinter ihm auf der Festung schlug die Alarmglocke an. Lianov rannte los.

»Bogenschützen auf die Mole!«, rief er. »Die Hafenwache soll sich bereithalten. Ladet die Katapulte.«

Zuerst hörte ihn niemand, aber der Alarm hatte ohnehin schon die vorgegebenen Verteidigungsmaßnahmen ausgelöst. Männer und Frauen sahen sich um und suchten nach der Quelle der Bedrohung, die ersten Onagerarme wurden zurückgezogen, die Winden der Ballisten klirrten und knarrten, während die Sehnen gespannt wurden. Möwen flogen vom Wasser auf. Weitere Alarmglocken stimmten ein.

»Tsardonische Trireme, steuert nach Südsüdwest, Liegeplatz Sieben.«

Lianov fuchtelte wild mit den Armen. Die Trommel des Schiffs schlug schneller. Es würde die Mole rammen. Was wollten sie damit erreichen? Ein einziges Schiff. Er erreichte den Liegeplatz. Matrosen, Hafenarbeiter und Händler waren schon geflohen oder von der Zementmauer verscheucht worden. Die Bogenschützen waren bereits angetreten, auch die Schwertkämpfer standen bereit. Auf den Geschütztürmen signalisierten Flaggen, dass die Mannschaften jederzeit feuern konnten.

Die Glocken verstummten, und Stille breitete sich im Hafen und auf der Mole aus. Unnatürlich laut klangen jetzt die Trommelschläge, die Schreie der Möwen und das Plätschern der Wellen an der Mole. Lianov stellte sich vor seine Wächter.

»Aufpassen.«

Die Trireme fuhr weiter, die Ruder trieben sie durchs Wasser. Sie war jetzt sicherlich neun Knoten schnell. Lianov runzelte die Stirn und schüttelte den Kopf. Er teilte die Unruhe und die Verwirrung seiner Leute.

»Tsardonische Trireme!«, brüllte er, obwohl er bezweifelte, dass der Kapitän es hören konnte. »Dreht bei, sonst eröffnen wir das Feuer. Ihr dürft hier nicht landen. Dies ist die letzte Warnung.«

Das Schiff fuhr unbeirrt weiter. Es war jetzt weniger als hundert Schritte entfernt. Ohne besondere Eile kamen die Matrosen auf dem Deck nach vorn. Sie machten keine Anstalten, sich zu verstecken und sich gegen den bevorstehenden Aufprall zu wappnen. Lianov wich nach rechts aus. Die Geschütze konnte er nicht einsetzen, in der Bucht waren zu viele Unschuldige unterwegs. Seine Bogenschützen hatten jedoch gute Sicht.

»Macht euch bereit. Fegt das Deck leer, sobald ich es befehle. Wenn es jemand bis auf die Mole schafft, feuert auch auf ihn. Die Fragen können wir hinterher noch denen stellen, die überlebt haben.«

Lianov hob eine Hand. Das Schiff war inzwischen so nahe, dass er einzelne Ruder quietschen und das Wasser am Rumpf entlangrauschen hörte. Es war unheimlich. Der Bug war verstärkt, würde aber zweifellos an der dicken, starken Mauer der Mole zerschellen. Der Rammsporn würde sogar die Mauer verfehlen und nach oben abgelenkt werden, bis das Schiff ins Wasser zurückfiel, falls er sich nicht durch irgendeinen Zufall verfing.

»Feuer frei«, sagte er und ließ die Hand sinken.

Pfeile sausten zum nahen Schiff hinüber und deckten den Bug, die Steuerbordseite und die Backbordreling ein. Die meisten verfehlten, nur zwei oder drei trafen ihre Ziele. Einige Matrosen wurden umgerissen oder sanken stolpernd auf die Knie. Der Kapitän im Heck zuckte mit keiner Miene.

Die zweite Salve flog hinüber, besser gezielt als die erste. Sechs Männer gingen zu Boden, doch Lianov blieb das zufriedene Grunzen in der Kehle stecken. Er hatte es nicht sofort bemerkt, aber jetzt bestand kein Zweifel mehr. Jeder, der von einem Pfeil getroffen wurde, sei es im Kopf, im Rumpf oder in den Gliedmaßen, kam sofort wieder hoch und lief umher, als wäre nichts geschehen. Das Blut auf Hemden und bloßen Oberkörpern war deutlich zu erkennen, aber keiner betastete sich, um die Wunden zu überprüfen oder würdigte sie auch nur eines Blickes. Als wüssten die Matrosen nicht – oder als wäre es ihnen egal –, dass sie von Pfeilen durchbohrt worden waren.

»Gott umfange uns alle«, keuchte er.

Zwei Salven später prallte das Schiff gegen die Mole. Lianov konnte die Erschütterung durch den dicken Zement spüren. Einige Brocken flogen umher, die Balken des Schiffs knickten ab und brachen. Als sich das Schiff im Aufprall aufzubäumen schien, wichen die Hafenwächter einen Schritt zurück. Sie hatten die Schwerter gezogen, die nächsten Pfeile waren eingelegt, die Bogen bereit. Angst breitete sich auf der Mole aus, fast konnte er sie körperlich spüren. Auch seine Hände zitterten.

Aber niemand kam an die Reling, um den Angriff auf die Mole anzuführen. Durch die zerbrochenen Balken glaubte Lianov eine Bewegung zu erkennen, aber es konnte auch eine Täuschung sein. Im Schiff huschte etwas umher. All das war völlig unverständlich, ganz zu schweigen davon, dass die Trommel immer noch den Takt schlug und viele Ruder sich weiterhin bewegten, um das Schiff an die Mole zu pressen.

Jetzt rührte sich etwas auf dem Schiffsdeck dicht vor dem Bug. Ein schwarzer Schatten. Lianov sah genauer hin, aber der Schatten war sofort wieder verschwunden. Rauch wallte auf. Da unten war ein Feuer ausgebrochen. Einige Wächter jubelten, verstummten aber einen Herzschlag später schon wieder, als sich die Schwärze ausbreitete. Von Rauch und Flammen getrieben, strömten sie heraus. Es waren Tausende, die in ihrer panischen Flucht übereinanderkletterten. Sie stürmten über den Bug hinweg und quollen aus dem zerstörten Rumpf hervor. Ratten. Zu Dutzenden fielen sie ins Meer, aber für jede, die ins Wasser fiel, schafften es zehn andere an Land.

Es war kein Versehen. Sie waren die Fracht.

»Tötet sie!«, rief Lianov und zog den Gladius. »Tötet sie alle.«

Die Wächter ließen die Bogen fallen und zogen Schwerter und Dolche. Zwei Männer näherten sich dem Schiff mit Pechfackeln, die Ratten kamen ihnen entgegen.

»Setzt die Mole mit Pech in Brand«, befahl Lianov. »Wir müssen diese kleinen Biester erwischen.«

Doch es war schon zu spät. Lianov stampfte und hackte, während die Flut der Nagetiere ihn und seine Männer überspülte. Schon rannten die Ratten zu den benachbarten Gebäuden und in die Straßen, die in die Stadt führten. Er hörte Leute kreischen und sah einige wegrennen.

Schließlich gab Lianov es auf und ignorierte das widerliche Gefühl, als ihm die Ratten über die Stiefel huschten. Inzwischen schlugen die Flammen hoch, und über dem Schiff stand eine dicke Rauchwolke. Die letzten Nachzügler kamen heraus. Einer seiner Wächter hatte den Mut gefunden, auf die zerbrochenen Balken des Bugs zu springen. Drunten hatten die Ruderer die Arbeit eingestellt, aber das Schiff saß fest. Bogenschützen und Schwertträger kamen herbei.

»Holt mir einen aus der Mannschaft«, sagte Lianov. »Es ist mir egal, wer es ist, solange er nur spricht.«

Der Wächter schüttelte den Kopf und sprang wieder auf die Mole herunter.

»Da unten herrscht ein Inferno«, berichtete er.

»Warum fliehen sie dann nicht?«

Der Wächter zuckte mit den Achseln. »Weil sie schon alle tot sind.«

Lianov machte einen Schritt hin zum Schiff, aber das war trotz allem, was er gehört hatte, nicht seine dringlichste Aufgabe. So drehte er sich um und beobachtete seine Wächter, die die letzten Ratten verfolgten. Die meisten Tiere waren jedoch schon in die Stadt geflohen und verbreiteten dort, was sie in sich trugen.

Er musste den Prätor und den Ordenssprecher erreichen und die ganze Hafenstadt unter Quarantäne stellen. Außerdem musste er einen Boten zu Katrin Mardov schicken. Nun war geschehen, was er immer befürchtet hatte. Die Tsardonier kehrten zurück, um zu vollenden, was sie zehn Jahre zuvor begonnen hatten.

8

859. Zyklus Gottes, 6. Tag des Genasauf

Er empfand Mitleid mit ihnen, auch wenn er ihren Fleiß und ihre Entschlossenheit achten musste. Eine außerordentliche Anstrengung, getrieben von einem unerschütterlichen Glauben. Doch alles war fehlgeleitet. Sie hatten die Zustimmung der Massen gesucht, obwohl sie doch besser experimentiert und gelernt hätten, um zu wachsen.

Ihm blieb auf dem Rückweg zum Schiff, das außerhalb von Estorrs Hafen in der Bucht auf ihn wartete, ein wenig Zeit zum Nachdenken. Der Junge klammerte sich an seinen starken Körper und war so verängstigt, dass er sich kaum einmal rührte und kein Wort sagte. Es ging über sein Verständnis. Es ging auch über das Verständnis aller anderen Menschen, dabei war es doch ganz einfach. Es war lediglich eine Erweiterung der Theorie, die alle vier Aufgestiegenen seit ihrer Jugend kannten.

Die Elemente verbinden. Sie konnten Wolken und Erde ausdünnen und verdichten. Ebenso die Luft. Mit einem winzigen Sturm im Rücken und den darunter verdichteten Molekülen konnte er zweihundert Fuß über dem Boden durch die Luft gleiten. Es war anstrengend, und er hatte sich einige Knochen gebrochen, während er die Fähigkeit entwickelt hatte, aber für jemanden, der von unten zuschaute, musste es einfach erstaunlich sein.

Gorian konnte fliegen.

»Bald ist es vorbei, mein Kleiner«, sagte er. »Eines Tages werde ich es dich lehren, und dann werden wir zusammen den Himmel und die Erde beherrschen.«

Der Junge verstärkte seinen Klammergriff, aber es ging ihm nur um Selbsterhaltung. Gorian war jetzt über dem Hafen. Er flog etwas tiefer und langsamer und empfand das Nachlassen der Belastung für Körper und Geist wie einen heilsamen Balsam. Sein Schiff segelte bereits, wie er es angewiesen hatte, nach Nordosten und nutzte die vorherrschenden Winde im Tirronischen Meer.

Jetzt kam es auf jeden Tag an. Die Karku hatten Verdacht geschöpft, und nach seinem Eindringen waren in Estorr die einzigen Menschen aufgeschreckt, die ihn möglicherweise aufhalten konnten. Aber keiner von ihnen hatte eine Vorstellung vom wahren Umfang seiner Pläne. Das war ein Vorteil, den er nicht so schnell aus der Hand zu geben gedachte.

Direkt hinter dem Mast landete er leicht auf dem Deck und setzte den Jungen ab, hielt ihn aber weiter fest, obwohl jetzt, da sie nicht mehr flogen, ein Uringeruch von ihm aufstieg. Er konnte Kessians Reaktion und auch die der Besatzung gut verstehen. Überall auf dem Schiff spürte er Unsicherheit und Furcht. Größtenteils passte ihm das recht gut. Sie hielten ihn für böse, berührt von eben den Göttern, vor denen sie sich schützten, um nicht auf den Meeresgrund geschickt zu werden. Sie trugen Glücksbringer um den Hals und vollführten Gesten in der Luft, wann immer er sich ihnen näherte oder sie auch nur anschaute.

Kapitän Nahran kam vom Ruderdeck herüber. Er war ein Mann mit ewig mürrischem Gesicht und kahl rasiertem Kopf. Sein mächtiger Körper war vom Leben auf See vernarbt, und seine Augen blickten hart und kalt.

»Wie ich sehe, habt Ihr Eure Fracht«, sagte er.

Gorian löste den Klammergriff des verschreckten Jungen.

»Sein Name ist Kessian«, erklärte Gorian in makellosem Tsardonisch. »Der Name spricht von Größe, und so werdet Ihr den Knaben behandeln.«

»Wie Ihr wünscht.«

»So solltet Ihr auch mich behandeln und anreden.«

Nahran zog eine Augenbraue hoch. »Ich habe nur einen Herrn, und der ist nicht an Bord meines Schiffs, Gorian Westfallen. Wir werden in weniger als vier Tagen in Gestern landen, wenn sich das Wetter hält. Euer Junge teilt sich das Quartier mit Euch. Seht zu, dass er meiner Mannschaft nicht in die Quere kommt.«

Gorian drückte Kessians Schulter.

»Geh zur Reling und versuche, Delfine aufzuspüren. Ich bin sicher, dass du es kannst. Nun mach schon.«

Der Junge nickte leicht und lief übers leicht schwankende Deck. Seine Augen waren überall, er war völlig verwirrt. Gorian wandte sich wieder an Nahran.

»Eines dürft Ihr nicht vergessen, Kapitän. Für mich seid Ihr nur ein Transportmittel. Ein Hilfsmittel, das Euer König mir gegeben hat. Ich kann leicht ein neues finden.«

Nahran kicherte. »Dann tut Euch keinen Zwang an. Ihr dürft jederzeit gehen.« Er deutete aufs offene Meer. »Ihr seid allein. Ich habe zweihundert Männer, und Ihr macht mir keine Angst. Fliegt zur Küste, wenn Ihr dazu fähig seid. Ansonsten spart Euch Eure Drohungen für die auf, die sie hören wollen.«

Damit ließ Nahran Gorian stehen und kehrte zum Steuerruder zurück. Gorian sah ihm nach.

»Matrose, wann wirst du endlich begreifen, wer das Meer beherrscht?«

Kessian hatte steuerbord die Reling so fest gepackt, dass seine Knöchel weiß anliefen. Es war noch früh am Tag, die Gischt war eiskalt. Hier gab es nicht viele Delfine.

»Was siehst du?«

»Nichts.« Kessian zuckte mit den Achseln, drehte sich aber nicht um.

»Und was spürst du?«

Jetzt wandte Kessian sich um, und Gorian hockte sich vor ihn. Er war froh, dass die Bordwand ihn vor dem kalten Wind schützte.

»Nun?«

»Alles.« Kessian starrte ihn unsicher und zweifelnd an. Es war ein langer, prüfender Blick. Gorian fühlte sich unbehaglich. »Du bist Gorian.«

»Dann hast du schon von mir gehört?«

Kessian zuckte mit den Achseln. »Sie reden manchmal über dich. Sie hassen dich.«

»Sie haben Angst vor mir«, sagte Gorian ein wenig enttäuscht.

»Nein. Sie hielten dich für tot. Sie wünschten, du wärst es.«

»Jetzt wissen sie, dass es nicht stimmt.«

Unvermittelt schossen Kessian die Tränen in die Augen. »Ich will nicht hier sein. Ich will nach Hause.«

Gorian streckte eine Hand aus, Kessian wich zurück und klammerte sich nur noch fester an die Reling.

»Du bist bei mir«, sagte Gorian. »Du bist zu Hause.«

»Nein! Ich will nach Hause. Ich will zu meiner Mutter.«

»Aber sie wollte doch mitkommen. Hat sie dir das nicht gesagt?«

»Lügner. Sie hasst dich.« Kessians Ruf ließ einige Matrosen die Köpfe herumdrehen. »Du bist böse. Du bist, was wir nicht sein dürfen.«

Gorian hatte das Gefühl, eine Ohrfeige bekommen zu haben. »Wer hat dir das erzählt?«

»Alle wissen es«, erwiderte Kessian. »Mutter Naravny lehrt es uns, und alle sagen es.«

»Was sagen sie?« Gorian war nicht sicher, ob er es überhaupt hören wollte.

»Sie sagen, dass du den Menschen mit deinen Fähigkeiten wehgetan hast, und dass du das nicht hättest machen dürfen. Du bist vor deiner Strafe weggelaufen, und du bist der Einzige, der uns alles verdirbt.« Kessian runzelte empört die Stirn.

»Haben sie dir nicht erzählt, wie ich geholfen habe, die Konkordanz zu retten? Wie ich geholfen habe, dass alle Aufgestiegenen aus Westfallen fliehen konnten, als der Orden uns töten wollte?«

Kessian schüttelte den Kopf. »Sie sagen, wir müssen uns beherrschen, damit wir nicht werden wie du. Bring mich jetzt nach Hause. Bitte.«

Gorian lehnte sich an die Reling und schüttelte den Kopf. Dass sie ihm das antaten, nachdem er ihnen so viel bedeutet hatte.

»Ich will nach Hause!«

Kessian schrie jetzt fast. Gorian starrte ihn böse an.

»Beruhige dich, Kessian. Du weißt, dass du nicht nach Hause kannst. Du bist jetzt bei mir. Vater und Sohn erleben ein Abenteuer.«

Kessian erstarrte, sein Gesicht rötete sich in einem Zorn, den Gorian nur zu gut kannte. »Du bist nicht mein Vater«, kreischte der Junge, und seine Stimme war auf dem ganzen Schiff und weit übers Wasser zu hören. »Du bist überhaupt nichts. Ich will nicht auf diesem Schiff sein, ich weiß nicht, was ich hier soll. Bring mich nach Hause. Bring mich nach Hause.«

Gorians Blick ließ den Jungen zurückweichen. Er hatte sich vorgestellt, dass Kessian in seine Arme fliegen würde, weil er die Nähe des Mannes suchte, der ihm das Leben geschenkt hatte. Jetzt aber diese ... kreischenden Vorwürfe. Er packte Kessians linken Arm über dem Ellenbogen und zog den Jungen an sich.

»Du musst erfahren, was deine wahre Bestimmung ist. Komm mit.«

»Ich will aber nicht ...«

Gorian ließ es geschehen. Er schickte die Kälte durch seine Hand und ließ sie durch die Lücke, die er in der Energiestruktur des Jungen aufgerissen hatte, in Kessians Arm fließen. Kessian stieß einen erschrockenen Ruf aus und wollte sich befreien. Seine Energien waren stark, aber er hatte nicht Gorians Körperkraft.

»Du hast mich genug geärgert.«

Er zerrte den Jungen zur vorderen Luke und stieß ihn die steile Treppe hinunter. Kessian stürzte, sah hoch und wollte ausweichen. Gorian sprang hinterher, packte ihn und riss ihn wieder hoch, um ihn in ihr Quartier zu befördern. Hinter einem groben Vorhang waren zwei Kojen in eine winzige Nische gequetscht. Gorians wenige Habseligkeiten lagen auf dem Bett verstreut. Er warf Kessian auf die zweite Koje.

»Tut das weh?«, fragte er und deutete auf den Oberarm des Jungen, den er immer noch festhielt.

Mit Tränen in den Augen nickte Kessian. Der Zorn war verschwunden, jetzt gewann die Angst die Oberhand.

»Ich wollte dir nicht wehtun«, sagte Gorian leise und nicht ohne Schuldgefühle. »Ich musste dafür sorgen, dass dein Geschrei aufhört.« Er setzte sich neben ihm auf das Bett. »Du musst verstehen, dass ich mich nicht vor der Mannschaft auf diese Weise anbrüllen lassen kann. Das werde ich nicht hinnehmen. Du musst mich respektieren, wie sie es müssen, verstehst du?«

»Ich weiß nicht, was ich hier soll«, heulte Kessian. »Ich will nach Hause.«

Gorian nagte an der Unterlippe und atmete langsam durch, um sich zu beruhigen. Die Gedanken rasten in seinem Kopf. Vor allem fühlte er sich unendlich enttäuscht. Der Junge war überhaupt nicht so, wie er es erwartet hatte. Schwach. Eher wie Ossacer, nicht wie er selbst. Er rieb sich die Augenwinkel mit den Fingerspitzen und räusperte sich.

»Hör mal, Kessian, ich weiß, wie schwer das für dich ist, aber dein Leben hat sich jetzt geändert.« Auf einmal fiel ihm etwas ein. »Hat deine Mutter dir denn nicht erzählt, wie sich auch ihr Leben eines Tages ganz plötzlich geändert hat?«

»Vater Kessians Tag«, erwiderte Kessian leise. »Wir feiern seinen Tag jedes Jahr.«

Gorian lächelte wehmütig wie jedes Mal, wenn er sich an Westfallen erinnerte. An die Menschen, die er geliebt hatte und die ihn verstoßen hatten.

»Es ist gut, seiner zu gedenken«, sagte Gorian. »Es ist schade, dass du ihn nicht mehr kennengelernt hast. Aber wenigstens werden die anderen seine Erinnerung nicht besudeln, nicht wahr?«

»Sie haben ihn geliebt.«

»Genau wie ich.«

»Warum hast du mich hergebracht?«

»Um die Verheißung zu erfüllen. Um zu verwirklichen, was die Akademie und alle, die sie leiten, dir mit ihren Lehren verweigern wollen.«

Kessian starrte ihn verständnislos an. In seinen Augen standen die Tränen, und seine Finger kneteten unablässig die dünne Decke.

»Ich weiß nicht, wie ich es dir erklären soll«, fuhr Gorian fort. »Deine Mutter musste Westfallen verlassen und die Kraft in sich selbst finden. So erging es auch mir, Ossacer und Arducius. Wir waren damals alle unglücklich, aber heute wissen wir, wohin es uns geführt hat. Das Gleiche geschieht jetzt mit dir.«

»Aber ich wollte doch nicht, dass es geschieht«, sagte Kessian.

»Glaubst du denn, ich wollte es?« Gorian sprang auf. »Glaubst du denn, ich wollte, dass Kessian vor meinen Augen ermordet wird? Glaubst du, ich wollte aus meinem Haus gejagt werden? Glaubst du das wirklich? Dummes Kind. Wenigstens bist du hier in Sicherheit. Wir waren damals verloren, wir hatten keine Freunde und keine Zuflucht. Niemand will, dass so etwas geschieht. Es passiert eben einfach. Aber dann ist nur noch wichtig, wie man mit den Problemen zurechtkommt, auf die man stößt. Deine Mutter hat sich damit abgefunden, ich auch. Jetzt musst du dich anpassen.«

Kessian sah ihn mit zitterndem Kinn an, er war den Tränen nahe.

»Aber ich kann nichts tun. Ihr musstet einen Krieg verhindern. Du hast mich nur aus meinem Haus entführt. Ist das nicht mein einziges Problem?«

Gorian setzte sich wieder. »Nein. Dein Problem dreht sich darum anzuerkennen, wer du bist, und dein Schicksal anzunehmen. Das bedeutet, dass du neben mir sitzt, während ich unsere Welt regiere.«

Kessian riss überrascht die Augen auf, aber zugleich lächelte er auch.

»Die Advokatin ist die Herrscherin. Das wird sie dir nicht erlauben.«

»Nein?« Gorian zuckte mit den Achseln. »Mir ist klar, dass du mir nicht glaubst, aber eines Tages, sehr bald schon, wirst du nicht mehr lachen. Du wirst sehen, dass ich mehr über dich weiß, als du denkst. Du bist ein ganz besonderer Junge. Das einzige männliche Kind, das von den ersten Aufgestiegenen abstammt.«

»Ich bin noch zu klein«, erwiderte Kessian. »Ich kann nicht viel tun.«

»Wirklich?« Gorian sprach jetzt leise und voller Stolz. »Ich habe dich gefühlt, seit du geboren wurdest, obwohl ich Tausende Meilen entfernt war. Deshalb wusste ich auch, wann der richtige Augenblick gekommen war, um dich zu holen und zu befreien.«

»Aber ich …«

»Sch-scht.« Gorian legte einen Finger auf die Lippen. »Jetzt spreche ich. Hör mir zu. Du kannst viel mehr tun als alle anderen Aufgestiegenen in deinem Alter, nicht wahr?«

»Nein«, erwiderte Kessian scharf. »Jeder weiß, dass ich erst mit dreizehn oder vierzehn ganz erwachen werde.«

»Die anderen, aber du nicht«, antwortete Gorian. »Deine Mutter schaut nicht hin, deshalb sieht sie es nicht. Aber ich habe hingeschaut. Ich habe es gespürt, obwohl ich so viele Meilen entfernt war, aber es war so kurz, dass es auch die Menschen in deiner Nähe nicht gespürt haben. Du bist erwacht, nicht wahr? Und es hat nur einige Stunden und nicht mehrere Tage gedauert, wie alle erwartet haben. Außerdem geschah es früh. Jahre vor der Zeit. Ich habe deine Lebensenergien berührt, ich weiß es. Leugne es nicht, Kessian. Du besitzt jetzt schon die Kraft.«

Kessian ließ den Kopf hängen und kratzte sich am Kopf. Gorian legte ihm eine Hand unter das Kinn und zog seinen Kopf wieder hoch.

»Was ist denn los?«

»Das ist falsch«, rief Kessian. »Es hätte nicht passieren dürfen. Es bedeutet, dass ich nicht so bin wie die anderen. Ich bin nicht normal, mit mir stimmt etwas nicht.«

Gorian holte tief Luft. »Schämst du dich dafür?«

Kessian nickte. »Ich muss es verbergen, bis ich bereit bin.«

»Nein, nein«, flüsterte Gorian, der dankbar das Geschenk annahm. Er streichelte Kessians schöne blonde Haare, und zum ersten Mal wich der Junge nicht vor der sanften Berührung zurück. »Schäme dich nicht, sondern sei stolz darauf. Kannst du jetzt erkennen, warum es richtig war, dich aus der Akademie zu befreien? Und vorübergehend auch von deiner Mutter? Du musstest verbergen, was du warst, weil du dachtest, sie würden es nicht verstehen. Damit hast du recht, sie hätten es nicht verstanden. Sie hätten dich studiert und dich zurückgehalten, bis sie dachten, sie könnten dich gefahrlos weiter unterrichten.

Bei mir wird so etwas nicht geschehen. Du bist allen anderen Aufgestiegenen weit voraus. Viel weiter, als ich es in deinem Alter war. Aber das macht mir keine Angst, sondern ich freue mich darüber. Es bedeutet nur, dass es dir viel leichter fällt, deine Fähigkeiten auf die richtige Weise zu formen.«

Kessians Miene hellte sich ein wenig auf, und endlich hatte Gorian das Gefühl, seinen Sohn erreichen zu können.

»Ich werde dich verstehen lehren, was du fühlst und wie du deine Kräfte einsetzen kannst. Ich werde dich Dinge lehren, die du an der Akademie nie gelernt hättest. Dinge, die sie für gefährlich halten, die aber jedem Aufgestiegenen von Rechts wegen zustehen. Du willst doch lernen, oder?«

Kessian nickte.

»Nun, dann werde ich dir helfen, und als Gegenleistung hilfst du auch mir. Ich werde dich nicht bitten, etwas zu tun, was du nicht tun willst. Du wirst niemandem wehtun, das verspreche ich dir. Und auch ich werde niemandem wehtun, der an mich glaubt. An uns. Außerdem verspreche ich dir, dass du deine Mutter wiedersehen wirst. Ich kann noch nicht sagen, wann, aber du wirst sie wiedersehen. Eines Tages werden wir alle wieder zusammenkommen und eine richtige Familie sein. Nun, was sagst du dazu? Willst du es versuchen?«

Wieder gewann die Verwirrung die Oberhand. Gorian konnte den Jungen gut verstehen. Er lächelte und zauste ihm die Haare, dann stand er auf.

»Also gut. Ich weiß, dass das alles ein bisschen viel für dich ist. Es tut mir leid, dass ich dir das antun musste, verstehst du?«

Kessian nickte, und ein winziges Lächeln erschien auf seinen Lippen.

»Du hast Angst, du kennst mich nicht, du weißt nicht, wo du bist und wohin wir fahren. Sag mal, hast du vielleicht Hunger?«

»Ein bisschen.«

»Also gut, dann pass auf. Ich werde dich jetzt allein lassen, damit du eine Weile über alles nachdenken kannst, was wir besprochen haben. Dann bringe ich dir etwas zu essen, und dann sagst du mir, was du denkst. Noch etwas, Kessian. Ich will dir noch eines versprechen. Ich werde nicht zulassen, dass dir irgendjemand etwas tut. Solange du bei mir bist, bist du in Sicherheit. Du bist mein Sohn, und ganz egal, was du darüber denkst, du bist mir unendlich wichtig.«

Gorian zog den Vorhang vor die Nische und stieg die Treppe zum Deck hinauf. Er war noch nicht sicher, ob er Kessian wirklich für sich gewonnen hatte, aber eines wusste er genau: Er hatte recht gehabt, was die enormen Kräfte des Jungen anging, und sie konnten geweckt und benutzt werden. Damit wäre Gorian zehnmal so stark wie bisher.

Der Grundstein war gelegt. Er blickte nach Westen in die Richtung von Gestern und glaubte schon, die schneebedeckten Gipfel von Kark zu erkennen.

»Bald seid ihr an der Reihe«, erklärte er dem Wind. »Dann kann es wirklich beginnen.«

9

859. Zyklus Gottes, 8. Tag des Genasauf

Katrin Mardov, die Marschallverteidigerin von Gestern, bat einen Adjutanten, die Botin aus Wystrial noch einmal zu ihr zu holen. Sie saß an ihrem Schreibtisch in der Basilika von Skiona und stützte den Kopf in beide Hände. Schon seit geraumer Zeit waren die Anzeichen unübersehbar gewesen, aber dies war ein direkter Schlag. Dies war eine Kriegshandlung.

Eine gewisse Anzahl Tsardonier hatte den Winter über nördlich von Kark gelagert. Estorr hatte das Manöver als bloße Drohgebärde bezeichnet, aber Mardov hatte vorsichtshalber die Nordgrenze zu Atreska verstärkt und auch Kark Truppen angeboten. Im Moment waren noch tausend Legionäre als Späher und Berater in den Bergen unterwegs. Die Berichte, die sie von dort erhielt, gefielen ihr überhaupt nicht.

Und jetzt dies. Sie hatte immer angenommen, Tsard werde eines Tages zurückkehren, um das Werk zu vollenden, das es vor zehn Jahren begonnen hatte. Die Feinde waren heute besser gerüstet denn je. Nur Paul Jhered hörte wirklich auf sie. Alle anderen in der Hierarchie der Konkordanz nahmen einfach an, Tsard sei in einer ähnlichen Lage wie die Konkordanz – keine Mittel, keine nennenswerten Heere, immer noch damit beschäftigt, die Wunden des letzten Krieges zu lecken, und davon überzeugt, eine erneute Invasion müsse noch für sehr lange Zeit als ausgesprochen dumme Idee gelten. Sie kannten die Tsardonier nicht, wie Mardov sie kannte.

Die Botin nahm vor Mardovs Schreibtisch im kleinen Büro Haltung an. Sie war müde, hatte aber genug Zeit gefunden, sich zu waschen und die Kleidung zu wechseln. Die mittelgroße junge und eher unauffällige Frau wartete, bis ihr die Marschallin erlaubte, sich zu rühren.

»Wie heißt Ihr?«, fragte Mardov.

»Erste Botin Fleet Corvanov, Marschallin.«

»Wirklich? Seid Ihr nicht ein bisschen jung für diesen Rang?«

Corvanov errötete. »Ich reite gut«, räumte sie ein.

»So viel ist klar, da Ihr so schnell gekommen seid.« Mardov hielt inne. »Sagt mir, ist an dieser Botschaft irgendetwas übertrieben?«

»Nein, Marschallin.«

»Und soweit wir wissen, ist es die Gallseuche?«

»Wir sind nicht völlig sicher, aber Schiffsratten aus Tsard übertragen diese Krankheit gewöhnlich, wie die Ärzte sagen.«

»Dann müssen wir das Schlimmste annehmen, was?«

Corvanov senkte den Blick. »Ja, Marschallin.«

Genau genommen war ein gezielter Angriff mit einem versuchten Schiff die einzig einleuchtende Erklärung, und daher kam auch nur die Gallseuche infrage. Mardov seufzte. Wystrial würde sich in eine Geisterstadt verwandeln. Die ansteckende Blutkrankheit wurde durch die Luft und über die Haut übertragen und schädigte auch die Lungen. Die Opfer erstickten oft an ihrer eigenen bitteren Galle.

Neun von zehn Kranken starben binnen der ersten fünf Tage. Ihr Blut war vergiftet, die Organe wurden nicht mehr mit Nährstoffen versorgt und versagten. Es war ein schrecklicher, qualvoller Tod. Mardov war nur deshalb sicher, dass Corvanov die Krankheit nicht übertragen konnte, weil die Botin noch lebte. Die gute Seite, falls es überhaupt eine gab, war die, dass die Keime in der Luft ohne einen neuen Wirt nicht weit fliegen konnten und rasch abstarben.

»Wie wirkungsvoll ist die Quarantäne?«, fragte Mardov.

»Sie war schon in Kraft, als ich aufgebrochen bin, aber einige könnten entkommen sein«, berichtete Corvanov. »Wir sind alle erleichtert, dass Wystrial so abgelegen ist.«

»Das ist richtig. Verdammt, dies ist selbst für tsardonische Begriffe hinterhältig. Gibt es Berichte, dass sich Schiffe vor der Küste sammeln?«

»Nichts«, sagte Corvanov.

»Noch etwas verwirrt mich. Hafenmeister Lianov hat die Botschaft ergänzt ... hier: ›Sie zeigten sich unempfindlich für unsere Pfeile, obwohl sie offenbar keine Rüstung trugen. Als wir das Schiff enterten, nachdem die Ratten in die Stadt entwichen waren, fanden wir jedoch alle an Bord tot vor.‹ Haben sie sich selbst das Leben genommen?«

»Das entspricht nicht dem, was ich erfahren habe, Marschallin«, widersprach die Erste Botin. »Wenn die Berichte zutreffen, dann waren sie alle schon seit mehreren Tagen tot. Die Verwesung hatte bereits eingesetzt.«

»Wie bitte?«

»Es tut mir leid, Marschallin, aber das war das Letzte, was ich hörte, bevor Lianov mich eilig losschickte, um die Wahrscheinlichkeit zu verringern, dass ich mich anstecke.«

»Das verstehe ich nicht. Wer den Bericht auch verfasst hat, er muss sich geirrt haben. Vielleicht gab es Schwierigkeiten auf dem Schiff, oder sie sind alle selbst an der Seuche gestorben. Allerdings frage ich mich, welcher Mann freiwillig in den Tod segelt.« Mardov schüttelte den Kopf. »Wie geht es Lianov?«

»Das weiß ich nicht. Er wollte sich der Station des Botendienstes nicht nähern, sondern rief vom Tor aus die Botschaft herein und ließ sie mich vorlesen. Deshalb trägt sie auch kein Siegel.«

»Das dachte ich mir schon. Nun, was wir zu tun haben, ist recht einfach. Ich zweifle nicht daran, dass Tsard über Wystrial und die

Ostküste einfallen will. Corvanov, ich lasse Euch die Wahl. Entweder Ihr bringt meine Botschaften nach Estorr und sprecht mit Schatzkanzler Jhered und der Advokatin, oder Ihr geht an der Spitze der Truppen, die ich aufbieten kann, nach Wystrial, um den Hafen zu verteidigen. Wie entscheidet Ihr Euch?«

Corvanov zuckte mit den Achseln. »Wystrial ist meine Heimat. Ich möchte nirgends sonst sein.«

»Eine gute Antwort. Ruht Euch etwas aus und nehmt morgen früh Eure Befehle in Empfang. Aber bevor Ihr aufbrecht, sollt Ihr den Botendienst aufsuchen und mir die beiden schnellsten Boten schicken. Jemand muss der Advokatin mitteilen, dass ich recht hatte, und jemand anders muss die Karku warnen, falls sie es nicht längst wissen.«

Corvanov schlug die rechte Faust an ihre Brust. »Marschallin.«

»Wegtreten. Und vielen Dank.« Mardov sah Corvanov hinterher, dann rief sie ihren ersten Adjutanten zu sich. »Gebt im ganzen Land Signale, dass wir uns auf einen Krieg vorbereiten müssen. Ein schnelles Schiff und zusätzlich die Flaggen an der Küste sollen die Insel Kester warnen. Ruft den militärischen Rat und die Berater der Marine zusammen, und außerdem sollen einige Einnehmer nach Wystrial gehen, um die Quarantäne zu überwachen. Dazu Vertreter des Ordens, die, wenn nötig, das Verbrennen der Toten erlauben. Einige müssen vielleicht geopfert werden, um das Volk zu retten. Beginnt sofort. Wir dürfen keinen Augenblick verlieren.«

»Sonst noch etwas?« Der Adjutant lächelte leicht, als er die Anweisungen notiert hatte.

»Ja. Außerdem brauche ich ein Wunder, weil ich keine Ahnung habe, wie wir eine ausgewachsene Invasion abwehren sollen, falls es sich darum handelt.«

Das Lächeln verschwand. »Ich erstatte vor Einbruch der Abenddämmerung Bericht.«

Mardov fuhr sich mit den Fingern durch das dichte graue Haar.

Irgendetwas stimmte daran nicht. Es war so willkürlich. Ein Vorstoß aufs Geratewohl, um zu sehen, ob irgendwo etwas nachgab. Aber nicht organisiert. Fast, als würde König Khuran einen neuen Kriegsherrn einweisen. Es sei denn, sie übersah etwas Wichtiges. Eines aber wusste sie genau. Es stank zum Himmel. Gestern würde abermals in einen Krieg verwickelt. In der Nacht, wenn es still war, würde sie in ihren Gemächern über die Qualen weinen, die ihre Bürger erleiden mussten.

Roberto Del Aglios begriff es nicht. Anscheinend hatten die Sirraner allesamt den Verstand verloren. Eine Streitmacht, die hoffen wollte, sich über Goscapita nach Estorr in südlicher Richtung vorzukämpfen, musste um die vierzigtausend Kämpfer stark sein. Roberto hatte sich bis an den Rand des Waldlandes begeben, um den Untergang der Konkordanz anrücken zu sehen.

Und da waren sie nun eine Meile entfernt im Süden und marschierten zur Grenze von Gosland. Roberto setzte das Spähglas ab und wandte sich an sein Gefolge, sechs makellos aufgeputzte grün gewandete Reiter der Palastwache. Den größten Teil seiner Leute hatte er bei den sirranischen Führern in Deckung zurückgelassen.

»Entweder ist das ein schlechter Witz, oder ich sehe hier die Vorhut einer viel größeren Armee, die wir im Augenblick nirgends entdecken können. Hauptmann?«

Der junge Palastwächter stieg unbehaglich von einem Fuß auf den anderen.

»Man hat uns versichert, dies sei die ganze Truppe«, sagte er.

»Wirklich«, gab Roberto zurück. »Die sirranische Definition einer Invasionsarmee passt nicht recht zu meiner eigenen. Es kann sich doch nur um einen schlechten Scherz handeln. Vielleicht ist es ja bloß eine Jagdgesellschaft.«

»Es scheint mir doch ein wenig mehr als das zu sein, mein Herr«, wandte der Hauptmann ein.

Roberto funkelte ihn an. »Holt mir den sirranischen Führer her. Und fragt ihn nicht, was Ironie bedeutet, denn von ihm werdet Ihr es sicher nicht lernen.«

Er hob das Spähglas und betrachtete die Truppe. Es waren höchstens sechstausend, nicht mehr. Keine Pferde, eine Handvoll von Ochsen gezogener Katapulte, ein paar Vorratswagen dahinter. Das war nach tsardonischen Maßstäben eine Abteilung, die für kleine Scharmützel gedacht war, um dem Gegner Schwierigkeiten zu machen und eine Reaktion zu provozieren, aber nicht mehr. Sie waren noch viele Tagesmärsche von der Grenze zu Gosland entfernt, und Roberto war sicher, dass sie die Grenze nie überschreiten würden. Zwar war die gosländische Grenzsicherung nicht sehr stark, weil das Land nur über beschränkte Mittel verfügte, aber wenn sie eine Warnung bekamen, konnten sie dieses kleine Heer mühelos aufhalten.

»Was haben die bloß vor?«, fragte er sich.

»Mein Herr?«, antwortete ein Soldat.

»Nichts, schon gut«, wehrte Roberto ab.

Es musste eine Art Machtdemonstration oder Drohung sein. Entweder das, oder sie waren eine Vorausabteilung von Ingenieuren, die Festungen bauen und die Invasion vorbereiten wollten. Aber weit und breit war keine andere Armee unterwegs, von der die Sirraner wussten. Lächerlich. Hinter ihm räusperte sich der Hauptmann. Roberto drehte sich um.

»Ah, mein leitender Schwarzmaler«, sagte er. »Es wundert mich, dass Ihr nicht schon dabei seid, eine Mauer um ganz Sirrane zu ziehen, um diese unglaubliche Bedrohung zu bekämpfen.«

Der Sirraner runzelte die Stirn und bat mit einer Geste um eine Erklärung. Roberto musste sich innerlich ermahnen, dass er jetzt Diplomat war und keine Legionen mehr befehligte.

»Einfach ausgedrückt, Hadadz, stellt die Armee, die ich durch mein Spähglas beobachte, keine Bedrohung für die Konkordanz dar.«

Hadadz runzelte entrüstet die Stirn, und seine bereits dunkle Haut verdunkelte sich noch weiter, als ihm die Zornesröte ins Gesicht stieg.

»Ihr begeht einen Fehler, der sich bald nicht mehr rückgängig machen lässt«, sagte er. »Ihr müsst weiter blicken, als Eure Augen sehen.«

Roberto rieb kräftig über die Bartstoppeln auf seinem Kinn.

»Da müsst Ihr mir schon etwas mehr bieten«, erwiderte er. »Marcus Gesteris eilt nach Estorr, um das Land vor einer drohenden Invasion zu warnen. Ich soll Gosland auf einen Angriff vorbereiten. Wenn sie diese Truppe an der Grenze über die Hügel kommen sehen, werden sie mich auslachen. Versteht Ihr?«

Hadadz nickte nach einer kleinen Pause, dann lächelte er, und seine Augen blitzten.

»Die Klarheit Eures Geistes wird als Trübheit bewertet werden.«

»Etwas in dieser Art, ja.«

Das Lächeln verschwand. »Bei diesem Feind ist nicht die Zahl entscheidend. Noch die Lieder, die von Sieg und Herrschaft sprechen.«

Roberto starrte ihn an. »Hadadz, sie haben keine Aufgestiegenen und keine Geheimwaffen. Es sind höchstens sechstausend, die nicht einmal über die Gorneonbrücke kommen werden. Wenn Ihr etwas anderes wisst, dann sagt es mir bitte. Unser Bündnis wurde gerade erst geschlossen. Es wäre schade, wenn es jetzt schon beschädigt würde.«

»Was sie treibt, ist die Angst vor einer Macht, die sie nicht verstehen können. Tarenaq sagte es schon. Ihr begeht noch einen zweiten Fehler, Gesandter Del Aglios. Sie haben sehr wohl einen Aufgestiegenen.«

»Woher ...« Roberto unterbrach sich. »Es tut mir leid, aber wollt Ihr mir sagen, dass sie in nur zehn Jahren Aufgestiegene entwickelt haben? Das ist unmöglich.«

»Nein«, widersprach Hadadz. »Euer eigener, der fortgelaufen ist, hat eine neue Heimat gefunden.«

Roberto bekam fast einen Schwächeanfall. »Gorian.« Er schüttelte den Kopf. »Der kleine Bastard. Ich hätte ihm die Kehle durchschneiden sollen, als ich die Gelegenheit dazu hatte.« Er wandte sich wieder an Hadadz. »Aber selbst wenn es stimmt, selbst wenn Ihr recht habt, er ist nur ein einziger Mann. Ein Pfeil kann ihn erledigen. Wir werden ihn auf dem Schlachtfeld suchen und ihn töten. Ist er jetzt bei ihnen?«

»Nein. Er ist fern, und doch beherrscht er sie.«

»Also schön, also schön. Während ich darüber nachdenke, könntet Ihr mir vielleicht erklären, was ich Eurer Ansicht nach übersehe.«

Hadadz zuckte mit den Achseln. »Es steht ihnen ins Gesicht geschrieben, ihre Seelen schreien es heraus. Sie marschieren scharf und entfernen sich von ihrem Herrn, und doch kann seine Hand sie überall erreichen. Aber sie freuen sich nicht über die Aufgabe, die er ihnen auferlegt hat.«

Zwar war er nicht so poetisch wie die Diplomatin Tarenaq, aber Hadadz konnte mindestens ebenso weitschweifig sein. Roberto setzte das Spähglas wieder ans Auge und betrachtete einige Gesichter. Zuerst fiel ihm nichts Ungewöhnliches auf. Unbehagen und Sorge vielleicht, aber ...

»Nein, nein«, sagte er. »Das kann doch nicht sein.«

»Mein Herr?«, fragte der Hauptmann der Wache.

»Sie sind mehr als hundert Meilen von der gosländischen Grenze entfernt«, sagte Roberto, »und doch haben sie Angst. Ich meine, das kann man erwarten, wenn sie vor dem Feind stehen, aber jetzt? Die Hälfte kommt mir vor wie Leute, die zu ihrer Hinrichtung marschieren. Sie sehen sich nervös um und schweigen.«

Wieder beobachtete Roberto die Truppe. Der Kommandant hatte gerade angehalten, und die Marschierenden folgten seinem Beispiel. Seine Augen zeigten keine Furcht, nur Vorfreude. Er war ein großer, kräftiger Mann. Was Roberto für eine Kappe gehalten hatte, war in Wirklichkeit sein rasierter Kopf, der vollständig mit Tätowierungen bedeckt war. Runde und eckige Muster, geometrische Figuren.

»So etwas habe ich noch nie gesehen«, bemerkte Roberto.

»Nein«, stimmte Hadadz zu. »Er kommt aus Khuran, aus den Tempeln der Verdammten, wo die Feinde des Königs vernichtet werden.«

»Er ist ein hässlicher Kerl, das muss man ihm lassen. Aber was hat er an der Spitze eines Heeres zu suchen, das nach Gosland marschiert?«

»Er bringt seine Gabe ins Feindesland«, erklärte Hadadz.

»Haben die anderen vor ihm Angst?«

»Sie fürchten, was er repräsentiert.«

»Und was genau soll das sein?«

»Das Tuch, das sich über uns alle legt. Das Netz, dem am Ende niemand entkommt. Den Tod.«

Roberto lachte. »Es tut mir leid, Hadadz, aber das klingt wie ein schlechtes Melodram. Ich empfinde große Achtung vor der Lebensart und den Überzeugungen des sirranischen Volks, aber wenn Stahl auf Stahl prallt, dann sind es Mut, Geschicklichkeit und die Zahl, die den Sieg erringen. Die dort haben nichts davon, im Gegensatz zu meinen Legionen. Wir werden ihnen den Tod bringen, wenn die Tsardonier auf diese Weise in die Schlacht ziehen.«

Hadadz schien nicht beleidigt. Er betrachtete Roberto einen Augenblick, während er nach den richtigen Worten suchte.

»Weit im Süden verbarrikadieren die Karku die Berge, obwohl keine große Streitmacht vor ihren Toren steht. Sirrane schaudert, auch wenn wir den Grund nicht nennen können. Mir ist klar, dass Euch die Wege unserer Wahrheit verschlossen sind, aber Euren Aufgestiegenen würden sie nicht entgehen. Sie würden es sehen. Sie würden es fühlen.«

»Ich kann nicht wegen eines bloßen Gefühls die Wachfeuer anzünden und vor einer Invasion warnen.«

Hadadz' Beharrlichkeit hatte dennoch eine gewisse Wirkung bei ihm hinterlassen.

»Dann akzeptiert, dass eine Gefahr droht, und bereitet Euch vor. Bedeckt nicht den Himmel mit Flammen, aber lasst in Eurer Wachsamkeit nicht nach. Wir beobachten die Tsardonier seit Jahrhunderten. Sie erkennen genau, wann der richtige Zeitpunkt ist, um etwas zu tun, und sie verzetteln sich nie. Es ist etwas im Gange, und dieses Heer hat den Schüssel für die Schleusentore in der Hand.«

»Was?«, fauchte Roberto. »Das ist noch nur Gerede und Spekulation, und das meiste verstehe ich nicht einmal.«

»Unser Wissen ist unvollständig. Dies ist lediglich eine Warnung.«

»Wir danken Euch dafür, dass Ihr uns darauf aufmerksam gemacht habt. Ich will nicht herablassend sein, aber Ihr müsst die Probleme auch von meiner Seite betrachten.«

»Ich verstehe.« Hadadz verneigte sich. »Ihr solltet bald zur gosländischen Grenze aufbrechen.«

Roberto nickte. »Die Ehre, Eure Gesellschaft zu genießen, wird nur durch die Verheißung übertroffen, dass sie sich wiederholen möge.«

Hadadz lächelte. »Mein Arm und mein Herz gehören Euch.«

»Nun, wenigstens haben wir einiges übereinander gelernt.«

»Dass wir ein gutes Geschäft machen.«

»Fortschritte, Hadadz. Wir sagen, wir machen gute Fortschritte.«

»Wie Ihr wünscht.«

Roberto drehte sich wieder zur tsardonischen Armee um. Schon beim ersten Anblick hatte er mit Verwirrung reagiert, und das hatte sich inzwischen nicht geändert. Er empfand ein Unbehagen, das einfach nicht weichen wollte. Da draußen war eine Streitmacht unterwegs, die man ganz sicher nicht als ernst zu nehmende Invasionsarmee bezeichnen konnte. Doch Hadadz hatte recht, die Tsardonier neigten nicht dazu, Zeit und Kämpfer zu verschwenden. Außerdem hatte Roberto inzwischen genug gelernt, um zu wissen, dass er sich ebenfalls Sorgen machen sollte, wenn die Sirraner beunruhigt waren.

Es wäre jedoch eine ganz andere Sache, den Marschallverteidiger von Gosland zu überzeugen.

10

859. Zyklus Gottes, 10. Tag des Genasauf

Am Ende setzte sich die Vernunft durch. Dies und ein paar scharfe Worte von Jhered und der Advokatin reichten aus, um die überbordenden Gefühle zu beschwichtigen. Mirron und fünfzig Gardisten des Aufstiegs unter Harkovs Kommando würden Jhered begleiten, zweihundert Leviumkrieger sollten über Gestern nach Kark reisen, um dort die Bedrohung einzuschätzen und Informationen über Gorians Aufenthaltsort zu bekommen. Ossacer und Arducius würden auf dem Hügel bleiben, um neue Aufgestiegene auszubilden, die, wenn Harban recht behielt, früher als vermutet eingesetzt werden mussten.

»Nun sind die Rollen vertauscht, was?« Arducius wollte einen Scherz machen, scheiterte aber kläglich.

»Eigentlich nicht«, antwortete Mirron.

Sie hatte noch nicht ganz begriffen, was sie jetzt tun sollte und was mit ihr geschehen war. Kessians Verschwinden empfand sie beinahe als etwas Irreales, wären da nicht die leeren Räume und das schreckliche Verlustgefühl gewesen, das sie häufig überkam. Sein kleines Segelboot trieb noch im Springbrunnen. Sie hatte sich geschworen, dass nur er es in die Hand nehmen und bewegen durfte, nachdem sie es hineingesetzt hatte.

»Wird das auch gut gehen?«, fragte Ossacer.

»Ich denke, bei Paul bin ich besser aufgehoben als hier. Glaubt nicht, ich hätte nichts von euren Plänen gehört, in die Stadt zu gehen und den Orden zu ärgern.«

»Nun, die Advokatin hat recht. Wir haben noch nicht einmal versucht, das Herz der Konkordanz für uns zu gewinnen. Jetzt haben wir anscheinend die Gelegenheit dazu.«

»Seid nur vorsichtig. Die Ordenskanzlerin ist sicher nicht weit entfernt, wenn sie nicht schon hier ist. Da draußen erwartet euch nichts Gutes. Harkov sagt, die Proteste nähmen zu, nachdem durchgesickert ist, dass Gorian noch lebt.«

Es klopfte. Ein Speerträger hielt die Tür auf, und die Advokatin eilte mit Jhered im Gefolge herein. Sie lief den Gang herunter, blieb vor dem Springbrunnen stehen und betrachtete das kleine Boot.

»Ich bin nicht erfreut, dass Ihr Euch auf diese närrische Hetzjagd begebt«, sagte sie. »Zwar verstehe ich Euer Bedürfnis, Euren Sohn zu retten, aber ich glaube, der Schatzkanzler wäre dazu durchaus allein imstande.«

»Ich kann nicht hierbleiben, Herine«, widersprach Mirron. »Ich kann nicht hier sitzen und auf Neuigkeiten warten. Das würde mich umbringen.«

»Bringt Euch nur nicht in Gefahr. Das wird kein Spaziergang, habt Ihr verstanden?«

»Ja, das weiß sie«, sagte Jhered, der neben der Advokatin stand. Er wirkte gereizt. »Nun sage bitte, was du sagen wolltest.«

Die Advokatin drehte sich abrupt zu ihm um und zischte ein paar Worte, die Mirron nicht verstehen konnte. Als die Advokatin sich danach an die Aufgestiegenen wandte, hatte sie sich längst wieder in der Gewalt. Jhered presste die Lippen zusammen und war offenbar zornig.

»Der Orden hat seinen Dämon gefunden«, erklärte sie. »Anscheinend hatten meine Diener nichts Besseres zu tun, als die Geschichte überall herumzuerzählen. Die Stadt ist gegen euch eingenommen, und Felice wird sich in ihrem Triumph sonnen, sobald sie zurückkehrt, was sicher bald geschehen wird. Ihr zwei müsst alles tun, was Ihr könnt, um den erschütterten Glauben unserer Bürger zu stärken, aber Ihr müsst eines bedenken. Mirron, ich will kein Wenn und kein Aber hören. Es gibt keine andere Möglichkeit. Die Zukunft des Aufstiegs hängt, was mich angeht, von einer einzigen Sache ab, und deshalb gebe ich einen klaren Befehl. Gorian muss gefangen und getötet werden. Daran hat sich nichts geändert. Aber danach soll sein Leichnam hierhergebracht werden, denn ich werde ihn als Zeichen meiner Autorität durch die Stadt tragen und anschließend verbrennen lassen.«

Mirron wollte etwas einwenden, aber die Advokatin hob eine Hand.

»Kein Wenn, kein Aber. Persönliche Gefühle sind mir gleichgültig, und ich will nicht wissen, wer wen liebte oder wer wessen Vater ist. Er ist ein Feind der Konkordanz und wird zur Schau gestellt, damit jeder Bürger ihn sehen kann. Die Leute wollen Taten sehen, und die werde ich ihnen liefern, denn sonst könnt Ihr eure Sachen packen. Habe ich mich klar ausgedrückt? Gut. Dann macht Euch auf den Weg. Mein Schatzkanzler sagt, der Gezeitenwechsel stehe bevor.«

Damit machte die Advokatin auf dem Absatz kehrt und rauschte hinaus.

»Wie reizend«, murmelte Arducius.

»So ist es eben«, sagte Jhered. »Komm schon, Mirron, der Wagen wartet am Tor.«

»Warum bist du überhaupt so schockiert?«, fragte Ossacer. »Er hat es doch nicht besser verdient.«

»Er ist immer noch einer von uns«, erwiderte sie. »Selbst wenn er sterben muss, sollten wir nicht vergessen, woher er kam und was er uns bedeutet hat.«

»Falsch«, widersprach Ossacer. »Er war nie einer von uns, und ich hätte gern noch Augen, um ihn am Galgen hängen zu sehen.«

Mirron fuhr hoch. »Das ist nicht dein Ernst.«

»Wirklich nicht?«

»Manchmal bist du ein richtiger Schweinehund, Ossacer«, sagte sie.

»Nein, Mirron. Ich bin realistisch. Das solltest du auch sein.«

»So ungern ich diese rührende Abschiedsszene störe«, schaltete sich Jhered ein, »der Wagen wartet tatsächlich schon, Mirron Westfallen. Wir müssen aufbrechen.«

Mirron nickte, ihr Zorn war noch nicht ganz verflogen. »Gut, dann bringen wir es hinter uns.«

»Viel Glück, Mirron«, sagte Ossacer.

»Ja«, antwortete sie.

»Pass auf dich auf«, fügte Arducius hinzu.

»Du auch, Ardu. Wir schicken euch Botschaften.«

»Mirron«, rief Jhered, der schon am Ausgang war.

»Wer bist du? Mein Vater?«

»Nein, ich bin nur der Mann, der dich ins Hafenbecken wirft, wenn wir die Flut versäumen. Komm schon.«

Sie zog die Augenbrauen hoch, schloss die Tür und ließ ihre Brüder, den Springbrunnen und Kessians Segelboot zurück. Sie war dem Weinen nahe.

»Geh nicht unter«, flüsterte sie.

Auf der Rückreise über Flüsse und Straßen nach Wystrial gab es kaum Anzeichen von Panik oder Angst. Die Nachricht über den Ausbruch der Seuche hatte sich schon den halben Weg bis nach Skiona ausgebreitet, aber wer weit von der Hafenstadt entfernt lebte, war zufrieden damit zu bleiben, wo er war, und den Berichten nach erwies sich die Quarantäne als wirkungsvoll.

Auf den letzten dreißig Meilen fühlte sich die Erste Botin Corvanov jedoch zunehmend unbehaglich. Sie sah offenbar eilig verlassene Gehöfte, in denen es weder Vieh noch menschliche Bewohner gab. Der Verkehr, auch sonst nicht gerade stark zu nennen, war gänzlich zum Erliegen gekommen, und die letzte Botenstation hatte ihr Gerüchte und Geschichten übermittelt, die sie nicht einzuordnen wusste.

Die Boten hatten Corvanov gewarnt, sich dem Hafen nicht weiter zu nähern. Der Posten direkt hinter den Toren sei verlassen, die Boten seien verschwunden. Doch sie konnte die Befehle der Marschallin nicht missachten. Sie hatte einige Leute gebeten, sie zu begleiten, aber die Betreffenden hatten sich geweigert, und die Furcht, die aus ihren Mienen und Stimmen gesprochen hatte, war verwirrend und beunruhigend gewesen.

Die Seuche war ein seltsamer Dämon, überlegte sie auf der letzten Meile vor der Botenstation. Die Tore des Hafens selbst lagen ein paar Hundert Schritte dahinter. Die Gespenster einer unheilbaren Krankheit waren mächtig und schwer zu bekämpfen. So entstanden Gerüchte und Mythen, die sich schneller ausbreiteten als jedes Virus. Aber die medizinischen Tatsachen waren nach Corvanovs Ansicht die beste Waffe, und die sagten ihr, dass jeder, der sich heute noch in der Hafenstadt bewegte, die Krankheit nicht mehr in sich tragen konnte.

Es war entweder ein Überlebender oder jemand, der gerade erst in die Stadt gekommen war, aber sicherlich niemand, der krank war und die Krankheit verbreitete.

Lächelnd schüttelte sie den Kopf, als sie eine Anhöhe erreichte und Wystrial überblicken konnte. Die Stadttore standen offen, Flaggen wehten über dem Hafen. In der Ferne bewegten sich Segel, Schiffe verließen den Hafen oder liefen ein. Es war ruhig, aber das überraschte sie nicht. Der Wind wehte seewärts, und so konnten die Geräusche ihre Ohren nicht erreichen. Erleichtert nahm sie zur Kenntnis, dass der Ring der Soldaten, die die Quarantäne überwacht hatten, verschwunden war. Offenbar befanden sie sich in der Stadt und halfen, wo sie konnten.

Corvanov lenkte ihr Pferd an der verlassenen Station vorbei, hinter der es leicht bergab zum Hafen ging. Der Nachmittag war zur Hälfte vorbei, und allmählich schwand die Wärme eines schönen Tages zu Anfang des Genas. Etwas beklommen fragte sie sich, was sie wohl in der Stadt erwarten mochte. Wenn die Seuche die ganze Einwohnerschaft erfasst hatte, dann musste sie damit rechnen, auf Verfall, Verzweiflung und unermessliches Leid zu stoßen. Wenigstens brachte sie neue Hoffnung mit. Soldaten kamen, Hilfe war unterwegs.

Kurz vor den Toren ließ sie ihr Pferd langsamer laufen. Dort standen keine Wächter, niemand hieß sie willkommen. Sie atmete tief durch und ritt weiter. Direkt hinter dem Tor tänzelte der Hengst nervös, schnaubte und blieb stehen. Das Tier bebte am ganzen Körper, blähte die Nüstern und riss die Augen weit auf. Dann wich es zurück.

»Sch-scht. Es ist gut. Komm schon, junger Bursche, ich werde schon auf dich aufpassen.«

Sie trat ihm die Hacken in die Flanken, aber er rührte sich nicht und stieß nur ein nervöses Wiehern aus. Dann wich er noch weiter zurück und verlor die Kontrolle über die Blase und den Darm. Corvanov streichelte seinen Hals und sah sich um.

»Schon gut, schon gut, immer mit der Ruhe. Braver Junge.«

Gleich hinter dem Stadttor war Wystrial eng bebaut. Nach links, nach rechts und geradeaus führten Straßen in die Stadt hinein, dicht an dicht standen die Häuser. Viele Türen und Fensterläden waren weit geöffnet, die Straßen waren staubig und offenbar seit Tagen nicht mehr gekehrt worden. Außerdem war es still. Weit und breit entdeckte sie keine Menschenseele. Sobald sie drinnen war, stieg ihr auch der üble Verwesungsgestank in die Nase. Sie schauderte, stieg ab und warf die Zügel über den Kopf des Pferdes.

»Na gut, Junge, dann sehen wir uns im Stall.«

Er wusste, wohin er gehen musste, und trabte, von der Reiterin befreit, durchs Tor nach draußen zur Botenstation. Nun fühlte Corvanov sich mutterseelenallein. Sie war wie alle Boten der Konkordanz mit Gladius und Schild gerüstet, aber schon die Tatsache, dass sie in ihrer Heimatstadt überhaupt daran denken musste, bereitete ihr Unbehagen.

Sie lief die Hafenstraße hinunter bis zum Forum. Offensichtlich war es seit Tagen verwaist. Waren denn wirklich alle tot? Im Hafen hatte sie Segel ausgemacht, also mussten auch Menschen da sein. Trotzdem fühlte sich die Stadt verlassen an.

Corvanov blieb mitten auf dem Forum stehen und drehte sich einmal um sich selbst. Am liebsten hätte sie laut gerufen, um Bewohner als Beweis dafür aufzutreiben, dass sie nicht allein war. Es musste doch irgendwo Überlebende geben. Wenn die Seuche alle getötet hätte, dann hätten überall verwesende Leichen herumliegen müssen. Corvanov schauderte. Nichts. Nicht einmal ein Hund oder eine Katze. Kein einziger Vogel flog vorbei oder hockte auf einem Dach.

Sie zog den Gladius, fühlte sich damit aber auch nicht besser. Der Gestank des Todes war hier nicht ganz so stark, obschon immer noch deutlich zu bemerken. Als aus der tiefen Stille endlich ein Ruf zu ihr drang, war sie erleichtert und stellte fest, dass sie stark schwitzte. Der Ruf war von der Mole gekommen. Sie steckte die Klinge in die Scheide und eilte weiter.

Vom Forum aus ging es wieder bergab, sie schritt durch viele verlassene Straßen, in denen sich nichts regte. Als sie einer sanften Kurve nach rechts folgte, sah sie endlich den Hafen vor sich liegen. Zahlreiche Schiffe hatten festgemacht, auf den Masten flatterten Banner, vor der Küste segelten weitere Schiffe. Auf der Mole drängten sich Menschen. Wie es schien, war keine Handbreit mehr frei.

Corvanov rannte ein paar Schritte, ehe ihr bewusst wurde, wie eigenartig dies aussah. Auf der Mole waren sogar *zu viele* Menschen. Die Gallseuche hätte mindestens drei Viertel von Wystrials achttausend Einwohnern dahinraffen müssen. Vor ihr hatten sich jedoch gut und gern sechstausend Leute versammelt.

Die meisten rührten sich nicht. Sie standen nur da, als warteten sie auf Anweisungen oder darauf, dass etwas geschah. Wie Statuen. Aber nicht alle. Vor jedem der sieben Schiffe, die festgemacht hatten, brüllten ein paar Männer Befehle, die in der Stille auf der Mole nur noch lauter klangen. Corvanov blinzelte verblüfft. In der Tat, kein Mensch gab ein Geräusch von sich. Sie sehnte sich nach dem Bellen eines Hundes. Irgendetwas, das ihr sagen konnte, dass alles in Ordnung sei.

Auf einmal veränderte sich der Tonfall der Rufe. Drei Leute drängten sich durch die still stehende Menge und trotteten den Abhang zu ihr herauf. Kein Einziger der anderen drehte auch nur den Kopf, um in ihre Richtung zu spähen. Corvanov wusste nicht, was sie davon halten sollte. Irgendwie klammerte sie sich noch an die schwache Möglichkeit, dass es eine vernünftige Erklärung für all dies gab. Vielleicht kamen die Leute ihr nur entgegen, um sie vor der Seuche zu warnen.

Aber das traf nicht zu. Was sie sah ... Gott umfange sie, was war das nur? Bizarr und erschreckend. Sie kämpfte den Drang nieder, auf der Stelle umzukehren und vor dem Volk von Wystrial zu fliehen. Doch ihr Wunsch herauszufinden, was hier vor sich ging, war stärker als ihre Gänsehaut und die panischen Gedanken, die ihr durch den Kopf schossen. Die Stadt war nicht besetzt, sie konnte keinen Feind entdecken. Es gab keinen Grund zu fliehen.

Also warum war der Drang fast überwältigend?

Corvanov nahm ihren ganzen Mut zusammen und blieb stehen, während sich die drei Männer näherten. Sie hatten es nicht besonders eilig und liefen jetzt gleichmäßig den Abhang vom Hafen herauf. Keiner hatte eine Waffe gezogen. Als sie den Mann in der Mitte erkannte, entspannte sie sich ein wenig, und als er noch zwanzig Schritte entfernt war, begrüßte sie ihn.

»Die Seuche muss gnädig gewesen sein, da so viele überlebt haben, Meister Lianov«, sagte sie.

Er antwortete nicht und gab nicht einmal zu erkennen, dass er es überhaupt gehört hatte. Aber wie hätte er es überhören können?

»Was tun all die Leute dort unten? Sind das Schiffe mit Vorräten? Ich bringe eine Botschaft von Marschallin Mardov. Sie schickt Hilfe und Verstärkung, sie ...«

Corvanov ließ den Satz unvollendet. Lianov und die beiden anderen Männer starrten sie an, ohne sie zu hören, und näherten sich weiter. Jetzt bekam sie es mit der Angst und wich einen Schritt zurück. Lianov drehte den Kopf ein wenig zu ihr herum, und die drei Männer beschleunigten ihre Schritte.

Mit allen dreien stimmte etwas nicht. Ihre Haut war nicht runzlig und braun wie bei den Bewohnern einer Hafenstadt, sondern wirkte kränklich blass, als litten sie immer noch unter der Seuche, obwohl dies nicht der Fall sein konnte. Einer der Männer hatte eine hässliche Schnittwunde am Arm, auf die jetzt ihr Blick fiel. Die Wunde war nicht verbunden und versorgt. Sie war schmutzig, und in ihr krabbelte etwas.

»Oh, guter Gott«, keuchte sie.

Maden. Endlich siegte ihr Instinkt, und sie drehte sich um und rannte weg. Eine Hand schoss vor, bekam aber den Mantel nicht zu fassen. Wieder wurden hinter ihr Rufe laut. Sie war jedoch eine Erste Botin, schneller als die meisten anderen zu Fuß oder zu Pferd. Gott umfange sie, sie wünschte, sie hätte auf ihren Hengst gehört. Er hatte gespürt, dass hier etwas nicht in Ordnung war.

Auf einmal schoss ein stechender Schmerz durch ihr Kreuz, und ein wuchtiger Einschlag ließ sie straucheln. Das Messer war lang, die Klinge scharf. Sie wollte sich wieder aufrichten, verlor aber rasch ihre Kräfte, während ihr Blut aufs staubige Pflaster rann.

»Meister Lianov«, sagte sie und hob eine Hand. »Ich bin es doch, die Erste Botin Corvanov. Bitte, ich bin doch nicht Euer Feind.«

Die drei Männer bauten sich vor ihr auf, als sie auf die Seite fiel und mit einer Hand hilflos nach dem Messer im Rücken tastete. Sie keuchte vor Schmerzen und schüttelte den Kopf, um den Blick zu klären, starrte Lianov an und suchte in seinen Augen eine Antwort auf ihre verzweifelten Fragen. Ein kurzes Flackern glaubte sie zu erkennen, aber nicht mehr. Seine Miene blieb reglos wie die einer Leiche, und in seinen Augen zeigte sich kein Gefühl.

»Was ist nur los mit Euch?«, sagte sie. Jetzt strömten auch ihre Tränen, als die Hoffnungslosigkeit sie übermannte. »Warum habt Ihr das getan? Bitte, nicht!«

Hafenmeister Lianov zog den Gladius aus dem Gürtel und stach ihn durch ihre Rippen bis ins Herz. Noch bevor es dunkel um sie wurde, hatten die Männer sich umgedreht und entfernten sich von Corvanov.

11

859. Zyklus Gottes, 16. Tag des Genasauf

Die drei Schiffe der Einnehmer waren auf ihrer Reise nach Westen, quer über das Tirronische Meer zum gesternischen Hafen Kirriev, gut vorangekommen. Sechs Tage waren sie mit stetigen fünf Knoten gesegelt. Von Kirriev aus würden sie noch einmal zwei Tage flussaufwärts bis Ceskas fahren, jener Grenzstadt, an die sich alle Aufgestiegenen voller Unbehagen erinnerten.

Jhered wanderte auf dem Deck der *Falkenpfeil* umher. Er fühlte sich um zehn Jahre zurückversetzt. Mirron stand allein an der Reling und starrte die gesternische Küste an, während sie in die Bucht von Kirriev segelten. Zu beiden Seiten erstreckte sich eine wundervolle Landschaft. Hier und dort verhüllte Nebel die hoch aufragenden Klippen, hinter denen eine üppige Vegetation vorherrschte, die teilweise sogar über die Kanten herabhing und die schmalen Terrassen schmückte. Wo der Fels die Erde vor dem Wind schützte, brachen bereits die ersten Blumen durch, die Genastrovögel bauten ihre Nester und stießen weittragende, klagende Rufe aus. Es klang in Mirrons Ohren wie eine Warnung. Wie passend.

Jhered trat schweigend hinter sie. Sie trug einen dicken Mantel, um sich vor der frischen Brise zu schützen. Da sie die Kapuze hochgeklappt hatte, konnte Jhered nicht erkennen, wohin sie schaute. Vermutlich nach vorne wie jeden Tag.

»Wie geht es dir?«, fragte er.

Sie drehte sich um, ihr schönes Gesicht war von der Kapuze eingerahmt. Ihre Verletztheit und ihr Kummer versetzten ihm einen Stich ins Herz.

»Ich weiß nicht, was ich empfinden soll«, sagte sie. Das war mehr, als er ihr in den letzten vier Tagen hatte entlocken können. »Je näher wir kommen, desto ferner fühle ich mich.«

Jhered runzelte die Stirn. »Ich kann dir nicht folgen.«

»Ich bin sicher, dass wir in die richtige Richtung fahren, aber es gibt so viel, was wir nicht wissen. Er könnte meinen Sohn irgendwohin verschleppen, wo ich ihn nie finden würde. Er könnte ihn schrecklichen Gefahren aussetzen, und ich wäre nicht da, um ihn zu beschützen. Woher wissen wir, dass er überhaupt noch lebt?«

Die letzten Worte flüsterte Mirron nur noch, dann drehte sie sich wieder zum Meer um.

»Ich weiß, es ist wie die Nadel im Heuhaufen«, sagte Jhered. »Aber ich gehe jede Wette ein, dass er noch lebt. Es ist auch nicht so schlimm, wie du glaubst. Gorian wird nicht stillhalten. Wenn etwas von dem geschieht, was Harban andeutete, dann haben wir Gorian rasch gefunden, und wenn wir ihn haben, dann haben wir auch Kessian. Die Karku bereiten sich auf einen Krieg vor, den sie kommen sehen, und allein das ist schon Grund genug, dorthin zu reisen. Sie beobachten den ganzen Süden von Tsard und einen Teil von Atreska. Wenn irgendjemand etwas weiß, dann sind sie es.«

Mirron schüttelte den Kopf. Eine lange Haarsträhne rutschte aus ihrer Kapuze heraus. Sie strich die Haare zurück.

»Wenn du es sagst, klingt es immer so einfach, aber das ist es nicht. Er hat meinen Sohn aus einem bestimmten Grund entführt und wird ihn nicht kampflos wieder aufgeben. Gorian weiß, wie man kämpft, nicht wahr? Wenn die Karku wirklich etwas wissen, werden sie es uns dann sagen? Harban will, das Kessian stirbt. Sie haben kein Interesse, dass wir ihn retten.«

»Dennoch ist Harban eigens nach Estorr gekommen, um die Aufgestiegenen um Hilfe zu bitten.«

»Ja, und sieh dir an, wen wir schicken. Eine Mutter, die kaum einen klaren Gedanken fassen kann. Eine schöne Hilfe werde ich sein.«

»Das ist Unsinn, und außerdem meinte ich das nicht. Sie brauchen unsere Hilfe und müssen uns im Austausch Informationen geben. Ein einfacher Handel.«

Seufzend drehte Mirron sich wieder zu Jhered um.

»Warum tust du das, Paul? Gott umfange mich, warum bist du nicht schon vor fünf Jahren in den Ruhestand gegangen? Du musst das wirklich nicht mehr auf dich nehmen. Mehr als jeder andere hast du es verdient, in Frieden und Ruhe zu leben.«

»Meinst du, ich sei zu alt?« Seine Antwort klang ein wenig grantiger, als er es beabsichtigt hatte.

Mirron legte ihm eine Hand auf den Arm und lächelte leicht. »Oh Paul, ich wollte dich nicht beleidigen, obwohl du wirklich langsam grau wirst. Nein, ich fühle mich sicherer, wenn du bei mir bist. Aber Harkov hätte ebenso gut die Führung übernehmen können. Die Advokatin hätte dich nicht gezwungen, diese Reise zu unternehmen. Warum stellst du dich wieder in die vorderste Front?«

»Ich dachte, das wäre offensichtlich.«

Mirron errötete. »Aber das reicht doch nicht als Grund, oder?«

»Doch, das reicht«, erwiderte Jhered. »Hör mal, als wir den Krieg gewonnen hatten, habe ich versprochen, dich, Ossacer und Arducius zu beschützen. Ich halte, was ich versprochen habe. Der Tag wird kommen, an dem du meinen Schutz nicht mehr brauchst, und dann werde ich mich voller Freude in meine Villa am Phrastossee zurückziehen. Wie auch immer, ich reise gern mit dir. Das kann ich heutzutage nicht mehr oft genießen, also möchte ich das Beste daraus machen.«

»Ach, die Versprechen.«

»Genau. Die erfüllten Versprechen beweisen die Achtung und Ehre eines Mannes. Weißt du, dass ich eine noch nicht erfüllt habe? Noch vor dem Krieg habe ich einem Mann namens Han Jesson in einem Dorf namens Gullford in Atreska etwas versprochen. Die tsardonischen Reiter haben seine Frau und seinen Sohn entführt, und ich versprach ihm, sie zurückzubringen. Glaubst du, ich habe das vergessen? Du weißt, dass er vor Jahren aus seiner Heimatstadt verschwunden ist. Wahrscheinlich wollte er sie selbst suchen. Das spielt aber keine Rolle. Falls wir nach Tsard kommen, werde ich sie suchen. Selbst wenn ich nur noch ihre Knochen zurückbringen kann, ich werde mich umsehen.«

»Ist das nicht einfach nur persönlicher Stolz?«

»So ist es.« Jhered tippte sich aufs Herz. »Aber hier drinnen versetzt es mir jedes Mal, wenn ich daran denke, einen Stich. Ich habe mich nicht mit aller Kraft bemüht, und das tut weh.«

»Dieser Mann könnte längst tot sein ...«

»Das spielt keine Rolle. Wie du schon sagtest, es geht um meinen Stolz. Aber was ist, wenn sie immer noch da draußen leben und gerettet werden wollen? Ich gebe Versprechen nicht leichtfertig ab.«

Mirron verstand es, er sah es in ihren Augen.

»Warum hast du gefragt, Mirron? Was war der wahre Grund?«

»Weil ich mir Sorgen um dich mache«, sagte sie. »Es ist das Gesetz der Wahrscheinlichkeit. Wie oft kannst du dich noch in Gefahr begeben, ehe dir etwas zustößt?«

Darauf lachte Jhered. »Mirron, ich bin der Schatzkanzler der Einnehmer, nicht dein Vater.«

»Ich wünschte, du wärst es.«

Jhered starrte seine Schuhe an, während der Wind die Taue und das Segel knattern ließ.

»Ich wünschte es auch«, sagte und streichelte ihre Wange. »Ich könnte mir nichts Schöneres vorstellen.«

Megan Hanev, die neue Marschallverteidigerin von Atreska, hatte die schlimmsten fünfzig Tage ihres Lebens hinter sich, und wenn sie General Davarovs Miene betrachtete, dann würde sich die Lage nicht bessern. Eine endlose Prozession des Elends, anders konnte man ihre Rundreise durch Atreska nicht bezeichnen. Überall Verzweiflung und Armut. Sie hatte so viele zerstörte Hoffnungen gesehen. Ihr Land lag in Trümmern.

Im Grunde erkannte sie es kaum wieder. Nur Haroq war weitgehend intakt geblieben. Draußen vor der Hauptstadt aber waren die Felder von Unkraut überwuchert, obwohl sie doch hätten für die Aussaat vorbereitet werden sollen. Auf einigen hätten sogar schon die ersten Knospen des Frühjahrs sprießen müssen. Die Straßen waren ähnlich verfallen, die Hauptstraßen des Reichs rissig und schlecht unterhalten, die Nebenstraßen waren kaum mehr als Schlammlöcher voller Wagenspuren. In den Städten und Dörfern zerfielen die Basiliken zu Schutt, die Foren waren verunstaltet, die Steine als Baumaterial herausgebrochen. Die Häuser der Masken waren niedergebrannt und entweiht.

Alles, was die Konkordanz in Atreska aufgebaut hatte, war systematisch zerstört oder geplündert worden. Es würde noch ein weiteres Jahrzehnt dauern, um alles wiederherzustellen. Megan fragte sich ernsthaft, ob das Land überhaupt noch den Willen dazu besaß. Die Flüchtlinge reisten nach Norden, Süden und Westen, um in anderen Gebieten der Konkordanz ihr Auskommen zu finden, nachdem nun die Grenzen wieder geöffnet waren. Viele hatten sich sogar nach Tsard im Osten abgesetzt. Selbst dies konnte sie verstehen.

Doch die Leute machten umgekehrt ihr Vorwürfe. Oder vielmehr der Konkordanz, die sie im Stich gelassen hatte, als die Tsardonier das Land besetzt und Yurans Protesten zum Trotz ausgeplündert hatten. Am stärksten war Megan über diejenigen betrübt, die geblieben waren und ein so erbärmliches Dasein fristen mussten. Die Not diktierte das Leben, und die Menschen waren abweisend und angriffslustig, jederzeit bereit, um das zu kämpfen, was sie für ihr Eigentum hielten.

Jetzt drehte sich das große Rad, die Konkordanz war wieder hier und versuchte, Ordnung zu schaffen und Atreska wieder so einzurichten, wie es vor dem Krieg funktioniert hatte. Doch sie erkannte die Ablehnung in den Augen der Bürger und wusste nicht, wie sie die Menschen besänftigen sollte.

Megan hatte an unzähligen Beratungen teilgenommen und die Bitten um Unterstützung und Hilfe angehört. Doch wenn sie andeutete, dass die Streitkräfte und Verwalter der Konkordanz durchs Land ziehen und genau dies bewerkstelligen würden, wurde sie oft niedergebrüllt. Die Leute konnten nicht erklären, was sie wirklich wollten. Megan wusste es, und sie wusste auch, dass die Menschen es nie bekommen würden. Zehn Jahre der Misswirtschaft hätten ihnen zeigen sollen, dass der Zustand, den sie für Unabhängigkeit hielten, ihnen keinerlei Fortschritt brachte.

Jetzt stand sie vor dem wichtigsten Grenzübergang nach Tsard und sollte sich schon wieder etwas anhören, das sie nicht hören wollte. Die Advokatin hatte bereits deutlich gemacht, dass Megans Aufgabe unerfreulich werden würde, und sie hatte recht behalten. Herine Del Aglios neigte gelegentlich zu Überreaktionen, aber wenn es um Staatsangelegenheiten ging, irrte sie sich nie.

»General Davarov«, sagte Megan und legte die kurze Strecke von ihrer Kutsche zu dem atreskanischen Helden mit der tonnenförmigen Brust zurück.

Er war eine der Schlüsselfiguren des Siegs in Neratharn gewesen, mit dem der Vorstoß der Tsardonier endlich aufgehalten worden war. Er würde seinen Platz in der Geschichte finden, wenn er seinen Zyklus vollendet und in die Erde zurückgekehrt war. Schon jetzt stellten die Menschen seine Statuen und Büsten in den Fluren der konkordantischen Machtzentren auf. Sie empfand Ehrfurcht vor ihm, und er wusste es. Stolz stand er vor dem Tor der Grenzfestung unter der Flagge der Konkordanz, dem hochsteigenden Schimmel vor den überkreuzten Speeren. Seine Rüstung glänzte im Sonnenlicht, und sein dunkelblauer, grün abgesetzter Mantel flatterte leise im Wind.

»Meine Marschallin«, sagte er und schlug sich die rechte Hand auf die Brust. »Ich hoffe, Ihr hattet trotz der widrigen Umstände eine angenehme Reise.«

»Nichts in den letzten fünfzig Tagen war angenehm, General«, erwiderte Megan. »Aber es ist schön, von einem freundlichen Gesicht willkommen geheißen zu werden. Ich musste mich in der letzten Zeit vor allem an finstere Blicke und gerunzelte Stirnen gewöhnen.«

Davarov kicherte, dass es zwischen den Steinen der Festung widerhallte.

»Freundliche Gesichter bringen oft die schlimmsten Neuigkeiten. Diese Weisheit muss ich leider heute bestätigen. Kommt doch bitte mit.«

Megan nickte und folgte Davarov nach drinnen. Die Festung war klein, eine von vielen, die an der Nordgrenze von Atreska mehr oder weniger schlecht unterhalten wurden, wo die Berge keinen natürlichen Schutz boten. Die kreisrunde Anlage beherbergte Unterkünfte, Verwaltungsgebäude und eine Waffenschmiede. Keller waren als Lagerräume ausgehoben worden, drinnen und draußen spross in den Rissen der Mauern das Gras. Der General führte sie eine Wendeltreppe hinauf bis aufs Dach. Es bestand aus Zement und wurde von schweren Balken gestützt. Tragfähig, aber rissig und schlecht gepflegt.

Hier oben gab es Wehrgänge, Stellungen für Bogenschützen und kleine Geschütze. Festungen wie diese dienten jedoch eher der Beobachtung und waren nicht geeignet, eine Invasion abzuhalten oder einem Vorstoß nach Tsard nennenswerte Unterstützung zu leisten. In dieser Hinsicht war das Gebäude nicht mehr als ein schlechter Scherz.

»Unsere Grenze ist fast achthundert Meilen lang«, erklärte Davarov ihr. »Als die Konkordanz zum ersten Mal kam, baute sie in den Gebieten, die besonders durch Invasoren gefährdet waren, ungefähr alle zehn Meilen eine Festung. Ich habe die Grenze persönlich kontrolliert und muss leider sagen, dass dieser Schutthaufen hier noch zu den besterhaltenen Anlagen gehört, die wir haben. Die meisten anderen, es waren mehr als siebzig, wurden Stein für Stein zerlegt. Wir bauen sie wieder auf, werden aber nicht schnell genug sein.«

»Schnell genug wozu?«

»Ah«, sagte Davarov. »Das wollte ich Euch zeigen.«

Er führte sie übers Dach bis zur östlichen Mauer. Im hellen Sonnenlicht des schönen Genastages hatten sie eine prächtige Sicht. Tsard war ein Land von verblüffenden Kontrasten. In der Ferne erhoben sich Berge, davor lagen hügelige Ebenen und Wälder. Nicht weit entfernt verlor sich die alte Hauptstraße zwischen einigen Felsen, hinter denen eine hässliche Rauchwolke aufstieg. Es war sogar ziemlich viel Rauch. Ihr Herz sank. So etwas hatte sie schon einmal gesehen.

»Was ist das?«, fragte sie, obwohl sie die Antwort im Grunde schon kannte.

»Das ist ein tsardonisches Heer. Es ist nicht sehr groß, etwa zwölftausend Kavalleristen und Infanteristen. Sie haben kaum Artillerie, was mir seltsam vorkommt, aber ich nehme an, sie wollen möglichst beweglich sein. Im Augenblick sind sie etwa sechs Meilen von der Grenze entfernt. Vor drei Tagen sind sie eingetroffen. Da ich wusste, dass Ihr durch diese Gegend kommt, dachte ich, Ihr wolltet es vielleicht selbst sehen.«

»Das klingt, als hättet Ihr mir einen Wanderzirkus beschrieben«, erwiderte Megan. Ihr Herz pochte wie wild.

»Es bringt nichts, nervös zu werden«, erwiderte Davarov.

»Nervös? Vor unserer Türschwelle sammelt sich eine Invasionsarmee. Da soll man nicht nervös werden?«

Davarov sah sich um. Seine Wächter starrten nach Tsard hinüber, niemand hatte den Ausbruch der Marschallin zur Kenntnis genommen. Er lächelte nachsichtig.

»Wenn es eines gibt, was Roberto Del Aglios mich gelehrt hat, dann dies: Erst wenn das Schwert des Feindes in deinen Leib eindringt, ist es Zeit, nervös zu werden. Bis dahin kommt es vor allem darauf an, überstürzte Reaktionen zu vermeiden. Wenn ich in Panik gerate, wird es den Bürgern unter meinem Kommando ähnlich ergehen. Ebenso den Angehörigen, den Händlern und sogar den Katzen und Hunden. Ihr versteht sicher, was ich damit sagen will.«

Megan nickte. Auf einmal fand sie seine Gelassenheit sehr beruhigend. »Habt Ihr etwas von Roberto gehört?«

»Wahrscheinlich nicht so viel wie Ihr, da Ihr ja jetzt die Marschallverteidigerin seid«, erwiderte er mit blitzenden Augen. »Wie ich hörte, versucht er immer noch, ein Bündnis mit Sirrane zu schmieden. Hoffentlich hat er Erfolg, denn Verbündete könnten wir jetzt wirklich gut gebrauchen.«

Megan blickte wieder zum Rauch der tsardonischen Lagerfeuer hinüber. »Aber anscheinend fürchtet Ihr nicht, es könne schon sehr bald ein Schwert in Euren Leib eindringen.«

Wieder kicherte er. »Bei den Rekruten, die ich vergattere, weil sie Dreck auf den Helmen haben, muss ich jeden Tag damit rechnen. Was die Tsardonier angeht – nein, im Augenblick wohl nicht. Wenn sie sich in Marsch setzen, bleiben mir allerdings nur noch zwei Stunden, um mein unzutreffendes Urteil über den Haufen zu werfen.«

»Aber genau deshalb seid Ihr doch hier, oder? Und deshalb habt Ihr all die Leute bei Euch.«

Megan deutete hinter sich, wo Davarovs Legionen ihr Lager aufgeschlagen hatten. Es waren insgesamt etwa neuntausend Kämpfer, die den größten Teil der Verbände darstellten, die im Auftrag der Einnehmer in Atreska für Ordnung sorgen sollten. Davarov war wenigstens so anständig, ein wenig verlegen dreinzuschauen.

»Ich wollte Euch Botschaften schicken, wurde jedoch nicht sehr gut über Eure Reiseroute informiert. Ich habe in ganz Atreska Reiter ausgesandt, die Euch aufspüren sollten.«

»Nun gut, General, und wie schätzt Ihr die Lage ein?«

»Sie warten.«

»Worauf?«

»Das weiß ich nicht. Wären sie geradeaus marschiert, dann würden sie jetzt schon vor Haroq stehen, also ist es eine unverständliche Entscheidung. Ihr Lager ist jedoch für einen längeren Zeitraum angelegt.«

»Seid Ihr sicher, dass sie eindringen werden?« Megan hatte die Frage nicht stellen wollen, die sogar in ihren eigenen Ohren dumm klang.

»Wir sind im Umkreis von vierhundert Meilen die einzigen Feinde, also müssen wir wohl davon ausgehen. Dennoch könnte es auch nur eine Demonstration der Stärke oder eine Androhung ihrer zukünftigen Absichten sein.«

»Das glaubt Ihr aber nicht.«

»Nein. Meine Legionen hier sind ihnen zahlenmäßig unterlegen, und ich habe keine Kräfte, die ich nachführen kann. Allerdings verstehe ich nicht, warum da drüben nicht genügend Gegner versammelt sind, um bis nach Neratharn vorzustoßen. Ich weiß, dass es im Süden an der Grenze zu Kark Schwierigkeiten gibt, also könnte dies ein Zangenangriff werden. Tatsache ist, dass sie uns zurückdrängen und sich frei bewegen könnten. Das werden sie auch tun, sobald sie den Befehl dazu bekommen, oder sobald eintritt, worauf sie warten.«

»Verstärkungen?«

»Es scheint nahezuliegen, aber unsere Späher sehen niemanden nachrücken.«

»Was wollt Ihr dann tun?« Megan war einigermaßen verwirrt. »Es ist teuer, die Soldaten hier herumsitzen zu lassen, wenn die Feinde keine Invasion beabsichtigen. Wir brauchen unsere Kräfte im Landesinneren. Hinter uns gibt es genug Schwierigkeiten, von denen vor uns mal abgesehen.«

Davarov wurde ernst, das Blitzen verschwand aus seinen Augen. »Die Soldaten und Kavalleristen aus den Legionen sind hier, um zu kämpfen und das Land zu verteidigen. Diese Aufgabe werden sie erfüllen. Ich kann hier nicht abziehen und das Tor weit offen lassen, meine Marschallin. Oder wollt Ihr andeuten, ich sollte es tun?«

»Nein, nein«, beruhigte Megan ihn. »Aber wie lange müsst Ihr hier noch warten?«

»Ich kann gern hinübergehen und die Tsardonier fragen, wann sie mit der Invasion zu beginnen gedenken.« Davarov spreizte die Finger. »Mir bleibt nichts anderes übrig, als zu warten, sie zu beobachten und wenn nötig zurückzuschlagen. Natürlich hoffe ich, dass es nicht so weit kommt. In der Zwischenzeit müsst Ihr mir Verstärkungen schicken. Wir brauchen einen ständigen Strom von Nachschub, und Ihr müsst meine Nachrichten nach Estorr gegenzeichnen. Am Ende rechne ich damit, dass sie vielleicht nur unsere Entschlossenheit und unsere Reaktionen auf einen drohenden Angriff prüfen wollen. Das bedeutet, dass wir stark und zuversichtlich auftreten müssen. Wenn wir das nicht tun, werden sie ihre Truppen verstärken und angreifen.«

Megan hielt inne und betrachtete Davarov. Sie kannte den General nicht sehr gut, bemerkte in seiner Haltung aber etwas, das sie noch nicht gesehen hatte.

»Irgendetwas verwirrt Euch. Was ist es?«, fragte sie.

»Es ist Euch also aufgefallen. Angesichts dessen, was ich Euch erzählt habe, wundert mich das nicht. Ja, es passt nicht zusammen. Dieses Verhalten entspricht keiner Armee, die eine Invasion plant; dabei ginge es darum, mit minimalen Verlusten möglichst viel zu erreichen. Es kommt mir aber so vor, als wollten sie uns zwingen, unsere Kräfte zu sammeln, damit es ein fairer Kampf wird, und das wäre lächerlich. Ich frage mich, was wohl passieren würde, wenn ich tatsächlich abziehe und mich zehn Meilen entferne. Würden sie dann sofort angreifen? Oder hocken bleiben, wo sie sind? Ich verstehe es einfach nicht. Warum, bei Gott, der die Erde wärmt, sind sie so weit marschiert, nur um ein Lager aufzuschlagen und abzuwarten?«

»Welche Entscheidung Ihr auch trefft, ich werde Euch unterstützen«, sagte Megan.

»Welche Entscheidung ich auch treffe, kein Tsardonier wird den Fuß auf mein Land setzen, das verspreche ich Euch.«

12

859. Zyklus Gottes,
18. Tag des Genasauf

Mirron fühlte sich krank. Es war keine Seekrankheit, und es hatte schon vor einigen Tagen begonnen. Ein ständig zunehmendes Unwohlsein. Zuerst hatte sie es für sich behalten und mit der Angst um ihren Sohn erklärt. Das war doch nur verständlich und natürlich. Aber es traf nicht zu. Sobald die Flussreise nach Ceskas begonnen hatte, wurde es ihr klar.

Überall kam die Pracht Gottes zum Vorschein. Der frühe Genastro war einfach wundervoll. Wachstum und neues Leben erfüllten die Sinne und wärmten Körper und Seele. Die Erde erwachte und verkündete den Beginn eines neuen, von Gott gesegneten Zyklus. Es war eine Zeit, in der Mirron gewöhnlich keinerlei Bedürfnis verspürte, das Lärmen zu unterdrücken, das jeden Tag und jeden Augenblick auf ihre Sinne einstürmte. Jetzt aber fühlte es sich leer an.

Mirron dachte an Harbans Mahnung und Gorians Worte, und die Schlussfolgerungen daraus ängstigten sie. Gern hätte sie mit Ossie und Ardu gesprochen. Ihre Brüder hätten ihr geholfen, alles ins rechte Licht zu rücken. Unter dem frischen, starken Leben des Genastro lauerten Verfall und Verwesung. Der Tod. Und mit jedem Eintauchen der Ruder wurde die Vorahnung stärker.

Sie schauderte.

»Ist dir kalt?«

Sie drehte sich um. »Nein, Paul, mir geht es gut. Wie könnte ich an einem schönen Genastronachmittag wie diesem frieren?«

»Das musst du mir sagen. Der Ausblick ist herrlich, und wenigstens muss ich dich dieses Mal nicht an Deck zerren, damit du es siehst. Aber du bewunderst ihn nicht, sondern starrst ins Leere. Was ist los?«

Vor ihnen ragten schwarze, graue und blendend weiße Berge auf. Sie waren nicht schön, sondern unheildrohend wie alles andere in diesem Land. Eine Warnung, zu fliehen und ja nicht näher hinzuschauen, weil sie sonst etwas Schreckliches zu sehen bekäme.

»Es ist schwer zu erklären. Die Energien sind unruhig. Es ist ein Durcheinander, als wäre alles krank, aber es ist nicht grau wie bei einer normalen Krankheit.«

»Wie ist es dann?«

Jhered hatte immer wieder zu verstehen versucht, was die Aufgestiegenen empfanden und im Gegensatz zu anderen Menschen zu spüren vermochten. Gern hätte er die Welt einmal mit ihren Sinnen wahrgenommen, aber das blieb ihm verwehrt.

»Als wäre etwas, das im Kern aller Dinge liegt, über die Maßen gewachsen und hätte alles andere ins Schwanken gebracht.«

»Meinst du so etwas wie Tote, die irgendwo herumspazieren?«

Mirron errötete. »Entschuldige, ich ...«

»Schon gut. Aber weißt du, das tut ihr alle.«

»Was denn?«

»Ihr redet, als wäre es ein geheimes Spiel, und als arbeitetet ihr euch mühsam bis zur letzten dramatischen Zeile vor. Ich finde, ihr könntet es einfach aussprechen.«

»Oh, ich verstehe.« Mirron musste lachen, und die Spannung wich.

Jhered legte ihr einen Arm um die Schultern, und sie schmiegte sich an ihn. Es fühlte sich gut an. Sicher.

»Ich dachte, du hältst mich für verrückt.«

»Warum denn? In Estorr hat Harban Dinge gesagt, die verrückt klangen, aber dein vermisster Sohn ist schließlich nicht der einzige Grund, warum wir hier sind. Wir müssen herausfinden, ob Harban recht hatte, und du glaubst, dass es so sein könnte. Das ist nicht verrückt, sondern beängstigend.«

»Wir müssen in Ceskas vorsichtig sein«, sagte Mirron nach einer Pause. »Noch vorsichtiger als sonst, meine ich.«

Jhered nickte. »In Ordnung.«

»Ich weiß nicht, was wir dort vorfinden werden.«

Als sie eintrafen, kannte sie die Antwort auf diese Frage bereits. Die Arme über dem Mantel um den Oberkörper geschlungen, lief sie durch die verlassenen Straßen von Ceskas. Es war ein kalter Tag, was sie aber kaum zur Kenntnis nahm. Der Wind wehte über das verdreckte Pflaster und warf den Unrat gegen verschlossene Türen und Fensterläden. Ratten verzogen sich eilig, als die Einnehmer alle Zimmer, Schuppen und Lagerhäuser durchsuchten. Sie fanden Blut, Kampfspuren und die unverkennbaren Anzeichen, dass die Stadt geplündert worden war, aber keinen Menschen, den sie fragen konnten, was geschehen sei.

Das Haus der Masken war zerstört, ebenso alle Schreine der atreskanischen, gesternischen und karkischen Gottheiten. Es bestand kein Zweifel daran, dass die Tsardonier hier gewesen waren. Jhered war äußerst beunruhigt. Mirron kannte sich mit der Geografie des Landes nicht gut aus, aber selbst ihr entging nicht, dass dies viel zu nahe am vermeintlich sicheren Gebiet der Konkordanz geschehen war. Jhered bezeichnete es sogar als eine Kriegshandlung und erinnerte sie an die Berichte aus Häfen im Osten, die sie in Kirriev gehört hatten. Sie schauderte.

Schließlich blieb Mirron vor dem zentralen Brunnen von Ceskas stehen und wartete auf das Unvermeidliche. Der Brunnen war zerstört und leer; irgendwo waren offenbar auch die Zuleitungen unterbrochen. Es stank nach Urin und Exkrementen, und so zog sie sich ein paar Schritte zurück und beobachtete Jhereds Einnehmer und ihre Gardisten des Aufstiegs, die nacheinander kopfschüttelnd die Gebäude verließen, mit den Achseln zuckten und weitergingen.

Es dauerte nicht lange, bis Jhered und Harkov zu ihr kamen, um sich mit ihr zu beraten. Die Gardisten zogen sich diskret ein wenig zurück. Die Männer schienen verwirrt, Harkov sogar ein wenig ängstlich. Dies passte überhaupt nicht zu den beiden.

»Ich hätte es euch schon vor der Suche sagen können.«

»Ihr habt es uns gesagt«, bestätigte Harkov, »aber wir mussten trotzdem suchen.«

»Es ist noch schlimmer, als du denkst«, ergänzte Jhered. »Es gibt kein Vieh, nicht einmal mehr Hunde oder Katzen. Ersteres überrascht mich nicht, aber die Katzen? Die Tsardonier haben sie sicher nicht mitgenommen, das wäre sinnlos. Wo sind sie also? Es gibt nur Ratten und Mäuse. Es ist, als hätte Gott die Hand ausgestreckt und alles weggewischt. So etwas habe ich noch nie gesehen.«

»Kann es nicht sein, dass die Tsardonier gründlich aufgeräumt haben, um uns eine Botschaft zu schicken?«

»Das entspricht ihnen nicht«, antwortete Jhered.

»Nein. Sie nehmen Gefangene, lassen aber immer ein paar Leute zurück, die es weitererzählen können. Diese Taktik hat sich für sie in der Vergangenheit ausgezahlt.« Harkov sah sich um und schüttelte abermals den Kopf.

»Was denkst du, Mirron?« Jhered kratzte sich nachdenklich mit einer behandschuhten Hand am Kinn.

»Ich?«

»Warum nicht? Du hast gespürt, dass etwas nicht in Ordnung war. Sind sie alle tot und marschieren irgendwo? Das vermuten meine Leute, und ich kann es ihnen nicht einmal vorwerfen. Im Augenblick ist diese Erklärung so einleuchtend wie alle anderen.«

Beinahe hätte Mirron gelacht, aber sie beherrschte sich.

»Du hättest dich selbst hören sollen, Paul.«

»Ich weiß. Ist das nicht lächerlich? Wie schnell das Unglaubliche Wirklichkeit werden kann. Aber was bleibt einem übrig, wenn alle anderen Möglichkeiten ausgeschlossen sind?« Jhered nagte an der Oberlippe. »Es gefällt mir nicht, hier ist etwas faul. Und wenn ich das Gefühl habe, dass etwas faul ist, dann muss es für dich, Gott umfange uns, entsetzlich sein.«

Mirron zog die Augenbrauen hoch. »Nein, so ist es nicht. Ich fühle mich fast, als stünde ich in einem brachliegenden Feld, wo es Leben gab und wieder Leben geben wird. Im Augenblick aber schläft es, wenn man von dem absieht, was immer da ist. Das Problem liegt da oben.«

Sie deutete zu den Bergen von Kark. Irgendwo dort oben oder dahinter war ihr Sohn. Bei Gorian, der etwas Unvorstellbares ausheckte.

»Verdirb ihn ja nicht, du Schweinehund.«

»Was?«

Mirron seufzte. »Entschuldige, mir war nicht klar, dass ich laut gesprochen habe.«

»Was ist denn?«, fragte Jhered.

»Nichts.« Auf einmal war sie wieder den Tränen nahe. Ihre Brust wurde eng, und ihr Magen war ein dunkler Abgrund. »Wir sollten aufbrechen. Ich will meinen Sohn zurückholen.«

Die Feinde mussten aufwärts über Eis und Schnee angreifen. Vier Tage lang hatten sie sich gesammelt. Die Karku hatten sie von der Mündung des Canastals aus beobachtet. Es war der einzige Ort an der ganzen Grenze zu Tsard, wo eine große Armee nach Kark vorstoßen konnte. Die Karku fürchteten sich nicht, denn sie wussten, was kommen würde. Die aus Inthen-Gor gestohlenen Schriften machten es völlig deutlich. Er war zurückgekehrt, und sie wussten, wohin er gehen und wen er holen wollte.

Harban stand auf und betrachtete den Aufmarsch. Die Haupttruppe der Feinde verließ gerade das im Westen angelegte Lager. Unter dem düsteren Morgenhimmel brannten noch die Feuer. Bald würde wieder Schnee fallen. Tausende von Fußsoldaten stellten sich auf.

Die anderen kamen aus dem Osten. Diejenigen, die kein Feuer und keine Deckung brauchen. Sie standen oder saßen schweigend und marschierten ohne eigenen Willen und doch sehr zielstrebig. Er wusste, wer sie waren und wer sie antrieb.

Wo blieben die Aufgestiegenen?

Harban zauste seinem Gorthock das Fell an Kopf und Ohren und fuhr mit gespreizten Fingern durch den dichten weichen Pelz. Das weibliche Tier knurrte. Es starrte angespannt die Eindringlinge an und wusste nicht, wie es die Witterung deuten sollte.

»Komm mit, Wehn. Wir müssen zurückkehren.«

Harban zog am dicken Lederhalfter des Gorthockweibchens, das sich gehorsam umdrehte. Anmutig und kraftvoll, mit der Geschwindigkeit eines Löwen, den Körpermaßen eines Bären und einem Gebiss, das Metall zerschneiden konnte. Die stärkste Waffe der Karku.

Sie liefen durchs Tal hinauf. Zu beiden Seiten standen Karku mit Speeren, Pfeil und Bogen und Schleudern bereit. Die meisten machten grimmige Mienen. Seit dem letzten Krieg war viel Zeit verstrichen. Jetzt schon war der Berg erzürnt. Diejenigen, die heute zu den Wurzeln zurückkehren mussten, würden keinen Frieden finden.

Der Einschnitt war an der Mündung zweihundert Schritte tief, der unebene, schwierig zu begehende Talgrund erstreckte sich aufwärts bis zu einem steilen Abhang eine Meile weiter im Süden. Dort hatte sich die Hauptstreitmacht der Karku versammelt. Ihre Gorthocks, zweihundert oder mehr, heulten, knurrten und zerrten angriffslustig an den Leinen. Sie hatten noch nicht gerochen, was Wehn gewittert hatte.

Harban betrachtete sein Volk. Hände, die vom Dusashaar noch dunkel waren, hielten Klingen, Äxte und Hämmer. Die nackten

Füße standen sicher im Schnee. Männer und Frauen der Berge mit langen Gliedmaßen und gedrungenen Körpern. Dank des Vorteils, den ihnen Gelände und Höhe gaben, waren sie genug, um eine viermal so große Armee zurückzuwerfen. In diesem Tal würde es ein Gemetzel geben, und immer mehr Karku trafen ein.

Eine etwa doppelt so starke Streitmacht rückte nun an, doch es waren keine gewöhnlichen Kämpfer. Mut und die Bereitschaft, grässliche Dinge zu tun, würden diesen Kampf entscheiden.

Harban stand beim Befehlshaber seiner Armee und gab ihm mit einem Nicken zu verstehen, dass unten am Eingang des Tals alles an Ort und Stelle sei. Der Mann erwiderte das Nicken, doch sein Gesicht verriet seine Nervosität. Er war kein echter Kommandant, kein Prosentor aus Tsard und kein General der Konkordanz. Kein Del Aglios. Niemand unter ihnen besaß deren Erfahrung. Wie lange war es her, dass sie einer echten Bedrohung ausgesetzt gewesen waren? Hundertsiebzig Jahre. Zwar hatte es Scharmützel an den Grenzen und Streit um die Erze gegeben, ja. Kleine Kämpfe, die rasch wieder vorbei gewesen waren. Aber jetzt dies. Es war ein Angriff auf das Netz, das alle Karku miteinander verband. Auf so etwas konnte man sich nicht vorbereiten.

Die Gorthocks witterten die Feinde. Etwas Fremdes stieg ihnen in die Nasen und ließ sie aufbrüllen. In der ganzen Armee breitete sich das Heulen aus. Es war ohrenbetäubend, brachte das Blut in Wallung und rief die Berge an, ihnen Stärke zu verleihen. Das war alles, was sie hatten. Die Entschlossenheit, weiterhin zu leben, wie sie immer gelebt hatten, und die Empörung, dass jemand ihnen dies nehmen wollte.

Doch auf dem Talgrund kam neben einer geordneten, disziplinierten Truppe noch etwas, das sie noch nie gesehen hatten. Harban betete zu Stein und Himmel, dass er den Tag überstehen und noch einmal die Morgendämmerung sehen möge.

Mirron würgte. Ihre Beine waren bleischwer, und sie sank auf die Knie, musste sich sogar mit den Händen abstützen, um nicht zu fallen, und riss die Hände sofort wieder zurück, weil sie das kranke Gefühl, das durch ihre Finger kroch, nicht ertragen konnte.

»Schatzkanzler!«, rief Harkov. Er kniete sich neben ihr auf den vereisten Abhang, der tiefer nach Kark hineinführte. »Mirron?«

Sie rang keuchend nach Luft, während die Übelkeit durch ihren Körper flutete und einen bitteren Nachgeschmack hinterließ. In ihrem Kopf pochte es heftig, und ihr Magen verkrampfte sich schmerzhaft. Sie kämpfte die Übelkeit nieder. Inzwischen zitterte sie am ganzen Körper und konnte sich nicht einmal mehr gut genug konzentrieren, um sich zu beruhigen. Sie wagte noch einmal, den Boden zu berühren. Nichts. Nur das kalte schlafende Leben unter ihr und überall in der Umgebung, so weit sie es überhaupt spüren konnte. In der Ferne im Nordwesten legte sich etwas Dunkles über die Welt. Von dort war der Eindruck ursprünglich gekommen, und das Wissen, was es zu bedeuten hatte, trieb ihr die Tränen in die Augen.

Die anderen hatten längst angehalten, und Jhered verscheuchte schon mit lauten Rufen die Einnehmer und Gardisten des Aufstiegs, die ihm im Weg standen. Mirron richtete sich auf und nickte Harkov schwach zu.

»Schon gut«, sagte sie.

Harkov zog eine Augenbraue hoch. »Wirklich?«

Sie schüttelte den Kopf. Die Schmerzen ließen allmählich nach, und sie konnte wieder klar denken.

»Er hat begonnen«, sagte sie. »Vielleicht kommen wir schon zu spät.«

»Mirron?«, fragte Jhered. »Was ist los?«

Sie lehnte sich kurz bei ihm an, während vor ihren Augen alles verschwamm.

»Gott umfange mich, das war schrecklich.«

»Was war es denn?«

»Als hätte ich in verdorbenes Fleisch gebissen, das vor Maden wimmelt. Es ging mir durch und durch. Verdammt, ich schmecke es immer noch.« Sie spuckte in den Schnee und sah zu, wie der Speichel ein wenig einsank, bevor er abkühlte. »Er ist es. Er lässt die Toten wandeln, ich weiß es.«

»Wo?«

»Weit entfernt im Nordwesten. Mehrere Tagesmärsche entfernt. Ich mag mir gar nicht vorstellen, wie es sich anfühlt, wenn ich in der Nähe bin. Irgendwie muss ich es wegschieben, denn sonst wird es mich überfluten.«

Jhered rieb sich über die Bartstoppeln. Sie waren grau und stellenweise sogar schon weiß. Auf dem Hügel war er immer so elegant gewesen, aber hier draußen wurde er wieder zu dem harten Soldaten, der er schon seit seiner Jugend war.

»Wie viele Tagesreisen?«

»Das weiß ich nicht. Es kommt darauf an, ob wir einen Karku finden, der uns durch die Berge führen kann. Auch so dürften es noch drei oder sogar vier Tage sein.«

»Das ist zu lange«, sagte Jhered. »Viel zu lange. Was auch geschieht, es wird vorbei sein, bis wir dort sind. Wir können nichts weiter tun, als landeinwärts zu marschieren, bis wir die Karku finden. Wir müssen sie überzeugen, uns nach Yllin-Qvist und zu Harban zu bringen. Kannst du wieder laufen?«

Mirron nickte. »Was bleibt mir schon übrig?«

»Genau«, stimmte Jhered zu.

»Ich wünschte, wir hätten Maultiere wie beim letzten Mal.«

Jhered kicherte. »Selbst wenn in Ceskas noch der Handel blühen würde, wäre es schwer gewesen, zweihundert Maultiere zu finden. Außerdem hätten sie das Schatzamt in den Ruin getrieben. Hör mal, pass gut auf dich auf. Verbirg deine Gefühle nicht vor mir. Sie könnten uns helfen und uns warnen. Noch wichtiger ist aber, dass du auf dich selbst aufpassen musst. Wir brauchen dich, Mirron. Jeder hier weiß, welche Qualen du an jedem Tag leidest, an dem wir deinen Sohn nicht finden. Wir wollen marschieren, bis wir vor Müdigkeit umfallen, aber du musst es mir oder Harkov sagen, wenn du eine Pause brauchst. Mach dich nicht zur Märtyrerin, das nützt keinem von uns. Wir alle hier sind für dich da. In Ordnung?«

Heftig blinzelnd vertrieb Mirron die Tränen. »Ja«, stimmte sie leise zu.

»Gut«, sagte er. Dann kehrte er zu den anderen zurück und betrachtete den steilen, schmalen Pfad vor ihnen und den schwindelerregenden Abhang auf der linken Seite. Seufzend richtete er sich auf. »Los jetzt! Haltet die Augen offen. Wir müssen möglichst bald Kontakt mit den Karku aufnehmen. Abmarsch.«

Erbarmungslos prasselten die Geschosse herab, den Angreifern schlug eine schreckliche Gewalt entgegen. Pfeile, Speere, mit Schlingen geschleuderte Steine und lose Felsen, die hinabgerollt wurden und kleine Erdrutsche auslösten. Die Wucht der Einschläge riss Männer und Frauen von den Beinen.

Durch sein Spähglas sah Harban, wie Schädel eingedrückt, Gliedmaßen aus Leibern gerissen und Brustkörbe gepfählt wurden. Blut und Fleischfetzen flogen durchs Tal und besudelten die reine Erde. Und doch richteten sich fast alle, die getroffen waren, sofort wieder auf und marschierten weiter.

Er konnte die Furcht, die ihn ergriff, nicht verleugnen. So wie ihm erging es allen Karku und allen Gorthocks. Er wusste nicht, wer diese Kreaturen vorher gewesen waren, bevor sie ergriffen und in dieses Schicksal getrieben worden waren. Gesternier, Atreskaner, Tsardonier. Alle tot, und doch liefen sie. Trotz der Pfeile, die ihre Brustkörbe, die Kehlen und die Hälse durchbohrten, bewegten sie sich weiter. Arme hingen nur noch an Fäden, das Blut tropfte auf den Boden. Einige hatten offenbar gebrochene, zerfetzte oder zerquetschte Beine. Dennoch schleppten sie sich weiter, angetrieben von etwas, das er einfach nicht verstehen konnte.

Hinter ihnen hielt sich die reguläre tsardonische Armee bereit. Sie warteten, in Reihen aufgestellt, in tiefem Schweigen, während die Karku, denen nichts anderes übrig blieb, ihre Waffen an die Toten verschwendeten. Harban konnte die Gesichter der Tsardonier in den vorderen Reihen erkennen. Sie triumphierten nicht und hatten offenbar ungute Gefühle, waren aber erleichtert, dass sie sich nicht selbst dem Sperrfeuer aussetzen mussten. Manchmal drehten sie sich um, sprachen mit ihren Gefährten und suchten Erklärungen und beruhigende Worte, die sie nicht finden würden. Kein Einziger lächelte.

Irgendwo musste er sein. Außer Sicht und abseits, um seinen Zauber zu wirken.

Harban konzentrierte sich wieder auf die Toten, die unerbittlich bergauf marschierten. Alle waren Soldaten, tausend oder mehr, die Waffen trugen, falls sie noch die Gliedmaßen dazu besaßen. Ihre Rüstungen waren zerfleddert und beschädigt, weil sie nicht mehr gepflegt wurden. Jetzt waren sie nur noch dreihundert Schritte entfernt. Ihre Gesichter verrieten nichts, aber die alten Wunden, die ihnen den Tod gebracht hatten, und die heutigen Wunden zeichneten sich deutlich ab. Einige hatten Dutzende Verletzungen. Hier und dort kamen in den Rissen der bleichen Haut die Knochen zum Vorschein. In den Augen aber, sofern sie noch Augen hatten, lag kein Verstehen, keine Furcht, keine Entschlossenheit. Nicht einmal die Verwirrung, die er bei Icenga gesehen hatte. Nichts als blinder Gehorsam gegenüber ihrem neuen Meister.

Das Sperrfeuer ließ nach. Die Karku, die von oben hinabschauten, bemerkten allmählich, wie fruchtlos ihre Bemühungen waren. Die Feinde zogen sich nicht einmal die Pfeile heraus, solange sie nicht direkt ihre Bewegungen behinderten. Nur die Speere rissen sie sich heraus, und mit ihnen auch die Eingeweide, die sie achtlos fortwarfen.

Mit jedem Schritt der Angreifer wurde den Karku stärker bewusst, dass sie sich diesen unerbittlichen Feinden von Angesicht zu Angesicht würden stellen müssen. Harban blickte nach links, nach rechts und hinter sich. Alle spürten es, alle atmeten unwillkürlich schneller. Auch dem Kommandanten Jystill-Rek stand es ins Gesicht geschrieben.

»Was können wir tun?«, fragte er, als er Harbans Blick bemerkte. »Was sollen wir nur tun?«

Harban betrachtete die anrückenden Toten. Sie taumelten, schritten aus, rückten vor.

»Niemand kann kämpfen, wenn er am Boden liegt, ob er nun tot ist oder lebendig.« Seine nächsten Worte brachen ihm fast das Herz. »Wir müssen ihre Körper zerteilen.«

»Und Feuer«, ergänzte Jystill. »Wir brauchen Feuer.«

Harban nickte knapp. »Ja. Feuer.« Mochten sie alle gerecht beurteilt werden, wenn ihre Zeit kam. »Aber handle sofort. Du siehst, dass wir unsere Männer verlieren.«

Die Angst breitete sich unter den Karku und Gorthocks aus wie ein Virus.

»Hört mir zu!«, rief Jystill, nachdem er die Lage eingeschätzt hatte. »Wir müssen uns den Gegnern stellen, die uns angreifen. Wir sind die Karku, wir müssen unsere Heimat verteidigen. Ich verstehe, dass ihr Angst habt. Mir geht es nicht anders. Doch dies ist unsere Gelegenheit.

Diese Abscheulichkeiten sind ihren Herren weit voraus. Sie sind abgeschnitten, und wir befinden uns in der Überzahl. Wir werden ihnen mit Feuer und Klinge begegnen. Versucht nicht, sie zu töten, sondern macht sie nur bewegungsunfähig und verbrennt sie. Betet zu Himmel und Stein und vergesst nicht, was hinter uns ist und auf uns baut.

Gorthockführer, bereitet euch darauf vor, die Tiere loszulassen. Läufer, geht auf die Gipfel. Sagt ihnen, sie sollen die Tsardonier angreifen, sobald diese sich bewegen. Zündet Feuer, Fackeln und Äste an. Karku, kämpft für euer Volk.«

Auf diesem eigenartigen stillen Schlachtfeld machten Jystills Worte rasch die Runde unter den Karku. Harban hörte die lauten Einwände, als andere schon die Gorthocks bereitmachten oder sich aus dem Verband lösten, um Holz für die Feuer und Fackeln aus dem Lager zu holen.

»Wir können sie nicht aufhalten! Selbst mit zerschmetterten Köpfen marschieren sie noch.«

»Es sind Unschuldige, die gezwungen werden, noch als Tote zu kämpfen.«

»Wir dürfen sie nicht verurteilen und verbrennen.«

Harban löste Wehns Leine. Sie schaute zu ihm auf, ihr Blick unter der schweren knochigen Stirn war fast flehend. Allmählich nahm der Lärm rings um sie zu. Die Karku ermutigten sich gegenseitig und stritten mit denen, die Einwände hatten. Jystill öffnete den Mund, um sich einzuschalten, doch Harban hielt ihn auf.

»Du hast alles gesagt, was du sagen musstest. Sie werden uns folgen, oder sie werden es nicht tun.«

»Wir dürfen nicht getrennt marschieren.«

»Wir haben vielleicht keine andere Wahl.« Harban kniete sich neben Wehn, legte ihr die Hände aufs Maul und sah ihr tief in die Augen. »Gehe von mir und zerreiße das Fleisch unserer Feinde. Fürchte weder Tod noch Verletzung. Du bist ein Gorthock.«

Er spürte die Bewegung in ihrem Körper, als seine Worte ihre Angst vertrieben und ihren Blutdurst weckten. Er richtete sich auf und zog sich einen Schritt zurück. Wehn drehte sich zu den Toten um, hockte sich auf die Hinterbeine und stieß den Kriegsschrei der Gor aus.

Es war ein Heulen, das die anderen Gorthocks sofort aufnahmen. Laut hallte es zwischen den Wänden des Tals. Es fuhr den Menschen in die Knochen, und sogar die Karku schauderten.

Als Wehn die Gorthocks den Hang hinunter zum Angriff führte, waren die Toten jedoch nicht von ihrem Weg abgewichen, und auch die Tsardonier hinter ihnen, noch vor dem Ausgang des Tals, hatten nicht reagiert. Harban stellte sich vor, dass die Toten leere Hüllen waren, in denen nichts mehr von der früheren Person vorhanden war. Andererseits hatte er Icenga gesehen, der vor seinem zweiten Tod noch einmal mit ihm gesprochen hatte. Die Persönlichkeit hatte noch in seinem Körper gesteckt, gefangen und ohne Ausweg. Sie brauchten Hilfe und würden mit Flammen begrüßt werden.

»Karku, für Himmel und Stein!«

Jystill hob das Kurzschwert und folgte mit seiner Truppe den Gorthocks. Harban hielt mit ihm Schritt und schob die Gedanken an ihr schreckliches Vorhaben zur Seite. Später wäre noch genug Zeit für Schuldgefühle. Jetzt musste Kark überleben. Der Berg musste dem Ansturm standhalten.

Harban war kein Kämpfer. Er war ein Jäger und Bauer. Zwar besaß er wie alle ein Schwert, das vor allem zeremoniellen Zwecken diente und beim Übergang vom Knaben zum Mann tief in Inthen-Gor eine Rolle spielte. Jetzt zog er es, wie sie es alle taten, rannte los und hoffte, die Gorthocks würden den Ansturm zum Erliegen bringen. Doch vor ihm wurden die Tiere langsamer.

»Wehn!«, rief er. »Hab keine Angst. Feinde. Beute.«

Er wusste nicht, ob sie es überhaupt gehört hatte. Aus dem blitzschnellen Angriff wurde ein Trab, dann ein vorsichtiger Gang, und dann blieben die Gorthocks stehen. Nur wenige Schritte vor den Toten verharrten sie und konnten nur noch fauchen und knurren. Die Toten aber hielten nicht inne, und schließlich wichen die Gorthocks sogar Schritt für Schritt zurück. Wie Welpen, die sich vor einem Bergesel fürchteten. Zahnlos und unsicher. Als sie wieder bei den Karku waren, drehten sich um und liefen zurück in die Deckung.

»Bleibt stehen! Haltet stand!«, rief Jystill, obwohl auch seine Stimme schwankte.

Die Toten rückten weiter vor. Sie marschierten in unordentlichen Reihen und hatten die Waffen und Schilde gehoben. Harban holte tief Luft. Auch die Karku waren stehen geblieben, viele hatten sogar schon kehrtgemacht und waren wie die Gorthocks geflohen. Diejenigen, die noch standen, waren drauf und dran, den anderen zu folgen.

»Haltet stand!«, rief Jystill noch einmal so energisch, wie er konnte.

Die Karku blieben stehen. Die Toten rückten weiter vor. Harban hörte das Knistern der Fackeln, die nach vorn gebracht wurden.

»Nur wenn wir müssen«, sagte Jystill.

Harban schüttelte den Kopf. »Sie sind nicht unsere Feinde. Denke an Icenga und das, was ich sah.«

Die Toten kamen.

»Halt!«, befahl Jystill. »Ihr könnt nicht weiter. Bitte. Ihr seid Atreskaner und Gesternier. Ihr seid Freunde. Ihr könnt mich hören. Ich weiß, dass ihr mich hören könnt. Macht kehrt. Kämpft gegen diejenigen, die euch geschickt haben.«

Keiner zuckte auch nur mit einer Wimper. Schaudernd packte Harban sein Schwert etwas fester. Sie waren noch zehn Schritte entfernt. Völlig still kamen sie, abgesehen vom Schlurfen der Füße über Eis und Schnee und dem dumpfen Klappern von Rüstung und Schwert.

»Gott des Himmels, beschütze mich«, flüsterte Harban.

Er sah ihre Gesichter. Bei manchen, aber keinesfalls bei allen stand der Atem als Wolke vor dem Mund. Das Spähglas hatte ihm nicht die ganze Wahrheit verraten. Schlaff hingen die Unterkiefer herunter, Tumore, Pusteln und Blessuren bedeckten die Haut. Viele hatten Risse in der Haut und in der Kleidung, wo tödliche Hiebe sie getroffen hatten. In den unbedeckten Wunden krabbelten die Maden. Unter Hautlappen kamen Knochen zum Vorschein. Ein grässlicher Verwesungsgestank ging von ihnen aus. Ein Mann, der die Uniform der atreskanischen Grenzwächter trug, hatte den größten Teil seines Kopfes verloren. Die linke Seite des Schädels war völlig eingedrückt, ein Teil der Gehirnmasse war herausgequollen und auf die Schulter getropft.

Harban zitterte, seine Gefährten keuchten und beteten. Einige rannten weg.

»Jystill«, quetschte er heraus. »Bevor wir auch die anderen verlieren.«

Jystill schluckte schwer. »Ich kann nicht«, sagte er. »Ich kann es nicht.«

Die Toten marschierten langsam und gleichmäßig. Noch fünf Schritte. Die Karku wichen zurück, wie es die Gorthocks getan hatten. Hilflos folgte Harban ihnen.

»Gib den Befehl, Jystill. Bitte.«

Jystill öffnete den Mund und wandte sich laut und entschlossen an die Karku. »Lauft! Rettet euch. Zu den Pfaden von Inthen-Gor! Lauft!«

Harban riss die Augen weit auf und schaffte es nicht einmal, dem Befehl zu widersprechen. Als wären sie von Ketten befreit, eilten die Karku rückwärts und flohen den Abhang hinauf. Jystill trieb sie brüllend an und eilte durch die Linien, um sich möglichst schnell von den Toten zu entfernen. Harban hatte keine andere Wahl. Er und die wenigen, die zum Kampf bereit gewesen waren, mussten auf einmal fürchten, überrannt zu werden. So drehte auch er sich um und zog sich zurück.

Nicht im Laufschritt, so viel Stolz fand er noch in sich. Nur zwanzig gingen mit ihm. Sie wussten genau, dass die Tsardonier zu weit hinter ihnen waren und die Toten ihre Marschgeschwindigkeit nicht ändern würden.

Aber mit jedem Schritt spürte er, wie die Kraft der Karku nachließ. Unter seinen Füßen wurde der Berg schwächer, und die Wurzeln, die das Volk der Karku und ihr Land zusammenhielten, verwitterten. Jystill hatte die Absicht, vor allem Inthen-Gor zu verteidigen, und vielleicht würden sie das tun. Vielleicht aber würde es dort genauso verlaufen wie hier.

Harban brachte es nicht über sich, irgendjemandem einen Vorwurf zu machen, aber als jetzt das Brüllen der nachrückenden Tsardonier zu hören war, fand er in seinem Herzen auch keine Hoffnung mehr, dass sie überleben würden. Sein Volk hatte dem Untergang der Welt den Rücken gekehrt.

13

859. Zyklus Gottes, 20. Tag des Genasauf

Komm ein Stück mit.«

Gorian streckte die Hand aus, doch Kessian ließ seine Hände in den Manteltaschen. Ihm war kalt, sehr kalt. Er wusste nicht, was los war, aber er hatte Angst und war halb krank. Er hatte nicht essen wollen, und jetzt hatte er großen Hunger. Der heutige Tag war besonders schlimm gewesen. Feucht und kalt war er heraufgedämmert. Irgendwo war etwas geschehen, das er nicht hatte beobachten können, weil Gorian ihm aufgetragen hatte, woanders zu helfen. Auch das war schrecklich gewesen. Gorian hatte ihm die Hände aufgelegt und ihm Energie gestohlen. So hatte es sich jedenfalls angefühlt. Davon war er müde geworden, aber inzwischen hatte er sich wieder erholt.

Jetzt aber war es mindestens genauso schrecklich, weil er das Lager verlassen musste, in dem sich alle Soldaten befanden, und zu dem Ort hinaufgehen sollte, wo sie gekämpft hatten. Sie und die anderen, die vor ihnen gegangen waren, und die er fühlen, aber nicht verstehen konnte. Es war alles sehr verwirrend, und er wünschte sich mehr denn je, er wäre daheim. Doch er hatte gelernt, dass Weinen ihm nicht half. So wurde er wütend.

»Warum?«

»Weil ich dir zeigen will, wobei du geholfen hast.«

»Ich habe nichts getan.«

Gorian winkte ihn weiter. »Doch, das hast du. Oder du hast mir geholfen, damit ich es tun konnte. Komm mit und sieh es dir an.«

»Ich will nicht. Es ist zu kalt.«

Kessian bedauerte es im gleichen Augenblick, in dem er es sagte, aber dieses Mal lächelte Gorian nur. »Wenn du jetzt mitkommst, zeige ich dir einen einfachen Weg, wie du dich warm halten kannst. Was sagst du dazu?«

Kessian runzelte die Stirn. »Ich kann das alles, was du mir sagst, nicht tun. Ich bin zu klein.«

Gorian hockte sich vor ihn. »Ich weiß, dass du erwacht bist. Du bist ein Aufgestiegener, der über die vollen Kräfte verfügt, möglicherweise sogar der Beste von uns allen. Deine Mutter hat es vielleicht nicht gesehen, oder sie hat es dir verschwiegen, aber es ist wahr. Du musst nur daran glauben.«

Kessian seufzte. Das brachte doch nichts. Gorian packte ihn ziemlich fest an den Armen.

»Aua.«

»Du könntest für einen Augenblick diesen Gesichtsausdruck fallen lassen und mir zuhören. Gestern Abend ist ein Mann ins Lager gekommen. Er ist jetzt mit seinen Soldaten ein Stück vor uns und will herausfinden, in welche Richtung wir gehen müssen. Ich kann ihm helfen, weil ich schon einmal hier war. Ich muss dir das sagen, weil ich dich ihm vorstellen will. Es ist König Khuran. Er ist der König aller Tsardonier, und ich habe ihm erklärt, wie wichtig du bist. Deshalb wirst du mich nicht in Verlegenheit bringen und höflich zu ihm sein, verstehst du das?«

»Warum soll ich denn ...«

»Verstehst du das?« Gorian schüttelte ihn.

»Aua. Ja. Ja. Lass mich los.«

Gorian ließ ihn los und richtete sich auf. Das Lächeln war wieder da. »Wir zwei sollten uns nicht streiten. Wir sind Vater und Sohn, ganz egal, was du jetzt glaubst.«

»Wir würden uns nicht streiten, wenn du mich nach Hause bringen würdest.«

Gorians Augen blitzten. Kessian wich einen Schritt zurück.

»Das ist die letzte Ermahnung«, sagte er leise, aber mit einem Tonfall, der Kessian erschauern ließ. »Ich meine es ernst.« Er packte Kessians Hand. »Wir gehen jetzt. Bleib still, bis du angesprochen wirst.«

Kessian wurde es wieder übel, doch jetzt war ihm auch der Appetit vergangen. Gorian hatte sein Handgelenk viel zu fest gepackt. Er wollte sich losreißen, wagte es jedoch nicht. So sah er sich um und versuchte herauszufinden, was die Unruhe zu bedeuten hatte. Der Schnee war zu Matsch geschmolzen und dort mit Dreck vermischt, wo die Soldaten marschiert waren. Es war sehr glitschig. Kessian schüttelte den Arm, um seine Hand zu befreien.

»Schon gut, ich werde nicht weglaufen oder so.«

Gorian warf ihm einen kurzen Blick zu. »Nein, das wirst du nicht tun.«

Sie kamen zwischen zwei grellweißen Klippen hindurch und liefen einen Hang hinauf. Weiter hinten erhoben sich höhere, mit Schnee bedeckte Berge. Im Tal wehte ein kalter Wind, und Kessian rieb sich die Hände, die trotz der Handschuhe eiskalt waren.

»Wie weit ist es noch?«

»Siehst du die Leute dort oben?«

»Ja.«

»Wir müssen zu ihnen. Dort sind alle, mit denen ich jetzt reden muss.«

»Warum?«

»Weil ich es sagte, und weil es dich etwas Wichtiges lehren wird.«

Noch mehr lernen. Immer musste er lernen. Sogar auf der Akademie war Zeit zum Spielen geblieben. Hier hatten sie überhaupt keine Zeit.

»Und denk nicht so schlecht über mich, mein Junge«, sagte Gorian.

»Ich habe überhaupt nichts gedacht.« Es klang viel weinerlicher, als Kessian es beabsichtigt hatte.

Unerwartet lachte Gorian.

»Weißt du, ich war früher genau wie du.«

»Wirklich?« Kessian hielt das nicht für sehr wahrscheinlich.

»Aber natürlich. Wie der Vater, so der Sohn. Ich habe mich immer aufgelehnt und gegen die Autoritäten gewehrt, immer meine Grenzen erprobt. Es ist gut, dass auch du es tust, das stärkt den Geist.«

Kessian lächelte.

»Versuch einfach nur, etwas zu lernen, wenn wir anhalten.« Gorian klopfte ihm auf die Schulter. »Das ist das Schwierige daran.«

Kessian fragte sich, ob er versuchen sollte, Gorian ähnlicher zu werden. Auf der Akademie standen Verständnis und Nachsicht im Mittelpunkt. Hier draußen war es am besten, das Kommando zu haben. Alle hörten auf Gorian, vielleicht hatten sie sogar Angst vor ihm. Gorian schien es egal zu sein, was von beidem zutraf.

»Wobei habe ich dir geholfen?«

»Pass auf.«

Gorians scharfer Ruf ließ ihn wie angewurzelt stehen bleiben. Vor seinen Füßen lag ein ganzer menschlicher Arm. Die Finger umklammerten einen Axtgriff, an einem steckte noch ein Ring. Kessian unterdrückte einen Schrei und wich zurück. Überall waren Pfeile, Speere, Steine, Blut und Knochen zu sehen. Leichenteile. Ein oder zwei fast vollständige Körper, aber zerquetscht und verunstaltet. Er würgte und legte sich die Hand vor Mund und Nase, obwohl er keinen üblen Geruch wahrnahm.

»Was ist das?«, fragte er zaghaft.

»Ein Schlachtfeld«, erklärte Gorian. »Aber ein ganz besonderes.«

Kessian wollte sich verdrücken; am liebsten hätte er kehrtgemacht und wäre weggerannt. Etwas Dunkles war auf dem Schneematsch verschmiert. Erst hielt er es für Schlamm, aber das war es nicht.

»Warum?« Eigentlich wollte er es gar nicht wissen.

»Wenn ein Mann auf einem normalen Schlachtfeld einen Arm verliert, dann stürzt er und stirbt. Aber nicht unsere Männer und nicht unser Heer. Sie machen immer weiter, verstehst du?«

Kessian schüttelte den Kopf. »Ich weiß nicht …«

»Komm hierher.«

Gorian stand neben einem Toten, in dessen Rücken ein Speer steckte. Außerdem hatte ein Stein seinen Kopf zertrümmert. Kessian versuchte, tapfer zu sein, aber er musste wieder würgen. Sein Herz hämmerte in der Brust, und ihm war übel. Das Land fühlte sich schlecht an, wie eine Krankheit. Ossacer hätte ihm sicher erklären können, was das zu bedeuten hatte.

Gorian kniete sich neben den zerstörten Körper und legte dem Toten eine Hand auf den Hals. Kessian spürte, wie ein Energiestoß durch die Erde lief, dann zuckten die Beine des Mannes, und er ballte die Hände zu Fäusten und entspannte sich wieder.

»Du heilst ihn!«, keuchte Kessian. Die Übelkeit war vergessen.

»Oh nein«, sagte Gorian. »Niemand kann einen Menschen heilen, der schon tot ist. Aber du kannst ihn wieder lebendig machen, damit er sich bewegen kann. Komm her, berühre ihn und sage mir, was du fühlst.«

Kessian wich kopfschüttelnd zurück, konnte aber den Blick nicht von dem wiederbelebten Mann wenden, der sich wand und zuckte, ohne einen Laut von sich zu geben. Tief unten im Bauch tat Kessian irgendetwas weh. Der Mann tastete nach seinem Hinterkopf und wollte den Stein entfernen, der auf seinem zerschmetterten Schädel lag. Gorian rollte ihn fort und wischte sich das Blut vom Mantel. Kessian dagegen sank auf die Knie und musste sich übergeben. Er konnte nicht anders. Vom Kopf des Mannes war nichts mehr übrig. Der ganze Hinterkopf war zersplittert, und das Gehirn war auf dem Fels, den Knochen und im Matsch verteilt. Er lag mit dem Gesicht nach unten und wollte sich drehen, schaffte es aber nicht.

»Schon gut, Kessian. Schäm dich nicht. Dieser hier sieht wirklich nicht sehr schön aus, was?«

»Wir dürfen uns nicht in den Zyklus des Lebens einmischen«, sagte Kessian. »Er sollte in die Umarmung Gottes zurückkehren dürfen.« Wieder würgte er und übergab sich, er hatte einen grässlichen Geschmack im Mund.

»Das stammt zweifellos direkt aus den Schriften des Allwissenden«, sagte Gorian. »Aber die Schriften sind alt. Wir sind die neue Macht, und der Orden hat Angst vor uns, weil wir so viel wissen. Wir beten alle den Allwissenden an, Kessian, aber es muss uns erlaubt sein, auf die bestmögliche Art sein Werk zu verrichten.«

»Aber ...«

»Glaubst du, dieser Mann will in die Erde zurückkehren? Ich habe ihm einen neuen Weg eröffnet. Ist das nicht ein Wunder?«

Verwirrt tastete Kessian mit seinem Geist nach dem tödlich verletzten Mann und zuckte sofort wieder zurück.

»Er leidet Qualen«, sagte er.

Gorian sah ihn mit leicht gerunzelter Stirn an.

»Spielt das eine Rolle? Er hat nicht mehr geatmet, aber jetzt atmet er wieder. Natürlich ist dieses Exemplar nicht nützlich für mich. Sein Rückgrat ist gebrochen und kann den Körper nicht mehr tragen, und er hat nicht mehr genug Muskeln im Hals, um den Kopf zu drehen. Aber das spielt keine Rolle. Wichtig ist nur, dass ich es tun kann, und auch du kannst es, wenn ich es dir zeige. Um deine frühere Frage zu beantworten: Es ist erstaunlich, wie selbstverständlich du die Energien einsetzt. Ich kann die Kraftquelle nutzen, die du erschaffst, um diese Menschen wieder leben zu lassen.«

Kessian hatte es gehört und jedes Wort verstanden, und doch konnte er es nicht fassen.

»Warum?«

»Komm her.« Gorian winkte nachdrücklich, und so richtete Kessian sich wieder auf und schlurfte zu dem Toten, der immer noch lautlos zuckte. »Ich weiß, dass du es kannst, also hör mir einfach zu. Ossacer muss es dich gelehrt haben. Lege deine Hand dorthin, wo meine ist, und öffne deinen Geist für die Energiestruktur dieses Exemplars. Vergiss nicht, dass er tot war, bis ich ihn berührt habe. Du sollst mir sagen, wie ich es geschafft habe, dass er wieder lebt und sich bewegt.«

»Ich will ihn nicht berühren«, sagte Kessian. »Bitte nicht.«

Der Wind pfiff von Süden her durchs Tal und nahm an Stärke zu. Ihm war kalt, und er fürchtete sich. Er schauderte und wollte dem Albtraum ein Ende setzen, wusste jedoch nicht wie. Tränen rannen ihm übers Gesicht. Vor ihm zuckte der Körper noch einmal heftig und blieb still liegen.

»Also gut«, sagte Gorian etwas gereizt. »Jetzt hat er keine Schmerzen mehr, falls du dich damit besser fühlst.«

Kessian hatte den Eindruck, dass ein wenig Normalität in die Erde und die Welt zurückgekehrt war. Das Dröhnen und Klagen, das er in den Energiebahnen gespürt hatte, ließ nach.

»Die Erde ist böse, weil du das gemacht hast«, sagte Kessian.

Gorian sah ihn scharf an, der Blick war beinahe überwältigend. Doch in seinen Augen strahlten auch Licht und Freude.

»Konntest du das spüren?«

»Ich konnte es nicht ausblenden. Was meinst du denn, warum mir übel war?«

»Werde nicht frech, Kessian. Dies ist wichtig.«

»Warum?«

»Es bedeutet, dass du jetzt schon etwas fühlen kannst, für das ich Jahre gebraucht habe. Dadurch bist du noch besser und noch wertvoller, als ich bisher dachte.«

»Oh.«

Gorian runzelte die Stirn. »Du solltest froh darüber sein. Dies ist ein wildes Land, überall ist Kraft.«

Kessian schwieg dazu. Er fühlte sich nicht wohl, als sei er dabei erwischt worden, wie er etwas gesehen hatte, das er nicht hätte sehen dürfen.

»Ich weiß immer noch nicht, was wir hier wollen.«

»Ich sagte es doch schon«, erklärte Gorian. »Wir holen die Aufgestiegenen aus dem Schatten heraus, damit wir den Platz einnehmen, der uns zusteht.«

»Wir alle?«

Gorian zauste Kessians Haare unter der Kapuze. »Alle, die das Gleiche glauben wie ich. Nun komm.«

Kessian starrte ein letztes Mal den Toten an.

»Warum soll ich denn die Toten wieder lebendig machen?«

»Weil wir eine Armee brauchen. Wir haben kein eigenes Land wie die Konkordanz oder das Königreich Tsard und dürfen nicht von anderen abhängig sein. Diese Leute, die Toten, denen ich wieder das Leben schenken kann, unterstehen unserem Befehl. Sie werden für uns kämpfen und sind nur uns ergeben.« Ein seltsamer Schimmer trat in Gorians Augen, eine grimmige Freude. »Sie verlangen nichts und brauchen nichts außer unserem Segen, damit sie weiterlaufen. Was hältst du davon, eine eigene kämpfende Truppe zu haben?«

Daheim hatte Kessian mit Holzsoldaten gespielt. Ein Tischler auf dem Hügel hatte ihm einen ganzen Manipel und ein winziges Katapult gemacht. Gorian sprach über die Toten, als seien sie bloßes Spielzeug.

»Sie sollten in Gottes Umarmung ruhen dürfen«, widersprach Kessian.

»Sie sind Soldaten!« Gorians Aufschrei hallte laut zwischen den Talwänden. Kessian zuckte zusammen. »Unter ihnen ist keiner, der sterben wollte oder der von Gott gerufen wurde. Sie alle wollten weiterleben. Ich gebe ihnen diese Möglichkeit. Verstehst du das nicht? Ich helfe ihnen, und als Gegenleistung kämpfen sie für mich. Es ist ganz einfach, Kessian. Warum siehst du das nicht ein?«

»Aber an diesem Ort, zu dem du mich gebracht hast ...«

»Wystrial«, sagte Gorian.

»Das waren überhaupt keine Soldaten, sondern ganz normale Leute.«

Gorian seufzte. »Dort gab es eine Seuche. Ein großes Unglück. Du hast recht, die Krankheit hat gewöhnliche Leute getötet. Einige davon konnten wir wieder zum Leben erwecken, und sie haben uns geholfen, die Schiffe zu beladen, nicht wahr? Jetzt können sie wieder in Gottes Umarmung zurückkehren. Aber dort waren auch Soldaten. Die Garnison und viele Legionäre. Keiner dieser Menschen wollte sterben. Es waren gute, ehrliche Leute, die einen schrecklichen Tod fanden. Ich gab ihnen das Leben zurück, und nun laufen sie wieder herum. Ist das nicht gut?«

»Vielleicht, ja«, sagte Kessian.

»Wenn du an ihrer Stelle gewesen wärst, wenn dir dein Leben einfach weggenommen worden wäre, obwohl du dem Allwissenden treu ergeben warst, hättest du dann nicht auch gern wieder gelebt und geatmet und wärst herumgelaufen?«

Kessian dachte einen Augenblick darüber nach, dann besserte sich seine Laune. »Ich glaube schon.«

Gorian nickte lächelnd. »Genau wie ich. So kurz mein zweites Leben auch sei. Und ich würde tun, was immer man von mir verlangt. Wenn ein Aufgestiegener sie gerettet hat, ist es dann nicht richtig, dass sie sich vor allem diesem Aufgestiegenen verpflichtet fühlen und für ihn arbeiten?«

»Ja, kann sein«, meinte Kessian.

»Das ist auch schon alles. Nun komm, lerne den König kennen und denke darüber nach, dass wir den armen Toten etwas Gutes tun können.«

Natürlich hatte er recht. Niemand war gern tot. Sehr alte oder kranke Leute sagten manchmal, sie hätten genug und würden am liebsten in die Erde zurückkehren, aber die anderen doch nicht. Es war seltsam, darüber nachzudenken. Man konnte bei vielen Dingen eine zweite Chance bekommen, aber niemals im Leben, sobald man einmal tot war. Bis jetzt.

»Wie fühlt es sich denn an, wenn man nach dem Tod aufgeweckt wird?«, fragte Kessian, nachdem sie eine Weile gelaufen waren.

Vor ihm stieg der Abhang steil auf, und dort oben warteten viele Leute in zwei Gruppen. Eine Gruppe war still, und rasch erkannte er, wer sie waren. Die zweite Gruppe war größer und emsig damit beschäftigt, ein neues Lager aufzuschlagen. Dort brannten viele Feuer. Er konnte die Wärme beinahe fühlen, wenn er nur den Schein sah und die lebhaften Energiebahnen in der Luft wahrnahm. Seine Mutter hatte ihn viel über das Feuer gelehrt. Er mochte die Flammen.

»Ich weiß nicht«, antwortete Gorian. »Das ist eine gute Frage. Wir können dies zusammen erforschen. Was hältst du davon?«

»Warum fragen wir nicht einen von ihnen?«, fragte Kessian.

»Sie werden uns nicht sagen, was sie denken«, erwiderte Gorian.

»Warum nicht?«

»Sie müssen nicht sprechen, um zu tun, was sie tun sollen. Aber was denkst du, wie jemand sich fühlt, dessen letzte Erinnerungen sich um den Tod drehen, und dann schlägt er auf einmal wieder auf Gottes gesegneter Erde die Augen auf?«

Kessian dachte eine Weile darüber nach. »Ich glaube, sie haben vielleicht Angst. Sie könnten denken, dies sei ihr nächster Zyklus auf der Erde, aber dann finden sie vielleicht, sie hätten Glück gehabt, im alten Zyklus noch eine Chance zu bekommen.«

Gorian kicherte. »Das denke ich auch. Deshalb ist es auch nicht notwendig, dass sie sprechen. Ich spreche für sie.«

Kessian schüttelte den Kopf, er begriff es nicht richtig. Gorian war seiner Sache sicher, und es gab Dinge, die er viel besser verstand als jeder andere. So liefen die beiden schweigend weiter. Kessians Blicke wanderten erneut zu den wiedererweckten Toten, die links von ihm stumm auf einer Anhöhe standen oder saßen. Zwischen ihnen und der regulären tsardonischen Armee blieb ein weiter Bereich frei.

Gorian führte sie nach rechts, was Kessian zu seiner eigenen Überraschung etwas enttäuschend fand. Er wollte jetzt gleich wissen, wie die Toten sich fühlten. Doch den König durfte man nicht warten lassen. Es war ein wenig wie eine Audienz bei der Advokatin. Die Herrscher stellten die Regeln auf.

Sie bahnten sich ihren Weg durch die tsardonische Armee. Kessian blieb dicht neben Gorian. Die Männer waren riesig und trugen dicke Pelze oder dunkle Rüstungen aus Metall und Leder. Ihre Stimmen klangen grob und kamen aus Mündern voller abgebrochener, verfaulter Zähne. Sie hatten schmierige, schmutzige Bartstoppeln.

Mit offensichtlichem Unbehagen beäugten sie Kessian und Gorian. Einige schienen sich zu fürchten, aber die meisten machten ihnen nicht einmal Platz. Einige stellten sich ihnen sogar absichtlich in den Weg. Gorian reagierte nicht darauf, sondern legte Kessian nur die Hand auf die Schulter und führte ihn durch das Lager. Er hielt auf einige prächtige Pavillons zu, über denen Banner flatterten. Sie standen ein wenig abseits vom Lager des Heeres.

Der König wärmte sich die Hände über einem Feuer und redete mit zwei anderen Männern. Kessian konnte sofort erkennen, dass er der König war. Seine Energien pulsierten stark und ruhig wie bei der Advokatin. Zwar trug er Kleider, die denen seiner Soldaten ähnlich waren, aber seine bestanden aus besseren Stoffen. Von der linken Schulter bis zur rechten Hüfte hing eine Goldkette, und er hatte sich einen schimmernden dunklen Mantel über die Schultern gelegt. Sein Gesicht war glatt rasiert, die mittelbraune Haut war sauber gewaschen und geölt, und seine Hände waren mit dicken goldenen Ringen geschmückt. Auf der Stirn trug er eine einzelne Tätowierung, die galoppierende Pferde zeigte.

»Er stammt aus einer vornehmen Familie der Steppenkavallerie«, erklärte Gorian auf Kessians Frage hin. »In Tsard zeigen die Adligen auf diese Weise ihre Abstammung.«

»Was geschieht, wenn er nicht mehr der König ist?«

»Ich glaube nicht, dass ihm schon jemals dieser Gedanke gekommen ist«, sagte Gorian.

Er ging direkt zum Feuer. Kein Wächter in der Nähe des Königs hielt sie auf oder würdigte sie auch nur eines zweiten Blicks. Der König bemerkte sie, entließ einen der Männer, die bei ihm waren, und nickte dem anderen zu, um ihn auf die Neuankömmlinge aufmerksam zu machen. Als der Mann sich umdrehte, stockte Kessian der Atem, weil er so hässlich war. Das Gesicht sah aus, als wäre es von einem Stein zerschmettert worden. Die kleinen Augen starrten ihn aus einem über und über mit Tätowierungen bedeckten Gesicht an. Kessian konnte nichts damit anfangen, es waren nur bedeutungslose Kringel, Punkte und Linien. Aber nicht nur das Gesicht ängstigte Kessian, sondern auch die Aura. Sie war kalt. Kalt wie der Tod, obwohl er kein Wiederbelebter war. Wer er auch war, der Mann verneigte sich vor Gorian.

»Mein Herr Gorian«, sagte er mit starkem Akzent. Seine Stimme klang, als würden Steine aneinanderreiben.

Gorian nickte ihm zu und verneigte sich vor dem König. »König Khuran, wenn es erlaubt ist?«

Der König zuckte mit den Achseln und machte eine Geste.

»Wie ist der Zustand?«, fragte Gorian den Tätowierten.

»Beträchtliche Schäden. Starke Abnutzung. Einschläge von Geschossen aus dieser Höhe richten erhebliche Zerstörung an. Ich schätze, dass vierzig Prozent ohne Reparaturen nicht weiterkönnen. Eine Verschwendung von Faden und letztlich eine Verschwendung Eurer Energie, Herr.«

»Muskelschwund?«

»Überwiegend. Oft sind die Gliedmaßen betroffen, auch Brüche von Beinen und der Wirbelsäule kommen häufig vor. Sie können marschieren, werden aber rasch verfallen, und die Belastung für Euch wird es nicht wert sein.«

»Vorschläge?«

»Ich werde sie sortieren. Ihr könnt sie gelegentlich inspizieren und diejenigen berühren, die Eurer Ansicht nach nicht mehr von Nutzen sind.«

Gorian nickte. »Ihr wirkt ein wenig traurig, Edler Hasheth. Ihr werdet doch keine gefühlsmäßige Bindung entwickeln?«

»Es sind meine Jungen und Mädchen«, erwiderte Hasheth und entblößte lächelnd seine bemalten Zähne. Die vorderen waren spitz zugefeilt. »Jeder General sorgt sich um seine Truppe.«

»Danke, Hasheth. Ich werde die Inspektion später vornehmen. Wegtreten.«

Hasheth verneigte sich ein weiteres Mal und marschierte durch die tsardonischen Reihen davon. Kessian sah ihm hinterher und bemerkte, wie jeder Soldat ihm Platz machte. Kessian wollte unbedingt fragen, was es mit Hasheth auf sich hatte, aber der König wartete.

»Trotz alledem hältst du es für einen Erfolg?« Khurans Gesicht war versteinert.

»Ihr habt keinen einzigen Kämpfer an den Feind verloren, mein König«, erwiderte Gorian. »Keiner hat auch nur einen Kratzer davongetragen.«

»Und die Toten haben keinen einzigen Streich geführt«, erwiderte Khuran. »Keine neuen Toten, keine tote Armee, würdest du mir nicht zustimmen?«

Gorian schien einen Augenblick verwirrt. »Tote kann man überall bekommen. Das Schlachtfeld ist der beste Ort, aber bei weitem nicht die einzige Quelle, die uns zur Verfügung steht.«

Khuran kniff die Augen zusammen und errötete vor Zorn. »Du weißt, was wir verabredet haben, Gorian. Du kennst die Schwächen dieser anderen Quellen. Du weißt, warum wir frische kämpfende Tote brauchen, keine fetten Soldaten aus städtischen Garnisonen.«

Gorian warf einen raschen Blick zu Kessian, dem schon wieder schrecklich kalt wurde, was aber nicht am Wetter lag. Er begriff es nicht genau, aber Khurans Worte bereiteten ihm großes Unbehagen.

»Mein König, für uns alle ist diese Art der Kriegführung neu. Wir werden unsere Taktik verbessern.«

»Ich habe nicht genügend Kräfte, um den Kampf zu gewinnen, den wir begonnen haben«, gab Khuran scharf zurück. »Die Rechnung ist sehr einfach. Wenn ich auch nur einen Augenblick glaube, dass du nicht liefern kannst, was ich brauche, dann ziehe ich mich zurück. Ich werde mein Land nicht schutzlos lassen. Verstehst du das?«

»Ihr macht Euch unnötige Sorgen«, erwiderte Gorian unterwürfig. »Wir haben schon den halben Weg nach Inthen-Gor geschafft. Sobald wir haben, was wir dort holen wollen, gehört uns die ganze Front vom Norden bis zum Süden. Wir können nicht verlieren, Khuran. Vertraut mir.«

Khuran betrachtete Gorian eine Weile, ehe er sich an Kessian wandte. Der Junge schluckte und fühlte sich, als würde ihn dieser mächtige, herrische Blick auf die Knie zwingen.

»Euer Majestät«, sagte Kessian.

»Wer bist du?«

»Ich bin Kessian.« Er verneigte sich. »Euer Majestät.«

»Oh du meine Güte«, sagte Khuran.

Kessian fühlte sich, als hätte er eine Ohrfeige bekommen. Auch Gorian zuckte zusammen.

»Er ist mein Sohn«, erklärte er. Kessian hob den Kopf und empfand tatsächlich Stolz. Zugleich kamen auch Schuldgefühle auf.

»Mir ist durchaus klar, wer er ist«, sagte Khuran. »Auch ist mir bewusst, mit welchem Feind wir es zu tun haben. Wie alt bist du, Junge?«

»Zehn, Euer Majestät.«

»Zehn.« Khuran kaute förmlich auf dem Wort herum. »Zehn. Und dein ganzes Leben von der Advokatin auf dem Hügel verhätschelt.«

»Mein König ...«

»Ich rede jetzt.« Khuran wandte sich wieder an Gorian. »Und mich unterbricht man nicht.«

Kessians Herz schlug schneller. Das hier war ganz anders als die Wut der Advokatin. Er konnte die in einem gefährlichen Dunkelrot pulsierenden Energien des Königs beobachten. Bei Gorian sah er das Gleiche, doch dessen Energien flackerten, weil er sich mühsam beherrschte. Der König dagegen kannte keine Zurückhaltung.

»Als du meine Stadt Khuran verlassen hast, sagtest du mir, du wolltest Hilfe holen. Dummerweise nahm ich an, es gehe um deine aufgestiegenen Brüder. Doch du hast mir einen Zehnjährigen gebracht, der kreischt und kotzt, wenn er Blut sieht. Wie soll er mir helfen, den Krieg zu gewinnen und die Konkordanz zu erobern? Ich habe mein Vertrauen in dich gesetzt, Gorian Westfallen. Ich sehe nicht, dass du es rechtfertigst. Nun sprich.«

»Ihr urteilt vorschnell. Das Alter sagt nichts über die Fähigkeiten, und mein Sohn besitzt größere Kräfte als alle anderen Aufgestiegenen zusammen. Er ist der Einzige, der liefern kann, was ich versprochen habe. Hier bin ich der Fachmann, nicht Ihr.«

»Ich bin der König von Tsard, und du tust, was ich befehle.«

»Euer Erfolg liegt in meiner Hand.«

»Glaubst du, das weiß ich nicht?«, fauchte Khuran. »Herr der Steine, ich warne dich, Westfallen. Ich habe die kümmerlichen Reste meiner Armee mobilisiert, weil ich an das glaubte, was du erreichen kannst. Wenn du mich in Verlegenheit bringst oder mich auch nur geringfügig enttäuschst, dann werden du und dein kleiner Balg für die Kannibalen an den toursanischen Seen auf Pfähle gesteckt, und weder deine Toten noch deine Magie werden dich retten.«

Khuran beugte sich über Kessian und fasste sein Gesicht mit einer Hand. Kessian bekam große Angst und hielt seine Blase und den Darm mit aller Kraft fest.

»Ich stoße keine leeren Drohungen aus. Enttäuscht mich, und ihr werdet bei lebendigem Leibe gefressen.«

»Lasst ihn los«, sagte Gorian.

Khuran ließ Kessian los und richtete sich auf. »Stelle ihn deinen Freunden vor. Sorge dafür, dass er versteht, was von ihm erwartet wird. Er muss begreifen, was er tun muss, wenn ihr überleben wollt. Geht jetzt.«

Gorian legte Kessian einen Arm um die Schultern und führte ihn zu den Toten. Als sie weit genug entfernt waren, wandte er sich an den Jungen.

»Ich bin stolz auf dich, Kessian. Du warst sehr tapfer. Lass dir von ihm keine Angst einjagen.«

»Ich will nicht lebendig gegessen werden.« Kessian hatte eine Gänsehaut.

»Kein Pfahl kann mich halten, kein Heer kann mich besiegen. Bleibe bei mir, und du wirst immer sicher sein. Khuran ist ein guter König, aber er ist auch überheblich. Er regiert schon viel zu lange und ist selbstgefällig geworden. Wir werden tun, was er sagt, und uns vorerst vor ihm verbeugen, aber vergiss nicht, dass alles, was nützlich ist, irgendwann nicht mehr gebraucht wird. Komm schon. Die Herren der Toten wollen dich kennenlernen.«

14

859. Zyklus Gottes, 24. Tag des Genasauf

Jhered musste kein Aufgestiegener sein, um die Stimmung in Yllin-Qvist zu erfassen. Jahre vorher, als er mit allen vier jungen Aufgestiegenen auf der Flucht gewesen war, hatte er hier echte Freude, altes Wissen und unschuldige Neugierde vorgefunden. Jetzt schlugen ihm offenes Misstrauen und eine kalte Schwermut aus dem schönen Bergdorf entgegen, als er und seine Leute die Tunnel verließen. Sie liefen hinunter zu den Wiesen am Fluss und dem Ackerland, wo verstreut die Steinhäuser standen.

Viele junge Einwohner hatten keine Ahnung, wen sie sahen, aber diejenigen, die sich erinnern konnten, wussten, was die Ankunft der Besucher zu bedeuten hatte. Jetzt wurden die schlimmsten Ängste aus den alten Überlieferungen der Karku wahr. Es bestand kein Zweifel, dass Jhered mit seinen zweihundert Gefolgsleuten entgegen ihrer sonst üblichen Vorsicht durch die Tunnel geführt worden war. Die Zurückhaltung der Einwohner entging dem Schatzkanzler keineswegs.

Er wies seine Leute an, im kalten Sonnenlicht in der Nähe des Tunnelausgangs zu warten, während er mit Harkov und Mirron unter den Blicken aller Männer, Frauen und Kinder ins Zentrum des Dorfs weiterging.

Harban wusste bereits, dass sie kamen. Vorbei an Bauern, Hirten und Bergleuten, die ihre schrecklich unzulänglichen Waffen schärften, wurden sie zur großen Halle geführt. Das Gebäude war beinahe so, wie Jhered es in Erinnerung hatte – eingerahmt von Tempeln, in denen heiße Quellen entsprangen. Von dem zentralen Kamin stieg Rauch auf. Aus der Nähe konnte er jedoch erkennen, dass die strahlenden Wandbilder, die Berge, Schnee und Sonne gezeigt hatten, übermalt worden waren. Jetzt waren dort Bilder von der Zerstörung Karks voller Dunkelheit und fallender Steine zu sehen. Eines zeigte einen Berg, dessen Gipfel zerschmettert war. Mirron schauderte, als sie die warme Halle betrat.

»Sie haben sich mit ihrem Schicksal abgefunden«, sagte sie. »Sie erwarten es, und deshalb wird es geschehen. Was kann man tun, wenn jemand so etwas glaubt?«

»Wir haben uns keineswegs mit unserem Schicksal abgefunden«, erwiderte Harban, der jenseits des Feuers auf einer leeren Bank saß. »Aber die Vorzeichen erstarren auf unseren Mauern immer zu einem Bild, ob sie nun gut oder schlecht sind. Kommt näher.«

Die drei folgten der Einladung. Jhered war froh, den harten, kalten Blicken der Einwohner zu entkommen. Harban erwartete sie allein. Während er sprach, kam er langsam um das tosende Feuer herum.

»Ist es nicht ein seltsames Schicksal, Schatzkanzler Jhered? Einst hielten wir euch für eine Invasionstruppe, die entsprechend zu behandeln war, und nun werdet ihr zu unserem Herzen geführt, weil ihr unsere einzige Hoffnung verkörpert, am Ende doch noch zu überleben.«

Es sah einem Karku überhaupt nicht ähnlich, auf die rituelle Begrüßung zu verzichten, aber Jhered war nicht überrascht.

»Wie schlimm steht es?«, fragte er.

»Nichts kann sich ihnen in den Weg stellen«, erwiderte Harban. »Wir sind nicht fähig, einen solchen Feind abzuwehren. Ihnen hält niemand stand. Sie werden in zwei Tagen in Inthen-Gor sein.«

»In zwei Tagen?«, entfuhr es Harkov. »Vom Hidroschtal aus müssen es mindestens zweihundert Meilen sein, falls sie dort eingedrungen sind. Wir sind durch die Tunnel gekommen, aber sie müssen Klippen und Eis überwinden. Wie können sie so schnell sein? Das ist unmöglich.«

Harban betrachtete ihn einen Augenblick, musterte die Rüstung und den Gladius und den makellosen Helm mit dem roten Federbusch der Garde des Aufstiegs, den er sich unter den Arm geklemmt hatte.

»Du bist ein Soldat und kennst die Schlacht. Wenn du zu Paul Jhered gehörst, dann weißt du sogar sehr viel darüber, daran zweifle ich nicht. Allerdings verstehst du unseren Feind nicht. Die Tsardonier können wir besiegen, aber nicht die Toten.«

Harkov zeigte sich uneinsichtig. »Was ich sagte, kann sich doch jedes Kind ausrechnen.«

»Nein, das ist nicht wahr«, fauchte Harban. »Hier gelten deine Regeln nicht. Diese Soldaten müssen nicht rasten. Sie essen nicht und schlafen nicht. Sie tun nur, was ihr Herr ihnen befiehlt, und er weiß, wohin sie marschieren und was sie nehmen müssen. Wie ist dein Name? Ich kenne dich nicht.«

»Harkov. General der Garde des Aufstiegs.«

»Ich bin Harban-Qvist. Du bist ein Freund der Aufgestiegenen und ein Freund Jhereds und genießt meine Achtung. Aber du kannst diesen Feind nicht nach den Feinden beurteilen, auf die du bisher gestoßen bist. Du musst sie sehen, um es zu verstehen.«

»Dann lass es uns tun. Zeige sie mir.«

»Tapferkeit ist leicht, solange dein Feind nur aus Worten und gestaltlosen Ängsten besteht.«

Jhered hob eine Hand, um Harkov von einer scharfen Antwort abzuhalten.

»Schon gut, General.« Auch er beruhigte sich, während er sprach. »Die Karku sagen immer, was sie denken. Selten ist es eine persönliche Beleidigung, und in diesem Fall hat er natürlich recht.«

»Dennoch müssen wir sie sehen«, schaltete sich Mirron ein, die bis jetzt geschwiegen hatte. »Wir müssen uns ihnen stellen. Schließlich bin ich deshalb hier, oder? Um sie aufzuhalten. Ich soll sie aufhalten.«

Das Feuer toste. Die Männer schwiegen.

Marcus Gesteris' Gefolge zog durch das Siegestor und hielt vor dem großen Springbrunnen mit den Reiterstandbildern, die in alle vier Himmelsrichtungen wiesen, mit viel Getöse an.

Herine beobachtete sie von der obersten Stufe der Basilika aus. Sie hatte einen schlechten Geschmack im Mund und war beunruhigt. Niemand hatte sein Kommen angekündigt – eine gute Neuigkeit, die vermutlich bald schon von schlechten überschattet werden würde.

»Führt ihn sofort zu mir und räumt den Saal. Dies ist eine Privataudienz«, befahl sie einem Adjutanten.

»Meine Advokatin.«

Als Herine sich umdrehte, waren hinter ihr schon Fingerschnippen und scharfe Befehle zu hören. Wächter nahmen Haltung an, und als sie den unbequemen Thron erreichte, auf dem sie die Gesuche ihrer Bürger anhörte, war die geräumige Basilika so gut wie geräumt. Sie setzte sich und sah den grollenden Bürgern und den überheblichen Würdenträgern des Ordens des Allwissenden nach. Es war eine Schande. Sie hatte eine lange Liste mit Beschwerden über das Verhalten des Ordens und die Übertretungen der Aufgestiegenen zu bearbeiten. Arducius und Felice hatten eingewilligt, an der Sitzung teilzunehmen. Nun ja, ein andermal …

Herine hätte die Besprechung mit Gesteris auch in ihre Privatgemächer verlegen können, um sich später wieder den Alltagsgeschäften zu widmen, aber es konnte nicht schaden, den Leuten immer wieder einmal zu zeigen, wer das Sagen hatte.

»Setzt Euch, Senator Gesteris«, sagte Herine, als sich der einäugige Held der Konkordanz, müde von der Reise, ihrem Thron näherte. »Der Sprecher der Erde hat Euch den Platz gewärmt. Zweifellos ist schon einer meiner Adjutanten unterwegs, um Euch etwas zu essen zu besorgen.«

Gesteris trat vor das Podium und schlug sich die rechte Faust vor die Brust.

»Mein Arm und mein Herz gehören Euch, meine Advokatin«, sagte er.

Der Staub klebte noch an seinen Stiefeln und auf dem Mantel, doch seine Prunkrüstung war frisch poliert und spiegelte das Licht, das durch die Säulen in die Basilika fiel.

»Ich muss mich für meinen Aufzug entschuldigen«, fuhr er fort. »Ich hatte nach unserer Ankunft noch nicht die Gelegenheit, mich umzukleiden.«

»Im Gegenteil, es steht Euch gut«, erwiderte Herine lächelnd. »Ich glaube, wir können auf Förmlichkeiten verzichten. Setzt Euch, Marcus.«

Gesteris nahm Platz und blies die Wangen auf. »Danke, Herine. Die Reise ist gut verlaufen, war aber langwierig, obwohl wir schnell gereist sind.«

»Wie geht es meinem Sohn?«

»Er ist brillant und zielstrebig wie immer. Er wird eines Tages einen guten Advokaten abgeben.«

»Hoffentlich hat er dann auch noch eine Konkordanz zu regieren, die diesen Namen verdient. Ich fürchte, Ihr bringt nicht nur gute Neuigkeiten mit. Die schlechten Nachrichten sind Euch vorausgeeilt. Berichtet mir das Schlimmste zuerst.«

»Hätte Roberto nicht seine diplomatischen Fähigkeiten eingesetzt ...«

»Und Ihr Eure Erfahrung im Umgang mit Zahlen.«

Gesteris nickte höflich. »... dann wüssten wir nicht einmal das, was wir jetzt wissen. Die Sirraner haben uns auf eine tsardonische

Truppe aufmerksam gemacht. Sie zieht an der Südgrenze von Sirrane geradewegs nach Westen und will offenbar nach Gosland.«

»Ist sie groß genug, um uns gefährlich zu werden?« Das Blut rauschte so heftig in Herines Kopf, dass sie ihre eigenen Worte kaum verstehen konnte.

»Roberto will herausfinden, was sie beabsichtigen, und wird sich so bald wie möglich melden. Er wird Gosland vor einer drohenden Invasion warnen.«

»Das ist eigentlich keine Antwort auf meine Frage, Marcus.«

»Nein«, gab Gesteris zu. »Aber mehr habe ich nicht anzubieten. Die Sirraner wollten die Größe der Streitmacht nicht genau beziffern, waren aber sicher, dass die Bedrohung groß genug war, um uns zu warnen. Sie wissen, wie schwach unsere Grenzverteidigung ist.«

»Aber eine einzige Invasionstruppe reicht noch nicht aus, um ein ganzes Land einzunehmen. Ihr habt mir sicher noch nicht alles gesagt.«

Gesteris zuckte mit den Achseln. »Ich weiß nichts Genaues und habe nicht auf verbindliche Zahlenangaben gewartet. Roberto wird die Informationen so schnell wie möglich nachliefern. Allerdings waren wir beide besorgt, als wir das Verhalten der Sirraner sahen. Wir kennen sie seit vielen Zyklen besser als jeder andere und wissen genau, dass sie keine Eile oder Sorge zeigen, solange es nicht ausgesprochen gefährlich wird. Sie haben sich wegen der tsardonischen Armee zweifellos große Sorgen gemacht.

Aus diesem Grund bittet Roberto die Konkordanz, ihre Truppen zu mobilisieren. Deshalb wird er auch das Kommando über die Verteidigung in Gosland übernehmen, und aus diesem Grund habe ich Chemikalien für Orin und Rovan mitgebracht. Sie sind für eine Waffe gedacht. Für eine sehr mächtige sogar.«

Herine räusperte sich nervös. »Aufgrund bloßer Mutmaßungen und eines vagen Verständnisses für die sirranische Gefühlswelt kann ich nicht die ganze Konkordanz mobilisieren. Der Senat wird dem niemals zustimmen. Das wisst Ihr doch, Marcus. Was könnt Ihr mir sonst noch sagen?«

Kichernd zog Gesteris einen Brief aus der Manteltasche.

»Wenn es eines gibt, das Euer Sohn besser kennt als alles andere, dann seid Ihr es, Herine. Er sagte Eure Reaktion voraus und meinte, aus Eurer Sicht wäre das auch ganz richtig so.«

»Trotzdem habt Ihr mich auf die Probe gestellt«, erwiderte Herine scharf.

Gesteris errötete. »Ich will Euch nicht prüfen oder Eure Zeit verschwenden, meine Advokatin, ich wollte nur meinen Standpunkt verdeutlichen. Wir wissen wenig über diese tsardonische Streitmacht, aber was wir wissen, unterstreicht, wie wichtig es war, dass wir uns so viele Jahre bemüht haben, ein Bündnis mit Sirrane zu schließen. Vielleicht gibt es gar keine Bedrohung. Aber eine Mobilmachung, selbst eine beschränkte, wird als politische und diplomatische Geste ein wichtiges Signal nach Sirrane senden und unseren Bürgern verdeutlichen, dass unsere Verbündeten uns tatsächlich helfen können.«

»Das verstehe ich gut«, stimmte Herine zu. »Allerdings bleibt noch ein Problem. Warum ist mein Sohn derart besorgt, dass er glaubt, er müsse die Verteidigung von Gosland den durchaus fähigen Soldaten dort aus der Hand nehmen? Warum ist er so besorgt, dass er Euch mit unerforschtem Pulver für meine Wissenschaftler zurückschickt? Warum? Er ist jetzt Botschafter der Konkordanz und hat seit einem Jahrzehnt kein Schwert mehr geführt.«

»Doch er trägt es immer bei sich. Er hat alle Andenken an seine früheren Feldzüge bei sich.«

Gesteris bot ihr den Brief an, doch Herine wehrte mit einer Geste ab und lehnte sich auf dem Stuhl zurück, auf dem es ihr schwerfiel, eine bequeme Sitzposition zu finden.

»Lest ihn mir vor. Ich muss nachdenken.«

»Selbstverständlich.« Gesteris nickte und erbrach das Siegel, um das Blatt zu entfalten, das mit dem Wasserzeichen der Del Aglios versehen war. Herine erkannte Robertos unordentliche Handschrift sofort. »Meine liebe Mutter, wenn ich recht behalte, sind die Worte des armen Marcus bei dir auf Unverständnis gestoßen. Marcus, ich weiß, dass Ihr dies lesen werdet. Was immer meine Mutter sagt, sie war noch nie fähig, meine Handschrift zu entziffern, und das macht sie nervös ...«

Herine platzte laut heraus und klatschte in die Hände. Gesteris stimmte in ihr Lachen ein, und endlich ließ die Anspannung nach, unter der sie, ohne es selbst zu bemerken, gestanden hatte. Sie drohte mit dem Zeigefinger.

»Eines Tages wird er sich selbst hereinlegen. Ich hoffe nur, dass ich das noch erleben kann.«

»Soll ich fortfahren?«

»Bitte.«

»Ich will nicht die Theorien hinter meinen Überzeugungen darlegen, ich will auch nicht die Tatsachen zu etwas verdrehen und verbiegen, das sie nicht hergeben. Ich will mich nur auf dein Vertrauen in mich und meine Gefühle als Sohn, als Mann und als Soldat berufen. Jahrelang habe ich gegen die Tsardonier gekämpft. Ich habe ihre Taktik und Motive studiert, so gut ich konnte. Sie neigen nicht dazu, irgendetwas nur um der Wirkung willen zu tun. Wenn sie nach Gosland marschieren, dann gibt es dafür nur einen einzigen Grund. Wenn die Sirraner obendrein glauben, dass eine Invasionsarmee unterwegs ist, dann glaube ich das auch. Außerdem dürften sie, wenn sie gegen Gosland vorrücken, das Gleiche auch weiter im Süden tun. Es entspricht ihrer Taktik, mehrere Fronten zugleich zu eröffnen. Vergiss nicht, was vor einem Jahrzehnt im Krieg geschehen ist. Sie sind schnell, entschlossen und wild. Sie bringen sich nicht in Gefahr, wenn sie nicht überzeugt sind, dass sie siegen können. Beim letzten Mal hatten wir Glück. Darauf dürfen wir uns dieses Mal nicht verlassen. Wir müssen rasch handeln. Ich dränge dich,

Mutter, mobilisiere die Truppen. Mache die Legionen bereit. Verlege sie in die Stellungen, die wir nach dem Krieg umrissen haben. Und blicke auch nach Süden. Blicke nach Atreska und Gestern. Wenn du zu lange zögerst, könnten wir untergehen. Dein Sohn Roberto.«

Gesteris schaute auf. Wieder bot er ihr den Brief an, und dieses Mal nahm Herine ihn entgegen und starrte lange und angestrengt auf die Worte. Roberto mochte klug sein und alles vorhergesehen haben, was sich in der Basilika abgespielt hatte, aber mit einer solchen Mitteilung hatte sie nicht gerechnet. Sie hatte sich auf Zahlen, Marschgeschwindigkeiten und einen Zeitplan vorbereitet. Sie hatte eine nüchterne Einschätzung erwartet, aber nicht dies hier. Dieses leidenschaftliche Flehen.

Herine leckte sich die Lippen und schluckte den Kloß herunter, der sich in ihrem Hals gebildet hatte. Sie sah ihn vor sich, wie er den Brief schrieb. Ihren Sohn Roberto, einen der drei Bürger, die als Retter der Konkordanz gefeiert wurden. Neben Gesteris und Jhered gehörte er zu den Männern, die das Volk mehr als jeden anderen verehrten. Sicherlich mehr als die Advokatin.

»Auch das gibt mir noch nicht genug in die Hand, um zu handeln«, sagte sie.

»Herine?«

Sie schüttelte den Kopf. »Entschuldigung, ich habe laut gedacht. Ich glaube ihm. Beim Gott, der uns alle umfängt, wie könnte ich ihm nicht glauben? Aber diese Worte reichen nicht. Er sieht viel. Sieht er nicht auch dies?«

»Natürlich sieht er es«, sagte Gesteris sanft. »Außerdem kennt er das System so gut wie Ihr und weiß um die Möglichkeiten, es zu umgehen.«

»Marcus, ich ...«

»Bitte, Herine. Mir ist klar, wie schwierig es erscheinen mag, aber so ist es nicht. Er bittet Euch nicht, mit diesem Brief vor den Senat zu treten. Er bittet Euch, seinem Instinkt zu vertrauen. Vertraut seiner Eingebung und seiner Erfahrung. Ich jedenfalls vertraue ihm.«

»Ich weiß, worum er mich bittet, und mir ist klar, dass auch Ihr ihm glaubt. Gott umfange mich, es steht Euch deutlich ins Gesicht geschrieben. Ich kenne aber auch den Zustand unserer Schatzkammer, und ich weiß, wie die Bürger sich fühlen. Eine Mobilisierung wird zweierlei auslösen. Es wird unseren Staatsschatz vernichten und die Bürger gegen die Advokatur aufbringen.«

»Außerdem wird es die Konkordanz retten«, fügte Gesteris hinzu.

»Wirklich?«

»Wenn Ihr Eurem Sohn glaubt, dann müsst Ihr auch dies glauben. Die Frage, meine Advokatin, ist im Grunde nur die, ob Ihr Eurem Sohn vertraut. Vertraut Ihr Roberto Del Aglios?«

Das trieb ihr die Zornesröte ins Gesicht. Sie sah Gesteris scharf an.

»Geht und säubert Euch, Marcus. Bringt Eure Pulver zu D'Allinnius, und dann kommt wieder in den Palast. Ich werde im Genastrogarten sein.«

»Ja, meine Advokatin.«

»Noch etwas, Marcus. Bringt den Marschallgeneral mit.«

15

859. Zyklus Gottes, 24. Tag des Genasauf

Mirron war schon einmal auf diesem Weg gereist. In den Berg hinein, wo sich der Fluss aus dem sonnigen Yllin-Qvist in den dunklen Fels stürzte. Sie schauderte, als sie an das tosende Wasser dachte. Damals war sie erst vierzehn gewesen, aber sie träumte immer noch davon. Dieses Mal jedoch würden sie nach rechts und nicht nach links abbiegen. Sie sollten die ersten Fremden sein, die Inthen-Gor, den heiligen Ort der Karku, besuchen durften. Eine unvergleichliche Ehre, die auf einer Tragödie beruhte.

»Es ist sehr schön«, sagte Harban leise und voller Verehrung. »Eine große Höhle und ein See, den wir das Ewige Wasser nennen. Im seinem Zentrum liegt eine Insel, auf der unsere Vorfahren den Herzensschrein errichtet haben. Beide sind für uns so wichtig wie die Luft, die wir atmen. Sie beherrschen unser ganzes Leben und binden uns an die Berge und die Luft und an alle Geschöpfe, die auf dem Weg des Lebendigen und in den Höhlen des Todes wandeln. Jeder Karku muss sich auf diese Reise begeben, um als Erwachsener in seinen Stamm aufgenommen zu werden.«

»Das sagtest du schon beim letzten Mal«, sagte Mirron.

»Die gleichen Worte«, bestätigte er. »Immer die gleichen Worte. Die Schönheit ändert sich nie. Das glaubten wir jedenfalls.«

Darauf verdüsterte sich Harbans Gesicht, und Mirron verspürte den Impuls, ihn zu umarmen. Das hätte jedoch nichts geändert. Sie liefen zu den Booten, die sie in den Berg bringen würden. Schmal und kräftig waren sie, mit Rudern und außerdem mit Stangen ausgestattet, deren verdickte Enden dazu dienten, das Boot von den gefährlichen Felswänden abzustoßen.

Sie sollten alle mitkommen. Alle zweihundert. Der Transport würde den ganzen Tag dauern. So viele wie möglich würden mit den wenigen Booten fahren, die übrigen mussten den längeren und schwierigeren Fußweg auf sich nehmen. Mirron begriff die Geografie nicht. Oben im Berg, gut dreißig Schritte über ihnen, drangen schon etwa neunzig Soldaten zu Fuß in den Berg ein. Sie wünschte sich beinahe, sie begleiten zu dürfen, obwohl sie einsah, warum sie selbst mit dem Boot fahren sollte. Die Wanderung würde mindestens einen Tag dauern, und die Karku hatten gesagt, vor allem sie müsse vor den Eindringlingen das Allerheiligste erreichen.

»Alles bereit?« Jhered sprang ins vordere Boot und half ihr beim Einsteigen.

»Nein«, erwiderte sie.

»Ich auch nicht«, gab er zu.

Harban ließ sich hinter ihnen auf den mittleren Sitz fallen. Zwei Gardisten des Aufstiegs folgten ihm, dann nahm ein weiterer Karku ganz hinten Platz. Vier ähnliche Boote lagen am Ufer. Eine nervöse, unheilvolle Stille breitete sich aus.

»Du weißt ja, wie ich mich fühle«, murmelte Mirron. »Ich hab das schon einmal gemacht.«

»Karku«, rief Harban. Dann sprach er einige Worte, die Mirron nicht verstehen konnte. Schnell und mit starkem Akzent. Ihre Sprachkenntnisse reichten dafür nicht aus, aber sie klangen wie ein Gebet, das keinen Trost spendete.

Dann legten die Boote ab und nahmen Fahrt auf. Das warme Licht der Nachmittagssonne wich kalter, feuchter Dunkelheit.

Mirrons Schrei verlor sich im Tosen des Wassers, das zwischen engen Felswänden dahinraste. Jhered, der hinter ihr saß, hatte ihr einen Arm um die Hüften gelegt, während er sich mit dem zweiten innen am Dollbord festhielt.

Sie hatte versucht, den Kopf so weit unten wie möglich zu halten, musste aber doch immer wieder nach vorn schauen, was auf sie zukäme. Den Grund wusste sie selbst nicht. Gleich nach dem Sturz durch die Tunnelmündung war es auf einen Schlag stockfinster geworden; sie fürchtete, nie wieder ans Licht zu kommen. Sie waren, wie es ihr schien, bis mitten in die Erde gefallen, das Boot hatte mächtig gebebt und geknarrt. Hin und wieder hatte sie einen Ruf gehört und die Erschütterungen gespürt, als die Karku ihre Stangen gegen Wände gestemmt hatten, die sie nicht hatte sehen können.

Langsam, ganz langsam hatten sich allmählich tiefe Schatten und spitze Felssäulen herausgeschält. Mit einer Geschwindigkeit, die sie gar nicht näher bestimmen wollte, rasten sie den Fluss entlang. Rasch zogen die Energiebahnen unter ihr im Wasser dahin. Es verschlug ihr die Sprache, und als sie dann die schwache Energie der Pflanzen spürte, die auf den feuchten Felsen einen Halt fanden und ein gespenstisches Licht absonderten, stieß sie unwillkürlich einen Schrei aus.

Vor ihr bockte und schäumte der Fluss und spritzte gegen die Wände, die zu keiner Zeit weiter als zwei Schritte vom Dollbord entfernt waren. Die Decke des Tunnels war so niedrig, dass Jhered nicht aufrecht sitzen konnte. Er musste sich tief bücken, sonst hätten die Vorsprünge seinen Kopf zerschmettert. Wo das Wasser Tag für Tag strömte, hatte es den Stein glatt geschliffen, aber oben waren die Felsen zackig und spitz.

Sie kreischte und ging in Deckung. Eine Felsnadel ragte weit herunter, als sie nach rechts abbogen und tiefer in den Berg eindrangen. Alles verschwamm ihr vor Augen. Das Wasser schäumte und spritzte ihr ins Gesicht. Jhered verstärkte seinen Griff.

Das Boot hüpfte wie wild. Harban stieß seine Stange gegen die linke Wand, um sie an einem Strudel vorbeizuführen, der sie sonst gegen rasiermesserscharfe Spitzen geworfen hätte. Mirrons Herz klopfte zum Zerspringen. Es drehte ihr den Magen um, und ihr wurde schon wieder übel. Ossacer hätte ihren revoltierenden Magen beruhigen können, aber er war viel zu weit entfernt, saß wohlbehalten in Estorr. Außerdem hätte sie gern Arducius erzählt, dass die Reise das Risiko wert war.

So sehr sie sich auch auf die Menschen zu konzentrieren versuchte, die sie liebte, immer wieder riss sie das Rucken und Zucken des dünnen Holzbodens unter ihren Füßen in die schreckliche Gegenwart zurück. In ihren Ohren dröhnte das brodelnde Wasser, vor dem geistigen Auge sah sie die aufgewühlten Energien ihres schaudernden Körpers. Immer wieder stießen die Stangen gegen die Decke. Sie schwenkten nach links und schossen knapp an einem aus dem Wasser ragenden Felsen vorbei, der sie drohend anzustarren schien.

Nach einer Weile veränderte sich der Gesang des Flusses. Es klang dumpfer, und vor ihnen entstand ein schwacher Schimmer. Ihr Herz tat einen Freudensprung, denn endlich näherte sich die Reise ihrem Ende. Sie konnte nicht abschätzen, wie lange sie schon gefahren waren. Nicht sehr lange, auch wenn es ihr vorkam wie eine Ewigkeit. Die Stangen drückten das Boot von der linken Wand ab und schoben es nach rechts. Das kalte Wasser zerrte es hinab und spie sie wieder aus. Schließlich hüpfte das Boot zweimal, und dann, ohne Vorwarnung, war die Felsendecke verschwunden.

Ebenso wie der Fluss unter ihnen.

Dieses Mal stießen auch Jhered und Harkov Schreie aus. Einen kleinen Augenblick lang schwebte das Boot in der Luft, und dann stürzte es. Mirrons Magen rebellierte. Obwohl es ringsum wieder hell wurde, konnte sie nichts erkennen. Ein Gefühl, als befände sie sich in einem weiten Raum, auch wenn sie es nicht genau fassen konnte. Der Moment währte nicht einmal so lange wie ein Herzschlag, auch wenn er sich für sie ewig zu dehnen schien.

Endlich prallte das Boot wieder aufs Wasser. Zu beiden Seiten schwappten Wellen, es schaukelte noch einige Augenblicke, dann beruhigte es sich. Es dauerte eine Weile, bis Mirron erkannte, dass sie sich auf einer glatten Wasserfläche befanden und sich nicht mehr bewegten. Sie war unsanft auf den Boden des Bootes geprallt und atmete jetzt endlich erleichtert aus. Jhered beugte sich vor und küsste sie auf die Wange. Die Karku lachten. Die Soldaten im Heck schwiegen.

»Hat es euch gefallen?«, fragte Harban. »Das war die Bootsfahrt eures Lebens.«

»Mir schien sie jedenfalls das ganze Leben zu dauern«, erwiderte Jhered.

Mirron fiel etwas ein. Sie drehte sich um und blickte in die Richtung zurück, aus der sie gekommen waren. Geräusche und Bilder stürmten auf sie ein, und jetzt konnte sie auch wieder klar denken. Sie befanden sich in einer gewaltigen Höhle. Ungefähr zwanzig Schritte hinter ihnen ergoss sich das Wasser aus einem etwa zwei Schritte hohen Loch in den See, auf dem sie jetzt schaukelten. Die Karku hatten die Stangen eingezogen und nahmen die Ruder in die Hand. Schon entfernten sie sich von der Höhlenmündung.

Dann spürte sie eine Bewegung im Tunnel, eine Masse chaotischer Energien. Schließlich stürzte das zweite Boot aus dem Loch. Laut hallten die Rufe der Gardisten des Aufstiegs durch die Höhle. Sie alle hatten unwillkürlich die Köpfe eingezogen, während die Karku-Steuermänner ruhig und gelassen im Boot saßen und die Stangen gehoben hatten. Die Insassen wurden beim Aufprall auf die Wasserfläche ebenso durchgeschüttelt wie sie selbst, und dann griffen die Karku nach den Rudern, um das Boot rasch aus der Reichweite der Mündung zu bringen.

»Alles in Ordnung, Mirron?«, fragte Jhered.

»Geht so«, antwortete sie.

Mirron hatte Mühe, die Eindrücke zu verarbeiten. Offenbar gab es zwei Lichtquellen. Ein grünes pulsierendes Leuchten, das überall, wo sie nur hinschaute, von den Flechten auf den Felsen abgesondert wurde. Es reichte gut fünfzig oder sechzig Fuß hoch und reflektierte das Licht einer großen Zahl von Laternen, die auf einer Insel in der Mitte des Sees standen.

Wenn sie genauer hinschaute, konnte sie an den Wänden der Höhle Pfade erkennen. Jetzt begriff sie, auf welchem Weg die übrigen Gardisten herkommen würden. Es gab noch weitere Flüsse, die sich in den See entleerten. Einige mündeten auf gleicher Höhe mit dem Wasserspiegel, andere stürzten aus großer Höhe herab und erinnerten sie an die Genastrofälle in Westfallen. Sie lächelte, als sie sich daran erinnerte. Zahlreiche andere Karku waren schon hier und ruderten in Booten zur Insel oder entfernten sich von ihr. Die Insel lag noch gut hundert Schritte vor ihnen, und sie hielten anscheinend genau darauf zu.

»Wie groß ist der See?«, fragte Jhered.

»An der breitesten Stelle sind es drei Meilen. Wir sind an der schmalsten Stelle herausgekommen«, erklärte Harban. »Hinter der Insel geht der See scheinbar endlos weiter. Deshalb nennen wir ihn in unserer Sprache auch das Ewige Wasser. Die Ersten, die hierherkamen, glaubten wirklich, er sei unendlich.« Harban deutete auf die Wände der Höhle. »Von jeder Siedlung in Kark gibt es einen Zugang zu diesem See, sei es mit dem Boot oder zu Fuß. Natürlich vereinigen sich viele, bevor sie hier münden, denn sonst würden die Wände aussehen wie ein Schwamm.« Er lachte über seinen eigenen Scherz.

»Ich glaube, ich wäre lieber gelaufen«, sagte Mirron.

Sie ruderten rasch über den ruhigen See und setzten das Boot auf den Strand der Insel. Kurz danach trafen knirschend die anderen Boote ein. Die Estoreaner sprangen dankbar ans Ufer und beäugten einander, als könnten sie nicht fassen, dass sie diese Reise überlebt hatten. Harban sprach mit jemandem; inzwischen hatte sich eine kleine Menge von Karku gesammelt. Mirron gefiel die Spannung nicht, die sie in der Luft spürte. So viele Blicke, die erst sie trafen und dann die vielen Wege und Öffnungen ringsum in der gewaltigen Höhle. Sie wusste, was die Karku dachten. Viele Löcher zu stopfen, und nur eine einzige Aufgestiegene. Falls Gorian und seine Toten bis hierher vordrangen, gab es keine Verteidigung mehr.

Die Insel war eigenartig. Sie war mit feinem Sand bedeckt und fast völlig eben. Am Ufer befanden sich mehrere Anlegestellen, und im Zentrum erhob sich ein einziges steinernes Gebäude, das sehr alt wirkte. Im Gegensatz zu den Häusern im Dorf war es nicht bemalt. Als sie es näher betrachtete, erkannte sie jedoch, dass es mit Inschriften bedeckt war. Kein Stückchen Stein war frei von den Schriftzeichen, die sie für Karku hielt, auch wenn sie ihr wie sinnloses Gekritzel vorkamen.

Alle fühlten sich von dem Gebäude angezogen. Es war ungefähr fünfmal mannshoch, unten sehr breit und mindestens hundert Schritte lang. Es war eine aus fünf Stufen bestehende Pyramide, die oben mit einem Steinblock abschloss, auf dem eine helle gelbe Flamme brannte. Auch drinnen flackerte Licht, und irgendjemand murmelte leise.

»Nicht näher«, warnte Harban sie. »Das ist verboten.«

»Was ist es?«, wollte Mirron wissen.

»Der Übergang vom Kind zur Reife«, erwiderte Harban.

»Was meinst du damit?« Jhered betrachtete die mit Inschriften bedeckten Wände.

Harban wechselte einige Worte mit den Karku, die das Gebäude anscheinend bewachten oder verwalteten. Sie trugen einfache graue Hosen und Hemden, darüber Pelzwesten, die mit Leder zusammengebunden waren. Alle hatten sich die Köpfe und Füße rasiert und die Gesichter dunkelgrau geschminkt, sodass sie wie Stein aussahen. Mirron dachte, dass sie frieren müssten, weil es in der Höhle keine

Wärmequelle gab. Das Wasser war eiskalt, und ständig wehte ein kühler Wind.

Schließlich winkte Harban sie zu sich und führte sie ein Stück in Richtung der Boote. Er lächelte.

»Wie es scheint, seid ihr höchst gesegnet. Noch mehr, als ich anzunehmen wagte, nachdem es euch bereits erlaubt wurde, hierherzukommen.«

»Warum?«, fragte Harkov.

»Es wurde mir gestattet, euch den Zweck dieses Orts und die Zeremonie zu erklären, die ihr hören, aber nicht sehen dürft.« Sein Gesichtsausdruck veränderte sich, seine Augen blitzten. »Ich werde euch außerdem erklären, was Gorian hier wegnehmen will. Jeder Karku muss sich auf diese Reise begeben, wenn er erwachsen wird und in den Stamm aufgenommen werden will.«

»Also kommt jeder Karku hierher?« Mirron sah sich um. »Das muss seltsam sein.«

»Eigentlich nicht«, erwiderte Harban. »Schon die kleinen Kinder werden darauf vorbereitet. Es gibt so viel, was sie in so wenigen Jahren lernen müssen. Dies kommt noch zu dem Wissen hinzu, das sie brauchen, um in unserem gefährlichen Land zu überleben. Viel zu viele, die nicht zuhören, werden nie mehr wiedergefunden.«

Harban hielt einen Augenblick inne und machte eine so traurige Miene, dass Mirron die Tränen in die Augen schossen. Anscheinend war er persönlich betroffen.

»Was ist denn? Was ist los?«, fragte sie.

»Egal. Das ist eine Geschichte für einen anderen Tag. Vielleicht.«

»Erzähle uns von der Reise«, sagte Harkov. »Wo beginnt sie?«

Harban nickte dankbar.

»Im Heimatdorf der betreffenden Kinder. Wenn sie bereit sind, wenn sie unter den Herren von Himmel und Licht dreizehn Jahre alt geworden sind, dann müssen sie in den Berg gehen und zum ersten Mal die Dunkelheit kennenlernen.«

»Oder wie in unserem Fall über die Stromschnellen fahren«, warf Mirron ein.

»Oh nein. Sie gehen allein in den Berg und werden von ihm zum Ewigen Wasser geführt. Nur von dort, wo es ausschließlich trockene Wege gibt, dürfen sie zu Fuß hierherkommen, und auch diese Wege sind spärlich und gefährlich, wie euer Volk bestätigen kann.«

Mirron blickte zum Wasserfall und schnitt eine Grimasse. »Das können sie doch nicht machen, Harban. Ich will natürlich niemandem zu nahe treten, aber das würde sie doch umbringen, oder?«

Harban lächelte. »Für dich muss es natürlich einem Verbrechen gleichkommen, wenn man sie zwingt, durch die Dunkelheit zu schwimmen oder durch die Gänge zu laufen. Aber es ist möglich, und ein einzelnes Kind kann sich an Felsvorsprüngen festhalten, die fünf in einem Boot nicht einmal sehen. Wir sind eins mit dem Berg. Wir sind geboren, ihn zu verstehen, und dafür sorgt er für uns. Er gibt uns nicht nur Erze, sondern auch die Mittel, um zu überleben.«

»Aber es werden doch sicher einige verletzt«, wandte Jhered ein.

Harban nickte und machte wieder eine bekümmerte Miene. »Wenn einer nicht bereit oder unwürdig ist, nimmt der Berg ihn zu sich. Aber versuchen müssen sie es.«

»Ein Übergangsritus«, sagte Mirron. »So etwas kennen wir nicht.«

Harban zuckte mit den Achseln. »Ihr seid keine Karku. Wenn sie hier ankommen, gehen sie zum Schrein und sprechen die Inschriften von Inthen-Gor.« Er deutete auf die Zeichen auf dem Gebäude. »Alle.«

»Wahrscheinlich gehen sie rings um die Pyramide und lesen sie, während sie außen emporsteigen«, überlegte Harkov nickend.

»Sie dürfen ihr Gedächtnis auffrischen, aber um zur Reife zu gelangen, müssen sie alle Inschriften des Schreins auswendig aufsagen.«

»So viele?« Jetzt starrten alle das Gebäude an. »Wie kann man sich das alles merken?«

Harban lachte. »Wir lehren sie nicht nur, wie man sich auf glattem Fels festhält, wenn sie aufwachsen. Ihre gesamte Sprache und alles, was sie lernen müssen, ist hier festgehalten. Die Inschriften lenken unser ganzes Leben. Sie bringen uns alles nahe, was wir sehen, hören, berühren, riechen und schmecken.«

»Ich nehme an, jemand hört ihnen zu«, sagte Jhered, »und überprüft, ob sie es richtig machen.«

»Es gibt keine Aufsicht in Kark.«

»Was geschieht, wenn sie sich irren?«, fragte Mirron.

»Dann gehen sie wieder hinunter und warten, bis sie sich sicher genug fühlen«, erklärte Harban. »Es kommt gar nicht so selten vor. Die Zeremonie ist lang und schwierig, und die Kinder sind aufgeregt.«

»Das kann ich mir gut vorstellen«, stimmte Jhered zu. »Aber was geschieht, wenn ein Kind sich auflehnt und sich weigert, hierherzukommen?«

»Das geschieht nicht«, erwiderte Harban leise. »Wenn man den Weg nicht geht, durchbricht man den Kreis zwischen Karku und Berg. Die Inschriften auf den Wänden sagen uns, dass die Berge erbeben und einstürzen und alle Karku im Feuer aus Erde und Himmel untergehen würden. Der Wind würde unser Land in eine Wüste verwandeln, und alles, was wir sind, würde zu Staub zerfallen.«

Nach einer Weile brach Jhered das ehrfürchtige Schweigen, das die Estoreaner ergriffen hatte. »Du siehst, wie sehr uns deine Worte und Überzeugungen berührt haben. Und wir sind über die Maßen geehrt, dass du uns auserwählt hast, hierherzukommen und uns dies alles anzuvertrauen. Dennoch bin ich immer noch verwirrt. Was genau kann Gorian hier stehlen, das eine solche Katastrophe zur Folge hätte?«

»Die Worte, die ein Kind spricht, verleihen dem Berg seine Kraft.

Sie speisen ihn. Doch gesprochene Worte zählen nicht, wenn niemand hier steht, der sie hört und aufnimmt. Gorian will die Gor-Karkulas. Ich glaube, ihr würdet sie Hüter nennen. Sie sind die Wächter unserer Schriften und des Herzens des Berges. Sie sind mit Sinnen gesegnet, die über diejenigen der normalen Karku hinausgehen.« Harbans Gesicht strahlte, als wäre eine sehr angenehme Erinnerung erwacht. »Es sind sechs. Jung und kraftvoll. Sie sind auf der Höhe ihrer geistigen Kräfte und haben ein so gutes Gedächtnis, dass ihnen nicht eine falsche Silbe der Schriften entgeht. Wenn die Karku Namen für Götter hätten, dann würden diese sechs ihre Namen tragen, während sie unseren Glauben, unsere Geschichte und unser Schicksal behüten.«

Mirron blickte zum Schrein und betrachtete noch einmal die Energiebahnen, die sie für eine Mischung aus Wärme, Licht und Wasser gehalten hatte. In Wirklichkeit waren sie jedoch nicht so chaotisch, und zwischen den ungeordneten Energien der Höhle pulsierten einige helle Brennpunkte. Es waren sechs.

»Sie sind Aufgestiegene«, keuchte sie.

Harban lächelte und entspannte sich. »Ja, auch wenn sie nicht erwacht sind wie du und deine Brüder. Deine Akademie würde sie als potenzielle Aufgestiegene betrachten, die ausgebildet werden müssen, bis sie ihre Fähigkeiten anwenden können. Wir sehen das anders, aber das spielt keine große Rolle. Sie können auf eine eher unbewusste Weise Energien aufnehmen und verstärken, wie es dein Sohn vermag. Deshalb will Gorian sie haben.«

»Das verstehe ich nicht«, sagte Harkov.

»Ich schon«, antwortete Mirron. »Er hat Kessian mitgenommen, damit er eine größere Armee der Toten führen kann, und deshalb greift er jetzt Kark an. Und das ist noch lange nicht alles.«

»Aber sechs Köpfe mehr führen doch nicht dazu, dass er unendlich viele weitere tote Soldaten seinem Willen unterwerfen kann, oder?«, fragte Harkov.

»Das ist richtig, doch jeder Aufgestiegene verstärkt die Energie beträchtlich. Zwei zusammen führen zu einer Verstärkung um den Faktor zehn und nicht nur um das Doppelte. Wenn sechs weitere hinzukommen …«

»Wenn er die Gor-Karkulas mitnimmt, wird der Berg erbeben«, sagte Harban. »Und die Welt wird zusammenbrechen.«

Jhered wandte sich an Harkov. »Ihr habt die klügsten Taktiker mitgebracht, und hier ist nun Euer Schlachtfeld. Wir können nicht zulassen, dass der Schrein angegriffen wird. Stellt Euch vor, dass die Schlacht um die Konkordanz hier stattfindet. Sagt das Euren Männern, und ich werde das Gleiche bei meinen tun. Wenn wir hier versagen, dann müssen wir davon ausgehen, dass wir schon verloren haben. Die Feinde sind unterwegs. Euch bleibt ein Tag für die Vorbereitungen.«

16

859. Zyklus Gottes, 25. Tag des Genasauf

Herine hatte nie an ihrem Sohn gezweifelt. Sie konnte sich nichts anderes vorstellen, als darauf zu vertrauen, dass sich seine Einschätzung als richtig erweisen würde. Deshalb war ihre Entscheidung, sich auf ihre Befugnisse zu berufen und den Senat zu umgehen, um sofort eine volle Mobilmachung der Konkordanz anzuordnen, sofort gefallen. Allerdings musste sie sich anschließend mit den Folgen und Auswirkungen befassen, und dazu brauchte sie überzeugende Beweise.

Im ersten Tageslicht des folgenden Tages hielt sie die Beweise in der Hand und fühlte sich bestätigt, auch wenn es schlimme Neuigkeiten waren. Mit der Morgenflut war ein Schiff aus Gestern eingelaufen und hatte von mehreren verseuchten Schiffen berichtet, die an der Ostküste des großen Landes eingetroffen seien. Schiffe, auf denen die tsardonische Flagge geweht hatte. Jetzt bestand kein Zweifel mehr daran, dass die Tsardonier tatsächlich eine Invasion vorbereiteten. Damit konnte sie erhobenen Hauptes und im Wissen, richtig entschieden zu haben, vor den estoreanischen Senat und später vor die Vollversammlung im Solastropalast treten.

Allerdings brachte diese Bestätigung neue Schwierigkeiten mit sich. In ganz Estorea bis hin nach Caraduk und Easthale waren die Küsten bereits durch Boten alarmiert worden. Von dort aus würden die Warnungen in den Süden der Konkordanz weitergeleitet werden. Auch war ihr bekannt, dass bereits Schiffe zur Insel Kester ausgelaufen waren. Die Flotten der Ocetanas, die im Tirronischen Meer und im Süden vor Gestern das Meer überwachten, mussten informiert werden. Kein tsardonisches Schiff durfte anlanden. Die Ocetanas sollten keinesfalls die tsardonischen Schiffe entern, sondern sie brennend hinab in die Arme von Ocetarus schicken.

»Wie lange brauchte die Botschaft bis hierher?«, fragte Arducius.

Herine hatte die Akademie aufgesucht, um sich nach der öffentlichen Meinung und dem Erwachen der Fähigkeiten zu erkundigen. Bisher waren die Antworten ein wenig ausweichend ausgefallen.

»Siebzehn Tage«, sagte Herine.

Ossacer kratzte sich am Kopf. »Siebzehn Tage? Das war eine lange Seereise.«

»Die Zeit hat ausgereicht, um den größten Teil der konkordantischen Küsten zu warnen«, erwiderte Herine. »Natürlich ist mir dies bewusst, aber mir ist ebenfalls klar, dass es sehr schwierig ist, eine Seuche so lange auf einem Schiff zu halten. So schnell sollten wir uns nicht geschlagen geben.«

»Wenn sie gelandet sind, dann könnten sich Truppen aus Lebenden und Toten schon den wichtigsten Städten in Caraduk und Estorea nähern. Vielleicht haben wir schon Orte wie Port Roulent verloren«, sagte Arducius.

»Ist denn heute jeder ein militärischer Berater?«, gab Herine gereizt zurück.

»Und Westfallen«, sagte Ossacer leise.

Diese Worte ließen ihren Zorn verfliegen. »Hört mal, ich verstehe ja, dass Ihr Euch Sorgen macht, aber Westfallen ist nach wie vor die sicherste Siedlung in der ganzen Konkordanz außerhalb von Estorr und der Insel Kester. Außerdem hat sich in den letzten zehn Jahren viel verändert. Der Botendienst wurde stark verbessert, und wir hätten es längst gehört, wenn dort Schiffe gelandet wären. Übrigens gehe ich davon aus, dass meine ältesten Ratgeber die klügsten sind, die es überhaupt gibt. Also konzentrieren wir uns lieber auf das, was wir drei jetzt tun können. Marschallgeneral Kastenas ist mit unserer Verteidigung bestens vertraut. Admiral Iliev hat die Marine so gut aufgestellt, dass nicht einmal ein kleiner Kabeljau unentdeckt durchkommen könnte. Jetzt möchte ich von Euch wissen, wie weit wir in Estorr gekommen sind. Ich sehe immer noch Schmierereien an den Wänden und bekomme immer noch Beschwerden vom Orden.«

Arducius seufzte. »Wir haben ja nie behauptet, dass es eine einfache Aufgabe ist.«

»Willkommen in meiner Welt«, antwortete Herine. »Seid etwas genauer.«

Es gab Tage, überlegte Herine, an denen es ihr so vorkam, als wollte jeder, dem sie eine verantwortungsvolle Aufgabe übertrug, alle Antworten von ihr wissen.

»Im Grunde sind wir ja nur zu zweit, während sich derzeit schätzungsweise zweitausend Leser und Sprecher des Ordens und natürlich Felice Koroyan in Estorr aufhalten. Sie erscheint überall dort, wo auch wir sind. Ich erinnere mich gut an Eure Forderung, wir müssen den theologischen Streit für uns entscheiden, und genau das versuchen wir auch. Aber wenn wir an einem Ort den Leuten erklären, was wir darstellen, und uns bemühen, latente Fähigkeiten zu finden oder die Ängste der Menschen zu beschwichtigen, stellen sich morgens, mittags und abends an hundert anderen Orten die Leser der Kanzlerin vor die Häuser der Masken und schmähen uns als Ketzer. Ganz zu schweigen davon, dass sie die Angst schüren, Gorian könnte zurückkehren.«

»Vor diesem Problem haben vor Jahrhunderten die Missionare des Ordens in den neuen Gebieten auch gestanden.«

»Aber das hier ist Estorr, dies ist die Heimat«, widersprach Ossacer.

»Nicht für den Aufstieg«, fauchte Herine. »Niemand hat gesagt, dass es leicht würde. Ihr genießt meine Unterstützung, weil ich an Euch glaube. Was wollt Ihr sonst noch?«

»Gesetze«, sagte Arducius.

»Wozu? Wollt Ihr die Leute zwingen, Euch zuzuhören und zuzustimmen? Wollt Ihr es für illegal erklären, Arducius und Ossacer zu widersprechen? Gott umfange mich, manchmal frage ich mich, ob Ihr zwei auch nur einen Funken Verstand im Kopf habt. Ist Euch denn überhaupt nicht klar, warum Ihr solche Schwierigkeiten habt?«

Darauf breitete sich nachdenkliches Schweigen aus. Die beiden Aufgestiegenen wechselten einen Blick, was Herine beim blinden Ossacer immer beunruhigend fand. Diese leidenschaftlichen Augen konnten fast vergessen machen, dass Ossacer außer Energiebahnen nichts wahrnehmen konnte.

»Harte Arbeit und Eure Überzeugung reichen nicht aus«, fuhr sie fort. »Natürlich habe ich Berichte über Eure Bemühungen bekommen, und niemand kann bestreiten, dass Ihr Euch unermüdlich eingesetzt habt. Aber wenn Ihr versucht, sämtliche Einwohner von Estorr auf einen Schlag auf Eure Seite zu bringen, müsst Ihr scheitern.«

»Das ist ja noch nicht alles«, sagte Arducius. »Das Problem ist, dass der Orden alles wieder zunichte macht, sobald wir fort sind. Sie setzen viele Leute, Drohungen und die Geschichte als Waffen ein, und das alles steht uns nicht zur Verfügung.«

Herine holte tief Luft. Am liebsten hätte sie laut gelacht. »Unter allen Menschen auf der Welt müsstet doch gerade Ihr genau wissen, wie weit der Orden gehen würde, um seine Herrschaft über den Glauben der Menschen nicht zu verlieren. Dabei spielt es nicht die geringste Rolle, dass wir an denselben Gott glauben, den auch sie anbeten. Ihr kämpft dort auf verlorenem Posten. Was in entlegenen Orten von Bahkir und Morasia gelungen ist, lässt sich hier nicht wiederholen.« Sie legte sich eine Hand auf die Stirn. »Kommt es mir nur so vor, oder wiederhole ich mich schon wieder?«

»Nein. Doch, vielleicht schon«, sagte Arducius. Dann lächelte er. »Wir sind Euch unendlich dankbar für Eure Hilfe, für Euren Rat und Eure Unterstützung.«

»Das will ich doch hoffen«, antwortete Herine. »Und außerdem dürft Ihr nicht vergessen, dass die Advokatin immer recht hat.«

»Daran habe ich nie gezweifelt«, antwortete Ossacer. Offenbar war ihm die Ironie ihrer Bemerkung schon wieder entgangen.

»Deshalb sitzt Ihr nicht in Gefängniszellen, obwohl Felice dies Tag für Tag fordert. Eine wachsende Zahl meiner Bürger stimmt darin mit ihr überein.«

»Was kann uns nun die Advokatin heute Morgen über unsere Taktik sagen?«, fragte Arducius mit blitzenden Augen.

»Unterwandert Euren Feind«, sagte Herine. »Beginnt an den Rändern des Mosaiks und versucht nicht, es in der Mitte zu zerbrechen. Forscht nach, findet die Leser und Sprecher, die mit euch sympathisieren. Beratet Euch insgeheim mit ihnen und holt sie zusammen. Es gibt sie ganz gewiss. Wenn sie sich fürchten, dann beschützt sie. Ihr habt die Garde des Aufstiegs, fast eintausend gut ausgebildete Soldaten der Konkordanz. Setzt sie ein. Und wenn Ihr das nächste Mal zu den Bürgern sprecht, dann stellt Euch vor ein Haus der Masken und nicht vor einen Brunnen.«

Herine lehnte sich zurück und wartete ab, ob sie es begriffen hätten. Dabei war alles so einfach. Sie musste Jhered für diese Vorschläge danken. Ein Mann, der das Leben der meisten Menschen unnötig kompliziert fand.

»Ihr glaubt, wir hätten selbst darauf kommen müssen«, sagte Ossacer.

Herine zog die Augenbrauen hoch. »Ich glaube, die Akademie ist nur auf die Lehre ausgerichtet und auf diese Situation nicht richtig eingestellt. Ich glaube, Ihr benutzt nicht alle Einrichtungen und Dienste, auf die Ihr genau wie alle anderen wichtigen Institutionen der Konkordanz zurückgreifen könnt. Dabei ist mir klar, dass Ihr noch eine sehr junge Organisation seid und Eure Arbeit noch sehr weit davon entfernt ist, sich auf die ganze Konkordanz ausbreiten zu können. Ihr hattet recht mit der Einschätzung, dass es noch Generationen dauern wird. Sobald aber Euer Feind zum Freund wird, wird Euer Weg glatter und gerader verlaufen. So geht der Orden schon seit langer Zeit vor. Nur Felice glaubt, Unterdrückung sei der bessere Weg.«

»Aber damit irrt sie sich, nicht wahr?«, sagte Arducius.

»Manche lernen es nie«, stimmte Herine zu. »Ich hoffe nicht, dass Ihr zu denen gehört.«

Auf einmal spreizte Ossacer die Finger. »Wir sollten mit Marschall Vasselis reden, nicht wahr?«

»Meinen Glückwunsch, jetzt denkt Ihr nach«, antwortete Herine. »Aber seid vorsichtig, wenn Ihr mit ihm redet. Vergesst nicht, was ihn seine Hilfe für den Aufstieg gekostet hat. Er ist nicht mehr der Mann, der er früher einmal war.«

Arducius nickte. »Wir haben versucht, ihn in die Arbeit der Akademie einzubinden. Er wäre ein hervorragender Vertreter unserer Interessen gewesen. Leider hat er abgelehnt. Meines Wissens ist er in Caraduk und hat seit Jahren seine Villa in Cirandon nicht mehr verlassen.«

»Nun, er begibt sich durchaus auf Reisen«, erklärte Herine. »Er ist nach wie vor ein zuverlässiger, hervorragender Marschallverteidiger. Allerdings hat er seinen Erben verloren, und weitere Kinder können sie nicht haben. Daher ist er gebrochen.«

»Dann sollten wir ihn doch lieber in Ruhe lassen«, überlegte Ossacer. »Damit er seinen Frieden findet.«

Herine schüttelte den Kopf. »Tut das nicht. Er wird in einigen Tagen kommen, und dann reisen wir gemeinsam zum Solastropalast, um der Vollversammlung des Senats beizuwohnen. Redet mit ihm und lasst es ihn selbst entscheiden. Es würde ihn noch mehr treffen, wenn er den Eindruck bekäme, Ihr hieltet ihn Kovans wegen für nutzlos.«

Immer noch trieb dieser Name den Aufgestiegenen eine Träne ins Auge. Auch er war ein Held der Konkordanz. Erst siebzehn Jahre alt, hatte er sein Leben gegeben, um Mirron und damit vielleicht die ganze Konkordanz zu retten. Doch sein Vater Arvan Vasselis hatte dies in seinem Kummer nicht als Ruhmestat und Trost sehen können, worüber Herine unendlich traurig war. Sie hatte einen Freund verloren, der eine Leere zurückgelassen hatte.

»Meine Advokatin?«

»Ja ... Arducius? Entschuldigt, ich war in Gedanken.«

»Uns ist klar, dass Ihr nicht nur hergekommen seid, um uns zu erklären, dass wir die Sache in Estorr falsch anpacken. Was wollt Ihr von uns?«

In Ossacers blinden Augen schimmerte Misstrauen, und sein Bruder sah sie wissend an.

»Ihr habt bisher noch keine Angehörigen der nächsten Generation mitgenommen?«

»Ihr meint, wir haben sie noch nicht ins Gefecht geschickt?«, fragte Ossacer zurück.

»Es ist mir ziemlich egal, wie Ihr das nennt. Ich will nur wissen, ob sie schon mit Euch draußen waren, und ob sie in der Öffentlichkeit und unter Druck ihre Fähigkeiten demonstriert haben.«

Herine starrte Ossacer an, denn sie wusste, dass er ihre Stimmung fühlen konnte, und warnte ihn stumm, sie ja nicht mehr weiter zu reizen. Er war keineswegs eingeschüchtert, so viel war klar. Manchmal wäre es ihr lieber, er würde sich hinter seiner Behinderung verstecken. Ein Durcheinander bunter Farben überflutete seine Augen, dann beruhigten sie sich und zeigten ein kühles Blau.

»Nein, wir haben sie nicht mitgenommen. Es ist da draußen zu gefährlich für sie, und so lange wir nicht sicher sind, dass sie mit dem Hass und dem Misstrauen umgehen können, lassen wir sie nicht hinaus.«

»Das war lobenswert, und ich konnte dem uneingeschränkt zustimmen«, sagte Herine. »Bis gestern und bis heute Morgen. Jetzt habe ich meine Meinung geändert. Wie Euch bekannt ist, bereitet sich die Konkordanz auf einen Krieg vor. Auch der Aufstieg muss bereit sein, denn möglicherweise brauchen wir Euch. Es scheint mir, als seien die Warnungen Eures Freundes Harban, dieses heißblütigen Karku, durchaus berechtigt gewesen. Die Tsardonier greifen Gosland und Gestern an.«

Ossacers Gesicht war aschfahl. »Was sollen wir denn nun für Euch tun, meine Advokatin?«

»Du meine Güte«, sagte Herine, abermals gereizt. »Das habe ich geahnt.«

»Es tut mir leid, ich kann Euch nicht folgen«, sagte Ossacer.

»Doch, das könnt Ihr, und zwar sehr gut«, gab Herine zurück. »Ich erwarte, dass Ihr tut, was die Konkordanz verlangt. Was der General Eurer Armee verlangt, falls Ihr in den Kampf ziehen solltet, und ich kann Euch versichern, dass Ich Euch genau dort sehen will. Schließlich denke ich, dass ein Mann, der Hügel zum Einsturz bringen, Wirbelstürme erwecken und Flutwellen erzeugen kann, in einem Kampf recht nützlich sein könnte.«

»Damit würden wir alles zerstören, was wir in den letzten zehn Jahren mit so viel Mühe aufgebaut haben«, wandte Ossacer ein.

»Das erledigt schon Gorian für Euch. Wir müssen dieser Bedrohung begegnen.«

»Ich werde kein Werk verrichten, bei dem Menschen umkommen, und das wird auch kein Angehöriger der folgenden Generation tun«, sagte Ossacer.

»Ihr und sie, Ihr alle werdet tun, was Eure befehlshabenden Offiziere verlangen«, sagte Herine. Sie sprang auf und baute sich vor Ossacer auf, der unbeeindruckt blieb. »Wer sich auf dem Schlachtfeld weigert, Befehle auszuführen, wird hingerichtet.«

»So sei es. Wenigstens werde ich dann reinen Gewissens in die Umarmung Gottes aufgenommen.«

»Und verbrannt«, fuhr sie fort. »Ihre Asche wird im Wind verstreut.«

»Ihr könnt mir keine Angst machen, meine Advokatin. Ich werde mich nicht ändern.«

»Verdammt, der Krieg ändert alles und für alle Menschen.« Herines Ruf hallte zwischen den Wänden und Scheiben des Kanzleramts. »Ist Euer Gedächtnis denn so schlecht, dass Ihr es schon vergessen habt? Ihr habt bereits im Kampf Menschen getötet, um die Konkordanz zu retten. Das könnt Ihr guten Gewissens noch einmal tun.«

Sie wandte sich ab und biss sich auf die Zunge, um nicht noch mehr zu sagen.

»Ich glaube, wir sollten alle tief durchatmen«, sagte Arducius leise. »Es kommt oft zu Ausbrüchen, wenn unsre Fähigkeiten zur Debatte stehen, hier drinnen wie draußen auf den Straßen von Estorr. Ossacer, wir verstehen deine Position, aber du musst sie möglicherweise im Krieg aufgeben. Meine Advokatin, wenn es mir erlaubt ist, dann möchte ich die Vermutung äußern, dass Ihr Ossacers Haltung im Grunde respektiert und sogar unterstützt.«

»Schon wieder jemand, der meine Gedanken lesen kann«, murmelte Herine. »Bin ich denn ein offenes Buch?«

»Meine Advokatin?«

»Schon gut.« Sie wedelte mit einer Hand.

»Wir werden im Konflikt, wenn es so weit ist, unseren Teil beitragen«, versprach Arducius. Ossacer öffnete den Mund, aber Arducius brachte ihn mit einer Berührung zum Schweigen. »Wie dieser Beitrag aussieht, können wir erst entscheiden, wenn es so weit ist. Doch was die Aufgestiegenen der nächsten Generation angeht, Herine, so habe ich meine Zweifel. Sie sind noch unerprobt, und wenn der Krieg so nahe ist, wie Ihr glaubt, dann bleibt nicht genügend Zeit, sie auszubilden.«

»Auch Ihr wart unerprobt und dazu erst vierzehn Jahre alt. Drei Jahre jünger als die nächsten fünf Aufgestiegenen.«

»Wir zahlen noch heute den Preis dafür«, sagte Arducius. »Wir werden uns wohl nie von den Albträumen befreien können und nie die Schreie und das Donnern der einstürzenden Felsen vergessen. Das alles verschlingende Wasser und das Kreischen des Windes. Wir müssen mit dem leben, was wir getan haben. Ein einzelner Soldat tötet oder wird getötet. Wir stehen abseits und ermorden Tausende.«

»Ja!« Obwohl es völlig unangebracht war, musste Herine lächeln. »Stellt Euch nur vor, wie viele Bürger der Konkordanz Ihr damit rettet.«

»So würdet Ihr nicht denken, wenn Ihr die Kraft in Eurem Körper hättet«, erwiderte Ossacer. »Ein Schritt zu weit, und wir sind nicht besser als Gorian.«

»Allerdings bin ich sicher, dass Gorian keinerlei Hemmungen zeigen wird.« Herine nagte an der Oberlippe. Diese jungen Männer waren voller Leidenschaft. Und voller Angst.

»Ich verstehe das«, fuhr sie fort. »Wirklich, ich beneide Euch nicht um die Last, die auf Euren Schultern ruht, und respektiere Eure Sorge um diejenigen, die Euch nachfolgen. Ob Ihr es aber als Segen oder als Fluch betrachtet, Ihr besitzt Fähigkeiten, die uns in einem Krieg einen bedeutenden oder gar entscheidenden Vorteil verschaffen können. Das kann ich nicht ignorieren.«

»Ihr könnt aber auch nicht die Nachwirkungen ignorieren«, entgegnete Ossacer. »Außerdem finde ich die Annahme, die Aufgestiegenen seien vor allem Waffen, beleidigend. Das sind wir nicht. Wir sind Menschen wie Ihr.«

»Falsch«, erwiderte Herine. Sie setzte sich wieder. »Zuerst einmal seid Ihr nicht wie ich oder irgendein anderer Mensch auf dieser Welt. Ihr seid die Ersten einer neuen Art von Menschen und müsst all den Ruhm und Schmerz auf Euch nehmen, der damit verbunden ist. Zweitens sind Eure Fähigkeiten die Waffen, nicht Ihr selbst seid es, Ossacer Westfallen. Auch ein Bauer bereitet sich auf den Krieg vor.

Er bekommt, je nach seinen Fähigkeiten, eine Sarisse, einen Bogen oder Gladius. Das ist seine Waffe.«

»Ich bin kein Soldat und werde niemanden töten«, widersprach Ossacer, »und ich werde nicht zulassen, dass meine Gefährten, die anderen Aufgestiegenen, so fahrlässig eingesetzt werden.«

»Zulassen? Ihr seid weder die Mutter des Aufstiegs noch die Advokatin. Wir werden entscheiden, was zulässig ist und was nicht.«

»Ich verstehe, dass wir uns gegen Eindringlinge verteidigen müssen. Ich verstehe die Notwendigkeit, einen Krieg zu führen. Doch ich lebe, um zu heilen, und nicht, um zu töten.«

»Dann werdet Ihr eben als Heiler auf dem Schlachtfeld eingesetzt, verdammt.« Noch ein Ruf, der ein lautes Echo hervorrief. Herine stand auf und ging zur Tür. »Ich werde es noch einmal sagen, und Ihr werdet Euch darauf einstellen. Falls ein Krieg ausbrechen sollte, werdet Ihr und die anderen fünf auf die Heere verteilt, um dort zu tun, was die Befehlshaber verlangen. Wenn Ihr Euch weigert, werdet Ihr wegen Feigheit oder Befehlsverweigerung hingerichtet. Was wird dann aus Eurem kostbaren Aufstieg und den Prinzipien?«

Sie riss die Tür auf und stolzierte an Vater Kessians Büste vorbei den Flur hinunter.

»Lebt in der realen Welt und seht, was ich sehe«, rief sie zurück. »Idealisten. Gott, befreie mich von den Idealisten«, fuhr sie erheblich leiser fort.

Roberto Del Aglios musste insgeheim zugeben, dass er eine gewisse selbstsüchtige Freude empfand, obwohl der Anlass seiner Reise alles andere als angenehm war. Er hatte Boten vorausgeschickt, und nun begrüßte ihn eine große Truppe am größten Grenzübergang. Ein Grenzübergang, der vor Waffen starrte.

»Ich wusste doch, dass ihr mich nicht enttäuscht«, sagte er leise.

In all den Jahren, die er nach Sirrane und wieder zurück gereist war, hatte er noch nie diesen Weg eingeschlagen, sondern sich stets weiter im Norden zum Fluss gewandt, um dann unter dem großen Brückenbogen entlangzufahren, den er jetzt überschreiten würde. Vom Fluss aus wirkte er nicht sonderlich beeindruckend, aber hier oben war er ein spektakuläres, beeindruckendes Symbol für die Macht der Konkordanz.

Die zehn Meilen südlich der sirranischen Grenze gelegene Gorneonbrücke, die den breiten, träge fließenden Triesk überspannte, hatte den Legionen, die nach Tsard eingedrungen waren, als Ausfalltor gedient.

Auf der tsardonischen Seite war das Torhaus mit geschnitzten Heldenfiguren geschmückt und erhob sich vierzig Fuß hoch. Hinter Schießscharten standen Ballisten bereit, und die Wehrgänge waren mit Bogenschützen bemannt. Das mächtige, mit Eisen verstärkte Tor, durch das fünfzehn Kämpfer nebeneinander schreiten konnten, war geschlossen.

An sechs Stellen wehten Flaggen, und in Nischen standen Statuen, die das Bauwerk schmückten und die Tsardonier vor einem Angriff warnten.

Rumpelnd öffneten sich die Torflügel, als Roberto sich näherte. Jubelrufe und militärische Grüße empfingen ihn, und er antwortete mit einem demütigen Nicken. Vor ihm erhob sich der Brückenbogen, dahinter konnte er schon die Befestigungen auf der gosländischen Seite erkennen. Türme aus Stein und Zement, dazu eine Festung, die jeden Feind, der den Fluss zu überqueren wagte, mit vernichtenden Salven eindecken konnte. Nur ein Narr käme auf die Idee, eine so mächtige Barriere anzugreifen.

Jetzt waren auch Robertos letzte Zweifel beseitigt, eine kleine tsardonische Streitmacht wäre imstande, die Grenzen der Konkordanz zu verletzen. Vor der Ehrengarde der Legionäre mit ihren polierten Rüstungen standen drei Menschen, deren Anblick sein Herz wärmte.

»Die verdammten Förmlichkeiten.« Roberto sprang vom Pferd

und schritt rasch den Abhang hinauf. Dabei grinste er wie ein Idiot, empfand zugleich aber Schuldgefühle, weil er sie so lange vernachlässigt hatte.

»Hallo, Roberto.«

»Dahnishev, du verschlagener Bastard, was tust du denn hier?«

Roberto umarmte den alten Freund, der ihm in seiner Eigenschaft als Feldarzt so viele Jahre im Krieg treu gedient hatte. Der gosländische Wunderheiler war immer noch prächtig in Form.

»He, Vorsicht mit meinen alten Knochen«, grunzte Dahnishev.

»Du wirst niemals alt«, antwortete Roberto lachend.

Er sah wirklich nicht danach aus. Obwohl sicherlich schon über achtzig, wirkte er gut dreißig Jahre jünger, als wäre er in Robertos Alter. Groß und schlank und immer noch mit dem genialen Funken in den Augen.

»Ich habe gehört, dass du unterwegs seist, und dachte, du verlangst womöglich nach einem Arzt.«

»Darauf komme ich vielleicht sogar zurück.« Roberto löste sich von ihm. »Die sirranische Küche ist recht schwer verdaulich.«

Er ging einen Schritt weiter.

»General Kell.« Sie gab ihm die Hand, doch er fasste sie bei den Schultern und küsste sie auf beide Wangen. »Dina, es ist viel zu lange her.«

»Das finde ich auch, Roberto. Schön, dich zu sehen.«

»Und schließlich, wenn das nicht Pavel Nunan ist.« Die beiden Männer gaben sich die Hände, und Roberto klopfte ihm auf den Rücken. »Tut dir die Vaterschaft gut, General?«

Nunan kicherte. »Frag Dina. Sie erlebt es ja jeden Tag.«

»Er musste eine Menge lernen«, schaltete sich Kell ein. »Er behandelt die drei wie eine kleine Legion. Ich bin überrascht, dass sie zu ihren Großeltern nach Estorr durften und nicht vor dir strammstehen müssen.«

»Sie übertreibt. Na schön, sie haben Holzschwerter, aber sie haben auch Pferde, und mir will einfach nicht einfallen, worauf dieser Einfluss der Kavallerie zurückzuführen ist.«

»Von ihnen könnt ihr sicher Großes erwarten, und ich hätte mich gefreut, wenn ich sie hier getroffen hätte. Vielleicht ergibt sich irgendwann die Gelegenheit dazu. Aber da wir gerade von Familie reden, wo ist mein kleiner Bruder? Wo steckt Adranis?«

»So klein ist er gar nicht mehr, das kann ich dir sagen«, antwortete Kell.

Sie drehte sich um und blickte zur Ehrengarde, die auf der Brücke stand. Auf ihr Winken stieg der Anführer der Reiter ab und marschierte zu ihnen. Roberto schwoll das Herz vor Stolz. Adranis nahm den makellosen Helm mit dem Federbuch ab, warf seinen Mantel über eine Schulter und legte die ebenso makellose Rüstung frei. Er bewegte sich selbstsicher und ruhig. Kell hatte recht, er war kein kleiner Junge mehr, sondern zu einem starken Mann herangewachsen. Groß, mit schwarzen Haaren und einem Gesicht, das sicher schon eine Menge Herzen gebrochen hatte. Seine Miene blieb unbewegt, als er direkt hinter den beiden Generälen stehen blieb. Kell musterte ihn mit hochgezogenen Augenbrauen.

»Rührt Euch, Meister Del Aglios, um Gottes willen.«

Darauf blickte Adranis rasch nach links und rechts, gab einem Adjutanten seinen Helm und stürmte los, um den völlig gerührten Roberto so heftig zu umarmen, dass dieser beinahe keine Luft mehr bekam.

»Ich bin so stolz auf dich, Adranis. Du machst dem Namen Del Aglios mit jedem Herzschlag alle Ehre.«

»Wo warst du nur so lange, Roberto?« Adranis hatte eine tiefe, melodische Stimme. »Ist Sirrane wirklich so verlockend, dass du dich bisher nicht losreißen konntest und erst kommst, wenn es Ärger gibt?«

Roberto zog sich zurück und sah seinem Bruder tief in die Augen.

»Ist das ein Vorwurf?«, fragte er lächelnd.

»Ein bisschen schon. Ich habe dich vermisst.«

»Aber ich habe oft von dir gehört. Mutter hatte recht, als sie dich General Kell überlassen hat. Siebenundzwanzig und schon Rittmeister der Bärenkrallen. Wie ich hörte, bist du ein ausgezeichneter Reiter.«

Darauf errötete Adranis, und Roberto hätte vor Freude über dessen Bescheidenheit fast geschluchzt.

»Ich muss noch viel lernen.«

»Von wem denn?«, schnaubte Kell.

»Dann glaubst du nicht, er sei mit siebenundzwanzig noch ein wenig zu jung und vorlaut für so ein Kommando?«, fragte Roberto zwinkernd.

Kell antwortete mit unbewegter Miene. »Schwerlich. Du solltest ihn sehen.«

»Vielleicht habe ich noch Gelegenheit dazu. Mein kleiner Bruder, ich kann dir nur eines sagen. Falls ich fallen sollte, wird die Konkordanz in dir einen fähigen Stellvertreter der Advokatin finden.«

Adranis holte tief Luft und keuchte, kämpfte die Tränen nieder und nickte befangen.

»Danke.«

»Nicht nötig. Du bist dazu geboren. Ich erkenne es sofort.« Roberto klopfte ihm auf die Schulter. »Komm schon, lass uns etwas essen und alle Neuigkeiten austauschen. Ich weiß nicht, wie es dir geht, aber ich bin halb verhungert.«

17

859. Zyklus Gottes, 25. Tag des Genasauf

Roberto knallte die Faust auf den Tisch und brüllte vor Lachen. Dann richtete er sich auf seiner Liege auf und trank etwas gesüßten warmen Wein. Der Tisch, um den sie sich niedergelassen hatten, war reichlich mit Fleisch, Soßen, Obst und Brot gedeckt. Die Diener waren längst entlassen, draußen dämmerte ein kühler Abend. Es würde bald regnen, doch im Festsaal herrschte Fröhlichkeit, und das Feuer brannte warm.

»Gott geleite mich zur Ruhe, das hatte ich ganz vergessen«, sagte Roberto, als er wieder sprechen konnte. »Dieser verdammte rote atreskanische Schild. Nachts hat er sich in der Schlacht abgehoben, als würde ein Feuer brennen. Dabei konnte man Davarov sowieso nicht übersehen. Hätte ich ihm nicht so sehr vertraut, ich hätte Angst vor ihm bekommen können. Das war im Herolodustal, nicht wahr?«

»Genau«, bestätigte Dahnishev. »An diesem Tag hat Arducius den Schneesturm heraufbeschworen, und Mirron hat die tsardonischen Katapulte zu Asche verbrannt.«

»Das war ein unvergesslicher Tag.« Roberto wurde ernst, als die Namen der Aufgestiegenen fielen.

»Warum hat er das getan?« Adranis hatte den ganzen Nachmittag über die Geschichten über den Krieg gegen Tsard förmlich aufgesogen. »Ich meine Davarov. Warum hat er einen Schild in den Farben von Atreska getragen? Und warum hast du das zugelassen, Roberto?«

»Du bist ihm nie begegnet, nicht wahr?«, fragte Roberto, worauf Adranis den Kopf schüttelte. »Der Mann ist unvergleichlich. Er ist ein einzigartiger Kerl, darin wird mir Dahnishev sicher zustimmen. Ich habe noch nie einen Kämpfer getroffen, dem seine Loyalität gegenüber der Konkordanz wichtiger war, und zugleich noch nie einen Mann, der unerschütterlicher mit seinem Geburtsland verbunden war. Er war der stolzeste Atreskaner, den du dir vorstellen kannst, und es gab durchaus ernsthafte Konkurrenz. In der Anfangszeit war dies eine schwierige Kombination, aber ich musste mir immer nur vor Augen halten, dass seine Treue zur Konkordanz unerschütterlich war und er seine Leute auf dieser Grundlage geführt hat. Deshalb konnte ich ihm den Freiraum geben, seine Marotten auszuleben, denn sie haben ihn nur in seinem Glauben an mich und uns bestärkt. So einem Mann nimmt man nicht den Schild weg, und man behandelt ihn auch nicht wie einen gewöhnlichen Soldaten. Wenn du das tust, nimmst du ihm seine Persönlichkeit, und er ist nicht mehr nützlich für dich.«

»Aber das ist doch eine Einladung zur Befehlsverweigerung«, widersprach Adranis.

»Nein, sicher nicht. Jedenfalls nicht, solange er seine Grenzen und Pflichten kennt und weiß, wem er zu dienen hat. Das hat Davarov stets gewusst. Er war nicht nur leidenschaftlich, sondern auch klug und charismatisch, und das sind Qualitäten, die man immer fördern sollte.«

»Aber singen konnte er nicht, was?«, fragte Dahnishev. »Weißt du noch, der Marsch nach Neratharn?«

»Ob ich das noch weiß?« Roberto legte sich die Hände an den Kopf. »An einem kalten Morgen tun mir heute noch die Ohren weh.« Dann wandte er sich wieder an Adranis. »Aber er hat gesungen und uns allen Mut gemacht, als wir aufgeben wollten. Wenn du so einen Mann findest, dann darfst du ihn nicht knebeln, du musst ihm eine Bühne geben.«

So schwelgten sie lange in Erinnerungen. Viel zu lange sogar. Roberto war am Ende ein wenig benommen, schließlich verstummte er ganz und wartete, bis auch die anderen ruhiger wurden. Dann füllte er seinen Becher mit Wasser.

»Du denkst, wir könnten sie hier brauchen«, sagte Nunan.

»Nein«, entgegnete Roberto. »Ich sehe, was ihr hier vollbracht habt, und deshalb müssen wir uns vorerst keine Sorgen machen. Außerdem hat er vielleicht selbst Schwierigkeiten. Atreska versinkt im Chaos, und nicht erst seit gestern.«

»Was steht uns dann bevor?«, fragte Kell. »Der Bote hat sechstausend Kämpfer erwähnt. Das ist keine Streitmacht, die für eine Invasion ausreicht.«

»Nein, sicher nicht. Aber die Tsardonier tun nichts ohne guten Grund, und die Sirraner glauben, dass sie etwas im Schilde führen. Dieser Vorstoß dürfte bei Weitem nicht das Einzige sein, was sie zurzeit unternehmen. Wir müssen damit rechnen, dass noch weitere Truppen nach Süden vordringen, und sie führen sicherlich auch Reserven nach. Ich habe keine Ahnung, wie sie ihre Streitmacht so schnell wieder aufbauen konnten, aber wir müssen annehmen, dass es ihnen gelungen ist, und nur darauf kommt es an. Aus diesem Grund habe ich auch die Advokatin gebeten, eine volle Mobilmachung zu befehlen. Ich weiß, das ist teuer, aber der Schatzkanzler wird sich darum kümmern. Wahrscheinlich können wir es uns gerade eben leisten, und dieses Mal sind wir in der Lage, die Tsardonier endgültig in ihr Hinterland zurückzutreiben, wenn wir bereit sind. Hier im Norden sind wir gut aufgestellt. Gosland hat einige Legionen, und wir können Verstärkungen aus Dornos und Tundarra und sogar Phaskar holen, obwohl sie vielleicht auch über Neratharn nach Atreska geschickt werden müssen. Was ist?«

Die anderen vier am Tisch wechselten betretene Blicke und schauten ernst drein.

»Du warst lange unterwegs, Roberto. Du bist nicht mehr auf dem Laufenden«, sagte Dahnishev.

»Was meinst du damit?«

Kell forderte Adranis nickend auf, es seinem Bruder zu erklären.

»Dornos hat die Konkordanz verlassen.«

»Sie haben – was?« Roberto war wie vor den Kopf geschlagen. Er runzelte die Stirn. »Das können sie nicht. Das ... das ist unglaublich. Diese Verräter, das werden sie noch bereuen.«

»Bist du sicher?« Adranis schüttelte den Kopf. »Vorläufig jedenfalls nicht. Sie wissen, dass wir nicht stark genug sind, um das Kriegsrecht durchzusetzen, und wir können uns keine Invasion erlauben. Atreska hat uns zum zweiten Mal ausgeblutet. Sie glauben, sie können sich vor uns schützen, indem sie sich mit den Omari verbünden. Wir hören Berichte, dass Tundarra den gleichen Weg gehen könnte.«

»Die sind nicht besser als die Ratten in ihren von der Konkordanz gebauten Abwasserkanälen«, sagte Roberto. »Gott umfange mich, am liebsten würde ich eine Straße bis Cabrius bauen und den Tsardoniern mit Flaggen den Weg zeigen. Und dann würde ich lachen, wenn die Dornosianer um Gnade winseln.«

»Wir wissen, wie du dich fühlst«, sagte Kell. »Aber aus diesem Grund sind wir hier oben ein wenig isoliert. Deshalb konnten wir auch die Bärenkrallen nicht weiter nach Süden verlegen.«

»Aber sie werden uns nicht angreifen«, überlegte Roberto. »Wir werden die Estoreaner und alle loyalen Truppen herausziehen und die Grenzen schließen, nicht wahr?«

»Das geschieht bereits«, erklärte Nunan. »Leider fehlen uns dadurch Truppen, die wir dringend gebrauchen könnten, falls die Tsardonier stärker sind als vermutet.«

»Umso wichtiger ist es, alles zu mobilisieren, was wir jetzt noch haben. Habt ihr schon eine Reaktion aus Estorr bekommen?«

»Nein«, antwortete Nunan. »Wenigstens noch nicht, als wir vor zehn Tagen Goscapita verließen. Dein Bote erreichte uns auf dem ersten Abschnitt einer Rundreise durch das ganze Land. Im Augenblick ist vieles in Bewegung. Auf jeden Fall werden wir alle Neuigkeiten sogar noch vor dem Marschallverteidiger von Gosland erfahren.«

»Gut, denn wir müssen uns darauf einstellen, dass wir hier an vorderster Front stehen. Was haben wir hier?«

»Die gesamte Zweite Estoreanische Legion, die Bärenkrallen. Außerdem fünfhundert Kämpfer aus der Vierten Ala, den Speeren von Gosland, die wie in Friedenszeiten üblich abwechselnd die Wache an der Grenze übernehmen. Damit haben wir insgesamt fünftausend und kaum noch etwas hinter uns. Den Speeren fehlen etwa eintausend Fußsoldaten und Reiter. Die Dreißigste Ala, die Feuerdrachen, ist größtenteils im Norden an der Grenze zu Omari eingesetzt. Die Lage dort oben ist immer noch schwierig. Wir sollten lieber annehmen, dass Tundarra keine Truppen schickt.«

Roberto nickte. »Gut, das müsste fürs Erste reichen. Diejenigen, die mir gefolgt sind, werden nicht über die Brücke kommen, und ich vermute, ihr könnt mit euren Onagern ohnehin das gegenüberliegende Ufer beschießen. Wir können sie leicht vom Torhaus abhalten, auch ohne sämtliche Truppen auf die tsardonische Seite zu schicken.«

»Wir sind zum gleichen Schluss gekommen«, sagte Kell.

»Da fällt mir etwas ein. Wer kommandiert eigentlich heute die Legion?« Roberto lächelte. »Ich kann immer noch nicht glauben, dass unser Marschallgeneral damit einverstanden war, Ehemann und Ehefrau gemeinsam das Kommando zu geben. Unter Elise Kastenas' funkelnder Rüstung schlägt ein romantisches Herz, was? Aber in Wirklichkeit funktioniert es doch sicher nicht richtig, oder?«

»Wir haben bisher keine Klagen gehört«, erwiderte Nunan. »Im Übrigen war die Frage eher die, ob wir beide hier sein würden, oder ob die Legionen uns beide verlieren würden. Eigentlich war die Entscheidung ganz einfach.«

»Erpressung«, meinte Roberto.

»Was für ein hässliches Wort.« Kell musste grinsen. »Wir nennen es lieber Verhandlungsgeschick.«

»Eines Tages werde ich euch fragen, wie ihr euch die Aufgaben teilt und die Legion bei Laune haltet. Oder ich werde lieber Adranis unter vier Augen danach fragen.«

»Das ist jetzt aber nicht so wichtig, oder?«, erwiderte Nunan. »Wir gehen davon aus, dass du das Oberkommando über die Verteidigung von Gosland übernimmst.«

Jetzt, da es so weit war, fühlte Roberto sich unbehaglich, als er vor zwei so fähigen Leuten saß.

»Wir können sicher so zusammenarbeiten, dass es uns allen nützt«, sagte er.

»Aber keineswegs«, erwiderte Nunan. »Es ist uns eine Ehre, dich als Oberbefehlshaber hier zu haben. Du musst das Kommando übernehmen. Ein Blick in Adranis' Gesicht zeigt, welchen Einfluss dies auf die Moral hätte.«

»Komm schon Roberto, nun tu nicht so schüchtern.«

»Du wirst bald Latrinen ausheben, kleiner Bruder.«

Alle lachten. Roberto schenkte sich nach und hob sein Glas. Dieses Mal hatte er sich wieder für Wein entschieden.

»Wir wollen auf die Advokatin, die Bärenkrallen und die unausweichliche Niederlage der Tsardonier anstoßen.«

Die Garde des Aufstiegs und die Leviumkrieger hatten Brennstoff mitgebracht. Überall in der Höhle brannten Feuer wie funkelnde Sterne in einem winzigen Firmament. Doch es blieb kalt. Die Kälte kroch ihnen in die Knochen und schwächte alle Muskeln. Von ihrem Aussichtspunkt, hoch in der Südwand der Höhle, konnten sie die ganze Insel und den Abfluss des Sees im Norden überblicken.

Mirron staunte über einen Anblick, den, wie sie wusste, kein Karku jemals zu sehen erwartet hätte.

Dankbar für die Wärme des Feuers, an dem sie mit Jhered, Harkov und Harban saß, ging Mirron die Ergebnisse eines Tages voll fieberhafter Planungen durch. Den ganzen Tag über waren Karku in Inthen-Gor eingetroffen und hatten neue Nachrichten über den Vorstoß der Feinde mitgebracht. Es waren beunruhigende Berichte, denn die Karku hatten die tsardonische Armee verfolgt und immer wieder in Scharmützel verwickelt, während die Toten allem Anschein nach völlig verschwunden waren. Kein Späher konnte erklären, wo sie abgeblieben waren, und kein Karku, der tapfer genug gewesen war, um ihnen zu folgen, war zurückgekehrt.

Die Karku drängten sich auf der Insel und hatten sämtliche hierherführende Tunnel besetzt. Boote patrouillierten auf dem See, falls die Gegner durch einen Zufluss kämen. Im Zentrum standen die zweihundert estoreanischen Kämpfer, halfen mit Ratschlägen und unterwiesen die Karku im Umgang mit Waffen und in Taktik. Angesichts der kurzen Zeit war es ein fast hoffnungsloses Unterfangen, aber es konnte doch einen kleinen Beitrag leisten, um die kommende Schlacht zu ihren Gunsten zu entscheiden. Schmerzlich laut hallte es manchmal zwischen den zerklüfteten Felsen, die Inthen-Gor umgaben.

Mirron kostete die Energie. Sie schmeckte fieberhaft oder nervös und war von einer gewissen Resignation getragen, die an eine Niederlage denken ließ. Inzwischen waren die Tsardonier sicher schon in so viele Zugänge eingedrungen, wie es ihnen nur möglich war. Irgendwo dort oben kämpften die Karku und wurden besiegt.

Furcht hatte die Karku ergriffen, breitete sich wie eine ansteckende Krankheit in allen Bergen aus und strömte unaufhaltsam in alle Täler hinab. Harban fand mutige Worte und zeigte Willenskraft, doch nicht alle seiner Landsleute folgten seinem Beispiel. Sie sahen ihren Untergang kommen, tuschelten ängstlich miteinander und beobachteten voller Sorge die Zugänge und Zuflüsse der Höhle.

Es waren nicht genug gekommen, um eine letzte Bastion gegen die Armee der Toten zu errichten. Zu viele hatten sich in Verstecke tief unter der Erde oder auf Bergen zurückgezogen, die kein Tsardonier und kein marschierender Toter erreichen konnte. Nun würde geschehen, was geschrieben stand, und die meisten warteten ergeben auf das Ende. Diese Haltung machte Jhered fuchsteufelswild, und er hatte es Harban in den letzten Tagen öfter spüren lassen. Manchmal war sogar Mirron zusammengezuckt, als sie die scharfen Worte gehört hatte. Er begriff nicht die Grundlage des Glaubens der Karku. Harban nahm jedoch alles hin, wie auch jetzt wieder. Wahrscheinlich war er der Einzige, der sich darauf freute, dass die Schlacht bald beginnen würde. Dann würde ihm wenigstens Jhered nicht mehr in den Ohren liegen.

»Gott hilft denen, die sich selbst helfen«, sagte Jhered.

»Dein Gott vielleicht.«

»Euer Gott hat doch diese Berge nicht auf Sand gebaut. Ihr seid hier stark, oder ihr solltet es sein. Aber was habt ihr da? Zweitausend ängstliche Kaninchen, die auf einer Insel hocken und darauf warten, dass eine Welle von Toten sie überrennt. Wären dreimal so viele gekommen, dann könnten wir gewinnen. Jetzt bin ich nicht mehr so sicher.«

»Ich höre, was du sagst. Aber was kann ich tun? Jeder Karku entscheidet selbst, welchen Weg er einschlägt. Sobald er den Weg nach Inthen-Gor beschritten hat und erwachsen ist, bestimmt er selbst über sein Schicksal.«

»Na schön«, sagte Jhered kopfschüttelnd. »Soll ich jetzt wirklich glauben, dass die meisten Karku beschlossen haben, ihre Gesellschaft untergehen zu lassen und hinzunehmen, dass ihr heiligster Ort entweiht wird?«

»Ich hoffe, du kannst mir glauben, dass die Karku tun, was immer sie für jene, die sie schützen müssen, für das Beste halten.«

»Und dabei lassen sie den Berg einstürzen?« Jhered sprang auf und trat gefährlich nahe an das Ende des Weges heran. Dann fuhr er herum und zeigte mit dem Finger auf Harban. »Du sagst, dein Volk sei durch den Glauben gebunden, der den Mittelpunkt seines Lebens bilde. Was könnte wichtiger sein, als diesen Ort zu bewachen? Wenn sie Inthen-Gor verteidigen, dann schützen sie gleichzeitig ihre Angehörigen. Das ist doch eine ganz einfache Rechnung, oder? Wenn der Verlust dieses Orts gleichbedeutend mit dem Ende der Karku ist, dann bleibt deinen verdammten freien Geistern doch gar nichts anderes übrig, als ihn zu beschützen, oder nicht? Ich habe zweihundert Leute mitgebracht, die bereit sind, für eure Sache zu sterben. Aber wo sind eure Leute?«

»Dann geh, Schatzkanzler Jhered.« Harban antwortete ruhig und ohne Zorn. »Nimm deine Leute mit. Wenn du glaubst, dies sei nicht mehr dein Kampf, dann werde ich es dir nicht nachtragen.«

»Verdammt, Harban, du hast uns gesagt, es sei der Kampf *aller* Völker. Deshalb haben wir uns in dieses eiskalte Grab begeben. Schade, dass du die anderen Karku nicht so überzeugen konntest wie uns. Leute, die es doch besser wissen und den Mut finden sollten, für ihren Glauben einzutreten.«

»Paul, ich glaube, du solltest dich von der Kante entfernen und dich wieder hinsetzen«, sagte Mirron. Jedes Mal, wenn er sich der Kante, hinter der es mindestens dreißig Schritt tief zum See hinabging, ein wenig weiter genähert hatte, war sie zusammengezuckt.

Jetzt drehte Jhered sich zu ihr um, setzte zum Sprechen an, zog es dann aber vor, schweigend zu nicken.

»Heute ist wohl nicht der Tag für einen Kopfsprung, was?« Etwas gezwungen lächelte er.

»Nicht in dieser Rüstung, nein«, erwiderte sie. »Ich habe dich schon einmal aus dem Wasser gefischt und bin auf Wiederholungen nicht scharf.«

»Es ist auch hier oben schon kalt genug.« Jhered stieß mit einem Stiefel nach dem Feuer.

»Komm, ich helfe dir.«

Mirron nahm seine Hände und öffnete sich für die chaotischen Energien der Flammen vor ihnen, ließ die Wärme in sich und durch ihren Körper strömen. Sofort erwärmte sich ihre Haut von innen auf, und Jhered zuckte überrascht zusammen, als sie die Wärme durch ihre Hände auf ihn übertrug. Sofort beruhigten sich seine harten, gespannten Energiebahnen, während die Wärme die Kälte vertrieb und seine Stimmung sich hob.

»Das ist ein netter Trick, junge Dame. Ist es sehr anstrengend?«

»Nein, überhaupt nicht. Nun ja, ein wenig. Ich könnte das Feuer auch direkt durch mich leiten, aber dann würde es ausgehen, und das würde uns nichts nützen. Deshalb verstärke ich die Energien mit meiner eigenen Kraft. Lange sollte ich das aber nicht machen.«

»Nein, ich fürchte, wir brauchen deine ganze Kraft für den Kampf.« Er blickte übers Feuer hinweg zu Harban. »Tut mir leid, mein Freund. Aber du kannst meine Enttäuschung verstehen, oder?«

Harban nickte. »Ich teile sie sogar. Wir wissen, warum so wenige hier sind. Abgesehen von denen, die an entlegenen Orten leben und die Botschaften nicht bekommen haben, ist der Grund bei den meisten nackte Angst. Keiner von uns stellt sich freiwillig dem in den Weg, was ihn ängstigt. Kaum einer jedenfalls.«

»Wer gekommen ist, wird seinen Platz bei Gott finden, wenn er denn fallen muss«, erwiderte Jhered. »Wir können nur beten, dass wir genug sind.«

Auf einmal hallten aufgeregte Rufe durch die Höhle. An vier Eingängen im Norden schwenkten die Wächter grüne Signalflaggen der Konkordanz. Jhered sprang sofort wieder auf, Harkov folgte seinem Beispiel und brüllte einige Befehle.

Die Tsardonier waren in den Gängen. Sie kamen.

»Aber wo, in Gottes Welt, ist Gorian?«, murmelte Mirron.

Eine Woge von Fäulnis und Übelkeit raubte ihr den Atem. Die Temperatur in der Höhle sank deutlich ab, ihr Atem stand als Wolke vor dem Gesicht. Das Feuer zischte, dann brannte es weiter. Überall in der Höhle flackerten die Flammen, und einige erloschen ganz. Jhered unterbrach sich und hockte sich neben sie.

»Mirron, fehlt dir etwas? Was ist los?«

»Gott umfange mich, es fühlt sich an, als würde ich in verfaulter Luft ersticken«, sagte sie. »Er ist hier. Er ist nahe, und er tut etwas. Etwas Großes. Ich kann nicht ...«

Wieder sank die Temperatur. Blitzschnell und sehr tief. Die Feuchtigkeit gefror auf den Felsen, auf der Insel wurden ungläubige und ängstliche Rufe laut. Mirron richtete sich auf und blickte zum See.

»Oh guter Gott, geleite mich zur Ruhe«, keuchte sie.

Eis. Vom Abfluss des Sees aus breitete es sich wie eine Welle aus, die auf ein sandiges Ufer trifft. Gorian ließ den See zu Eis gefrieren.

18

859. Zyklus Gottes,
25. Tag des Genasauf

Das ist eine Brücke!« Jhered rannte schon zur Insel hinunter, um sich Gehör zu verschaffen. »Er will das Eis auf dem See als Brücke benutzen!«

Mirron stand nur da und starrte hinab. Unbewusst hatte sie die Energie des Feuers vor ihren Füßen genutzt, um sich zu wärmen, während das Eis über die Wände von Inthen-Gor und über den See gekrochen war. Gorians Einfluss auf den See fühlte sich für sie an, als wollte ihr jemand die Haut von den Knochen reißen. »Wie kann er nur solche Kräfte kontrollieren?«, flüsterte sie. »Wie ist das möglich?«

Der See war riesig, der Abfluss breit und tief. Dies alles zu vereisen war ein Werk, das sogar für alle vier zu groß gewesen wäre. Sie schauderte, und dies hatte nichts mit der Kälte zu tun. Sie war wie gelähmt, fühlte sich hilflos und konnte nur noch das wandernde Eis anstarren. Wie hypnotisiert. Schneller, als ein Mann laufen konnte, breitete es sich von Süden nach Norden übers Wasser aus.

Sie ließ den Blick wieder zur Insel wandern, wo die Rufe immer lauter wurden. Karku und Estoreaner wichen vom Ufer zurück. Es spielte keine Rolle, welche früheren Erfahrungen sie mit Aufgestiegenen hatten, so ein Werk hatte noch niemand gesehen. Auch sie selbst nicht. Sie starrte die verängstigten Gesichter an. Einige in der Nähe hatten sogar vergessen, die Waffen zu ziehen.

Unterdessen brüllten Jhered und Harkov Befehle, um irgendeine Art von Ordnung herzustellen. Sie schreien die Verteidiger an, über das Eis zu blicken und sich auf das vorzubereiten, was danach käme. Doch ihre Worte verloren sich im zunehmenden Lärm, da die Leute allmählich in Panik gerieten.

Dennoch übte dieses Ereignis auch eine Faszination aus, die Mirron nicht abstreiten konnte. Das kranke Gefühl im Bauch, das ihr langsam in die Kehle stieg, verriet ihr, dass die Toten nahe waren. Sie malte sich aus, wie die lebenden Leichen unter Gorians Kontrolle marschierten und sich unerbittlich näherten, genau wie Harban es beschrieben hatte.

Allerdings konnte Mirron sich nicht recht vorstellen, wie Gorian es schaffte, die Toten zu kontrollieren und gleichzeitig das Eis zu formen. Das hätte nicht möglich sein sollen. Sämtliche Forschungsergebnisse im Pantheon des Aufstiegs sagten, dass dies nicht möglich sei.

Sie konnte nicht anders. Sie tastete nach der Energiestruktur, die Gorian benutzte, um das Eis weiterzutreiben. Sie war schön und trug den Stempel seiner Persönlichkeit. Er war schon immer derjenige unter ihnen gewesen, der am genauesten gearbeitet hatte. Es gab nur wenige abirrende Energiebahnen. So wenig Flattern am Rand der Struktur. Er verschwendete seine Kräfte nicht.

Gorians Energiebahnen erstreckten sich unter und über dem See. Im Zentrum waren sie dunkel, an den Rändern herrschte ein blendendes Hellblau vor. Sie konnte sofort erkennen, was er getan hatte. So einfach und so wirkungsvoll. In einem anderen Leben wäre Vater Kessian stolz auf ihn gewesen. Er zog die lebendige Energie aus dem Wasser, verleibte sie sich ein und strahlte sie ab. So blieb die Aura einer eiskalten Dusasnacht zurück, und ohne die Kraft des Lebens, die sich dagegen aufbäumen konnte, musste das in der Struktur gefangene Wasser gefrieren.

Mirron suchte weiter und arbeitete sich tiefer hinab, hin zu dem

Tunnel mit dem Abfluss, wo Gorian sein musste. Ihr Sohn stand gewiss neben ihm. Je weiter sie mit ihrem forschenden Geist vorstieß, desto stärker wurde die Übelkeit. Es drehte ihr den Magen um und benebelte ihre Gedanken. Sie keuchte und lehnte sich an eine Wand, zuckte aber angesichts der Kälte, die schlagartig durch den Mantel zu dringen schien, zusammen.

Sie schluckte den Speichel herunter, der sich in ihrem Mund gesammelt hatte, und öffnete ihren Geist noch weiter. Die flache, kalte und negative Energie der Toten drohte sie abermals zu überwältigen. Doch dahinter war noch etwas anderes. Etwas Reines und Helles, das sie anzog. Lange bevor sie ihn fühlte, wusste sie schon, dass er es war. Ihr Sohn. Kessian. Er stand inmitten der Toten neben Gorian, dessen Aura vor Macht und Gier pulsierte. Gorians Energiegestalt war verstörend und sogar noch stärker verzerrt, obwohl seit ihrer letzten Begegnung, als er ihr Kessian weggenommen hatte, nicht viel Zeit verstrichen war. Ein sinnliches, betörendes Purpur wand sich um die dichten Energien seines Körpers. Es war, als litte Gorian an einer Krankheit.

So nahm sie lieber Kessians Aura in sich auf. Sie konnte ihn fast berühren und körperlich spüren. Wenn es nur eine Möglichkeit gäbe, ihn wissen zu lassen, dass sie in der Nähe war. Gorian konnte ihre Nähe spüren, aber Kessian war dies nicht möglich, und sie konnte mit ihren Energien keinen Austausch in Gang bringen. So nahe, aber es fühlte sich an, als wäre er Tausende Meilen entfernt. Schluchzend atmete sie ein.

»Ich bin hier, mein Lieber, ich bin hier«, sagte sie.

Dann zuckte ein stechender Schmerz durch ihren Körper und ließ sie auf die Knie sinken. Inmitten von Kessians reinen Energien hatte sie einen dunklen Fleck entdeckt. Eine Faser, dünn wie Spinnweben, verband ihn mit Gorian. Zitternd suchte sie die Ursache der Schwärze, die ihren Sohn infiziert hatte. Die Erkenntnis, was es war, weckte ihren Zorn und ihr Entsetzen.

In der Nähe hörte sie eine Stimme, obwohl es klang, als käme sie aus weiter Ferne. Sie hatte nicht bemerkt, dass sie sich so tief in die Energien versenkt hatte, die ringsum durch die Höhle strömten und den See gefrieren ließen. Ihr war, als würde sie jemand schütteln. Sanft zuerst, dann nachdrücklicher. Sie zog sich zurück und verdrängte die vielfältigen Farben und Linien, die sie mit dem geistigen Auge sah. Endlich kam sie wieder zu sich.

»Mirron.« Es war Jhered.

»Paul«, antwortete sie. Es war kaum mehr als ein Wimmern, aber sie konnte sich an den Zorn erinnern und nutzte ihn, um ihrer Stimme Nachdruck zu verleihen. »Er benutzt meinen Sohn, um die Toten zu kontrollieren. Ich weiß, was er tut und was er hier will. Der Bastard benutzt meinen Sohn.«

»Dann müssen wir ihn aufhalten«, sagte Jhered.

Als Mirrons normale Sinne wieder einsetzten, brach der Lärm in der Höhle über sie herein.

»Wir ...«

»Mirron.« Wieder schüttelte er sie an den Schultern und half ihr schließlich auf die Beine. Dann löste er sich von ihr. »Später. Konzentriere dich jetzt.«

»Was kann ich tun?«

Mirron sah sich um. Auf der Insel herrschte Panik. Mitten im Getümmel stand Harkov und versuchte, die Leute zu beruhigen und ihnen Mut zu machen.

Dann drangen die Toten in die Höhle ein. Sie schlurften, rutschten, stürzten und richteten sich wieder auf. Unerbittlich liefen sie weiter und hielten nicht inne. Sie wollten zur Insel.

Mirron riss die Augen weit auf. Die Übelkeit schnürte ihr die Kehle zu, und das Knacken der Eisfläche schlug sie in ihren Bann. Jetzt breitete sich auf der Insel Stille aus. Alle Karku waren verstummt. In der Ferne brüllten Gorthocks in den Gängen und wehrten die Tsardonier ab. Stiefel und Metall kratzten auf dem Eis, das

Inthen-Gor erfüllte. Die Toten schwärmten aus wie Treibgut von einem Wrack und näherten sich dem Ufer.

»Was kann ich nur tun?«, sagte sie noch einmal.

Jhered wandte sich an sie und zwang sie, ihn anzusehen. Offenbar war er der Einzige, der in all dem Schrecken noch klar denken konnte.

»Du bist eine Aufgestiegene. Setze deine Fähigkeiten ein.«

»Aber wenn ich eingreife, wird er spüren, dass ich hier bin.«

»Gott umfange mich, das will ich doch hoffen. Er muss verscheucht werden.«

»Was kann ich tun?«

Jhered runzelte die Stirn, dann streckte er den Arm aus. »Das ist Eis, Mirron. Du kannst es schmelzen.«

Damit drehte er sich um und rannte zurück zu den anderen. Er rief Harkov zu, er solle die Karku vorbereiten und keinen Schritt zurückweichen; er selbst würde gleich zu ihnen stoßen. Ein Boot wartete auf ihn.

»Dummes Mädchen«, murmelte Mirron verlegen.

Das Eis schmelzen. Ganz einfach.

Die Hitze war in ihr, das Feuer vor ihren Füßen und die Flammen, die in der Höhle brannten und den Vorstoß der gespenstischen Armee beleuchteten, lieferten genügend Wärme. Und ihre Ziele waren überall.

»Sie sind über dem tiefen Wasser«, rief Jhered zu ihr herauf. »Sei nachsichtig mit den Toten. Verbrenne sie nicht. Sie können immer noch die Umarmung Gottes spüren.«

»Nein, Paul«, sagte sie leise und ließ die Flammen zusammenfließen und durch ihren Körper donnern, um sie mit jedem Herzschlag weiter zu verstärken. Sie formte die Energie und richtete sie nach vorn. »Auf das Maul des Untiers.«

Als schimmernde Linie zog die Wärme durch die Luft bis zum Abfluss des Ewigen Wassers. Darunter strömten die Toten auf das

Eis und strebten zur Insel. Fast unsichtbar schoss die Hitze in zwei großen Bahnen hinab, den anmutigen Flügeln eines großen Schmetterlings nicht unähnlich. Die ersten Ausläufer trafen das Eis.

Ohne etwas zu bemerken, zogen die Toten weiter, während der eisige Grund unter ihnen angegriffen wurde. Dampf stieg von der Seeoberfläche in die kalte Luft auf. Wasser schwappte über ihre Füße. Immer mehr rutschten aus und stürzten, standen aber unbeeindruckt wieder auf. Sie wussten nicht, was sie taten. Gorian hatte sein Werk gut verrichtet. Das Eis war tief und fest. Mirron verstärkte die Wärme, trieb ihre Energiebahnen hinab und verbreiterte sie. Schließlich erfassten sie den ganzen Abfluss und wuchsen weiter. Die Dampfwolken wurden dichter und verhüllten die anrückenden Toten.

Sie fühlte sich sehr lebendig, als die Energie durch sie brandete. Es war lange her, dass sie ihre Fähigkeiten in einem solchen Ausmaß eingesetzt hatte. Ein Ruck verriet ihr, dass die Eisdecke durchbrochen war und die Wärmestrahlung das reine Wasser des Sees darunter erreicht hatte. Dort war Energie, die sie nutzen konnte. Sofort gab sie einige Feuer in der Höhle frei, damit sie sich wieder erholen konnten, und nahm die schlummernde Kraft des Ewigen Wassers in Anspruch.

Sie strömte durch sie hindurch, diese mächtige Kraft, die nur darauf wartete, angezapft zu werden, und Mirron öffnete sich für sie, entspannte sich und formte die dunkelblauen Bahnen zu den gröberen Linien ihrer Wärmekonstruktion um. Die neue Energiestruktur verstärkte die Hitze und speiste sich sogar aus dem Eis, bis es sich wieder in Wasser umwandelte, das in der Höhle und am Abfluss dichte Dampfwolken bildete.

Endlich erschienen Risse und Sprünge in der Eisfläche. Das Gewicht der Toten beschleunigte den Zerfall, und das Ergebnis war unausweichlich. Das Eis brach, die Toten stürzten ins kalte Wasser. Einige Schollen kippten sogar um und warfen die hilflosen, ausdruckslos wandelnden Toten ab, die noch einen Moment mit den Armen ruderten, ehe ihre Rüstungen sie auf den Grund des Sees zogen.

»Dort könnt ihr wieder die Umarmung Gottes spüren«, flüsterte Mirron.

Doch sie war noch nicht fertig. Auch jenseits des Sees musste sie das Eis schmelzen, wenn sie Gorians Vorstoß wirklich abwehren wollte. Außerdem musste sie einen Weg finden, um Kessians Werk zu stören, das er, wie sie betete, unwissentlich vollbrachte. Im flachen Wasser wateten zudem noch einige Tote. Spritzend kamen sie heran und wollten die von Harkov angeführten Karku angreifen. Irgendetwas zerrte an ihr. Sie war nicht die Einzige, die die Energie des Sees beanspruchte, und der fremde Einfluss wurde stärker.

Harkov sah die Masse der Toten, Tausend und mehr, ins Wasser stürzen und untergehen. Der Dampf hüllte sie ein, keiner gab auch nur einen Laut von sich. Mit den wenigen, die noch übrig waren, konnten sie sicher fertig werden.

»Gesegnet seist du, Mirron«, sagte er.

Die verängstigten Karku gewannen sogar etwas Selbstvertrauen zurück.

»Haltet die Stellung!«, rief er, und Harban übersetzte für ihn. Die Karku antworteten. Auch seine eigenen Soldaten, die zwischen ihnen standen, schöpften neuen Mut. »Jetzt sind sie uns unterlegen. Schlagt fest zu. Wenn wir sie jetzt aufhalten, helfen wir ihnen, zu Gott zurückzukehren.«

Schaudernd betrachtete er die Toten, die sich ihnen immer noch näherten. Männer und Frauen in den zerlumpten Uniformen der Konkordanz. Karku in zerfetzten Pelzen. Ihre Gesichter waren von Erfrierungen geschwärzt, sie hatten klaffende Wunden, ihre Unterkiefer hingen schlaff herunter. Geschwüre und Wunden verunstalteten die bleiche Haut. Die Kälte konnte allerdings nicht alles überdecken. Je näher sie kamen, desto stärker wurde der Verwesungsgestank. Im Dampf, der vom Wasser aufstieg, lösten sich die Toten förmlich auf. Ihnen fehlten Gliedmaßen, die Knochen stachen durch die spröde Haut, die Köpfe wackelten hin und her, weil die Muskeln verfallen waren. Allerdings nicht bei allen. Einige, dachte Harkov voller Ingrimm, waren frischer als die anderen.

Er schluckte schwer und packte seinen Gladius und den Schild fester. Schlurfend näherten sich die Toten, sie waren nur noch ein paar Schritte entfernt.

»Haltet stand!«, brüllte er. »Ihr könnt nirgendwohin fliehen.«

Dann hob er den Schild, machte ein paar Schritte und knallte ihn einem ehemaligen Legionär der Konkordanz ins Gesicht. Der Mann versuchte nicht einmal, sich zu verteidigen. Die Haut riss von der Nase bis zur Stirn auf, darunter kam der bleiche Knochen zum Vorschein. Ein wenig Blut quoll heraus. Der Schlag hätte ihn bewusstlos niedersinken lassen müssen, doch er taumelte nur ein wenig zurück, fand das Gleichgewicht wieder und griff mit erhobenem Schwert sofort wieder an.

Harkov gestattete sich eine Verschnaufpause, was bei einem schnellen und lebenden Feind möglicherweise tödlich gewesen wäre. Hier galten andere Bedingungen. Die Toten rückten unerbittlich vor, waren aber schwerfällig. Harkov machte sich nicht wegen ihrer Fähigkeiten als Kämpfer Sorgen, sondern weil er nicht wusste, wie man sie überhaupt aufhalten konnte. Harban rief etwas, darauf folgte die ganze Linie der Karku Harkovs Beispiel und griff mit entschlossenen Schreien an. Die wenigen Bogenschützen, die sie hatten, schossen über die Köpfe der anderen hinweg auf die Angreifer, die noch bis zur Brust im Wasser standen.

Neben dem General trieb ein Krieger der Karku seine Klinge einem stark verschimmelten Milizionär mit den Abzeichen von Gestern seine Klinge in die Brust. Der Hieb konnte den Toten jedoch nur vorübergehend aufhalten, und als der Karku verzweifelt versuchte, seine Klinge aus dessen Rippen zu ziehen, hob der Gesternier seinen Gladius hüfthoch und stach ihn dem Karku in den ungeschützten Bauch.

»Guter Gott, umfange mich«, flüsterte Harkov.

Abermals rammte er seinen Gegner mit dem Schild, obwohl es seltsam war, einen Toten überhaupt als Gegner zu betrachten. Er drängte ihn zurück und erkaufte sich wieder ein wenig Zeit, um den schweigenden Vorstoß zu beobachten. Nirgendwo flackerte ein Gefühl, kein Erkennen lag in den Blicken der Angreifer. Nichts. Hinter der ersten Reihe kam schon die zweite heran, ohne auf die eigene Sicherheit zu achten. Sie drückten, schoben, rückten nach.

»Harban«, rief Harkov. »Sag deinen Leuten Bescheid. Sie sollen keine tödlichen Schläge anbringen, sondern die Gegner nur behindern. Zwingt sie zu Boden. Das ist unsere einzige Möglichkeit.«

Harbans Stimme übertönte die ängstlichen Rufe und hielt einige Karku, die schon zurückweichen wollten, mitten in der Bewegung auf. Harkov holte tief Luft und stellte sich abermals dem verwesenden Legionär.

»Möge Gott mir vergeben, was ich tun muss«, sagte er.

Nun wechselte Harkov die Richtung seines Angriffs und hackte in Höhe der Knie auf die ungeschützten Beine des Mannes ein. Er konnte spüren und hören, wie seine Klinge bis zu den Knochen durchdrang. Da Bein gab nach. Harkov hob den Schild und lenkte den stürzenden Körper ab. Noch im Fallen schlug der Gesternier zu und traf mit seiner Klinge klirrend Harkovs Schild.

»Zwingt sie zu Boden!«, rief er. »Zielt auf die Beine.«

Im kalten Dunst, der nach Mirrons Hitzestoß über die Insel wehte, verrichten die Karku und Estoreaner ihr grausames Werk. Der stumme Angriff der Toten war höchst beunruhigend. Harkov wartete sehnsüchtig auf irgendeine Reaktion und wurde enttäuscht. Leidenschaft weckt Leidenschaft, doch in dem Gemetzel, das nun entbrannte, waren viele Verteidiger der Insel zugleich tief betrübt und wild entschlossen. Es war schwer, einen Gegner auszuschalten, der keine große Neigung zeigte, stürmische Angriffe vorzutragen.

Die Estoreaner führten die Verteidiger an. Die Toten waren langsam, aber unerbittlich. Sie hielten die Schilde fest und hoben sie vor sich und über sich. Harkov fand schließlich heraus, dass sein Gladius für diese Aufgabe nicht gut geeignet war. Die kurze Klinge war eher zum Stechen gedacht und nicht zum Hauen und Hacken, doch ihm blieb nichts anderes übrig. Er stellte sich den Toten entgegen, schob jeden anderen Gedanken zur Seite und dachte nur noch daran, dass er einen Weg freiräumen musste.

»Totes Holz«, sagte er zu sich selbst. »Sie leben nicht mehr, sie lieben nicht mehr. Schicke sie zu Gott zurück, in seine Umarmung, wo sie Frieden finden.«

Harkov schlug seinen Gladius in die Hüfte eines triefnassen, stinkenden Karku. Die Knochen zerbrachen, und der Angreifer torkelte seitwärts gegen einen seiner grässlichen Kumpane. Dabei gab er keinen Laut von sich, nur das Wasser spritzte hoch, als er direkt vor dem Ufer zusammenbrach. Sein Herz schlug nicht, aber dafür pochte Harkovs Herz umso wilder. Ihm war übel, der Gestank war kaum zu ertragen. Wie ein seit fünf Tagen totes Pferd auf einem Schlachtfeld im Solastro.

Harkov würgte und stieß wieder mit dem Schild nach einem Gegner. Er traf eine Rüstung und spähte über den Schild hinweg. Der Mann vor ihm hatte keine Augen. Guter Gott, er hatte keine Augen, und auf einer Wange hing ein verfaulter Hautfetzen herab, den offenbar winzige Zähne herausgerissen hatten. Dennoch griff er an. Er hatte einen Gladius, auch er war ein Gesternier. Wieder ein Milizionär, den die üble Magie des Aufgestiegenen hierherbefohlen hatte.

»Befreie ihn von seinen Qualen«, murmelte er. »Hilf ihm.«

Er wollte in einem Bogen abwärts schlagen, um das Bein des Gegners von hinten zu treffen und die Kniesehnen zu zerschneiden. Die

Klinge des Gegners zischte knapp über seinem Kopf vorbei und schlug Späne von der Oberkante des Schildes ab. Harkov hob den Arm ein wenig weiter, um besser geschützt zu sein, und schlug noch einmal mit seiner Klinge zu. Er traf das Bein, der Mann stolperte. Harkov wich sofort zurück und brachte sich in Sicherheit. Der nächste Streich des stürzenden Angreifers verfehlte ihn.

Links und rechts kämpften verschreckte Karku und Gardisten des Aufstiegs mit den Toten. Gleich neben ihm schrie ein Karku angewidert und entsetzt auf und schlug mit seiner Axt zu. Die Klinge traf den Hals des Opfers und drang mühelos durch Leder und Knochen. Der Kopf fiel herunter. Zufrieden grunzte der Karku, um schon im nächsten Moment vor Furcht zu wimmern. Der kopflose Leichnam griff weiter an. Blind hob der Mann das Schwert und ließ es herabsausen. Hilflos stand der Karku da, die Klinge drang tief in seine Schulter ein.

»Das kann nicht sein«, stöhnte Harkov. »Bitte, Gott, bitte.«

Vielleicht hatten alle empfunden, was Harkov in diesem Augenblick bewegte. Die grausame Wahrheit war, dass keiner der Angreifer, die sie niedergerungen hatten, still liegen blieb. Panik breitete sich unter den Verteidigern aus. Die verstümmelten Toten schleppten sich langsam den Strand herauf, während diejenigen, die hinter ihnen kamen, einfach weitergingen und sogar über sie hinwegtrampelten, wenn sie im Weg waren.

Harkov konnte nichts weiter tun. Er zog sich einen Schritt zurück, denn er brauchte eine Atempause, auch wenn er wusste, dass ihm keine vergönnt war.

»Haltet stand!«, rief er wieder, doch seine Stimme wäre beinahe gebrochen.

Vergebens. Er konnte die Angst und das Gefühl von Hilflosigkeit nicht leugnen. Dennoch lagen vor seinen Füßen Tote, die sie nicht mehr bedrohen konnten, und nur ein paar Hundert waren noch auf den Beinen. Die übrigen, die große Masse, waren auf den Grund des Ewigen Wassers gesunken.

»Wir können sie ausschalten«, sagte er, und dann rief Harban vermutlich das Gleiche in seiner eigenen Sprache.

Als Jhereds Stimme hinter ihm ertönte, schöpfte er neuen Mut.

»Schickt sie in die Tiefe. Haltet durch. Wir sind auf einer Insel und können uns nicht zurückziehen. Harban, sag es ihnen.«

Er wartete nicht ab, bis Harban die Ermahnung weitergab. Jhered stürzte sich direkt neben Harkov ins Getümmel. Irgendwo hatte er eine lange Klinge gefunden. Den Schild hatte er weggeworfen, um das Schwert mit beiden Händen zu führen. Er trieb es einem Angreifer in die Schulter und einem Zweiten in die Hüfte. Beide Gegner stürzten auf andere Tote, und dadurch entstand eine Lücke, in die Jhered sofort vorstieß.

»Ohne Arme können sie uns nichts tun, und ohne Beine können sie uns nicht angreifen.«

Harkov folgte ihm sofort, bückte sich und hackte mit dem Gladius. Die Klinge traf ungeschützte Beine. Einige Karku kamen ihnen zu Hilfe, und die Verteidiger gewannen ein wenig Selbstvertrauen zurück.

Wieder hoben sich ihre Stimmen, hallten zwischen den Höhlenwänden und weit übers Wasser.

Harkov fällte einen weiteren Angreifer, nachdem er ihm den Gladius knapp über der Hüfte ins Rückgrat gejagt hatte.

Die Reihen der Toten lichteten sich zusehends. Viele stürzten über die kriechenden Kumpane, die vor ihnen gefallen waren. Auch an den Flanken schalteten sich jetzt die Karku unter Führung der Garde des Aufstiegs ein. Harbans Stimme übertönte das Klirren der Waffen auf den Rüstungen und das üble Geräusch, wenn die Klingen in totes Fleisch drangen. Die Karku sangen jetzt. Es klang wie ein Gebet, aber, noch wichtiger, es klang nach Sieg.

Auch bei Harkov verfehlte diese Ermunterung nicht ihre Wirkung. Er richtete sich auf und knallte seinen Schild einem toten Karku ins Gesicht. Der Kopf des Mannes flog zurück, er taumelte und kippte im hochspritzenden Wasser um. Zwei Kumpane stolperten über ihn. Harkov lächelte.

»Geht in die Umarmung Gottes. Verlasst diesen Ort.«

Ringsum flackerten die Feuer auf der Insel und auf den höher gelegenen Wegen. Harkov spürte einen warmen Luftstrom, der sicherlich Mirrons Werk war. Einen Moment, bevor das Werk vollendet war, nahm Harkov den falschen Geruch wahr. Eine Flammenzunge schoss vom Abfluss her unter dem Dach der Höhle entlang. Harkov schirmte seine Augen ab. Den Einschlag sah er nicht, aber er hörte Mirron schreien. Danach wurde es stockdunkel.

Es war eine so vollständige Finsternis, dass allen der Atem stockte und jedem die Worte im Hals stecken blieben. Nur die Toten rückten weiter vor, während auf der Insel und in ganz Inthen-Gor eine Panik ausbrach.

»Haltet stand!«, brüllte Jhered. »Einen Schritt zurück, und dann wehrt euch.«

Er konnte nicht viel tun. Harkov nahm seinen Platz wieder ein und hob den Schild. Ringsum schwoll der Lärm an. Rufe hallten zwischen den Wänden hin und her, überall scharrten Füße über Sand und Stein. Männer kreischten, Klingen zischten ungestüm durch die Luft. Leute rannten blindlings los, prallten gegeneinander, stürzten ins Wasser. Alles, um den stolpernden toten Angreifern zu entfliehen.

»Harkov?« Jhereds Ruf klang etwas erstickt, weil er schwer atmete, nachdem ein verzweifelter Karku versehentlich nach ihm geschlagen hatte.

»Hinter Euch, Schatzkanzler. Rechts hinter Euch.«

Harkov erschrak, als jemand ihm eine Hand auf die Schulter legte, um sich zu orientieren. Dann beruhigte er sich wieder.

»Ich taste umher. Haltet nicht Euer Schwert in meine Richtung.«

»Es ist unten«, sagte Harkov. »Den Schild habe ich in Eure Richtung gedreht. Tief, ich bin in der Hocke.«

»Das ist eine gute Position. Gott, umfange mich. Ruhig! Beruhigt euch!« Er schrie, um alle zu erreichen, die ihm zuhören wollten.

Ein schwacher blaugrüner Schimmer breitete sich nun in der Höhle aus und wurde allmählich stärker. Das Licht kam von den Flechten an den Wänden und den Algen im See. Harkov versuchte blinzelnd, die Entfernung bis zu den Toten abzuschätzen. Wegen der panischen Schreie auf der Insel konnte er ihre Bewegungen nicht belauschen. Gerade sprang wieder ein Karku an ihm vorbei, um irgendein unbekanntes Ziel zu erreichen. Im Zwielicht konnte Harkov die weit aufgerissenen, entsetzten Augen erkennen. Dieser Kämpfer konnte keinen klaren Gedanken mehr fassen.

Verschwommen nahm er weitere Einzelheiten wahr: Gestalten im Zwielicht, Geister im Schatten. Das blasse Glitzern des Lichts in toten Augen. Er hatte damit gerechnet, dass die Toten inzwischen schon gegen seinen Schild drängten, doch nur Jhered packte ihn am Schildarm.

»Sie rücken nicht weiter vor.«

Das blassgrüne Licht wurde ein wenig heller, und jetzt flammten hinter ihnen am Schrein auch ein paar Feuer wieder auf. Während das Licht stärker wurde, ließen der Lärm und die Panik nach. Zweitausend Karku und zweihundert estoreanische Gardisten starrten zum Ewigen Wasser. Einige Karku murmelten Gebete. Harkov schauderte, er fror jetzt auch innerlich. Jhereds Miene blieb unbewegt.

Am Strand drängten sich die Toten. Sie zertrampelten diejenigen, die vor ihnen gekommen und gestürzt waren und wie weggeworfene groteske Puppen herumlagen. Tausende kamen jetzt, und sie hatten sich auf der ganzen Insel ausgebreitet, so weit Harkov überhaupt die Insel überblicken konnte. Er hatte keinen Zweifel daran, dass sie umzingelt waren.

»Wie ist das möglich?«, fragte sich Jhered.

Die Antwort marschierte aus dem See heraus. Alle, von denen sie geglaubt hatten, sie seien in der Tiefe untergegangen. Manche brachen jetzt erst durch die Oberfläche. Anderen, die weiter vorne waren, stand das Wasser nur noch bis zur Brust oder zu den Oberschenkeln. Immer mehr rückten nach und gesellten sich zu ihren Kameraden. Das Wasser tropfte aus den toten Körpern und aus offenen Mündern. Einige wurden vom Hustreiz geschüttelt, doch es war ein kehliges Geräusch, das nicht von einem Menschen zu kommen schien. Das waren die einzigen Laute, die die Toten bisher überhaupt von sich gegeben hatten.

Vom Abfluss her wuchs die Eisfläche wieder, dieses Mal jedoch etwas langsamer. Weitere Tote drängten sich am Abfluss und warteten auf den Marschbefehl. Harkov blickte zu den Gängen und Tunneln. Dort wurde nicht mehr gekämpft, nicht einmal das Brüllen eines Gorthocks durchbrach die Stille.

Harkovs Herz setzte beinahe aus.

»Mirron«, sagte er. Ihr Platz war verlassen, das Feuer rauchte leicht in der stillen Luft.

Jhered wandte sich an ihn. »Sie kann weder verbrennen noch ertrinken, und wenn sie den Einschlag überlebt hat, dürfte ihr nichts passiert sein.«

»Aber sie kann uns nicht helfen.«

Darauf hin schüttelte Jhered den Kopf. »Wer kann das schon?«

»Was sollen wir jetzt tun?«, fragte Harkov.

Erinnerungen an seine Familie erwachten. Es war gefährlich, sich jetzt solchen Gedanken hinzugeben. Er schob sie fort und klammerte sich an die Hoffnung, dass er überleben würde. Er wusste nur nicht, wie.

»Ich weiß auch nicht«, sagte Jhered. »Außer uns zu ergeben, fällt mir nichts ein.«

Harkov sah ihn scharf an. »Ist das Euer Ernst?«

»Es ist ein bitterer Trank, aber er könnte uns noch einen Tag erkaufen, wenn Gorian, oder wer auch immer die Toten kommandiert, uns zuhören will.«

»Das könnt Ihr nicht in Erwägung ziehen. Ihr habt doch gehört, was Harban sagte. Der Berg wird einstürzen.«

»Glaubt Ihr das wirklich, General? Das ist nur sinnbildlich gemeint. Es gibt dafür keine geologische oder physikalische Grundlage. Nehmt Euch zusammen.«

»Ich hätte auch nicht gedacht, dass die Toten umgehen oder die Aufgestiegenen die Elemente zähmen können.«

Jhered lächelte kurz und humorlos.

»Harkov, seht Euch um. Glaubt Ihr auch nur einen Augenblick, die Karku hätten den Mut, sich gegen diesen Feind zusammenzutun? Ich kann nicht einmal für unsere eigenen Leute die Hand ins Feuer legen.«

»Sie haben keine Wahl, sie können nicht fliehen. Das habt Ihr selbst gesagt.«

»Erzählt einem Mann, der in Panik gerät, etwas über Logik. Wie weit kommt Ihr wohl damit?«

Harkov blieb die Antwort im Hals stecken. Er wusste ja, dass Jhered recht hatte, und irgendwie wollte er sich an die letzten Reste der Hoffnung klammern, dass er vielleicht doch noch das Tageslicht wiedersehen würde. Die Gedanken an den Heldentod verblassten. Wie sollte es auch heldenhaft sein, in einer kalten, dunklen Höhle durch die Hand eines verwesenden Mannes zu sterben?

Wieder ertönten Schreie, die Kämpfer rannten aufgeregt umher, einige versuchten auch, die anderen zur Ordnung zu rufen. Harkov und Jhered hielten die Stellung und bemühten sich, die Dunkelheit zu durchdringen, die jedoch so tief war, dass sie kaum die Hand vor Augen sehen konnten. Der Tumult spielte sich vor allem hinter ihnen ab. Ein paar Gardisten des Aufstiegs waren in ihrer Nähe, aber die meisten verängstigten Verteidiger drängten sich am Schrein.

Endlich wurde Harkov bewusst, dass die Toten offenbar schon nach zwei Schritten wieder stehen geblieben waren. Auch den verschreckten Karku, die quälend langsam im Dunkeln umhertappten, dämmerte es allmählich, und erst jetzt waren Jhered und Harban in der Lage, die anderen mit ihren Rufen zu übertönen. So kehrte wieder Stille auf der Insel ein. Nur einige, die viel zu verängstigt waren, um mit guten Worten beruhigt zu werden, wimmerten leise. So warteten sie.

»Ihr seid besiegt, doch will ich Gnade walten lassen.« Die Stimme trug mühelos über das Eis und das Wasser.

»Gorian.« Jhered knirschte mit den Zähnen, und Harkov fuhr erschrocken auf. Der Schatzkanzler war voll kalter Wut.

Sonst war es völlig still. Es war schwer zu sagen, wie viele ihn hören konnten. Nicht viele, aber genug. Und alle erkannten die Stimme des Bösen.

»Ich werde so oder so an mich nehmen, was ich holen will. Ihr könnt lediglich entscheiden, auf welche Art und Weise es geschehen wird.«

Die Stimme klang so ruhig, so gemessen. Sie schien durch die Luft zu schweben und das Ohr zu liebkosen. Gleichzeitig ertönten unzählige flüsternde Echos. Harkov schluckte. Er musste nicht hinschauen, um zu wissen, dass die Worte aus den Mündern der Toten kamen.

»Du wirst uns niemals den Herzensschrein wegnehmen!« Harbans Stimme war halb erstickt. »Du kannst uns nicht bezwingen.«

»Gesiegt habe ich bereits, Harban-Qvist.« Gorians Stimme schien von allen Seiten zugleich zu kommen. »Allerdings hege ich nicht den Wunsch, euch den Schrein zu nehmen. Ich will nur die, die in ihm sind. Gebt sie mir, und keinem von euch wird ein Härchen gekrümmt. Ganz gewiss nicht euren Gor-Karkulas.«

»Komme ja keinen Schritt weiter.« Dann sprach Harban laut in der Sprache der Karku. Seine Leute rührten sich und machten murmelnd ihrem Ärger Luft. »Wir werden nicht zulassen, dass du den Berg niederreißt. Lieber würden wir sterben.«

»Das lässt sich einrichten«, sagte Gorian gereizt. In der Dunkelheit rührten sich die Toten, und das bisschen Mut, das Harban geweckt hatte, verflüchtigte sich auf der Stelle. »Reize mich nicht, Harban. Einst waren wir Freunde. Nur deshalb biete ich euch das Leben im Austausch gegen etwas, das ich mir sowieso nehmen kann.«

»Wir waren niemals Freunde, Aufgestiegener.« Harban verlor endgültig die Fassung. »Karku ...«

»Harban, nein!« Jhereds Stimme dröhnte laut zwischen den Wänden von Inthen-Gor. »Lass dich nicht hinreißen. Er übertreibt nicht.«

»Ach, schau an.« Die Stimme war so nahe, dass Harkov jeden Augenblick damit rechnete, Gorians Hand auf der Schulter zu spüren. »Schatzkanzler Jhered. Immer noch der Beschützer meiner Schwester. Und immer noch versagt Ihr bei dieser Aufgabe, wie ich sehe.«

»Bisher hast du sie nicht verletzt, Gorian.«

»Höchstens ihren Stolz.«

»Wir sind hier, um Kessian zu holen. Das weißt du doch, Gorian, nicht wahr? Und wir werden nicht aufhören, dich zu hetzen, bis wir ihn haben.«

Gorian schwieg einen Augenblick, und Harkov dachte schon, Jhered hätte einen Fehler begangen.

»Ich habe nichts anderes erwartet. Er ist in Sicherheit und wird dort bleiben. Mein Sohn besitzt große Fähigkeiten und hat den ihm gebührenden Platz gefunden. Aber genug davon, Schatzkanzler. Verzögerungen helfen keinem von uns. Ihr solltet die Karku davon überzeugen, dass Ihr hier nicht siegen könnt. Das wisst Ihr, und ebenso wisst Ihr, dass jeder Mann, der heute stirbt, meine Kräfte nur vergrößert.«

»Genau deshalb musst du aufgehalten werden«, entgegnete Jhered.

»Das könnt Ihr nicht.« Gorians Stimme klang beinahe bedauernd. »Ihr könnt Euch nur vor mir verbeugen. Harban wird Euch erklären, dass die Welt straucheln und der Berg einstürzen wird. Auch ich habe die Prophezeiung gelesen. Ich ließ sie mir von jemandem bringen. Aber nicht der Gor wird fallen. Das Einzige, was einstürzen wird, ist die Konkordanz. Denkt darüber nach, während ich mir nehme, was ich haben will, und während Ihr im Wissen zuseht, dass Ihr nichts tun könnt, um mich aufzuhalten.«

Die Dunkelheit war bedrückend. Überall hing der Geruch von kaltem Schweiß in der Luft, überlagert vom Verwesungsgestank der Toten. Harkov hatte sich noch nie in einer hoffnungslosen Lage befunden, aber als er hörte, wie Jhered sich räusperte und sich verzweifelt mühte, seinen Atem zu beruhigen, wurde ihm klar, dass er gerade eine erlebte.

»Dann nenne deine Forderungen«, antwortete Jhered.

»Nein, Schatzkanzler.« Harban kam zu ihnen herüber. Es gab ein Scharren, jemand fluchte, und er wurde anscheinend fast von Hand zu Hand weitergereicht. »Du kannst nicht zulassen, dass wir untergehen. Die Karkulas dürfen Inthen-Gor nicht verlassen. Ich werde es nicht erlauben.«

Jhered drehte sich um und antwortete zischend. »Er wird sie sowieso mitnehmen. Was glaubst du denn, wie unsere Aussichten sind? Denk nach, Mann. Überlebe, damit du noch einmal kämpfen kannst. Dein Berg wird nicht einstürzen. Und wenn doch, wird Gorian zusammen mit ihm sterben. Denk nach, Harban. Wenn du in dieser Dunkelheit den Befehl zum Angriff gibst, wirst du nichts gewinnen und nur Gorian in die Hände spielen. Denk nach.«

Die Pause dauerte eine Ewigkeit.

»Gorian?«

»Ja, Harban?«

»Wir werden sie ausliefern.«

»Sehr klug.«

»Aber du sollst wissen, dass ab sofort jeder Karku dein geschworener Feind ist. Wir werden nicht ruhen, bis du am Pfahl gefesselt darauf wartest, dass die Gorthocks sich an deinem toten Fleisch weiden.«

»Wenn ihr euch damit besser fühlt, werde ich euch sagen, dass ich fortan in schrecklicher Angst leben werde.«

»Du kleiner Bastard«, murmelte Jhered. Dann hob er die Stimme. »Mach Licht, Gorian. Und rufe deine Toten zurück. Denn sonst, so Gott mir helfe, werden wir die Karkulas töten, und dann wird keiner sie bekommen.«

»Das sollten wir sowieso tun«, sagte Harkov leise.

»Nein«, widersprach Jhered. »Das wird ihn behindern, aber nicht aufhalten. Den Karku wird es jedoch das Herz aus dem Leib reißen, und die Konkordanz wird sie in der Zukunft noch brauchen.«

Das Licht der Flechten und Algen wurde wieder stärker, und das Scharren verriet ihnen, dass die Toten sich zurückzogen. Doch auf dem gefrorenen Weg vom Schrein bis zum Abfluss standen noch viele und warteten.

»Gebt sie mir«, sagte Gorian, dessen Stimme nicht mehr so schrecklich klang, da das Licht ihre Ängste linderte.

Jhered seufzte. »Das ist der schlimmste Tag meines Lebens.« Er nickte Harban zu. »Tu es. Aber dies ist nicht das Ende, Harban. Das musst du mir glauben.«

Harban gab mit gebrochener, erstickter Stimme den Befehl, und die Karku weinten stumm.

19

859. Zyklus Gottes, 25. Tag des Genasauf

Wie konnte er nur so stark werden?«, sagte Jhered.

Mirron schauderte immer noch, und Jhered machte sich trotz all ihrer Fähigkeiten Sorgen um sie. Sie hatte sich zu lange im Wasser aufgehalten, unter dem Eis, das Gorian hatte entstehen lassen, und war erst wieder hochgekommen, als er verschwunden war und die Elemente nicht mehr beherrschte. Sie hatte so viel ihrer inneren Energie benutzt, um sich warm zu halten, dass sie jetzt trotz des vor ihr tosenden Feuers immer noch unterkühlt war. Sie war müde und konnte sich nicht gut genug konzentrieren, um wärmende Energie durch ihren Körper zu schicken. Harkov hatte ihr einen zweiten Mantel um die Schultern gelegt, und sie hatte ihn dankbar angelächelt. Ihre Kleider waren verbrannt, ihre Haare versengt. Ihre Lippen waren blau angelaufen, die Augen blutunterlaufen.

»Ich habe es gesehen. Direkt bevor er mich mit seinen Energien angegriffen hat, habe ich es bemerkt. Allerdings weiß ich nicht, wie er es gemacht hat. Was ist mit meinem Sohn? Ihr habt Kessian gehen lassen.«

»Wir konnten ihn nicht erreichen, Mirron. Das haben wir dir doch schon erklärt. Bitte, du musst dich jetzt konzentrieren.« Jhered warf einen kurzen Blick zu Harkov, der die Augenbrauen hochzog. »Was hast du gesehen?«

Mirron verdrehte die Augen und seufzte. Ein wehmütiges Geräusch, das Jhered mitten ins Herz traf.

»Er …« Sie hielt inne, als ihr die Tränen in die Augen schossen. »Er …«

»He, immer mit der Ruhe.«

Jhered setzte sich neben sie und umarmte sie. Sie klammerte sich an seinen Arm und weinte, ihr Schluchzen hallte laut in der Höhle wider, und alle, die noch in der Nähe waren, drehten sich um. Die Karku verstanden ihren Schmerz und teilten ihr Leid. Die Gor-Karkulas waren fort. Alle bis auf die Tapfersten hatten Inthen-Gor schon wieder verlassen.

Jhered hielt es nicht für möglich, sich noch elender zu fühlen als jetzt, und wenn er ganz ehrlich war, dann gab er sich nur deshalb nicht wie Mirron seinem Kummer hin, weil er für sie stark bleiben musste. Alle anderen waren untröstlich und niedergeschlagen.

Erst jetzt verstand er ganz und gar, warum Harban die Gor-Karkulas nicht hatte gehen lassen wollen. Der Kern ihres Glaubens war verloren. Geraubt von einem Feind, dem sie nichts anhaben konnten. Im Herzensschrein brannte kein Licht mehr, kein Feuer loderte auf den Stufen.

Einige Karku standen noch herum und starrten in die finstere Leere, andere räumten auf der Insel auf. Es war eine instinktive Reaktion, nicht mehr. Nur Harban und einige seiner engsten Freunde glaubten an das, was Jhered gesagt hatte. Einige tapfere Karku-Späher verfolgten Gorian und die Toten. Andere würden die tsardonischen Truppen beobachten.

Niemand bezweifelte, dass die Konkordanz das nächste Ziel sein würde. Die Karku würden sich in der schwachen Hoffnung, dass ihre sechs Wächter lebendig zurückkehrten, mit der Konkordanz gegen den gemeinsamen Feind verbünden.

»Was, glaubt Ihr, wird mit ihnen geschehen?«, fragte Harkov.

Jhered strich über Mirrons Haare und drückte sie an sich, während sie sich sammelte. Sie weinte nicht mehr, zitterte aber immer noch vor Kälte.

»Das wage ich mir nicht auszumalen«, sagte Jhered. »Ich fürchte, es wird die Karku auch kaum aufheitern, dass der Berg nicht tatsächlich zusammenstürzt.«

»Warum nicht?«

»Weil die Tatsache, dass er noch steht, ihren Glauben sogar noch stärker untergräbt. Ihr habt gehört, was Harban vor seinem Abschied sagte. Sie glauben, der Wille der Gor-Karkulas halte die Wurzeln des Bergs so stark, wie sie sind. Selbst er fürchtet noch, dieser Berg werde zu Staub zerfallen, und dabei ist er der Aufgeklärteste unter den Karku. Keiner versteht, dass die Worte nur sinnbildlich gemeint sind. Harban versucht, seine Leute beisammenzuhalten und erzählt etwas über die Kraft, mit der die Wurzeln ausgestattet wurden, aber lange wird das nicht gut gehen.«

»Nicht zuletzt, weil er selbst nicht davon überzeugt ist.«

»Genau.«

Harkov rieb sich übers Gesicht. Er war erschöpft und wirkte ausgezehrt. Er musste dringend wieder ans Sonnenlicht.

»Wie viele haben wir verloren?«, fragte Jhered.

»Nicht einen Mann«, erwiderte Harkov. »Das ist das einzig Tröstliche an diesem Tag. Einige haben sich verletzt, aber keiner von ihnen schwer. Allerdings mache ich mir viel größere Sorgen wegen der Moral. Sie werden sicher Albträume bekommen, und sie werden sich vor der nächsten Begegnung mit den Toten fürchten.«

Mirron hatte sich ein wenig entspannt, das Zittern ließ nach. Einer von Harkovs Soldaten brachte Becher mit Brühe. Sie war dünn, schmeckte aber wie ein Festmahl, das der Advokatin würdig gewesen wäre.

»Wir müssen mit ihnen arbeiten, genau wie wir mit jedem Legionär der Konkordanz arbeiten würden. Wir brauchen eine Taktik und die richtigen Waffen gegen diesen Feind.« Jhered sprach nicht aus, was beide dachten. Die wirkungsvollste Waffe stellte ein Verbrechen dar.

Harkov blies die Wangen auf. »Gibt es Spielraum für Debatten mit dem Orden?«

»Ihr macht wohl Witze«, erwiderte Jhered. »Ich kann mir nicht einmal in meinen dunkelsten Träumen vorstellen, welches Kapital Felice Koroyan hieraus schlagen wird. Gorian hat dafür gesorgt, dass der Aufstieg ernsthaft bedroht ist.«

Mirron regte sich in Jhereds Armen und setzte sich etwas bequemer.

»Alles in Ordnung?« Er spähte in die Falten ihres Mantels, hinter denen ihr Gesicht gerade eben zu erkennen war.

»Ich will hier raus«, sagte sie.

»Dem kann ich nicht widersprechen«, erwiderte er. »Setz dich auf und trinke deine Brühe, und dann können wir gehen. Sind Eure Leute bereit, General?«

Harkov lächelte. »Mehr oder weniger.«

Mirron rückte näher ans warme Feuer heran, hob ihren Becher und nippte vorsichtig.

»Die Frage ist nur, wohin wir gehen«, überlegte Harkov.

»Das ist eine gute Frage«, stimmte Jhered zu. »Kannst du jetzt einige Fragen beantworten, Mirron?«

Sie nickte. »Ich weiß, wie er es tut, auch wenn ich keine Ahnung habe, wie ich es nachahmen könnte. Das ist wohl der Unterschied zwischen Theorie und Praxis. Für Aufgestiegene liegt beides oft meilenweit auseinander.«

»Wer hat das gesagt? Nein, lass mich raten – Vater Kessian.«

Mirron lächelte. »Dieses Mal nicht. Es war eine andere Lehrerin. Hesther. Sie macht jeden neu erwachten Schüler darauf aufmerksam. Natürlich ändert das nichts. Alle sind schrecklich ungeduldig und enttäuscht.«

»Dann beschreibe deine Theorie doch etwas näher.«

»Gorian kann seine Werke woanders deponieren, wenn sie vollendet sind. Er kann sie im Bewusstsein eines latenten oder besser noch eines erwachten Aufgestiegenen verankern, wo sie dann unabhängig von ihm ablaufen. Damit ist er selbst frei und kann andere Werke verrichten. Kessian, mein kleiner Kessian, hat die Toten wandeln lassen.«

Mirron schluckte und war offenbar kurz davor, wieder in Tränen auszubrechen.

»Schon gut, Mirron. Er ist ein Opfer und weiß nicht einmal, was er tut.«

»Es wird auch ihm selbst schaden. Wir müssen ihn retten.«

»Das werden wir tun«, versprach Jhered. »Aber ich habe noch nicht ganz begriffen, was Gorian anstellt. Du sagst, Kessian habe die Toten gesteuert?«

»Nein«, erklärte Mirron. »Gorian hat Kessians Energie benutzt, um sie in Bewegung zu halten und tun zu lassen, was er wollte, während er mich angegriffen und den See vereist hat. Hätte er ihre Aufgabe verändern wollen, dann hätte er die Energiebahnen wieder selbst steuern müssen. Ich weiß nicht, wie er das schafft. Es ist wie bei diesen Taschenspielern, die mit leichten Tüchern arbeiten. Sie können mehrere zugleich in der Luft halten, indem sie schnell zwischen ihnen wechseln, bevor sie den Boden berühren. Er hat es geschafft, Kessians Energien zu missbrauchen, damit sie das Werk, das die Toten antreibt, speisen und verstärken. Das widerspricht allem, was wir bisher wissen. Ohne die Kontrolle eines Aufgestiegenen müsste sich das Werk wieder auflösen, weil die dahinterstehende Energiestruktur zusammenbricht.«

»Könnte Kessian etwas tun, um die Struktur von sich aus zu zerstören?«, wollte Harkov wissen.

»Ihr unterstellt, dass er weiß, was geschieht – oder wenn er es weiß, dass er dann genug begreift, um dem entgegenzuwirken, was Gorian tut«, antwortete Mirron.

»Ich frage mich, wohin er seine Toten führen wird«, überlegte Jhered. Wahrscheinlich mitten durch Atreska, sofern er nicht in Richtung Westen nach Gestern vorstoßen will. Wir konnten den Uniformen entnehmen, dass er bereits dort war und Leute getötet hat.«

»Du begreifst es immer noch nicht«, erwiderte Mirron. »Er hat die Gor-Karkulas mitgenommen, um mit ihnen das Gleiche zu tun wie mit Kessian. Er besitzt jetzt sieben große Speicher voll latenter Energie.«

»Mag sein, aber das heißt doch nicht, dass er an mehr als einer Front angreifen kann. Es bedeutet doch nur, dass er eine größere Zahl von Toten kontrollieren kann, oder?«

»Nein, Paul«, widersprach Mirron. Sie schüttelte den Kopf, und Jhered lief es eiskalt den Rücken hinunter. »Das Werk, das die Toten kontrolliert, nutzt die Erde als Bindeglied. Er muss nicht neben ihnen laufen, um sie zu steuern. Er muss nicht einmal in der Nähe sein, wenn er gut genug ist, und ich habe keinen Zweifel daran, dass er es ist. Gorian kann die Toten kontrollieren, indem er die Karkulas und Kessian als Mittler einsetzt. Er kann an mehreren Fronten zugleich angreifen und sich selbst völlig heraushalten. Wie Ossacer sagte, besteht die einzige Möglichkeit, ihn aufzuhalten, darin, ihn zu töten.«

Jhered legte sich eine Hand vor den Mund. »Wenn Harban ihn jetzt aus den Augen verliert, dann müssen wir ganz Tsard und die ganze Konkordanz nach ihm absuchen.«

»Es sei denn, meine Brüder und ich finden einen Weg, ihn über die Energiestrukturen aufzuspüren, die er erschafft. Wir müssten uns gewissermaßen rückwärts bis zur Quelle vorarbeiten.«

»Könnt Ihr das?«, fragte Harkov.

»Das weiß ich nicht«, gab Mirron zu.

»Trink aus«, sagte Jhered. »Wir müssen Harban eine Botschaft schicken, und dann müssen wir möglichst schnell zurück nach Estorr.«

»Und unterwegs Alarm schlagen«, ergänzte Harkov.

»Verdammt.« Jhered schlug mit der Hand auf den sandigen Boden. »Eine Invasion.«

»Heute bin ich stolz auf dich«, verkündete Gorian. »Sehr stolz sogar.«

Die Ruderer trieben das Boot rasch den Fluss hinunter, um den im Sonnenschein liegenden Norden von Kark zu erreichen und die Grenze nach Tsard zu überschreiten, wo sie sich mit König Khuran treffen wollten. Weitere Boote folgten ihnen, sämtlich einfache, offene Kähne mit einem Dutzend Ruderern, in denen zwei Herren der Toten, die sechs gefangenen Karku und Khurans Beobachter saßen. Sie waren Zeugen eines großen Sieges geworden.

Hinter der kleinen Flotte marschierten die Toten an den schmalen Ufern des Flusses entlang. Das Werk hatte Gorian erschöpft, und er stellte fasziniert fest, dass Kessian die eigentlich sehr große Anstrengung überhaupt nichts ausgemacht hatte. Nur die Reserven des Jungen hielten die Toten noch am Laufen.

»Du hast mir bewiesen, dass du so begabt und mächtig bist, wie ich es dachte, als ich dich in Estorr gespürt habe.«

Kessian zuckte mit den Achseln. Er schaute mürrisch drein und hatte in der Kälte des Tunnels den Mantel eng um sich gezogen. Er hatte nichts gesagt, als Gorian die Energiestruktur auf ihn übertragen und ihm befohlen hatte, die komplizierte Gestalt gut festzuhalten, die an das mächtige, mit dicken Seilen umwundene Wurzelwerk eines großen Baums erinnerte. Gorian war nicht sicher gewesen, ob es funktionieren würde, und der Erfolg hatten sogar ihn überrascht und erfreut.

»Was ist denn los? Du hast heute das Wissen des Aufstiegs bereichert.«

»Ich habe überhaupt nichts gemacht«, widersprach Kessian. »Außerdem hast du meiner Mutter wehgetan.«

»Ich …« Gorian unterdrückte den Ärger, der so leicht in ihm aufwallte. Kessian hatte ein ganzes Stück entfernt im Tunnel gewartet, wo er Inthen-Gor nicht hatte sehen können. »Woher weißt du das überhaupt?«

Kessian runzelte die Stirn und schaute zu ihm hoch, als hielte er seinen Vater für einen Trottel. Gorian zog die Augenbrauen hoch.

»Ich konnte sie schon immer spüren, wenn sie nahe genug war. Aber du hast mich nicht einmal mit ihr reden lassen. Du hast ihr wehgetan. Beinahe hätte ich deine Armee losgelassen, und das wäre dann deine Schuld gewesen.«

»Aber du hast es nicht getan, nicht wahr?«

»Weil du sonst böse auf mich geworden wärst.«

»Ein wenig vielleicht.«

Kessian warf ihm einen kurzen Blick zu, drehte sich um und starrte die vorbeiziehende Felswand an. Gorian schüttelte den Kopf.

»Warum freust du dich nicht? Wir haben gewonnen, und deine Mutter ist praktisch nicht verletzt. Das weißt du doch auch, oder?«

Kessian ließ sich herab, leicht zu nicken.

»Warum ziehst du dann so ein Gesicht? Du bist ein Held. Du hast mir geholfen zu siegen. Wir sind dort hineingegangen und haben geholt, was wir wollten. Ich habe dir ja gesagt, so halten es die Starken. Das Schicksal will es so.«

»Mir blieb ja auch nichts anderes übrig, oder?«

Jetzt klang Kessians Stimme wieder weinerlich, und das traf Gorian wie ein Nadelstich. Er knirschte mit den Zähnen.

»Was?«

»Du hast nicht gefragt, bevor du mich benutzt hast. Das hättest du nicht tun dürfen.« Kessian starrte ihn voller Angst an, und er hatte allen Grund dazu.

»Wie bitte?«, sagte Gorian leise.

»Ein Aufgestiegener sollte niemals etwas gegen seinen Willen tun. Ossacer sagte …«

»Ossacer, der verdammte Ossacer!« Gorian ballte seine Hände zu Fäusten. »Wann wirst du endlich erkennen, dass du nicht mehr bei ihm bist? Du bist hier bei mir. Also tust du, was ich dir sage, bis du selbst entscheiden kannst, was richtig ist. Ich versuche, die Welt vom Bösen zu befreien, und du heulst, weil ein blinder Mann glaubt, wir sollten alle Friedenstauben sein. Steig aus.«

»Was? Nein.«

Gorians Miene verhärtete sich. »Nein? Kessian, niemand verweigert sich mir. Du am allerwenigsten. Es wird dir gut tun. Dann hast du Zeit, etwas nachzudenken und auf deinen dürren Knochen ein paar Muskeln anzusetzen. Geh und laufe mit den Toten. Ich habe sie sowieso nur behalten, damit du etwas lernst. Geh mir aus den Augen.«

Kessian hielt sich am Dollbord fest. »Nein, ich will nicht.«

»Aber du musst.«

Gorian packte seine Hand und drückte, bis Kessian aufschrie und das Dollbord losließ. Dann hob er den Jungen mit dem anderen Arm hoch und warf ihn ins Wasser.

Kessian schrie, als er unterging, dann kam er heftig strampelnd wieder hoch. Gorian lachte.

»Laufe auf dem Grund, wenn du nicht schwimmen kannst, Junge. Du kannst nicht ertrinken, du bist ein Aufgestiegener. Genieße es. Und komme zurück, wenn du mir etwas Neues zu sagen hast.«

Gorian drehte sich wieder nach vorn und winkte seinen Ruderern, den Weg fortzusetzen.

Harban kehrte zurück, bevor sie die Insel verlassen hatten. Jhereds anfängliche große Enttäuschung verwandelte sich rasch in Respekt. Die Karku hatten einen Gefangenen mitgebracht. Einen der Toten, einen Gesternier. Er wehrte sich nicht und reagierte nicht auf gesprochene Befehle, marschierte aber los, wenn man ihm den Weg wies und ihn anstieß, und blieb stehen, wenn der Weg versperrt war.

»Wie weit ist Gorian entfernt?«, fragte Jhered, während der Tote zum Feuer gebracht wurde, damit Harkov und Mirron ihn befragen konnten.

»Sechs Meilen«, entgegnete Harban. »Ungefähr. Er ist auf dem Wasser. Die Toten marschieren ein ganzes Stück hinter ihm. Dieser hier war leicht zu fangen. Interessant für dich ist, dass sie uns nicht gehört haben, obwohl wir nicht besonders leise waren. Als wir diesen hier schnappten, gab er keinen Laut von sich, und keiner der anderen neben ihm ließ sich etwas anmerken. Es gab überhaupt keine Reaktion, als wüssten sie nicht, dass wir da waren und ihn mitnahmen.«

Jhered zuckte mit den Achseln. »Wahrscheinlich haben sie es wirklich nicht bemerkt. Mirron glaubt, sie haben keinen eigenen Willen und können nicht denken. Nur hirnlose Schläger mit verrottenden Muskeln.«

Der Tote bot keinen schönen Anblick. Der größte Teil seiner Rüstung war verschwunden, der Schädel hatte eine große Delle, aus der Blut und Gehirnmasse quollen, und ein Auge fehlte. Doch seine Gliedmaßen waren intakt, und er war ein starker Mann. Außerdem stank er.

»Ich muss zu meinen Fährtenlesern zurückkehren.«

»Ja, Harban. Und kümmert euch um nichts anderes. Achtet nur darauf, Gorian nicht zu verlieren.«

»Er wird uns nicht entkommen.« Harban schaute zum Dach von Inthen-Gor hinauf. »Verweilt nicht zu lange hier, es ist nicht sicher.«

Jhered lächelte und nickte. »Das werden wir nicht tun. Pass auf dich auf, Harban. Mein Arm und mein Herz gehören dir. Wir werden siegen. Dein Berg wird nicht einstürzen.«

»Geh zu deinem toten Mann«, drängte Harban ihn. »Wir haben nicht viel Zeit.«

Jhered kehrte zum Feuer zurück. Harkov stellte Fragen, und Mirron, der offensichtlich übel war, erforschte die Energiebahnen des

Toten. Er stank entsetzlich nach Schimmel und Verwesung und stand leicht gebückt vor ihnen. Anscheinend atmete er, oder jedenfalls sah es so aus, aber sonst rührte er sich nicht.

»Habt Ihr schon etwas herausbekommen?«

»Er ist nicht besonders gesprächig«, erklärte Harkov.

»Er hat auch nicht mehr viel Gehirn, das sollte uns also nicht überraschen. Bemerkt er überhaupt, dass Ihr mit ihm sprecht?«

»Keine Reaktion.«

»Ich verstehe. Mirron?«

Sie zog sich ein wenig zurück und räusperte sich.

»Paul, es ist widerlich.«

»Das kann ich mir vorstellen. Gibt es etwas Interessantes?«

»Er wird durch die Energien im Boden gespeist, doch seine Kräfte verlassen ihn, und die Verbindung zu Gorians Struktur, die alle Toten umfasst, ist nur noch undeutlich zu erkennen. Sie ist schon fast …« Geräuschlos brach der Mann zusammen, und sein letzter Atemzug klang wie ein erleichtertes Seufzen. »… nicht mehr da.«

»Interessant«, sagte Jhered. »Wir haben ein Blatt vom Baum gepflückt und wissen, was mit ihm passiert.«

»Aber falls der Baum zurückkehren sollte, kann er das Blatt wieder an sich nehmen«, sagte Harkov.

»Oder die Wurzeln suchen nach ihm«, fügte Mirron hinzu.

»Trotzdem. Das ist immerhin etwas, das wir heute Morgen noch nicht wussten. Mirron?«

»Die Energie der Erde versorgte ihn, solange er der Konstruktion nahe war. Allerdings kann sie ihn nur unvollständig nähren und offensichtlich nicht den natürlichen Verfallsprozess aufhalten.«

»Wie kommt das?«, fragte Jhered.

»Ossacer könnte es sicher besser erklären als ich. Meiner Ansicht nach liegt es daran, dass einige Körperfunktionen wieder in Gang gekommen sind, obwohl sich der Körper eigentlich nicht selbst erhalten konnte. Andere lebenswichtige Funktionen standen still oder mussten gar nicht arbeiten, damit er seine Aufgabe zu erfüllen vermochte.«

»Was fehlte ihm denn?« Harkov hockte sich neben den Toten und schloss die Augen.

»Er hatte keinen Herzschlag.«

Jhered schüttelte den Kopf. »Ich habe genug gesehen. Dieser Mann soll in die Umarmung Gottes zurückkehren. Lasst ihn begraben, und dann verschwinden wir hier. Ich weiß, ich sollte mir keine Sorgen machen, aber auf einmal finde ich es doch beunruhigend, wie Harban und die Karku das Dach der Höhle betrachtet haben.«

20

859. Zyklus Gottes, 30. Tag des Genasauf

Arducius stützte den Kopf auf die Hände. Erst vor zwanzig Tagen hatte Mirron die Akademie verlassen, und schon jetzt war klar, wer dort mehr als jeder andere darauf geachtet hatte, dass alles in geordneten Bahnen verlief. Er war zu lange fort gewesen und hatte zu denen gepredigt, die er retten wollte, obwohl sie ihm doch nur den Rücken gekehrt hatten, sobald er ihre Häuser verlassen hatte. Vergeudete Zeit, vergeudete Jahre. Denn trotz aller passiven Talente, die er und Ossacer nach Estorr gebracht hatten, war nichts herausgekommen außer wachsender Zwietracht.

Eines musste er Felice Koroyan lassen: Sie verbreitete ihre Lügen mittels einer gut geölten Maschine, die so zuverlässig arbeitete wie die neuen Bolzenschleudern der Konkordanz. Und ebenso zielgenau. Da sie jetzt sicher sein konnte, dass die Aufgestiegenen nicht mehr ins Land ziehen würden, um an den Grenzen ihres Einflussbereichs neue Anhänger zu gewinnen, konzentrierte sie all ihre Bemühungen auf Estorr selbst.

Wenn man den jüngsten Gerüchten glauben konnte, dann waren er, Ossacer und möglicherweise sogar die Advokatin selbst mit Menschenversuchen beschäftigt, nachdem sie die Opfer aus entlegenen Provinzen verschleppt hatten, wo niemand sie vermissen würde. Gorian hatte sich in ein Ungeheuer von albtraumhaften Ausmaßen verwandelt, das über Unschuldige herfiel. Die Wahrheit, verborgen hinter bösen Übertreibungen.

Wenn er die Klasse betrachtete, vor der er gerade stand, kam ihm der Gedanke, dass sie nicht einmal für Menschenversuche geeignet waren. Zwanzig Kandidaten aus Morasia, die er glaubte, vor der Verfolgung in ihrer Heimat gerettet zu haben. Jetzt aber starrten sie ihn an, als wäre er eine Art Gefängniswärter und Folterknecht. Seine Dolmetscherin saß neben ihm und fühlte sich entschieden unwohl dabei, als er dieser bunt zusammengewürfelten Truppe von Männern und Frauen aller Altersgruppen und mit ganz unterschiedlichen geistigen Fähigkeiten zu erklären versuchte, dass sie in Sicherheit und völlig normal waren.

Arducius betrachtete seine formelle Toga mit der roten Schärpe und die Füße, die in Sandalen steckten, und atmete tief durch. Wenn er aufschaute, kam es ihm vor, als hinge das Misstrauen direkt vor ihm wie ein Spinnennetz im Raum. Er spürte es in ihren Auren. Flackernde, hellblaue und rote Fasern, die die Energie im Raum aufsaugten und das Unbehagen immer weiter verstärkten.

»Liegt es an mir, oder ist es wirklich so schwer zu verstehen?«, fragte er sie, und die Dolmetscherin, eine Frau mit Adlernase in mittleren Jahren namens Norita, wiederholte seine Worte in einem seltsamen, klickenden Dialekt.

Er schritt zur Tür, öffnete sie und erschreckte einen Schreiber, der gerade vorbeiging. Er winkte einladend.

»Wenn einer von euch Lust dazu hat, kann er jederzeit gehen. Ich bezahle sogar die Rückfahrt.« Dann kehrte er in den Klassenraum zurück, ließ die Tür aber offen. »Allerdings würde ich viel lieber mit euch zusammen eure Fähigkeiten verstehen lernen, damit ihr euch mit dem wohlfühlt, was ihr in euch tragt.«

Das Schweigen, das ihm nun entgegenschlug, war nicht mehr ganz so lastend. Er nahm es als winziges Anzeichen eines Fortschritts.

»Sind eure Zimmer unbequem? Halten euch die Wachen hinter Schloss und Riegel? Hat euch irgendjemand daran gehindert, die Stadt oder die öffentlichen Bereiche des Hügels aufzusuchen? Nein. Und das wird auch nicht geschehen. Ihr seid hier, weil wir euch helfen wollen. Wir glauben, dass ihr hier sicherer seid als in eurer Heimat, wenigstens im Augenblick. Aber ihr seid nicht gegen euren Willen hier. Ich kann nur mit Leuten arbeiten, die lernen wollen. Deshalb wiederhole ich es noch einmal: Wer gehen will, kann das jederzeit tun.« Er deutete mit dem Daumen über die Schulter zur Tür. »Ich werde euch keine Steine in den Weg legen.«

Auf einmal starrten sie alle zum Ausgang, und einige hatten sich sogar entspannt. Arducius drehte sich um und entdeckte Hesther, die mit leicht geröteten Wangen in der Tür stand.

»Vielleicht kann ich helfen«, sagte sie.

»Ich bin für jede Hilfe dankbar«, gab Arducius zu.

Hesther trat ganz ein und strahlte die Morasier an. Als sie dicht bei Arducius war, wandte sie sich leise an ihn.

»Mag sein, dass du ihnen nicht im Wege stehst, aber die Advokatin könnte das anders sehen.«

»Warum sollte sie? Ob Krieg oder nicht, aus diesen Leuten werden niemals Aufgestiegene.«

»Du kennst doch Herine. Sie richtet den Blick immer weit in die Zukunft. Sie ist auch an den Enkelkindern interessiert.« Hesther räusperte sich, fuhr sich mit gespreizten Fingern durchs ergraute Haar und band das Tuch neu, das die Haare aus ihrem Gesicht hielt. Dabei lächelte sie Arducius an, doch es sah nicht sonderlich tröstlich aus. »Jedenfalls hast du ein noch wesentlich dringenderes Problem.«

»Wirklich?« Arducius' Herz sank noch tiefer.

»Ossacer predigt den Pazifismus.«

»Wem?«

»Rate mal.«

Arducius seufzte. »Was soll ich tun? Er hat ja sogar recht. Wir bilden hier keine Armee aus.«

Hesther fasste mit blitzenden Augen seinen Arm. Alle Schüler beobachteten den Streit, aber wenigstens übersetzte Norita nicht mehr.

»Es spielt keine Rolle, ob er recht hat oder nicht. Die Advokatin stellt Fragen.« Sie deutete auf die Schüler im Raum. »Und diese fünf dort werden für den Kampf ausgebildet, ob es dir, mir oder Ossacer gefällt oder nicht.«

»Ja, aber …«

»Kein Aber, Ardu. Keiner von ihnen ist ein Schmerzfinder. Keiner von ihnen wird ein Heiler von Ossacers Kaliber sein, und er sollte ihnen nichts anderes einreden. Das führt nur dazu, dass sie schlecht ausgebildet auf dem Schlachtfeld erscheinen, falls es einen Krieg gibt. Um unser aller willen darf das nicht geschehen. Ich bin zwar die Mutter des Aufstiegs, aber in Herines Augen bist du ihr Anführer. Sie verliert die Geduld, und angesichts des Drucks, den die Kanzlerin ausübt, dürfen wir uns die Advokatin nicht zur Feindin machen. Das verstehst du doch.«

»Ja, sicher.«

»Dann beweise, dass du der Diplomat bist, für den dich damals in Westfallen alle gehalten haben. Sorge dafür, dass Ossacer zur Vernunft kommt, und verhindere, dass Herine durch unsere Flure schleicht und die Schüler nervös macht.«

Arducius wich ihrem Blick aus und starrte nach draußen.

»Ich werde tun, was ich kann.«

»Gut, dann haben wir auch kein Problem.« Hesther drückte ihm einen Kuss auf die Wange. »Das war ein Kompliment, Ardu.«

»Oh, danke. Vielen Dank.«

Er glättete seine Toga und ging hinaus, um mit seinem Bruder zu sprechen. Ossacer war ganz in der Nähe. Sein Klassenraum war nur drei Türen entfernt. Das ehemalige prächtige Büro des Sprechers der

Erde barg ein paar wundervolle gemeißelte Abbildungen der Insel Kester und der Drachenzahnberge in Easthale.

Ossacer befand sich allein im Klassenzimmer, nachdem die Schüler gerade gegangen waren. Arducius spürte nach der Lektion noch ihre Energie in der Luft und konnte sie in der Nähe aufgeregt schwatzen hören. Sie waren alle sehr gut. Erst siebzehn und noch nicht richtig ausgebildet, aber sie besaßen großes Potenzial. Arducius betete jeden Tag, dass der Krieg nicht kommen würde, war aber keineswegs sicher, dass der Allwissende überhaupt zuhörte.

»Hallo Ardu«, sagte Ossacer, ohne aufzuschauen.

Er fuhr mit den Händen über die Gravuren auf den Steintafeln.

»War es eine gute Lektion, Ossie?«

»Anscheinend hat es ihnen gefallen. Besonders Cygalius. Ich denke, er hat eine große Zukunft vor sich.«

»Falls er überhaupt seinen achtzehnten Geburtstag erlebt«, wandte Arducius ein.

Ossacer achtete nicht darauf. »Diese Schnitzereien sind hervorragend. So viele Farben in den Oberflächen und Konturen. Einen Moment lang konnte ich meinen, dass ich nicht blind bin. Nur einen kleinen Moment lang.«

Arducius lächelte. »Dann müssen wir unbedingt den Künstler finden, damit er ein paar Dinge für uns anfertigt.«

»Lieber nicht. Das Loslassen ist so schon schwer genug.« Ossacer nahm die Hand vom Stein. »Und dann bleiben mir nur noch die Erinnerungen und die gewalttätige, chaotische Welt der Energiebahnen.«

»Was macht dich so nachdenklich?«

»Nun, entweder heische ich Mitgefühl für meine unglückliche Lage, oder ich versuche, mit allen Mitteln dem Thema auszuweichen, über das du mit mir sprechen willst.«

»Ach so«, sagte Arducius unsicher. Auch hierfür hatte Ossacer ein untrügliches Gespür.

»Ich wollte Hesther nicht ärgern. Das war nie meine Absicht.«

»Irgendwie ist es dir dennoch gelungen.«

»Man muss auch kein Genie sein, um zu wissen, wohin sie als Nächstes gehen würde.«

»Das ist klar. Ihr Gesicht war übrigens stark gerötet, und sie war ganz außer sich. Warum hast du das gemacht?«

Ossacer ging quer durchs Klassenzimmer und setzte sich auf einen von einem Dutzend hochlehnigen Stühlen, die auf dem Marmorboden verteilt waren.

»Weil anscheinend niemand versteht, dass wir eingesetzt werden wie Nutzvieh. Ausgebildet für einen bestimmten Zweck, um im Getriebe des Krieges mitzuwirken. Ohne einen Gedanken an die Zukunft. Deshalb habe ich den Erwachten gesagt, sie sollten ihre Fähigkeiten dahingehend entwickeln, dass sie heilen und Dinge wachsen lassen können. Wenn es zum Krieg kommen sollte, muss jeder mitwirken, und wir sind offensichtlich am besten in der Lage, dafür zu sorgen, dass Männer, Frauen, Tiere und Feldfrüchte lebendig bleiben und Nahrung und Wasser bekommen. Ich will nicht, dass Blut an ihren Händen klebt, wie wir es hinnehmen mussten. Das werden wir nie mehr abschütteln können.«

Arducius nagte einen Augenblick an der Unterlippe, ehe er sich neben Ossacer setzte.

»Ich weiß nicht, was ich sagen soll, Ossie.«

»Du könntest mir zustimmen.« Ossacer lächelte und zwinkerte.

»Ganz so einfach ist das nicht.« Arducius rutschte unbehaglich hin und her. »Wir können es uns nicht erlauben, uns die Advokatin zur Feindin zu machen. Nie, und jetzt erst recht nicht.«

»Willst du denn wirklich unsere Aufgestiegenen zu Mördern ausbilden, nur damit sie weiter lächelt?«

»Gott umfange mich, wie oft haben wir darüber schon gesprochen?«

»Offenbar nicht oft genug.« Ossacers Lächeln war nur noch

eine ferne Erinnerung. Er stand unter Anspannung, was Arducius nicht zuletzt an den chaotischen Farbwechseln seiner Lebenslinien erkennen konnte. »Niemand sieht, was hier wirklich geschieht.«

»Wir alle wissen ganz genau, was hier vor sich geht«, erwiderte Arducius. »Aber einer von uns weigert sich, es zu akzeptieren.«

»Und ob ich mich weigere.« Ossacers Stimme klang ein wenig schrill.

»Das Problem ist, dass du dich für unberührbar hältst. Du glaubst, du könntest mit Herine umspringen, wie du willst, weil du ein Aufgestiegener bist. Dabei muss sie dich nur am Lehren hindern. Was würdest du dann tun?«

»Und dein Problem ist, dass du nichts dagegen tust, wenn sie uns als Waffen einsetzen will, obwohl wir für das Gegenteil geboren sind. Würden wir uns ihr geschlossen widersetzen, dann müsste sie nachgeben. Außerdem kann sie mich nicht am Lehren hindern.«

»Nein? Du müsstet ziemlich laut schreien, wenn du in der Zelle sitzt, Ossacer.«

»Das würde sie nicht tun. Das würde sie nicht wagen.«

»Gott bette mich zur Ruhe!« Arducius klatschte die Hände auf die Stuhllehne und stand auf, um sich ein paar Schritte zu entfernen und sich zu beruhigen. »Wie kannst du nur so naiv sein?«

»Ich bin nicht naiv.«

»Ossie, du kannst tiefer nachdenken als wir anderen zusammen. Deine Prinzipien leiten uns wie ein Leuchtturm. Aber du darfst dich nicht von ihnen blenden lassen und die Realität übersehen. Sie wagt es nicht? Sie ist die Advokatin und kann tun, was immer ihr gefällt. Du musst endlich mal begreifen, wie sie denkt.«

»Wie denn?«

Wieder biss Arducius sich auf die Lippe und verzichtete darauf, seinem halsstarrigen Bruder eine zornige Antwort entgegenzuschleudern. »Beispielsweise müsstest du einsehen, dass sie alles tun würde, um die Konkordanz zu retten. Sie hat uns im letzten Krieg eingesetzt, obwohl sie wusste, dass es die Kanzlerin gegen sie aufbringen würde. Sie hat uns nach Estorr geholt, weil sie erkannt hat, wie sehr wir von Nutzen sein konnten. Wenn wir ihr jetzt, in der Zeit größter Not, nicht das geben, was sie will, was wird sie dann wohl deiner Ansicht nach tun?«

»Wir müssen bereit sein, für unsere Überzeugungen zu sterben«, sagte Ossacer gleichmütig.

»Aber niemand verlangt von uns, dass wir unser Leben aus reiner Halsstarrigkeit wegwerfen. Die Aufgestiegenen müssen auf das vorbereitet werden, was die Konkordanz von ihnen verlangen wird, und dazu wird es zweifellos kommen.«

»Du kannst mir nicht den Mund verbieten, Arducius.«

»Dann wirst du nicht weiter unterrichten und keinen Kontakt mehr mit unseren erwachten Aufgestiegenen haben.«

Ossacer erschrak. »Du hast nicht das Recht ...«

»Wenn ich sehe, dass mein Bruder auf einem Irrweg ist, dann habe ich jedes Recht«, erwiderte Arducius. »Hesther wird mich hierin unterstützen. Zwinge uns nicht dazu. Ich sage ja nicht einmal, dass du nur über das Schmerzfinden und über nichts anderes mit ihnen reden darfst, aber spare dir doch deine Rhetorik. Du ziehst uns alle hinunter.«

»Hinunter?« Ossacers Miene verriet seine Verachtung. »Du kannst nicht tiefer sinken, Bruder. Du bist so sehr der Lakai der Advokatin wie irgendeiner ihrer Liebhaber.«

»Ich will nur tun, was meine Advokatin von mir verlangt«, erwiderte Arducius vorsichtig.

»Und wenn sie dich um einen Blitz bittet, um die Feinde zu erschlagen, und um ein Unwetter, um ihr Blut vom Schlachtfeld zu spülen, wirst du es tun?«

Ossacer starrte ihn mit so leidenschaftlichen Augen an, dass man für einen Augenblick seine Blindheit fast vergessen konnte. Arducius war klar, dass Ossacer die geflüsterte Antwort auch an seiner Aura ablesen konnte.

»Wenn das unsere Feinde von den Toren der Konkordanz abhalten würde, ja. Dann würde ich es tun.«

»Ich wusste es. Schade, dass ein so starker Mann solche Schwäche zeigt. Brüchige Knochen, ein brüchiger Wille.«

Arducius fuhr auf, er fühlte sich, als hätte er ein Messer in den Bauch bekommen. Ossacer senkte den Blick.

»Entschuldige, Ardu. Ich wollte dich nicht verletzen, so meinte ich das nicht.«

»Wie hast du es dann gemeint, Ossacer?«

»Ich glaube ...«

»Du hast für einen Tag genug gesagt.« Arducius wandte sich zum Gehen, aber als er die Tür fast erreicht hatte, fiel ihm noch etwas ein. »Ossie, du bist mein bester Freund und mein Bruder, und ich liebe dich. Aber manchmal stellst du meine Zuneigung auf eine harte Probe. Glaubst du denn wirklich auch nur einen Augenblick in deinem klugen, erhabenen Kopf, dass ich nicht leide, wenn ich als Aufgestiegener gebeten werde, für die Konkordanz zu töten? Glaubst du, ich könnte irgendwie den Albträumen entkommen, in denen ich sehe, was wir damals in Atreska getan haben? Doch wenn nötig, werde ich mich für das kleinere Übel entscheiden, um das Ganze zu retten, und dass solltest auch du tun. Ich habe Gorian dafür gehasst, dass er dich wegen deiner Blindheit verhöhnt hat, und ich erinnere mich, dass er einmal sagte, du seist nicht nur äußerlich, sondern auch innerlich blind. Damals habe ich es nicht verstanden, aber jetzt denke ich, dass er vielleicht sogar recht hatte.«

Arducius schloss energisch hinter sich die Tür und prallte beinahe gegen einen Mann, der direkt vor dem Klassenzimmer wartete.

»Entschuldigung.« Er wich aus und schaute dann erst zu ihm auf.

Der Mann hatte ein vor den Jahren gealtertes Gesicht. Freundlich, aber gebrochen. Er war siebzig, sah aber aus wie hundert. Das dichte dunkle Haar war dünnen weißen Strähnen gewichen. Die einst braunen, alles durchdringenden Augen waren eingesunken und blutunterlaufen. Der Schlaf war diesem Mann offenbar ein unzuverlässiger Freund. Er ging ein wenig gebeugt, und seinen Körper hatte die Kraft verlassen. Viele erkannten ihn nicht mehr, aber die Grundzüge der Aura veränderten sich nie. Keine Verkleidung der Welt konnte einen Aufgestiegenen täuschen.

»Hallo, Arducius.«

»Mein Marschall.« Arducius schlug die rechte Faust an seine Brust. »Wir haben uns lange nicht gesehen.«

»Hör auf mit dem Unfug, Ardu«, sagte Arvan Vasselis. »Es ist lange her, dass ich das letzte Mal von dir verlangt habe, mich als Marschall anzureden.«

Arducius lud ihn mit einer Geste ins Empfangszimmer im rückwärtigen Teil des Kanzleramtes ein. »Darf ich dir etwas Wein und Essen anbieten? Gestern Abend haben sie ein Schwein gebraten, und die Koteletts sind hervorragend.«

»Gleich vielleicht.« Vasselis' Stimme hatte ihre Kraft verloren, doch er besaß immer noch die Ausstrahlung eines Herrschers, der sich jede Unterbrechung verbat. Er nickte in Richtung des Klassenzimmers. »Hat er das ernst gemeint?«

»Demnach hast du unsere ... Unterhaltung gehört. Hast du alles mitbekommen?«

»Meine Karriere beruhte darauf, dass ich vieles gehört habe. Nun?«

Arducius führte ihn ein wenig weiter den Gang hinunter.

»Natürlich meint er es ernst, Arvan. Du kennst doch Ossacer. Er kann vor Prinzipien und moralischen Leitsätzen kaum atmen. Er wird nicht davon abrücken, und das wird uns Schwierigkeiten bereiten. Im Grund kann ich nur versuchen, ihn so gut wie möglich vor Herine abzuschirmen.«

»Ich verstehe.« Vasselis machte eine sehr ernste, traurige Miene.

»Ein Aufgestiegener sollte es eigentlich besser wissen. Entschuldige mich einen Moment.«

Vasselis kehrte zum Klassenzimmer zurück und öffnete die Tür. Ein Stuhl scharrte über den Boden, dann hörte Arducius, wie Ossacer das Wort ergriff. Vasselis blieb in der Tür stehen und hob eine Hand.

»Mein Sohn hat ein Opfer erbracht, das niemand von ihm verlangen durfte, und damit geholfen, die Konkordanz zu retten. Niemand bittet dich zu sterben, Ossacer. Du sollst nur jene ehren, die schon gefallen sind.«

Vasselis schloss die Tür.

»Wein und Schweinefleisch. Das klingt gut, Arducius. Führe mich.«

Eine einsame Träne rollte über seine Wange.

21

859. Zyklus Gottes, 30. Tag des Genasauf

Ich will mich nicht davon überwältigen lassen, aber es wird mit jedem Tag schwerer und nicht leichter. Erklären kann ich es nicht.«

Vasselis' Hand zitterte leicht, als er den Weinkelch hob. Arducius hatte ein gemütliches Zimmer für sie ausgesucht. Nur zwei Liegen und ein Tisch in einem Raum voller Bücher.

Das einzige Fenster war wegen der nachmittäglichen Kälte geschlossen.

»Jedenfalls waren deine Worte gut gewählt und gut gesprochen. Ossacer ist manchmal etwas engstirnig. Vielleicht hast du ihn zum Nachdenken gebracht.«

»Dann war es die Mühe meiner Reise wert.«

»Wie geht es Netta?«

Vasselis ließ den Kopf hängen. »Kovan war unser Leben, die Zukunft unserer Familie. Als klar war, dass Netta und ich keine Kinder mehr bekommen würden, war er unendlich wertvoll für uns. Aber man kann sich einem jungen Mann nicht in den Weg stellen. Als ich ihn an jenem Tag in Westfallen mit euch auf die Reise schickte, hätte ich aber nie gedacht, dass ich ihn nicht wiedersehen würde. Netta nimmt es sogar noch schwerer. Das Herz unseres Hauses schlägt nicht mehr, und sie schleppt sich irgendwie durchs

Leben. Ich bin nur noch da, weil ich nicht will, dass jemand anders über mein Volk herrscht.«

»Gott segnet uns, solange dies noch so ist.«

»Da würde dir aber manch einer widersprechen.« Vasselis zog die Augenbrauen hoch.

Arducius schniefte verächtlich. »Lass mich raten – reden wir jetzt vielleicht über den Orden?«

»Über wen sonst? An der Oberfläche geht es darum, dass ein Marschall einen Nachfolger braucht, und dass die ethischen Vorstellungen des Ordens, was die Familie angeht, verletzt werden, wenn er dies nicht gewährleisten kann. Natürlich wissen wir genau, was in Wahrheit dahintersteckt. Im Augenblick muss ich meine Position erbittert verteidigen und kann es überhaupt nicht gebrauchen, wenn Aufgestiegene auf dem Hügel Ärger machen. Die Wellen, die das schlägt, können auch mein Boot kentern lassen.«

»Schon klar.« Arducius nahm sich noch ein dickes Kotelett und goss eine scharfe süße Soße darüber. Schon beim Geruch lief ihm das Wasser im Mund zusammen. »Dann ist dies vermutlich nicht der richtige Augenblick, um mich bei dir zu erkundigen, wie wir einige der aufgeschlosseneren Sprecher und Leser des Ordens erreichen?«

»Es kann nie schaden, Felice Koroyan Schwierigkeiten zu machen.« Einen kleinen Moment lang funkelte der alte Vasselis in seinen Augen. »Diese Hexe sollte vor ihrem eigenen Haus der Masken verbrannt werden. Doch ich muss mich vorsichtig bewegen. Ich kann nicht leugnen, dass meine Position in meiner Heimat geschwächt ist. Ich fürchte, ich vernachlässige zu viele Pflichten. Koroyans Leute suchen innerhalb des Ordens immer noch nach den Leuten, die dem Aufstieg zur Blüte verholfen haben. Ich werde mich erkundigen, aber rechne nicht damit, sehr bald etwas von mir zu hören. Die Leute sind vorsichtig, und auch wenn die Advokatin euch unterstützt, ist die Bevölkerung nicht auf eurer Seite.«

Arducius hatte das Kotelett verspeist, während er zugehört hatte. Er schluckte den letzten Happen herunter und wischte sich die Lippen ab.

»Kannst du nicht etwas Druck auf Herine ausüben, damit sie entsprechende Gesetze erlässt?«

Vasselis lächelte traurig. »Von hier oben muss es sehr einfach aussehen. Das Problem ist nur, dass Herine jetzt schon auf dünnem Eis steht. Noch ein Schritt, und sie könnte stürzen. Die Kanzlerin weiß das. Die Fronten zwischen ihnen sind abgesteckt, und keine der beiden wird etwas unternehmen, solange sie nicht sicher ist, den entscheidenden Schlag führen und unwiderlegbar beweisen zu können, dass sie allein dem wahren Weg folgt.«

Er lehnte sich zurück und schwieg eine Weile.

»Da fällt mir etwas ein«, fuhr er schließlich fort. »Du hast jetzt ein wenig Muße, Ossacer umzustimmen, weil die Advokatin die Senatssitzung leitet. Verschwende die Zeit nicht, aber pass in den nächsten Tagen gut auf. Du bist verwundbar, sogar hier auf dem Hügel.«

»Warum?«

»Herine und ich werden morgen früh zum Solastropalast reisen. Paul Jhered ist mit Harkov in Kark. Deshalb hast du hier nicht viele einflussreiche Fürsprecher, und das weiß Felice ganz genau. Gib ihr nichts in die Hand, was sie gegen dich verwenden könnte. Sorge dafür, dass Ossacer nichts über das erzählt, was die Advokatin mit euch im Falle eines Krieges vorhat. Dies ist besonders wichtig.«

»Was könnte die Kanzlerin denn tun?«

Vasselis zuckte mit den Achseln. »Wir reden hier über Felice. Wie kann das einer von uns wissen? Aber ich glaube, jetzt werde ich mir ein Kotelett nehmen, falls du mir eins übrig gelassen hast.«

Roberto Del Aglios stand mit seinem Bruder Adranis auf dem Torhaus und beobachtete das tsardonische Lager. Hinter ihnen würde das Licht bis in die frühen Morgenstunden brennen, weil sie sich fieberhaft auf einen Angriff vorbereiten mussten, von dem viele geglaubt hatten, er werde niemals kommen. Seit ihrer Ankunft vor fünf Tagen hatten die Tsardonier sie einfach ignoriert. Sie hatten eine Meile vor der Brücke ihr Lager aufgeschlagen und schienen damit zufrieden, zu jagen und Wettkämpfe im Bogenschießen abzuhalten. Allerdings machte Roberto sich angesichts dieser bizarren Demonstration der Stärke große Sorgen.

»Ich fürchte, ich übersehe etwas ganz Naheliegendes«, sagte er.

Hell brannten die tsardonischen Lagerfeuer, hin und wieder wehte die warme abendliche Brise ihre Lieder herüber. Die Brüder standen direkt über dem Tor auf der Geschützplattform und hatten sich an die vordere Brustwehr gelehnt. In umwickelten Köchern standen Hunderte von Pfeilen bereit, und mit jedem Tag wurden weitere angefertigt. Außerdem waren auf der Plattform Steine für die Onager, Bolzen für die Ballisten und Fässer mit Pech gestapelt. Überall roch es nach frischem Öl und Holz.

»Das wäre aber etwas ganz Neues«, meinte Adranis.

»Ich wünschte, es wäre wahr. Es muss für das, was sie tun, einen guten Grund geben, aber ich kann ihn einfach nicht erkennen. Vielleicht war ich zu lange im diplomatischen Dienst.« Roberto kicherte und warf einen Blick zu Adranis. Wieder war er von Stolz erfüllt. Ein hervorragender junger Mann, voller Tatkraft und Leidenschaft, die er für die Konkordanz einsetzen wollte. Es erinnerte Roberto an seine eigene Jugend. »Komm schon, Meister Del Aglios. Du bist ein Soldat der heutigen Legionen. Wie schätzt du die Lage ein?«

»In allen Unterkünften reden die Leute darüber.« Adranis blickte zu den Feinden. »Offensichtlich reicht ihre gegenwärtige Stärke nicht aus, um uns allen Ernstes anzugreifen. Außerdem lassen sie uns Zeit, Verstärkungen zu holen und unsere Artillerie aufzustellen, wie wir es wollen. Es ist, als wollten sie, dass wir uns so gut wie möglich vorbereiten, und das kann nicht sein.«

»Dann denkst du, sie wollen überhaupt nicht angreifen?«

»Das ist die große Frage«, sagte Adranis.

»Was haben sie vor?«

»Es muss ein Ablenkungsmanöver sein. Wir warten auf Nachrichten aus dem Süden, dass sich andere tsardonische Verbände den Grenzen nähern. Bisher haben wir noch nichts gehört, doch sollten wir uns über das südliche Atreska Gedanken machen. Dort unten sind wir schwach, und das Land ist in Aufruhr.«

»Nicht zum ersten Mal.« Roberto kratzte sich am Kopf. »Ich bin nur nicht sicher, ob ich wirklich an ein Ablenkungsmanöver glauben soll.«

»Hast du eine bessere Idee?«

»Nein. Wir sind weit im Norden, und selbst wenn man annimmt, dass sie die gosländischen Streitkräfte in Atem halten und binden wollen, können sie damit nicht sehr viel erreichen. Wenn deine Boten jetzt zurückkehren und melden, dass im Süden vor Haroq die tsardonischen Truppen die atreskanische Grenze angreifen, besteht kein Grund, ein paar tausend Leute hierherzuschicken, nur um die Bärenkrallen zu beschäftigen.«

»Vielleicht sind ihre Spione unzuverlässig, und sie halten uns hier für stärker, als wir es tatsächlich sind.«

Roberto schüttelte den Kopf. »Diese Grenze ist nicht sicher. Ein Heer kann sie nicht unbemerkt überschreiten, aber ein paar Späher? Das wäre sehr einfach. Außerdem haben die Tsardonier hier und in Atreska viele Sympathisanten. Nein ... sind wir ganz sicher, dass keine weitere Armee zur Unterstützung nachrückt?«

»In den nächsten Tagen wird hier nichts passieren. Deine sirranischen Kontaktleute haben nichts gefunden, und auch unsere Späher konnten nichts entdecken.«

»Dann sind sie vielleicht wirklich nur hier, um uns zu ärgern.«

»Das glaubst du doch selbst nicht, Roberto.«

»Nein, eigentlich nicht. Also kehre ich zu meiner ersten Theorie zurück. Uns entgeht irgendetwas Offensichtliches. Schau sie dir doch an – keine Artillerie, keine Kavallerie. Nur ein paar Ochsen, die Vorratswagen ziehen, und sie plündern in der Umgebung. Wenn sie nicht im Solastro eine Mannschaft zu den Bogenschieß-wettbewerben schicken wollen, weiß ich nicht, was sie überhaupt vorhaben. Denk doch mal darüber nach, Adranis. Sie haben sich nirgends sonst blicken lassen. Wir waren lange vor ihnen hier, um die Brücke zu verteidigen. Bequemer können sie es uns doch eigentlich nicht machen.«

Roberto wandte sich wieder an Adranis, der die Stirn runzelte und sich unter dem Helm mit dem grünen Federbusch am Kopf kratzte.

»Ich weiß nicht, worauf du hinauswillst«, sagte er.

»Wenn sie nicht in den nächsten Tagen angreifen, habe ich keine Rechtfertigung mehr, länger hierzubleiben. Ich will nur nicht, dass du oder sonst jemand vorschnelle Schlüsse zieht. Es kommt mir höchst eigenartig vor. Als die Sirraner mir sagten, dass die Tsardonier in diese Richtung ziehen, habe ich mir Sorgen gemacht. Die geringe Größe ihrer Streitmacht und ihr scheinbarer Mangel an Entschlossenheit können daran nichts ändern.«

»Ich verstehe.«

»Ich meine nur, ihr müsst vorsichtig sein. Ihr seid ein Juwel in der Krone der Konkordanz. Mutter würde es mir nie verzeihen, wenn du hier draußen fallen würdest, nur weil einer von uns nicht aufgepasst hat.«

»Ich werde mich nicht in meine Decken hüllen und mich verstecken, Roberto. Ich bin Kavallerist und kann kämpfen. Das ist meine Aufgabe, wie es deine war.« Adranis richtete sich trotzig auf.

»Das habe ich nicht gemeint.« Roberto legte ihm einen Arm und die Schultern, zog ihn an sich und sprach leise weiter. »Vergiss nur nicht, wer du bist. Wirf nicht wegen eines vielleicht falschen Gedankens dein Leben weg. Die Tsardonier sind gerissen und wissen, dass du hier bist. Als Ziel bist du wichtiger als jeder General. Damit musste ich leben, und vielleicht muss ich wieder damit leben. Die Familie der Del Aglios darf nicht untergehen, wenn die Konkordanz die größte Macht in dieser Welt bleiben soll. Wir tragen große Verantwortung – du, ich und Tuline.«

Adranis wich zurück. »Tuline?«

»Aber natürlich. Wenn wir beide im Kampf fallen, ist sie die Erbin. Sie muss das begreifen, und ich habe die Absicht, es ihr deutlich zu machen.«

»Dann wünsche ich dir viel Glück«, sagte Adranis. »Sie arbeitet nur dem äußeren Anschein nach für die Konkordanz. Wie ich höre, beschränken sich ihre Fähigkeiten vor allem darauf, das Vermögen der Del Aglios mit schönem Tuch, Kunstwerken und diesem Haufen parfümierter Idioten durchzubringen, die sie ihre Freunde und Berater nennt.«

Roberto lachte. »Aber dafür sind kleine Schwestern doch da, oder? Sie ärgern dich und zerstören alles, was ihnen in die Quere kommt.«

»Wenn das zutrifft, dann ist sie die Allerbeste.«

»Unterschätze sie nicht, Adranis. Sie ist klug und eine raffinierte Politikerin, wenn es darauf ankommt. Tuline ist unserer Mutter sehr ähnlich, und die braven Leute im Senat täten gut daran, dies bald zu erkennen. Ich freue mich schon auf die Sitzung im Solastropalast, auch wenn ich nicht daran teilnehmen werde. Ich garantiere dir, es wird die am besten geordnete Sitzung in der Geschichte der Konkordanz werden.«

»Du überschätzt ihre Fähigkeiten, Roberto. Die Sekretärin des Generalkonsuls? Da wird das Chaos toben.«

Roberto drohte seinem Bruder mit dem Finger. »Du verlässt dich zu sehr auf deine Erinnerungen, Adranis. Sie ist vielleicht extravagant, und ihr Ruf, sich gewissen Ausschweifungen hinzugeben, wird unsere Mutter zweifellos veranlassen, das eine oder andere ernste Gespräch mit ihr zu führen. Wenn es aber um Staatsangelegenheiten geht, dann ist sie viel reifer geworden.«

»Wenn du meinst.«

»Ganz sicher.«

Roberto schwieg eine Weile und lauschte den Tsardoniern, die lauter als zuvor ihre Lieder sangen. Es lief ihm kalt den Rücken hinunter. Er kannte dieses Lied – sie sangen es nicht bei der Arbeit oder am gemütlichen Lagerfeuer. Es war ein Siegeslied.

Marcus Gesteris betrat die Werkstätten und Schreibstuben des leitenden Wissenschaftlers der Konkordanz und konnte die Bedeutung der großen Schöpfungen und der versammelten Klugheit beinahe körperlich spüren. Er hatte Orin D'Allinnius noch nicht oft hier aufgesucht. Seiner Ansicht nach war dies nicht der richtige Ort für einen Soldaten, auch wenn das, was hier produziert wurde, bei unzähligen Gelegenheiten seinen überragenden militärischen Wert unter Beweis gestellt hatte.

Die mit diesen Aktivitäten einhergehenden Geräusche hörte er, sobald er das kleine Gebäude betrat, das an die Verwaltungstrakte auf dem Hügel angebaut worden war. Herine Del Aglios hatte es nach dem letzten Krieg gegen Tsard einrichten lassen – nicht so sehr, um jedem Betrachter den Wert ihrer Wissenschaftler vor Augen zu führen, sondern vor allem, damit sie in Sicherheit waren. Alle Mitarbeiter schauten auf, sobald die Wachen Gesteris gemeldet hatten.

Immer wieder wanderte sein Blick zu den mit Zahlen, Figuren und Formeln bedeckten Kreidetafeln, die an allen Wänden hingen, und er dachte gar nicht erst weiter darüber nach, was in den drei benachbarten Werkstätten vor sich ging, das so viel Hitze, Geschrei und Hämmern erforderte. Die Schmiedefeuer brannten mit voller Kraft, die Luft roch nach Schweiß und war voller Ruß.

Zielstrebig ging er D'Allinnius entgegen, dessen Stock auf den

Steinplatten klapperte und dem gelegentlich trotz aller Bemühungen ein schmerzvolles Keuchen entfuhr.

»Ihr seht gut aus, Orin«, sagte Gesteris, während er rasch die Entfernung zwischen ihm verringerte, um dem Ingenieur das qualvolle Laufen zu ersparen.

D'Allinnius blieb stehen und betrachtete ihn mit seinem intakten Auge. Um einen besseren Blickwinkel zu bekommen, legte er den Kopf schief, doch dabei konnte Gesteris nur umso besser die entstellte Gesichtshälfte sehen, an der das linke Ohr fehlte, und die kahlen Flecken, wo das Haar verbrannt war und nie wieder wachsen würde.

»Ihr seid ein erbärmlicher Lügner.« Es pfiff zwischen seinen abgebrochenen und fehlenden Zähnen. »Das hat schon vor einem Jahrzehnt nicht mehr gestimmt.«

»Dann setzt Euch und hört auf, es beweisen zu wollen.«

D'Allinnius sah ihn missmutig an. »Ich bin durchaus in der Lage, mich selbständig zu bewegen, Senator, und wenn ich mich setze, werdet Ihr nicht sehen können, was ich Euch zeigen will. Kommt mit.«

Gesteris nickte und folgte D'Allinnius in die kleinste der drei Werkstätten. Der Wissenschaftler war erfindungsreich wie eh und je, sein Wissensdurst ungebrochen. Doch er konnte die Verbitterung über sein Schicksal nicht verbergen, und niemand entging seinen sarkastischen Bemerkungen. Gesteris konnte es ihm nicht verdenken. Felice Koroyan, die für seinen Zustand verantwortlich war, befand sich immer noch auf freiem Fuß.

D'Allinnius packte den Türgriff mit den verbliebenen drei Fingern seiner linken Hand und zog ihn herunter. Es war eine Gnade, dass sie ihm wenigstens die Daumen gelassen hatte. Vermutlich hätte die Kanzlerin selbst es eher als Unterlassungssünde betrachtet. Ein beißender Gestank wehte durch die offene Tür heraus. Gesteris betrat einen fast leeren Raum, in dem eine zehn

Fuß hohe Metallplatte stand. Sie verlief quer durch den Raum und war fest mit dem Boden verschraubt. Dahinter arbeiteten drei Männer gebeugt an einem kleinen Tisch. Am anderen Ende des Raumes, das nur von einer rauchenden Fackel beleuchtet war, befanden sich zahlreiche Brandflecken, und am Boden lagen Holzsplitter.

Gesteris zog die Augenbrauen hoch. »Ich nehme an, Ihr habt gute Fortschritte gemacht?«

»Ich habe Euch nicht hierhergebeten, um Eure Zeit zu verschwenden«, erwiderte D'Allinnius. »Ich halte nicht viel von sinnlosen Artigkeiten.«

»Das kann ich gut verstehen«, stimmte Gesteris zu. »Was habt Ihr denn nun herausgefunden?«

D'Allinnius' Auge funkelte, und beinahe lächelte er sogar. »Dieses Zeug ist erstaunlich. Gefährlich, aber erstaunlich. Wir haben eine Vorführung vorbereitet. Sind wir bereit?«

Einer seiner Mitarbeiter hob eilig eine Hand. »Wann immer Ihr wollt.«

»Dann bitte sofort.«

»Ja, Meister.«

Gesteris fiel sofort auf, dass der Mann keine Augenbrauen mehr hatte. Sein Gesicht war stark gerötet, als hätte er sich mit Sand abgerieben. Er nahm eine Metallflasche und brachte sie zum hinteren Ende der Werkstatt. Unterdessen schleppten die beiden anderen das hölzerne Standbild eines Mannes aus einer Ecke neben die Metallflasche. Es war offensichtlich sehr schwer.

»Das wird sicher interessant werden«, sagte Gesteris.

»Es kommt darauf an, ob Ihr Euer Augenlicht behalten wollt, Senator. Es wäre besser, nur zuzuhören und dann die Folgen zu betrachten.«

»Es ist Eure Vorführung«, sagte Gesteris.

»Ganz genau. Tretet bitte hinter die Sperre.« Dann hob D'Allinnius die Stimme. »Zündet, sobald Ihr so weit seid, Meister Lagalius.«

Die beiden Männer, die die Statue getragen hatten, kehrten eilig zurück, einer schloss die Tür der Werkstatt. Beide wirkten aufgeregt und ein wenig nervös. Nach einer kleinen Pause hörte Gesteris eilige Schritte, und Lagalius tauchte wieder auf. Alle drei hielten sich die Hände auf die Ohren und forderten Gesteris nickend auf, ihrem Beispiel zu folgen.

»Es ist laut«, warnte Lagalius.

Die Explosion erfolgte ein paar Augenblicke später. Obwohl er die Hände auf seine Ohren gepresst hatte, zuckte Gesteris heftig zusammen, was die Wissenschaftler mit einem Grinsen quittierten. Es hallte eine kleine Weile nach, dann prallte etwas klappernd gegen die Metallbarriere. Gesteris wurde bewusst, dass es dunkler geworden war, am anderen Ende des Raumes brannte kein Licht mehr. Selbst mit geschützten Ohren hatte Gesteris die Wucht der Explosion gespürt, und jetzt läuteten Glocken in seinem Kopf. Als D'Allinnius wieder sprach, klang seine Stimme gedämpft.

»Kommt mit und seht es Euch an.«

Sie nahmen Laternen vom kleinen Tisch und gingen um die Schutzwand herum. Gesteris riss die Augen auf. Die hölzerne Statue war verschwunden. Nicht beschädigt oder zerbrochen, sondern verschwunden. Ausgelöscht. Einige Späne lagen auf dem Boden. Kleine Stücke nur, keiner war dicker als sein Daumen oder länger als sein Arm.

»Gott geleite mich zur Ruhe«, sagte er. Seine Stimme klang unnatürlich laut in seinem Kopf. »Das kann ich kaum glauben.«

D'Allinnius stützte sich auf seinen Stock und machte eine selbstzufriedene Miene.

»Ich dachte mir schon, dass es Euch gefällt.«

Gesteris fuchtelte herum und ging im Geiste ein Dutzend Möglichkeiten durch. »Wie ist das möglich?«

»Kommt mit«, sagte D'Allinnius. »Ich zeige Euch, wie es funktioniert.«

Sie kehrten in die Schreibstube zurück. Ein aufmerksamer Helfer hatte Wein und Früchte bereitgestellt. Gesteris ließ sich gegenüber von D'Allinnius nieder, der seine begeisterten Erklärungen durch Zeichnungen untermauerte.

»Es gibt zwei Bestandteile. Aus den mitgeschickten Unterlagen konnten wir sofort entnehmen, dass wir ganz unterschiedliche Ergebnisse erzielen würden, wenn wir mit verschiedenen Mischungen experimentieren. Was Ihr gesehen habt, entsprach ungefähr einem Zehntel unseres Vorrats.«

»Ist das alles?«

D'Allinnius zog die Augenbrauen hoch. »Eine kleine Menge, die einen großen Knall erzeugt. Die Flamme entzündet einen der Bestandteile, den wir für eine Legierung aus Phosphor und Magnesium halten. Die Hitze löst eine Reaktion mit dem zweiten Bestandteil aus, den wir noch nicht genau bestimmt haben. So setzt eine spontane, heftige und vollständige Verbrennung ein, die den Behälter in Stücke reißt, und diese Stücke und die Energie der Ausdehnung zerfetzen das Ziel. In diesem Fall die Figur. Sie bestand übrigens aus Hartholz, aus Eiche.«

»Haben Euch die Dokumente keinen Aufschluss gegeben, worum es sich genau handelt?«, fragte Gesteris.

»In gewisser Weise schon. Wir suchen aber noch in den Bibliotheken nach Übersetzungen. Es scheint, als hätten die Sirraner in unserer Sprache keine Worte für einige Metalle und Erze gefunden.«

Gesteris nickte. »Das überrascht mich nicht. Versteht mich nicht falsch, aber wenn man eine Zündschnur anstecken muss, damit die Mischung explodiert, ist sie auf dem Schlachtfeld wohl nicht sonderlich brauchbar. Sicher gut, um Wände einzureißen, aber nicht in vorderster Front, würde ich sagen.«

»Ganz im Gegenteil. Wir haben bereits daran gearbeitet und eine Lösung gefunden. Durch Zufall, wie es so häufig geschieht. Lagalius hat aus gutem Grund keine Augenbrauen mehr. Eigentlich kann er sogar von Glück reden, dass er noch lebt. Wir haben heute Morgen entdeckt, dass auch ein harter Aufprall die Explosion auslösen kann. Es scheint, als reiche die innere Reibung für die Zündung aus.«

Gesteris strahlte beinahe. »Das bedeutet ...«

»Ja, Senator. Stellt es Euch nur vor. Ein Behälter dieser Mischung in einem Netz voller Steine, mit einem Onager gegen Eure Feinde geschleudert.« D'Allinnius hatte die Hände zuerst dicht zusammengehalten, und jetzt, während er weiter erklärte, nahm er sie immer wieder auseinander. Der Schleim rasselte in seiner Luftröhre.

Gesteris war hellauf begeistert.

»Könnt Ihr dieses Zeug herstellen?«, fragte er.

»Ich würde darüber lieber mit meinen sirranischen Kollegen sprechen und ihnen die Informationen geben, die sie zweifellos als Gegenleistung bekommen wollen.«

»Dazu haben wir vielleicht nicht genug Zeit. Die Tsardonier sind schon unterwegs.«

»Das habe ich gehört. Selbstverständlich arbeiten wir Tag und Nacht daran, die beiden Bestandteile zu verstehen und ein Verfahren zur Herstellung zu entwickeln.«

Gesteris stand auf. »Gesegnet sollt Ihr sein, Orin. Möge der Allwissende bei jedem Atemzug auf Euch herablächeln.«

D'Allinnius' Gesicht verfinsterte sich schlagartig. »Es gibt keinen Gott, nur blinden Glauben. Ich habe keine Zeit für den Glauben an den Allwissenden oder die Handlanger, die in seinem Namen Böses tun. Wenn Ihr echten Glauben wollt, betrachtet die jetzigen Bewohner des Kanzleramts. Dort liegt unsere Zukunft, nicht in den unversöhnlichen Schriften, die uns unterdrücken.«

»Wir können ein andermal über Theologie reden«, sagte Gesteris. »Aber ich will Euch versichern, dass unsere Zukunft nicht zuletzt in Euren fähigen Händen ruht. Löst dieses Rätsel und liefert uns die Waffe, und Euer Name wird für immer im Pantheon der konkordantischen Helden erstrahlen.«

D'Allinnius lächelte schief. »Sorgt nur dafür, dass meine Büste nach einem Jugendbildnis modelliert wird. Ich will nicht lange nach meinem Tod noch als Kinderschreck dienen müssen.«

22

859. Zyklus Gottes, 35. Tag des Genasauf

»Gott nehme mich zu sich, aber ich hasse diese nächtlichen Wachen. Dunkelheit, Kälte und nicht einmal ein tsardonisches Lied, dem man mit Flüchen begegnen kann.«

Zenturio Charikus wandte sich zu Lissa Helanius um, die ein paar Schritte neben ihm auf dem Wehrgang stand. Sie neigte ohnehin schon zum Schimpfen, aber wenn sie die Nachtwache an der Grenze von Gosland übernehmen und auf die öden Ebenen von Tsard starren musste, erreichte ihre Laune einen Tiefpunkt. Er fragte sich, warum sie überhaupt in die Legion eingetreten war. Kämpfen konnte sie allerdings, und sie verstand mit dem Bogen umzugehen. Sie hätte rasch aufsteigen können, doch leider riss sie immer wieder im falschen Augenblick den Mund auf. Manche lernten es nie.

»Weißt du was, Lissa? Wenn es bei den Spielen das goldene Laub fürs Meckern gäbe, dann würdest du jedes Mal auf dem Balkon geehrt.«

»Ja, aber es ist doch wahr, Zenturio. Schau uns nur an. Wir sind hier aufgestellt – wie viele sind wir? Zwanzig allein auf dieser Plattform? Und wozu? Nur damit Botschafter Del Aglios angenehm in seinem Bett schlafen kann.«

»Er ist jetzt wohl wieder General Del Aglios, oder? Ich sag dir was, Legionärin. Wenn Del Aglios uns hier oben postiert, dann hat das nichts mit seinem Schönheitsschlaf zu tun. Er tut es, weil er etwas weiß. Er hat mehr Schlachten gewonnen, als du Liebhaber hattest, und das will was heißen.«

Helanius verkniff sich eine scharfe Antwort und kicherte. »Sehr witzig, Zenturio. Vielleicht hast du ja recht. Aber es kommt mir so sinnlos vor. Drei Leute könnten genug Lärm schlagen, falls die Feinde anrücken. Jetzt sind hier, gleich unter uns, vier Manipel in Bereitschaft, und die Onager sind geölt. Wir wollen doch ehrlich sein, sie kommen nicht, und das hier ist nur eine Machtdemonstration.«

»Das werden wir noch sehen. Ich weiß nur, dass wir die Front keinen Moment aus den Augen lassen dürfen, und wir sollten auch nicht von Tee und Lagerfeuern träumen. Deshalb würde ich vorschlagen, dass du wieder nach draußen schaust.«

»Jawohl.« Helanius stieß die Hüften in seine Richtung vor und wandte sich zu den Tsardoniern um.

Charikus unterdrückte ein Lachen, bekam sogar ein Stirnrunzeln zustande und schüttelte den Kopf. Dann kümmerte er sich wieder um seine eigenen Befehle. Die Pfeile bemerkte er einen Herzschlag, bevor sie über die Wehrgänge und zwischen den Zinnen hindurchsausten. Es ging viel zu schnell, um noch einen Warnruf auszustoßen. Er taumelte einen Schritt zurück, sah die Schäfte in seiner Brust und spürte einen stechenden Schmerz in der Kehle. Er tastete nach den Wunden, das Blut spritzte über seine Hände. Helanius kippte zurück, aber vielleicht war auch er derjenige, der stürzte. Er schloss die Augen.

Er atmete keuchend ein.

Falls es überhaupt ein Atemzug war.

Charikus lag auf dem Rücken, in seinem Kopf herrschte ein Durcheinander. Er konnte seinen Körper nicht mehr spüren, aber irgendwo nahm er noch etwas wahr. Ein Raunen, das durch ihn hindurchzugehen schien. Was für eine eigenartige Vorstellung. Stimmen konnte man nicht fühlen. Das war nicht möglich. Er konnte seine Gedanken nicht mehr steuern. Als hätte jemand eine Tür geschlossen, durch die er nicht mehr hineinkam.

Erinnerungen erwachten. Pfeile. Pfeile aus der Nacht, die den Tod brachten. Den anderen, die bei ihm gewesen waren. Sie hatten auf ihren Posten gestanden und in die Dunkelheit geblickt. Der Sturz, das Blut. Charikus schloss die Augen. Er bemerkte es daran, dass das Licht schwand. Spüren konnte er nichts mehr.

Dann bekam er Angst. Eine Angst, die sich immer weiter ausbreitete und seinen benommenen Geist überflutete. Gleich darauf empfand er wieder eine tiefe Ruhe. Wie eine Hand auf einer fiebrigen Stirn oder ein um die Schultern gelegter Arm. Die Erleichterung lief ihm wie eine Gänsehaut über den Rücken und erfüllte ihn von innen. Er öffnete die Augen wieder.

Über sich sah Charikus die Sterne. Eine Wolke zog lautlos über den dunklen Himmel. Irgendein Licht hüllte ihn zärtlich ein. Ihm war warm, ein Kribbeln begann im Rücken, und dann kehrte das Gefühl in seine Fingerspitzen und seine Füße zurück. Er spürte sogar den Wind im Gesicht.

Charikus öffnete den Mund und atmete seufzend aus. Er wollte noch tiefer atmen, aber das war nicht so dringend. Eine Heiterkeit durchflutete ihn. Endlich wusste er, wo er war. Er fühlte sich umarmt und gestützt, genau wie alle anderen. Denn er konnte auch die Gefährten spüren. Andere, die wie er eine tiefe Ruhe gefunden hatten und die Pracht genießen würden, bis der Augenblick gekommen war, in die Erde zurückzukehren.

Steh auf.

Charikus erhob sich. Das Kribbeln, oder eher eine Vibration, drang von den Füßen aus in seinen Körper ein, durchflutete ihn und erfüllte ihn. Ringsherum erhoben sich auch andere, deren Nähe er spürte, wie man es sonst nur unter Familienangehörigen kannte. Hier war er sicher. Er sah sich um, er kannte diesen Ort. Aus seinen

Erinnerungen. Vor den Füßen bemerkte er Flecken auf dem Boden. Ein Moment der Trauer. Hier war er gestorben, aber jetzt würde er weitergehen und seine neue Aufgabe erfüllen.

Es schien ihm, als flimmerte die Luft vor seinen Augen. Er wedelte mit einer Hand, um das Wabern zu vertreiben, aber es nützte nichts. Andere hatten offenbar ähnliche Probleme. Er kannte sie. Seine Familie. Eine Frau stand nur ein paar Schritte neben ihm, sie hatte einen Pfeil im Bauch, und ein zweiter steckte seitlich im Hals.

Jetzt waren sie vor allen Pfeilen sicher. Auch vor Schmerzen, vor der Sehnsucht und vor der Furcht.

Feinde.

Charikus fuhr auf, und auch die Frau reagierte, als hätte sie wie er das Wort gehört, das von Gefahr kündete. Charikus zog seinen Gladius. Die Waffe fühlte sich vertraut an. Gott brauchte ihn, damit er im Leben wie im Tod für ihn kämpfte, bis sein Zyklus sich wiederholte. Alles war gut, alles war richtig.

Unter euch sind Feinde. Auch hinter euch.

Sie gingen zur Treppe, die vom Wehrgang nach unten führte. Andere kamen aus Verstecken und liefen über die Plattform an den Katapulten und Steinen vorbei. Die Geschütze mussten umgedreht werden, wenn sie die Feinde in ihrem Rücken besiegen wollten. Einige hatten schon mit der Arbeit begonnen.

Charikus führte die anderen zur Treppe. Sie bewegten sich wie ein Wesen, sie kannten ihr Ziel. Mit jedem Schritt klärte sich seine Wahrnehmung ein wenig weiter, und zugleich wuchs das Gefühl der Einheit mit den anderen. Wie mit einem Seil, das ihnen Sicherheit gab, waren sie miteinander verbunden. Er wollte nicht von den anderen getrennt werden. Nie wieder. Gott hatte sie berührt und gesegnet, damit sie auch nach dem Tod noch sein Werk verrichteten.

Alle, die nicht sind wie ihr, können verwandelt werden. Tut es.

Klarheit.

Charikus stieg die Treppe hinunter und betrat einen Raum. Hier brannte Licht. Grelles Licht. Es waren Feuer. Auch Geräusche konnte er hören. Bewegungen. Feinde. Sieben Gefährten waren bei ihm, und die Feinde mussten verwandelt und in ihre Reihen aufgenommen werden.

Feinde. Eure Klingen werden sie befreien.

Natürlich.

Ein Feind wandte sich mit einem Gesichtsausdruck an ihn, als könnte er es nicht glauben. Er hatte die Pfeile bemerkt, die in ihren Körpern steckten. Der Mann sprach, aber die Worte waren nicht zu verstehen. Sie waren unwichtig. Charikus näherte sich ihm. Seine Gefährten schwärmten aus, um andere Feinde in ihre Reihen aufzunehmen. Der Mann rief etwas. Charikus konnte ihn von der Furcht erlösen.

Er hob den Gladius. Der Feind stolperte über einen Stuhl und blieb am Boden liegen. Jetzt waren die Rufe im Raum sehr laut und drangen sogar gedämpft bis an seine Ohren vor. Wieder hörte er das Wort.

Charikus!

Er hielt inne.

Feind.

Er schlug zu.

Adranis fuhr erschrocken auf. Ein Ruf hatte seinen Schlaf gestört, aber er war nicht sicher, ob er es nur geträumt hatte. Roberto, der auf der Pritsche neben ihm lag, schlief weiter. Das war die Erfahrung von unzähligen Feldzügen und die Gewöhnung an die Geräusche in einem Heerlager. Adranis war beruhigt. Wäre es ein echter Ruf gewesen, dann wäre Roberto sicherlich erwacht.

Dann hörte er es noch einmal. Es war fern, möglicherweise sogar jenseits der Brücke. Verstehen konnte er nichts. Vielleicht wieder ein Spielchen der Tsardonier.

Da er inzwischen völlig wach war, richtete Adranis sich auf und zog die Stiefel, eine dicke wollene Toga und den Mantel an. Es würde ihm guttun, etwas frische Luft zu schnappen, nachdem er so aufgeschreckt worden war. Leise schloss er hinter sich die Tür und ging zur Treppe, die zum Balkon über dem Tor der Grenzfestung führte. Von dort aus konnte er die Brücke überblicken.

Laternen und eine Kohlenpfanne tauchten den Balkon in ein warmes Licht. Die Nacht war nicht kalt, der Genastro hatte in Gosland begonnen, und Adranis war nicht der Einzige, der nach dem langen, harten und eiskalten Dusas die Jahreszeit des Wachstums begrüßte. Auf dem Balkon standen vier Wächter, die alle über die Brücke hinweg zum vorderen Torhaus spähten. Das Licht tanzte auf dem Zement und dem Stein. Auf der Brücke bewegten sich Soldaten.

»Alles in Ordnung, Zenturio?«

Die vier Legionäre nahmen Haltung an. Adranis winkte ihnen, bequem zu stehen.

»Ich denke schon, Herr. Drüben am Tor waren ein paar Rufe zu hören, die inzwischen aber aufgehört haben.«

»Mir war, als hätte ich etwas gehört.«

»Vielleicht ein Streit beim Kartenspiel oder so etwas«, meinte der Zenturio. »Jetzt ist alles wieder ruhig.«

So war es. Adranis kam sich ein wenig albern vor. Er hatte versucht, sich möglichst unbefangen zu erkundigen, aber alle wussten, dass er hierhergeeilt war, weil irgendetwas ihn nervös gemacht hatte. Sie hatten keine Ahnung warum, und er wusste es selbst nicht, aber die Soldaten würden natürlich schwatzen, und unweigerlich würde er zum Ziel einiger Scherze werden. Roberto sagte immer, ein Befehlshaber müsste die einfachen Soldaten auch seine menschliche Seite sehen lassen, aber so hatte er es vermutlich nicht gemeint.

Ein Wind wehte über die Brücke und schlug ihm ins Gesicht. Fast, als hätte jemand ihn angepustet. Er runzelte die Stirn. Der Wind wehte doch eigentlich quer vor ihnen und flussabwärts.

»Habt ihr ...«, wollte er sagen.

Die Luft beruhigte sich wieder. Dann hörte Adranis ein Grollen, das jenseits des Tors zu entstehen schien. Nach wenigen Augenblicken war das Grollen zu einem ohrenbetäubenden Brüllen angeschwollen, und direkt bevor die Fackeln und Feuer drüben auf dem befestigten Torhaus erloschen, konnte er noch beobachten, wie die Fenster und Fensterläden förmlich explodierten und tödliche Splitter nach unten zur Brücke schossen. Etwas, das wie eine dunkle Wolke aussah, strömte um das Tor herum und über die Brücke.

»Gütiger Gott«, murmelte Adranis. »Runter, runter!«

Er hatte keine Ahnung, ob die anderen es gehört hatten, aber er ging in Deckung und zog den Zenturio mit sich zu Boden. Die Wolke traf die Festung und das diesseitige Tor und fegte über den Balkon hinweg. Adranis presste sich die Hände auf die Ohren. Unter ihm bebte der Stein der Burg, und irgendetwas schlug gegen das Holz und den Marmor. Dann fiel etwas über seine Beine. Staub und kleine Steine regneten auf ihn herab, der Wind heulte, und schließlich bebte nicht nur der Balkon, sondern die ganze Festung. Er glaubte, in der Ferne Schreie zu hören, wagte es aber nicht, in diesem Inferno den Kopf zu heben.

Der Orkan wollte und wollte nicht enden, der Staub wallte immer dichter, bis Adranis zu husten begann. Schließlich musste er doch den Kopf heben, um nicht zu ersticken. Sein Gesicht war von den fliegenden Teilchen wund gescheuert, obwohl er in Deckung lag. Seine Hände, die er gerade eben erkennen konnte, waren mit Staub bedeckt. Die Laternen und das Feuer auf dem Balkon waren längst erloschen, hinter der dichten Wolke schimmerte fahl der Mond.

Dann ließ der Wind wieder nach, und einen Augenblick lang fielen Sand und Dreck wie Regen.

Nun ertönten andere Geräusche. Alarmrufe, Befehle und Schmerzensschreie. In der Nähe stöhnte jemand. Adranis richtete sich auf, das Gewicht rutschte von seinen Beinen herunter. Benommen schüttelte er den Kopf, um den Dreck und den Sand loszuwerden. Er musste sich beeilen, denn zweifellos würden die Tsardonier den Sandsturm, falls es einer gewesen war, zu ihrem Vorteil nutzen. Der Wind hatte bitter und faulig gerochen.

»Ein Schritt nach dem anderen«, wiederholte er für sich, was Roberto immer gesagt hatte. »Bleibe ruhig, schätze zuerst die Lage in deiner Umgebung ein.«

Der Zenturio bewegte sich, anscheinend war er nicht verletzt. Adranis drehte sich um und hätte beinahe vor Schreck gekeucht. Die Last auf seinen Beinen war einer der Legionäre gewesen. Niemand außer Gott konnte dem Mann jetzt noch helfen. Sein Gesicht war verschwunden, einfach abgeschürft. Die Augen waren voller Blut, an den Kiefern, auf der Nase und der Stirn war der Knochen freigelegt. Die beiden anderen Legionäre krümmten sich offenbar unter Schmerzen.

»Zenturio?«

»Ich bin unverletzt, Herr. Was war das?«

»Das lass mal meine Sorge sein. Kümmere dich um deine Männer, soweit du ihnen noch helfen kannst.«

Adranis stand mit rasendem Herzen auf und spähte über die Brüstung des Balkons. Er hatte einmal gelesen, dass die Asche bei einem Vulkanausbruch alles bedecken konnte, und so sah es hier aus. Vor dem Tor hatte sich der Staub aufgetürmt, auf der Brücke lagen Tote. Soldaten, die keine Warnung bekommen und keine Möglichkeit gefunden hatten, sich in Sicherheit zu bringen.

Rasch sah er sich um. Die Türme und Geschützplattformen auf dem Torhaus waren dunkle, bedrohliche Umrisse. Er glaubte, eine Bewegung zu erkennen, war aber seiner Sache nicht sicher. Wie er aus den Schreien und Rufen schließen konnte, gab es Überlebende. Irgendwo rief jemand die Leute energisch zur Ordnung. Rechts über ihm zündete jemand eine Laterne an.

Es toste in Adranis' Ohren, während sich seine Augen allmählich auf das Zwielicht einstellten. Direkt vor ihm stöhnte einer der Legionäre, der große Schmerzen litt und der Ohnmacht nahe war.

»Schon gut«, sagte der Zenturio. »Es ist gut, Hilfe ist unterwegs.«

Dann schaute er auf und fing Adranis' Blick ein. Er schüttelte den Kopf.

»Was ist hier passiert?«, fragte er.

»Ich nehme an, ein Staubsturm«, erklärte Adranis. »Allerdings habe ich so etwas hier noch nie gesehen.«

»Wie ist das nur möglich?« Der Zenturio war der Panik nahe. »Es kam aus dem Nichts. Es ist nicht trocken genug. Und schaut nur, es sind auch Steine dabei. Granitstücke. Als hätte jemand auf der anderen Seite des Tors die Straße zerstört und mit den Steinen nach uns geworfen.«

Der Zenturio hatte recht, es gab keine vernünftige Erklärung. Adranis zog es vor, nicht weiter darüber nachzudenken. Die Tsardonier standen nun vor einer stark geschwächten Grenzfeste. Wenn sie dem Sturm entkommen waren, dann würden sie die Gelegenheit beim Schopfe ergreifen. Die Sicherheit war jetzt das Wichtigste. Adranis blickte wieder zur Brücke. Das Torhaus war völlig dunkel, auf der Geschützplattform und im Gebäude brannten weder Kohlenpfannen noch Laternen.

»Sie können nicht alle tot sein«, sagte er. »Oder doch?«

Dann hörte Adranis auf der Plattform die Winden der Geschütze quietschen und wusste nicht, ob er sich freuen oder fürchten sollte. Er konnte nur beten, dass es eine reine Vorsichtsmaßnahme war, denn wenn die Tsardonier jetzt angriffen, würden sie feststellen, dass die Verteidiger nicht gut aufgestellt waren. Er, Kell, Nunan und Roberto brauchten Zeit.

Nun öffnete sich das hintere Tor zur Brücke. Adranis erstarrte vor Schreck. In der Burg nahm der Lärm zu, und der Orkan dröhnte ihm immer noch in den Ohren. Seine Gesichtshaut war vom Sand und dem Splitt, der kleben geblieben war, gereizt. Er fühlte sich verwundbar, hatte aber nicht die Willenskraft, sich zu bewegen. Immer weiter öffneten sich die Torflügel, und dann liefen Leute auf die

Brücke. Seine Leute, Bürger der Konkordanz. Es waren vielleicht dreißig, die wie gehetzt über die Brücke rannten. Einige Male blickten sie zurück und riefen, dass die Tore der Burg geöffnet werden sollten. Sie hatten offenbar große Angst.

Adranis wartete einen Augenblick, ob ihnen die Tsardonier folgten. Er musste sichergehen. Doch sie kamen nicht. Stattdessen folgten weitere Leute in den Uniformen der Konkordanz und der Grenztruppen von Gosland. Diese Gruppe rannte nicht, sondern lief gemächlicher. Adranis runzelte die Stirn. Mit ihnen stimmte etwas nicht, ihre Bewegungen wirkten eigenartig. Etwas zu langsam und hölzern. Dann fiel sein Blick wieder auf die anderen, die panisch zur Burg rannten und laut und verängstigt riefen.

Er wollte sich an den Zenturio wenden, doch in diesem Augenblick schossen die Onager der Festung ihre Ladungen ab. Steine pfiffen durch den Himmel, er beobachtete sie einen Herzschlag lang.

»Gott umfange mich«, keuchte er. »In Deckung!«

Zum zweiten Mal packte er den Zenturio, doch dieses Mal rannte er zum Zugang des Balkons und sprang die Treppe hinunter. Die Steine prallten gegen die Burg. Große Brocken brachen aus dem Mauerwerk, fielen auf den Balkon und ließen eine Staubwolke aufsteigen. Der Zenturio richtete sich auf und wollte wieder nach draußen, doch Adranis hielt ihn auf.

»Du kannst ihnen nicht mehr helfen. Wir müssen uns um die Verteidigung kümmern. Suche den Hauptmann der Burg.«

Verwirrt und ängstlich nickte der Zenturio.

»Beruhige dich, Zenturio. Eines nach dem andern. Nimm dich zusammen.«

»Ja, Herr.« Dann rannte er die Truppe hinunter.

Adranis sah ihm nach. Unten rief jemand Befehle und sorgte für Ruhe in der Burg. Jemand verlangte, dass die Torflügel geöffnet werden sollten, und in der Ferne rissen die Hörner die Legion aus dem Schlaf. Die Krieger lagerten etwa zweihundert Schritt entfernt auf offenem Gelände. Es würde eine lange, grausame Verzögerung geben, bis sie sich ordentlich aufgestellt hatten und zur Verteidigung beitragen konnten.

Adranis wusste, was er nun zu tun hatte. Immer drei Stufen auf einmal nehmend, rannte er zu seinem Zimmer. Er musste Rüstung und Helm anlegen und Roberto suchen.

23

859. Zyklus Gottes, 35. Tag des Genasauf

Robertos Adjutant rannte mit Brustharnisch und Helm hinter seinem Vorgesetzten her. Als Roberto in Kells und Nunans Quartier platzte, waren die beiden schon angezogen und gürteten ihre Schwerter. Im Lager der Legion ertönten Alarmsignale. Wieder bebten die Wände der Burg unter Einschlägen, auf den Gängen schrien Leute. »Lasst sie im freien Gelände hinter der Burg antreten. Die Kavallerie soll die Flanken überwachen. Wagt euch nicht zu weit vor, haltet die Schlachtordnung. Vergesst nicht, dass ihr eine Legion seid und am besten auf freiem Gelände kämpft. Wir dürfen hier nicht im Handgemenge Hunderte von Leuten opfern. Da verliere ich lieber die Burg und halte die Angreifer später auf.«

»Ja, General.«

»Dina, Pavel. Ihr habt den Befehl, wartet nicht auf mich. Entscheidet selbst.« Sie nickten. »Gut. Geht jetzt.«

Roberto wandte sich an den Adjutanten und streckte die Hände aus, um sich die Handschuhe überstreifen zu lassen. Dann nahm er den Helm und setzte ihn auf. Zusammen mit dem vertrauten Gewicht erwachten viele Erinnerungen. Sein Herz schlug auf einmal schneller, und sein Körper war von einer neuen Energie erfüllt. Jetzt musste er sich einem Problem stellen, das sie schon vor einem Jahrzehnt hätten lösen sollen. Er hatte diese Luft schon einmal gerochen und wusste genau, was es zu bedeuten hatte. Die Konkordanz musste für die Nachsicht der Vergangenheit büßen.

»Bring dich in Sicherheit, Herides«, befahl er ihm. »Geh ins Lager.«

»Mein Platz ist hier an Eurer Seite«, widersprach Herides. »So war es schon immer.«

Roberto legte ihm eine Hand auf die Schulter. Der Mann, der ihn anstarrte, hatte immer noch die Augen des jungen Kerls, den er vor so vielen Jahren auf einem tsardonischen Schlachtfeld in seine Dienste genommen hatte, doch Krankheiten hatten ihm die Kraft geraubt, und seine Glieder zitterten.

»Ich habe diese Rüstung lange nicht getragen, aber ich bin nach wie vor ein Mitglied der Legion. Das bist du nicht, und deshalb darfst du dich nicht in Gefahr bringen. Ich brauche deinen Verstand, mein Freund, und deshalb musst du auf deinen Kopf gut aufpassen.«

»Mein General«, sagte Herides.

»Anders kannst du mich wohl nicht anreden, was?«

»Es scheint mir der einzig passende Titel.«

Roberto eilte zur Tür. Männer und Frauen rannten an ihm vorbei, sie wollten offenbar das Tor schützen. Rüstungen klirrten, Speerspitzen schimmerten im Licht der Laternen, die auf der Burg wieder angezündet worden waren. Herides ging nach rechts, Roberto nach links. Adranis kam gerade vom Balkon herunter. Roberto war sehr erleichtert, und die Männer umarmten sich einen Moment.

»Du brauchst deine Rüstung«, sagte Roberto.

»Ich weiß. Hör zu, Roberto. Uns haben keine tsardonischen Steine getroffen. Die Angreifer haben die Katapulte auf der Plattform umgedreht. Wir müssen davon ausgehen, dass die Tsardonier das Torhaus eingenommen haben. Überlebende sind vor dem Tor, und weitere folgen ihnen, aber …«

Roberto sah seinem Bruder in die verwirrten Augen.

»Was ist? Komm schon, erzähl.«

»Diejenigen, die ihnen folgen – mit ihnen stimmt etwas nicht.«

»Und der Sturm, der uns getroffen hat«, ergänzte Roberto, »fühlte sich auch nicht natürlich an, was?«

Adranis schüttelte den Kopf. »Nein.«

»Er war es auch nicht. Zieh dich an und komme dann zu mir zum Tor. Wir brauchen dich und deinen Mut. Der abtrünnige Aufgestiegene steckt dahinter.«

Roberto eilte weiter zum Tor. Ein Flügel war schon geöffnet, um die verschreckten Bürger einzulassen. Vor dem Eingang drängten sich Soldaten. Roberto rief seinen Leuten zu, ihm Platz zu machen, und schob sich nach vorn. Er achtete nicht auf die Worte, die er hörte, und die Ängste, die dies alles bei den Torwächtern auslösen musste.

»Haltet sie fest, Hauptmann«, rief er der Kommandantin der Burg zu. »Wir müssen sie alle befragen.«

»Ja, Herr«, antwortete sie. »Ihr habt gehört, was der Botschafter gesagt hat. Bringt sie in die Messe und gebt ihnen etwas Warmes zu trinken und etwas zu essen.«

»Die Bärenkrallen kommen«, fuhr Roberto fort. »Gebt diesen Kampf noch nicht verloren.«

Wieder prallten Steine gegen die Burg. Staub und Putz fielen herunter.

»Die Burg wird die Nacht überstehen«, rief die Kommandantin. »Haltet eure Positionen. Bogenschützen auf die Wehrgänge.«

Roberto blickte zum offenen Tor hinaus. Bürger der Konkordanz kamen über die Brücke. Dahinter war das Torhaus wieder hell erleuchtet, und auf der Geschützplattform wehte die tsardonische Flagge. Im Tor und in allen Fenstern drängten sich feindliche Kämpfer. Zuerst dachte er, sie jubelten, aber das war nicht der Fall.

»Schließt das Tor«, befahl er. »Sofort.«

»Aber Herr, wir müssen unsere Leute hereinholen«, widersprach die Kommandantin. »Es besteht keine Gefahr.«

»Nein? Habt Ihr nicht gehört, was die gesagt haben, die hergerannt kamen?«

»Das könnt Ihr doch nicht glauben, das muss eine Finte sein.«

»Ich weiß nur, dass ich dort Leute laufen sehe, die Pfeile im Hals haben. Leute, die tot sein müssten.« Er hob die Stimme. »Schließt das Tor.«

Die Soldaten sahen zwischen der Kommandantin und ihm hin und her.

»Das sind unsere eigenen Leute«, flehte sie.

Roberto blickte wieder nach draußen. Durchbohrte Kehlen, verbeulte Rüstungen. Einer hatte eine Hand verloren, ein anderer hatte einen Riss in der Brust, in dem die Rippen deutlich zu erkennen waren.

»Vertraut mir«, sagte er leise. »Und zwingt mich nicht, meinen Rang auszuspielen. Das dort sind nicht unsere Leute. Nicht mehr. Schließt das Tor.«

Die Kommandantin drehte sich zu den Soldaten um und nickte. »Tut es«, sagte sie, wandte sich aber sofort wieder an Roberto. »Was jetzt, General? Wir haben das Tor vor Leuten geschlossen, die wir hätten retten können. Ihr wisst etwas. Wir müssen es auch erfahren, Herr.«

Mehr als fünfzig Leute standen vor dem Tor, als die Flügel geschlossen und die Riegel vorgelegt wurden. Alle warfen Roberto zornige Blicke zu. Das Tor war in eine dicke Mauer eingelassen, dahinter befand sich ein Aufmarschplatz, der groß genug war für zweitausend Legionäre oder fünfhundert Reiter. Er füllte sich rasch. Von hier aus führten Treppen zum Balkon über dem Tor und rechts zu den Geschützplattformen. Weitere Türen und Treppen gewährten ringsum den Zugang zu anderen Teilen der Burg.

»Wir müssen zuerst unsere Verteidigung einrichten«, sagte Roberto. »Sarissen und Bogenschützen in Reihen aufgestellt vor das Tor. Schwerter an die Flanken, damit sie jederzeit eingreifen können.«

Die Kommandantin reagierte nicht sofort.

»Hauptmann, die Tsardonier kommen. Wir müssen die Stellung halten, bis die Legion hier ist. Bald werden die Steine auch das Tor treffen, und so stark die Mauern auch sein mögen, die Tore werden vorher brechen. Ich fürchte, die Tsardonier haben noch mehr auf ihrer Seite als nur die Geschütze. Stellt Euch auf, dann spreche ich zu Euch allen.«

Die Kommandantin nickte und gab ihre Befehle. Sie kannte ihn. Alle kannten ihn, den erfolgreichsten lebenden General der Konkordanz. Mehr denn je baute er jetzt auf seinen Ruf. Ihm war klar, was die Leute dachten: Er hätte brave Bürger ausgesperrt, und jetzt müssten sie sterben. Wie konnte er seinen Leuten etwas erklären, das er selbst nicht recht glauben wollte? Er brauchte Beweise und Zeugnisse. Etwas, um die unklare Erinnerung an eine Unterhaltung aufzufrischen, die er vor Jahren mit Paul Jhered geführt hatte. Im Speisesaal gab es inzwischen wohl genug davon.

»Danke, Hauptmann«, sagte er. »Euer Vertrauen soll belohnt werden. Ich muss leider sagen, dass ich es Euch sogar versprechen kann.«

Sie salutierte und eilte zur Messe. Als er über den Appellhof lief, kam Adranis gerade wieder in voller Rüstung aus ihrem Zimmer.

»Hier drüben«, rief er. »Komm und hilf mir bei den Geflohenen, die du gesehen hast. Wir müssen uns schnell ein Bild machen.«

»Ich sollte wohl besser zu den Bärenkrallen gehen«, sagte Adranis.

»Die müssen es auch erfahren, und es ist das Beste, sie hören es von einem ihrer eigenen Leute.«

»Was sollen sie hören?«

»Hab noch etwas Geduld«, bat Roberto ihn.

Adranis blickte an Roberto vorbei und richtete sich überrascht auf. Er öffnete leicht den Mund, und im Hof wurde es still. Roberto fuhr herum. Über beide Treppen kamen vom Balkon, von den Wehrgängen über dem Tor und den Artillerieplattformen Männer und Frauen herunter, die Schwerter und Messer führten. Sie bewegten sich zielstrebig.

Unten wichen die Leute zurück. Einige zogen die Klingen, viele tuschelten miteinander.

»Der Mann war tot«, sagte Adranis und deutete auf einen der Legionäre. »Ich habe es selbst gesehen. Roberto, schau ihn dir nur an!«

Durch die zerfetzte Haut waren Schädelknochen zu erkennen, das Blut war aus den Augen über die Wangen gelaufen. Neben ihm lief ein anderer Mann mit blutigem Brustharnisch. Er hatte einen klaffenden Riss im Hals. Hinter ihnen ein Dritter, der eine Hand auf seinen Bauch hielt. Auf einmal rutschten die Eingeweide zwischen seinen Fingern hindurch, hingen dampfend in der kühlen Luft und fielen herab. Der Mann nahm nur die Hand weg und ging einfach weiter. Dann aber stolperte er über sein eigenes Gedärm und stürzte seitlich um.

Zehn weitere kamen von den Plattformen und Türmen herunter, und oben bewegten sich noch mehr Auferstandene. Voller Entsetzen und ungläubig betrachteten die Lebenden die wandelnden Toten. Noch hielten sie die Ordnung, aber sie waren erschüttert und wichen zurück, bis vor jeder Treppe reichlich Platz entstand.

Die Kommandantin bat mit erhobenen Händen um Ruhe. Sie stand, dem Tor zugewandt, vor ihren Soldaten, sah sich nach links und rechts um und beobachtete die Toten. Schließlich keuchte sie und lief zur linken Treppe. Das Murmeln der Lebenden wurde lauter. Irgendjemand drängte sie zurückzukommen. Andere deuteten auf die Toten und riefen deren Namen. Roberto musste eine Hand heben, weil Adranis loslaufen wollte.

»Hauptmann«, rief er, dass es laut zwischen den Mauern hallte. »Bleibt auf Abstand!«

Sie deutete auf einen zerfetzten, vernarbten Mann, der sich ihr näherte. »Das ist Veralius«, sagte sie. »Wir müssen ihnen helfen, seht sie nur an.«

»Es war Veralius«, entgegnete Roberto. »Er ist es nicht mehr, dies ist nur eine leere Hülle. Er sollte schon bei Gott sein, aber das blieb ihm verwehrt.«

Die Toten hatten die untersten Stufen erreicht. Immer noch wichen die Verteidiger zurück und hielten zehn Schritte Abstand. Adranis und Roberto gingen seitlich an ihnen vorbei, bis sie das Niemandsland überblicken konnten. Die Kommandantin blieb unerschütterlich stehen, doch Roberto erkannte die Angst in ihren Augen. Sie hatte das Schwert gezogen und wechselte unsicher immer wieder den Griff. Sie war allein, die Toten näherten sich ihr.

»Veralius«, sagte sie. »Ich bin es, Jorgia.«

Kein Schimmer des Erkennens.

»Zurück, Hauptmann«, sagte Roberto. »Das nützt nichts.«

»Lebend oder tot, er ist es«, widersprach sie. »Veralius, nun komm schon, sag etwas.«

Veralius hatte auf der linken Seite seines Kopfes eine böse Schnittwunde abbekommen. Es war fraglos ein tödlicher Schlag gewesen. Der Unterkiefer war zertrümmert, und der Hals war verdreht. Eigentlich hätte Blut aus der Wunde spritzen müssen, doch es war nichts zu sehen. Er war den anderen ein wenig voraus, doch alle bewegten sich jetzt in Richtung der Kommandantin. Ihre Soldaten drängten sie, sich zurückzuziehen.

»Mit ihm stimmt was nicht, Hauptmann. Kommt zu uns rüber.«

»Veralius«, sagte sie noch einmal. »Bitte, erinnere dich doch an mich.«

»Das kann er nicht«, erwiderte Roberto. »Er ist tot. Kommt zurück.«

»Und was dann?«, fauchte sie. »Er ist tot, sagt Ihr? Wie können wir ihn noch einmal töten? Ich weiß nicht, was ich dazu sagen soll. Wie kann er tot sein?« Das Letzte war nur noch ein heiseres Flüstern.

»Wenn wir ihnen die Beine abschlagen, können sie nicht mehr laufen. Wenn wir die Hände abtrennen, können sie keine Waffe mehr führen«, erklärte Adranis. »An einer Reihe von Sarissen kommen sie niemals vorbei. Hauptmann, tut, was der General Euch sagt.«

»Das ist ein Befehl«, fügte Roberto hinzu.

Die Kommandantin sah sich noch einmal kurz um, dann wandte sie sich wieder an Veralius. Er war nur noch vier Schritte von ihr entfernt, die anderen folgten dicht hinter ihm. Sie hatten die Klingen gehoben.

»Hauptmann!«, rief Roberto. »Kommt sofort zurück.«

»Veralius«, brüllte die Kommandantin den Toten an. »Veralius.«

Da war es. Er zögerte einen Moment, sein Schwertarm zuckte leicht. Seine Miene veränderte sich nicht, aber er schlug auch nicht zu, sondern wiegte sich leicht hin und her. Die Kommandantin lächelte.

»Veralius«, sagte sie. »Alles wird gut.«

Vier Klingen trafen ihre ungeschützten Seiten und fuhren tief in Rücken, Hals und Arme hinein. In einer blutigen Fontäne ging sie zu Boden. Ihre Soldaten brüllten wild.

»Sarissen!«, rief jemand. »Immer zwei Männer an eine Klinge.«

Die Kämpfer, drei Reihen tief gestaffelt, senkten die langen Waffen.

»Bogenschützen, Feuer frei.«

Pfeile sausten über die kurze Distanz. Vierzig oder fünfzig trafen die Toten, die sich unaufhaltsam näherten. Es waren nur zwanzig, aber sie kamen ohne Furcht und mit einer entsetzlichen Zielstrebigkeit. Nun bestand kein Zweifel mehr, was sie tun würden, wenn sie die Verteidiger erreichten. Doch so weit durften sie nicht kommen.

Die Pfeile schlugen ein, warfen die Toten von den Beinen und trieben sie zurück oder zwangen sie auf die Knie. Nach wenigen Augenblicken waren alle wieder bereit, abermals vorzustoßen, und unter den Verteidigern wuchs die Furcht.

»Sarissen, nagelt sie ans Tor.«

Die Sarissenträger stießen Schlachtrufe aus und stürmten vor. Die Toten wehrten sich nicht, und die langen, mit Gegengewichten versehenen Sarissen fanden ihre Ziele. Immer zu zweit stießen die Männer zu, winkelten die Schäfte an und rissen die Toten hoch, um sie zum Tor zu tragen und ans Holz zu nageln. Gedämpfter Jubel erhob sich. Einige, die hochgehoben wurden, fielen wieder herunter und bewegten sich weiter. Hackend und hauend fiel die Miliz aus Gosland über sie her.

Roberto rieb sich übers Gesicht. Weitere Tote erschienen auf den Treppen. Die Gepfählten regten sich noch und zeigten keine Gefühle, weder Furcht noch Schmerz.

»Räumt hier in der Burg auf«, befahl Roberto. »Trennt ihre Gliedmaßen ab und enthauptet sie. Haltet sie mit allen Mitteln auf. Wir wollen sie in die Umarmung Gottes zurückschicken.«

Als die Zenturionen Trupps auf die Treppen schickten, wandte Roberto sich an Adranis, der mit seiner Fassung rang.

»Kehre zur Legion zurück und berichte Kell und Nunan, womit wir es zu tun haben. Es darf keinen Zweifel und keine Gnade geben. Diese Bürger sind schon tot, und wir dürfen nicht glauben, sie wären noch die Menschen, die wir einst kannten.«

»Leichter gesagt als getan«, gab Adranis zurück.

»Wir müssen sie aufhalten, und es muss genau hier und jetzt sofort geschehen.«

»Wer steckt dahinter?«

Roberto spuckte aus. Rings um sie brach ein Gemetzel aus, als die Krieger ihre toten Gefährten zu Gott zurückschickten. Es war nicht schön, und Roberto war sich bewusst, dass die Leute vor allem der Zorn über die Ermordung ihrer Kommandantin trieb. Wenn die Wut nachließ, wäre die Angst wieder da.

»Gorian.«

Adranis verstand es nicht. »Der Aufgestiegene? Der ist doch tot.«

»Die Sirraner haben mich gewarnt, dass er überlebt habe und sich in Tsard aufhalte. Dies hier deutet darauf hin, dass sie recht hatten. Ich hätte ihn nicht am Leben lassen sollen.«

»Bist du sicher, dass er es ist?«

»Wer soll es sonst sein? Jhered sagte mir, Gorian habe geglaubt, die Toten besäßen eine eigene Energie, und wie es scheint, hatte er damit recht.« Roberto schüttelte den Kopf. »Wandelnde Tote und stinkende Stürme, die Staub und den Tod mit sich bringen. Es kann keinen Zweifel geben. So wenig wie daran, dass die Tsardonier bei ihm sind und die Konkordanz nicht auf eine neue Invasion vorbereitet ist. Wenn wir sie nicht hier aufhalten, bleibt uns nicht mehr viel.«

»Die Bärenkrallen werden nicht versagen.«

»Darauf verlasse ich mich. Aber triff Vorsichtsmaßnahmen für den Fall, dass es uns doch nicht gelingt.«

»Sei vorsichtig, Roberto.«

Roberto kicherte. »Das aus deinem Munde.«

Von Onagern geschleuderte Steine prallten gegen die Burg und die Torflügel. Die festgenagelten Toten zuckten wild wie die Puppen bei einer Jahrmarktsaufführung.

»Holt sie da runter«, sagte Roberto. »Selbst das Gemetzel ist respektvoller als dies.«

Endlich waren die Toten niedergemacht und lagen still am Boden. Irgendjemand hatte einen Leser des Ordens geholt, und nun wurden die Leichenteile fortgeschafft, damit sie ordentlich und anständig begraben werden konnten. Die Treppen waren nass vom Blut, einige Trupps suchten schon die Burg ab, um nachzusehen, ob irgendwo noch weitere von Gorians Schöpfungen lauerten und angreifen wollten.

Die Zenturionen hatten ihre Soldaten rasch und sinnvoll eingeteilt. Auf dem Aufmarschplatz herrschte eine gewisse Betriebsamkeit, die aber nachließ, als die wichtigsten Arbeiten erledigt waren.

Dann machte sich der Schrecken bemerkbar, der den etwa zweihundert versammelten Kriegern in die Knochen gefahren war. Die Offiziere der Verteidiger organisierten die Linien ihrer Sarissen neu, während die festgenagelten Toten abgenommen und ebenfalls verstümmelt wurden. Roberto konnte kaum glauben, dass ein solcher Befehl kommentarlos ausgeführt wurde.

Es gab jedoch dringendere Probleme, um die er sich kümmern musste. Die Männer und Frauen, die direkt hinter den inzwischen beschädigten Torflügeln standen, waren auf das, was ihnen bevorstand, nicht vorbereitet. Tsardonier oder tote Bürger, es spielte keine große Rolle. Außerdem hatten sie gegen den Beschuss ihrer eigenen Artillerie keinen Schutz. Nicht eine der Waffen, die zurück über den Fluss schießen konnten, war einsatzbereit. Die Ingenieure waren bereits fieberhaft bei der Arbeit, aber ihre Bemühungen waren sicher vergeblich. Gorians Sturm hatte die Scharniere, die Wurfschalen und die Seile zerstört.

Roberto lief über das offene Gelände vor die Linie der Sarissen. Wieder knallten Steine gegen das Tor, ein Balken zerbrach. Die Eisenstreben klirrten, und die Nägel lockerten sich. Einer der Zenturionen trat zu ihm.

»Eure Befehle, Herr?«

Roberto sah ihn an. Stolz salutierte der Mann vor ihm, aber die Furcht stand ihm ins Gesicht geschrieben.

»Es ist sinnlos«, sagte er.

»General?«

»Wir können sie hier nicht aufhalten. Wenn das Tor zerbricht, dann werden uns nicht die Toten angreifen, sondern sechstausend Tsardonier werden über die Brücke rennen. Wir dürfen keine Leute mehr opfern.« Roberto schluckte schwer, als die Verzweiflung ihn zu übermannen drohte. Bilder aus seinen Erinnerungen erwachten, und keines davon zeigte ihm den Sieg. »Die Bärenkrallen marschieren hinter uns auf. Dies ist jetzt ihre Aufgabe. Wir geben die Burg auf.«

Der Zenturio starrte ihn fassungslos an.

»Wir können die Grenze nicht verlassen«, sagte er. »Die Burg gehört zu Gosland, und wir sind hier im Vorteil. Wir können beliebig viele Angreifer mit Pfeilen und Sarissen abwehren, denn das Tor ist nicht breit genug, um einen Brückenkopf einzurichten.«

Roberto lächelte. »Ihr seid eine Zierde unserer Truppen, Zenturio, aber wir haben es hier nicht mit einer normalen Armee zu tun. Ihr könnt die Toten nicht mit Pfeilen bekämpfen. Außerdem haben sie magische Unterstützung. Ein Aufgestiegener ist bei ihnen.«

Jetzt riss er die Augen weit auf. »Der Wind …«

»Ja, der Wind, und es wird sicherlich noch schlimmer kommen. Wir mögen hier im Vorteil sein, aber dies ist auch ein Kanal, durch den er seine böse Macht leiten kann. Vertraut mir.« Roberto hielt dem Blick des Zenturios stand. »Die Bärenkrallen werden sie auf offenem Gelände besiegen. Dort können uns auch ihre Geschütze nicht erreichen. Unsere Kavallerie kann sie in Stücke reißen. Sie haben keine Pferde.«

Der Zenturio nickte. »Ich gebe den Befehl.«

24

859. Zyklus Gottes,
35. Tag des Genasauf

Roberto schickte die Grenztruppen hinter die Kavallerie, die links neben den Bärenkrallen stand. Kell und Nunan hatten ihre Soldaten auf dem weiten offenen Gelände hinter der Burg in der klassischen Formation postiert. Dieses Gelände, das während der Vorbereitung der Invasion von Tsard als großes Lager, Aufmarschplatz und Sammelpunkt gedient hatte, war zum Fluss hin leicht abschüssig und somit ein ideales Schlachtfeld.

Die erste Reihe der Hastati, eine Phalanx von Sarissenträgern, stand hundert Schritte vor der Burgmauer mit ihrem mächtigen Doppeltor. Zwischen den Manipeln der Hastati und der zweiten Infanterielinie mit den Principes warteten die Bogenschützen. Sie waren mit Langbogen aus sirranischem Holz bewaffnet, und das Tor war noch in ihrer Reichweite. Unterstützt wurden sie von Bolzenschleudern, die hinter den Triarii bereitstanden. Den Flankenschutz der Phalanx übernahmen Manipel von Schwertkämpfern, und noch etwas weiter an der Seite war die Kavallerie eingesetzt. Die ganze Armee war in einem leichten Halbkreis aufgestellt.

Es sah aus, als müssten die Feinde in einem Massaker untergehen, und doch fürchtete Roberto um die Zweite Legion. Sie mochten eine Elitetruppe der Konkordanz sein, aber er war nicht wegen der Tsardonier besorgt. Als er bei den Generälen stand und darauf wartete, dass die Tore aufgestoßen wurden, war er ziemlich sicher, dass die Toten an der Spitze marschieren würden.

»Wir könnten Steine gebrauchen, um sie zu zerquetschen«, überlegte Nunan, der anscheinend seine Gedanken gelesen hatte.

»Wie laufen die Reparaturen?«

Nunan blies die Wangen auf. »Wir brauchen noch einen Tag, vielleicht sogar länger. Die Seile sind verschlissen, und die Scharniere blockieren. Es war ein sehr wirkungsvoller Angriff.«

»Dann sollten wir uns nicht über das Gedanken machen, was wir sowieso nicht haben.«

»Wie viele Tote sind es?« Die Art, wie Nunan das Wort aussprach, brachte die Skepsis zum Ausdruck, die in der ganzen Legion vorherrschte.

»Sicher mehr als dreißig, aber wie viele es wirklich sind, weiß ich auch nicht«, erwiderte Roberto. »Unterschätzt mir nur nicht ihre Wirkung.«

Der Beschuss der Tore auf der Brücke hatte aufgehört, die Tsardonier erschienen bereits in den Fenstern der Burg und auf den Wehrgängen und spähten nach Gosland hinein. Als im Osten das erste fahle Licht des Morgens dämmerte, übertönten die vorrückenden Feinde mit ihren Triumphgesängen das Getuschel in der Legion. Es war ein wenig voreilig, denn die meisten Tsardonier wussten noch nicht, was ihnen direkt vor dem Burgtor blühen würde.

»An den Sarissen kommen die Toten nicht vorbei. Wir werden hier das Gleiche tun, was du drinnen getan hast. Und dann nehmen wir die tsardonische Truppe auseinander und setzen dem an Ort und Stelle ein Ende.«

»Das will ich hoffen«, sagte Roberto. »Deshalb stehen wir ja hier.«

»Darf ich dir eine persönliche Frage stellen?«

»Dazu brauchst du keine Erlaubnis, Pavel.«

»Ich habe noch nie gesehen, dass du Angst hattest«, fuhr Nunan fort. »Wir sind hier fünftausend, und sie sind nicht genug, um uns anzugreifen. Was ist nur los?«

Roberto nickte. »Du hast im letzten Krieg und während die Aufgestiegenen stärker wurden, noch nie gesehen, wie sie ihre Kräfte eingesetzt haben, nicht wahr? Jetzt weißt du es. Dieser verdammte Wind. Ich konnte Dinge beobachten, die mir in den wildesten Träumen nicht eingefallen wären. Kräfte, über die meiner Ansicht nach kein Mann und keine Frau verfügen sollte. Damals waren sie allerdings noch jung und unerfahren. Ich hatte angenommen, Gorian sei tot, und war damit zufrieden, dass die anderen zu verantwortungsbewussten Bürgern herangewachsen sind. Aber dort draußen hinter der Burg steht Gorian, der sich an keinerlei Moral und keine Regeln der Kriegführung gebunden fühlt und keine Achtung vor den Menschen hat. Ja, ich habe Angst, denn er hat einen Weg gefunden, unsere toten Freunde wiederzuerwecken und gegen uns ins Feld zu schicken. Mir macht auch Angst, was er uns womöglich sonst noch entgegenwerfen könnte. Diese Schlacht ist das erste Ereignis in einem neuen Krieg. Wir müssen ihn jagen und töten. Aber welchen Schaden wird er der Konkordanz zufügen, bis wir ihn ausgeschaltet haben? Und wer außer einem Aufgestiegenen könnte einen Aufgestiegenen töten? Was haben wir hier geschaffen, Pavel?«

»Dann wollen wir ihn rasch vernichten. Wir besiegen seine tsardonischen Truppen und marschieren nach Tsard hinein, um Gorian zu jagen.«

Roberto sah Nunan an und konnte nicht glauben, dass es ihnen wirklich gelingen würde. Erst recht konnte er nicht erklären, warum er so dachte.

»Verliere nicht den Mut, General Nunan. Du kannst ihn sicher brauchen, bevor heute Morgen die Sonne die Erde segnet. Ich weiß, ich sollte so etwas nicht sagen, aber du musst auf alle Schrecken gefasst sein, die durch diese Tore oder um die Burgmauern herum kommen mögen. Die Legion wird auf dich und Dina schauen. Ihr dürft nicht ängstlich zurückweichen.«

Nunan nickte knapp. »Das werde ich nicht.«

Die Tore der Burg flogen auf, und ein Wirbelsturm raste hervor.

»Die Stellung halten, halten!« Adranis' Ruf verlor sich im Sturm, der aus den Toren der Burg hervorbrach und um die Mauern heulte.

Er war auf der linken Flanke, Kell auf der rechten. Die Pferde tänzelten nervös, die Reiter konnten sie kaum noch beherrschen. Die heftigen Böen hatten sogar einige Reiter, die inzwischen mühsam wieder aufstiegen, aus den Sätteln gefegt. Es herrschte ein unglaublicher Lärm, dichte Staubwolken wallten auf, und die größte Wucht des Sturms traf die ungeschützten Manipel der Infanterie. Eine unsichtbare, unerbittliche Welle.

Der Wind fegte ihnen die Sarissen aus den Händen, die dann die hinteren Reihen trafen. Alles, was lose war, wurde weggerissen. Schilde, Schwerter, Helme flogen nach hinten und verletzten die Kämpfer, die sie trafen. Viele Legionäre bekamen Schnittwunden oder schwere Schläge ab. Sogar einige Soldaten wurden umgeweht und überschlugen sich. Zelte und Kohlenpfannen flogen hoch und verschwanden in der Dunkelheit.

Die ganze Legion lag jetzt flach am Boden, um dem Sturm zu entgehen. Unmöglich zu sagen, wer von ihnen noch lebte und wer verwundet oder tot war. Völlige Zerstörung binnen weniger Augenblicke. Adranis konnte nicht einmal die Schreie seiner Leute hören, nur das Brüllen des Windes. Ein Ruf aus der Kehle Gottes, gerichtet gegen die Bärenkrallen. Beißender, kratzender, blendender Staub schlug in die ungeschützten Gesichter. Böen, die stark genug waren, um Bäume zu entwurzeln, trugen eiskalte, stechende Wassertropfen mit sich und lähmten die Legion.

Adranis konnte nicht einmal mehr Kell und die Kavallerie auf der rechten Flanke erkennen. Gott umfange ihn, auch die Tore der Burg waren verschwunden. Mit zusammengekniffenen Augen spähte er in die Dunkelheit und versuchte, in der unnatürlichen Nacht irgendetwas auszumachen. Die geordneten Reihen der Infanterie waren buchstäblich weggeweht, aber er musste schnell reagieren, wenn der Wind endlich aufhörte.

Er hatte keine Ahnung, ob ihn überhaupt jemand hörte. Vielleicht der Mann neben ihm. Adranis beugte sich im Sattel vor und zog ihn näher heran, um ihm ins Ohr zu brüllen.

»Wir müssen bereit sein«, schrie er. »Es wird schlagartig aufhören. Gib das weiter.«

Der Mann nickte. Auf einmal trug der Wind ein lautes Klappern heran. Adranis' Pferd wich nervös einen Schritt zurück. Etwas Großes flog von links nach rechts vorbei. Ein Onager, der drei Kavalleristen mitriss. Gleich darauf schlug er in den Linien der Hastati ein. Sein Pferd stieg hoch und drohte ihn abzuwerfen. Er hielt die Zügel entschlossen fest und nahm sich vor, nicht den Mut zu verlieren.

Adranis atmete schwer. Am Ufer standen weitere Onager. Er konnte nur beten, dass Roberto nichts passiert war. Und dass das nächste Katapult nicht ihn traf und zerquetschte. Doch es kamen keine mehr. Wie der vorherige Sturm löste sich auch dieser auf wie eine dünne Wolkenschicht in der Solastrosonne. Staub und ein leichter Nieselregen verdunkelten das Morgenlicht. Adranis spähte angestrengt zur Burg, denn er war sicher, dass die Tsardonier gleich vorstoßen würden. Unter seiner Führung beruhigte sich sein Pferd wieder, aber die Infanterie war völlig aufgelöst. Jetzt hatte er nur noch eine Möglichkeit.

»Bärenkrallen! Reitet für die Hastati, reitet zur Burg! Ein rascher Vorstoß, dann zieht ihr euch wieder zurück.«

Er hob den Arm, senkte ihn und ließ sein Pferd die Hacken spüren. Das Tier war froh, sich endlich bewegen zu dürfen, und sprengte los. Auch seine Abteilung war dezimiert, höchstens zweihundert würden ihm folgen, sobald sie seine Absicht verstanden hatten. Er hoffte, dass Kells Gedanken sich in eine ähnliche Richtung bewegten.

Die Sicht war schlecht. Vor der Burg konnte er einige Bewegungen erkennen, die er jedoch nicht zu deuten wusste. Angestrengt starrte er ins Halbdunkel. Irgendetwas tat sich dort, und in der Ferne ertönten Hornsignale. Kells Kavallerie. Er lächelte, und es schien ihm, als wäre es das erste Mal seit langer Zeit. Sie waren gut ausgebildet und hatten ihre Manöver oft geprobt. Natürlich waren die Übungsplätze gut beleuchtet, aber die Theorie war immer die gleiche. Zeit gewinnen, den Gegner stören.

In Adranis erwachte der Kampfgeist, er trieb sein Pferd stärker an. Die Hornisten seiner Abteilung bemerkten Kells Truppe und gaben Warnsignale ab. Die donnernden Hufschläge jagten ihm eine wundervolle Gänsehaut über den Rücken. Hunderte von Pferden trugen die besten Reiter der Konkordanz in vollem Galopp zum Feind.

In vierzig Schritt Entfernung beugte Adranis sich nach links, hob das Schwert und leitete die Wende ein. Kell, die ihre paar Hundert Reiter anführte, folgte seinem Beispiel auf der anderen Seite. Inmitten des Chaos und der zunehmenden Verzweiflung war es ein perfektes Manöver. Schließlich ritt Adranis an der Spitze seiner fünf Reiter breiten Formation neben Kell. Die letzten vierzig Schritte bis zur Burg stießen sie gleichzeitig vor, bevor sie, begleitet von weiteren Hornsignalen, nach links und rechts abschwenkten. Die Kavallerie der Legion. Disziplin, Ordnung, Sieg. Beinahe hätte Adranis es laut herausgeschrien.

Dann wurde ihm bewusst, wie verletzlich er war, und er sah sich um. Die Tsardonier strömten aus dem Tor und bildeten eine Verteidigungslinie. Sie hatten schon die Piken aufgestellt, um einen Kavallerieangriff abzufangen, den Adranis jedoch nicht riskieren wollte. Es war auch nicht nötig. Der Feind bewegte sich vorsichtig, statt Hals über Kopf vorzustürmen, wie es wohl ursprünglich beabsichtigt gewesen war. Einige Bogenschützen schossen von der Burg herunter, aber die Pfeile kamen ungeordnet und stellten keine Gefahr dar.

Adranis blickte wieder nach vorn. Keine fünfzig Schritte vor ihm marschierten etwa dreißig Gestalten an der linken Flanke der Bärenkrallen.

»Wie mein Bruder schon sagte, es ist Zeit, sie zu Gott zurückkehren zu lassen.«

Er hielt den Schild tief und bereitete sich vor, die Klinge aufwärts zu führen. Die Toten hatten ihn nicht gesehen, oder es war ihnen gleichgültig. Sie zuckten nicht zusammen und wechselten nicht ihr Marschtempo. Sie machten keine Anstalten, sich gegen die Reiter zu wehren, die gleich über sie herfallen würden. Die vorderen würden nicht einmal bemerken, was sich hinter ihnen abspielte. Die Toten sollten untergepflügt und vernichtet werden. Adranis freute sich schon darauf, den Tsardoniern diesen Schlag beizubringen.

Doch sein Pferd schüttelte den Kopf und bebte am ganzen Körper. Fünf Schritte vor der hintersten Reihe der Toten scheute das Tier und brach abrupt aus. Adranis war völlig überrascht und flog aus dem Sattel, stürzte schwer auf den Boden und landete auf dem Schildarm. Beim Aufprall verlor er das Schwert.

Rings um ihn herrschte das Chaos, auch die Pferde der anderen Reiter brachen nach links und rechts aus. Sie stemmten die Hufe in den Boden, worauf die Reiter in hohem Bogen aus den Sätteln flogen und zwischen den wandelnden Toten landeten. Andere konnten ihre Tiere nicht mehr rechtzeitig zügeln und donnerten von hinten heran. Adranis versuchte, seinen Körper mit dem Schild zu schützen. Ein Huf traf seinen Rücken, und er überschlug sich. Ein stechender Schmerz verriet ihm, dass sein Schildarm gebrochen war. Adranis zog die Beine an und machte sich so klein wie möglich. Ein weiterer Huf traf den Schild und dehnte den gebrochenen Arm. Er heulte vor Schmerzen auf. Ein dritter Huf traf seine Kniekehle, und er spürte, wie ein weiterer Knochen brach.

Jeder Hufschlag fuhr ihm durch den Rücken und ließ seinen ganzen Körper erbeben. Offenbar erkannten die hinteren Reiter allmählich, was vorne los war, und zügelten ihre Tiere. Adranis war von Pferden umgeben. Irgendjemand rief seinen Namen, doch im Gedränge von Menschen und Tieren konnte ihn wohl niemand sehen.

Dann bewegte sich etwas hinter ihm, die Pferde wichen rasch zurück und schufen rings um ihn einen freien Raum. Einige Tiere wieherten nervös, mehrere Pferde gingen durch. Links brüllten die Tsardonier, und ein erneutes Dröhnen jagte ihm eine schreckliche Angst ein. Er musste sich irgendwie in Sicherheit bringen.

Als er sich auf die Knie hochdrückte, wurde er fast ohnmächtig vor Schmerzen und konnte kaum noch etwas sehen. Er blinzelte. In der Nähe bewegte sich etwas. Gestürzte Kavalleristen, die sich orientierten. Rings um ihn stampften und schnaubten Pferde und wollten sich den Toten nicht weiter nähern. Einige Kämpfer flohen zurück zu den Linien der Konkordanz. Mehrere Pferde, die keine Reiter mehr hatten, folgten ihnen. Die Tsardonier marschierten rasch durch das offene Gelände. Rechts bemühte Kell sich, ihren Vorstoß abzufangen, aber die Linien der Konkordanz waren in Unordnung geraten. Die Onager hatten die Formation teilweise zerstört, und im Augenblick waren nur wenige Sarissen zu sehen. Nervös irrten die Soldaten umher, während Hornisten und Flaggenmänner die Ordnung wiederherzustellen versuchten.

Unglücklicherweise hatten Adranis und seine paar versprengten Reiter auch die Aufmerksamkeit der Toten erregt. Sie hatten kehrtgemacht oder einen entsprechenden Befehl bekommen und hielten jetzt direkt auf ihn zu. Die ersten waren nur noch zehn Schritte entfernt. Er wollte sich aufrichten, aber sein linkes Knie knickte ein, und er stürzte wieder in den Schlamm.

Adranis musste sich zusammenreißen, um nicht ohnmächtig zu werden, als er den Schild vom gebrochenen Arm zog und sich mit der rechten Hand auf ihn stützte, um erneut aufzustehen. Dabei benutzte er vor allem das rechte Bein, während sein linkes kaum den Boden berührte. Inzwischen schlugen auch Pfeile ein. Einer seiner Männer, der sich gerade aufgerichtet hatte, bekam einen Schaft in den Rücken und stürzte vorwärts um.

Die Tränen liefen Adranis über die Wangen. Er drehte sich zu den Linien der Konkordanz um. Noch sechzig Schritte, aber die Tsardonier waren ebenso weit entfernt. Stumm näherten sich die Toten. Er schauderte, hörte die Rufe seiner Freunde, sah Bogenschützen und Infanteristen mit dem Gladius losrennen, um ihn zu decken, und begann den quälenden Marsch in die Sicherheit der eigenen Reihen.

»Ich brauche da draußen mehr Plänkler. Schirmt die Kavallerie ab!«

Roberto rannte mitten durch die aufgelösten Linien zur Front. Die Soldaten standen unter Schock, nachdem sie beobachtet hatten, wie der Kavallerieangriff zusammengebrochen war. Natürlich hatten die Tsardonier sofort die Gelegenheit ergriffen und rückten unter konzentriertem Feuer der Bogenschützen rasch vor. Die Bärenkrallen reagierten zwar, waren aber im Augenblick unterlegen. Schwer zu sagen, wie viele gestorben waren und wie viele Waffen und Schilde der Wind zerbrochen oder weggerissen und nach hinten ins verwüstete Lager geschleudert hatte. Die Infanterie war völlig durcheinander, und jetzt musste die Kavallerie für Deckung sorgen, während sich die Fußsoldaten neu formierten. Auch die Reiter waren allerdings angeschlagen.

»Komm schon, Dina«, murmelte er. »Du weißt, was du zu tun hast.«

Roberto konnte Dina Kells Kavalleristen nirgends entdecken. So konnte er nur hoffen, dass sie sich zusammenrotteten, um abermals einen Angriff auf die feindlichen Linien vorzutragen. Sie mussten die Feinde stören und ablenken, da diese sonst die Bärenkrallen überrennen würden. Er drängte sich zwischen verletzten Männern und Frauen hindurch und kam an einem Onager vorbei, der quer durch ein Manipel von Hastati-Schwertkämpfern gefegt war, ehe er inmitten der Principes liegen geblieben war.

Der Wind hatte unzählige Schilde und Waffen mitgerissen und gegen die weiter hinten stehenden Legionäre geschleudert. Dort lagen tote und verletzte Soldaten, einige von Sarissen gepfählt, andere von Schild und Schwert in Stücke geschnitten oder von fliegenden Helmen niedergeschlagen. Überall versuchten die Zenturionen, die Ordnung wiederherzustellen und eine Front aufzubauen, die sich gegenüber den Tsardoniern behaupten konnte. Einige Truppenteile formierten sich bereits wieder, reichten aber als Verteidigung bei Weitem nicht aus.

Die Tsardonier hatten ein schreckliches Blutbad angerichtet, ohne auch nur ein einziges Mal die Klinge erhoben zu haben. Ohne Kell und Adranis würden die Bärenkrallen unterliegen. Einige Soldaten hatten sich aus der Frontlinie gelöst und rannten mit erhobenen Schilden zu den geschlagenen Kavalleristen. Bogenschützen folgten ihnen und blieben zwischendurch stehen, um die anrückenden Tsardonier mit Pfeilen einzudecken.

Eine Handvoll gestürzter Kavalleristen versuchte, zu Fuß den Tsardoniern und den entsetzlichen Toten zu entgehen, die sich ihnen viel zu schnell näherten. Alle waren verletzt. Einer, offensichtlich schwer verwundet, wurde von zwei Gefährten gestützt. Noch mehr Legionäre rannten zu den Toten und versuchten, der Kavallerie etwas Zeit zu erkaufen. Einen Augenblick später erkannte Roberto, wer der Schwerverletzte war.

»Oh nein«, flüsterte er. »Adranis.«

Roberto blieb stehen, schnappte sich einen Schild und zog seinen Gladius. Sein Herz pochte, als wollte es gleich zerspringen, und es rauschte in seinen Ohren. Er hielt den Schild hoch und drängte sich durch die Linien. Rings um ihn schlugen Pfeile ein, die Bogenschützen der Konkordanz schossen zurück. Einige Tsardonier fielen trotz ihrer erhobenen Schilde. Mindestens einer stürzte tot um und stand gleich wieder auf.

»Adranis!« Er hob den Kopf. »Komm schon, beeil dich.«

Andere nahmen seinen Ruf auf. Adranis und die Helfer, die ihn trugen, liefen schneller. Die Toten hatten sie fast schon erreicht. Roberto war noch zwanzig Schritte entfernt, die ersten Legionäre waren ihm ein Stück voraus. Wieder prasselten Pfeile herab. Einer von Adranis' Helfern bekam einen Schaft in den Nacken, stürzte und zog die anderen beiden mit.

»Treibt sie zurück«, befahl Roberto, während er das kurze Stück rennend zurücklegte und auf die Deckung durch seinen Schild verzichtete, um schneller zu sein. »Bogenschützen, erledigt sie.«

Roberto war klar, dass seine Stimme verzweifelt klang, aber er konnte jetzt nicht sprechen wie ein unbeteiligter Befehlshaber. Adranis mühte sich, wieder hochzukommen und sich aus der Umklammerung seines ehemaligen Helfers zu befreien. Der zweite Kavallerist war schon auf den Beinen und wandte sich den Toten zu.

Er hatte seine Waffe und den Schild verloren. Er hatte nichts mehr außer seinen Händen und Füßen und ging ihnen jetzt sogar entgegen. Dann trat er zu und griff sie mit bloßen Fäusten an. Links und rechts von ihm trafen Pfeile die Toten und verschafften ihm etwas Luft. Aber dann schwangen sie die Schwerter und trafen seinen Kopf und die Seiten.

In einer Blutfontäne ging er zu Boden, und im Nu waren die Toten an ihm vorbei. Wieder fuhr eine Klinge herab.

»Adranis!«, schrie Roberto.

Sein Bruder fiel reglos aufs Gesicht. Gleich darauf stürmten die Plänkler gegen die Toten an, und der Zorn verlieh ihren Hieben zusätzliche Kraft. Roberto kam rutschend vor seinem Bruder zum Stehen, ließ den Schild fallen, steckte das Schwert in die Scheide und sank auf die Knie. Der Schwertstreich hatte Adranis' Rückenpanzer und dann sein Kreuz getroffen. Blut spritzte aus der tiefen, schmutzigen Wunde, doch Adranis atmete noch. Roberto sah sich nach Hilfe um. Niemand war in der Nähe.

Die Plänkler hielten die Toten zwar ab, konnten aber sonst nicht viel erreichen, weil es ihnen nicht gelang, die Gegner endgültig auszuschalten. Die Tsardonier kamen näher. Auf einmal hörte Roberto Hufschläge.

Die Kavallerie setzte sich direkt vor die Tsardonier. Waffen klirrten, Männer und Pferde schrien. Er schob Adranis die Arme unter den Rücken und die Hüften und hob den leblosen Körper schnaufend auf.

»Halte durch, kleiner Bruder«, sagte er. »Bitte halte durch.«

Dann rannte er zwischen zwei Manipeln hindurch zu dem einzigen Mann, der Adranis jetzt noch retten konnte. Roberto dankte Gott für die kleine Gnade, dass dieser Mann in der Nähe war: der gosländische Heiler, der Wundarzt Dahnishev.

25

859. Zyklus Gottes, 35. Tag des Genasauf

Kell führte die Kavallerie gegen die Flanke der vorstoßenden Tsardonier. Die Angreifer waren allzu siegesgewiss, und während das Zentrum vor Piken starrte, waren sie an den Flanken verwundbar, da sie keine eigene Kavallerie hatten. Die Reiter der Konkordanz hackten und schlugen auf die ungeschützten Gegner ein, die Pferde drängten sich in die feindlichen Reihen hinein und trampelten über die Sterbenden. Über Kells Kopf hinweg flogen Pfeile und prallten gegen Schilde oder trafen die Gegner.

Als die Hörner den Rückzug signalisierten, zog sie ihr Pferd herum. Es gehorchte willig, und ihre Offiziere folgten sofort ihrem Beispiel. Doch sobald sie die Linie der Bärenkrallen überblicken konnte, sank ihr das Herz. Die lebenden Toten der Feinde waren zwar vernichtet, und die Reiter aus Adranis' Abteilung kämpften noch, wirkten aber planlos. Adranis war jedoch nicht unter ihnen.

Als Kell und ihre Leute sich unter einem Pfeilhagel der Tsardonier zurückzogen, beugte sie sich zu ihrem ältesten Hornisten hinüber.

»Führe sie noch einmal zum Angriff auf die rechte Flanke. Danach sollen die Bogenschützen quer vor ihren Linien entlangreiten. Ich bin gleich wieder da.«

»Ja, General.«

Kell entfernte sich im Galopp, um Pavel Nunan zu suchen. Mit jedem Schritt ihres Pferds stieg die Gewissheit. Der Vorstoß der Tsardonier erlahmte, aber das war nicht allein ihrer Kavallerie zu verdanken. Die Feinde hatten genügend Boden gewonnen, um mit ihrer Truppe das Schlachtfeld in voller Breite nutzen zu können, und wenn ihnen das gelang, konnten sie die zersplitterte und offensichtlich demoralisierte Legion vernichten.

Hinter ihnen führte die Hauptstraße des Reichs zwischen zwei von Bäumen gesäumten Hügelflanken steil bergauf. Dort hatte Dahnishev unter einer Felswand vor einigen Tagen sein Feldlazarett eingerichtet. Dahnishev, er sei gesegnet, hielt sich immer genau an die Vorschriften. Dieses zerklüftete, schwierige Gelände konnte man leicht als Rückzugsgebiet für die Legion nutzen, um einer größeren Zahl von Angreifern standzuhalten, die sich bergauf bewegen mussten. Hoffentlich zog Nunan dies bereits in Erwägung.

Sie fand Pavel inmitten von verwundeten, sterbenden Legionären. Im Zwielicht war sein Gesicht kreidebleich und verriet, dass er ebenso unter Schock stand wie alle anderen. Niemand außer Roberto und Dahnishev hatte jemals das Werk eines Aufgestiegenen auf dem Schlachtfeld gesehen. Das war eine Waffe, gegen die es keine Verteidigung gab. Dennoch stellte Nunan eine neue Truppe zusammen, rekrutierte neue Manipel quer durch die Legion und wollte die Tsardonier offenbar mit einer eilig eingerichteten Frontlinie abfangen.

»Wir können hier nicht gegen sie bestehen«, sagte sie, nachdem sie abgestiegen war und sein Gehör gefunden hatte. »Zieh dich mit der Legion in die Hügel zurück und formiere sie neu.«

»Die Bärenkrallen laufen nicht davon«, widersprach Nunan.

»Ach, Pavel, schau dich doch um. Wenn die Tsardonier kommen, wird das so oder so geschehen, ob du es willst oder nicht. Und was ist, wenn der Aufgestiegene noch ein Werk vollbringt? Wir haben ein Drittel unserer Leute verloren ...«

»Noch mehr, wenn du die Verwundeten mitrechnest.«

»… also lass uns gehen, solange wir es noch einigermaßen geordnet tun können.« Sie berührte sein Gesicht. »Die Tatsache, dass unsere Truppe nicht längst ausgelöscht ist, sagt viel über deine Stärke. Aber wir brauchen einen Aufgestiegenen, der auf unserer Seite kämpft.«

»Die sind doch alle in Estorr, Dina«, zischte Nunan.

»Dann sollten wir Botschaften schicken, dass sie möglichst rasch hierherkommen, denn sonst marschieren bald Tote durch das Siegestor. Wir müssen uns jetzt zurückziehen. Lass alles liegen, was uns behindert, und verschwinde so schnell wie möglich.«

»Ich werde keinen Gefallenen zurücklassen«, erwiderte Nunan. »Dir ist doch klar, dass sie genau dies wollen?«

»Entweder das, oder wir geben ihnen noch mehr, weil wir zu langsam sind.« Kell deutete zur Burg. »Meine Kavallerie steht jetzt schon unter starkem Druck. Ein Durchbruch, und die Gegner fallen über dich her.«

Der Wind zerrte an ihren Mänteln und ihren Haaren. Noch nie hatte eine sanfte Brise unter erfahrenen Soldaten solche Angst ausgelöst. Einige duckten sich instinktiv und rechneten mit einem heftigen Windstoß, doch es kam kein neuer Wirbelsturm. Was jetzt geschah, war viel schlimmer. Hinter der neu aufgebauten Frontlinie der Legion regte sich etwas. Ein träges Zucken toter Muskeln. Augen, die für immer hätten geschlossen bleiben müssen, öffneten sich wieder. Ein von seinem Mantel bedeckter Mann richtete sich auf, als hätte Gott ihn abrupt geweckt. Der Mantel rutschte von seinem Gesicht, und ein winziger Blutfaden lief aus einer Stirnwunde herab. Wer in seiner Nähe war oder einen der vielen anderen beobachten musste, bei denen das Gleiche geschah, suchte sein Heil in der Flucht.

In der ganzen Legion ertönten Schreie, die immer lauter wurden. Die Herzen der Kämpfer waren von Angst eingeschnürt, ihr Wille war gebrochen. Die Tsardonier mussten nicht einmal angreifen. Der Aufgestiegene brauchte keinen neuen Sturm, sondern hatte seine

Aufgabe höchst wirkungsvoll erledigt. Die Bärenkrallen, soweit sie noch rennen konnten, drehten sich um und liefen weg.

Kell riss den Mund auf. Ihr Pferd schnaubte, wich zurück und drohte gar, sie umzureißen. Sie konnte die Stute gerade noch halten. Nunan versuchte schreiend, Ordnung zu schaffen, aber seine Rufe verloren sich in der Panik.

»Sie laufen fort«, brüllte Kell ihm ins Gesicht. »Geh mit ihnen. Bleibe bei denen, um die du dich noch kümmern kannst.«

Dann packte sie die Zügel und sprang wieder in den Sattel.

»Dina, komm mit.«

»Ich gebe euch Deckung, so gut ich kann, und komme mit der Kavallerie von Westen. Wir können nicht in der Nähe der Toten reiten. Geh jetzt, Pavel.«

»Stirb mir nicht«, sagte er.

»Dieser Tag ist für mich noch nicht gekommen«, erwiderte sie. »Und für dich auch nicht.«

Doch als sie fortritt, sah Dina, wie Pavel und einige seiner tapfersten Soldaten von den gefallenen Kameraden umringt wurden, und fand keinen Trost in ihren eigenen Worten.

Roberto rannte so schnell er konnte. Adranis lag wie tot in seinen Armen, seine Wunde blutete stark. Schon waren Robertos Kleider und seine Handschuhe völlig durchnässt. Sein Herz pochte heftig, und jeder Schlag tat ihm weh. Er durfte nicht daran denken, wen er auf den Armen trug. Er durfte nicht in Panik geraten.

Die Legion war in Auflösung begriffen. Über einigen Manipeln flatterten noch die Banner, aber Roberto musste ständig auf seine Füße achten, um nicht auf Tote oder Verwundete zu treten. Er hatte nicht einmal mehr genug Kraft, um zornig zu sein. Das würde später kommen. Diese Niederlage war ein Verbrechen, das nach Rache schrie. Zuerst aber galt es zu überleben, um sich später noch einmal gegen den Feind zu wenden.

Er eilte durch die Reihen der entmutigten Kämpfer, die ihn im Zwielicht durch den Staub anstarrten. Viele Männer und Frauen kreischten. Einige bekamen Hilfe, wo sie gestürzt waren, oder wurden fortgetragen. Die meisten aber blieben sich selbst überlassen.

Roberto wusste kaum, wohin er rannte. Die Zeltreihen und die provisorische Palisade waren verschwunden. Jetzt fragte er sich, ob er überhaupt noch einen Arzt finden würde, ganz zu schweigen von Dahnishev. Und selbst wenn er ihn fand, war es fraglich, ob der Wundarzt helfen konnte.

Hinter sich hörte er das Brüllen der tsardonischen Armee, das Klirren der Waffen und das Donnern der Hufe. Nur noch Dina Kell bewahrte die Truppe vor der völligen Vernichtung und verschaffte den Bärenkrallen ein wenig Zeit, sich neu zu formieren. Roberto eilte weiter durch die chaotischen Linien der Infanterie und wies alle Hilfsangebote zurück. Vom Lager waren nur einige Zeltstangen geblieben. Hundert Schritte weiter hingen Zeltbahnen und Holz in den Ästen der Bäume oder lagen auf der Hauptstraße. Einige Leute liefen die Straße hinauf und wollten offenbar zum Abhang. Sie desertierten nicht, sondern suchten sich einen guten Platz, um zu kämpfen.

»Dahnishev!«, rief Roberto laut, um den Schlachtlärm zu übertönen. »Wo ist mein Arzt?«

Irgendjemand kam in seine Richtung gerannt und wich den Legionären und den Toten aus. Neue Hoffnung erwachte in ihm.

»Halte durch, kleiner Bruder.« Roberto rannte weiter. »Herides, Gott umfange uns, wir sind geschlagen.«

Herides starrte mit weit aufgerissenen Augen Adranis an und keuchte. »Meister Del Aglios.«

»Er lebt noch, Herides, so gerade eben. Ich brauche Dahnishev. Sag mir, dass du weißt, wo er ist.«

Herides nickte. »Ich weiß es. Er hat seine Leute auf den Hügel geführt, gleich als der Wind aufhörte. Wir hatten Glück, General. Er hatte den größten Teil seiner Sachen noch nicht auf dem Schlachtfeld ausgepackt. Sie steckten noch in den Kisten und sind unbeschädigt.«

»Bring mich zu ihm.«

»Lasst mich Euch helfen, ich kann ihn für Euch tragen.«

»Nein, Herides, das ist meine Aufgabe.«

Herides nickte. »Dann folgt mir.«

Die Rufe der Legionäre veränderten sich, als würden sie auf der Straße bergauf zu den Felsen gescheucht. Roberto sah sich rasch um. Die Kämpfer verließen eilig ihre Positionen. Im Mondlicht bewegte sich Kells Kavallerie in einem Bogen und griff erneut die verwundbare Flanke der Tsardonier an. Doch die Pikeniere drangen weiter vor, und sie würden nicht auf den Widerstand der Bärenkrallen stoßen, nachdem in deren Mitte die Toten erwacht waren.

Aus dem Zwielicht tauchten Männer und Frauen auf. Die Leute strömten an ihm vorbei, einen Augenblick lang waren ihre verängstigten Gesichter zu erkennen.

»Bleibt hier und stellt euch den Feinden!«, brüllte Nunan, der einfach nicht glauben konnte, dass der Feind sie in die Flucht schlug.

Ein Drittel der Legion hatten sie schon an den Feind verloren. Gott allein wusste, wie viele noch verwundet und sterbend da draußen lagen. Er wollte nicht in Betracht ziehen, dass er den Rest jetzt an die Angst verlor.

»Seid vorsichtig mit Euren Schlägen, es sind unsere eigenen Leute.«

Waren sie das wirklich?

Im Gegensatz zu vielen anderen stand Nunans Standarte stolz und aufrecht auf dem Schlachtfeld, und seine Extraordinarii waren bei ihm. Doch sie konnten nur ohnmächtig zusehen, wie die Legion sich nach und nach völlig auflöste.

Die Hornisten gaben das Signal, die Schlachtordnung wiederherzustellen, aber die Töne verloren sich im Lärm der Kämpfe. Estoreas beste Legion, die Bärenkrallen. Trauben entsetzter Legionäre hackten auf die ein, die sie bis vor Kurzem noch als ihre Freunde bezeichnet hatten, und fielen über jeden her, der irgendwie verändert schien. Bald schon würden die unschuldigen Lebenden die Reihen der Toten verstärken. Viele Soldaten standen stumm und schockiert da und starrten ins Leere. Die meisten schleppten Verwundete mit, falls sie noch den Mut hatten, und flohen. Hinauf zu den Feuern vor den Felsen.

»Wir werden hier keine Kampflinie mehr bilden können«, sagte Nunan zu seinem Zenturio. »Wir müssen alle hier herausholen. Nimm die Hälfte deiner Leute und führe sie die Straße hinauf. Formiert euch da oben neu. Wir müssen eine Verteidigungslinie einrichten, bevor die Tsardonier die Kavallerie ausschalten.«

Der Zenturio nickte. Er hatte die Augen weit aufgerissen und konnte nicht glauben, was sie ihm zeigten.

»Geh jetzt.«

»Ja, General. Was wird aus den ... den Toten, General?«

Nunan holte tief Luft. Er hätte selbst nicht gedacht, so etwas aussprechen zu müssen. »Überlasse die Toten mir.«

»Ja, General.« Der Mann drehte sich um. »Die ersten fünfzehn – ihr kommt mit. Ihr anderen beschützt den General. Holt alle, die noch bergauf laufen können, zu mir. Los jetzt.«

Nunan beobachtete das Schlachtfeld. Hunderte waren schon an ihm vorbeigelaufen, und viele Hundert weitere Kämpfer hatten sich auf dem Schlachtfeld verirrt. Eigentlich blieb ihm jetzt nur noch eine einzige Möglichkeit. Kell gelang es, den tsardonischen Vorstoß stark zu behindern, indem sie mit ihrer Kavallerie immer wieder die dicht gedrängten Reihen der Feinde angriff. So gewann er kostbare Zeit, aber lange würde es nicht mehr gut gehen. Erschöpfung und Müdigkeit würden ihren Tribut fordern. Bald würde der Damm brechen.

»Geht zu unseren Leuten und sorgt für ein wenig Ordnung. Schafft die Verwundeten fort und löst euch aus dem Kampf mit den Toten. Brecht ab und macht schnell.«

Nunan rannte mitten ins Getümmel hinein. Auf dem staubigen Boden lagen zahllose Gerätschaften und Leichen herum, überall war Blut. Er musste davon ausgehen, dass alle, die jetzt noch dort lagen, bald wieder aufstehen und die Legion angreifen würden. Gleich vor ihm kämpften dreißig Infanteristen, vor allem Hastati. Ohne Anführer und verwirrt irrten sie umher wie Treibgut. Sie hatten es mit einer Gruppe von Toten zu tun, die doppelt so stark war wie sie selbst. Mit rasendem Herzen drängte Nunan sich zwischen sie und rief ihnen zu, sie sollten die Waffen senken und zurückweichen. Doch sie schrien einander und die Toten an, sodass er sich schließlich sogar vor sie stellen musste, um ihre Aufmerksamkeit zu erregen.

Aus der Nähe wurde ihm klar, warum so viele einfach weggelaufen waren. Wie konnte ein Mann auch gegen seinen Freund kämpfen? Wie konnte er ihn niederschlagen? Und doch, wie konnte er dies unterlassen? Niemand sollte gezwungen sein, gegen tote Kameraden zu kämpfen. Er kannte einige dieser Männer und Frauen. Vielleicht ...

»Seid ihr sicher, dass sie tot sind?«, fragte er. »Sie greifen nicht an.«

In der Tat, sie standen nur herum und starrten ins Leere, als warteten sie auf etwas.

»Natürlich sind sie tot, General«, sagte ein Hastatus, der sichtlich mit seiner Fassung rang. »Seht nur, da ist Darius. Ich war neben ihm, als er fiel. Was ist das, General? Gott hat sich gegen uns gewandt.«

»Nicht Gott, nur einer seiner abtrünnigen Menschen«, erwiderte Nunan und hob die Stimme. »Löst euch aus dem Kampf, kehrt zur Straße zurück. Sucht die Extraordinarii.«

»Aber General, unsere Leute ...«

»Nehmt die Verwundeten mit. Diese dort sind nicht unsere Leute.« Nunan schauderte. »Nicht mehr.«

Die Hastati drehten sich um und rannten los. Pfeile schlugen ein. Mühsam kämpften sich die Tsardonier Handbreit um Handbreit vor. Kells Kavallerie hatte sich wieder geteilt und fiel über beide Flanken des Feindes her. Auch die Toten rührten sich jetzt. Sie bildeten größere Gruppen und Kampflinien.

Wie hypnotisiert starrte Nunan sie an. Einige, die ihre Waffen verloren hatten, hoben Ersatzstücke vom Boden auf. Die toten Männer und Frauen zeigten keinerlei Schmerzen, keine Furcht und kein Verstehen. Seine früheren Legionäre liefen mit tödlichen Wunden umher, als würden sie von irgendeiner Macht getrieben. Sie hatten klaffende Schnittwunden von den Sarissen, eingedrückte Helme, zerfetzte Gesichter und Körper.

»Wie können wir gegen sie kämpfen?«, sagte er. »Was können wir tun?«

»General?«

Er drehte sich zu seinen Extraordinarii um. »Schon gut. Machen wir uns an die Arbeit.«

Kell befahl einen neuen Angriff und nahm sich mit ihrer Kavallerie die rückwärtige rechte Flanke der Tsardonier vor. Die Gegner hatten versucht, Piken aufzustellen, damit aber zugleich ihre Front geschwächt. Ihr Pferd donnerte durch die schwache Verteidigung, die Stute drängte sich durch die Schilde hindurch und stieß die Gegner zur Seite.

Die Kavallerie ritt in einem engen Verband und wollte eine Schneise in die Reihen der Gegner schlagen, um die Pikeniere von hinten anzugreifen und die Bogenschützen ihrer Deckung zu berauben. Letztere stellten für die versprengten Bärenkrallen die größte Gefahr dar. Doch sie durfte nicht noch mehr Leute verlieren.

Kell drosch ihr Schwert einem tsardonischen Krieger auf den Kopf. Er brach zusammen; schon war sie an ihm vorbei und nahm sich auf der rechten Seite den nächsten vor. Links wurden allerdings drei ihrer Reiter von Pfeilen aus den Sätteln geholt. Der Angriff verlor seinen Schwung, reiterlose Pferde drehten sich um und wollten fliehen. Ihre eigenen Bogenschützen deckten die Reihen vor ihnen mit Pfeilen ein. Die Schäfte trafen Schilde, fanden Löcher in Rüstungen, durchbohrten Gesichter und Hälse oder landeten harmlos auf dem Boden.

Als sie erkannte, dass Teile der tsardonischen Reserve angerannt kamen, um die Flanke zu unterstützen, wendete sie ihr Pferd, trieb es mit den Hacken an und drängte sich durch das Gewirr von angreifenden Reitern und abwehrenden Fußsoldaten, um rasch wieder in offenes Gelände zu gelangen. Nachdem sie fünfzig Schritte weit galoppiert war, zügelte sie das Pferd und wartete auf ihre Abteilung. Dreihundert Schritte entfernt, jenseits des Schlachtfeldes, eilten die Tsardonier zur Straße. Dort brach die Deckung der Kavallerie zusammen, die Reiter waren in Unterzahl und erschöpft. Auch die Pferde waren müde, und da es weder Unterstützung noch Ablösung geben würde, war der Ausgang unvermeidlich.

Mitten auf dem Schlachtfeld lösten sich die Legionäre der Bärenkrallen, die dies noch konnten, aus dem Kampfgeschehen und eilten ebenfalls die Straße hinauf, was die Tsardonier, die Kell eigentlich zurückhalten wollte, nur noch stärker anspornte. Dann die Toten. Der gute Gott umfange sie, die Toten bildeten eine neue Frontlinie, der sich niemand in den Weg stellte.

»Wir müssen hinter sie«, rief ihr ein Hauptmann ins Ohr. »Wir müssen sie zwingen, sich umzudrehen.«

Er beobachtete die Tsardonier, die der Kavallerie zehn zu eins überlegen waren, was sich sogar noch stetig zugunsten der Tsardonier veränderte. An diesem Tag würden sie keinen Ruhm erwerben. Sie konnten höchstens noch hoffen, irgendwie zu überleben und für die anderen etwas Zeit herauszuschlagen, damit diese über den schmalen Weg bis zu den Felsen fliehen konnten. Der Gedanke trieb ihr eine Träne ins Auge. Es war ein schwieriger, anstrengender Aufstieg. Sie und Nunan waren vor nicht einmal zehn Tagen dort oben gewesen, um sich zu entspannen und zu üben. Es hatte Spaß gemacht, und der Ausblick war beeindruckend gewesen. Wie schnell sich die Welt verändert hatte.

»Dann können sie uns dort abschlachten. Wir säßen zwischen der Burg und dem Flussufer in der Falle«, widersprach sie. »Wir können nur versuchen, für die Infanterie so viel Zeit zu gewinnen wie möglich. Hier unten werden wir die Gegner nicht bezwingen.«

»Und falls sich die Toten gegen uns wenden?«, fragte er.

»Dann reitet Ihr fort, Hauptmann, und vereinigt Euch mit der Legion. Irgendwann werden wir alle auf unseren zwei Füßen Schulter an Schulter mit den Hastati kämpfen und unser Bestes geben. Ich werde ihnen nicht die Pferde in den Weg stellen.«

Der Hauptmann nickte. »Was soll ich nun tun, Rittmeisterin Kell?«

»Gebt die Botschaft weiter. Wir bilden eine einzige Kampfgruppe. Los jetzt.«

Er nahm zwei andere mit, und sie sah ihm hoffnungslos hinterher.

»Dahnishev!«, schrie Roberto. »Dahnishev!«

Er war dem Zusammenbruch nahe. Seine Arme zitterten vor Anstrengung, Adranis' Wunde blutete immer noch, und nur der unablässige Blutstrom bestärkte Roberto in dem Glauben, dass sein Bruder noch lebte. Herides war vor ihm und versuchte, den Feldarzt zu finden. Einige Leute drehten die Köpfe oder rannten ihm bereits entgegen. Er brauchte keinen von ihnen.

»Macht euch wieder an die Arbeit.« Er unterdrückte ein Schluchzen. »Holt mir Dahnishev her.«

Inzwischen war er schon dicht vor der abweisenden dunklen Wand, in der nur ein einziger tiefer Einschnitt den Zugang auf den gut hundert Schritte höher liegenden Felsen erlaubte. In der Schlucht bewegten sich Leute, und hinter den Bäumen, die den Abhang bedeckten, schlugen die Soldaten Zelte auf. Einige schleppten auch Material oder kümmerten sich um die Verwundeten, die auf improvisierten Tragen oder irgendwo auf dem ebenen Boden lagen.

Es war schwer, etwas zu erkennen, die Bäume standen dicht. Das Laufen war schwieriger als weiter unten. Hier oben herrschte ein großes Durcheinander, so viele Legionäre schrien vor Schmerzen. Anscheinend war jeder einzelne Grashalm mit Blut besudelt.

»Dieser Aufgestiegene, dieser verdammte Aufgestiegene«, murmelte er. »Das wirst du mir büßen, Gorian Westfallen. Büßen sollst du.«

»General?«

Roberto blickte nach links. Ein blutbespritzter Arzt lief neben ihm.

»Ja?«

»Dahnishev ist dort hinten.«

Roberto war unendlich erleichtert. »Danke, mein Freund.«

»Lasst mich Euch helfen.«

»Nein, zeigt mir nur den Weg.«

Es war nicht weit. Ein kleines Zelt, den Knitterfalten nach zu urteilen nagelneu, im Windschatten der Felswand. Die Soldaten räumten den Bereich davor und richteten den Platz für die Schwerverletzten ein. Roberto hörte Dahnishevs Befehle, und die Stimme kam ihm vor wie ein Ruf zum Gebet. Er schob sich durch die Leinwandbahnen ins Zelt hinein und keuchte, als ihm der Geruch von Blut und Erbrochenem entgegenschlug. In dem viereckigen Zelt, das höchstens sieben Schritte tief war, lagen mehr Verwundete, als er auf einen Blick zählen konnte. Dahnishev hatte in einer Ecke einen Operationstisch aufgebaut und war bis zu den Ellenbogen voller

Blut. Auch sein Gesicht und die übrige Kleidung hatten Blutflecken abbekommen.

»Reinige den hier und lege ihn draußen ab. Pass auf, dass er nicht unbemerkt stirbt«, sagte Dahnishev, sobald er Roberto eintreten sah. Dann kam er um den Tisch herum und rief mit einem Fingerschnippen einen Sanitäter zu sich, der ihm helfen sollte.

»Bitte, Dahnishev, bitte. Du musst ihn retten.«

»Gott umfange mich, Roberto, bist du den ganzen Weg mit ihm auf den Armen gerannt?«

»Mir blieb nichts anderes übrig«, keuchte Roberto. Das Blut stieg ihm zu Kopfe, und er konnte kaum noch klar denken.

»Dann ist es ein Wunder, dass er überhaupt noch lebt. Immerhin haben wir diesen Vorteil auf unserer Seite. Lege ihn auf den verdammten Tisch.«

Endlich ließ Roberto seinen Bruder los. Nachdem sie den Tisch abgeschrubbt und Sägemehl auf dem Boden verstreut hatten, um das Blut aufzufangen, hoben Dahnishev und der Sanitäter Adranis auf die Operationsfläche. Nach einem raschen Blick auf die Wunde atmete Dahnishev erschrocken ein.

»Bereite ihn vor«, wies er den Sanitäter an. »Säubere die Wunde und sterilisiere meine Instrumente. Ich bin gleich zurück, also trödele nicht. Dieser Mann darf nicht sterben, hast du das verstanden?«

»Ja, Meister Dahnishev.«

»Gut. Roberto, komm mit mir nach draußen.«

Roberto riss die Augen weit auf und deutete auf Adranis. »Mein Bruder ...«

»Er wird in den nächsten Minuten nicht sterben, und wenn doch, dann hätte ich ihn sowieso nicht retten können. Hinaus. Und lass meine Leute ihre Arbeit tun.«

Roberto ließ sich in den gerade anbrechenden Morgen hinausführen. Der Lärm hatte deutlich zugenommen, immer mehr Verwundete tauchten vor den Felsen zwischen den Bäumen auf.

»Ich schaffe das nicht«, sagte Dahnishev. »Ich habe die Hälfte meiner Leute im Wirbelsturm verloren.«

»Rette meinen Bruder«, drängte Roberto ihn. »Und nicht nur, weil er mein Bruder ist. Er ist auch der Rittmeister seiner Legion.«

»Ich weiß, Roberto. Ich gehöre dieser Legion an.«

Endlich hatte Roberto Zeit, sich einen Augenblick umzusehen. »Du hast die Zelte schnell aufgeschlagen, was?«

»Man sollte nie ohne ein Ausweichlazarett kämpfen, wenn man keine Palisade hat«, erwiderte Dahnishev.

»Natürlich, natürlich.« Roberto ließ die Schultern hängen.

»Hör mal, ich habe dich nicht nach draußen gebeten, um mit dir über meine brillante Planung und Voraussicht zu diskutieren. Ich habe gesehen, was da draußen passiert ist, und höre jetzt die Geschichten. Rings um uns werden Männer und Frauen sterben. Hast du das verstanden?«

Roberto nickte. »Ich weiß. Ich musste an nichts anderes denken, während ich Adranis hierhergetragen habe. Ich will nicht, dass er einer von ihnen wird.«

»Wie willst du ihn davon abhalten, falls er stirbt?«, fragte Dahnishev.

Auch darauf wusste Roberto die Antwort, und er kannte die Konsequenzen. Er schluckte und sah Dahnishev an.

»Ist das Naphthalin hier oben?«

Dahnishev nickte mit geschürzten Lippen.

»Ich habe es hierhertransportieren lassen«, sagte der Arzt leise. »Wir konnten es uns nicht erlauben, es an die Tsardonier zu verlieren.«

»Nein.«

»Kann man das rechtfertigen? Selbst in so einer Situation?«

»Was bleibt uns noch? Die Toten kommen, und wir haben ihnen nichts entgegenzusetzen. Wir haben vielleicht noch fünfzehnhundert kampffähige Legionäre und stehen der gleichen Zahl von Toten gegenüber, dazu sechstausend Tsardoniern. Wir müssen unsere Position verbessern.«

»Ja, Roberto, aber unsere eigenen Leute verbrennen ...«

»Ich weiß, ich weiß.« Roberto wurde übel, als er darüber nachdachte. »Es ist naheliegend, aber zugleich das schlimmste Verbrechen, das wir begehen können. Ein Wort vom weisen Mann und ein wenig Verständnis könnten es uns erleichtern.«

»Er ist dort drüben. Aber wir müssen uns beeilen. Dein Bruder braucht dringend meine Hilfe.«

Sie gingen zum Ordenssprecher Julius Barias, der vor einem verwundeten Legionär kniete.

»Sprecher Barias«, sagte Roberto und machte die Geste des Allwissenden vor der Brust. »Wir danken dem Allwissenden, dass Ihr bei uns seid.«

Barias neigte den Kopf und erhob sich. »Danke, Botschafter. Gott gibt uns Aufgaben und schenkt uns auch die Kraft, sie zu bewältigen. Uns bleibt nur, seine Werke tun, wo immer es nötig ist.«

»In dieser Hinsicht habt Ihr Euch vorbildlich verhalten«, sagte Roberto. »Die Bärenkrallen sind Euch dankbar. Kommt mit.«

Zu dritt gingen sie zur Felswand zurück, bis sie außer Hörweite der anderen waren.

»Ich bin nicht wichtiger als irgendein Legionär bei den Hastati«, erwiderte Barias. Dann fiel ihm etwas ein, und er sah sich rasch um. »Ihr habt mich doch nicht nur hierhergeführt, um mir zu danken. Möchtet Ihr etwas mit mir besprechen?«

Roberto wurde nervös und wünschte sich, sie säßen bei Wein und Essen am Tisch und könnten es entspannter angehen.

»Das ist richtig. Es berührt den Kern unseres Glaubens. Ihr müsst mir glauben, dass ich nicht damit zu Euch käme, wenn ich das Gefühl hätte, es gäbe noch eine andere Möglichkeit.«

Barias lächelte leicht. »Also gut. Jetzt mache ich mir Sorgen.«

»Gut. Das solltet Ihr auch tun. Kein Bürger, der hier in einer schwierigeren und gefährlicheren Lage wäre als Ihr. Wir haben es mit einem Feind zu tun, der Gott und den Glauben verhöhnt und das Böse einsetzt, um seine Ziele zu erreichen. Er will, dass wir leblos und willenlos umgehen und unsere eigenen Angehörigen niederstrecken.«

Roberto hatte den Eindruck, Barias sei dem Zusammenbruch nahe. »Botschafter, ich kann weder schlafen noch essen, weil es mir solche Schmerzen bereitet. Ich bete für die Gläubigen, die in die Umarmung Gottes aufgenommen werden sollten und dennoch da draußen wandeln, wo ich ihnen nicht helfen kann. Schwer zu glauben, dass der Mann, der dieses Verbrechen begeht, in der Liebe Gottes in der Konkordanz geboren wurde. Es zerreißt mir das Herz.«

»Obwohl er ein Aufgestiegener ist?« Roberto zog die Augenbrauen hoch. »Ihr müsst ihn doch für einen Ketzer halten, der niemals die Umarmung des Allwissenden spüren wird.«

Barias seufzte. »Innerhalb des Ordens wurde die Debatte viel heftiger geführt, als die Kanzlerin Euch glauben machen will. Manche können die Tatsache nicht vergessen, dass sie eine wichtige Rolle bei der Rettung der Konkordanz gespielt und unzähligen Gläubigen des Allwissenden das Leben gerettet haben. Wir müssen dies respektieren, auch wenn ihre Methoden und Fähigkeiten Gott vielleicht nicht genehm sind.«

»Hier kommt noch etwas Unangenehmes.« Roberto holte tief Luft. »Wir dürfen nicht zulassen, dass Gorian damit fortfährt, eine Armee aus gefallenen Legionären zu erschaffen. Hier nicht und an keinem anderen Ort. Wir müssen dafür sorgen, dass unsere Toten für ihn nutzlos sind.«

»Da kann ich Euch nicht widersprechen. Zwar ist die Verstümmelung schlimm, aber der Körper kann dennoch vollständig begraben werden. Das ist allerdings keine Glaubensfrage, sondern eher ein praktisches Problem, oder? Es sind wohl zu viele, aber Ihr habt meinen Segen, es zu versuchen.«

Roberto hob beide Hände. »Ihr seid mir einerseits voraus und mir andererseits nicht gefolgt, Julius. Bitte lasst mich fortfahren. Die Verstümmelung ist jetzt keine sinnvolle Möglichkeit mehr, deshalb müssen wir über andere Methoden nachdenken. Die Konkordanz hat sich lange an die Regel gehalten, dass selbst ein Feind zum Glauben an den Allwissenden bekehrt werden kann, und dies bedeutet, dass wir im Krieg die Feinde so behandeln müssen, wie wir es mit unseren eigenen Leuten tun würden. Das war allerdings, bevor Gorian die Regeln verändert hat. Jetzt müssen wir gegenüber Freund und Feind die schärfsten Maßnahmen ergreifen, und dafür brauchen wir Euren Segen.«

»Wozu?«

»Naphthalin. Flüssiges Feuer. Nennt es, wie Ihr wollt. Wir müssen die wandelnden Toten verbrennen.«

Barias wich einen Schritt zurück. Roberto hätte es als übertrieben dramatisch bezeichnet, hätte er nicht die Miene des Sprechers beobachtet. Er war starr vor Schreck und öffnete den Mund, bekam aber kein Wort heraus.

»Bitte, Julius, denkt nach.« Roberto hob die Hände und streckte die Finger zum Himmel. »Das soll kein Freibrief sein, sondern eine Maßnahme in einer extremen Notlage.«

Barias schüttelte den Kopf. Gott umfange ihn, er zitterte am ganzen Körper.

»Wie könnt Ihr nur solche Worte sagen und solche Gedanken äußern. Und auch noch mich, ausgerechnet mich um meinen Segen bitten.«

»Ich kann Eure Reaktion und Eure Gefühle verstehen«, sagte Roberto.

»Eure Worte sind der Beweis dafür, dass Ihr überhaupt nichts versteht«, fauchte Barias. »Den Körper von Unschuldigen verbrennen und ihre Asche den Winddämonen überlassen, sodass ihre Zyklen auf der Erde für immer beendet sind? Ihnen die Umarmung Gottes verweigern? So etwas auch nur auszusprechen, ist entsetzlich. Aber es zu tun, ist ein Verbrechen, mit dem Ihr Euch auf eine Stufe mit einem gewöhnlichen Mörder stellt.«

»Ich kann auch mit Euch fühlen«, fuhr Roberto fort. »Wirklich. Aber …«

Dahnishev legte ihm eine Hand auf den Arm. »Lass ihn sprechen. Lass ihn erklären, warum er mit dem, was du von ihm verlangst … was wir von ihm verlangen … Schwierigkeiten hat.«

»Stimmt Ihr dieser Ketzerei etwa zu?« Barias wandte sich, erheblich lauter werdend, an Dahnishev.

»Ich weiß nur, dass wir alle Gorian Westfallens Sklaven werden, wenn wir ihn nicht daran hindern, immer neue unschuldige Tote seinem Willen zu unterwerfen. Ich würde lieber verbrennen, als gegen mein eigenes Volk kämpfen zu müssen, meines Willens und meiner Ruhe beraubt«, erwiderte Dahnishev.

Barias schnaubte. »Es liegt nicht in Eurer Hand zu entscheiden, ob Euer Zyklus eine Fortsetzung findet oder nicht. Nur Gott vermag darüber zu urteilen. Ganz gewiss könnt Ihr diese Entscheidung nicht für die Bürger der Konkordanz oder die tsardonischen Invasoren treffen. Es wird keine Verbrennungen geben. Diese Unterhaltung ist beendet.«

Er wollte gehen, doch Roberto hielt ihn am Arm fest.

»Nein, sie ist nicht beendet«, sagte er.

Barias starrte Robertos Hand an. »Ihr werdet mich sofort loslassen, Botschafter Del Aglios. So etwas hätte ich nie von Euch gedacht. Eure Mutter ist die Oberste Hüterin unseres Glaubens, und ihr eigener Sohn verbreitet solchen Unrat. Ich muss mir überlegen, welchen Bericht ich angesichts Eures Vorschlags an den Orden schicken werde.«

Roberto konnte sich nicht mehr beherrschen und lachte laut. Dann ließ er den Sprecher los und schickte ihn mit einer Handbewegung fort.

»Schreibt Euren Bericht, Julius«, sagte er. »Aber wer wird ihn für Euch abliefern?«

Er wandte sich ab.

»Es ist meine Pflicht, dies zu berichten.«

Irgendetwas zerbrach in Roberto. Er fuhr zu Barias herum, packte ihn am Mantelkragen und drückte ihn gegen den Fels.

»Habt Ihr denn keine Ahnung, was hier geschieht? Glaubt Ihr denn, es kümmert mich, was Ihr schreibt und wem Ihr Euch anvertraut?« Er stieß fester zu, Barias grunzte. »Wir stehen hier vor der Vernichtung. Ein paar Einzelne entkommen vielleicht, wenn sie die Felsen hinaufklettern, aber die anderen werden sterben. Wenn wir sie nicht zerhacken oder verbrennen, werden sie unsere Feinde. Glaubt Ihr, das sei Gottes Plan? Was sagen Eure verdammten Schriften über Angriffe von lebenden Toten, die einst zu seinem Volk gehörten und ihm entrissen wurden? Denn sie werden kommen, und wir müssen sie besiegen.«

»Jetzt werdet Ihr mir zuhören«, sagte Barias.

»Nein. Ihr konntet sprechen und habt Euch entschieden, mich zu beleidigen. Jetzt bin ich an der Reihe. Ich habe Euch um Euren Segen gebeten, aber ich brauche ihn nicht. Ihr redet von Ketzerei und wisst nicht, wie mich diese Entscheidung zerreißt. Mein eigener Bruder ist dem Sterben nahe, und ich lasse ihn nicht gegen uns marschieren. Lieber würde ich Adranis verbrennen, als dies erleben zu müssen und um die Qualen zu wissen, die er dabei leiden würde.«

Damit ließ Roberto den Sprecher los. Barias strich seine Kleider glatt.

»Die Toten haben kein Gefühl.«

»Nein? Warum hat der tote Veralius dann gezögert, als sein Zenturio seinen Namen rief? War das Zufall?«

»Ich …«

»Geht mir aus den Augen, Barias. Und wagt es nicht, Halbwahrheiten zu verbreiten. Dies ist eine verzweifelte Situation, und jeder

Bürger, der sich gegen uns stellt, gilt als Verräter. Meine Mutter ist die Advokatin, und damit bin ich der Zweite in der Konkordanz. Ich hoffe, ich habe mich deutlich ausgedrückt.«

»Ihr werdet hierfür vor Gericht gestellt«, rief Barias. »Euer Verbrechen wird nicht ungesühnt bleiben.«

Einen Moment lang erwiderte er Robertos Blick, dann zog er sich kopfschüttelnd und murmelnd zurück. Die Helfer, die mit den Schwerverletzten beschäftigt waren, starrten herüber.

»Du würdest ihn doch nicht hinrichten, oder?«, fragte Dahnishev.

»Ich weiß nicht«, sagte Roberto und stellte fest, dass er es auch so meinte. »Ich weiß nur, dass sich diese Seuche in der ganzen Konkordanz ausbreiten wird, wenn wir ihr keinen Einhalt gebieten. Wenn das bedeutet, dass einige den Dämonen geopfert werden, dann soll es so sein, auch wenn es mich selbst und meinen Bruder einschließt.«

»Ich stehe an deiner Seite«, sagte Dahnishev.

»Mit einem Herz, das so schwer ist wie meines, alter Freund. Ich gebe den Ingenieuren den Befehl, die Kisten zu öffnen. Die Toten werden nicht warten.«

»Und Barias?«

»Barias muss mit seinem Gewissen seinen Frieden schließen. Genau wie wir alle.«

26

859. Zyklus Gottes, 35. Tag des Genasauf

Hier war es noch schlimmer als im Chaos des Aufmarschplatzes. Nunan führte seine stark dezimierte Legion an. Seine höchstens noch hundert Sarissenträger hatten sich auf der Straße und den Abhängen des Tals, durch das sie verlief, verteilt. Mit dem Gladius bewaffnete Infanteristen bewachten so gut wie möglich die Flanken, aber die Linie war erschreckend dünn. Höchstens zwölfhundert Kämpfer, kaum mehr.

Aber das war noch nicht einmal das Schlimmste. Er war der Ansicht, sie könnten sich eine ganze Weile gegen reguläre tsardonische Soldaten behaupten. Da er seine paar Bogenschützen geschickt platziert hatte, würde den Gegnern ein Angriff über den bewaldeten Hang teuer zu stehen kommen. Aber die Toten brachten jedes Herz zum Stocken, und jeder Mann und jede Frau verzagte bei diesem Anblick.

Sie waren nicht mehr weit entfernt, liefen gleichmäßig und einigermaßen geordnet. Doch es war eine Parodie. Hundert Tote in der Breite, zehn in der Tiefe. Manche hatten Schilde, die meisten nicht. Einige führten Sarissen, aber die meisten waren mit dem Gladius bewaffnet. Auf den ersten Blick konnte man sie für eine lebendige, unversehrte Truppe halten. Doch der zweite Blick erzählte eine ganz andere Geschichte.

Manche gingen unbehindert, andere zogen ein Bein nach, humpelten schwer oder schwankten sogar, als könnten sie nicht richtig das Gleichgewicht halten. Kaum einer, der völlig aufrecht ging. Hängende Schultern, gebeugte Rücken, fehlende Arme, hin und her pendelnde Köpfe. Und alle blieben völlig stumm. Nur das Schlurfen ihrer Füße auf dem Boden war zu hören. Ein schreckliches Kratzen, das den Mut der Verteidiger untergrub.

Nunan richtete sich zu voller Größe auf. Er hatte das Kommando allein inne, denn Kell hielt noch die tsardonische Armee in Schach, die es offenbar nicht besonders eilig hatte. Der Grund war leicht einzusehen. Nunan hätte es auch nicht riskiert, seine eigenen Leute ins Feld zu schicken, wenn es andere gab, die deren Aufgabe mit grauenhafter Zielstrebigkeit erledigen konnten.

Furcht und Unsicherheit griffen in seiner Legion um sich. Noch standen die Banner aufrecht, aber die Hände, die sie hielten, schwitzten. Das zunehmende Licht bot den Soldaten Anblicke, die sie sich am Abend, als die Nacht gekommen war, nicht hätten träumen lassen. Sie verzagten schon, obwohl die Toten noch vierzig Schritte entfernt waren.

Nunan stellte sich vor sie und drehte sich um. Es war recht still, und seine Truppe war so klein, dass ihn sicherlich alle verstehen konnten.

»Bärenkrallen, Zweite Legion von Estorr. Wir wissen, was uns bevorsteht, und davor fürchten wir uns. Dort kommen Leute, die wir alle kennen. Leute, an die ihr euch erinnern werdet. Freunde, die neben euch standen, bis der böse Wind getobt hat. Ich weiß, es ist schwer einzusehen, aber diejenigen, die dort gegen uns marschieren, sind nicht mehr diejenigen, die wir einst kannten. Wir sahen sie sterben. Vergesst das nicht. Auch wenn sie laufen, sie leben nicht. Glaubt aber ja nicht, ein wandelnder Toter wäre ungefährlich.

Wir haben eine wichtige Aufgabe. Die Konkordanz darf nicht in Gefahr geraten. Wir müssen die Toten hier aufhalten, und dann müssen wir uns den wahren Feinden stellen. Betet bei jedem Schlag, den ihr gegen eure früheren Freunde führt, dass sie fallen und endlich den Frieden finden mögen, der ihnen verwehrt wurde. Bärenkrallen, nun kämpft, um eure Freunde aus dem Bann zu befreien. Tut es für sie, für Estorea und für mich!«

Wie aus einem Munde antworteten sie ihm. Er nickte und beschied den Zenturionen, die jetzt keinen Schwertmeister mehr hatten, das Kommando zu übernehmen. Dann lief er durch die Reihen, suchte den Blick seiner Leute und versicherte ihnen, dass er an sie glaubte. Schon gaben die Offiziere die ersten Befehle.

»Sarissen senken! Schwerter an den Flanken bereit machen! Auf meinen Befehl vorstoßen. Lähmt sie mit euren Streichen.«

Nunan wandte sich nach links und trottete rasch den Abhang hinauf, um eine bessere Übersicht zu bekommen. Seine dreißig Extraordinarii stießen zu ihm.

»Danke für eure Bemühungen«, sagte er. »Aber jetzt gibt es noch mehr zu tun. Unterstützt die Legion. Gebt ihnen die Kraft, die sie brauchen. Dort unten haben selbst die Triarii Angst.«

»Ja, General.« Der Hauptmann salutierte, indem er sich mit der rechten Hand auf die linke Brustseite schlug.

»Disziplin, Ordnung, Sieg.«

Dann sah er ihnen nach, wie sie liefen, um überall den Glauben der Kämpfer zu stärken. Die Zenturionen brüllten, um die Reihen geschlossen zu halten, einige Stimmen erhoben sich – zuerst zum Gebet, dann zu einem Lied. Die Worte schenkten den Kämpfern eine Zuversicht, die sie bitter nötig hatten.

»Allwissender, umfange mich
Beschütze mich
Und erfülle mich
Gott, mein Herr, nun führe mich
Halte mich
Und errette mich.

Estorea ist mein Heim
Wir treten vor dein Angesicht
Verkünden deinen Ruhm
Und stehen im Kampf vereint
In deinem großen Licht.«

Jetzt waren die Toten nur noch dreißig Schritte vor den Linien der Bärenkrallen. Nunan zog das Spähglas aus der Gürteltasche und setzte es ans Auge. Das Licht war nicht sehr gut, aber es reichte aus, um die schrecklichen Einzelheiten zu erkennen. Abzeichen hingen an zerfetzten Uniformen. Blutige Umrisse, wo die tödlichen Wunden waren. Leere Mienen. Dann hielt er inne.

Einer war anders. Er marschierte mitten in der Truppe und war nicht tot. Er war ein Tsardonier, sein Kopf war mit Schmuck und Tätowierungen verziert. Er bewegte die Lippen, er rief nicht, aber er sagte eindeutig irgendetwas. Die Toten marschierten jedenfalls nach seinem Lied.

»Wer …«

Es spielte keine Rolle. Wichtig war nur, dass er dort war und dem Marsch der Toten den Takt vorgab. Nunan packte seinen Hornisten am Arm, der schaudernd die anrückenden Toten beobachtete.

»Gib Signal für unseren Vorstoß. Mach schon, gib das Signal.«

Dann rannte Nunan zu den hinteren Reihen zurück. Als das gedehnte, sich mehrmals wiederholende Hornsignal ertönte, rief er seine Zenturionen.

»Brecht ihren Vorstoß. Sie wollen uns Angst machen. Bringt die Angst zu ihnen, Bärenkrallen. Bogenschützen, zielt aufs Zentrum. Der tsardonische Kommandant ist mitten unter ihnen. Los doch, nun beginnt.«

Einige Hörner gaben den Befehl weiter, und die Legion setzte sich in Bewegung. Die Männer stimmten ein Kampflied an, die Pfeile deckten das Zentrum der Armee der Toten ein und störten deren Vormarsch. Links und rechts stießen auch die Schwertträger vor. Die Toten ignorierten sie jedoch und hielten weiter auf die Sarissen zu.

»Angriff!«, befahl Nunan.

Laut ertönte das Gebet zwischen den Talwänden und den Felsen weiter hinten. Die Sarissenträger senkten die Waffen und bohrten sie in die Körper der wehrlosen Toten. Einige der Lebenden schrien auf, als sie erkannten, was sie da taten. Nunan folgte seinen Kämpfern und bemerkte die Tränen auf den Wangen einiger Triarii. An den Flanken arbeiteten sich die Schwertträger bergab vor. Die Bärenkrallen griffen an. Waffen klirrten, Männer schrien.

Die Toten marschierten weiter. Diejenigen, die Bekanntschaft mit den Sarissen gemacht hatten, wichen etwas zurück, stürzten aber nicht. Anschließend marschierten sie einfach weiter und drängten sich gegen die Klingen, und die anderen hinter ihnen folgten ihrem Beispiel. In der Mitte der Legion griff die Furcht um sich. Der Vorstoß der Bärenkrallen kam fast sofort wieder zum Erliegen. Die Sarissen konnten ihnen keinen Raum mehr verschaffen. Schritt um Schritt drangen die Toten vor, bis in den Reihen der Verteidiger Breschen klafften. Tote Legionäre marschierten einfach weiter, nachdem die langen Schäfte sie durchbohrt hatten. Je fester die Legionäre ihre Sarissen hielten, desto besser kamen die Toten voran.

Da die Sarissenträger nicht wussten, was sie tun sollten, wichen sie zurück. Die Zenturionen brüllten, sie sollten ausharren, aber zwischen den Schäften kamen die Toten unerbittlich näher. Die rechte Flanke griff die Toten energisch an, Nunan hörte das Waffenklirren. Mit gehobenen Schilden stürmten die Schwertträger herbei und hackten über und unter den Schilden auf die Gegner ein. Die Toten schwenkten nach innen ab. Männer und Frauen verloren das Gleichgewicht und stürzten über andere, die noch nach vorne strebten. Ihnen war nicht klar, dass sie aus drei Richtungen zugleich angegriffen wurden.

Nunans Hoffnung stieg, aber die Freude währte nicht lange. Gleich darauf änderten die Toten an den Flanken erneut die Marschrichtung. Mit wilden Streichen trafen die Bärenkrallen die Köpfe und Körper der Toten, doch auch, wenn deren Schädel zerschmettert waren, richteten sie sich wieder auf und liefen weiter. Selbst diejenigen, deren Schwertarme abgetrennt waren, bewegten sich weiter und unterstützten die anderen. Der Gegenangriff war beendet. Hinter den Toten, die ausgewichen waren, strömten an den Flanken weitere herbei, und im Zentrum wanderten sie zwischen den Sarissen entlang.

Es kostete viel zu viele Schwertstreiche und viel zu viel Kraft, um auch nur einen der Toten ganz auszuschalten, und jetzt schlugen sie sogar zurück. Nunan hatte damit gerechnet, dass die Hiebe der Toten ungezielt kämen, doch das traf nicht zu. Sie wussten, wohin sie schlagen mussten. Die Bärenkrallen riefen ihre Namen, brüllten sie an, sie sollten aufhören, und flehten sie an, sie sollten sich erinnern, wer sie gewesen waren. Hin und wieder zögerte einer und ließ sogar das Schwert fallen, doch die meisten zeigten keine Reaktion.

Schon schwankten die ersten Standarten, und die Bärenkrallen wichen zurück. Im Zentrum waren die Toten fast durchgebrochen. Nunan konnte es kaum glauben, als ein von einer Sarisse durchbohrter Toter einfach am Schaft entlangmarschierte und dem Sarissenträger die Klinge in die Brust stach. Der Mann brach zusammen und zog den Angreifer mit sich herab, doch der Tote versuchte immer noch, den Marsch fortzusetzen. In die so entstandene Lücke drangen sofort weitere Tote vor und trampelten alles nieder, was ihnen im Weg war. Dutzende Kämpfer ließen die Sarissen fallen, was den Vormarsch vorübergehend störte, aber nicht aufhielt. Die Soldaten zogen die Schwerter, und die vorderen Reihen schlossen sich wieder.

Auf einen laut gebrüllten Befehl hin gingen die Kämpfer erneut gegen die Feinde vor. Einige drehten durch und hackten wie besessen immer wieder auf die Toten ein, verstümmelten die Körper und zerschmetterten die Köpfe in den Helmen oder schnitten mit tiefen Hieben die Beine durch. Die Toten stürzten, doch so schnell, wie sie gefallen waren, kamen sie auch wieder hoch. Sie waren unermüdlich und kannten weder Furcht noch Schmerz. Rasch verpuffte die Wut des Angriffs.

Die Bärenkrallen standen kurz vor dem Zusammenbruch. Von hinten kamen Pfeile geflogen, doch die Toten ignorierten sie und brachen nur diejenigen ab, die ihre Bewegungen behinderten. Der tsardonische Kommandant war noch am Leben. Inzwischen konnte Nunan ihn sogar hören. Eine einsame Stimme in der stummen Armee.

»Wir müssen den Anführer erwischen«, rief Nunan. »Noch mehr Pfeile ins Zentrum. Greift an, Bärenkrallen.«

Wieder ertönten die Hörner. Auch sie klangen mutlos. So mutlos wie die Kämpfer, denen sie die Befehle übermittelten. Dennoch rückten sie vor. Mit erhobenen Schilden bahnten sie sich einen Weg, die Schwerter suchten nach Möglichkeiten, die Gegner lahmzulegen; die Augen achteten ängstlich auf Gegenstöße. Niemand wollte so werden wie sie, und diese Furcht machte die Kämpfer zaghaft.

»Nunan!«

Der General drehte sich um. Roberto Del Aglios kam zu ihm gerannt. Andere waren bei ihm, sie schleppten Kisten und eine Kohlenpfanne. Ingenieure. Er runzelte die Stirn. Unterdessen schwollen die Schreie seiner Legion an. Ihre ganze Linie war in Gefahr, die Legion zog sich zurück.

»Haltet die Stellung!«, brüllte er. »Haltet die Stellung.«

»Gott umfange mich, General, wir können sie nicht aufhalten. Wir kämpfen auf verlorenem Posten.«

»Dann hilf mir doch«, sagte Roberto. »Uns bleibt nichts anderes mehr.«

Die Ingenieure stellten die Kisten ab und öffneten die Deckel.

Mit Stroh gepolsterte Flaschen kamen zum Vorschein. Nunan starrte sie an, dann wandte er sich wieder an Roberto.

»Das ist nicht dein Ernst«, sagte er.

»Hast du eine bessere Idee? Ein paar müssen untergehen, damit die anderen überleben und ein andermal kämpfen können.«

»Aber das ist nicht nur der Tod, sondern das Ende des Zyklus.«

»Ich weiß«, sagte Roberto, und Nunan wurde klar, wie schwer es auch ihm fiel. »Wirst du mir helfen oder nicht? Ich werfe selbst die erste Flasche.«

Nunan betrachtete die Ingenieure. Sie unterstützten Roberto, aber ihnen war offenbar bewusst, zu welchem Verbrechen sie beitrugen. Von hinten kamen noch mehr Leute gerannt und riefen, dass Roberto aufgehalten werden müsse. Der Orden.

»Was ist hier los, General?«

»Der Sprecher Barias ist nicht meiner Meinung«, erklärte Roberto.

»Das kann ich gut verstehen.«

Die Schreie der Infanteristen klangen immer verzweifelter. Die Zenturionen blickten fragend zu Nunan, der ihre Blicke nicht erwiderte.

»Du musst dich entscheiden«, rief Roberto scharf und laut genug, um auch die hinteren Linien zu erreichen. »Gib ihnen etwas in die Hand, oder sieh zu, wie sie fallen und sich den Toten anschließen.«

Nunan zögerte.

»Du hast keine Zeit mehr, General«, sagte Roberto. »Erforsche dein Gewissen später. Wir müssen die da vernichten, bevor die Kavallerie aufgerieben ist und die Tsardonier mit voller Kraft angreifen. Nimm deinen Soldaten die Angst.«

Endlich nickte Nunan. »Entfacht die Kerzen«, sagte er.

»Ja, General«, sagte ein Ingenieur.

Im Laufschritt kamen die Vertreter des Ordens den Weg herunter. Roberto drehte sich zu ihnen um.

»Lasst euch nicht von ihnen ablenken.« Er winkte den Ingenieuren. »Beeilt euch. Ein Wurfgeschoss in jede Hand, und betet, während ihr werft.«

Nunan wandte sich an seinen Hornisten. »Gib Signal zum Einstellen der Kampfhandlungen.«

Der Hornist starrte ihn ungläubig an. »General?«

»Mach schon«, fauchte Roberto. »Sonst sterben die Bärenkrallen.«

Sie zündeten die Kerzen an, die Ingenieure waren bereit. Julius Barias und drei Leser des Ordens näherten sich laut schreiend; sie waren völlig außer sich. Nunan dagegen wurde es von innen heraus kalt. Seine Gedanken rasten, sein Puls schlug heftig, und er hatte Mühe, die zitternden Arme ruhig zu halten. Er nickte dem Hornisten zu, der endlich das Signal gab. Roberto nahm zwei Flaschen und hielt sie dem Ingenieur hin, der die Kerze angezündet hatte.

»Möge Gott uns vergeben, was wir heute tun«, sagte er.

»Mögen unsere Freunde uns vergeben«, fügte der Ingenieur hinzu.

Auf das Hornsignal, die Kampfhandlungen einzustellen, reagierten die Soldaten der Konkordanz mit Verwirrung. Zenturionen drehte sich um und suchten eine Erklärung. Sie sollten eine bekommen, die ihnen jedoch nicht gefallen würde.

»Ich hoffe, du liegst richtig, Roberto«, sagte Nunan.

»Vertrau mir.«

Die Legion zog sich zurück. Es war eine kontrollierte Bewegung, die möglichst schnell und ohne Opfer eine Lücke von vier und dann zehn Schritten aufreißen sollte. Doch die Toten waren nicht wie die anderen Gegner, die vielleicht froh gewesen wären, eine Verschnaufpause zu bekommen und sich gegen die ständige Bedrohung durch die Pfeile zu wappnen. Sie rückten einfach nach und schlossen die Lücke gleich wieder.

Der Ingenieur zündete die Lunten der Flaschen an, die Del Aglios und zwei andere Ingenieure hielten. Auch Nunan bückte sich und nahm zwei Flaschen. Roberto ging nach vorn zur Kampflinie und verscheuchte die Soldaten. Julius Barias rannte, Gift und Galle speiend, hinterher. Als Roberto ausholte, um zu werfen, nahm Barias ihm die Flasche weg und warf sie hinter sich, wo sie auf einem Stein zerschellte und das Gras in Brand steckte. Ein greller Fleck in der trüben Dämmerung.

Del Aglios drehe sich um, auch die Lunte seiner zweiten Flasche brannte.

»Rührt mich noch einmal an, und Ihr bekommt selbst die Flammen zu spüren, Barias.«

»Ich bin ein Vertreter des Allwissenden, und Ihr werdet ...«

»Und ich bin ein Mann, der versucht, sein Volk und sein Land zu retten«, erwiderte Del Aglios.

Er versetzte Barias einen festen Stoß, dass dieser stolperte und rückwärts in die Arme seiner Leser kippte. Dann nahm Roberto die Flasche in die Wurfhand und schleuderte sie in hohem Bogen.

»Nein, General, nein!«

Ein Zenturio hatte sich eingeschaltet. Andere fielen ein, und alle verfolgten den Flug der Flasche. Die Flamme beleuchtete die im durchsichtigen Glas schwappende Flüssigkeit, und die nach oben gewandten Gesichter waren starr vor Entsetzen. Sie war noch nicht einmal gelandet, da rief Roberto schon nach einer weiteren. Dann schlug sie ein. Sie prallte gegen den Helm eines toten Legionärs der Bärenkrallen. Das Naphthalin spritzte und fing Feuer, und der Flammenregen deckte zwanzig weitere Tote ein.

Vier weitere Flaschen folgten rasch nacheinander, bis das Zentrum der Armee der Toten aufgerieben war. Die Bärenkrallen wichen einen weiteren Schritt zurück. Entsetzte Schreie wurden laut, aber die Schreie der Toten übertönten alles andere. Alle, ob sie brannten oder nicht, ließen die Waffen fallen. Alle drehten sich zu den Bärenkrallen um. In den bisher leeren Augen flackerte Enttäuschung, und den

Mündern der brennenden Toten entfloh ein schreckliches Wehklagen. Nunan war sogar sicher, das Wort »Warum?« herauszuhören. Es zerriss ihm das Herz und lähmte seine Kraft.

»Aufhören!«, rief er. »Kein Feuer mehr. Bärenkrallen, greift sie an und rettet alle, die ihr retten könnt.«

Die Toten erhoben keine Hand. In ihrer Mitte steckte der einzige lebende Tsardonier fest. Die Bärenkrallen gingen wieder zum Angriff über, schnitten und hackten und prügelten. Nunan drängte sich nach vorn, um am Kampf teilzunehmen, trampelte die Brandherde aus und versuchte, die kreischenden Toten vor den Winddämonen zu retten und sie in die Umarmung Gottes zu senden.

Die Toten wehrten sich zwar nicht, hatten inzwischen aber ihre Stimme wiedergefunden. Das Wehklagen schwoll zu einem Heulen an, das von Furcht und Entsetzen sprach. Es weckte die Urängste aller Lebenden, die es hören mussten und nichts tun konnten, außer ihren ehemaligen Kameraden die Arme abzuhacken, damit sie endlich ihren Frieden fanden.

Doch auf dem Boden rührten sich auch diejenigen noch, deren Arme nur noch an einem Faden hingen und deren Köpfe zerschmettert oder abgetrennt waren. Nunan wurde beinahe übel. Die Männer und Frauen in seiner Nähe konnten sich nicht mehr beherrschen und übergaben sich bereits. Alle wollten, dass es zu Ende wäre, und wussten doch, dass es noch nicht so weit war.

»Beendet eure Arbeit«, rief Nunan. »Wir müssen es tun.«

Er hielt inne, bevor seine Stimme brach. Gleich vor ihm stand ein toter Legionär in Flammen. Er rammte den Mann mit seinem Schild, dass dieser rückwärts zu Boden ging. Dann hackte er abwärts, trennte den Schwertarm am Ellenbogen ab und sank auf die Knie, um Erde über den brennenden, zuckenden Körper zu häufen. Schließlich rollte er ihn herum und löschte das brennende Naphthalin, das er selbst geworfen hatte.

»Es tut mir leid, es tut mir so leid«, murmelte er. »Verzeiht mir.«

Im nächsten Moment sanken die Toten geräuschlos zu Boden. Sie brachen auf der Stelle zusammen, bis nur noch einer aufrecht stand. Der tätowierte tsardonische Kommandant.

Schweigen breitete sich auf dem Schlachtfeld auf. In der Morgendämmerung konnten sie nun das von Rauchwolken überlagerte Gemetzel überblicken. Es stank nach verbranntem Tuch und Fleisch. Unten vor der Burg wendeten die noch lebenden Kavalleristen und donnerten herauf. Überall sprachen die Soldaten Gebete. Anklagende Blicke wanderten über die Toten und hefteten sich auf Nunan und Roberto Del Aglios.

»Dieses Verbrechen kann nicht ungesühnt bleiben«, ließ sich Julius Barias hinter ihnen vernehmen.

Nunan drehte sich zu dem Sprecher um, der durch die Reihen der erschöpften, verwirrten Legionäre wanderte. Nunan hob eine Hand, um die Kämpfer zum Schweigen zu bringen, die den Ordenspriester unterstützen wollten.

»Es ist Euch nicht gestattet, ohne Aufforderung das Kampfgebiet zu betreten«, erklärte Nunan.

»Dies ist kein Kampf. Es ist ein Gemetzel. Mord.«

Nunan ging zu ihm und verscheuchte die Legionäre in der Nähe. »Ihr werdet hier unten keinen Ärger machen. Es ist weder der richtige Augenblick, noch der richtige Ort.«

Kell führte ihre verschwitzten, müden Pferde und Reiter um das Schlachtfeld herum und hielt auf den Abhang vor den Felsen zu. Nunan drehte sich um.

»General Kell«, sagte er lächelnd. »Gut, dass du noch aufrecht im Sattel sitzt. Was ist mit den Tsardoniern?«

»Sie haben sich zurückgezogen.« Wie alle anderen Reiter starrte auch sie die Toten an. Von einigen stieg noch Rauch auf, während sich die Legionäre zwischen ihnen bewegten, um zu tun, was sie konnten. »Ich weiß auch nicht, warum, denn sie hatten uns fast schon bezwungen, und dann ... was ist hier passiert?«

»Entweihung und Ketzerei sind hier ...«

»Sprecher Barias, Ihr haltet jetzt den Mund. Vergesst nicht, wo Euer Platz ist.« Dann wandte er sich wieder an Kell. »Wir reden später darüber. Deine Pferde kannst du hinter dem Aufmarschplatz versorgen lassen. Wir haben hier noch einiges zu tun.«

»Alles in Ordnung, Pavel?«

Er schüttelte den Kopf. »Nein, nichts ist in Ordnung, Dina.« Er hob die Stimme. »Bärenkrallen? Wir müssen unsere Toten verstümmeln und vergraben. Ihr verrichtet jetzt Gottes Werk, und ich bin bei euch. Heute seid ihr alle Helden der Konkordanz. Heute müsst ihr euren Kameraden die Ehre erweisen und für sie beten.«

Barias öffnete den Mund und wollte sich schon wieder einmischen, aber Nunan packte ihn am Kragen.

»Und Ihr, Sprecher Barias, werdet in dieser Legion die Aufgabe erfüllen, die Euch übertragen wurde. Verbreitet keine Zwietracht. Ganz egal, was Ihr empfindet, wir haben es immer noch mit sechstausend Tsardoniern zu tun und dürfen nicht versagen. Habe ich mich deutlich ausgedrückt?«

»General Nunan ...«

»Habe ich mich deutlich ausgedrückt?«

»Ja, General.«

»Gut. Schafft die Toten zu den Bäumen, um sie dort zu begraben. Wenn Ihr fertig seid, findet Ihr mich mit meiner Frau und dem Botschafter beim Arzt.«

Damit wandte Nunan sich ab und drängte sich durch die Legion, in die dank der nachdrücklichen Befehle der Zenturionen allmählich wieder Ordnung einkehrte. Roberto war mit hängendem Kopf und gebeugt bereits zu den Felsen unterwegs.

»Es musste getan werden, Pavel«, sagte er, als Nunan ihn einholte. »Wir hatten keine andere Möglichkeit.«

»Aber was haben wir da in Gang gesetzt? Und wo wird es enden?«

27

859. Zyklus Gottes, 35. Tag des Genasauf

Gorians frustrierter Aufschrei riss sie alle aus dem Schlaf. Er hatte versucht, die Schmerzen zu unterdrücken, aber jetzt hämmerte es in seinem Kopf, und er wusste nicht einmal, ob er überhaupt Erfolg gehabt hatte. Im letzten Augenblick war ihm die Kontrolle entglitten. Ihre Willenskraft, die er so leicht hatte unterdrücken können, hatte sich im Augenblick der größten Furcht doch noch durchgesetzt.

Jetzt war Gorian schwach, wütend und sehr verwirrt. Er stand von seinem Stuhl in seiner Kammer auf und lief, die Hände an die Schläfen gepresst, ein paar Schritte hin und her.

»Was haben sie gemacht, Vater?«, wollte Kessian wissen, der die ganze Zeit bei ihm gewesen war und ihm die Energien geliefert hatte, um die Schlacht zu lenken. Der Junge schien unbeeindruckt, aber er hatte auch nur als Übermittler gedient und war nicht der Architekt gewesen.

»Sie haben sie verbrannt«, erklärte Gorian. »Die Anhänger des Allwissenden haben ihre eigenen Leute mit Feuer eingedeckt. Damit haben sie ihnen die Umarmung Gottes verwehrt. Das ist nicht zulässig. Sie waren meine Leute. Ich habe sie auferstehen lassen. Dazu hatten sie nicht das Recht. Sie hatten nicht das Recht, so etwas mit meinen Leuten zu machen.«

Der Zorn verlieh Gorian neue Kräfte. Rhyn-Khur, der Sohn des Königs, baute sich mit zwei Herren der Toten vor ihm auf.

»Ein Schwächeanfall, Westfallen?«, fragte der Prinz.

»Ein Verbrechen«, erwiderte Gorian. »Ein Verbrechen, das nicht ungesühnt bleiben wird.«

»Wer wird der Rächer sein?« Rhyn-Khur gab sich keine Mühe, sein höhnisches Grinsen zu verbergen. »Du hast deine Armee verloren, was? Ohne sie bist du schwach.«

Gorian schüttelte den Kopf. »Glaube das nicht, Rhyn. Niemals.«

»Wir hätten weiter vorstoßen und die Kavallerie zerschmettern sollen. Dann hätten wir die Hauptstreitmacht angegriffen und vernichtet. Deine Vorsicht hat zu nichts geführt. Wir können immer noch siegen, sie versinken im Chaos. Befiehl den Angriff.«

»Nein«, erwiderte Gorian. »Das können wir nicht riskieren. Wir haben heute schon einen Sieg errungen. Wir müssen kontrolliert vorgehen. Was du vorschlägst, ist unkontrolliert, und sie haben gerade eine Entschlusskraft gezeigt, mit der wir nicht gerechnet haben.«

»Du vielleicht nicht, aber mich oder einen anderen Krieger aus Tsard kann nichts überraschen. In ihrem Herzen sind sie gottlos. Sie kehren ihrem Glauben den Rücken, wenn es ihren Zwecken dient. Die Tatsache, dass der Aufstieg blüht, ist Beweis genug, und was heute geschah, bestätigt nur, was wir bereits wussten.«

»Es ändert nichts. Ich muss nachdenken und ausruhen. Außerdem will ich unseren Kräften in Atreska und Gestern mitteilen, was hier geschehen ist, und dann erst sollten wir weiter vorstoßen.«

»Lächerlich«, gab Rhyn zurück. »Wir müssen sofort angreifen. Sie sind halb aufgelöst und verkriechen sich unter einer Felswand. Wir müssen jetzt sofort nachsetzen und die Feinde abschlachten.«

»Das werden wir nicht tun«, widersprach Gorian leise. »Sie werden bleiben, wo sie sind. Du kannst sie umzingeln, aber du wirst nichts weiter tun. Ich will sie auf meine Weise holen. Wenn möglich unbeschädigt, und Roberto Del Aglios soll sie zu den Toren von Estorr anführen.«

Rhyn starrte Gorian mit unverhohlenem Hass an. »Mein Vater hat einen großen Fehler gemacht, als er dir den Befehl übertrug.«

»Ich werde es ihm mitteilen. Jetzt lass mich allein. Es gibt noch viel zu tun, und ich brauche meine Kräfte.«

»Du bist unfähig, Gorian Westfallen. Mein Vater wird es einsehen, und dann gehört das Kommando mir.«

Gorian lachte. »Deine Proteste sind lächerlich. Ich habe nur deshalb den Befehl, weil ich für den Sieg unserer vereinigten Streitkräfte sorgen kann. Niemand nimmt mir mein Kommando weg. Du am allerwenigsten, mein Prinz.«

Rhyn-Khur zeigte mit dem Finger auf ihn. »Wart's ab, Westfallen. Warte nur ab.«

Damit machte er auf dem Absatz kehrt und stolzierte hinaus. Die Herren der Toten blieben. Es war kalt im Zimmer. Das Feuer im Kamin brannte zwar wieder, hatte aber noch nicht alle Ecken wärmen können.

Die Burg war ein öder Zweckbau der Konkordanz, nicht auf Bequemlichkeit ausgerichtet. Doch sie war stark und erfüllte ihren Zweck, und das durfte man nicht verachten. Außerdem stellte sie zahlreiche rasche Fluchtmöglichkeiten zur Verfügung, entweder zurück nach Tsard oder in einsame Gebiete der Konkordanz.

»Der Edle Garanth wurde lebend gefasst«, sagte Gorian.

Die Herren der Toten reagierten kaum. Sie standen nebeneinander und warteten. Ein faszinierender Schlag waren sie. Priester, Gefängniswärter und Scharfrichter in einer Person. Tsardonier mit einer höchst eigenartigen Verbindung zu denen, die vom Leben in den Tod übergegangen waren. Gorian bemühte sich immer noch, die Art der Verbindung zu ergründen. Sie besaßen Kräfte wie kein anderer lebender Mensch außer den Aufgestiegenen, doch die Kräfte blieben passiv, und ihre Besitzer setzten sie ein, ohne sie zu verstehen.

»Dann muss er gerettet werden«, sagte einer der beiden, der wegen seiner abgefeilten Schneidezähne nur pfeifend sprechen konnte.

»Er weiß, was er tun muss, Edler Runok«, antwortete Gorian ihm. Runok war eigentlich kaum fähig, auch nur einen zusammenhängenden Satz zu sprechen. Für ihn war die Tätowierung mehr als ein Abzeichen. Es war eine Besessenheit. »Er wird sprechen, dann wird er hören, und ich werde lauschen.«

»Wie Ihr wünscht, Meister.«

Gorian lächelte. »So ist es.«

»Ihr habt davon gesprochen, die Toten unbeschädigt zu ernten«, sagte der Edle Tydiol, der Zweite im Bunde. »Ich verstehe nicht, wie dies möglich sein soll.«

»Die Schwertklinge oder der Biss einer Ratte sind nur zwei Möglichkeiten, einen Mann zu töten. Die Erde birgt viele Geheimnisse. Nun sagt mir, wem seid ihr treu ergeben?«

»Dem, der die Toten befehligt«, sagte Tydiol sofort.

»Die Toten widersprechen nicht. Die Toten stellen ihren Herrscher und seine Taktik nicht infrage«, bekräftigte Gorian. »Bald sollt ihr eure Belohnung für eure Treue erhalten.«

Die beiden Herren der Toten verneigten sich. »Wir erwarten Eure Befehle.«

»Noch ein guter Rat, bevor ihr geht«, sagte Gorian. »Verzichtet heute Abend auf Alkohol. Er könnte ein wenig scharf schmecken.«

»Dich trifft kein Vorwurf«, sagte Dahnishev und legte Roberto eine Hand auf die Schulter.

Roberto zuckte zusammen und wandte sich mit hängenden Schultern von Adranis ab. Dahnishevs Gesicht mit der Adlernase, sichtlich älter geworden, füllte sein Gesichtsfeld aus. Der Arzt sah ihm mitfühlend an.

»Soll ich das wirklich glauben?« Wieder hatte Roberto das Gefühl, in einem dunklen Loch zu versinken. »Soll ich das auch meiner Mutter sagen, falls er stirbt?«

»Es ist die schlichte Wahrheit. Er ist ein Kavallerist, und wir sind im Krieg. Er wurde niedergemacht, als er andere Kämpfer seiner Legion retten wollte. Er ist ein Held, und außerdem ist er gar nicht tot.«

»Noch nicht«, sagte Roberto und drehte sich wieder zu seinem Bruder um.

Adranis lag auf dem Bauch, den Kopf nach rechts gewandt, dem Inneren des Zeltes zu. Sie befanden sich im Windschatten der Felsen, unter denen sich die Überreste der Bärenkrallen zwischen den Bäumen verteilt hatten.

Es blieb abzuwarten, wie viel Mut und Kampfgeist die Soldaten verloren hatten. Viele im Lager waren empört über das, was Roberto am Morgen getan hatte. Julius Barias bemühte sich nach Kräften, die hässliche Stimmung weiter anzuheizen, und Nunan hatte Mühe, seine Legion aufzustellen und die derzeitige Position möglichst gut zu nutzen.

Es bestand durchaus die Gefahr, dass der Aufgestiegene noch einmal einen Sturm auslöste, und deshalb war die Legion nicht in der üblichen Ordnung angetreten, sondern hatte sich auf einer dreihundert Schritte breiten Front im Halbkreis auf kleine Gruppen verteilt und eingegraben. Ihre Flanken wurden von den Felsen geschützt. Das Feldlazarett war gut verteidigt, und dahinter führte zwischen den Felsen ein Weg auf die Klippe, der mit Pfählen und Seilen gesichert wurde. So bald wie möglich sollte die Evakuierung beginnen.

Nunan hatte Druck ausgeübt, damit die Leute beschäftigt waren und sich tummelten, was die Spannungen nach dem Einsatz des Naphthalins zu einem guten Teil gedämpft hatte, doch als der Nachmittag begann, schlug die Stimmung um. Die Leute murrten, und Roberto hatte das Gefühl, er solle lieber außer Sicht bleiben. Wenigstens urteilten die Männer in seiner unmittelbaren Umgebung nicht zu hart über ihn.

»Wenn ich es irgendwie verhindern kann, wird er auch nicht sterben«, sagte Dahnishev. »Aber erinnere mich nicht an meinen Ruf, das macht mich nur wütend.«

Roberto fürchtete, dass nicht einmal der Wunderheiler Adranis noch retten konnte. Die Klinge des Toten hatte sich tief in sein Kreuz gefressen. Die Muskeln hatten verhindert, dass seine Gedärme herausgequollen waren, aber der Schaden war dennoch beträchtlich. Dahnishev hatte ihn so gut wie möglich zusammengeflickt, doch es gab immer noch innere Blutungen, die nicht aufhören wollten, und wenn der Arzt die Verbände noch einmal öffnete, bestand die Gefahr einer neuen Infektion. Unter den Tüchern war die Wunde jetzt schon rot und gereizt. Adranis hatte Fieber, und Dahnishev musste ihm immer größere Dosen von Alraune verabreichen, um ihn zu beruhigen.

Roberto wrang das kalte Tuch aus und wischte seinem Bruder die Stirn ab.

»Ich bin hier, Adranis, und ich werde nicht von deiner Seite weichen. Komm zu mir zurück, kleiner Bruder. Kämpfe neben mir und rette für unsere Mutter die Konkordanz.«

Dahnishev kniete sich neben die Pritsche und nahm Roberto das Tuch ab.

»Wie viel Ruhe hast du gehabt?«

»Ich brauche keinen Schlaf. Nicht viel. Ich kann nicht schlafen«, erwiderte Roberto.

»Nein, das ist nicht gut. Du hilfst ihm nicht, wenn du selbst krank wirst. Als dein Arzt sage ich dir, dass du Ruhe brauchst. Du lungerst ja schon die ganze Zeit an meinem Arbeitsplatz herum.«

»Ich kann ihn nicht allein lassen.«

»Doch, das kannst du. Geh nach draußen, sprich mit Nunan und unterstütze ihn. Er braucht deine Hilfe, damit wir aus diesem Durcheinander herauskommen. Und dann schläfst du. Wenn ich dich vor Einbruch der Nacht noch einmal hier sehe, bekommst du auch Alraune. Habe ich mich deutlich genug ausgedrückt?« Dahnishev hob eine Hand. »Oh, oh. Komme mir nicht mit deinem Rang, Roberto. Genau genommen bist du ein Botschafter, der die Truppe besucht, und ich bin der leitende Arzt der Bärenkrallen. Tu, was ich dir sage, oder ich lasse dich fesseln.«

Roberto ließ die Schultern hängen. »Das würdest du doch nicht machen, oder?«

»Du zählst zu meinen ältesten Freunden, Del Aglios. Ich werde nicht zulassen, dass du dir selbst schadest.«

Roberto hob beide Hände und stand mühsam auf. Er war unendlich müde, und sobald er den Kopf drehte, hatte er das Gefühl, eine riesige Last drücke auf seinen Nacken. Die Beine taten ihm weh, Arme und Hände zitterten, und ihm war übel.

»Wenn sich etwas verändert, oder wenn er stirbt, dann weißt du, wo du mich finden kannst.«

»Roberto«, erwiderte Dahnishev scharf. »Du kennst mich doch. Vertrau mir, ja?«

»Schon gut. Entschuldige.«

»Schon besser.« Dahnishev umarmte Roberto. »Ich werde alles tun, was in meinen nicht unbeträchtlichen Möglichkeiten liegt, um diesen großen Mann am Leben zu halten.«

»Komisch eigentlich«, sagte Roberto, obwohl ihm noch nie im Leben weniger zum Lachen zumute gewesen war. »Als ich ihn hier herauftrug, habe ich die Aufgestiegenen verflucht. Aber jetzt könnten wir Ossacer gut gebrauchen, was?«

»In der Tat. Zuerst müssen wir jedoch heil hier herauskommen.«

»Ist er denn überhaupt transportfähig?«

Dahnishev seufzte. »Ich will dir nichts vormachen, Roberto. Für ihn und für jeden anderen Verletzten wäre es ein großes Risiko, wenn wir aufbrechen. Wir haben oben auf der Klippe keine Wagen, also müssen wir Tragbahren benutzen. Wir sind bereit zu gehen, falls es dazu kommen sollte, aber einige, die hier und in anderen Zelten liegen, werden es wohl nicht überleben. Bete, dass Adranis nicht zu ihnen gehört.«

Roberto konnte die Tränen nicht mehr zurückhalten. Er packte Dahnishev am Arm. »Ich kann nicht zulassen, dass er einer von ihnen wird. Bitte, Dahnishev, lass es nicht so weit kommen.«

»Darum werde ich mich mit aller Kraft bemühen. Und jetzt wisch dir die Augen aus und hilf den anderen. Sie brauchen dich da draußen.«

»Wenn er stirbt, werde ich ihn selbst verbrennen, um ihn vor diesem Bastard da draußen zu schützen. Ihn verbrennen oder ihm die Beine und den Kopf abschlagen.«

»Ich weiß, Roberto.«

Ein letztes Mal betrachtete er Adranis, dann rieb er sich die Augen trocken und verließ gebückt das Zelt. Draußen war es still, aber das würde nicht von Dauer sein. Er ahnte, warum die Tsardonier noch nicht angegriffen hatten. Sie wollten nicht nur ihre Leute schonen, sondern auch den Gegner in der Ungewissheit lassen, wer als Nächster aus Gottes Umarmung gerissen würde, um gegen sie anzutreten.

Der Tod war nicht länger die letzte Erlösung.

Einige bemerkten ihn, als er ins Sonnenlicht trat, die meisten wandten sich ab. Manche starrten ihn mit unverhohlenem Zorn an. Andere machten das Zeichen des Allwissenden vor der Brust, ehe sie weitergingen. Er schüttelte den Kopf und wandte sich am Fuß der Felswand nach links zum Befehlsstand, im Grunde nur ein Stück Leinwand auf langen Pfählen. Nunan und Kell hielten sich darunter im Schatten auf und betrachteten Landkarten. Auch Julius Barias war dort. Er wechselte einen Blick mit Nunan, sagte aber nichts und gab sich vorübergehend damit zufrieden, Roberto böse anzustarren.

»Die Tatsache, dass Ihr hier in all Eurer Wut stehen könnt, ist ein Beweis für die Richtigkeit meiner Entscheidung«, sagte Roberto. »Warum kümmert Ihr Euch nicht um die Kranken? Tut Eure Pflicht, wie es Eure Generäle tun.«

»Meine Aufgabe, Botschafter, besteht darin, die Grundsätze meines Glaubens zu verbreiten und mich um die zu kümmern, die auf dem Schlachtfeld kämpfen oder sich abseits davon in Not befinden. Was ist Eure Aufgabe?«

»Um jeden Preis die Einheit der Konkordanz zu erhalten. Um jeden Preis, Sprecher Barias. Eines Tages werde ich die Nachfolge meiner Mutter im Amt des Advokaten antreten. Ich an Eurer Stelle wäre deshalb vorsichtig mit meinen Worten.«

»Ein Ketzer wird niemals auf dem Hügel herrschen«, sagte Barias.

»Ist ein Schmied, der sich einen Arm verbrennt, ein Ketzer? Wenn eine Kohlenpfanne umkippt, und es werden Menschen verletzt, ist das dann Ketzerei?«

Barias war verwirrt. »Reden wir über Theologie allgemein oder über Euer Verbrechen?«

»Wie viele wurden heute auf dem Schlachtfeld ganz und gar zu Asche verbrannt und sind für Gott verloren, Julius?«

Kell und Nunan schauten von ihren Karten auf. Die Wächter vor dem Befehlszelt drehten die Köpfe herum und wechselten ein wenig die Stellung. Barias schob trotzig sein Kinn vor.

»Auch wenn Ihr Glück hattet, bleiben Eure Taten ein Frevel vor dem Allwissenden«, sagte er.

»Wie viele, Sprecher Barias? Und lügt mich nicht an. Ich weiß es so gut wie Ihr, denn ich sah die ganze Entwicklung. Aber seid so freundlich, es mir trotzdem zu sagen.«

»Keiner«, antwortete Barias ungerührt.

»Keiner«, wiederholte Roberto.

»Dieses Mal nicht«, sagte Barias. »Aber was, wenn wir sie das nächste Mal nicht rechtzeitig erreichen, um die Flammen zu löschen? Wie wird Eure Verteidigung dann aussehen, hm?«

»So wie heute. Ich werde sagen, dass meine Entscheidung Hunderte von Menschen gerettet hat, die sonst für die Konkordanz und auch für Euch verloren gewesen wären, Sprecher Barias. Ich würde es wieder tun und das gleiche Risiko noch einmal eingehen. Und ich würde und werde mich den Vorwürfen stellen, die Ihr erhebt.«

»Dafür werde ich persönlich sorgen.«

Roberto lachte. »Statt Gift und Galle zu spucken, solltet Ihr lieber herumgehen und den anderen erzählen, wie Ihr wunderbarerweise überlebt habt. Das wäre wirklich nützlich.«

»Ich werde nicht ...«

»Ist Euch denn völlig entgangen, wie unsere Lage aussieht? Unsere Legion besteht noch aus ... Pavel, wie viele einsatzfähige Kämpfer haben wir noch?«

»Wir haben hundertsiebenundneunzig Kavalleristen und genügend Pferde für sie. Die Hastati existieren im Grunde nicht mehr. Die Principes haben schwere Verluste erlitten. Die Triarii sind nur davongekommen, weil sie in der dritten Reihe standen. Doch auch sie wurden schwer getroffen. Elfhundertdreiundachtzig Kämpfer mit Schwertern. Einhundertundeins Sarissen, vierundsiebzig Plänkler. Ungefähr vierhundert Bogenschützen. Jeder zweite Bogen ist zerbrochen oder verloren.«

Roberto wandte sich mit hochgezogenen Augenbrauen wieder an Barias. »Ihr versteht doch, was dies bedeutet? Es bedeutet, dass die Tsardonier uns abschlachten werden, wenn sie noch einmal angreifen. Keiner hier weiß, warum sie es nicht schon längst getan haben, aber es könnte jeden Augenblick so weit sein. Als Nächstes werden wir so viele wie möglich nach oben auf die Klippe schaffen, aber das wird nicht bei allen möglich sein. Falls ich vor Gericht gestellt werde, dann wird dies in Estorr sein. Ich will Euch noch etwas sagen. Ich werde der glücklichste Mann der Konkordanz sein, wenn ich eines

Tages in der Basilika stehen und mir Eure Anklagen aus Eurem Munde anhören kann, Julius. Denn das wird bedeuten, dass hier ein Wunder geschehen ist.

Nun fahrt meinetwegen damit fort, Eure Vorwürfe zu verbreiten. Ich werde unterdessen versuchen, den Menschen das Leben zu retten und herauszufinden, was Gorian und die Tsardonier beabsichtigen.«

»Ihr seid kaum besser, General Nunan«, sagte Barias. »Es sei denn, Ihr sagt Euch von ihm los und gebt zu, dass Ihr sein Komplize wart.«

»Geht und verbindet einen Verletzten, Julius«, erwiderte Nunan. »Ich bin Euer Geschwätz leid und kann Eure Stimme nicht mehr hören. Ich stehe auf der Seite des Botschafters.«

Roberto lächelte. »Ihr müsst wissen, Sprecher Barias, dass ich im Grunde Eurer Meinung bin. Und ich werde mit den Folgen meiner Entscheidungen leben müssen, solange Gott es mir erlaubt zu atmen. Ihr aber habt zu viele schöne Worte der Kanzlerin hirnlos geschluckt. Ihr müsst die Lehren auf dem Schlachtfeld in anderer Weise anwenden.«

»Flammen sind ungesetzlich. Es gibt keine andere Interpretation.«

Roberto hob beide Arme. »Ihr bestätigt damit, was ich sage. Ihr solltet die Nase in Eure Schriften stecken und nach einem Grund suchen, warum Gott es den Toten erlaubt herumzulaufen. Ein neuer Feind erfordert eine neue Taktik. Bitte, Julius, arbeitet mit uns zusammen. Jede abweichende Stimme schwächt uns.«

Barias gab sich empört. »Ihr habt der Legion bereits das Rückgrat gebrochen, Botschafter.«

»Es reicht«, schaltete sich Nunan ein. »Wächter Gerus!«

»Ja, Herr?«

Der Wächter auf der rechten Seite drehte sich um.

»Begleite den Sprecher zu seinen Schriften und sorge dafür, dass er nichts tut, außer sie zu lesen. Er darf mit niemandem sprechen, bis ich etwas anderes befehle.«

Barias erbleichte.

»Ich habe Euch gewarnt, Julius. Dies ist eine Armee, und wir haben es mit einem Feind zu tun, der viel zu stark für uns ist. Ich dulde keine Zersplitterung. Die Truppe muss zusammenhalten. Geht jetzt.«

Roberto sah dem Sprecher nach, der im Windschatten der Felsen davonstolzierte.

»Das macht es sicher nicht leichter, was?«, sagte Roberto. »Aber danke für deine Unterstützung. Ich weiß, wie schwer es dir fällt.«

»Überhaupt nicht, Roberto. Aber jetzt sollst du auch den Rest hören. Die Tsardonier sind noch nicht aufmarschiert, haben jedoch ringsum genügend Leute zusammengezogen, um uns festzusetzen. Wir haben außer dem, was im Wald herumläuft, nicht viel zu essen und noch weniger Wasser. Den Weg die Felsen hinauf können wir erst in der Dämmerung benutzen, vorher werde ich niemanden losschicken. Im Morgengrauen werden die Tsardonier zweifellos erkennen, was wir tun, und dann werden sie angreifen und die töten, die dann noch hier unten sind. Wir können nicht hoffen, uns erfolgreich zu verteidigen, also werden wir es gar nicht erst versuchen.«

»Wie viele können wir im Laufe der Nacht hinaufbringen, falls wir nicht vorher angegriffen werden?«, wollte Roberto wissen.

»Es ist, zumal in der Nacht, eine anstrengende Kletterpartie, und wir können es uns nicht erlauben, den Weg zu beleuchten, weil sie sonst sofort bemerken, dass wir fliehen. Selbst ein gesunder Soldat braucht mindestens eine halbe Stunde bis nach oben. Es ist steil, und er muss ja seine ganze Ausrüstung und die Vorräte schleppen. Zwei mit einer Tragbahre – ich habe keine Ahnung.«

»Was heißt das nun? Wie viele?«

»Wenn wir nicht unterbrochen werden und nur die Gesunden ohne jeden Zwischenfall hinaufschicken, können wir während der

Dunkelheit vermutlich sechshundert bis achthundert Leute hinaufbringen. So viele können also fliehen, ehe uns die Tsardonier überrennen.«

Roberto runzelte die Stirn. »Nicht mehr?«

»Denk darüber nach. Wir können sie nur einzeln nacheinander losschicken, und selbst wenn wir sie dicht aufeinander folgen lassen, können wir nicht mehr durchschleusen.«

»Damit bleiben mehr als sechshundert übrig, die ... die nichts weiter als Opfer sind«, erwiderte Roberto.

»Vergiss nicht die Ärzte, die Schmiede, die Ingenieure, die Sanitäter und Helfer und die fünfhundertdreißig anderen, die verletzt sind oder im Sterben liegen«, ergänzte Nunan.

»Es muss doch einen anderen Weg geben«, widersprach Roberto.

»Mehr können wir nicht tun«, antwortete Kell. »Die Kavallerie wird bleiben und eine Bresche in die tsardonischen Linien schlagen, damit einige vielleicht noch am Fuß der Klippe entlang nach Süden fliehen können, aber wie du es auch drehst und wendest, wir müssen einige unserer Leute zurücklassen.«

Roberto kratzte sich an der Stirn. »Das kann doch nicht richtig sein.«

»Nun sage uns«, entgegnete Kell leise und mit vor Erschöpfung bleichem Gesicht, »wer soll leben und wer soll sterben? Schicken wir die Kranken hoch, von denen wir wissen, dass sie auf dem Rückweg nach Estorr sowieso sterben? Oder lassen wir sie als hilflose Opfer hier zurück? Schicken wir die gesunden Männer und Frauen hoch, weil sie für die Konkordanz nützlicher sind, oder sollen sie hierbleiben, damit sie für die Verletzten und Kranken etwas Zeit gewinnen? Ich bin kein Gott, ich kann so keine Entscheidung treffen.«

Roberto seufzte. »Eine Schande, dass die Feinde deine Demut nicht teilen.«

»Noch etwas. Wie können wir diejenigen, die bleiben, so zurücklassen, dass sie Gorian nichts mehr nützen?«, fragte Nunan.

»Wir hätten fliehen sollen, als wir noch die Möglichkeit dazu hatten«, meinte Kell.

»Diese Möglichkeit hatten wir nie«, erwiderte Roberto. »Belaste dich nicht damit. Wir konnten uns nicht verteidigen, solange wir in Bewegung waren, und die Verletzten konnten wir nicht zurücklassen. Die Tsardonier waren besser in Form, zahlenmäßig überlegen und hatten die Toten. Letztere mussten nicht einmal ruhen, wenn wir Ruhe brauchten. Wir mussten sie irgendwann bekämpfen, und heute haben wir sie immerhin zurückgeschlagen.«

»Aber das wird uns nicht retten. Jedenfalls nicht alle.«

»Du hast recht.« Roberto zitterte jetzt. »Es ist offensichtlich, was wir tun müssen, nicht wahr?«

Nunan nickte. »Es tut mir leid, Roberto.«

Er wich Nunans Blick aus. »Ich will eine Weile allein sein und dann noch einmal zu meinem Bruder gehen.«

»Wir schaffen das hier schon.«

»Nicht alles«, sagte Roberto. »Ich muss mit Dahnishev sprechen.«

Damit verließ er den Befehlsstand und blickte den Abhang hinunter. Es war ein schönes Tal. Die Genastroblumen blühten, die Bäume hatten ausgeschlagen und waren voller Saft und Kraft. Überall flogen Vögel. Rings um ihn pulsierte das Leben. Er wischte sich eine Träne aus dem Auge und ging, um sich zu Adranis zu setzen. Dahnishev versuchte nicht einmal, ihn davon abzuhalten.

28

859. Zyklus Gottes, 35. Tag des Genasauf

Name?«, sagte Nunan.

Roberto übersetzte für ihn. Adranis war noch nicht wieder zu Bewusstsein gekommen. Einiges sprach dafür, dass er es nicht schaffen würde. Roberto hatte sich an Dahnishevs Schulter ausgeweint und anschließend Nunans Bitte entsprochen, ihm beim Verhör des tsardonischen Kommandanten der Toten zu helfen. Er war ein höchst ungewöhnlicher Mann. Beängstigend. Durch und durch abstoßend, und sein Gesicht war tätowiert, um den Gegnern Angst einzuflößen. Schwarze, blaue und rote Linien bildeten komplizierte Schnörkel und Symbole. Völlig unverständlich.

»Garanth«, erwiderte der Tsardonier und entblößte abgefeilte Zähne, bei deren Anblick Roberto mit den seinen knirschte.

Garanths Hände waren gefesselt. Er stand im Befehlszelt vor ihnen, von drei Männern umringt, die die Hände auf die Hefte ihrer Schwerter gelegt hatten und trotzdem noch nervös waren. Er war ein großer Mann, fast so groß wie Paul Jhered. Unter den Pelzen spielten mächtige Muskeln, und seine ganze Haltung strahlte Kraft aus. Einzeln hätte er jeden Mann im Zelt besiegen können. Glücklicherweise blieb er ruhig.

»Was bist du? Ein Soldat?«, fragte Nunan.

Garanth kicherte.

»Kein Soldat«, erwiderte er mit pfeifendem Flüstern. »Ein Hirte. Ein Vater.«

Nunan zog die Augenbrauen hoch. »Bist du sicher, dass die Übersetzung stimmt?«

»Unbedingt«, erwiderte Roberto, der allerdings Nunans Zweifel gut verstand.

»Das hatte ich nicht erwartet. Ein Hirte der Toten?«

Garanth neigte den Kopf. »Der Weg ist nicht immer klar. Manche brauchen Licht und Anleitung.«

Nunan massierte sich mit Daumen und Mittelfinger die Schläfen, dann schüttelte er den Kopf.

»Ist das ein Rang auf dem Schlachtfeld?«

Wieder ein Kichern.

»Mein Heim sind die Tempel von Khuran.«

»Dann bist du ein Priester.«

»Wenn dir diese Erklärung hilft.«

»Welche Rolle spielst du dann im bewaffneten Kampf?«

Garanth rang offenbar mit sich, ob er darauf antworten sollte.

»Ich diene meinem Herrn«, sagte er schließlich.

»Das bringt uns nicht weiter«, erwiderte Nunan. »Auch ich diene meinem Herrn. Worin bestehen deine Dienste?«

»Ich leite die Toten an.«

»Dann kontrollierst du sie?«

»Nein, aber sie fühlen mich, wenn ich unter ihnen bin.«

»Was sagt uns das?«, fragte Nunan.

»Ich bin nicht sicher«, überlegte Roberto. »Darüber sollen sich die Aufgestiegenen den Kopf zerbrechen, wenn sie die Mitschrift lesen. Darf ich eine Frage stellen?«

»Nur zu.« Nunan winkte einladend und trank einen Schluck aus dem Kelch mit Wasser, der auf seinem improvisierten Kartentisch stand.

»Wer ist dein Herr?«

Garanth starrte ihn eine Weile mit seinen dunklen, tiefen Augen an. Unter dem durchdringenden Blick fühlte sich Roberto zusehends unwohl.

»Du bist Del Aglios«, sagte er.

Roberto fuhr auf. »Das ist richtig. Woher kennst du mich?«

»Jeder in Tsard kennt dein Gesicht und deine Taten. Du bist ein geachteter Feind. Eine große Beute.«

»Das ist schmeichelhaft, aber erst müsstet ihr mich fangen«, erwiderte Roberto. »Beantworte die Frage.«

Garanth lächelte, worauf Roberto unwillkürlich seine eigenen Zähne mit der Zunge betastete.

»Du erwartest sicher, dass ich König Khuran nenne, aber du machst dir Sorgen, es könnte ein anderer sein. Mein Herr ist derjenige, der die Toten beherrscht. Er sieht die Energie, die wir nur fühlen können, und er bringt jedem, der fällt, neue Hoffnung.«

»Gorian«, murmelte Roberto. »Aber was will er?«

»Wie die Karku wissen und die Sirraner fürchten, will er die Welt zum Straucheln bringen. Das wird ihm gelingen. Du kannst ihn nicht aufhalten.«

»Was hält denn euer König davon?«

Garanth zuckte mit den Achseln. »Er versteht es nicht und wird dafür einen ebenso hohen Preis bezahlen wie ihr.«

»Die Welt zum Straucheln bringen?«, fragte Nunan.

»Die alten Mächte niederwerfen und die neue Macht errichten«, antwortete Garanth ungerührt.

»Das will er anscheinend mit Armeen der ...« Roberto konnte es immer noch nicht ganz fassen. »Mit Armeen der Toten erreichen?«

»Wer könnte ihnen widerstehen?«

»Dir ist wohl entgangen, dass wir gerade eben deine grässliche Armee besiegt haben«, warf Nunan ein.

»Diese Truppe war nur ein kleiner Tropfen in einem Ozean, der über die Konkordanz hereinbrechen wird. Ein Experiment, aus dem mein Herr lernen wird.« Garanth schloss die Augen. »Ihr könnt euch nicht vorstellen, was euch erwartet.«

Roberto lief es kalt den Rücken hinunter.

»Bist du deshalb hier?«, fragte Nunan. »Um uns aufzuklären?«

Garanth schüttelte den Kopf. »Ich glaube nicht. Meine Arbeit ist getan. Ich suche jetzt meinen Meister auf.«

»Wir lassen dich nicht gehen«, sagte Nunan.

Wieder setzte Garanth sein hässliches Lächeln auf. »Oh doch.«

Er brach zusammen. Nunan kniete neben ihm nieder und tastete nach dem Puls.

»Sagte er nicht, er könne die Energien der Toten spüren?«

»Wir wollen hoffen, dass es ihm nichts mehr nützt«, antwortete Roberto. »Du musst ihn fortbringen und nutzlos machen. Such dir die Methode selbst aus.«

Nunan lächelte böse. »Ich nehme an, Feuer wäre kein sehr taktvolles Mittel.«

»Julius wäre begeistert.«

»Glaubst du ihm?« Nunan richtete sich wieder auf.

»Dass wir es heute nur mit einer Vorhut zu tun hatten? Warum sollte ich das nicht glauben? Wir haben es mit eigenen Augen gesehen und wissen, welche Wirkung bereits eine kleine Streitmacht auf die Elitesoldaten hat. Hoffentlich ist das sirranische Pulver so gut, wie sie es angedeutet haben.«

»Wo ist es?«

»Gesteris hat es nach Estorr gebracht, damit es untersucht werden kann.«

»Dann sollte möglichst bald jemand dorthin reisen und es holen.«

Roberto seufzte. »Pavel, wir müssen erst einmal so viele Leute wie möglich auf die Klippe und in Sicherheit bringen. Gorian wird wieder angreifen, und bis wir die Aufgestiegenen oder neue Waffen hier einsetzen können, muss ich unserem gerade verstorbenen Freund zustimmen. Wer könnte sich gegen Gorian behaupten?«

Nunans Kopf fuhr wieder zu Garanth herum.

»Stimmt etwas nicht?«

»Ich hätte schwören können, dass seine Augenlider gezuckt haben.«

Kessian hatte Kopfschmerzen. Es war schon spät am Nachmittag, und erst jetzt hatte er die Erlaubnis bekommen, sich auszuruhen. Gorian hatte es einen großen Sieg genannt, dem weitere folgen würden, aber die tsardonischen Krieger hatten nicht die gleichen Siegeslieder gesungen wie auf den Eisfeldern von Kark. Natürlich, es war eine andere Armee und ein anderes Land, aber die Soldaten, und an erster Stelle der Prinz, waren ihm unglücklich vorgekommen. Gorian hatte ihm erklärt, es liege nur daran, dass sie ihre Schwerter nicht hatten einsetzen können, was Kessian überhaupt nicht verstand. Sie hätten sich doch freuen sollen, dass sie ihr Leben nicht aufs Spiel setzen mussten.

Jetzt lag er im großen Zimmer, das er sich mit Gorian teilte. Die meisten tsardonischen Soldaten waren draußen, wo auch die wenigen neuen Toten, die Gorian geholt hatte, bereitstanden. Kessian hatte sie auf den Beinen gehalten. Das war leicht gewesen. Aber niemand hatte sich dafür bei ihm bedankt, und jetzt war er müde. Die Stürme, die Gorian hervorgerufen und ihm zur Probe vorgeführt hatte, hatten ihm Kopfschmerzen bereitet. Ihm war klar, dass er noch viel lernen musste. Gorian hatte versprochen, es ihm zu zeigen.

Jetzt aber schlief Gorian auf der anderen Seite des Zimmers und ließ sich durch all die Rufe in der Burg nicht stören. Kessian dagegen konnte nicht schlafen. Schließlich setzte er sich neben Gorian und starrte dessen Gesicht an. Nach dem Aufbruch aus Kark hatte er ihn gehasst. Er hatte ihn gehasst, weil er ihn ins Wasser geworfen und gezwungen hatte, mit den Toten zu laufen.

Doch als die Sonne sie wieder gewärmt hatte, hatte sich auch Gorian verändert. Er war viel freundlicher und hilfsbereiter gewesen.

Glücklich sogar. Außerdem hatte Kessian eine Menge gelernt, als er mit den Toten marschiert war. Keiner von denen war jetzt hier. Sie waren alle mit drei Herren der Toten und zwei Gor-Karkulas an der atreskanischen Grenze geblieben. Ein paar waren auch in die Erde und die Umarmung Gottes zurückgekehrt. Gorian hatte gesagt, ihre Arbeit sei getan, aber Kessian dachte, der Grund sei wohl eher ihr übler Geruch gewesen. Einige hatten nicht einmal mehr Schwerter festhalten können und waren wegen der verfaulten Haut sehr schwach geworden.

Kessian fragte sich, was jetzt in Atreska geschähe. Er war nicht sicher, warum Gorian mit ihm so weit nach Norden gegangen war. Das war ein großer Umweg, wenn man nach Estorr wollte. Aber Gorian hatte hierherkommen wollen, und deshalb hatte er es getan. Nicht einmal der König hatte ihn umstimmen können, und soweit Kessian gehört hatte, sollten sie eigentlich gemeinsam mit dem König durch Atreska vorstoßen. Zudem hatte Gorian ständig Streit mit Rhyn-Khur. Kessian hatte so viele Fragen, aber Gorian würde vorläufig nicht aufwachen.

Sein Vater sah heute komisch aus, die Haut war irgendwie verfärbt. Wie von einer Prellung, nur grün. Es war am Hals und den Schläfen und ein wenig auch auf den Wangen zu erkennen. Kessian berührte die Stelle und zuckte zurück. Es war hart wie gebrannter Ton.

Gorian schlug die Augen auf. Seine Augen durchliefen alle Regenbogenfarben und zeigten schließlich ein ruhiges Hellgrau. Er lächelte.

»Du solltest doch schlafen«, sagte er. »Du hast gestern Abend hart gearbeitet.«

»Ich bin nicht müde«, erwiderte Kessian gähnend.

»Wirklich nicht? Nun, das spielt auch keine Rolle. Wahrscheinlich bist du zu aufgeregt. Siehst du, wie leicht es ist zu siegen?«

»Ich glaube schon. Aber die Leute sind nicht glücklich damit.«

»Da kann man nichts machen.« Gorian setzte sich auf. »Sie werden es schon noch einsehen.«

Die Zimmertür öffnete sich, und herein kam Rhyn-Khur in Begleitung von vier Leibwächtern. Er wirkte äußerst ungnädig. Kessian sprang auf und nahm Haltung an. Gorian rieb sich nur die Augen.

»Ein Glück, dass wir sowieso wach sind. Haben wir denn nicht ein wenig Ruhe verdient, nachdem wir heute so viel für dich erreicht haben?«

Der Prinz blieb mitten im Raum stehen. Seine Männer verteilten sich, die Hände auf die Schwertknaufe gelegt wie immer, wenn er in Gorians Nähe war.

»Du wirst vor deinem Prinzen stehen, bis du die Erlaubnis hast, dich zu setzen«, sagte er.

»Ich habe mir meine Ruhe verdient, und ich hätte auch deine Achtung verdient«, erwiderte Gorian. »Sind wir nicht über solche Mätzchen hinaus?«

»Du wirst vor mir stehen und mir die Achtung erweisen, die ich verlange«, sagte Rhyn-Khur leise. »Du vergisst, dass du der Untertan meines Vaters bist. Du hast unserer Familie die Treue geschworen.«

Kessian hätte sich am liebsten in ein Loch verkrochen, aber er konnte sich nicht entziehen. Rhyn-Khur und Gorian starrten einander an. Die Wächter fummelten nervös an den Schwertgriffen herum. Es war, als warteten sie nur auf einen Vorwand, die Waffen zu ziehen. Nach einer kleinen Ewigkeit schüttelte Gorian den Kopf, blies die Wangen auf und erhob sich.

»Wenn du dich dadurch besser fühlst«, sagte er.

»Wenigstens sprechen wir jetzt als Gleichgestellte. Deine Überheblichkeit werde ich nicht länger hinnehmen.«

Gorian lächelte. »Darf ich mich wieder setzen?«

»Wir werden uns jetzt alle setzen«, erwiderte der Prinz.

Er schnippte mit den Fingern, worauf ihm einer seiner Leibwächter einen Stuhl brachte. Er setzte sich und winkte Gorian und Kessian, seinem Beispiel zu folgen. Dann strich er seine Kleider glatt, die aus feinster Wolle mit goldenen Fäden gewirkt waren. Seine Wächter bauten sich hinter ihm auf. Es waren Männer mit grimmigen Gesichtern und Narben aus vielen Schlachten. Sie trugen den Metallhelm und den braunen Mantel der königlichen Elitetruppe.

»Wie bei deinem Eintreten ist es immer noch eine Ehre, in deiner Gegenwart zu sitzen«, sagte Gorian.

»Du überschätzt dich«, entgegnete der Prinz. »Jeder Mann in meiner Armee weiß, dass du allein bist. Stürme und wandelnde Tote können dich nicht vor einem Messer in der Nacht schützen.«

»Oh mein Prinz, das haben dein Vater und ich schon längst hinter uns. Wir sollten Freunde sein. Wir sind sogar im gleichen Alter.«

Rhyn-Khur ging nicht darauf ein. Kessian bekam es mit der Angst. Er begriff einfach nicht, warum es jedes Mal so laufen musste, wenn sie miteinander sprachen. Sie sollten wirklich Freunde sein, dann wäre vieles einfacher.

»Du hast meine Armee um Schlacht und Sieg gebracht«, fuhr Rhyn-Khur fort. »Es war nicht das erste Mal. Ich dachte, mein Vater hätte sich in Kark deutlich ausgedrückt. Ein tsardonischer Krieger braucht das Blut an der Klinge, sonst hat er das Gefühl, seine Schritte seien verschwendet. Wir waren bereit, sie niederzumachen und deine üble Truppe zu verstärken. Wir hatten einen Plan.«

»Darüber haben wir uns doch schon unterhalten, und überhaupt, ich habe eine bessere Möglichkeit erkannt.«

Rhyn-Khurs Gesicht lief dunkel an. »Das sehe ich allerdings ganz anders.«

»Was meinst du damit? Es war doch offensichtlich besser.« Gorian starrte den Prinzen an, als wäre der ein Idiot. Kessian setzte sich auf die Hände, damit sie nicht mehr zitterten. »Wir haben sie in die

Falle gelockt. Jetzt können wir sie nach Belieben ernten. Du wirst keinen einzigen Mann verlieren.«

»Du hast meine Autorität untergraben.« Die Stimme des Prinzen war hart wie Zement. »Meine Männer sehen mich an, als hätte ich nichts zu sagen.«

»Das war nicht meine Absicht.«

»Nein?« Rhyn-Khur stand auf und beugte sich drohend über Gorian. »Du stolzierst hier herum, eingenommen von deiner Wichtigkeit, und machst dir Feinde, wohin du auch deine Schritte lenkst. Du reizt mich zum Zorn, Gorian Westfallen, und das werde ich nicht länger hinnehmen. Du hast dich nicht einmal herabgelassen, mir über die Fortschritte in Atreska und Gestern zu berichten. Du suchst mich zu schwächen, indem du mir Informationen vorenthältst.«

»Ich muss einfach nur schlafen, mein Gebieter. Wenn ich ruhmreich nach Estorr marschieren soll, dann brauche ich meine Ruhe.«

Rhyn-Khur zog die Augenbrauen hoch. »*Du?* Du willst ruhmreich marschieren? Das ist aber interessant.«

»Damit meinte ich natürlich uns alle«, erwiderte Gorian. Kessian erkannte, wie sein Vater innerlich kochte. »Wir müssen unsere Kräfte so geschickt wie möglich einsetzen. Deine Soldaten sollten für die entscheidenden Schlachten geschont werden.«

Rhyn-Khur tippte sich mit dem Finger auf die Brust. »Ich!«, bellte er. »Ich entscheide, wie unsere Kräfte eingesetzt werden. Ich entscheide, wann und wo meine Männer ins Gefecht geschickt werden. Ich entscheide, wann und wo wir Schlachten schlagen. Du aber, du wirst nichts mehr ohne meine ausdrückliche Zustimmung tun. Sonst wirst du sterben, und dein Sohn wird mein Diener und ein Sprecher für die Toten.«

»Wenn ich falle, verlierst du die Möglichkeit, die Konkordanz zu besiegen. Hör auf damit, Rhyn, du kannst es dir nicht erlauben, dass ich sterbe. Dieser Krieg wird mithilfe der Angst gewonnen. Es ist die

Angst vor meinen Toten. Das weißt du so gut wie ich, und auch dein Vater weiß es.«

Der Prinz blickte zu seinen Wächtern, die mit unbeteiligten Mienen hinter ihm standen, und winkte in ihre Richtung.

»Ich weiß das. Ich weiß, dass jeder Mann aus Tsard mir und allein mir treu ergeben ist. Ich weiß, dass meine Krieger dort draußen nichts zu tun hatten. Sie fühlen sich damit nicht wohl, und das kann ich gut verstehen. Sie fragen sich, ob Tsard von dir unterstützt wird, oder ob Tsard dich und die Toten unterstützt. Sie brauchen die Gewissheit, dass sie die Macht haben, und dass ich diese Macht verkörpere. Ich stehe hier auf dem Boden der Konkordanz. Du hast dich für Tsard hier, in Atreska und in Gestern sehr eingesetzt. Nein, schweige jetzt. Ich weiß, dass wir nur triumphiert haben, weil du an deiner Selbstgefälligkeit erstickt wärst, wenn es anders gekommen wäre. Ich habe bisher Nachsicht mit dir geübt, aber du solltest dich allmählich eines fragen: Wer braucht hier wen? Und was wirst du tun, wenn sich meine Männer offen gegen dich auflehnen?«

»Sie wissen alle, dass ich den Oberbefehl habe, weil er dir nicht traut.«

Rhyn griff zur Klinge, seine Männer folgten seinem Beispiel.

»Das ist eine Lüge, für die du büßen wirst, Westfallen.«

»Du kannst mich nicht einschüchtern, Rhyn-Khur. Trotz all deiner Worte wirst du deine wichtigste Waffe nicht wegwerfen. Ich räume ein, dass wir uns gegenseitig brauchen, und das soll von mir aus auch noch lange so bleiben.«

»Du hast die Befehlsgewalt nicht allein inne, und du wirst deine Werke erst wieder verrichten, wenn ich dir die Erlaubnis dazu gebe. Du stehst mit einem Fuß im Grab, Westfallen.«

»Und du bist einen Schritt davon entfernt, in den Augen deines Vaters als Versager dazustehen. Jetzt geh bitte. Ich muss meine Kräfte sammeln, denn sonst wird deine Invasion der wenigen gegen die vielen scheitern.« Gorian beugte sich vor. »Das wissen wir beide ganz genau, nicht war?«

»Ich meine es ernst.«

»Du wiederholst dich«, antwortete Gorian. Rhyn-Khur wandte sich zum Gehen. »Mein Prinz? Genieße heute Abend den Wein. Soweit ich weiß, geht ein ausgezeichneter Jahrgang zur Neige. Und mach dir keine Sorgen. Morgen wirst du die Welt mit ganz neuen Augen betrachten.«

Der Prinz sah ihn finster an und ging hinaus.

»Wirst du ihn morgen angreifen lassen, Vater?«, fragte Kessian.

»In gewisser Weise schon«, sagte Gorian. Dann lächelte er strahlend und legte Kessian eine Hand auf die Schulter. Er hockte sich vor ihn. »Aber jetzt musst du schlafen. Wir haben morgen große Anstrengungen vor uns, und so wird es jeden Tag weitergehen, bis wir Estorr erreichen.«

»Estorr?«, fragte Kessian aufgeregt.

»Wie ich es dir versprochen habe. Sagte ich nicht, dass wir nach Estorr gehen? Wir werden eine Weile hierbleiben, aber du wirst deine Mutter so bald wiedersehen, wie es mir nur möglich ist.«

Kessian unterdrückte ein Schluchzen. »Danke, Vater. Danke.«

»Ich sagte dir ja, du kannst mir vertrauen. Habe ich dich bisher auch nur einmal angelogen?«

»Nein. Es tut mir leid, dass ich an dir gezweifelt habe.«

»Deine Reise ist fast vollendet. Aber jetzt geh schlafen, denn sonst wird dir jeder weitere Schritt sehr schwerfallen.«

Kessian eilte zu seinem Bett und dachte an seine Mutter, seine Freunde und sein Segelboot.

»Was willst du tun?«, fragte er Gorian, als er sich zudeckte.

»Das zeige ich dir morgen. Keine Sorge, ich werde dich rechtzeitig wecken.«

Kessian schloss die Augen und schlief mit angenehmen Erinnerungen ein.

General Davarov saß in Haroq in einem hohen Turm der königlichen Burg und blickte über die Stadtmauern hinweg nach Osten, wo Tsard lag. Er mochte nicht glauben, was er dort sah, auch wenn sich das Verhängnis ebenso bedächtig wie unaufhaltsam näherte. Jedes Mal, wenn er durch das Spähglas blickte, schauderte er und rieb über die Schulterwunde. Er war der Letzte gewesen, der noch gestanden hatte, als er diese Wunde abbekommen hatte. Hätten sich nicht einige seiner Getreuen entschlossen, ihn zu retten, dann wäre er jetzt einer von denen, die als Vorhut vor der Invasionsarmee durch Atreska marschierten.

Davarov hatte Botschaften nach Estorr geschickt. Außerdem gab es Gerüchte über schwere Niederlagen in Gestern. Atreska verwandelte sich abermals in ein Schlachtfeld, und der einzige Trost war, dass es nicht lange dauern würde. Die Tsardonier hatten kein Interesse daran, das Land zu besetzen. Genau das war aber auch die Tragödie, denn sie würden rücksichtslos kämpfen und jeden töten, der auf Seiten Atreskas oder der Konkordanz stand, und auf diese Weise ständig ihre Armee verstärken.

Davarov schüttelte den Kopf. Megan Hanev, seine Marschallverteidigerin, war im Solastropalast, und in ihrer Abwesenheit war er der Herrscher des Landes. Weniger als einen Tag hatte es gedauert, bis die Kräfte, die er an der Grenze zusammengezogen hatte, besiegt worden waren. Ein Flügel abgeschlachtet, der andere Flügel und das Zentrum in die großen Wälder gehetzt.

So etwas hatte er noch nie gesehen. Anscheinend musste er sich damit abfinden, dass es gegen solche Angreifer keine Verteidigung gab.

Ohne Scham gestand er sich ein, dass er vor diesem Gegner größere Angst hatte als vor den überwältigend starken tsardonischen Truppen zehn Jahre zuvor.

Abgesehen von den Vorkehrungen, die er bereits getroffen hatte, wusste er nicht, was er sonst noch tun sollte. Die Feinde wollten jedenfalls nicht nach Haroq, sondern marschierten ein Stück weiter im Norden und würden die Hauptstadt von Atreska passieren, falls sie nicht angegriffen wurden.

Davarov war klar, dass ihm eigentlich nichts anderes übrig blieb.

»Aber wäre das sinnvoll?«, überlegte er.

»Was denn, General?« Cartoganev, sein Rittmeister, setzte das Spähglas ab. Er hatte es abgelehnt, weiter befördert zu werden, weil er lieber bei seinen Pferden bleiben wollte.

»Sie anzugreifen.« Davarov deutete aus dem Fenster. »Das wäre, als wollte man eine Überschwemmung bekämpfen, indem man Wasser in den Fluss gießt. Wir werden schwächer, sie werden stärker.«

»Aber wir würden nicht aufgeben.«

»Nein, das würden wir nicht tun.«

»Und es gibt doch sicher auch Tausende von Tsardoniern, die kein Bedürfnis verspüren, sich den wandelnden Toten anzuschließen«, fuhr Cartoganev fort.

»Wir können unsere Aussichten verbessern, indem wir uns fernhalten. Oder zumindest verschlechtern wir sie auf diese Weise nicht. Ich weiß nicht, was ich tun soll. Ich bin nicht würdig, das Kommando innezuhaben.«

»Nichts an Euch ist unwürdig, es sei denn diese letzte Bemerkung«, erwiderte Cartoganev. »Dagegen verweist Euer Gedanke auf eine durchaus sinnvolle Taktik.«

»Fahrt fort.«

»Die unter uns, die den Anblick ertragen konnten, haben sich nahe herangewagt und sie beobachtet. Diese Toten mögen laufen, und sie können auch kämpfen, wenn wir ihnen nicht die Fähigkeit dazu nehmen. Noch wichtiger aber ist, dass sie nach wie vor tot sind. Sie verwesen. Mit jedem Tag werden sie schwächer. Es geht langsam, aber es ist unübersehbar. Wir können ihnen den Weg ebnen und dafür sorgen, dass sie auf keinerlei Widerstand stoßen. Außerdem sollten wir den finden, der dieses grässliche Werk vollbringt.«

»Wir wissen bereits, wer es ist. Das ganze Schlachtfeld stank nach dem abtrünnigen Aufgestiegenen.«

»Ja, aber wo ist er? Wenn wir ihn ausschalten, haben wir dem Ungeheuer den Kopf abgeschlagen.«

»Früher oder später müssen wir dennoch kämpfen, denn sonst wird diese kleine Armee ungehindert bis vor die Tore von Estorr marschieren.«

»Mit jedem Tag vergrößern wir unsere Kräfte und verstärken das, was wir ihnen in den Weg stellen können, sobald wir uns dazu entschließen. Überlegt doch, General. Heute sind wir zersplittert, in zwanzig Tagen sind wir es vielleicht nicht mehr.«

Endlich lächelte Davarov. »Richtig, und in zwanzig Tagen haben wir vielleicht die Taktik und die Waffen, um sie zu besiegen. Also gut, schickt bis hinauf nach Gosland und hinunter nach Gestern Botschaften aus, und dann wollen wir zwei unserer Legionen nach Westen führen, um ihnen zuvorzukommen. Wir tun es auf unsere Weise, Meister Cartoganev, oder wir kommen dabei um.«

Cartoganev nickte.

»Noch etwas.«

»Ja, General?«

»Ich will keiner von ihnen werden. Wenn ich falle, dann soll mein Körper verbrannt werden, falls eine Verstümmelung nicht möglich ist. Habe ich mich klar ausgedrückt?«

Der Kavallerist nagte an der Oberlippe und runzelte die Stirn. »Wir sollen Euch verbrennen? Mein General, ist Euch auch klar, was Ihr damit sagt?«

»Ich würde lieber meinen Zyklen ein Ende setzen, als im Heer der Toten gegen meine Freunde marschieren. Ja, ich weiß genau, was ich sage. Nun?«

»Befehl ist Befehl«, erwiderte Cartoganev.

»Ja. So ist es.«

29

859. Zyklus Gottes, 36. Tag des Genasauf

Nunans Extraordinarii hatten vor dem Weg durch die Felsen einen schützenden Ring gebildet. Dreißig von ihnen bereiteten sich darauf vor, so viele Legionäre wie möglich zurückzuhalten. Außer Sichtweite stand eine Kiste mit Naphthalin bereit, dessen Einsatz Nunan bereits genehmigt hatte, falls sich der Zorn zu offenem Widerstand entwickelte. Kell hatte sich mit ihrer Kavallerie vor ihnen aufgestellt. Vor dem Abhang, in vorderster Linie, brannten zahlreiche Feuer, um die Felsen in tiefe Schatten zu tauchen und den Aufstieg der Glücklichen zu verbergen.

Was nach den Diskussionen mit den Zenturionen freundlich und mit Schulterklopfen begonnen hatte, nahm eine unschöne Wendung, sobald den weniger Glücklichen im Laufe der kalten Nacht bewusst wurde, dass sie nicht auserwählt worden waren. Weder Bitten noch verzweifeltes Flehen konnten etwas ändern. Alle Männer und Frauen hatten Angehörige, jeder musste irgendjemanden opfern, der den Ausbruchsversuch womöglich nicht überlebte. Das änderte jedoch nichts am vorherrschenden Gefühl, verraten worden zu sein. Nunan fürchtete schon, die Ordnung werde vollends zusammenbrechen. Bisher steckten die Schwerter noch in den Scheiden, aber beunruhigend viele Soldaten vernachlässigten ihre Pflichten als Wachposten und Verteidiger zwischen den Bäumen.

Nunan ging an der Reihe der Reiter entlang. Ein Legionär, der zu den Principes gehörte, zielte gerade mit dem Finger in seine Richtung und redete auf Dina ein. Dreißig weitere umringten ihn und blickten eifersüchtig zu den Reihen derjenigen, die hinaufsteigen durften.

»Oh, da kommt er ja. Zweifellos einer der wenigen Glücklichen.«

»Glücklich?« Nunan baute sich vor Kell auf. »Ich würde gern mein Glück dir überlassen, da ich einer derjenigen war, die entscheiden mussten, wer hinaufsteigen darf und wer nicht. Ja, ich werde dabei sein. Meine Frau wird bleiben, wie du sicher schon bemerkt hast. Nun erkläre mir, worin mein Glück liegt, Legionär.«

»Eure Aussichten zu entkommen sind größer als meine. Das ist Euer Glück.« Der Legionär starrte ihn zornig und verzweifelt an. Er stand unter so großer Anspannung, dass seine Hände zitterten. »Ich dagegen soll hierbleiben und sterben.«

Nunan nickte. »Ja. Das ist wahr. Wie jedes Mal, wenn du auf dem Schlachtfeld stehst und für dein Land kämpfst. Aber das heißt nicht, dass du wirklich sterben musst. Du bist ein Kämpfer der Bärenkrallen, ein Elitesoldat der Konkordanz. Die Konkordanz erwartet von dir, dass du deine Pflicht tust. Nun sage mir, wann hat dich dein Mut verlassen?«

Der Mann trat einen Schritt vor. »Mein Mut wird mich nie verlassen. Diese Frage solltet Ihr denen stellen, die über die Felsen fliehen. Fragt Euch doch selbst.«

Nunan zog seinen Gladius. »Du solltest etwas vorsichtiger mit deinem befehlshabenden Offizier reden. Ich kann dein Leben gleich an Ort und Stelle beenden, falls dir daran liegt. Lieber wäre es mir allerdings, ich könnte dich als Helden betrachten, damit die anderen, denen ich befohlen habe, nach oben zu klettern – ja, ich habe es ihnen befohlen –, dies ungefährdet tun können.« Er setzte dem Mann die Schwertspitze auf den Brustharnisch. »Ich habe um Freiwillige gebeten, die die Verteidigung übernehmen. Jeder Kämpfer der Triarii hat die Hand gehoben. Ich brauche sie allerdings noch, wenn ich Estorr erreichen will. Deshalb habe ich noch einmal gefragt. Du hast deine Hand nicht erhoben. Nicht viele haben es getan. Deshalb musste ich entscheiden. Auf dich fiel das Los, weil dein Zenturio meinte, du seist stark genug, den Tsardoniern zu widerstehen, und würdest nicht weglaufen, solange du nicht den Befehl dazu bekommst. Hat sich dein Zenturio geirrt?«

»Nein, hat er nicht.«

»Warum stehst du dann vor mir und bettelst um einen Platz in der Schlange?« Nunan ließ das Schwert sinken. »Wir brauchen die Kraft der Bärenkrallen mehr denn je.«

»Wir hätten längst ausbrechen sollen. Dann hätten mehr überlebt.«

»Ich werde mit dir nicht über Fragen diskutieren, die nur die Kommandanten etwas angehen.«

Der Legionär deutete über seine Schulter.

»Nein, aber Ihr diskutiert mit dem Ketzer Del Aglios. Auch für ihn sollen wir sterben.«

Nunan packte den völlig überraschten Soldaten an der Kehle. Der Mann hustete und taumelte zurück. Hinter Nunan zogen die Soldaten die Schwerter aus den Scheiden, und auch die Kavallerie machte sich bereit.

»Wir alle sind bereit zu sterben, um den Sohn der Advokatin zu retten, und du wirst kein Wort mehr sagen. Auch wenn du verzweifelt bist, wirst du nie wieder so über Roberto Del Aglios sprechen, denn sonst richte ich dich mit eigener Hand hin.« Er wandte sich an seine Leibwächter. »Nehmt den Mann und sondert ihn ab. Er ist für die Bärenkrallen nicht mehr von Nutzen und wird unehrenhaft entlassen.«

Der Legionär spie vor Nunan aus. Nunan erwiderte seinen Blick.

»Du wirst keine Waffe mehr haben, um dich zu verteidigen. Zivilisten kämpfen nicht. Kein Zivilist wird über die Felsen fliehen.«

Er versetzte dem Mann einen Stoß. »Möchte ihm jemand Gesellschaft leisten?«

Der Zorn der Meute verrauchte allmählich. Nunan hörte hinter sich Schritte, dann legte ihm jemand eine Hand auf die Schulter.

»Darf ich?«, fragte Roberto.

Nunan nickte, und Roberto stellte sich vor ihn. Sein Gesicht war aschfahl, und er hatte gerötete Augen. Seine Rüstung war jedoch makellos poliert, sein Mantel saß perfekt auf den Schultern, und den Gladius trug er an der Hüfte. Er ging vor den Leuten auf und ab und sah jedem in die Augen. Keiner wagte zu sprechen.

»Gibt es auch nur einen, auf den ihr zeigen könntet, für den ihr nicht bereit wärt, euer Leben zu geben? Ist auch nur einer unter euch, der wirklich glaubt, er solle anstelle derjenigen hinaufsteigen, die schon gegangen sind? Ihr wisst, dass es keinen gibt, und doch lasst ihr euch von eurer Angst überwältigen. Ihr seid Soldaten der Konkordanz.

Ihr habt das Gefühl, ihr wärt dem Untergang geweiht, aber das trifft nicht zu. Wenn die Morgendämmerung einsetzt, bekommt ihr eure Gelegenheit. General Kell wird mit ihrer Kavallerie versuchen, eine Bresche in die tsardonischen Reihen zu schlagen, damit ihr fliehen könnt. Das erfordert Glück und Mut, aber unmöglich ist es nicht. Während ihr nun darüber nachdenken solltet, wie ihr die tsardonischen Truppen beschäftigt, sollte ich euch noch sagen, was ich selbst tun werde. Ich werde meinen eigenen Bruder töten und ihm den Kopf und die Beine abhacken.« Roberto hielt inne. Er musste sich zusammenreißen, um nicht die Fassung zu verlieren. Das Schweigen der Männer vor ihm war fast körperlich spürbar. Schließlich fuhr er fort.

»Ich werde das tun, weil es für ihn keine Hoffnung gibt, und weil er keiner der wandelnden Toten werden darf. Es gibt für ihn keine Hoffnung mehr, weil er wie Hunderte anderer, die das gleiche Schicksal erwartet, vor *euch* stand, als der Wirbelsturm kam und die

Toten marschierten. Adranis Del Aglios ritt ohne nachzudenken in die Schlacht, um euch zu retten. Infolgedessen wird er sterben.

Wollt ihr mit mir über Gerechtigkeit, Hoffnung und Entscheidungen diskutieren? Dann findet ihr mich an der Lagerstatt meines Bruders.«

Damit wandte Roberto sich ab und marschierte durch die Reihe der Kavalleristen zurück. Nunan beobachtete seine Kämpfer, die seinen Blicken jedoch auswichen. Alle starrten den Boden an. Endlich räusperte Nunan sich, aber als er das Wort ergriff, klang seine Stimme immer noch unwirsch.

»Geht zurück auf eure Posten.«

Als Gorian erwachte, war es still. Er fühlte sich erfrischt und zu allem bereit. Schade war nur, dass er nicht mitten in der Nacht hatte handeln können, aber selbst seine Kräfte waren begrenzt.

Das galt natürlich auch für Kessian. Garanth hatte viele nützliche Informationen übermitteln können, bevor sein Leichnam fortgeräumt worden war. Einige Feinde würden also fliehen. Aber nicht alle.

Der Junge schlief noch in seinem Bett. Gorian richtete sich auf und stellte die Füße auf den kalten Steinboden. Das Kaminfeuer war längst erloschen, und es war kalt im Raum. Er ging zu Kessian hinüber und setzte sich auf die Bettkante.

»Heute beginnt das, wovon ich geträumt habe, seit ich erfahren habe, dass du lebst«, sagte er, während er über die Haare des Jungen strich. »Heute werden die Menschen erkennen, dass alles, was wir bisher getan haben, lediglich ein Vorspiel und eine Erprobung war. Ich bin bereit, und du bist bereit, an meiner Seite zu stehen. Es wird Zeit, dass wir unser Schicksal erfüllen.«

Gorian öffnete behutsam Kessians Lebenslinien und ließ ein wenig Wärme einfließen. Kessian schlug die Augen auf. Er zuckte nicht mehr zusammen, wie er es in der Vergangenheit oft getan hatte, wenn er Gorian beim Erwachen so dicht vor sich sah. Gorian lächelte.

»Es ist ein schöner Morgen«, sagte er.

»Es ist noch dunkel«, erwiderte Kessian.

»Ja. Noch drei Stunden bis zur Morgendämmerung, aber wir haben viel zu tun. Steh auf. Wir müssen etwas essen.«

»Ja, Vater.« Kessian stemmte sich hoch, rieb sich die Augen und runzelte die Stirn. Er schickte seine Energiebahnen forschend in die Burg. Gorian konnte verfolgen, wie der Junge versuchte, seiner Verwirrung auf den Grund zu gehen. »Es ist so still.«

»Ja, das ist es.«

»Ich meine nicht die Stille, wenn kein Lärm da ist. Wo sind die Leute alle geblieben?«

»Eine neue, sorgenfreie Zukunft erwartet sie«, sagte Gorian. »Komm, zieh dich an, und dann werde ich es dir zeigen.«

Kessians Miene hellte sich auf, doch nun schimmerte auch wieder ein wenig Furcht in seinen Augen. Er stieg aus dem Bett und streifte sich die Toga mit der roten Schärpe des Aufstiegs über. Inzwischen war der Stoff etwas verschlissen, aber die Kleidung erfüllte noch ihren Zweck. Dann zog er die Sandalen an. Gorian streckte die Hand aus, Kessian nahm sie.

»Hab keine Angst. Es war von Anfang so geplant. Das weißt du doch, oder?«

Der Junge nickte. Gorian drückte seine Hand, um ihm Kraft und Trost einzuflößen, und öffnete die Tür. Sie befanden sich im Erdgeschoss der Burg in einem Raum, von dem aus sie direkt in den überdachten Hof hinaustreten konnten. Im Augenblick diente der Hof als behelfsmäßiges Quartier, in dem alle Tsardonier, die keinen Dienst hatten, auf ihren Mänteln oder auf Stroh schliefen. Keiner gab ein Geräusch von sich, keiner zuckte auch nur mit einem Finger. Kessian drückte sich enger an Gorian.

»Du kannst sie fühlen, nicht wahr?«, fragte Gorian.

»Sie sind alle tot, oder?«

»Sie erwarten mich«, erwiderte Gorian und betrachtete sie wie ein General, der seine Truppe inspiziert. »Bald werde ich sie wecken.«

»Warum sind sie denn gestorben?«, fragte Kessian mit bebender Stimme.

»Damit sie mir besser dienen können. Wenn niemand widerspricht, werden wir den Sieg viel schneller erringen. Komm mit.«

Gorian führte ihn um den Hof herum. Vor einem Zimmer, das sie über einen kurzen Flur erreicht hatten, standen zwei Männer.

»Meine Edlen Runok und Tydiol, ich hoffe, Ihr habt gut geschlafen.«

»Sehr friedlich«, sagte Tydiol.

»Und der Prinz?«

»Erwartet Euch drinnen.«

Tydiol stieß die Tür auf und ließ Gorian und Kessian eintreten. Sie befanden sich nun in den Gemächern des Kommandanten der Burg. Spartanisch eingerichtet, aber wenigstens geräumig. Im Vorzimmer lagen die beiden Gor-Karkulas noch im Schlaf. Ihre Brustkörbe hoben und senkten sich gleichzeitig. Sie waren wirklich eine faszinierende Gruppe, deren Eigenarten Gorian noch nicht einmal annähernd verstanden hatte. Aber ihre Kräfte und ihr Potenzial erkannte er genau.

Rhyn-Khur hatte verlangt, das sie in seiner Nähe bleiben müssten. Er hatte sie für den Schlüssel gehalten, und Gorian war seiner Anordnung gern nachgekommen. Auf diese Weise waren sie lahmgelegt worden und hatten um ihr Leben fürchten müssen, was ihm durchaus gelegen gekommen war.

»Schon wieder falsch entschieden, mein Prinz«, sagte Gorian.

»Vater?«

»Schon gut.« Gorian ging durchs Vorzimmer zur Schlafzimmertür und öffnete sie. »Der Prinz hat dich übersehen, das ist alles. Er hat eine Menge Fehler gemacht, aber damit ist es jetzt vorbei.«

Rhyn-Khur wirkte völlig friedlich. Er lag auf dem Rücken in seinem großen Bett, die Augen waren geschlossen, die Lippen bläulich verfärbt. Kessian keuchte.

»Er auch«, sagte er.

»Das ist eine Lektion über die Untugend des Trinkens«, sagte Gorian. Dann lachte er. Eigentlich gar kein so schlechter Scherz. »Sie haben ein wenig Wein, Bier oder Schnaps getrunken und sich schlafen gelegt, um vom nächsten Tag zu träumen. Wenn sie erwachen, werden sie ihn auch sehen, aber nicht ganz so, wie sie es sich vorgestellt haben.«

Kessian zog seine Hand zurück. »Du hast sie alle getötet.«

»Aber gewiss.« Wieder lachte er. »Das hat dein Namensgeber auch immer gesagt, wenn einer von uns etwas Dummes von sich gegeben hat. Dir ist hoffentlich klar, warum ich sie getötet habe, oder?«

Kessian schüttelte den Kopf. »Sie haben dir doch nichts getan.«

»Noch nicht, aber das hätte sich bald geändert. Wie lange hätte es wohl gedauert, bis er seine Drohung wahr gemacht und dich getötet hätte? Das konnte ich nicht zulassen. Ich kann es nicht hinnehmen, dass jemand nicht mit mir übereinstimmt, verstehst du? Auf diese Weise wird sich niemand mehr gegen mich wenden. Es ist ganz einfach.«

»Es ist falsch, jemanden zu töten.«

Gorians Zorn erwachte. »Wir sind im Krieg«, fauchte er. »Ständig sterben Leute. Die meisten von denen hier hätten es sowieso nicht lebend bis Estorr geschafft. Es ist doch besser, wenn sie die weißen Mauern und den Hügel auf diese Weise sehen, als gar nicht erst so weit zu kommen, meinst du nicht auch?«

Er sah und spürte Kessians Verwirrung. Sicher war, dass der Junge keine Sympathie für die Tsardonier empfand, und doch klammerte er sich an alte Ideen, die ihm nichts nützten. Es gab noch viel zu tun.

»Hast du nicht gehört, was die Herren der Toten dir erzählt haben?«, fuhr Gorian fort. »Der Tod ist nicht das Ende. Er ist nur ein Schritt auf einem langen Weg. Er kommt zu uns allen, und die meisten Menschen können nicht bestimmen, wann es so weit sein soll. Ich habe dies für die Tsardonier und den Prinzen entschieden. Was soll daran falsch sein?«

»Aber was ist mit den anderen da draußen?«

Gorian lächelte. »Ah, du beginnst nachzudenken. Du hast recht. Wahrscheinlich werden sie sich nicht darüber freuen. Aber das ist schon in Ordnung, denn auch für sie habe ich etwas geplant.«

Er kratzte sich an der verfärbten Haut auf der Wange. Der Fleck war erschienen, als er am Vortag die Toten vor der Burg erweckt hatte. Kessian hatte es genau gesehen.

»Was ist das?«

»Nicht alles unter der Erde ist gut«, erwiderte Gorian. »Es wird bald wieder verschwinden. Auch das ist ein Teil der Lektion. Jetzt werde ich die braven Leute wecken und an die Arbeit schicken. Du musst sie für mich halten, bis die Karkulas bereit sind. Dann werde ich dir etwas Neues und Erstaunliches zeigen.«

»Wann denn?«

»Gute Frage.« Gorian überlegte. Er musste einen dem Ereignis angemessenen Zeitpunkt wählen. Alle sollten erkennen, was geschah, und seine Begabung bewundern. »Ich glaube, in der Morgendämmerung. Im ersten Morgenlicht. Und jetzt halte meine Hand. Ich brauche dich.«

Gorian setzte sich, zum Bett des toten Prinzen gewandt, auf einen Stuhl. Kessian trat neben ihn und setzte sich auf den Boden. Dann legte Gorian seinem Sohn eine Hand auf den Kopf, fand den Zugang zur Kraft des Jungen und staunte wieder einmal über dessen mächtige Energie. Gorian und die anderen ursprünglichen Aufgestiegenen besaßen ein Energiereservoir, das Arducius im Vergleich zu den Kräften der Elemente, die sie in sich aufnahmen, als kleinen Wassereimer bezeichnet hatte. Kessians Kräfte hätten eher einem ganzen Stausee entsprochen.

Wenn der Junge sie wirklich verstand, wäre er eine ungeheure Macht in der Welt. Gorian wollte ihn an seiner Seite wissen, wenn dies geschah. Schon jetzt war er in der Lage, Werke über sehr lange Zeit aufrechtzuerhalten. Wichtiger war noch, dass er es wie die Gor-Karkulas unbewusst tun konnte. Das war ein Geschenk, und Gorian war entschlossen, dieses Geheimnis eines Tages zu lüften. Es musste einen Weg geben, das Reservoir zu erweitern und damit auch die Dauer und Wirkkraft jedes Werks zu vergrößern.

Gorian ließ Ruhe in seine eigenen und in Kessians Lebenslinien einfließen. Unter den sanften Tönen entspannte sich der Junge, während Gorian mit dem Geist hinausgriff und die Energien der Burg erforschte. Ganz anders als am Vortag. Die chaotischen Farben und die vielfältigen Linien, die für Hunderte lebender Menschen gestanden hatten, waren verschwunden und einer tiefen Ruhe gewichen.

Die kalte Dunkelheit der Steine ruhte auf der übermächtigen Kraft der Erde, und darüber zeichneten sich die Körper der vergifteten tsardonischen Krieger als graue Umrisse ab. Die Aufgestiegenen hatten immer gedacht, grau sei die Farbe, die bliebe, wenn die Energie geschwunden war. Sie hatten sich geirrt. Das Grau wartete nur darauf, belebt zu werden. Wiedererweckt zu werden.

Neues Leben bringen, wo es keines mehr gab. Das war ein Geschenk, das eines Gottes würdig gewesen wäre.

Die gemächliche Energie der Erde war schön. Ein sich langsam bewegendes Braun, durchzogen von den zierlichen Bahnen winziger Insekten und dem leisen Strahlen der Pflanzen, die auf den richtigen Augenblick warteten, um zu wachsen, und von kleinen Tieren, die ihren Geschäften nachgingen. Gorian zog die Energien der Erde an sich und schauderte, als die gewaltige Kraft in ihn eindrang. Kessian keuchte, denn es war schön und schmerzhaft zugleich. Der

Junge beruhigte sich bald wieder. Gorian und Kessian waren nun ein Teil des Kreislaufs der Erde.

Letzten Endes war es sehr einfach gewesen, die Toten zu wecken. Die Energiestruktur ähnelte einem heftig aufflackernden Feuer, doch Gorian hatte lange üben müssen, bis er die Fähigkeit erlangt hatte, die Toten, sein Volk, in großer Zahl wandeln zu lassen und sein Werk nicht durch Schwankungen in der Energiezufuhr zu gefährden.

Gorian baute die Struktur auf, mit der er ihnen das Leben zurückgeben wollte. Irgendwie zählte sein Unterbewusstsein die Zahl der Toten, die es zu erwecken galt, und für jeden wuchs eine Faser voll konzentrierter Energie. So entstand nach und nach eine pulsierende, strahlend blaue Kugel, von der die Fasern ausgingen. Er wartete, bis die Konstruktion sich stabilisiert hatte. Mithilfe der Kraft, die sie in sich selbst fanden, konnten er und Kessian vielleicht einen oder zwei erwecken; wenn sie aber auf die Energie der Erde zurückgriffen und sie verstärkten, dann gab es kaum noch Grenzen. Die Schwierigkeit bestand vor allem darin, die Energiegestalt zu halten.

»Bist du bereit, Kessian?«

»Ja, Vater.«

Seine Stimme klang nicht einmal angestrengt. Ein großes natürliches Talent. Solche Möglichkeiten.

»Dann werde ich die Energie der Erde in die Konstruktion leiten. Wir erwecken jetzt mehr als dreitausend Leute. Es wird eine gewisse Unruhe geben.«

»Ich verstehe.«

»Daran zweifle ich nicht.«

Gorian öffnete eine Bahn zur leuchtenden Kugel und ließ die Energie der Erde herein. Sie hätte ihn binnen weniger Augenblicke überfluten können, denn er brauchte viel Kraft, um eine so große Zahl von Toten zu erwecken. Doch da er sich mit Kessian verbunden hatte, konnte er einen Teil der Energie auch durch ihn leiten und mit ihm gemeinsam die Macht der Erde für die Erweckung der Toten nutzen. Die Kugel flackerte, die Energie nahm um ein Vielfaches zu und schoss durch die Fasern, die sich verstärkten und weiter in alle Richtungen wuchsen.

Gorian schrie auf, er verkrampfte sich, zitterte und presste die Hand fest auf Kessians Kopf. Der Junge gab keinen Laut von sich. Feuer flackerten, die Luft lud sich auf. Unter ihren Füßen gerieten die Steinplatten in Bewegung, als wollte die Erde aufplatzen. Er riss sich zusammen und bemühte sich verzweifelt, nicht die Kontrolle zu verlieren.

Dann speiste er noch mehr Energie in die Konstruktion ein, reine Energie, durchmischt mit winzigen Körnchen des Verfalls. Neues Leben zuckte durch alles, was hier zu Hause war. Pflanzen erwachten schlagartig, Wurzeln gruben sich in den Boden und starben bald wieder ab. Irgendwo hörte er Tausende von Nagetieren quietschen. Winzige Geschöpfe, deren Lebensspanne dank der Kraft, die auf dem Weg zu den Toten durch sie lief, auf wenige Augenblicke reduziert wurde.

Zehnfach und hundertfach verstärkt raste die Energie durch die zuckenden, Funken stiebenden Fasern. Die Fasern tasteten, gruben und zerrten und bahnten sich einen Weg durch die schlummernden Kräfte der Luft, und jede fand ihr Ziel und verband einen Toten mit ihm. Gorian spürte jeden Kontakt als Ruck, der durch seinen Körper ging, bis er heftig zu schaudern und zu zittern schien. Unwillkürlich stöhnte er, sein ganzer Körper tat ihm weh. Die Haut auf seinem Hals und der Brust verhärtete sich. Auch Kessian grunzte und zuckte zusammen.

Die Fasern suchten die schlafenden Energien in den toten Tsardoniern und breiteten sich aus, bis sie den jeweiligen Toten ganz umschlossen. Das Leben drang in die Körper ein und erweckte sie. Sie rissen die Augen auf und atmeten keuchend ein. Verwirrung breitete sich aus wie ein Feuer in trockenem Gras. Mit jedem Körper, der wieder das Bewusstsein erlangte, ließ der auf Gorian lastende Druck nach, denn sobald ein Toter erweckt war, benötigte er nicht mehr viel Energie. Zusätzlich übermittelte Gorian ein beruhigendes Gefühl, das im Nu alle seine Untertanen erreichte.

»Steht auf«, befahl er.

Sie gehorchten. Er spürte jeden Einzelnen, der über dieses zweite Leben staunte. Alle klammerten sich an die Existenz, die er ihnen geschenkt hatte. Manche empfanden Furcht, aber die konnte er leicht unterdrücken, indem er ihnen versprach, sie freizugeben, nachdem sie ihre Arbeit getan hatten. Jedes neue Leben stärkte umgekehrt auch ihn, sobald nach den Schmerzen die Freude sich breitmachte. Sein Werk war vollbracht. Er hatte Leben aus dem Tod erschaffen. Nun ließ er die Konstruktion auf Kessian übergehen und unterbrach die Verbindung, zog sich aus der Erde zurück und öffnete die Augen.

»Sie sollen sich anziehen und nach draußen gehen«, sagte Gorian. »Es erfordert zu viel Energie, sie durch den Stein hindurch zu erhalten. Draußen auf dem Erdboden werden sie leichter leben können.«

»Ja, Vater.«

Gorian überwachte seinen Sohn und spürte die Bewegungen seiner neuen Armee, die komplizierten Energiebahnen, die sie zu dem machten, was sie waren. Jeder war mit jedem anderen verbunden, ihre Gemeinschaft war mit der Erde verknüpft, und die Erde schenkte ihnen die Kraft, zu laufen und das Schwert zu schwingen. Kessian bildete jetzt das Zentrum dieses Kreislaufs. Wenn er losließ, würde sich binnen eines Herzschlags alles auflösen, und die Toten würden stürzen. Doch Kessian würde nicht loslassen. Der Junge wusste nicht einmal, wie er es hätte tun sollen.

Gorian stand auf und streckte seine zitternden Glieder. Dann betastete er seine Haut und blickte an sich hinab. Unter der Toga war die Haut verfärbt, und er hatte kleine Beulen bekommen. Hellgrün, braun oder purpurn. Wie verblassende Prellungen, doch sie bedeckten seine ganze Brust. Wenn man etwas Reines erschaffen wollte, musste man das Unreine herausfiltern. Es würde verschwinden, sein Körper würde sich erneuern. Er war ein Aufgestiegener. Er war der Herr der Elemente und ihnen nicht unterworfen.

Gorian dachte daran, dass er eigentlich hätte müde sein müssen, doch er fühlte sich wach und lebendig wie noch nie im Leben. Auch Rhyn-Khur erhob sich jetzt aus seinem Bett und ging zum Gestell mit seinen Waffen. Schweigend kleidete er sich an, mit präzisen, langsamen Bewegungen. Nicht völlig natürlich, denn er war eine Marionette. Gorian lächelte.

»Genieße dein neues Leben, mein Prinz«, sagte er. »Es war dir vorbestimmt, seit du zu mir gekommen bist.«

Dann drehte er sich zur Tür, die zum Vorzimmer führte.

»Edler Runok!« Das dumme, tätowierte Ungeheuer kam herein, der Edle Tydiol folgte ihm. »Eure Armee erwartet Euch. Die Männer werden gleich draußen sein.«

»Es ist mir eine Ehre, sie zu führen«, erwiderte Runok. »Wird ein Gor-Karkulas den Schlüssel halten?«

»Sobald es möglich ist. Edler Tydiol, bald ist es an der Zeit, auch für Euch eine Armee zu erschaffen.« Gorian ging zur Tür, er wollte unbedingt die frische Luft im Gesicht spüren. »Schickt sie die Straße hinauf bis zu den Felsen. Viele sind uns entkommen, während ich geruht habe. Es ist Zeit, dass die anderen sich zu uns gesellen, meint Ihr nicht auch?«

30

859. Zyklus Gottes, 36. Tag des Genasauf

Er hat keine Schmerzen«, sagte Dahnishev.

»Nein, die habe vielmehr ich«, erwiderte Roberto.

»Del Aglios, das sieht dir gar nicht ähnlich.«

Die Morgendämmerung nahte. Hunderte waren über den Pfad auf die Klippe geflohen. Andere warteten und fragten sich, ob sie auch noch eine Gelegenheit bekommen würden. Ihre Kameraden hielten Ausschau und beobachteten die Tsardonier. Die Kavallerie war bereit, einen Vorstoß zu unternehmen. Alle hatten ihre Befehle bekommen.

Dahnishev und seine Ärzte gingen zwischen den Kranken und Sterbenden umher und wiesen die Schwertträger der Triarii ein, die die grausame Aufgabe übernommen hatten, diejenigen zu töten, die nicht hoffen konnten zu fliehen. Die entsetzlichen Geräusche des Gemetzels – die Beine abtrennen, damit sie nicht mehr laufen konnten, und die Köpfe, damit sie als lebende Tote nichts sehen konnten – waren die ganze Nacht über im Feldlazarett zu hören gewesen. Nur eine Handvoll war jetzt noch am Leben. Das Flehen jener, die glaubten, sie hätten etwas Besseres verdient, obwohl keine Hoffnung für sie bestand, würden die Überlebenden nie mehr vergessen.

»Vielleicht nicht«, erwiderte Roberto, der abermals die Stirn seines Bruders mit einem feuchten Tuch kühlte. »Aber ich habe hier drinnen gesessen oder draußen gestanden, mein Gewissen erforscht und mir vor Augen gehalten, was ich getan habe. Und ich muss feststellen, dass ich die Schuld trage. Egal, was du sagst, ich hatte den Befehl über die Armee, bei der auch Gorian war, und ich ließ mich überreden, ihn zu verschonen. Guter Gott, vergib mir, Dahnishev, was habe ich nur getan?«

»Du hast ihm Gnade erwiesen, Roberto. Du hast gezeigt, dass du ein Mensch bist. Ein fehlbarer Mensch wie alle anderen.«

»Die Fehler der anderen Menschen ziehen nicht den Tod ihrer Brüder oder den Untergang der Konkordanz nach sich.«

Roberto litt unter einem beißenden Schuldgefühl, das zu unterdrücken er kein Bedürfnis verspürte. Mit jedem Herzschlag musste er an verschiedene Ereignisse seines Lebens denken, und jedes einzelne empfand er nun im Nachhinein als sinnlos, weil er sich vor zehn Jahren in jenem Heerlager falsch entschieden hatte. Unausweichlich, aber mit fest geschlossenen Augen waren sie diesem Verhängnis entgegengegangen.

»Diese Bitterkeit bringt doch nichts, Roberto«, sagte Dahnishev leise.

»Was bleibt mir sonst, alter Freund?«

»Reize mich nicht zum Zorn, Roberto. Ich teile deinen Kummer, aber nicht deine Hoffnungslosigkeit. Wir müssen jetzt beweisen, dass die Konkordanz nicht so leicht untergeht. Du wirst alle einen, die noch da sind, zurückschlagen und den Sieg erringen.«

Roberto schüttelte den Kopf. »Die Zukunft liegt hier, und sie stirbt. Er stirbt. Es tut mir so leid, Adranis.«

Dahnishev fasste Robertos Kopf und drehte ihn zu sich herum. »Ich will nichts davon hören, Roberto, und meine Legion darf es schon gar nicht hören. Wir brauchen dich. Lass dich nicht hängen, nicht jetzt. Du hast noch nie aufgegeben, und ich will lieber sterben, als dich dieses Mal aufgeben zu lassen. Ich hoffe, ich habe mich deutlich ausgedrückt.«

»Was bist du? Mein Vater? Wer bist du, dass du mir sagst, wie ich handeln und mich fühlen soll?«

Dahnishev nickte und zog sich zurück. Dann ging er auf die andere Seite des Zelts, um seine Instrumente zu ordnen und sie in die Lederhüllen zu stecken, damit sie für den Aufstieg bereit waren.

»Es tut mir leid, Dahnishev. Das war nicht gerecht. Verzeih mir.«

»Es wird Zeit, dass du tust, was du hier tun musst, Roberto«, sagte Dahnishev unwirsch. »Der Trank, den du ihm gegeben hast, wird sein Herz bald zum Stillstand bringen. Bist du sicher, dass es nicht jemand anders übernehmen soll?«

»Das wäre ein letzter Verrat, nicht wahr? Er ist mein Bruder.«

Wieder nickte der Feldarzt. »Ich warte draußen.«

Roberto sah ihm hinterher.

»Jetzt sind wir allein, mein kleiner Bruder.« Ungehemmt rollten ihm die Tränen über die Wangen. Er schob eine Hand unter Adranis' Hemd und tastete nach dem Herzschlag. Er war schwach und ungleichmäßig. »Warum musstest du fallen, Adranis? Ich hätte als Erster die Reise in Gottes Umarmung antreten müssen. Ich hätte vor dir dort sein müssen, um dich später willkommen zu heißen. Der Allwissende wird dich behüten.«

Adranis' Herzschlag setzte aus. Roberto hob ihn hoch und drückte ihn noch einmal schluchzend an sich.

»Lebewohl, mein Bruder. Die ganze Konkordanz wird um dich weinen, aber niemand so sehr wie ich.«

Eine kleine Ewigkeit lang hielt er ihn fest. So warm war der Körper seines Bruders, nachdem gerade erst das Leben aus ihm gewichen war. Und was Roberto nun tun musste, war entsetzlich. Widerstrebend legte er Adranis aufs Bett und trat zurück. Die Axt lag neben ihm auf den Brettern, die er unter Adranis' Hals und dessen Knie legen musste.

Er bückte sich und hob die Bretter auf. Dann starrte er die Axt an und hatte einen bitteren Geschmack im Mund.

»Dass es so weit kommen musste«, flüsterte er. »Gorian Westfallen, ich schwöre dir im Namen der Del Aglios, dass du für alles büßen musst, was du getan hast.«

Roberto kniete sich vor die Axt, küsste die Klinge und betete, dass sie scharf genug sei. Er hob sie mit beiden Händen, richtete sich zitternd auf und drehte sich ein letztes Mal zu seinem Bruder um.

»Verzeih mir.«

Dann schlug er zu.

Dina Kell hörte Robertos Verzweiflungsschreie. Viele andere im Leichenhaus, das einst ein Feldlazarett gewesen war, hörten es ebenfalls. Es war ihr egal, wenn die Laute dieser entsetzlichen Nacht bis zu den Tsardoniern drangen und sie auf irgendeine Weise alarmierten. Sie sollten ruhig hören, zu welch verzweifelten Maßnahmen Gorian die Estoreaner gezwungen hatte.

Inzwischen wünschte sie, sie wären schon am Morgen vor der Dämmerung geflohen. Allerdings wusste sie auch, dass es keine andere Möglichkeit gegeben hatte, als bei den Verletzten zu bleiben und einen Ausweg zu suchen. Nunan hatte das Menschenmögliche getan, aber in den Augen der Infanterie wäre es niemals genug. So viele lagen jetzt verstümmelt im Grab. Seite an Seite und sogar übereinander. Sie hatten nicht genug Zeit und Leute gehabt, um ein ordentliches Begräbnis durchzuführen. Julius Barias war völlig außer sich. Immerhin hatte er sich freiwillig dazu gemeldet, bei den Verteidigern zu bleiben, die den Abzug der anderen deckten.

Es wurde langsam hell, auch wenn die Morgendämmerung noch nicht richtig begonnen hatte. Jeden Moment würden die Tsardonier die Flucht bemerken und mit aller Macht angreifen. Sie würden rasch bemerken, dass sich ihnen kein einziger Krieger der Bärenkrallen in den Weg stellte. Die Legion hatte sich zurückgezogen, nachdem die Feuer entfacht waren, die die Bewegungen im tiefen Schatten hinter den hellen Flammen verbargen.

Vielleicht hätten sie sogar mitten in der Nacht ausbrechen können, aber dann wäre weniger Legionären die Flucht gelungen. Noch mehr wären durch die Hände der Tsardonier gefallen und dann unter Gorians Kontrolle zu einem grässlichen neuen Leben erwacht. Wie man es auch drehte und wendete, die Entscheidungen hatten Hunderte zum Tode verurteilt. Sie, Nunan und Del Aglios würden damit leben müssen.

Der Plan sah vor, an der Felswand entlangzureiten bis zu der Straße, auf der die Tsardonier eine starke Verteidigungstruppe postiert hatten. Dort würden sie nicht mit einem Angriff rechnen und wären leicht zu besiegen. Allerdings machte Kell sich Sorgen um das, was danach kommen würde – ein Heer von sechstausend Kriegern, das sie bis Estorr hetzen würde. Sie waren schnell und siegesgewiss und würden nicht von ihrer Beute ablassen, wenn ihr Jagdinstinkt einmal geweckt war. Kell dagegen hatte nur noch ein paar Hundert mutlose, verzagte und geschlagene Reiter hinter sich.

Das Einzige, was sie jetzt noch antrieb, war der Wunsch, nicht auch selbst einer der wandelnden Toten zu werden. Ein Problem war auch, dass die Toten in der Nacht nicht rasten mussten. Sie brauchten anscheinend keine Erholungspausen. Kell hoffte, Robertos Einschätzung sei falsch, aber im Grunde glaubte sie es nicht.

Gerade trat der Botschafter aus dem Zelt ins fahle Morgenlicht. Dahnishev umarmte ihn und redete mit ihm, worauf Roberto den Kopf schüttelte. Dahnishev nickte zwei Triarii zu, die im Zelt verschwanden und kurz danach offenbar mit Adranis' verstümmeltem Leichnam in einer blutdurchtränkten Decke wieder auftauchten. Roberto berührte sie kurz und legte einen Dolch mit der Scheide darauf, dann trugen die Triarii ihre Last zum Grab.

Kell wollte Trost spenden und ging hinüber. Die beiden Männer standen schweigend nebeneinander. Robertos Augen glänzten feucht; er kehrte dem Grab den Rücken zu und blickte lieber bergab zur Burg.

»Da unten ist es dunkel«, bemerkte er, bevor sie etwas sagen konnte. »Seltsam, dass in der ganzen Burg kein Licht brennt und kein Feuer zu entdecken ist.«

Seine Stimme war tonlos, aber er konnte immer noch klar denken.

»Vielleicht haben wir doch noch etwas mehr Zeit, unsere Leute in Sicherheit zu bringen«, überlegte sie.

Roberto sah sie an, als bemerkte er sie jetzt erst.

»Wir können uns solche Hoffnungen nicht erlauben. Solltest du nicht auf dem Pferd sitzen und bei deiner Kavallerie sein? Die Dämmerung ist nahe.«

»Ja, Botschafter. Aber zu meinen Pflichten gehört es auch, dafür zu sorgen, dass du mit Pavel zum Felsen hochsteigst.«

»Du weißt doch, dass wir warten, bis die Tsardonier mit ihrem Angriff beginnen«, erwiderte Roberto. Er schaffte es sogar zu lächeln. »Der Kapitän sollte als Letzter das sinkende Schiff verlassen.«

»Deshalb wird Pavel der Letzte sein, der den Weg hinaufgeht. Aber du bist der Erbe der Advokatin, und wir sind für deine Sicherheit verantwortlich.«

»Das habe ich ihm auch schon erklärt«, erwiderte Dahnishev.

»Deshalb möchte ich mit allem Respekt darum bitten, dass du jetzt zum Pfad gehst«, fuhr Kell fort. »Solange du nicht aufbrichst, kann ich nicht zu meinem Pferd.«

Roberto hob beide Hände. »Schon gut, schon gut. Eines noch, Dina. Du weißt, was du tust. Jeder Triarii, der dir folgt, weiß, was ihn erwartet. Dreh dich nicht um und versuche nicht, für die Infanterie mehr Zeit zu gewinnen. Wir brauchen dich und deine Kavallerie. Ihr seid die Einzigen, die Botschaften nach Süden bringen können. Informationen sind wichtiger als jede Münze in den Kisten des Schatzkanzlers.«

»Verstanden.«

Als die letzten Krieger der Legion ihre Positionen einnahmen, hörte Kell auf einmal ein Grollen in der Luft. Sie blickte nach oben, doch der Himmel war klar. Auch Roberto hatte es gehört und starrte den Abhang hinunter. Sie glaubte, auch Stimmen zu hören. Rufe. Angespannt lauschte sie.

»Sie kommen«, sagte sie schließlich und hob die Stimme, um ihre Untergebenen einzuweisen. »Bärenkrallen, bewegt euch. Nehmt die Positionen ein und denkt an eure Befehle. Los jetzt, los!«

Die Legionäre rannten an ihre Plätze. Einige Soldaten und Priester des Ordens waren noch damit beschäftigt, die Gräber zuzuschütten. Julius Barias war überraschenderweise noch dort und segnete die Toten. Auf dem steilen, gefährlichen Pfad durch die Felsen drängten sich die letzten Glücklichen, denen die Flucht glücken würde.

»Roberto, du musst jetzt gehen«, sagte Kell. »Sonst schaffst du es nicht mehr.«

Doch Roberto hörte es kaum. Sein Kummer wich vorübergehender Verwirrung, er hatte die Stirn in tiefe Falten gelegt und betrachtete den Abhang. Die Sonne erhob sich gerade über dem Horizont und tauchte den Wald in ihr frühes Licht, während einige Stellen noch in tiefem Schatten lagen. Es war ein wunderschöner Genastromorgen.

»Da stimmt etwas nicht«, sagte er mehr zu sich selbst. »Dahnishev, geh jetzt. Nimm deine Leute mit und geh.«

»Roberto ...«

»Nun mach schon!«

Dahnishev zuckte zusammen, wechselte einen Blick mit Roberto und gab die entsprechenden Befehle. Roberto nagte an der Unterlippe.

»Was ist los?«, fragte Kell.

»Hör nur, der Lärm. Das sind keine Kampfschreie und keine Befehle, wie man sie bei einem angreifenden Heer erwarten würde.«

Kell lauschte und vermochte nur zahlreiche Stimmen und das Trampeln von Füßen herauszuhören. »Ich weiß nicht ...«

»Da stimmt etwas nicht«, sagte Roberto noch einmal. »Das klingt nicht nach Zuversicht, sondern nach Angst.«

»Wovor könnten sie sich fürchten?«

Roberto schüttelte den Kopf. »Ich weiß es nicht. Steig auf dein Pferd. Ich glaube, die Zeit wird noch knapper, als wir ohnehin schon dachten.«

Kell hatte immer noch keine Ahnung, worüber Roberto sich solche Sorgen machte, aber andere teilten seine Befürchtungen offenbar. Gerade zogen sich die letzten Triarii den Hang hinauf zurück und näherten sich dem Sammelpunkt, von dem aus sie den Ausbruch wagen wollten. Ihnen folgten Bogenschützen, die eilig liefen und sich immer wieder über die Schulter umschauten. Einige eilten sogar in die Gegenrichtung, um selbst zu sehen, was dort vorging. Der Wald, der ihre Positionen verborgen hatte, behinderte jetzt ihren Blick auf die Straße und die Burg.

»Ich weiß nicht ...«

Jetzt bekam auch Kell Angst. Sie witterte etwas Undefinierbares. Roberto packte sie am Arm.

»Dina, lauf!«

Dann versetzte er ihr einen Stoß und machte sich selbst auf zum Pfad. Mehrere dumpfe Explosionen hallten unterhalb des Abhangs. Trümmer flogen in die Luft, höher als die Bäume, und segelten langsam wieder herab. Es sah nach Pflanzenteilen aus – Blätter, Äste und sogar Baumrinde. Kells Herz schlug heftig, als wollte es zerspringen. Jetzt hörte sie, was Roberto schon vorher bemerkt hatte. Ein Kreischen ertönte, das nicht von den Bärenkrallen kam.

Alle hatten sich umgedreht und starrten hinüber. Sie hatten die Schwerter aus den Scheiden gezogen. Einige Legionäre deuteten dorthin, einige wichen unwillkürlich zur Felswand zurück. Hoch oben auf dem Weg riefen die Leute, denn von dort aus hatten sie eine gute Übersicht, die Kell und Roberto verwehrt blieb.

»Es ist Gorian«, sagte Roberto. »Es gibt keine andere Erklärung.«

Dann brach das Chaos aus. Tsardonier rannten auf die Felswand zu. Keiner von ihnen hatte eine Waffe gezogen, und keiner kümmerte sich darum, was vor ihm war. Einzelne Legionäre der Bärenkrallen erinnerten sich an ihre jahrelange Ausbildung und formierten sich neu, sofern sie willige Kameraden fanden. Viele stießen aufgeregte Rufe aus. Auch Kell rief, aber Roberto übertönte alle anderen. Einen Augenblick lang war er wieder der große General.

»Bärenkrallen, flieht. Lauft zum Sammelpunkt. Flieht sofort, zieht euch zurück. Bewegt euch!«

Seine Worte waren weithin zu hören, und die Soldaten gehorchten. Die letzten paar rannten zusammen mit Kell. Sie konnte nicht einmal einen Blick zurückwerfen, um sich zu vergewissern, was aus ihrem Mann und dem Erben der Advokatin wurde. Links von ihr, nur wenige Schritte entfernt, erhob sich die Felswand, und rechts arbeitete etwas im Erdboden, das ihren Füßen Flügel verlieh. Die Tsardonier rannten mit höchster Geschwindigkeit und hätten eigentlich von einem Wald von konkordantischen Klingen empfangen werden müssen, doch auch die Bärenkrallen rannten, und vor ihnen galoppierten die Kavalleristen. Sie eilten quer vor der Felswand den Abhang hinunter, um nach links auf die Straße einzubiegen und zu verschwinden.

Eine brodelnde Schwärze breitete sich auf dem bewaldeten Abhang aus, schneller als ein Mann laufen konnte. Wie die Gischt auf einer Welle flog ein Nebelschleier von Sporen oder Staub hoch. Kell setzte sich stolpernd in Bewegung, konnte aber nicht den Blick von der Katastrophe wenden. Sie befand sich inmitten eines Gedränges von Legionären, das sich vor einem Strom von Schmieden, Ordenspriestern, Ärzten und anderen nicht kämpfenden Helfern bewegte, die Robertos Befehl gehört hatten und um ihr Leben liefen.

Es war eine ungeordnete Flucht. Als die schwarze Woge den Hügel heraufschwappte, brach Panik aus. Voraus bemerkte Kell den

Staub, den die Kavallerie aufwarf, und sie hörte einige Rufe. Auch die Tsardonier gaben ihre Positionen auf und flohen ebenfalls.

Rechts von Kell stieg über dem Abhang eine braune und schwarze Wolke auf. Hin und wieder waren weitere dumpfe Explosionen zu hören, und abermals flogen Trümmer empor. Inmitten der schreienden Menschen rannte sie weiter. Immer wieder brachen die entsetzten Rufe abrupt ab, und immer weiter griff die Panik um sich. Soldaten der Konkordanz und aus Tsard rannten nebeneinander, Verbündete in der Furcht.

Die Schwärze breitete sich rasch aus, jetzt konnte Kell es deutlich erkennen. Sie fraß den Boden und kletterte auch die Bäume hinauf. Baumstämme bogen sich, Äste zitterten, Holz brach, und der Saft, die Rinde und die Blätter schossen in den Himmel hinauf. Es stank nach Verwesung. Unten rannten verzweifelt die tsardonischen Krieger, um dieser schwarzen Woge zu entkommen. Als sie einige Männer erreichte, konnte Kell beobachten, wie diese unheimliche Schwärze an den Körpern emporstieg, als hätte sie Tentakel. Sie packte die Männer und zog sie hinab, und ihre Schreie brachen ab. Ein unterirdisches Grollen ertönte, Kell spürte das Beben in den Beinen.

Sie keuchte schwer. Es war nicht nötig, die anderen anzutreiben. Wer dies beobachtet hatte, brauchte keinen Befehl zur Flucht. Schneller und schneller breitete sich die schwarze Woge aus und zog vor der Felswand entlang zur Straße, die glücklicherweise unberührt blieb. Was Gorian auch getan hatte, es erfasste nur Lebewesen.

Die Bärenkrallen und Tsardonier wandten sich gemeinsam nach links und verschwanden hinter den Felsen. Mit jedem, der es geschafft hatte, stieg Kells Genugtuung eine Spur. Doch ringsum explodierten Gräser und Blumen, und ganz in der Nähe krachten gespaltene Baumstämme. Viel zu viele Männer wurden binnen weniger Augenblicke getötet, als die schreckliche kranke Wolke sie erfasste.

Sie warf noch einen Blick zurück und wünschte sofort, sie hätte es unterlassen. Männer und Frauen kämpften darum, als Erste auf den Felsenpfad zu gelangen. Sie reagierten wie eine Meute von Tieren, sie kratzten, zerrten und bissen, um zu überleben und vor denen zu fliehen, die im Morgengrauen noch ihre Freunde gewesen waren. Schließlich prallte die schwarze Woge und die Wolke aus Sporen gegen die Felswand, und auf einen Schlag fanden viele Menschen den Tod.

Kell holte tief Luft und eilte weiter. Sie durfte nicht stolpern, denn das hätte ihren sicheren Tod bedeutet. Die Woge dröhnte in ihren Ohren und zischte in ihrem Kopf. Immer näher kam die Gefahr, und Kell verlangte ihren schmerzenden Beinen das Letzte ab. Sie schrie vor Anstrengung. Noch zwanzig Schritte. Die schwarze brodelnde Masse holte sich weitere Opfer, zerstörte den Hügel und fraß alles, was ihr in den Weg kam.

Noch zehn Schritte. Die Welle lief an der Straße entlang, der üble Gestank stieg ihr in die Nase und brannte in den Augen und im Hals. Sie durfte nicht anhalten. Noch fünf Schritte. Die Woge würde sie gleich einholen. Noch zwei Schritte, dann sprang sie und stürzte sich förmlich auf die Straße. Direkt unter ihr brandete die Woge gegen den nackten Fels und schwappte zurück. Sporen und Staub stiegen auf, Kell hielt den Atem an und landete mit den Händen zuerst im Kies auf der Straße. Sie rollte sich ab und rutschte noch ein Stück, ihr Mantel zerriss, und ihre Rüstung kratzte über die harte Oberfläche.

Dann sprang sie sofort wieder auf und drehte sich um. Die Woge ebbte ab, doch der Gestank von Fäulnis, Krankheit und Tod hielt sich. Es war zu viel für sie, sie drehte sich um und erbrach sich mitten auf der Straße. Ihr Herz schlug so heftig, dass sie fast fürchtete, es könnte ihr gleich in der Brust zerspringen. Vor Anstrengung und Furcht zitterte sie am ganzen Körper. Ihr schossen die Tränen in die Augen, ihr ganzes Gesicht war von dem schwarzen Dreck verklebt. Sie hustete und spuckte und sah sich abermals um.

Der ganze Hügel war zerstört. Einige abgebrochene, zersplitterte Baumstämme standen noch. Das Gras war völlig verschwunden. Nichts rührte sich mehr. Kein Geräusch war zu hören. Aber so würde es nicht lange bleiben. Sie wich zurück. In der Nähe standen noch andere auf der Straße und starrten hinüber, Bärenkrallen und Tsardonier gemeinsam; jeder Gedanke an Kampf war vergessen.

Vor ihren Füßen saß ein tsardonischer Krieger, der eine Schnittwunde im linken Bein versorgte. Mit bebenden Schultern und offenen Mundes blickte er den Abhang hinauf und konnte es nicht fassen. Dann drehte er sich um, als er Kells Blick bemerkte. Zuerst sah er sie ängstlich an, doch sie schüttelte nur den Kopf.

Sie gab ihm die Hand.

Der Tsardonier schlug ein und richtete sich auf.

»Komm«, sagte sie. »Vielleicht müssen wir später noch kämpfen, aber niemand verdient es, so zu sterben. Wir wollen hier verschwinden.«

Er legte einen Arm über ihre Schulter, sie fasste ihn an der Hüfte, und so liefen sie langsam die Straße entlang und wussten nicht, was sie hinter der nächsten Biegung erwarten mochte.

31

859. Zyklus Gottes, 36. Tag des Genasauf

Ossacer fand auf dem Hügel keine Antworten. Nur die Anhänger des Aufstiegs im Orden konnten mit ihm über die Schriften diskutieren, aber die waren der Advokatin treu ergeben. Er brauchte keine kriecherischen Deutungen. Er war auf echtes Verständnis aus.

Mehrere Tage lang hatte er mit seinem Gewissen gerungen und erfolgreich so getan, als sei er krank, um Arducius und den neu erwachten Aufgestiegenen aus dem Weg zu gehen. Dabei wollte er, wann immer er allein war, am liebsten sofort wieder hineinlaufen und sie anschreien, sie sollten mit ihren Dummheiten aufhören, sie sollten doch endlich erkennen, was sie direkt vor Augen hatten, und sich weigern, einfältig zu katzbuckeln und Kratzfüße zu machen.

In der kurzen Zeit, die er mit Arducius verbracht hatte, war Ossacer allerdings sehr schnell deutlich geworden, dass er selbst der Einzige war, der noch etwas Verstand besaß. Die Kriegsmaschinerie arbeitete mit voller Kraft, und dies bekam nicht nur der Aufstieg zu spüren. Man hatte ihn gebeten, die Bestandteile des Sprengstoffs zu bestimmen, den die Sirraner Marcus Gesteris gegeben hatten. Dummerweise hatte er Cygalius mitgenommen, der es binnen weniger Augenblicke herausgefunden hatte. Jetzt stellten die Wissenschaftler der Advokatin neuen Sprengstoff her, während Arducius und Hesther in den Klassenräumen Feuer und Eis lehrten.

Es war niemand da, der das Nachdenken lehrte. Mirron war mit Jhered wer weiß wo unterwegs, und Vasselis, der vielleicht das eine oder andere hätte dazu sagen können, wie schrecklich es wäre, ohne angemessene diplomatische Bemühungen einen weiteren großen Krieg zu beginnen, war mit der Advokatin unterwegs.

Bisher waren es nur Gerüchte. Angeblich rückten die Tsardonier gegen Gosland und Atreska vor, und angeblich hatte Gorian etwas Unaussprechliches getan. Letzteres wollte Ossacer gern glauben, aber das war doch etwas anderes als ein Krieg, in dem die Aufgestiegenen als Waffen eingesetzt werden sollten. Als Abteilung des Militärs. Das war falsch. Es war grundfalsch. Es kam nur darauf an, Gorian zu töten.

Schließlich gelangte Ossacer zu der Ansicht, dass er keine andere Wahl hatte, und sein Herz war nicht einmal schwer, als er durch das Siegestor schritt und zum einzigen Ort lief, an dem man ihn anhören und ihm eine neue Sichtweise anbieten würde. Natürlich wusste er, wie gefährlich es war. Sogar dumm. Aber es gab Zeiten, in denen der Dienst für den Allwissenden wichtiger war als Befürchtungen um die eigene Sicherheit.

Er fühlte sich wie ein trotziges Kind, als er, die Kapuze seines Mantels weit ins Gesicht gezogen, an einem windigen, aber sonnigen Morgen durch die warmen Straßen von Estorr lief. Oft schob er sich an Leuten vorbei, die keine Ahnung hatten, wer er war. Und er verfolgte eine Absicht, von der ihn alle, die er seine Freunde nannte, sicher gern abgebracht hätten. Der Genasauf duftete wundervoll. Die ersten Blumen blühten bereits, und die Menschen waren guter Dinge. Auch vom Meer her wehte eine angenehme Brise herüber. Wahrscheinlich schimmerten alle Dächer und die gekalkten Wände in der Sonne, aber dieser Anblick blieb ihm leider verwehrt.

Mithilfe der Energien in der Luft und auf den Pflasterstraßen bewegte Ossacer sich durch die Stadt. Wenn ihm Leute im Weg standen, wich er ihnen aus und ließ sich von ihren Lebenslinien zeigen, was vor ihm lag. Niemand hätte vermutet, dass er ein blinder Aufgestiegener war. Er war einer der berühmtesten Menschen der Konkordanz, aber niemand bemerkte ihn. Das empfand er als angenehm und erleichternd.

In der Stadt herrschte Unruhe. Dreimal hatte es sogar vor den Toren des Hügels Demonstrationen gegeben. Die Kanzlerin hatte immer wieder gefordert, die Aufgestiegenen und ihre Verbündeten müssten eingesperrt werden. Überall in Estorr waren die Wände mit beleidigenden, abstoßenden und erschreckenden Sprüchen beschmiert.

Die Villa, zu der er nun wollte, war gewaltig. Nicht nur im Vergleich zu ähnlichen Wohnsitzen, sondern tatsächlich überwältigend groß. Bevor er sich ihr weiter näherte, schätzte Ossacer die Stimmung auf dem Platz ein, den er überqueren musste, und ging langsam einmal rundherum, während er scheinbar den Springbrunnen im Zentrum bewunderte. Aus den Schriften wusste er, was der Brunnen darstellte. Es war ein voll entwickelter Baum als Symbol für Nahrung, Sicherheit und Trost. Ihm kam es ein wenig chaotisch vor. Das Wasser, das über den Marmor lief, störte die natürlichen Harmonien der Skulptur und erzeugte ein wirres Gemisch von Farben. Allerdings hatte man ihm gesagt, dass der Brunnen einen schönen Anblick bot.

Ossacer schniefte. Eine Schönheit nur für die Augen – wieder etwas, das der Vergangenheit angehörte. Es schmeckte immer noch bitter. Schließlich ging er weiter. Auf dem Platz herrschte Betrieb, denn er befand sich mitten in einem teuren Wohnviertel von Estorr, hoch über dem Hafen und angeblich mit einem prächtigen Ausblick. Hier hatte jede Villa weitläufige Anbauten und Gärten. Alle besaßen natürlich private Springbrunnen und einen direkten Wasseranschluss, was den Besitzern einen weiteren Grund gab, die Berührung mit dem Fußvolk zu meiden.

Irgendwo hörte er Bauarbeiten, konnte die Richtung aber nicht genau bestimmen. Vom Platz gingen vier Straßen in alle Himmelsrichtungen ab. Eine nach unten zum Hafen, zwei weitere nach links und rechts zur Arena und dem Hügel, und die letzte weiter hinauf, wo das große Haus der Masken alle anderen Bauten überragte. Dies war kein Ort, an dem sich Bettler herumtrieben, obwohl die meisten natürlich einen guten Grund gehabt hätten, gerade hier auf milde Gaben zu hoffen.

Einen Augenblick lang rang Ossacer mich sich, ob sein Entschluss wirklich vernünftig wäre. Sobald er an den Wachen vorbei war und sich am Tor gemeldet hatte, gäbe es kein Zurück mehr. Doch er sah keinen anderen Weg. Nicht, wenn der Aufstieg akzeptiert und die Akademie von ihrem Schicksal als militärisches Ausbildungslager befreit werden sollte.

Ossacer holte tief Luft und schritt zum Tor hinauf, das die Öffentlichkeit aussperrte. Wächter traten ihm in den Weg.

»Es tut mir leid, aber die Kanzlerin empfängt keinen Besuch«, sagte einer mit sanfter, fast entschuldigender Stimme, was Ossacer überraschte.

»Ich bin sicher, dass sie mit mir sprechen wird.«

»Das sagen viele Leute«, erwiderte der zweite Wächter durchaus nachsichtig. »Wenn wir ihnen allen glauben würden, dann käme die Kanzlerin nicht mehr dazu, ihre Pflichten zu erfüllen. Du kannst schriftlich um einen Termin bitten und sie vielleicht im Haus der Masken sehen, aber ich muss dir leider sagen, dass die Kanzlerin sehr beschäftigt ist, da wir so viel Ärger mit den Aufgestiegenen haben. Ich bin sicher, dass du das verstehst. Und nun geh bitte weiter.«

Ossacer konnte sich den dramatischen Auftritt nicht verkneifen.

»Wie ich schon sagte«, entgegnete er, nahm die Kapuze ab und schaute zu den Wächtern auf, »ich bin sicher, dass sie mit mir sprechen will.«

Beide fuhren zurück und starrten seine Augen an. Ossacer zog ein wenig Energie aus den Bäumen im Garten, damit seine Augen braun und grün schimmerten.

»Ihr müsst euch nicht fürchten. Ich bin Ossacer Westfallen und will in einer Zeit, die für uns alle schwierig ist, Hilfe, Wissen und Rat anbieten.«

Er konnte ihre Mienen nicht erkennen, wusste aber, dass sie einen Blick wechselten.

»Bleibt hier«, sagte einer. »Bleibt hier und rührt Euch nicht.«

»Ich habe nicht die Absicht, irgendetwas anderes zu tun.«

Sie läuteten mit einer Glocke, die vermutlich in die Wand eingelassen war. Das beharrliche Schellen hörte erst auf, als drinnen rennende Füße zu hören waren. Dann zog jemand den linken Torflügel auf, und Ossacer zählte vier weitere Soldaten, die sich näherten. Er lächelte freundlich, obwohl ihm das Herz bis zum Halse schlug. Jetzt gab es kein Zurück mehr.

Ein Wächter beobachtete ihn, während die anderen flüsternd die Köpfe zusammensteckten. Ihre Energien zeigten, wie nervös sie waren, ihre Lebenslinien flimmerten hektisch. Auch die Pflanzen in der Umgebung nahmen die veränderte Atmosphäre wahr. Wenn die Menschen nur wüssten, wie innig sie in Wahrheit mit der Natur verbunden waren. Nicht lange, und drei Männer kamen zu ihm. Einer streckte die Hand aus, als wollte er ihn berühren, aber dann zog er sie wieder zurück.

»Ihr kommt jetzt mit.«

»Mehr wollte ich nicht«, erwiderte Ossacer. »Bitte, ihr müsst euch nicht fürchten. Ich bin hier, um etwas Gutes zu tun, und nicht, um Ärger zu machen.«

»Das wird die Kanzlerin entscheiden.«

»Natürlich.«

Die Wächter umringten ihn, hielten aber eine Armeslänge Abstand und führten ihn rasch zwischen den strahlenden, pulsierenden Pflanzen und Blumen hindurch. Ossacer trank ihre Reinheit und nutzte sie, um sich zu beleben und zu beruhigen. Im Geiste ging er noch einmal durch, was er der Kanzlerin mitteilen wollte. Die einzige unbekannte Größe war Felice Koroyan selbst, denn er wusste nicht, ob sie ihm überhaupt die Gelegenheit dazu geben würde.

Das Innere der Villa war kühl und still. Die Räume waren hoch, und Ossacer spürte große freie Flächen hinter den Mauern und die Last von zwei Stockwerken über ihm. Dagegen war die Villa des Aufstiegs in Westfallen, die in seinen Erinnerungen fast so groß wie ein Palast war, vergleichsweise bescheiden. Sie gingen in einem zentralen Flur dreißig Schritte geradeaus, dann führten die Wächter ihn in ein Empfangszimmer. Zwei blieben bei ihm, die anderen zogen sich zurück und schlossen die Tür.

Ossacer ließ das geistige Bild des Raums auf sich wirken. Er war von der morgendlichen Anstrengung bereits ein wenig müde. Diese Art der Konzentration zehrte an seinen Kräften, und er war nicht mehr daran gewöhnt. Er nahm sich vor, dies zu ändern.

An einer Wand erkannte er mit Fensterläden verschlossene Fenster, die übrigen waren mit Holz vertäfelt. Er konnte die dunkleren Umrisse von Gemälden ausmachen, während sich unter seinen Füßen glatter und kalter schwarzer Marmor befand. Mitten im Raum stand ein schmaler, niedriger Tisch, um den Liegen gruppiert waren. Ossacer ging zu einer Liege, setzte sich aber nicht. Er drehte sich zur Tür um und fragte sich, wie lange er noch warten musste.

Herine Del Aglios, die Advokatin der Estoreanischen Konkordanz, ging langsam durch den Mittelgang der Primatkammer im Solastropalast. Sie hatte Mühe, den Blick auf ihren Thron am anderen Ende gerichtet zu halten. In mancher Hinsicht war dies wie eine von vielen Sitzungen, bei denen sie sich vor dem Senat der Konkordanz niederließ. Die weißen Wände schimmerten im Licht, von den Steinplatten stieg die Wärme auf, gespeist vom Hypokaustum darunter. An der Decke pendelten die Flaggen aller Provinzen der Konkordanz leise im Luftzug. Mächtige, mit Blumen geschmückte Büsten und Statuen blickten hoheitsvoll auf die versammelten Würdenträger herab.

Allen war bewusst, was auch Herine sah. Dutzende von leeren Plätzen in den drei Bankreihen.

Marschall Vasselis legte ihr leicht die Hand auf den Rücken, als er stehen blieb, um seinen Platz in seiner vollzähligen Delegation einzunehmen. Herine setzte sich und nickte ihm dankbar lächelnd zu, auch wenn sie innerlich tobte. Mindestens ein Drittel der Abgesandten war nicht erschienen. Höchstens zweihundert saßen nun vor ihr.

Aus Bahkir war niemand gekommen, denn da dort Kriegsrecht herrschte, besaß die Provinz kein Stimmrecht. Die Dornosianer hatten sich aus der Konkordanz zurückgezogen, also war ihr Fehlen nicht weiter erstaunlich. Aber abgesehen von Neratharn und natürlich Caraduk und Estorea hatte keine Provinz eine vollzählige Delegation entsandt, soweit sie es sehen konnte. Dass Gestern fehlte, war eine Enttäuschung und zugleich eine große Überraschung. Katrin Mardov musste einen guten Grund dafür haben. Aufgrund ihrer anderen Pflichten war die Bank der Einnehmer dünn besetzt, aber die Tatsache, dass die Bank des Ordens völlig leer war, konnte sie nur als Beleidigung ihrer Position und ihres Ranges auffassen.

»Willkommen«, sagte sie, und ihre Stimme trug mühelos durch die ganze Kammer. »Die Würdenträger der Konkordanz müssen erstaunlich viel zu tun haben, da nur so wenige den Weg hierher gefunden haben.«

Die murmelnden Unterhaltungen brachen ab, ihre eröffnenden Worte hatten die gewünschte Wirkung erzielt. Herine hielt inne und starrte die Versammelten an. Das Schweigen dehnte sich unbehaglich. Schließlich legte sie die Hände flach zusammen und hob sie vor ihr Gesicht, bis die Zeigefinger ihre Lippen berührten. Sie wartete so lange wie möglich, um endlich die Hände wieder auf die Lehnen ihres Throns sinken zu lassen.

»Ich bin nicht dumm«, sagte sie. »Die Konkordanz steckt in Schwierigkeiten. Nach dem Krieg gegen Tsard haben wir uns sehr darum bemüht, unser Land wieder aufzubauen. Gerüchte, dass neue feindliche Streitkräfte vor unseren Grenzen stehen, wecken sicherlich Ängste. Das kann ich verstehen, und meine Befehle, die Legionen zu mobilisieren, waren eigens dazu gedacht, diesen Befürchtungen zu begegnen und unsere Grenzen zu sichern. Die Primatkammer ist nun der richtige Ort, um über solche Themen zu diskutieren, und die Sitzung im Genasauf legt die Politik für das folgende Jahr fest. Es fällt mir deshalb schwer zu glauben, dass die Schwierigkeiten in Euren Ländern, in den meisten jedenfalls, so groß sind, dass Eure Delegationen derart klein ausfallen, sofern sie überhaupt erschienen sind. Als Stellvertreter von mindestens drei Marschallverteidigern erkenne ich Zivilbeamte. Mir ist natürlich klar, dass meine Befehle überraschend kamen und auf Widerstand stoßen mussten, aber dies ist keine Entschuldigung. Daher solltet auch Ihr nicht dumm sein. Glaubt nicht, ich sei dankbar, dass Ihr überhaupt irgendeine Delegation geschickt habt. Denn mit unerfahrenen Platzhaltern debattiere ich nicht; sie bekommen lediglich Anweisungen mit auf dem Weg. Habe ich mich deutlich ausgedrückt?«

Darauf waren Räuspern und nervöses Geraschel auf den Bänken zu hören.

»Gut. Zuerst einmal will ich hören, wie weit die Mobilmachung gediehen ist und wann die Legionen an den vorbestimmten Aufmarschplätzen eintreffen werden. Zunächst möchte ich den Marschallverteidigern von Atreska und Gosland meinen Dank aussprechen, dass sie persönlich gekommen sind. Trotz der möglicherweise unmittelbar drohenden Gefahr seid Ihr hier, und das weiß ich zu schätzen.

Als Nächstes wende ich mich an die eher bescheidene Delegation aus Phaskar. Ich bin nicht sicher, ob ich überhaupt Euren Namen kenne, auch wenn Ihr Euren Marschallverteidiger vertretet ...«

Herine wartete, dass der Mann aufstand. Er war so nervös, wie er es auch sein sollte. In mittleren Jahren, mit schütterem Haar und verweichlicht. Seine Toga war zu eng über dem Bauch geschnürt, und der Schweiß stand ihm auf der Stirn.

»Ich bin Konsularsekretär Karesidi, meine Advokatin.«

Herine blickte kurz nach links und warf Tuline einen bösen Blick zu. Es war noch schlimmer, als sie bisher geahnt hatte.

»Konsularsekretär.« Herine schnalzte mit der Zunge. »Welche Ehre. Zweifellos werdet Ihr mich gleich dringend bitten, nicht den Boten umzubringen, wenn mir die Botschaft nicht gefällt.«

Karesidi lachte schrill. Alle anderen Delegierten waren froh, nicht zu stehen, und fürchteten sich vor dem Augenblick, wenn sie an der Reihe waren.

»Das ist mitunter leider so üblich, meine Advokatin«, erwiderte er.

»Ein schwacher Scherz«, gab Herine zu. »Üblich ist auch, dass der Senat der Konkordanz erscheint, wenn der Senat der Konkordanz einberufen wird.«

Herines Worte hallten laut durch den Saal, und sie hatte absichtlich die Stimme gehoben, damit die Zuhörer zusammenzuckten. Dann fuhr sie fort.

»Dann sprecht die Worte, die Euer Strippenzieher Euch aufgetragen hat. Ich werde über Euer Schicksal entscheiden, nachdem ich sie gehört habe. Bei dieser Gelegenheit sollte ich vielleicht Euch allen erklären, dass ich heute durchaus zu schöpferischen Einfällen neige.«

Herine lehnte sich zurück und betrachtete Arvan Vasselis, der sich offenbar in seiner Haut ebenso wenig wohlfühlte wie sie. Der arme Arvan. Es war ihm nicht vergönnt, zur Ruhe zu kommen. Karesidi hüstelte und räusperte sich.

»Unsere Berichte und die Steuern liegen bereits der Delegation der Einnehmer vor, damit überprüft werden kann, ob wir unseren

Verpflichtungen nachgekommen sind.« Er hielt inne und wischte sich die Stirn ab.

»Oh, du meine Güte«, erwiderte Herine. »Sind die guten Nachrichten damit etwa schon erschöpft?«

»Wir haben über den Botendienst vor fünf Tagen den Befehl zur Mobilmachung bekommen. Mir selbst wurde unsere Antwort erst gestern übermittelt. Ihr verlangt, wir sollten sechs Legionen mobilisieren. Drei Legionen bilden das stehende Heer, das Phaskar verteidigt. Drei weitere können aus ausgebildeten Reservisten rekrutiert werden. Insgesamt viertausendfünfhundert Bürger, die an der Grenze von Gosland und Atreska eingesetzt werden sollen.«

Karesidi schluckte, und Herine wurde es kalt.

»Wir können die Forderungen nicht erfüllen.«

»Könnt Ihr nicht, oder wollt Ihr nicht?«

»Wie unsere Buchhaltung zeigt, sind wir nicht in der Lage, eine solche Truppe zu unterhalten. Wir sind kein reiches Land und geben alles, was wir können, denn wir sind treue Bürger der Konkordanz.«

»Das freut mich aber«, erwiderte Herine. Die Atmosphäre war auf einmal äußerst angespannt. Karesidi sah sich, Unterstützung heischend, im Saal um. Niemand erwiderte seinen Blick. »Das ist ein einsames Geschäft, nicht wahr?«

»Wenn wir vollwertige und nützliche Mitglieder der Konkordanz bleiben wollen, dann müssen wir zuerst die Wirtschaft unseres Landes intakt halten und für unsere Sicherheit sorgen. Dornos im Norden können wir nicht mehr als Freund betrachten. Im Osten steht Gosland unter Druck. Unsere Einberufung hat nicht die Zahlen hervorgebracht, die nötig wären, um Legionen zur Verteidigung der Konkordanz zu entsenden. Es reicht gerade aus, um unser Land zu beschützen, damit wir weiterhin Steuern an den Schatzkanzler entrichten können.«

»Könnt Ihr nicht, oder wollt Ihr nicht?«, wiederholte Herine.

»Beides«, erwiderte Karesidi. Sein Flüstern war dennoch in der ganzen Kammer deutlich zu hören.

»Ich verstehe«, sagte Herine. »Ihr glaubt, es sei das Beste, vor allem Euch selbst zu schützen und den Feind ohne Gegenwehr bis zu Euren Grenzen marschieren zu lassen. Ist das richtig?«

»Ich verstehe Eure Empörung …«

»Das wage ich zu bezweifeln, Sekretär.«

»Wir können keine Truppe in einer Stärke aufstellen, die auf dem Schlachtfeld von Nutzen wäre, ohne zugleich unsere Grenzverteidigung in einem gefährlichen Ausmaß zu reduzieren.«

»Eure Grenzverteidigung findet an der Grenze zwischen Gosland und Tsard statt!«, rief Herine. »Eure Grenzverteidigung entspricht jener der Konkordanz. Phaskar ist keine unabhängige Nation, sondern eine Provinz der Konkordanz. Bis heute dachte ich, es sei ein treuer Verbündeter. Dies hier, dies ist Verrat. Es sei denn, Ihr könnt mir eine andere Deutung nahelegen, Sekretär Karesidi.«

»Ich …« Karesidi deutete auf seine Papiere.

»Ihr seid nur der Bote. Ja, ich weiß. Ich will Euch erklären, was ich so schwer verstehen kann. Im Gegensatz zu den Dornosianern wollt Ihr uns nicht sagen, dass Ihr Euch aus der Konkordanz zurückzieht. Habe ich recht?«

Karesidi nickte.

»Und daher erwartet Ihr, nach wie vor zu bekommen, was die Konkordanz Euch bietet – Schutz und Handel, Transportmittel und die Verwaltung. Darauf müsst Ihr nicht antworten, das ist die schlichte Wahrheit. Allerdings will ich Euch und damit auch Euren feigen Marschall daran erinnern, dass eine Mobilmachung kein verhandlungsfähiges Gesprächsangebot ist. Es ist ein Befehl der Advokatur, dem ihr in vollem Umfang Folge leisten werdet.«

Karesidi schluckte. »Meine Advokatin, ich bedaure, Euch mitteilen zu müssen, dass wir dies nicht tun werden.«

Noch ganz im Bann der in ihr aufsteigenden Wut musste Herine sehen, wie Marschallverteidiger Potharin aus Tundarra, dessen Platz in der Bank direkt vor Karesidi war, sich erhob. Potharin war ein sehr großer alter Mann, seit über fünfzig Jahren der Marschallverteidiger und sogar schon länger im Amt, als Herine auf dem Thron der Advokatin saß. Trotz seines hohen Alters war er gut in Form, er hatte ein markantes Gesicht und eine kräftige Stimme. Ein typischer Tundarraner. Sie wartete, was er zu sagen hatte.

»Meine Advokatin. Herine. Mit dem allergrößten Bedauern muss ich Euch über unsere Entscheidung in Kenntnis setzen, die jener von Phaskar entspricht. Es sind schwere Zeiten, in denen neue Taktiken und eine neue Art von Diplomatie nötig sind, und nicht etwa die Aggression.«

Er wollte fortfahren, kam aber nicht mehr dazu. Herine sprang auf und stand schwankend vor ihrem Thron. Tuline wollte ihr helfen, doch Herine verscheuchte sie mit einer Geste. Dann setzte sie sich schwer und holte tief Luft, um ihre Gedanken zu ordnen. Vasselis, der links neben ihr saß, starrte Potharin fassungslos an. Herine hatte das Gefühl, einen Dolchstoß in den Rücken bekommen zu haben. Gott umfange sie, das war ja im Grunde tatsächlich geschehen.

»Tundarra würde also die Tsardonier durch Gosland marschieren lassen? Durch Gosland, dessen Truppen den Tsardoniern tapfer Widerstand geleistet haben, um Tundarra vor einer Invasion zu bewahren?« Sie zeigte mit dem Finger auf Potharin. »Ich werde Euren berühmtesten Sohn schicken, um dies mit Euch zu besprechen, Potharin. Einen Mann, dessen Vater auf dem Siegestor von Estorr verewigt ist.«

»Nicht einmal Paul Jhered kann diese Entscheidung ändern. Es ist die einzige, die wir überhaupt treffen konnten. Bitte, meine Advokatin, macht es nicht schwerer, als es ist. Wir wissen, dass die feindlichen Kräfte vor der Grenze von Gosland nicht stark genug sind, um uns zu bedrohen. Wir haben Gerüchte gehört, was in Atreska geschieht und was in Gestern schon geschehen ist. Wir können uns ihnen nicht an drei Fronten gleichzeitig stellen und hoffen, Erfolg zu haben. Wir müssen verhandeln.«

»Ich verhandle mit Invasoren ebenso wenig wie mit Verrätern. Die Konkordanz ist eine militärische Macht. Die Konkordanz wird kämpfen.«

Potharins Miene drückte tiefstes Bedauern aus.

»Dann wird die Konkordanz untergehen«, sagte er leise.

Herine fuhr auf und wandte sich an die Delegation der Einnehmer.

»Räumt die Primatkammer«, sagte sie. »Und ruft die Wache der Advokatur, damit die persönliche Sicherheit der Advokatin gewährleistet ist.«

Sie sah die Delegierten an, die nach ihren Worten in stummem Schock auf ihren Bänken saßen.

»Wir werden noch sehen, wer untergeht. Und dann werden wir sehen, wer die Abrechnung überlebt. Der Senat ist aufgelöst. Geht hinaus.«

32

859. Zyklus Gottes,
36. Tag des Genasauf

Ossacer Westfallen.« Felice Koroyan ließ sich den Namen förmlich auf der Zunge zergehen. »Die Fliege erbittet die Gnade der Spinne. Der Feind betritt die Hallen der Rechtschaffenen und sucht Erlösung.«

»Ich bin weder eine Fliege noch ein Feind des Allwissenden, Kanzlerin«, erwiderte Ossacer leise. Ihm war klar, dass er einige Provokationen über sich ergehen lassen und sich in Geduld üben musste. »Ich war es noch nie und wollte es niemals sein.«

Koroyan schloss die Tür des Sprechzimmers und machte ein paar Schritte. Sie näherte sich ihm jedoch nicht zu weit und machte keine Anstalten, sich zu setzen. Auch unterließ sie es, Ossacer mit einer Geste dazu aufzufordern.

»Ihr seid von Geburt an mein Feind, und mit jedem Atemzug, den Ihr tut, vertieft sich die Kluft. Mit jeder Tat verspottet Ihr Gott den Allwissenden.« Koroyan machte das alles umfassende Zeichen des Allwissenden vor der Brust. »Eure Anwesenheit hier ist eine Beleidigung für jeden Bürger der Konkordanz.«

Sie war eine beeindruckende Gestalt. Ossacer hatte vorher nicht richtig darüber nachgedacht. Sie hatte den Raum allein betreten und fühlte sich offenbar sicher, obwohl sie wusste, in welche Gefahr sie sich möglicherweise begab. Ihre Persönlichkeit füllte den Raum aus. Ossacer war wider Willen beeindruckt. Ihre Aura pulsierte vor Kraft. Sie war dunkelgrün und mit etwas sanfterem Braun durchsetzt. Sie berührte die Wände und den Boden und erstreckte sich sogar über den Raum hinaus und verband sich mit allem, was sich da draußen befand.

Wenn sie nur hätte erkennen können, wie schön es war. Wie völlig richtig es war, dass sie dem Orden vorstand, und zwar aus Gründen, die sie sofort als Ketzerei verdammt hätte.

»Ich habe immer nur versucht, Gottes Werk auf dieser Erde zu verrichten. Gesegnet mit meinen Begabungen und mir meiner Verantwortung bewusst. Genau deshalb bin ich heute auch hier.«

»Verantwortung.« Die Kanzlern schüttelte den Kopf und deutete mit dem Finger auf die Tür. »Da draußen ist Gorian, und seine Version der Verantwortung bedeutet, dass wir mit einer Invasion rechnen müssen.«

»Das ist Gorian. Nicht ich bin es, und keiner von uns anderen ist es.«

»Ihr seid der fähigste unter den Falschspielern. Noch mehr als Euer verdammter Bruder, weil Ihr das Schweigen und Eure vermeintliche Behinderung benutzt, um Sympathie zu wecken. So beherrscht Ihr die Gedanken der Menschen. Ich sollte Euch auf der Stelle töten und verbrennen lassen.«

»Ich würde Euch nicht daran hindern.« Ossacer ließ die Hände sinken. »Aber ich bitte Euch, mich vorher anzuhören.«

Die Kanzlerin lächelte und zuckte mit den Achseln.

»Meinetwegen, warum nicht?« Sie ging zu einer Liege, setzte sich und lehnte sich gegen das Polster am Ende. »Schließlich bin ich ja nur die Ordenskanzlerin des Allwissenden. Was hätte ich schon Besseres zu tun, als mit meinen Todfeinden zu plaudern?«

Sie faltete die Hände und legte sie in den Schoß. Ossacer wäre beinahe geplatzt.

»Ich hätte angenommen, dass Eure vornehmste Pflicht darin besteht, Eure Anhänger vor Bedrohung und Tod zu schützen, und auch davor, dass ihre Zyklen unter Gott vorzeitig beendet werden.«

»Ich habe viele Pflichten«, erklärte ihm die Kanzlerin. »Viel mehr, als Ihr Euch vorstellen könnt.«

»Dann lasst mich Euch helfen, einen unausweichlichen Konflikt zu beheben, bevor sich ein grässliches Gemetzel entwickelt, in dem Freund und Feind gleichermaßen vernichtet werden, ohne jemals wieder die Umarmung Gottes spüren zu dürfen.«

Koroyan wedelte ungeduldig mit der Hand. »Krieg ist manchmal notwendig. Wenn die Tsardonier uns angreifen, dann tun sie dies mit der Billigung ihrer Priester. Es kümmert mich nicht, wie sie mit ihren falschen Göttern Frieden schließen.«

»Wenn die Gerüchte wahr sind, wenn zutrifft, was ich erfahren habe, und wenn der Weg, den ich erkennen kann, beschritten wird, dann sind die meisten, die gegen uns marschieren, keine Tsardonier. Es werden Bürger der Konkordanz sein, aus Gottes Umarmung gerissen und gegen die Konkordanz ausgesandt, die sie einst liebten.«

Die Kanzlerin lachte. »Ich muss schon sagen, das ist wirklich witzig. Die Advokatin wirft mir vor, meine Auftritte seien oft zu dramatisch. Gegen Euch hat sie anscheinend nichts einzuwenden. Aber immerhin, Ihr habt meine Neugierde geweckt. Jetzt möchte ich nur noch begreifen, was Ihr damit meint. Also sprecht, Ossacer Westfallen. Und dann werden wir über Eure Verbrechen reden.«

Ossacer nickte. Sie konnte ihn nicht gegen seinen Willen festhalten. Vielleicht war ihr das nicht klar. Sie konnte ihn zwar mit Pfeilen töten lassen, aber wenn sie ihn einsperrte, würde sich das rasch als Fehler erweisen.

»Es ist recht einfach, auch wenn Ihr mir vielleicht nicht glauben werdet. Wir nehmen an, Gorian hat einen Weg gefunden, die Toten wiederzuerwecken und gegen uns ins Feld zu schicken.«

»Wartet, wartet!« Die Kanzlerin sprang auf. »Was soll dieser

Unfug? Selbst für einen Aufgestiegenen ist dies das Eingeständnis eines unglaublichen Verbrechens. Ihr könnt die Toten erwecken? Das soll ich glauben?«

Wieder war Ossacer kurz davor, die Geduld zu verlieren. Es drehte ihm den Magen um. »Es gibt Gerüchte, bestätigt von Zeugen, mit denen ich selbst gesprochen habe, dass Gorian dies tun kann. Nicht wir, sondern Gorian. Wir, die wahren Aufgestiegenen, haben uns geschworen, ihn aufzuhalten. Wir müssen ihn töten.«

»Wenigstens darin stimmen wir überein.« Koroyan wanderte im Zimmer umher und schüttelte den Kopf. »Was ... ich kann nicht ...« Schließlich hielt sie inne und fasste sich wieder. »Gorian kann also die Toten wandeln lassen?«

»Das glauben wir.«

»Gut. Wartet. Dies ist eine entsetzliche Ketzerei.«

»Ich stimme Euch zu, dass ...«

»Schweigt«, fauchte sie. »Wie kann ich das glauben? Heute Morgen bin ich aufgewacht und habe die Schönheit von Gottes Erde genossen. Nur wenige Stunden später kommt Ihr herein und erzählt mir, das leibhaftige Böse gehe um und stehle Gott seine Menschen. Das ist grotesk. Warum sollte ich Euch glauben? Und warum sollte ich Euch nicht gleich an Ort und Stelle töten lassen? Eure letzten Äußerungen sind mir dabei sogar egal. In meinen Büchern stehen Berichte über Eure Verbrechen in den letzten zwanzig Jahren, die völlig ausreichen, um Euch zu verurteilen.«

»Warum sollte ich hierherkommen, in Euer Haus, nur um Lügen zu verbreiten und mein Leben zu gefährden?«

Die Kanzlerin dachte darüber nach und nickte schließlich. Anscheinend legte sich auch ihr Zorn. Sie kehrte zur Liege zurück und setzte sich wieder.

»Warum müssen wir uns einmischen? Der Allwissende schenkt uns an jedem Tag, an dem wir atmen, alles, was wir brauchen. Wenn wir sterben, ist unsere Belohnung für ein Leben im Glauben die

Rückkehr in die Umarmung Gottes, bis er beschließt, dass wir fortfahren sollen, sein Werk zu verrichten. Ihr ... Ihr Aufgestiegenen sucht dies mehr als jeder verdammte Wissenschaftler zu unterminieren. Dennoch behauptet Ihr, gläubig zu sein.«

»Ich brauche Eure Hilfe«, sagte Ossacer leise. »Richtet an einem anderen Tag über mich und uns.«

»Euch helfen?« Der Kanzlerin schossen die Tränen in die Augen. »Ihr wollt meinen Glauben und den von Millionen anderer Menschen zerstören und bittet *mich* um Hilfe? Was soll ich denn tun, Ossacer?«

Ossacer war verwirrt. Den Zorn konnte er verstehen, aber mit dieser Reaktion hatte er nicht gerechnet.

»Helft uns, die Lage nicht noch zu verschlimmern. Die Bürger hören auf Euch. Sie müssen erfahren, dass die Aufgestiegenen und die Wissenschaftler gezwungen werden, Sprengstoff und Feuer zu benutzen, um unsere Feinde zu bezwingen. Das kann ich nicht hinnehmen. Ich will nichts tun, was einem anderen Menschen schadet, ich will nur helfen und heilen. Seit ich Stellung bezogen habe, darf ich nicht mehr unterrichten. Die Öffentlichkeit kann jedoch helfen, damit wir die Toten der Konkordanz nicht mehr verbrennen müssen. Damit wir aufhören können, ihre Asche im Wind zu verstreuen wie die von verurteilten Mördern, die ihre Zyklen nicht fortsetzen dürfen. Helft uns, Gorian zu finden. Sie werden mir nicht glauben, aber Euch werden sie Glauben schenken.«

Die Miene der Kanzlerin hellte sich auf.

»Kehrt auf den Hügel zurück und findet Euren Frieden mit Gott. Trotz Eurer Worte kann ich mir nicht vorstellen, dass wir an denselben Gott glauben. Aber wenigstens kann ich Euch achten, weil Ihr ein Gewissen habt. Ihr haltet Euch vielleicht für klug, weil Ihr hierhergekommen seid und denkt, dies könnte meine Haltung zum Aufstieg und zu dessen Stellung in der Welt verändern. Dass ich Euch vielleicht sogar verzeihen könnte.

Ihr irrt Euch, Ossacer. Ihr habt in diesem Raum das Ausmaß meines Glaubens und meiner Verzweiflung gesehen. Jetzt werdet Ihr das Ausmaß meines Zorns erkennen. Geht jetzt, und wenn Ihr meinen Rat annehmen wollt, dann setzt Eurem Leben ein Ende, bevor Euch die Flammen finden.«

»Was tun sie mir nur an? Und der Konkordanz?«

Herine wusste, wie jämmerlich es klang, aber das war ihr egal. Sie hatte sich in ihre privaten Gemächer neben der Primatkammer zurückgezogen. Vor allen Türen standen Wachen, während die Einnehmer die Abrechnungen aus Phaskar und Tundarra durchgingen. Tuline und Arvan Vasselis leisteten Herine Gesellschaft. Es machte ihr nichts aus, vor den beiden zu weinen.

»Sie haben Angst, Herine«, sagte Vasselis. »Sie tun, was wir alle tun würden. Sie kümmern sich zuerst um die, die ihnen nahestehen.«

»Ich nicht.« Herine pochte sich auf die Brust. »Ich habe das Wohl der ganzen Konkordanz im Auge und damit auch ihres. Haben sie denn überhaupt nichts begriffen? Estorea hat ihnen alles gegeben, was sie heute haben. Jetzt wenden sie sich gegen uns, und ich weiß nicht einmal den Grund. Vor zehn Jahren hätte ich es noch verstanden. Aber heute wissen wir nicht einmal, ob es nur Gerüchte sind oder eine echte Bedrohung.«

»Sie sind einfach nicht bereit oder glauben, es nicht zu sein«, erwiderte Vasselis. »Sie befürchten, ihre Feinde gingen gegen sie vor, und sie haben den ...«

Sie starrte ihn an.

»Sprich es ruhig aus, Arvan. Sie haben den Glauben verloren. Wo habe ich versagt? Kann man den Aufgestiegenen die Schuld geben?«

»Warum denkst du das?«, fragte Vasselis.

»Wenn es einen Zeitpunkt gibt, an dem meine Herrschaft zu wanken begann, dann war es der Tag, an dem ich sie aufnahm und trotz der daraus entstandenen religiösen Verwirrung zu einem Teil der Advokatur machte.«

»Da muss ich widersprechen. Tsard hat erneut angegriffen, bevor wir bereit waren. Hätten sie noch zwei Jahre gewartet, dann wären solche Fragen gar nicht erst aufgekommen. Zermartere dir nicht den Kopf über die, die du nicht verändern kannst, und nutze lieber, was dir zur Verfügung steht. Es gibt Länder, die dir treu ergeben sind. Die Abgeordneten aus Avarn, Neratharn, Gosland und Atreska haben uns in der letzten Stunde aufgesucht. Wir sind immer noch stark.« Vasselis fasste sie am Arm, und in seinen Augen flammte einen Moment lang wieder die Leidenschaft der Vergangenheit auf.

»Aber wo ist Gestern? Wo ist Katrin Mardov?«

»Wir kennen Katrin. Kein einziger Delegierter ist aus Gestern gekommen. Es kann nur daran liegen, dass irgendetwas sie aufgehalten hat. Bete, dass es nicht das war, was wir fürchten.«

Herine nickte. »Verdammt sollen sie sein. Kann man fassen, was Tundarra vorgetragen hat? Potharin ist wie ein Onkel für mich. Oder er war es. Er ist Robertos eingeschworener Gönner. Und trotzdem hat er uns verraten.«

»Das ist schwer zu verstehen«, stimmte Vasselis zu.

»Es ist einfach nicht gerecht. Und er, Dornos, Phaskar, Morasia – sie werden alle noch ihren Irrtum einsehen. Ich will alle treuen Beamten der Konkordanz aus den Ländern abziehen und so bald wie möglich nach Estorr beordern. Die Grenzen sollen geschlossen, der Handel soll eingestellt werden. Sie müssen begreifen, was es bedeutet, von der Konkordanz isoliert zu sein. Ich werde sie in den Bankrott treiben und zerbrechen.«

»Das kannst du nicht tun, Mutter«, widersprach Tuline.

Herine leerte ihren Weinkelch. »Nein?«

»Nein«, bekräftigte Tuline.

Herine blinzelte und betrachtete ihre Tochter. Groß im Vergleich zu Herine. Ein wenig schlicht vielleicht. Aber schlank und königlich und mit den durchdringenden Augen, die alle Frauen der Del Aglios besaßen. Der rote Schleier vor Herines Augen löste sich auf, und sie schauderte. Dann runzelte sie die Stirn.

»Warum kann ich das nicht tun?«

Tuline glättete ihre Toga, stand auf und ging zu einigen Regalen neben dem Tisch, an dem sie saßen. Mit einem dicken Packen von Dokumenten kehrte sie zurück.

»Deshalb«, erklärte sie und warf die Papiere auf den Tisch. Der dumpfe Knall ließ das Geschirr scheppern.

»Sag es mir einfach und mach nicht so einen Akt daraus«, erwiderte Herine.

»Ich habe Berichte bekommen und Gerüchte gehört, sobald die Anweisung zur Mobilmachung erlassen war. Die ständigen Vertreter hier im Palast, vor allem jene aus Tundarra, Phaskar und Morasia, haben sich missmutig geäußert, sich zugleich aber auch überheblich gezeigt. Sie haben sich untereinander beraten, und man musste nicht lauschen, um zu wissen, welcher Stimmung sie waren.«

Tuline breitete einige Papiere aus.

»Hier habe ich verschiedene Einzelheiten, aber bei Weitem nichts Erschöpfendes, über alle Vertragsbeziehungen, die wir zu den rebellischen Provinzen unterhalten, wenn ich sie so nennen darf.«

»Dein Begriff ist höflicher als das, was ich gesagt hätte, aber es soll mir recht sein«, erwiderte Herine.

Sie betrachtete ihre Tochter mit neuen Augen, und als sie bemerkte, wie Vasselis die Augenbrauen hochzog, lächelte sie und war stolz auf ihr Kind. Tuline konzentrierte sich dagegen auf die Vertragstexte.

»Wir haben ein Abkommen mit Morasia über die Lieferung von Eisen und Stahl. Abgesehen von Caraduk und Estorea gibt es die besten Pferdezüchter in Phaskar, wie du ja weißt. Wir kaufen dort eine Menge Pferde. Das tundarranische Holz und Tuch sind die besten außerhalb von Sirrane. Auch ihre Lederwaren sind ziemlich gut.

Im Norden von Phaskar gibt es fruchtbare Ländereien, in den tundarranischen Ebenen wird Vieh gezüchtet, und die …«

»Schon gut, schon gut, ich hab's verstanden«, sagte Herine. »Aber ich will dir deinen ruhmreichen Augenblick nicht verderben, also fahre fort.

»Was?«

Tulines Unschuldsmiene war beinahe komisch.

»Sag mir einfach, worauf du hinauswillst.«

»Wenn wir den kommenden Krieg durchfechten und gewinnen wollen, können wir nicht die wirtschaftlichen und diplomatischen Beziehungen zu diesen Ländern abbrechen. Und das wissen sie auch.«

Herine hob hilflos beide Hände. »Wie, in aller Welt, soll ich dann meine Rachsucht befriedigen?«

Es dauerte einen Augenblick, bis Tuline bemerkte, dass ihre Mutter einen Scherz gemacht hatte, und laut auflachte.

»Also, das weiß ich nicht, Mutter. Ich sagte, wir können die Beziehungen nicht abbrechen, aber das heißt nicht, dass wir ihnen nicht zusetzen können. Sie wissen zwar, dass wir sie brauchen, aber wir wissen, dass sie auch uns brauchen. Im Augenblick ist es eine Allianz der Bedürftigen.«

»Da wäre noch etwas«, fügte Vasselis hinzu. »Wir sind im Augenblick zwar dezimiert, aber die Konkordanz befehligt immer noch mehr Kräfte als sie, selbst wenn sie sich verbünden, was sie aber nicht tun werden. Wenn wir wollten, dann könnten wir jedes dieser Länder besetzen, und sie müssten ohnmächtig zuschauen.«

»Aber so weit werden wir nicht gehen«, erwiderte Herine. »Hör doch auf.«

»Das wissen sie allerdings nicht. Es kann ja nicht schaden, hier und da ein paar missverständliche Andeutungen fallen zu lassen, oder?« Vasselis lächelte. »Reicht dir das, um deiner Wut ein Ventil zu geben?«

»Für den Augenblick schon«, sagte Herine. »Danke, Arvan.«

»Überlege es dir«, fuhr Tuline fort. »Die Rebellen setzen darauf, dass es einen langwierigen Konflikt gibt, in dem wir uns um die zweitausend Meilen lange Grenze mit Tsard kümmern müssen. Überlege dir, wie wir dastehen, wenn wir den Krieg sehr schnell gewinnen.«

»Tuline, du bist heute reifer geworden als an jedem anderen Tag deines Lebens auf dieser Erde. Ich war schon immer stolz auf dich, meine Tochter, aber heute hast du meinen Glauben in dich gerechtfertigt, und das ist ein größeres Geschenk, als du es dir überhaupt vorstellen kannst.«

Tuline errötete, und Herine beugte sich vor, um sie auf die Stirn zu küssen.

»Hast du Befehle, meine Advokatin?«, fragte Vasselis.

»Besorge mir eine Zusammenfassung von allem, was wir haben, wo es ist und wohin es befördert wird. Ich brauche die Informationen morgen früh, wenn wir drei aufbrechen und nach Estorr zurückkehren, wo wir uns mit unserem Marschallgeneral treffen. Wenn wir Glück haben, ist sogar Paul Jhered dort und serviert uns Gorians Kopf auf dem Silbertablett. Wir wollen diesen Krieg schnell gewinnen. Ich muss über meine Rachepläne nachdenken.«

33

859. Zyklus Gottes, 36. Tag des Genasauf

Julius!« Robertos Ruf hallte laut vor der nackten Felswand. »Haltet durch, stürzt nicht. Lasst nicht los. Der Allwissende wird Euch zur Seite stehen.«

Die Kräfte des Priesters ließen jedoch rasch nach. Er befand sich in einer schwierigen, äußerst anstrengenden Lage. Robertos Finger, seine Hände und seine Füße brannten, aber er konnte noch durchhalten. Julius klammerte sich ihm gegenüber an die Felswand. Die Männer befanden sich ungefähr drei Schritte hoch über dem Boden. Als die schwarze Welle den Hang heraufgebrandet war und die Menschen voller Panik gegeneinander zu kämpfen begonnen hatten, hatte Roberto allen in der Nähe zugerufen, sie sollten an den Felsen emporklettern.

Zehn oder mehr hatten ihm Folge geleistet. Drei waren abgestürzt und in der Sporenwolke und dem Dreck erstickt. Er und Julius hatte sich festgehalten und waren so hoch wie möglich gestiegen. Auch Dahnishev und vier Ärzte hatten großes Glück gehabt und einen Vorsprung gefunden, auf dem sie sicher stehen und sich festhalten konnten. Sie warteten ein Stück weiter oben auf der rechten Seite. Ihre Angebote, ihm zu helfen, hatte Roberto ausgeschlagen.

Unten auf dem ersten Abschnitt des Weges hatten sich entsetzliche Szenen abgespielt, die Roberto sein Lebtag nicht mehr vergessen würde. Erfahrene Legionäre hatten ihre Kameraden niedergemacht und waren über die Toten hinweggesprungen, um den Felsenpfad zu erreichen. Dort hatten sie einige, die noch an den Seilen hingen, zur Seite geschleudert, um für sich selbst Platz zu schaffen. Ein Einziger nur hatte versucht, in diesem Chaos Ordnung zu halten. Pavel Nunan. Roberto hatte beobachtet, wie er von seinen eigenen Legionären überrannt worden war.

Dann hatte die Woge sie alle erfasst. Sie war über jene hereingebrochen, die noch am Boden festgesessen hatten, war höher und höher den Weg hinaufgebrandet und hatte die Männer und Frauen erfasst, die sich dort gedrängt hatten, um zu fliehen. Doch Gorians Werk konnte nicht die Lücke zwischen dem Lebendigen und dem Toten überwinden. Auf nacktem Fels vermochte die Wolke nicht emporzusteigen. Schließlich hatte sich Schweigen ausgebreitet, nur unterbrochen von den verzweifelten Rufen der Überlebenden zwischen den Felsen.

Etwas später ließen sich auch die Glücklichen hören, die schon oben auf der Klippe waren. Durchhalten sollten die anderen, die noch weiter unten waren. Hilfe würde kommen. Das war vor zwei Stunden gewesen, und inzwischen war Roberto klar, dass es nicht genügend Seil gab, das zu ihnen herabgelassen werden konnte. Er hatte verboten, dass jemand hinabstieg und die Seile benutzte, die den Weg sicherten.

»Ich kann nicht mehr«, sagte Julius verzweifelt und verängstigt.

»Ihr könnt«, widersprach Roberto. »Doch, Ihr könnt. Habt Ihr schon vergessen, dass Ihr mich in Gegenwart der Advokatin anklagen wollt? Wisst Ihr das noch? Benutzt diesen Zorn, Julius. Gebt nur nicht auf.«

Roberto lag mit dem Gesicht flach auf dem Stein. Auf der anderen Seite hing Julius am Fels, starrte zurück und wusste nicht, was er dazu sagen sollte.

»Das spielt jetzt keine Rolle mehr«, sagte er schließlich.

»Doch, es spielt eine Rolle, wenn Ihr Euch nur festhaltet. Bald werden sie weiterziehen, und dann können auch wir uns bewegen. Wollt Ihr verhindern, dass ich noch mehr aus Eurer Herde verbrenne? Dann haltet Euch fest.«

Julius lächelte und lachte sogar. Es war völlig unpassend. »Ihr provoziert mich.«

»Ich versuche es«, gab Roberto zu. »Der Zorn schenkt uns Kraft und Entschlossenheit.«

»Ich habe Euch falsch eingeschätzt«, sagte der Priester.

»Das glaube ich nicht, Julius. Meine Haltung hat sich so wenig verändert wie die Eure.« Roberto bog einen verkrampften Finger. Er wagte es nicht, die Füße zu bewegen. Der Spalt, in den er die Zehen gezwängt hatte, war winzig und voller Staub. Er konnte leicht abrutschen. »Im Augenblick brauchen wir aber jeden Mann und jede Frau. Das schließt auch Euch und mich ein. Werdet keiner von ihnen, Julius, sonst muss ich auch Euch verbrennen.«

Die Toten marschierten über das verwüstete Gelände. Der widerwärtige Gestank trieb Roberto die Tränen in die Augen. Es roch wie ein Kadaver, der fünf Tage lang in sengender Sonne verrottet war. Im Gestank, der vom Boden aufstieg, sammelten sich bereits die Fliegen. Tsardonische und konkordantische Tote erhoben sich gemeinsam. Viele hatten Geschwüre, offene Wunden und eine kranke grünliche Hautfarbe. Wenn sie ausatmeten, wehten Wolken von Sporen aus ihren Mündern.

Roberto betete, seit sie sich erhoben hatten, dass sie rasch weiterziehen mochten. Die schwarze Woge war längst wieder abgeebbt, und er war sicher, dass sie jetzt gefahrlos auf der Erde laufen konnten. Doch es wäre im Augenblick ein tödlicher Fehler hinabzuspringen, denn alle toten Männer und Frauen waren mit Schwert und Schild bewaffnet. Sie bewegten sich geordnet und formierten sich am Fuß der Felswand auf dem freien Gelände.

Bisher hatten sie noch nicht daran gedacht, am Seil hochzuklettern und den Pfad zur Klippe zu erreichen. Vielleicht waren die Toten nur in der Lage, einer einzigen, einfachen Anweisung zu folgen. Entweder die gesamte Streitmacht der Toten würde es versuchen, oder kein Einziger von ihnen. Roberto glaubte nicht, dass Gorian hier seine Zeit verschwenden würde. Tausende von Toten versammelten sich hier. Sie schwiegen und warteten, nur hin und wieder klirrte irgendwo Metall. Roberto machte sich Sorgen, weil er sich keinen Grund für dieses Verhalten vorstellen konnte. Er fürchtete, sie warteten auf einen lebenden Tsardonier, der wieder zwischen ihnen marschieren sollte. Die Toten blickten nicht nach oben, aber ein lebender Mensch würde sofort die hilflosen Bürger der Konkordanz entdecken, die in der Felswand hingen.

Als Julius wieder etwas sagte, blickte Roberto hinüber und erschrak. Der Sprecher hatte sich vorgebeugt und blickte auf die Toten hinab, die sich unter ihm sammelten. Zuerst glaubte Roberto, ein gemurmeltes Gebet zu hören, aber dann hob der Priester die Stimme.

»Wendet euch ab vom Pfad des Bösen. Legt euch nieder zur Ruhe und kehrt in die Umarmung Gottes zurück. Dies ist nicht euer erneuerter Zyklus. Stimmt mit mir ein in das Gebet für jene, die mit euch wandeln. Lasst mich euch den Weg in die Umarmung des Allwissenden zeigen. Euer Herrscher ist nicht Gott, sondern ein Mensch. Richtet euren Willen gegen ihn und haltet ihn auf. Ich werde euch helfen, ich komme zu euch hinunter.«

»Julius, das könnt Ihr nicht tun.«

»Sie müssen auf mich hören, Botschafter.« Julius' Stimme klang erstickt. »Seht sie doch an, wie verwirrt sie sind. Sie sind allein, obwohl sie in einer Menge stehen. Ich kann mich nicht selbst retten, während so viele verloren sind.«

»Julius, seht mich an. Bitte.«

Der Sprecher drehte den Kopf herum, sein Blick irrte hin und her und fand kein Ziel. Er atmete heftig, seine Miene war in selbstgerechtem Zorn verzerrt.

»Niemand wird den retten, der nicht versucht, einen anderen zu retten«, erwiderte Julius.

»Ihr versteht es nicht. Sie werden Euch nicht hören. Sie werden versuchen, Euch zu töten und Euch zu einem der ihren zu machen.«

»Ich muss es wenigstens versuchen.«

»Hebt Euch das für die auf, die Euch hören können.«

»Sie werden mich hören«, beharrte Julius.

Dann ließ er los.

»Nein!«

Julius Barias sprang hinab, kam gut auf und rollte sich geschickt ab. Er war höchstens zwei Schritte vom nächsten toten Krieger entfernt. Dahnishev und seine Ärzte, die oberhalb von Roberto festsaßen, riefen und drängten den Sprecher, zum Weg zurückzukehren, und in ihre Rufe mischten sich andere von noch weiter oben. Roberto hielt sich fest und wartete.

Der Sprecher kniete vor den frisch aufgeworfenen Gräbern, über denen die Luft zu flimmern schien. Entweder das, oder Robertos Augen spielten ihm einen Streich, denn es kam ihm jetzt sogar so vor, als bewegte sich die Erde. Julius breitete die Arme weit aus und sprach Worte, die Roberto nicht verstehen konnte. Auf einmal schoss eine Hand aus der Erde empor, als wollte sie die leere Luft greifen. Roberto wäre vor Schreck fast abgestürzt. Ihm wurde übel. Julius stieß einen Schrei aus.

»Oh du allwissender Gott, gib deinen Menschen Frieden. Sie sind von deinem Diener gesegnet und sollten wohlbehalten in deiner Umarmung ruhen, und doch regen sie sich. Strafe sie nicht weiter in ihrem Unglück. Mit verstümmelten Körper, aber ungebrochenem Willen kommen sie zu dir. Allwissender Gott, ich flehe dich an.«

Die Erde über dem Massengrab wellte sich, als hätten die Toten Julius' Worte vernommen. Diese Toten hatten keine Köpfe mehr, und doch hatte Gorian ihnen das Leben zurückgegeben. Sie waren für ihn nutzlos, und doch quälte er sie. Auch wenn sie nichts spürten, war die Verletzung ihrer Ruhe empörend. Roberto fand es genauso schändlich wie Julius.

Adranis ...

Roberto stieg vorsichtig hinab. Dahnishev rief ihm zu, er solle bleiben, wo er war, aber Roberto hörte nicht auf ihn. Die Toten direkt unter ihm hatten sich etwas entfernt.

»Roberto, bleib doch, wo du bist!«

»Mein Bruder!«, rief er zurück, obwohl ihm die Worte fast im Hals stecken blieben. »Dieser Bastard hat meinen Bruder zurückgeholt.«

»Nein, Roberto«, rief Dahnishev. »Das stimmt nicht. Es ist nur ein Körper, der sich bewegt. Dein Bruder ist tot. Denk doch an deine eigenen Worte. Bitte.«

»Mein Bruder«, wiederholte er und sprang ganz hinunter.

Er rannte zu den Gräbern. Julius betete jetzt. Roberto trat zu ihm und machte das Zeichen des Allwissenden vor der Brust. Auf diesem und einigen anderen Gräbern weiter rechts bebte die frisch aufgeworfene Erde. Ein Dutzend Arme und Oberkörper schoben sich durch die dünne Schicht Erde nach draußen.

»Macht weiter, Julius«, sagte er. »Bitte schenkt ihnen die Ruhe. Schenkt meinem Bruder die Ruhe.«

»Sie können mich nicht hören, Botschafter. Ich habe sie gebeten, still zu liegen und unseren Herrn zu suchen, aber das tun sie nicht. Ich verstehe es nicht.« Er wandte sich tränenüberströmt an Roberto. »Was macht Ihr überhaupt hier unten?«

Wieder rief Dahnishev etwas herab. Roberto sah ihn winken und zur Straße deuten.

»Ich will Euch retten. Die Toten kommen zurück.«

»Denen kann ich helfen. Sie werden auf mich hören, weil sie sehen können.«

»Nein, das werdet Ihr nicht tun.«

Doch Julius war schon auf und davon und rannte am Fuß der Klippe entlang. Roberto folgte ihm. Trotz des gezogenen Schwerts fühlte er sich sehr verletzlich. Die Rüstung trug er noch, aber er hatte keinen Schild. Als er höheres Gelände erreichte, bemerkte Roberto etwa dreißig oder mehr Tote, die in ihre Richtung kamen. Es war eine kleine Abteilung, die unabhängig von den anderen agierte.

Roberto runzelte die Stirn. »Wie kann das sein?«

»Ihr, die ihr an den Allwissenden glaubt, kommt zu mir.« Julius hatte wieder die Arme ausgebreitet. »Betet mit mir und kehrt um auf eurem Weg.«

»Julius, hört auf«, rief Roberto. »Das ist doch Wahnsinn.«

Das war es auch. Dahnishev brüllte vom Felsvorsprung herunter, und die anderen Ärzte drängten Roberto, den Pfad zur Klippe hinaufzuklettern. Die Toten waren noch zehn Schritte entfernt. Julius marschierte ihnen unverdrossen entgegen. Er sah die Gefahr nicht und wähnte sich sicher in seinem Glauben.

»Sie werden Euch töten, Ihr könnt ihnen nicht helfen.«

»Die Arme des Allwissenden sind für euch immer offen. Ich weiß, dass ihr an ihn glaubt. Die Stimme in euren Köpfen ist nicht die Stimme Gottes.«

»Julius!«, brüllte Roberto.

Dann blieb er stehen. Julius hörte einfach nicht. Roberto stand nun direkt vor dem Pfad. Der Sprecher war ihm ein paar Schritte voraus und den anrückenden Toten schon sehr nahe. Ihr Anblick schien ihn nicht zu stören. In seinem Wahnsinn zeigte er wenigstens Mut. Die Toten konzentrierten sich ganz auf Julius, einige andere liefen weiter den Abhang hinauf, um sich zur Haupttruppe auf der Straße zu gesellen.

Für Roberto hatte die Szene etwas Unwirkliches. In einer leblosen Landschaft stand er auf matschigem, verfaultem Gras zwischen den Trümmern zerstörter Bäume und beobachtete die Toten, voller Blasen und giftgrün verfärbt, die sich einem Mann näherten, der sie retten wollte. Vielleicht bemerkten sie dies sogar, aber irgendein innerer Zwang raubte ihnen jedes Gefühl und ließ ihre Augen stumpf werden. Alle hatten Schwerter, viele waren zusätzlich mit Schilden bewaffnet. Vorne kamen die Kämpfer der Konkordanz, aber in ihrer Mitte marschierten auch Tsardonier. Roberto wäre am liebsten den Pfad zur Klippe hinaufgeklettert, aber irgendeine stärkere Kraft hielt ihn zurück.

Julius war unterdessen stehen geblieben, jetzt baute er sich vor ihnen auf und sprach sie direkt an. Er betete für sie, nannte alle, die er kannte, beim Namen, und drängte sie, anzuhalten und sich zu besinnen. Doch sie marschierten einfach weiter. Eine Klinge blitzte, Julius sprang zurück, und die Schneide verfehlte seinen Bauch um Haaresbreite. Seine Stimme aber schwankte nicht, sondern schien sogar noch mehr Kraft zu gewinnen. Die Toten formten einen Halbkreis um ihn. Sie wollten ihn umzingeln und niedermachen.

»Verschwindet dort, Julius. Werft Euer Leben nicht fort!«, schrie Roberto. Er näherte sich dem Priester und wollte ihn zur Not einfach wegzerren, um ihn zu retten.

Eine weitere Klinge und dann noch eine wurden gegen Julius geschwungen. Ein Streich traf seinen Arm und schnitt durch die Kleidung bis ins Fleisch, der zweite pfiff knapp über seinem Kopf vorbei. Julius stolperte rückwärts, glitt aus und stürzte. Roberto sprang die letzten paar Schritte zu ihm. Er hackte nach dem nächsten Bein und durchtrennte es fast. Der Legionär kippte zur Seite, prallte gegen eine weitere Kämpferin und riss auch sie um. Einen Augenblick lang geriet der Marsch der Toten ins Stocken. Roberto packte Julius am unverletzten Arm und schleppte ihn zum Pfad zurück.

»Julius, dort hinauf.«

Der Sprecher drehte sich zu Roberto um. Endlich war der Schleier der Verwirrung gewichen. Jetzt zeigte seine Miene nackte Angst.

»Ich kann sie nicht ...«

»Hinauf!«

Roberto zerrte ihn weiter über den trügerischen Boden. Die Toten folgten ihnen mit gleichmäßigem Schritt. Der Kämpfer, den Roberto niedergestreckt hatte, konnte nicht mehr laufen, kroch aber über den Boden und war immer noch darauf aus, seine perverse Pflicht zu erfüllen. Julius hatte Mühe, auf den Beinen zu bleiben.

»Hinauf, Sprecher Barias.« Roberto legte ihm einen Arm um die Schultern, zog ihn hoch und erwürgte ihn fast, als sein Arm abrutschte und am Hals des Sprechers hängen blieb. »Klettert hoch und seht Euch nicht um.«

Roberto stieß ihn in Richtung des Weges und machte sich bereit, sich den Toten zu stellen. Er duckte sich unter einem Hieb durch und trat dem Angreifer die Füße weg. Dann eilte er gebückt weiter, drehte sich und rammte eine tote Angreiferin. Die Frau verlor das Gleichgewicht und stürzte zurück. Roberto warf sich sofort wieder nach rechts. Neben seinem linken Fuß prallte eine Schwertklinge auf den Boden. Er rollte sich ab. Die Toten wandten sich nun gegen ihn. Da kam ihm eine Idee.

Er richtete sich auf und wich zurück, bewegte sich nun aber den Abhang hinunter in Richtung der Burg. Langsam.

»So ist es gut«, sagte er. »Hier entlang. Kommt nur hier entlang. Nur ein paar Schritte.«

Julius hatte den Weg durch die Felsen erreicht und wartete. Roberto stellte unterdessen fest, dass nicht alle Toten seinen Köder geschluckt hatten. Wenn dies bedeutete, dass sie tatsächlich unabhängig voneinander denken konnten, dann steckte die Konkordanz sogar in noch größeren Schwierigkeiten, als Roberto gefürchtet hatte.

»Steigt hoch, Julius.«

Roberto konnte die Toten nicht sehr weit locken. Weiter unten vor dem Abhang waren ein paar Hundert andere versammelt, ausnahmslos Tsardonier. Auch auf der Straße drängten sich Leute. Aus dieser

Entfernung konnte er nicht erkennen, ob es Tote oder Lebende waren, aber die Tatsache, dass sie keinen Laut von sich gaben, reichte ihm als Beweis – sie schwatzten nicht und sangen nicht, niemand rief Befehle. Er schüttelte den Kopf und konnte immer noch nicht ganz fassen, welch schreckliches Verbrechen Gorian begangen hatte.

In einem Bogen bewegte er sich zur Klippe zurück. Er hatte sich höchstens zehn Schritte entfernt und blickte nun den Weg hinauf. Julius stieg nicht weiter hoch, sondern kehrte zu den bebenden Gräbern zurück.

»Nein! Idiot! Geht hinauf, das ist die einzige Möglichkeit.«

Jetzt rannte Roberto los. Die Toten verfolgten ihn unbeirrt, und hinten lösten sich einige aus der Gruppe, um ihm den Weg abzuschneiden. Julius war stehen geblieben und blickte nervös hin und her.

»Hinauf! Steigt den verdammten Weg hoch! Gott umfange mich, nun macht schon!«

Es war zu spät. Roberto war wieder bei Julius, aber inzwischen hatte der erste Tote bereits den Weg erreicht. Andere folgten. Die paar, die Roberto fortgelockt hatte, kehrten ebenfalls zurück, weitere kamen von der Straße herauf. Als Roberto genauer hinschaute, sank ihm das Herz. Die Toten begannen zu klettern. Er stieß das Schwert in die Scheide.

»Herzlichen Glückwunsch, Julius. Ich glaube, damit habt Ihr uns beide umgebracht.«

»Sie wollten nicht hören«, sagte der Priester. »Sie konnten mich nicht hören.«

Roberto packte ihn bei den Schultern. Die Toten kamen näher.

»Ich habe es doch gesagt. Ich habe versucht, es Euch zu erklären, aber Ihr wolltet es nicht einsehen. Sie sind für Euch verloren, versteht Ihr das nicht?« Er schüttelte Julius und rief endlich eine Reaktion hervor. »Kommt schon, jetzt gibt es nur noch eine Möglichkeit.«

Er drehte Julius herum und rannte an der Klippe entlang zum Fluss, auch wenn er nicht genau wusste, was ihn dort erwartete. Dahnishev rief ihm etwas hinterher. Auch der Chirurg und seine Ärzte saßen jetzt in der Falle. Sie konnten weder hinauf noch hinunter. Roberto blieb stehen und drehte sich um.

»Dann geht es dir wie mir, Dahnishev! Du musst einfach warten, bis sie fort sind. Bete, dass wir uns bald wiedersehen.«

Roberto versetzte Julius einen Stoß und lief mit ihm weiter.

»Dass ich ausgerechnet mit Euch zusammen in diese Lage komme«, sagte er. »Ihr solltet Euch lieber nützlich machen und mir helfen, sonst lasse ich Euch zurück.«

»Wohin gehen wir?«, keuchte Julius, während sie rannten.

»Zurück nach Estorr. Welche andere Möglichkeit haben wir schon? Und macht Euch keine Sorgen um Eure verlorenen Schäfchen. Ich kann Euch versprechen, dass Ihr sie alle vor den Toren des Hügels wiedersehen werdet. Jetzt lauft. Könnt Ihr schwimmen?«

»Ich ... ja, das kann ich.«

»Gut, denn ich glaube nicht, dass am Flussufer noch ein Boot liegt, und ich will nicht unbedingt am Burgtor anklopfen und um eines bitten.«

Roberto rannte um sein Leben, fort von den Toten, fort von der Legion.

34

859. Zyklus Gottes, 36. Tag des Genasauf

Gorian nahm die Hand von Kessians Schulter und ließ sich aufs Bett zurücksinken. Die Gor-Karkulas entspannten sich.

»Versperre ihnen den Weg und die Straße. Sie werden nicht weit kommen.«

»Ich glaube, wir haben sie verloren«, erwiderte Kessian.

»Dabei haben wir allerdings viel gelernt«, erklärte Gorian. »Schau nur, was wir unsere Leute jetzt tun lassen können.«

»Es erfordert aber viel Energie, sie in so kleine Gruppen aufzuteilen«, sagte Kessian.

»Das ist wahr. Es könnte jedoch einen Augenblick geben, in dem dies notwendig wird.«

»Es schwächt diejenigen, die wir absondern.«

»Wir können sie in die Gruppe zurückführen, und dann sind sie wieder stark.« Gorian rieb sich übers Gesicht und setzte sich auf. Er starrte Kessian an. »Hast du das alles ganz allein gespürt?«

Kessian nickte.

»Du lernst schnell.« Gorian legte sich wieder hin. »Ich bin erschöpft und muss jetzt noch mit Atreska und Gestern Verbindung aufnehmen. Kessian, gehe mit den Karkulas und den Edlen Tydiol und Runok hinaus. Wir müssen beobachten, wohin die Feinde fliehen.«

»Was ist mit dem Mann, den du haben willst?«

»Der sitzt in der Falle«, erwiderte Gorian. »Geh jetzt. Unsere Leute brauchen ihre Anführer. Ich komme später zu dir. Aber entferne dich nicht zu weit. Ich glaube nicht, dass unsere gefangenen Feinde allzu weit weglaufen werden. Sie dürften uns beobachten, also lass dich nicht blicken.«

Schweigen senkte sich über den Raum, als ihre Schritte verhallt waren. Gorian hatte das Gefühl, er könnte drei Tage ohne Unterbrechung schlafen, aber seine Arbeit war noch nicht getan. Die Erregung, als er die sechstausend wiedererweckt hatte, und die Berührung mit der Macht, die sie gewannen, hatte ihn berauscht. Dann die Fähigkeit, ihnen vorübergehend unterschiedliche Aufgaben zuzuweisen, und das Jagdfieber, als ein Legionär, den Gorian erst vor Kurzem zu sich genommen hatte, Del Aglios erkannt hatte.

»Ich werde dich kriegen, Del Aglios.«

Wenn Gorian ehrlich war, musste er zugeben, dass er sich sogar ziemlich krank und nicht nur ausgelaugt fühlte. Eine Folge der dunklen Energien, die er den Hang hinaufgeschickt hatte. Ein weiteres wunderbares Ergebnis, ein weiteres erfolgreiches Experiment, nachdem er so viele unbeschädigte Tote erweckt hatte. Doch in ihm waren Rückstände geblieben, die er nun niederkämpfen musste. Er lachte über sich selbst und wünschte einen Augenblick, er wäre Ossacer und könnte jede Krankheit im Handumdrehen verbannen. Er würde sich etwas überlegen. Später. Andere Angelegenheiten waren noch dringender.

Gorian stimmte sich ein und ließ vor seinem geistigen Auge die Energiestrukturen entstehen. Tausende zarter Fäden gingen von seinem Körper in alle Himmelsrichtungen aus. Dichte Bündel langsam pulsierender Energien führten zu Kessian und von ihm aus zu den beiden Gor-Karkulas. Dort lagen auch die Strukturen für das Werk, das die Toten belebte. Es waren strahlend blaue Kugeln, von denen aus einzelne Fasern zu jedem Toten führten.

Jetzt aber interessierte Gorian sich für die Energiebahnen, die durch die Erde und unter dem Meer entlang zu fernen Orten führten. Es waren kaum sichtbare Fasern, die aber nach wie vor eine Verbindung zwischen Gorian und jedem Einzelnen der wandelnden Toten herstellten, die in Atreska und Gestern für ihn kämpften. Die Gor-Karkulas dienten nur dazu, seine Fähigkeiten zu verstärken. Wenn er sich konzentrierte, konnte er seine Toten spüren und ihnen seine Gedanken übermitteln. Seine größte Entdeckung war die Fähigkeit gewesen, wie er diese Verbindung ohne ständiges bewusstes Denken aufrechterhalten konnte. Hier lag die wahre Schönheit der Erde – der große, alles umfassende Energiekreislauf.

Gorian atmete tief durch und arbeitete sich an den Bahnen entlang. Sie wurden von der schlummernden Kraft der Erde gespeist, von den gewaltigen Kräften, die Erdbeben und Vulkane entstehen ließen. Verstärkt wurden sie durch Energieballungen, die er als Lichter wahrnahm – die Gor-Karkulas, die mit den Tsardoniern, den Herren der Toten und seinen Leuten reisten.

Ohne Kessian war er zu müde, um weiter als bis zu dem Gor-Karkulas vorzustoßen, den er jetzt brauchte.

»Ich bin hier«, sagte er.

Gorian spürte die Reaktion über die Lebenslinien. Es war eine instinktive Abwehr. Der Karkulas wusste nicht, wie er sich aktiv zur Wehr setzen konnte, fühlte sich aber nicht wohl, als Gorian in seine Lebenslinien eindrang. Diese Karku hatten rasch aufgegeben. Zuerst hatten sie erklärt, sie wollten sich Gorian und König Khuran mit aller Kraft widersetzen, doch sie hatten sehr schnell begriffen, dass Gorian sie so oder so benutzen konnte, ob sie nun einwilligten oder nicht.

Anfangs waren sie bereit gewesen, sich zu Tode zu hungern, doch die Tsardonier hatten gedroht, sie zwangsweise zu ernähren, und Gorian war bereit, die Drohung wahr zu machen. Die Karkulas fürchteten ihn. Sie konnten die Kraft des Aufgestiegenen spüren, auch wenn sie diese nicht völlig verstanden. Er hatte sie wissen lassen, dass ihm bekannt war, welche Folgen ihr Tod für die ganze Gesellschaft der Karku hätte. Anschließend hatte er ihnen versprochen, sie letzten Endes zum Herzensschrein zurückkehren zu lassen, wenn sie sich fügten.

Im Augenblick gehorchten ihm die Gor-Karkulas. Sie hassten ihn, aber damit konnte er leben. Er war daran gewöhnt.

Der Karkulas konnte nicht direkt über die Energiestruktur antworten, aber er konnte sprechen, und Gorian hörte seine Worte und die aller anderen, die mit dem Priester sprachen, durch die Ohren des Karku. Auch dies war am Ende ganz einfach gewesen. Auf ähnliche Weise, wie Ossacer die Lebensenergien vor einem leeren Hintergrund aus Stein benutzte, um ein geistiges Bild der Welt zu erschaffen und seine Blindheit auszugleichen, war es möglich, die Energiemodulationen im Ohr zu deuten und in Form von Geräuschen im eigenen Ohr zu reproduzieren. Das Gleiche galt für die Fernsicht.

»Was willst du?«, fragte der Karkulas.

Immer noch war Gorian darüber erstaunt. Die Armee aus Toten und Tsardoniern, die durch Atreska marschierte, war gut fünfhundert Meilen Luftlinie entfernt, und es waren mehr als fünfzehnhundert Meilen bis zum Zerstörungswerk in Gestern, das sich rasch der Hauptstadt Skiona und dem wichtigsten Hafen Portbrial näherte. Aber das würde später kommen.

»Ich will mit dem Edlen Hasheth sprechen«, sagte Gorian. »Und du wirst die Augen öffnen. Vergiss nicht, dass ich dir wehtun kann, obwohl ich weit von dir entfernt bin.«

Langsam tauchte die Welt vor seinem inneren Auge auf. Gorian erblickte die marschierende Truppe, aber der Anblick wirkte wie ein Bild, das ein Kind gemalt hatte. Leuchtende Farben und scharfe Kanten. Der Karkulas saß auf einem offenen Wagen und blickte über offenes Gelände zurück. Er war nicht gefesselt, aber von Tsardoniern umringt. Als er den Kopf rasch hin und her bewegte, bekam

Gorian unangenehme verschwommene Bilder zu sehen. Er reagierte, indem er über die Linien der Erde etwas Kälte übermittelte.

»Ich brauche nicht alle sechs von euch«, sagte Gorian. »Blicke nach vorne, halte den Kopf still und hole mir Hasheth.«

Gorian hörte, wie der Karkulas bat, Hasheth zu ihm zu führen; die Antwort bekam er nicht mit. Der Karkulas drehte sich um, gab sich dabei aber große Mühe, den Kopf und den Körper rasch und abrupt zu bewegen. Dieses Mal hielt Gorian sich zurück. Vor ihm marschierten die Tsardonier in lockerer Ordnung. Sie zogen über die weiten Ebenen von Atreska zur Grenze von Neratharn. Die Toten liefen ein gutes Stück vor den Lebenden. Die tsardonischen Krieger legten den Toten gegenüber eine unverhohlene Feindseligkeit an den Tag, und nur Khuran hielt sie in Schach. Zwei Herren der Toten und zwei Karkulas befehligten abwechselnd die Toten. Hasheth, der Bevorzugte, tauchte bald in Gorians Sichtfeld auf und stieg von vorn auf den Ochsenkarren.

»Mein Herr«, sagte er.

»Kommt Ihr gut voran?«

»Der König hat ein scharfes Tempo vorgelegt«, erwiderte Hasheth. »Bisher sind wir auf keinen Widerstand gestoßen, obwohl wir natürlich verfolgt und beobachtet werden.«

»Und meine Leute?«

»Alles in Ordnung. Eure Bemühungen halten sie in einem besseren Zustand als jene im Schnee von Kark, aber es gibt Verschleiß. Wir müssen mehr Leute ernten.«

Gorian kicherte. »Die Atreskaner sind es anders angegangen als die Gesternier. Aber ich kann nicht glauben, dass die Neratharner einfach ihre Tore öffnen werden.«

»Gewiss nicht, Herr«, erwiderte Hasheth. »Macht auch Ihr Fortschritte?«

»Ich musste vorzeitig eingreifen, aber wir sind immer noch stark und jagen jetzt die Reste der Gegner. Ihre Legion ist zerschlagen.«

Hasheths Zögern konnte er eher fühlen als sehen. Das übermittelte Bild war nicht besonders gut.

»Der Prinz?«

»Läuft völlig intakt umher«, erklärte Gorian.

»Ich verstehe. Wir warten auf Eure Anweisungen.«

»Wir müssen es nicht überstürzen, solange Ihr nicht in Neratharn seid. Der König und die Tsardonier wollen auf dem Schlachtfeld kämpfen. Ein Krieger muss das Fleisch des Feindes unter der Klinge spüren.«

Die Soldaten in der Nähe des Wagens grunzten zustimmend. Hasheth nickte.

»Ich habe es gehört«, sagte er.

»Gut. Berichtet dem König von unserem Erfolg und versichert ihn meiner Treue. Nichts kann uns aufhalten. Ich werde morgen wieder mit Euch sprechen.«

Gorian löste die Verbindung. Als er sich aufrichten wollte, brach die Müdigkeit wie eine mächtige Woge über ihn herein, und sein Magen revoltierte. Gestern musste warten, er brauchte Ruhe.

Die Panik hatte nachgelassen, die Leute rannten nicht mehr planlos umher, und wer die kranke Brandung überstanden hatte, der so viele zum Opfer gefallen waren, fand sich allmählich mit den Tatsachen ab. Die meisten Kavalleristen hatten überlebt und sperrten, inzwischen eine Meile von der Klippe entfernt und gut sichtbar für jeden Feind, der sich von der Burg her näherte, die Straße ab. Die Späher waren bereits ausgesandt. Sie würden den ganzen Tag nicht rasten und bald Verbindung mit den Truppen aufnehmen, die hoch über ihnen auf den Abhängen in Richtung Farianberge unterwegs waren.

Kell war auf der Straße geblieben. Keine dreißig Schritte entfernt hatten sich die überlebenden Tsardonier versammelt. Sie hatten keinen Anführer mehr und waren verwirrt. Kell verstand, wie ihnen zumute war. Nach der Flucht war ihnen auf einmal klar geworden, dass sie zwischen zweihundert konkordantischen Reitern und einer ähnlichen Zahl zorniger Legionäre in der Unterzahl waren. Sie mussten vorsichtig sein.

Nach einigem Gerangel hatten sich die Feinde, die sich vorher gegenseitig geholfen hatten, wieder voneinander gelöst und in getrennten Gruppen aufgestellt. Kell hatte allerdings nicht die Absicht, sie anzugreifen und war sicher, dass die Tsardonier dies ähnlich sahen. Sie stand wie die anderen Reiter neben ihrem Pferd und wartete ab.

»Kein Spott, und verlasst nicht eure Positionen«, befahl sie laut, dass es von den Felsen auf der rechten Seite zurückhallte. »Vergesst nicht, dass unsere Aufgabe vor allem darin besteht, die Infanterie und die Zivilisten zu beschützen.«

Kell drehte sich um, als sich jemand räusperte.

»Ja, Hauptmann?«

»Schöne Worte«, sagte er leise, »aber das werden sie Euch nicht abkaufen. Was wollt Ihr tun?«

Sie schüttelte den Kopf. »Das ist schwierig. Ich kann sie nicht zurückschicken, weil sie dann wahrscheinlich sterben. Außerdem bin ich sowieso sehr neugierig, was ihre Späher uns zu sagen haben.«

»Falls sie bereit sind, es uns zu erzählen.«

»Sie werden wohl annehmen, dass ihnen nichts anderes übrig bleibt.«

Kell musste nicht lange warten. Einige Tsardonier kehrten eilig in den Schutz ihrer schätzungsweise zweihundertfünfzig Kämpfer starken Gruppe zurück. Dann redeten sie, stießen schließlich laute Rufe aus, zeigten mit den Fingern hierhin und dorthin, rempelten einander an und trampelten nervös hin und her. Schließlich gelangten sie zu einer Entscheidung, und ein Mann verließ den Kreis seiner Kameraden und näherte sich der konkordantischen Kavallerie. Kell überließ ihrem Hauptmann die Zügel ihres Pferdes und ging dem Mann entgegen.

»Passt genau auf. Falls ich angegriffen werde, reitet Ihr sie über den Haufen.«

»Ja, General.«

Nach ein paar Dutzend Schritten blieb Kell wieder stehen und wartete, bis der tsardonische Krieger vor ihr stand. Er bekleidete den Abzeichen nach einen höheren Rang, möglicherweise war er ein Prosentor. Seine Rüstung war nach der eiligen Flucht verkratzt, und er wirkte unsicher. Er war unrasiert, das lange Haar hatte er zu einem Pferdeschwanz gebunden. Obwohl er ein starker Mann war, schritt er mit unverkennbarer Unsicherheit.

»Ich bin Prosentor Ruthrar aus dem Königreich Tsard, Kommandant der Armeen im Nordosten.« Er beherrschte die estoreanische Sprache recht gut. Sicherlich besser als sie die tsardonische.

»Ich bin Generalin Dina Kell von der Zweiten Estoreanischen Legion, den Bärenkrallen. Was wollt Ihr?«

Kell fiel auf, dass ihre Leute keinen Mucks von sich gaben. Sie konnte sich lebhaft vorstellen, wie alle angestrengt lauschten, um den Wortwechsel mitzubekommen.

»Freies Geleit nach Süden«, sagte er, »im Austausch gegen Informationen.«

Kell zog die Augenbrauen hoch. »Warum kehrt Ihr nicht einfach um? Wir werden Euch nicht daran hindern, nach Tsard zurückzukehren.«

»Dann hört Ihr nicht, was wir zu sagen haben.«

Kell schüttelte den Kopf. »Er hat alle getötet, nicht wahr? Freund und Feind gleichermaßen.«

»Es scheint, als wären wir jetzt alle seine Feinde.«

»Und Ihr habt keine Freunde mehr. Ihr solltet lieber in Euer Land zurückkehren.«

Kell war über die Forderung der Tsardonier alles andere als erfreut. Es konnte leicht noch schlimmer kommen. Auch wenn der Mann vor ihr ein Feind war, konnte sie sich in den Soldaten einfühlen. Sie war noch nie auf diese Weise verraten worden und hoffte, es nie erleben zu müssen.

»Wir müssen uns gegen den gemeinsamen Feind verbünden.«

Ihr Mitgefühl war dahin. »Ihr habt ihn hierhergebracht. Ihr habt ihm die Leute gegeben, damit er seine abartigen Träume wahr machen konnte.«

Der Prosentor nickte leicht. »Es ist klar, dass Ihr nicht viel für mein Volk übrig habt. Aber Ihr wart diejenige, die einem verletzten Tsardonier auf der Straße geholfen hat. Ihr versteht es.«

»Ich weiß nur, dass niemand ein solches Schicksal erleiden und als Toter umgehen sollte. Auch kann ich einem Rekruten nicht die Entscheidungen seiner Vorgesetzten vorwerfen. Allerdings habe ich hier zweihundertfünfzig Kämpfer einer Nation, gegen die wir mehr als fünfzehn Jahre gekämpft haben. Wohin wollt Ihr überhaupt?«

Ruthrar lächelte. »Wir stecken beide in Schwierigkeiten, und im Grunde sind sie sogar ähnlich. Ich will freies Geleit zu einem Ort, wo ich mit meinem König Verbindung aufnehmen und ihm sagen kann, was mit seinem Sohn und sechstausend seiner Krieger geschehen ist.«

»Das ist wenigstens eine ehrliche Antwort«, erwiderte Kell. »Wo ist Euer König?«

»Er marschiert durch Atreska.«

Kell zog die Augenbrauen hoch. »Seid Ihr sicher? Ich weiß, dass die atreskanische Grenze stark bewacht wird; dort sind mehrere Legionen eingesetzt. Wir haben Atreska gerade erst zurückerobert und werden es nicht wieder hergeben.«

Ruthrar wollte etwas erwidern und machte dabei eine Miene, die Kell überhaupt nicht gefiel. Es kam ihr beinahe verlegen vor, und das fand sie beunruhigend. Hinter ihm erhoben sich einige Stimmen. Er hob die Hand, nickte und antwortete ihr nicht direkt.

»Wir müssen alle hier verschwinden. Fürst Westfallens Heer ist nahe und marschiert weiter. Wir werden ihnen nicht entgegengehen.

Wir wollen auch nicht gegen Euch kämpfen, um uns in Sicherheit zu bringen, aber wenn wir müssen, werden wir es tun. Bitte, General. Es hilft uns nicht, wenn wir uns gegenseitig blockieren. Jeder Tote verstärkt die feindliche Armee.«

»Wie weit sind sie noch entfernt?«

»In Euren Maßeinheiten weniger als eine halbe Meile. Sie marschieren nicht schnell, aber ...«

Kell sah keine andere Möglichkeit. »Könnt Ihr reiten?«

»Ich stamme aus der südlichen Steppe.«

»Gut. Eure Krieger werden vor meiner Kavallerie marschieren. Ihr werdet bei mir bleiben. Ihr habt mir noch eine Menge zu erzählen. Falls einer Eurer Leute ausbricht, werden wir ihn über den Haufen reiten. Eure Waffen dürft Ihr nur deshalb behalten, weil wir keine Möglichkeit haben, sie zu transportieren, und ich will nichts zurücklassen. Allerdings werdet Ihr Euch als Gefangene betrachten. Ist das klar?«

Ruthrar nickte. »Einige meiner Leute sollten allerdings den Feind beobachten.«

»Kommt nicht infrage. Das werden meine eigenen Reiter tun.«

»Ich verstehe.«

»Dann lasst uns aufbrechen. Die Toten werden nicht warten.«

Roberto saß da, die Hände vors Gesicht geschlagen, und hörte, wie die Toten sich entfernten. Die Erschütterungen im Boden waren erschreckend und Übelkeit erregend gewesen. Er hatte Julius dazu gebracht, sich still zu verhalten und war mit ihm rasch auf höheres, felsiges Gelände geflohen, wo sie den träge strömenden Fluss überblicken konnten und gleichzeitig von der Burg und der Klippe aus nicht entdeckt wurden. Der einst dicht bewachsene Boden, auf dem sie nach der Flucht gerastet hatten, war zerstört. Gorian hatte die ganze Lebenskraft eingesetzt, um diese Woge der Krankheit zu erschaffen. Das war die widerwärtigste Möglichkeit, die

Kräfte des Aufstiegs einzusetzen, abgesehen davon, die Toten zu erwecken. Roberto hatte genug gesehen. Er konnte den Anblick der Toten, die sich im Grab wanden, nicht vergessen. Sein Bruder, noch im Tode gefoltert.

»Was sollen wir jetzt tun?«, fragte Julius.

Der Tag war noch jung, aber Roberto hatte das Gefühl, schon eine Ewigkeit überstanden zu haben. Er wollte schlafen, aber auch das wäre keine Erlösung von den schrecklichen Bildern gewesen. Er wollte seinen Zorn und seine Ohnmacht hinausschreien. Er wollte seinen Bruder ausgraben und ihn heil und lebendig vorfinden. Er wollte dem Sprecher Julius Barias einen Fausthieb versetzen, damit er nie wieder ein Wort sagte.

Roberto starrte Julius an, der ein Stück unter ihm saß und den Fluss anstarrte. Der Sprecher war voller Dreck und Unrat vom verwesten Hügel hinter ihnen und hatte eine blutende Schnittwunde an der Schulter.

»Warum habt Ihr das getan?«

»Was denn?« Julius drehte sich um.

»Warum seid Ihr hinuntergesprungen und habt versucht, die Verlorenen zu retten? Was ist nur in Euch gefahren?«

»Ein guter Priester lässt die Gläubigen nicht im Stich«, erwiderte Barias. »Ganz egal, wie groß die Gefahr ist. Warum habt Ihr denn eingegriffen?«

»Gute Frage. Ich habe nicht die geringste Ahnung. Hätte ich vorher richtig darüber nachgedacht, dann hätte ich es vielleicht nicht getan. Oh, Verzeihung, war das nicht genau die Reaktion, auf die Ihr gewartet habt? Vermutlich hätte ich auch etwas Angenehmeres sagen können wie: ›Ein Erbe der Advokatur lässt seine Ordenspriester niemals im Stich‹, aber ehrlich gesagt wäre das in Eurem Fall eine Lüge.

Ihr sitzt da und haltet mich vielleicht für unreif und verbittert, und das soll mir recht sein. Ich habe gerade meinen Bruder verloren.

Ich habe gesehen, wie Pavel Nunan von dieser Woge überflutet wurde, wie er starb und wieder auf die Füße kam, um fortzumarschieren. Jetzt ist er mein Feind. Ich habe gesehen, wie eine Armee der Toten in die Konkordanz meiner Mutter einmarschiert ist, und sitze mit einem Menschen fest, den ich in so einer Krise auf gar keinen Fall neben mir haben will. Mit einem Mann, der mich vor Gericht stellen und verbrennen will.

Wollt Ihr wissen, was als Nächstes kommt? Bei Einbruch der Dämmerung werde ich mich auf der Burg umsehen, ob ich etwas Nützliches finde. Ein Boot wäre das Beste. Dann werde ich so schnell wie möglich nach Estorr zurückkehren und unterwegs alle vor dem warnen, was da auf sie zukommt. Ihr dürft mich begleiten, wenn Ihr es schafft und den Mund haltet. Wenn Ihr aber noch einmal mein Leben in Gefahr bringt, dann werde ich keinen Augenblick zögern, Euch niederzumachen und den Würmern zu überlassen. Habt Ihr das verstanden?

Ihr habt den Schutz von Kell und Nunan und den Bärenkrallen genossen, bis Ihr Euch eingeschaltet habt, damit die Toten verschont würden, aber ich sage es noch einmal, falls Ihr auch nur den geringsten Zweifel habt: Nunan marschiert jetzt mit den Toten, und was aus Kell geworden ist, wissen wir nicht. Hier draußen sind wir zwei allein, und Ihr habt kein Schwert.«

Julius sagte nichts, und seine Miene verriet, dass er auch nicht das Bedürfnis dazu verspürte.

»Gut«, fuhr Roberto fort. »Habt weiter Angst, dann bleibt Ihr vielleicht am Leben. Folgt meinen Anweisungen.«

Julius sah ihn neugierig an. »Demnach fürchtet Ihr Euch auch?«

»Ich hatte noch nie so große Angst wie jetzt.«

35

859. Zyklus Gottes, 37. Tag des Genasauf

Sie hatten abwechselnd den Fluss und gelegentlich auch die Zufahrt zur Burg beobachtet und ein paar Stunden unruhig geschlafen. Roberto hatte länger Wache gehalten als geschlafen. Die Erinnerungen an Adranis ließen ihn nicht los. Sein Bruder hatte ihm sehr nahegestanden, und im Traum sah Roberto immer wieder sein Lächeln. Doch jedes Mal, wenn er das Lächeln erwidern wollte, fiel sein Blick auf den abgetrennten Kopf, der im Blut auf dem Boden lag.

Auch Barias hatte unter Albträumen gelitten oder im Schlaf mit seinem Gewissen gerungen. Mehrmals hatte Roberto daran gedacht, ihn sich selbst zu überlassen und allein aufzubrechen, aber das wäre unklug gewesen. Wenn man nichts hatte, konnten zwei sich besser behelfen als einer allein. Sie besaßen weder Trinkwasser noch Nahrung und hatten nicht viel Hoffnung. Sie saßen hinter einer Invasionsarmee fest.

Lange vor der Dämmerung und nachdem sie kein einziges Licht bemerkt hatten, liefen Roberto und Julius am Flussufer, gleich neben der steilen Böschung, zur Burg hinüber. Der dunkle, verfaulte Boden dämpfte ihre Schritte, als sie neben der Straße entlanghuschten und die Schatten der Burganlage nutzten, um das weit geöffnete hintere Haupttor zu erreichen.

Die Nacht war voller Geräusche. Unter der Brücke schwappte das Wasser gegen die Pfeiler. Der Wind heulte in unzähligen Löchern, denen der Sturm das Holz, das Glas und die Fensterläden entrissen hatte. Kaum eine Tür saß noch im Rahmen. Seltsam, dass es hier nicht nach Tod und Verwesung stank. Roberto hatte recht klare Vorstellungen, was sich hier ereignet haben musste, doch auf den Steinplatten waren keinerlei Verwesungsspuren zu entdecken.

Die Burg war offensichtlich verlassen, und auch das war seltsam. Eigentlich hätten Tsardonier hier sein müssen, um den Fluchtweg, die Onager der Festung am Tor jenseits der Brücke und vielleicht auch die Geschützplattform auf der Burg zu bewachen. Dieses Gebäude hätte sich leicht als Stützpunkt für den Nachschub einrichten lassen, doch nichts dergleichen war geschehen.

Andererseits war Gorian kein Soldat, und allem Anschein nach lebten ja keine Soldaten mehr, die ihm verraten konnten, wie man eine Invasion plante. Eigentlich hätte Roberto diesen Gedanken tröstlich finden sollen, doch dem war nicht so. Wozu brauchte Gorian Nachschubwege, wenn Tote für ihn marschierten? Vielleicht konnten sie die Toten besiegen, wenn sie herausfanden, wie Gorian es anstellte, aber dazu hätte Roberto einen Aufgestiegenen gebraucht. Inzwischen musste er sich mit dem begnügen, was er hier vorfand.

Roberto wollte hinein, aber Barias legte ihm die Hand auf die Schulter.

»Seid Ihr sicher? Ihr habt ja nicht einmal den Gladius gezogen.«

»Hier ist niemand mehr, Julius. Nur wir zwei am Schauplatz eines Massenmordes.«

»Womöglich finden wir hier Essen und Trinken.«

»Das denke ich auch. Kommt Ihr mit?«

Barias nickte, und Roberto trat durch das große Tor. Der Appellplatz lag in tiefem Schatten. Roberto hielt sich links und tastete sich mit der Hand weiter, bis er eine Tür fand. Als seine Augen sich auf die Dunkelheit eingestellt hatten, konnte er einige Umrisse auf dem

Boden erkennen. Keine Leichen – vielleicht Kleidung und Ausrüstung.

Roberto tastete an der Tür nach dem Riegel. Diesen Raum hatten er und Adranis sich geteilt. Zu beiden Seiten waren Haken für Laternen in die Wand eingelassen, und wenn sie niemand weggenommen hatte, würde er auf einem kleinen Regal gleich hinter der Tür Feuerstein, Stahl und Zunder finden. Er lauschte, ob sich drinnen etwas regte, ehe er den Riegel zurückschob und die Tür nach innen aufstieß. Sie knarrte leise, und Roberto schauderte unwillkürlich. Drinnen war es dunkel. Der Raum roch bewohnt – nach Asche, Seife und Schweiß.

Roberto streckte suchend die linke Hand aus, er wollte nicht ganz eintreten. Die Dunkelheit dort drinnen hatte etwas Bösartiges. Gorian war hier gewesen, hatte vielleicht hier geschlafen. Endlich fanden seine Finger auf einem kleinen Tablett, was er brauchte.

»Gut«, sagte er.

Dann stellte er das Tablett auf den Boden und suchte sich die nötigen Gerätschaften zusammen. Lächelnd erinnerte er sich, wie er in der Legion gelernt hatte, in völliger Dunkelheit ein Feuer zu entfachen. Wie die meisten Anfänger hatte auch er sich am Feuerstein geschnitten, sich die Haut zerkratzt und sich die Fingerspitzen verbrannt. Dieses Mal hatte er Glück, und der Zunder flammte in der Dunkelheit hell auf. Die Laternen hingen tatsächlich noch an den Haken. Er zündete beide Laternen an, eine überließ er Julius.

»Wenn noch jemand hier ist, weiß er spätestens jetzt, dass wir hier eingedrungen sind.«

Roberto hob seine Laterne und betrachtete den Appellplatz. So weit der Lichtschein reichte, lagen Kleidungsstücke, Decken, Rüstungsteile und Rucksäcke herum. Er entdeckte auch einige Krüge, Teller, Becher und die Flecken von Essensresten und verschütteten Getränken.

»Seid Ihr hungrig, Julius?«

»Und ob.«

»Nun, die Küche war gut ausgestattet, als wir geflohen sind, und ich nehme an, die Lebensmittel sind noch dort. Irgendwie habe ich den Eindruck, dass die Toten nicht viele Vorräte brauchen.«

Mit hochgezogenen Augenbrauen beobachtete er Julius, der nervös die Szenerie überblickte. Es sah aus, als wären die Leute gerade erst aufgestanden und abmarschiert. In gewisser Weise hatten sie das ja auch getan, wenngleich nicht aus freien Stücken. Roberto überquerte den Hof, und das Bild blieb unverändert. Überall lagen Gegenstände herum, die größtenteils jedoch unbrauchbar waren. Roberto suchte nach guten Rucksäcken und halbwegs sauberen Decken. Er wies Julius an, seinem Beispiel zu folgen, und als sie den Speisesaal erreichten, hatte Roberto beide Arme voller Ausrüstungsgegenstände. Er legte alles auf das Ende des ersten von insgesamt drei Dutzend langen Tischen, die mit Krügen, Tellern und einfachem Geschirr gedeckt waren.

Anschließend ging Roberto zu den Serviertischen, die direkt neben der offenen Küchentür standen. In Regalen lagen angestochene Fässer; ein großes aufrecht stehendes Fass war noch zur Hälfte gefüllt. Neben mehreren fleckigen leeren Eisentöpfen stand ein Trinkbecher auf dem Tisch. Er hob ihn und drehte den Hahn des ersten Fasses auf. Eine dunkle Flüssigkeit strömte heraus. Er roch daran.

»Hm, die verstehen etwas von Wein. Wenn ich mich nicht irre, ist das ein dornosianischer Roter. Den trinkt man am besten mit Wasser und ein wenig Honig, aber er wird mir auch so munden.«

Er prostete Julius zu, der noch beide Laternen hielt, und setzte den Krug an die Lippen. Auf einmal bemerkte er rechts eine Bewegung. Aus der Küche kam ein Mann und rief etwas. Er flog förmlich über die Serviertische hinweg, prallte gegen Roberto und riss mit den Beinen zwei Fässer um, die mit lautem Knall herunterfielen. Roberto und der Mann gingen zu Boden.

»Nein, trink das nicht, trink das nicht«, rief der Mann.

Roberto hatte den Becher längst fallen lassen, stieß den Mann zurück, rutschte noch ein Stück weiter weg und griff nach dem Gladius. Auch Julius hatte sich in Sicherheit gebracht.

»So hat er es getan.« Der Mann hob flehend beide Hände. »Er hat sie alle vergiftet.«

Der Mann war kein Tsardonier, obwohl er deren Kleidung trug. Er war klein und hatte lange Gliedmaßen, seine Füße waren nackt und dicht behaart. Die Hände, mit denen er zugepackt hatte, waren sehr kräftig. Roberto entspannte sich ein wenig, hielt aber vorsichtshalber das Schwert vor sich, als er sich wieder aufrichtete.

»Du bist ein Karku«, sagte er.

»Ja.«

»Was hast du hier zu suchen?«

Der Karku betrachtete Robertos Rüstung, das Schwert und den Mantel, ehe er antwortete.

»Ich verfolge Gorian Westfallen und warte auf eine Gelegenheit, ihn und seinen missratenen Sohn zu töten. Sie haben etwas genommen, was den Karku gehört, und das wollen wir zurückhaben.«

»Dann sind wir Freunde.« Roberto steckte das Schwert in die Scheide. »Ich glaube, wir haben eine Menge zu besprechen. Ich bin Roberto Del Aglios.«

»Der Erbe der Advokatin. Ich bin Harban-Qvist. Wir haben einen gemeinsamen Freund. Paul Jhered.«

Roberto lächelte. »Den könnte ich hier gut gebrauchen. Aber eins nach dem anderen. Sind wir hier sicher?«

Harban nickte. »Die Letzten sind vor Mitternacht aufgebrochen. Gorian war bei ihnen. Ich kam nicht näher heran.«

Roberto rückte eine Bank zurecht, setzte sich und forderte Julius mit einer Geste auf, das Gleiche zu tun.

»Sprecher Julius Barias«, stellte er seinen Begleiter vor.

Harban neigte den Kopf. »Es gibt viel für dich zu tun.«

»Allerdings«, stimmte Julius mit einem Seitenblick auf Roberto zu.

»Dies ist eine höchst eigenartige Situation«, fuhr Roberto fort. »In den letzten Tagen ist so viel geschehen, und doch habe ich den Eindruck, die wichtigsten Ereignisse verpasst zu haben. Ich sitze in einer kalten Burg, und im Süden ziehen die Feinde durchs Land. Außerdem hätte ich nie erwartet, so weit im Norden einem Karku zu begegnen. Fast fürchte ich, dass es noch viel schlimmere Dinge als die gibt, die ich bereits erfahren habe.«

»Ich werde dir alles berichten, was ich weiß«, versprach Harban. »Aber zuerst einmal, ich habe sauberes Wasser und genießbares Essen gefunden. Habt ihr Hunger?«

»Und wie«, sagte Julius.

Es war ein schlichtes, aber köstliches Mahl. Brot und kalte Soße, Honig und etwas Dörrfleisch, das sie mit kaltem Wasser hinunterspülten.

»Du hast Gorians Sohn erwähnt. Ist das ein Sprössling aus Tsard?«, fragte Roberto.

Harban starrte ihn an, als hätte er einen schlechten Witz gemacht. »Du hast wirklich vieles nicht mitbekommen. Gorians Sohn ist Kessian, den er unter den Augen der Advokatur und des Aufstiegs entführt hat.«

Roberto hätte sich fast an seinem Bissen Brot verschluckt. »Unmöglich.«

Harban zog die Augenbrauen hoch. »Ganz und gar nicht. Die beiden werden die Welt zum Straucheln bringen. Paul Jhered weiß es. Die Aufgestiegenen wissen es auch.«

»Na gut.« Roberto hob abwehrend eine Hand. »Mir haben die Sirraner nur gesagt, die Tsardonier bewegten sich in diese Richtung, und das hat sich als wahr herausgestellt. Ich habe dagegen mit stärkeren Angriffen weiter im Süden gerechnet. Was ist hier los?«

»Eure Konkordanz zerbricht«, erklärte Harban. »Mit ihr wird

auch Kark und dann sogar Sirrane untergehen. Gorian hat die sechs Gor-Karkulas aus Inthen-Gor entführt. Mit ihnen kann er riesige Armeen der Toten an ganz verschiedenen Orten kontrollieren. Zwei reisen mit ihm. Zwei marschieren mit dem König von Tsard durch Atreska. Zwei weitere sind mit den Tsardoniern in Gestern, das sich in eine große Grabstätte verwandelt. Verseuchte Schiffe laufen die Häfen an, um eure Soldaten zu töten. Bald werden in ganz Estorea die Toten umgehen.

Ich habe sie gewarnt, aber sie wollten nicht hören. Jetzt müssen wir alle den Preis dafür bezahlen.«

»Bedeutet dies, dass uns mehr als eine Armee der Toten angreift?«, fragte Julius.

»Ja, auf diese Weise schafft er das.« Roberto trank seinen Becher aus. »Er benutzt die Gor-Karkulas, damit sie ihm bei seiner Arbeit helfen wie die Befehlshaber auf einem fernen Schlachtfeld. Aber was sind sie eigentlich? Schlummernde Aufgestiegene?«

»Du weißt eine Menge darüber«, sagte Harban.

»Das ist meine Aufgabe. Ich werde eines Tages regieren. Dann wird sich auf dem Hügel einiges ändern.«

»Was meint Ihr damit, Botschafter?«

»Nichts. Vergesst es. Harban, wir wollen einen Augenblick annehmen, dass Gorian wirklich über Tausende von Meilen hinweg Armeen steuern kann. Ich bin nicht so dumm, dies gleich in Abrede zu stellen, so unglaublich es auch klingt. Aber Atreska ist voller Legionen der Konkordanz. Einer meiner vertrauenswürdigsten Freunde befehligt die Truppen. Was hier geschehen ist, kann dort nicht geschehen, weil dort kein Aufgestiegener dabei ist, der einen Sturm entfesseln kann. Wenn es nur Schwert gegen Schwert geht, können sie nicht durchbrechen.«

»Du solltest beten, dass dein Freund noch unter den Lebenden weilt, Roberto Del Aglios. Ich weiß, dass die Grenze bereits überrannt wurde und die Toten nach Neratharn marschieren. Deshalb ziehen immer mehr Tsardonier dorthin. Er kann in Atreska eine riesige Streitmacht aufstellen.«

Roberto rieb sich übers Gesicht. Er konnte nicht glauben, dass Davarov an seiner eigenen Grenze besiegt worden war. »Warum aber, wenn dies alles zutrifft, ist Gorian so weit nach Norden gegangen? Die Hauptstreitmacht und der König von Tsard sind in Atreska. Was tut er hier oben?«

»Hier fiel es ihm leichter, den Sohn des Königs zu töten.«

»Was? Rhyn-Khur war hier?«

Harban nickte. »Gorian will die Konkordanz nicht als Untertan von König Khuran besiegen. Unsere Schriften sind in dieser Hinsicht eindeutig. Er will sich selbst zum Herrscher aufschwingen.«

Roberto hob abermals die Hände. »Also gut, also gut. Springen wir zurück. Ich glaube, das wächst mir allmählich über den Kopf. Berichte mir einfach alles, was du weißt, und dann erkläre mir, was Paul Jhered damit zu tun hat, was die Aufgestiegenen und meine Mutter gesagt haben, als du mit ihnen gesprochen hast, und was in Gestern vorgeht, falls du dies weißt. Verrate mir, auf welche Schriften der Karku du dich beziehst und was sie sagen.«

Harban erfüllte ihm diesen Wunsch, und als er geendet hatte, packte Roberto wieder die kalte Verzweiflung wie im Krieg vor einem Jahrzehnt. Wenigstens wusste er nun, was zu tun war. Das Dumme war nur, dass niemand am richtigen Ort war, um es auszuführen.

Zwanzig Meilen weiter auf der Hauptstraße, die am Fluss und den Bergen entlang nach Süden führte, bekam auch Dina Kell Worte zu hören, die ihre letzten Hoffnungen zerstörten. Der tsardonische Prosentor hätte lügen können, doch ein Blick in seine Augen verriet ihr, dass er nichts als die Wahrheit sagte. Drei Armeen aus Tsardoniern und Toten zogen durch das Land der Konkordanz nach Estorr und letzten Endes vor die Palasttore der Advokatin. Drei

Armeen, die über große Entfernungen hinweg in Verbindung bleiben konnten, weil Gorian und die Priester der Karku die Übermittlung übernahmen. Sie verstand es nicht genau, und auch der Prosentor konnte es nicht näher erklären. Er wusste nur, dass es irgendwie möglich war.

Ruthrar fürchtete ebenso um seinen König, wie Kell um ihren Mann und die Advokatin fürchtete. Ruthrar hielt Gorians Massenmord nicht für einen Akt der Rachsucht, sondern für den Teil eines Plans, der ihn selbst zum Herrscher von Estorr machen sollte. Dies bedeutete, dass König Khurans Tage gezählt waren, und dass er nur so lange leben würde, wie er Gorian nützlich war.

Ruthrar hatte nicht viel aus Atreska gehört, wusste aber immerhin zu berichten, dass die Tsardonier und die Toten sich ungehindert im Land bewegen konnten, weil sich ihnen niemand in den Weg stellen wollte. Gestern war schon so gut wie verloren. Die Toten sammelten sich dort in den Hafenstädten und warteten auf Schiffe, die sie über das Tirronische Meer befördern sollten.

Niemand ahnte, dass sie kommen würden. Wenn Ruthrar recht hatte, dann war kein einziges Signalfeuer entfacht worden. Immer noch klang seine Stimme ein wenig stolz, wenn er es erzählte. Es war eine hervorragend geplante und durchgeführte Invasion. Doch irgendwie gewann Kell den Eindruck, dass Ruthrar die ganze Angelegenheit selbst nicht geheuer war.

»Was würdet Ihr im besten Falle tun?«, fragte sie ihn.

»Meinen König in Atreska suchen und ihn warnen. Unsere Leute den Karkulas wegnehmen und die Herren der Toten einfangen.«

»Glaubt Ihr, Gorian könnte diese Krankheit auch über so große Entfernung auslösen?«

Ruthrar zuckte mit den Achseln. »Wer weiß schon, was er tun kann? Es mag noch andere Wege geben, von denen ich nichts weiß. Aber ich muss meinen König warnen.«

»Ich verstehe«, sagte Kell. »Da liegt jedoch auch die Schwierigkeit. Ich muss in Estorr Bericht erstatten und kann Euch nicht auf dem Gebiet der Konkordanz frei herumlaufen lassen.«

»Die Gefahr vergrößert sich noch, wenn mein König in den Tod geht.«

»Und Estorr wird fallen, wenn niemand erkennt, was sich dort zusammenbraut.« Kell lehnte sich an einen Baum. »Hört zu, Ruthrar, wenn es nur nach mir ginge, so würde ich Euch vertrauen. Aber bevor ich einwillige, mit Euch zur Grenze von Neratharn zu ziehen, muss ich sicher sein, dass meine Botschaften Estorr erreichen und so ernst genommen werden, wie es nötig ist. Wenn alles, was Ihr sagt, der Wahrheit entspricht, dann sollten die Bärenkrallen oder das, was von ihnen übrig ist, am besten an der Grenze von Neratharn stehen. Wir haben noch etwas Zeit, ehe wir uns entscheiden müssen, und bis dahin haben wir noch andere Schwierigkeit zu bewältigen, ganz zu schweigen von dem Heer der Toten, das uns verfolgt. Wir können sie nicht unbeobachtet herumlaufen lassen.«

»General?«

Kell schaute auf. »Hauptmann Dolius.«

»Bitte um Erlaubnis, den Marschbefehl geben zu dürfen.«

»Ist die Stunde, die wir uns nehmen wollten, schon vorbei?«

»Ja, General.«

Kell nickte. »Erlaubnis gewährt. Noch etwas, Hauptmann. Wir müssen nicht lange so weitermachen. Wir werden bald weit genug von ihnen entfernt sein. Es sind jetzt schon fünf Meilen, und ich gedenke den Abstand zu vergrößern. Sagt den Leuten Bescheid.«

Dolius lächelte. »Wir würden ewig auf diese Weise marschieren und rasten, wenn es uns helfen würde, nicht zu werden wie sie.«

Die Toten waren zwar weit genug entfernt, aber Kell spürte trotzdem die Bedrohung im Nacken. Sie hatte die Absicht, die zweistündigen Gewaltmärsche mit jeweils einer einstündigen Rast dazwischen noch mindestens zwei Tage beizubehalten. Nach und nach erfuhren sie immer mehr über die Toten und ihre Beschränkungen.

Ihr gleichmäßiges Marschtempo konnte Kell einen Vorteil verschaffen, den sie auszunutzen gedachte.

Kell stand auf und wandte sich wieder an Ruthrar. Draußen im kleinen Lager gab Dolius bereits seine Befehle.

»Danke, Prosentor«, sagte sie.

»Wofür?«

»Für die Ehrlichkeit, die Ihr in Eurer Angst gezeigt habt. In einem anderen Leben hätten wir Freunde werden können.«

Ruthrar nickte, stand auf und klopfte seine Kleider ab.

»So ist der Krieg. Die an der Front tragen nur den Hass aus, den die Anführer ihnen in den Kopf setzen. Wir hegen keinen Groll gegen die Legionäre der Konkordanz, doch wir hassen Eure Advokatin. Sie gab den Befehl zur Invasion. Wir kämpfen nur, um unsere Lebensart zu bewahren, genau wie Ihr.

Die Entscheidung Eurer Advokatin vor fünfzehn Jahren, in den Krieg zu ziehen, wirkt bis heute nach. Deshalb stehen wir jetzt hier. Aber wir wollen verhindern, dass eine weitere Tragödie geschieht, nur weil wir einst Feinde waren. Wir dürfen unsere heutigen Entscheidungen nicht durch das beeinflussen lassen, was gestern war. Sonst wird Gorian siegen.«

Kell starrte ihn an. Sein Gesicht blieb in der Dunkelheit weitgehend verborgen, aber seine Augen glänzten.

»Ich habe verstanden, Prosentor. Aber die Wunden von gestern schmerzen noch. Kommt, wir wollen reiten.«

Danksagung

Eines Tages im Januar 2006 besuchte ich David Gemmel, und die Folge davon war, dass dieses Buch das wurde, was ich erhofft hatte. David verstand sich in unseren Gesprächen auf eine einzigartige Weise darauf, Probleme zu erkennen und Lösungen anzubieten. Leider ist dies eine Schuld, die ich nicht mehr begleichen kann.

Außerdem möchte ich Simon Spanton dafür danken, dass er es immer noch auf sich nimmt, meine Texte zu bearbeiten; meiner Frau Clare, die sich große Mühe gibt, damit ich tatsächlich jeden Tag genügend viele Stunden am Computer sitze und die Tastatur bediene; William Montanaro, der eine hervorragende, stetig wachsende Website für die Aufgestiegenen geschaffen hat (Adresse siehe unten); und Ariel, Lizzy Hill und Paul Maloney für ihre fantastische Hilfe bei der Website, im Forum, mit den Karten und allen anderen Dingen im Internet. Meine Dankbarkeit ist größer, als ich es mit Worten ausdrücken kann.

http://www.theascendants.co.uk
http://www.jamesbarclay.com